김춘수의 무의미시

쟁점으로 읽는 한국문학 01

김춘수의
무의미시

박덕규 · 이은정 편저

Nonsense poetry of Kim Choon-soo

푸른사상
PRUNSASANG

*

　'무의미시(無意味詩)'는 시인 김춘수(金春洙, 1922~2004)가 역사와 현실의 관념이나 사상을 배제한 자리에 개인과 언어의 진정한 자유가 생긴다는 믿음으로 언어에서 의미를 지우는 시적 경지를 실현한 창작시를 일컫는 말로, 통상 그것을 뒷받침하는 시인 자신의 시론까지 아우르며 쓰인다.

　김춘수의 이러한 실험은 1960년대 후반부터 시작된 것으로 파악된다. 시는 시의 언어가 얻게 되는 이미지가 의미와 관념을 발생시키게 되는데(비유적 이미지) 이때 의미와 관념을 지운 이미지의 세계(서술적 이미지)를 지향한 것이 초기 단계의 모습이었다. 그는 이어 우리 고전 문헌에서 매우 비의적인 인물로 등장하는 '처용(處容)'을 시적 소재로 삼은 「처용」연작, 장편 연작시 「처용단장」 등에서 시의 무의미성을 심화시켜 갔다. 무의미는 언어에서 의미를 소거하는 일인바, 이때 의미가 빠진 언어에서 남게 된 소리와 리듬으로써 시가 완성되기도 하고, 소리와 리듬이 두드러지게 되면서 나타나는 주술적인 언어가 또한 시로 확장되기에 이른다. 이 무의미 지향은 음절을 해체하거나, 자신이 이전에 쓴 시를 새로 쓰는 시에 되풀이하는 '접붙이기' 등의 극단적인 형태로 나아갔

다. 이 무의미시는 시인 스스로 '무의미시 패인(敗因)'(1991)을 설명한 얼마 뒤까지 30년 가까이 시도되는 동안 많은 창작물로 제시되었으며, 이에 대한 시론까지 받쳐지면서 20세기 후반 한국시사에서 두드러진 논쟁의 중심에 서게 되었다.

김춘수가 무의미시를 실천한 시기는 근대화와 국가체제의 유지라는 강력한 통치 명분 아래 급격한 변화를 겪고 있는 한국 사회를 배경으로 인간의 자유와 민족적 자긍을 추구하는 문학적 움직임이 괄목할 만한 성과로 나타나고 있었다. 무의미시는 이러한 시대적 현실을 외면해 문학을 단순한 말놀이 상태에 머물게 했다는 세간의 평가에 시달리는 중에도, 바로 그런 현실이 개인에게 가하는 다양한 정신적 간섭에 대한 뿌리 깊은 저항을 언어와의 싸움으로 보여준 예로 의외로 넓게 영향력을 발휘했다. 개화기 이후 식민지 시대를 지나고 국가 재건기를 거치면서 전통의 계승, 모더니티의 한국적 발현, 민족적 현실에 대한 자각 등의 주제를 문학적으로 구현해 오는 동안 우리는 정지용의 '서늘함'의 시학, 김기림의 모더니티론, 이상의 해체시론, 김수영의 '온몸 시학' 등 다양한 시론을 얻은 바 있다. 무의미시는 이들과는 달리, '무의미'라는 말 그 자체에서 비롯된 오해를 포함해 김춘수 스스로 분류한 '언롱(言弄)의 시'로 치부되는 공박 또한 만만치 않게 수용해 오면서 언어의 기능에 대한 원론적인 질문을 통해 궁극적으로 시에서 언어란 무엇인가, 시의 순수성은 어떻게 확보되는가 등의 시와 문학에 대한 본질적인 성찰을 유도해 내는 데 성공했다. 이로써 무의미시는 같은 시대 김수영의 '온몸 시학'으로 상징되는 '언지(言志)'의 문학 조류와 상대되는 자리에서 한국시를 한 차원 성숙한 단계로 끌어올린 것으로 평가된다.

김춘수의 무의미시는 21세기 들어서도 후배 시인들에 미친 영향으로, 시의 언어에 대한 본질적인 질문을 해명하는 텍스트로, 또한 실제로 그것이 무의미 그 자체를 완성했느냐 하는 논쟁의 대상으로 여전한 관심거리가 되고 있다. 무의미시의 전개 과정과 다층적인 의미를 최근 10년의 연구 성과를 통해 새롭게 추적해 이를 한국 현대시사의 가장 중요한 맥락의 하나로 제시함으로써 세계문학 속의 한국문학 지형도를 굳건히 하는 데 기여하겠다는 생각이 깊어져 이 책을 엮게 되었다.

*

이 책의 앞머리에는 무의미시를 단계별로 점검하는 엮은이의 진지한 대담을 실어 전반적인 이해를 도왔다. 대담 끝에 이 책에 실리는 평문에 대한 해제를 실었다. 기획할 때 대상으로 놓았던 수십 편의 평문 중에서 편집 기준에 맞는 글을 가려 전 3부로 나누어 실었는데, 제1부 '무의미시, 새로운 프리즘으로 읽기'에는 기존의 독법을 넘은 새로운 방법론으로 무의미시에 재해석한 평문을, 제2부 '무의미시, 그 신화와 반신화'에는 무의미시에 대한 가장 분명한 태도의 옹호론과 매우 비판적이자 논쟁적인 평문을, 제3부 '무의미시, 너머의 언어로 읽기'에는 무의미시의 본격적인 분석 범위의 자장 밖에서 무의미시를 재해석하는 평문을 실었다.

책의 일관된 흐름을 위해 각 평문이 처음 발표된 데서 일부는 필자의 교열을 거쳤고, 전체적으로는 각주나 인용 글을 중심으로 기준에 맞게 수정했다. 각 평문이 인용한 글은 대체로 원전의 표기 형식 그대로 따르는 것을 원칙으로 했다. 평문의 처음 발표지면과 필자의 약력은 별도의 지면에 밝혔다. 그리고 김춘수의 연보를 주요 창작, 저작 목록과 함께

따로 정리해 보기 좋게 배열했다.

　넉넉지 않은 제작 환경을 이해해 선뜻 재수록을 허락해 준 필자들께 감사를 전한다. 이 책이 그들의 후속 연구를 포함해 김춘수의 무의미시를 제대로 이해하려는 많은 분들에게 귀하게 쓰이기를 기대한다. 한국 문학사를 두텁게 하는 데 '무의미시'와 같은 매우 자생적인 창작과 이론이 지대한 역할을 하고 있었음을 잊지 않았으면 좋겠다.

2012년 6월
엮은이

머리말 • 5

대담비평

제1부 무의미시, 새로운 프리즘으로 읽기

제3부 무의미시, 너머의 언어로 읽기

대담비평 무의미시의 전개 과정

박덕규 · 이은정

무의미시의 전개 과정

박덕규 · 이은정

'꽃'의 시인

박덕규(아래 박) : 김춘수 시인은 일반 대중들에게 "내가 그의 이름을 불러 주었을 때/ 그는 나에게로 와서/ 꽃이 되었다"의 「꽃」의 시인으로 널리 알려져 있습니다. 아마도 1960~80년대에 우리나라에서 청소년기를 지난 사람치고 이 「꽃」을 필사하며 누군가를 호명하며 사랑의 완성을 꿈꿔 보지 않은 사람은 드물 텐데요. 우리가 집중 탐구할 '무의미시'에 앞서 이 「꽃」에 대해 해명하고 넘어가는 것이 좋을 듯합니다.

이은정(아래 이) : 김춘수 시인은 1922년생이고, 시를 처음 발표한 것이 광복 직후인 1946년입니다. 이후 2004년 작고할 때까지 50년 이상 18권의 시집을 내면서 왕성한 시작 활동을 한 시인이자, 자신의 시를 비롯해 한국 현대시의 중요한 원리를 여러 권 분량의 시론으로 발표한 시이론가이기도 합니다. 특히 그가 주창한 '무의미시'는 뚜렷한 궤적을 남기며 집대성되었고 또 그 정신과 창작원리를 설명하는 시론으로 발표되면서 한국시단에 지속적인 충격을 주었습니다. 잘 알려진 「꽃」이나 그와 관련한 연작들, 초기에 교과서에 실려서 잘 알려진 「부다페스트에서의 소녀의 죽음」, 그리고 우

리 역사에서 매우 비의적인 인물 '처용'을 전연 새롭게 재해석한 「처용」 연작 등 수많은 빼어난 시를 창작한 시인이라는 점에서도 그렇지만, 한편으로 '무의미시'라는 시와 시론으로 한국시단에 지대한 영향을 미친 '문학사적 인물'이라는 점을 놓칠 수 없습니다. 그중에서 초기시에 속하는 「꽃」은 1952년 발표되었는데 교과서에 실리면서 '꽃'을 소재로 한 다른 여러 편의 시들과 함께 김춘수의 이름을 널리 알리게 합니다. 김춘수라는 이름이 대중에게 각인된 데는 교과서라는 배경도 작용했지만 「꽃」이 '연애시'로서의 파급력을 가졌던 덕분이라고도 할 수 있지요.

박 : 일반인들에게는 「꽃」이라는 '연시'의 시인으로 대중적 친화력이 컸고, 문학사에서는 '무의미시'의 시와 시론으로 지대한 영향력을 발휘한 김춘수를 빼놓고 1960년대 이후 한국시사를 말하기란 쉽지 않지요. 그런데 그는 또, 「꽃」과 같은 시가 대중을 위한 편한 연애시로만 치부되기도 하고, 또 그의 중심 업적인 '무의미시'에 대해서도 그것이 '무의미'를 지향하는 것이라면 말 그대로 '언롱(言弄)'일 뿐 아니냐는 등의 오해를 낳기도 한 매우 특별한 논쟁의 주인공이기도 합니다. 「꽃」은 1950년대 작품이므로 김춘수 시 세계에서 가장 핵심적인 성과라 할 수 있는 무의미시의 시기와는 매우 멀고 또 시인이 말한 '무의미'를 지향한 시라 볼 수도 없어요. 김춘수를 말할 때 빼놓을 수는 없으나 김춘수의 핵심인 '무의미시'의 범주에서는 말할 수는 없는 시가 「꽃」이라 할 수 있겠는데, 「꽃」을 여러 차례 읽어보면 그렇게만 막연하게 분류할 수 없다는 생각이 듭니다.

이 : 김춘수의 작품 가운데 「꽃」은 매우 특별하다고 할 수 있습니다. 흔히 말하는 이중적인 표현처럼 이 시는 가장 김춘수적이면서 동시에 비김춘수적이라고 할 수 있습니다. 이 시가 연시로 읽히는 것을 이해

무의미시 전개 과정에 대해 대담하고 있는 이은정, 박덕규

하지 못할 바 아닙니다. 우리는 자기가 바라보는 그 사람이 나를 알아 봐주길 바라고 그에게 내 존재를 인정받고 싶어하지요. 그 사람이 나를 설레게 하는 대상이라면 더 말할 나위 없을 겁니다. 「꽃」은 표면적으로 '그'에게 '나'를 각인시키고 싶어하는, 그저 '하나의 몸짓'에 지나지 않았던 내가 누군가에게 '잊혀지지 않는 눈짓'이 되고 싶어 하는 경이로운 관계에 대해 말하고 있습니다. 그래서 「꽃」은 '그'의 관심을 온전히 '나'와의 것으로 만들어 사랑을 이루어가려는 화자의 열망이 드러난 시로 읽힐 수도 있습니다. 그러나 그건 사랑이 이루어지길 꿈꾸는 독자의 열망에 따른 편의적인 독법의 결과라고 할 수 있지요. 시의 문맥을 제대로 이해하면 이 시는 연애시로 읽기에는 모순이 있습니다. 내가 그의 이름을 불러주자 그가 나에게로 와서 꽃이 되었다, 여기서 '나'에 대한 '그'와의 관계가 일단 성립된 것이라고 볼 수 있어요. 그런데 그 다음에 '나'는 왜 다른 누군가가 '나의 이 빛깔과 향기에 알맞는' 이름을 불러주기를 바라고 있나요? 정히 '나'가 다른

누군가에게 무엇이 되기를 바란다면 그것은 '그'가 '나'에게 그러했듯, '나'도 '그'에게 가서 꽃이 되어야 하는데 말입니다. 서로의 존재에게 다가가 꽃이 되는 걸 사랑의 완성이라고 생각한다면 이 시는 그런 완성을 향해 가는 시가 아니라는 것이지요. 그러나, 시인이 생전에 어느 대담(「유년의 바다를 건너 실존의 소용돌이와 역사를 체험한 처용」, 『문학정신』, 1992. 3)에서 한 말을 주목할 필요가 있어요. 이 대담에서 시인은 이 시가 실존적 양상에 대한 존재탐구의 시이기는 하지만 설령 연애시로 읽힌다고 해서 격이 떨어지는 것은 아니라고 하면서, "철학을 어설프게 담으려다 실패한 시보다 연애시로 성공한 시가 훨씬 좋은 시"라고 말한바 있습니다.

박 : 「꽃」은 존재탐구로서의 시이지 연애시는 아니다, 그러나 설령 연애시로 읽힌다 해서 격이 떨어지는 게 아니다……. 그 말씀은 「꽃」을 연애시로 읽느냐 마느냐 하는 게 중요한 게 아니라는 얘기도 되겠고요. '실패한 철학시'라는 말에서 보듯, 이 시는 '철학' 그중에서도 누군가에게 명명되어야 자신의 존재가 증명된다고 할 때의 바로 '존재' 문제를 드러내는 '존재론'에 관한 시이고, 또 호명하고 명명되는 문제에서 보듯 '언어' 문제와 관련되는 일종의 '언어철학'에 관한 시라 할 수 있을 테지요. 바로 이 점에서 「꽃」과 무의미시와의 관련을 생각할 수 있겠어요. 무의미시의 주된 관점도 「꽃」에서 보는, '존재'에 대해 '언어화'하는 문제에서 출발한 거라고 할 수 있잖아요?

이 : 그렇습니다. 대중적으로 사랑받고 있는 김춘수의 대표작 「꽃」은 무의미시에서 말한 '의미를 제거한다'는 뜻에 부합하지 않는 대표적으로 관념적인 시이지만 동시에, 존재의 의미를 지향하는 언어 그 자체를 문제 삼고 있다는 뜻에서 '무의미시'로 가는 하나의 단서를 제공하는 시라고 할 수 있겠습니다. 이 시를 대중이 연애시로 좋아하는 건

시라는 언어가 지닌 포괄적인 위대함의 효과라고 할 수 있겠어요.

무의미시의 탄생

박 : 「꽃」을 제대로 이해하는 과정에서 느꼈듯이, 김춘수는 초기에는 존재에 대한 탐구로서의 시, 대상에 대한 의미 부여로서의 시를 추구했습니다. 가령, 교과서에 실려 유명해진 「부다페스트에서의 소녀의 죽음」 같은 시가 시인이 전달하고 싶어하는 의미를 우회하지 않고 곧바로 전달한, 의미가 아주 명백한 시라 할 수 있지요. 기표(記表)와 기의(記意) 사이의 거리가 거의 없는 시라고 해도 되겠고요. 이처럼 제1시집 『구름과 장미』(1948)에서부터 「꽃」이 실린 『꽃의 소묘』(1959)와 「부다페스트에서의 소녀의 죽음」이 실린 제6시집 『부다페스트에서의 소녀의 죽음』(1959)에 이르는 초기에는 비교적 시에서 언어가 구체적으로 그 언어가 지칭하는 대상의 의미를 왜곡 없이 드러내는 그런 언어의 시를 추구했습니다. 무의미시가 나타나기 시작한 건 그 뒤의 일이지요.

이 : 「부다페스트에서의 소녀의 죽음」은 1956년에 헝가리의 수도 부다페스트에서 일어난 혁명의 비극적인 한 장면을 시의 표면에 보여주다가 이어서 시인의 일본유학 시절을 언급하고 있습니다. "나는 스물두 살이었다./ 대학생이었다./ 일본 동경 세다가야서 감방에 불령선인으로 수감되어 있었다./ 어느날, 내 목구멍에서/ 창자를 비비 꼬는 소리가 새어 나왔다./ 「어머니, 난 살고 싶어요!」/ 난생 처음 들어보는 그 소리는 까마득한 어디서,/ 내 것이 아니면서, 내 것이면서……/ 나는 콘크리트바닥에 머리를 부딪고/ 북받쳐 오르는 울음을 참을 수가 없었다./ 누가 나를 우롱하였을까./ 나의 치욕은 살고 싶다는 데에서부터 시작되었을까." 이 대목이지요. 그런데 이 시가 1960년대 교과서에 실렸을 때에는 시인의 이 생생한 자전적인 체험을 담은 부분이 빠지

고 헝가리 혁명이 '소련 공산군'의 침략에 좌절되는 내용을 부다페스트의 한 소녀의 죽음으로 드러낸 부분만 게재되어 '반공시'로 읽혔지요. 그러나 여기서 나타나는 '세다가야서(署) 감방' 체험은 이 시뿐 아니라 뒷날 시인의 많은 시와 산문 곳곳에 일종의 트라우마로 드러나고 있습니다. 나아가 이것이 뒷날 무의미시를 집대성하게 하는 하나의 동인이 되기도 하고요. 시인은 시에 드러낸 대로 실제 일본에서 유학을 하고 있을 때 조선 유학생들과 함께 모여서 일본 총독부를 비난하다가 밀고를 당해 치욕스러운 고문을 겪었습니다. 이후 이 상처와 고통은 그의 시에 본능적으로 혹은 의도적으로 그림자를 드러냅니다. 시인은 시를 쓰고 삶을 살아가는 동안, 그때 고문당하면서 진실이 외면받았던 체험을 떠올리며 개인에게 있어서 역사란 무슨 의미인가, 역사와 개인의 관계는 무엇인가, 역사가 짓밟고 지나가버린 뒤 남은 개인들은 누구인가, 과연 문학은 이 같은 역사와 어떤 연관성을 갖는가 등에 대해 '관념의 전면전'을 벌였다고 할 수 있습니다. 이는 나아가 시에서 관념이나 의미, 혹은 신념이나 사상을 말하는 것이 어떤 가치가 있을 것인가에 대한 회의로 확대되고, 이는 또한 시란 무엇인가, 예술이란 무엇인가라는 본질적인 질문과 조우하면서 마침내 '무의미시론'이라는 독자적인 시론을 낳게 되었다고 할 수 있습니다.

박 : 밀고당하고 고문당한 자신의 경험에서 개인에게 가해지는 역사의 폭력, 현실의 폭력, 또 그런 폭력 앞에서 어떤 말을 해도 진실일 수 없게 된 정황 등에 생각하게 되었다는 얘기인데요. 이어 역사에 대한 회의, 문학에 신념과 사상을 싣는다는 것에 대한 회의 등을 지니게 되었고, 시의 표현에서 언어에 어떤 관념, 사상이 얹어지는 것에 대한 체질적인 저항과 의도적인 배척 등이 무의미시를 낳게 했다고 할 수 있겠군요.

이 : 무의미시 초기, 즉 제7시집 『타령조 · 기타』(1969) 무렵 시인은 무의

미시를 두 가지 점에서 실험한 듯 보입니다. 이 지점에서 나온 것이 김춘수의 '이미지론'이라 할 수 있습니다. 시인이 후에 '비유적(metaphorical) 이미지'와 '서술적(descriptive) 이미지'로 나누어 설명한 바로 그 내용입니다(「서술적 심상, 비유적 심상」, 『시론』, 1971). 시인은 비유적 이미지를 시인이 어떤 의도와 관념을 전달하기 위해 시적 대상을 끌어온 언어로, 서술적 이미지를 어떤 관념의 수단으로 사용하지 않는 언어, 의미와 관념을 지워가는 탈이미지의 언어라고 해설하면서, 자신의 시에서 비유적 이미지를 없애고 서술적 이미지를 발전시켜 나갑니다. 언어가 으레 갖기 마련인 이미지에서 어쩔 수 없이 생겨나는 의미와 관념을 지우면서 이미지를 소멸하려는 실험을 되풀이한 것입니다.

박 : 김춘수 시에서 무의미시 형태가 나타나는 게 대체로 1960년대 후반이고, 그것을 확연하게 보여주는 게 『타령조·기타』인데, 이때가 1969년, 김춘수의 나이 48세입니다. 초기부터 1959년 제6시집 『부다페스트에서의 소녀의 죽음』까지는 볼 수 없는 형태로, 10년 세월 동안에 무의미시라는 전혀 색다른 의미를 지니는 시적 작업을 행하는 시집이 탄생하고 있었던 거지요. 그러니까 「꽃」을 비롯한 초기 대표작들에서 존재탐구와 언어에 대한 관심의 시기를 넘어, 무의미에 대해 특별한 인식으로 시작을 감행한 시기는 대체로 1960대 후반이고, 이렇게 시작된 무의미시는 이후 1990년대까지 거의 30년 가까이 전개됐다고 할 수 있겠습니다. 김춘수 생애에서 40대 후반에서 70대 중반에 이르는 시기입니다.

이 : 『타령조·기타』에 잘 알려진 「인동잎」이 수록돼 있죠. "눈 속에서 초겨울의/ 붉은 열매가 익고 있다./ 서울 근교에서는 보지 못한/ 꽁지가 하얀 작은 새가/ 그것을 쪼아먹고 있다." 시인이 말하는 '서술적 이

미지' 의 전형을 볼 수 있는 시라 할 수 있어요. 또, 김춘수의 무의미시를 가장 두드러지게 상징하는 시어가 ‘처용가’ 의 주인공인 ‘처용’ 인데, 바로 이 시집에 「처용」이라는 제목의 시로 처음 등장하고 있습니다. “인간들 속에서/ 인간들에 밟히며/ 잠을 깬다./ 숲 속에서 바다가 잠을 깨듯이/ 젊고 튼튼한 상수리나무가/ 서 있는 것을 본다”라는 의미심장한 구절과 함께 말입니다. 무의미시의 출발을 이 시집으로 보는 것은 이런 이유들 때문입니다. 『타령조·기타』에 처음 등장한 ‘처용’ 은 시집 『처용』(1974)에 「처용단장」 1부로 확대되어 나타납니다. 이 무렵까지를 무의미시의 특징과 가능성을 보여준 첫 단계의 시기로 볼 수 있습니다. 그리고 무의미시의 심화단계를 보여준 「처용단장」 2부가 실린 『김춘수시선』(1976)과 『남천』(1977)의 시기, 그리고 그 다음이 무의미시의 절정 및 흥망성쇠를 모두 보여준 「처용단장」(1991) 시기로 이어진다고 보면 되겠습니다.

박 : ‘처용가’ 의 처용은 원래 상징과 암시로 가득한 인물이죠. 처용의 출신지나 ‘처용가’ 에 나오는 ‘가무이퇴(歌舞而退)’ 의 해석을 두고 요즘도 다양한 설을 낳고 있는데, 이 인물이 김춘수의 무의미시를 만나면서 우리 문화에서 더욱 신비한 매력을 지닌 상징이 되었다고 생각합니다. 김춘수는 「처용」 연작을 중심으로 무의미시를 심화시켜 가는 동안에 『의미와 무의미』(1976), 『시의 표정』(1979), 『시의 위상』(1990) 등의 시론집에서 무의미시론이라 할 만한 글을 계속 보이고 있습니다. 그런데, 이 일련의 과정을 보면 시인이 처음부터 ‘무의미시’ 라는 확고한 영역을 설정해 놓고 작업을 펼쳤다기보다는 ‘언어에서 의미를 제거한다’ 는 대전제 아래 꾸준히 ‘무의미’ 문제를 실험하고 확장해 간 것으로 보여지더군요.

이 : 김춘수 시인이 ‘무의미시’ 라는 말을 쓰기 시작한 첫 자취는 1961년 펴낸 『시론』에서 “리듬에 지나치게 관심하면 넌센스 포에트리가 된

다."라는 구절에서 찾아볼 수 있습니다. 이는 '시가 언어 사용에 극단적으로 민감해지면 넌센스 포에트리가 된다'는 신문 기고문(김춘수, 「현대시의 난해성 문제—상, 기하학적 지성에서 오는 것」, 『동아일보』, 1959. 4. 13)으로 확인되기도 합니다. 마치 시인 자신이 훗날 그 세계로 들어갈 것을 예감한 듯 말입니다. 김춘수는 의미를 드러내는 도구적 차원의 언어는 산문의 영역이고 그런 의미를 떠난 존재 차원의 언어가 시라는 것을 구별하여 말하기 위해 '무의미'라는 말을 썼던 것이지요. 그의 시는 언어가 어떤 대상에 구속되거나 수단이 되는 것을 철저히 경계하는 지점에서 출발하고 있으니까요. 언어란 늘 의미의 그림자를 갖게 되는데, 이런 의미나 관념을 차단한 순수언어의 세계야말로 시가 이를 수 있는 '언어의 피안'이라고 강조합니다. 시는 늘 언어로부터 해방되려는 충동을 갖고 있으며 이런 과정을 통해 언어의 피안인 무의미에 다다를 수 있다는 것입니다. 김춘수는 어떤 가치관도 갖지 않은 '허무' 즉 '니힐(nihil)'의 상태를 지향했는데, 모든 관념 체계가 무너진 이 절대자유의 니힐이야말로 무의미시의 원동력이라고 말합니다. 의미를 씌울 대상이 있으면 결국 언어는 그 대상에 구속을 받게 되지만 의미와 대상을 없애면 비로소 언어를 실체로 인식하게 되고 그 사이에 자유연상의 끝없는 파동을 개입시키면 곧 무의미시가 탄생한다는 것입니다. 무의미시론은 '의미를 지운 언어로 시를 쓸 때 진정한 시의 경지에 이를 수 있다'는 획기적인 시론이라 할 수 있습니다.

무의미시의 전개 양상

박 : 김춘수의 시적 생애 전체를 무의미시와 연관지어 다시 설명해 볼까요? 먼저, 무의미시 탄생 이전의 단계를 「꽃」을 예로 들어 얘기해 보겠습니다. 시인은 처음부터 '꽃'을 자연물, 즉 잎사귀와 꽃잎이 달린

이은정

식물로서의 꽃 자체로 노래한 게 아니었지요. 이때부터 이미 그는 시적 대상을 시인의 일상이나 삶이나 감정을 담은 비유로 수용하지 않았다고 할 수 있습니다. 그만큼 언어를 통해 존재에 대한 탐구를 시도하고 혹은 언어와 대상의 본질과의 길항에 대해 고뇌한 것이라는 얘기입니다. 이런 반석 위에서 무의미시가 시작되는데, 맨 첫 단계가 이미지론의 단계 즉, 비유적 이미지를 버리고 서술적 이미지를 실천한 것이라는 얘기죠. 사실 시인의 생명은 상상력에서 생겨나는 것이고 상상력이라는 것은 image(이미지)와 imagination(상상력)의 영어 어원 관계로도 설명될 수 있듯이 '이미지를 창출하는 능력'을 말하는 건데요, 김춘수는 모든 시인이 꿈꾸는 상상력에서 이미지를 제거하려 했다는 거죠. 그만큼 김춘수의 무의미시 개념은 처음부터 모순이었고 그만큼 획기적인 것이었다는 생각도 듭니다.

이 : 이미지를 제거한 언어, 김춘수는 이를 비유적 이미지가 아닌 서술적 이미지로 시를 쓰는 과정이라고 설명하고 있습니다. 이 서술적 이미지의 단계를 무의미시의 전 단계 또는 무의미시의 탄생 시점이라고 바꾸어 말할 수 있지요. 「처용단장 1부」에서 이 서술적 이미지의 단계가 드러납니다. "바다는 왼종일/ 새앙쥐 같은 눈을 뜨고 있었다"(「처용단장 1-1」)에서처럼 관념적인 모양새 혹은 이미지를 암시하지 않는 '의미 없는 이미지'가 본격화됩니다. 하나의 이미지를 또 다른 이미지로 지우고 또 다른 이미지가 이전의 남은 이미지들을 모두 지워가는 단계지요. 「처용단장 1부」에서 서술적 이미지의 시로 무의미시에 들어섰다면, 「처용단장 2부」에서는 이러한 무의미시의 실험이 본격적으로 전개됩니다. 여기서는 언어에서 의미를 제거하고 리듬만 남기려

고 하는, 다시 말해서 시어와 이미지 사이에 어떤 의미도 관념의 그림자도 남기지 않는 극단적인 실험이 나타납니다. "돌려다오./ 불이 앗아간 것, 하늘이 앗아간 것, 개미와 말똥이 앗아간 것./ 여자가 앗아가고 남자가 앗아간 것,/ 앗아간 것을 돌려다오./ 불을 돌려다오. 하늘을 돌려다오. 개미와 말똥을 돌려다오./ 여잘 돌려주고 남자를 돌려다오."(「처용단장 2-1」) 등의 시에서

박덕규

그는 시적 대상을 무화하고 그로부터 언어에서 의미를 소거하고 언어의 소리와 리듬만 남기는 상태에 이릅니다.

박 : 무의미시의 첫 단계는 '이미지론' 단계이고 둘째 단계를 무의미시가 본격화된 시기라 할 수 있겠네요. 즉, '언어에서 의미를 소거하고 소리와 리듬을 남기는 시'의 시기입니다. 그게 주로 「처용단장 2부」에서 잘 확인된다고 볼 수 있다는 것이지요. 그런데, '소리와 리듬'만 남은 상태에서 "불러다오/ 멕시코는 어디 있는가/ 사바다는 사바다, 멕시코는 어디 있는가/ 사바다의 누이는 어디 있는가/ 말더듬이 일자무식 사바다는 사바다,/ 멕시코는 어디 있는가/ 사바다의 누이는 어디 있는가/ 불러다오/ 멕시코 옥수수는 어디 있는가"(「처용단장 2-5」) 등에서 보이는 '주술성'이 확연히 드러나는데, 이 주술성의 단계는 어떻게 보는 게 좋을까요?

이 : 시인은 언어에서 의미를 소거한 후 소리와 리듬만 남은 상태를 '현기증 나는 자유'(「대상, 무의미, 자유」, 『의미와 무의미』, 1976)라고 표현했습니다. 언어와 이미지가 생겨나는 순간들을 지우기 위해 오로지 소리와 리듬에 집중해 그 울림 속에서 자유와 해방을 얻는다는 것

입니다. 언어에서 소리와 리듬만이 강조되면 거기서 비슷한 말의 반복이 나타나 주술성이 두드러지지요. 김춘수는 무의미시를 통해 시적 대상이나 의미를 제거하고, 이렇게 소리와 리듬의 주술을 통해 이르는 '방심 상태' 야말로 진정한 시의 '유희' 이고 이 경지가 예술이 삶과 다른 차원에서 이를 수 있는 절대적인 세계라고까지 말합니다.

박 : 무의미시의 둘째 단계를, 언어에서 의미를 소거하고 소리와 리듬이 남게 된 시적 정황, 그리고 그런 상태가 '방심' 을 일으켜 같은 언어가 반복되는 주술성이 두드러진 시기라는 얘기입니다. 현실이 여러 가지 억압된 가치관이나 선입견 등으로 제약된다면 이 단계에서는 그런 것들이 힘이 미치지 않음으로써 방심 상태가 되고 이로부터 진정한 유희가 탄생되면서 예술이 바라는 절대적인 세계에 도달된다는 얘기지요. 그러나, 어떻든 시인은 언제나 새로운 시를 쓰는 존재니까, 이 방심 상태가 지속될 수는 없을 텐데요. 무의미는 또다른 형태의 실험으로 나아갈 수밖에 없다는 얘기가 됩니다.

이 : 무의미시는 한 단계 더 새로운 형식 실험으로 나아갑니다. 극단적으로 음절을 해체해서 자음과 모음을 늘어놓는 시 형식이 나타납니다. 가령 「처용단장」 3, 4부에서 '한번 지워진 얼굴은/ ㅎㅏㄴㅂㅓㄴ ㅈㅣㅇㅝㅈㅓㄴㅓㄹㄱㅜㄹㄴ'(「처용단장 3-37」), 'ㄴㅉㅣㅅㅏ ㄹㄲㅗㅂㅏㅂㅗㅑ/ㅣ바보야,/ 역사가 ㅕㄱㅅㅏㄱㅏ 하면서'(「처용단장 4-39」)로 표현하는 식이지요. 여러 편의 시에서 이런 시도가 나타납니다. 또 예전에 쓴 자기 시를 일부 가져와 새로 쓰는 시에 되풀이하는 이른바 '접붙이기' 시학이 본격적으로 나타나는 것도 이 시기입니다. 즉 자신의 시 세계라는 큰 틀 안에서 자기 시의 반복을 통해 회오리 같은 나선형의 구조를 보이려는 시도입니다. 이런 다양한 형식 실험을 무의미시의 셋째 단계라 할 수 있겠습니다. 시인

은 이런 극단적인 다양한 시도들을 통해 기존의 권력들, 즉 언어라든지 관념이라든지 역사라든지 법칙이라든지 하는 문제들을 모두 흔들고 해체하려고 했습니다. 기존의 관념과 역사와 의미의 세계를 모두 흔들어 텅 빈 상태로 비워버리는 것, 이것이 바로 무의미시가 이르고자 지향했던 '허무'의 한 경지이기도 합니다.

박 : 여기서 잠깐, 하나 짚고 넘어가지요. 무의미시가 이르고자 한 허무라는 것도 하나의 의미가 아닌가요? 무의미시는 결국 '의미 없는 시'가 아니라 '의미라는 것의 무의미함을 드러내는 그런 의미'를 지니는 시라는 얘기가 되죠?

이 : 시인이 말하는 허무와 니힐은 일상적으로 뜻하는 허무와는 다릅니다. 완전히 텅 빈 공(空)의 상태를 말하는 것이지요. 시인은 이를 '무정부주의'라고 표현하기도 했습니다. 그러나 아무리 무의미시를 지향하는 시라고 해도 사실 시를 읽는 독자들은 시인의 의도와는 달리 시의 언어가 지닌 그림자에서 의미의 음영을 완전히 지우기란 쉽지 않지요. "살려다오/ 북치는 어린 곰을 살려다오/ 북을 살려다오"라든지 "사바다는 사바다, 멕시코는 어디 있는가,/ 사바다의 누이는 어디 있는가", "ㅕ ㄱ ㅅ ㅏ ㄴ ㅡ ㄴ/ ㅣ ㄴ ㄱ ㅏ ㄴ ㅣ" 등을 읽을 때에도 어떤 식으로든 의미를 재구하려는 욕망을 발동하게 되니까요. 독자로서는 자연스러운 반응이자 익숙한 독서습관이기도 합니다. 의미를 지닌 다른 시에서처럼 시의 산문적 맥락을 구성해 내기는 어려울지 모르지만, 독자의 상상 속에서 어떤 장면이나 감정이 환기되는 것은 막을 수 없지요. 시인이 의도한 대로 읽어야 한다고 할 수 없으니 독자의 이같은 독법을 맞다 아니다라고 할 수는 없고요. 사실 그런 점에서 시인은 무의미시의 한 '패인(敗因)'을 찾았을 수도 있을 겁니다.

무의미시의 '시말서'

박 : 비유적 이미지가 의미와 관념이 발생한다는 점에서 그 이미지 자체
를 없애는 이미지 즉 탈이미지를 추구하기 시작했다는 것, 대상을 말
하는 언어가 대상이 지닌 관념을 드러내기 때문에 그 언어에서 의미
를 제거하려 했다는 것, 이런 것이 무의미시의 출발선에 놓은 개념이
라면, 탈이미지화하고 대상의 관념을 제거한 언어를 추구한 결과로서
의 '의미는 제거되고 소리와 리듬만 남은 언어로서의 시'를 추구해
가는 과정에서 무의미시가 심화되었다 할 수 있겠습니다. 무의미시의
이러한 변화, 심화 과정을 (1)서술적 이미지의 이미지론 단계, (2)언어
에서 의미를 소거하고 남는 소리와 리듬, 그리고 그것의 주술적 단계,
이로부터 (3)음절 해체와 접붙이기 등 다양한 형식을 실험한 단계 등
의 3단계 정도로 설명하면 어떨까 합니다. 이 (3)의 단계가 문자의 기
본인 음절의 해체가 나타나고 자신의 시를 스스로 복제하는 등의 극
단적인 '시의 무의미화 작업'인 셈인데, 사실 이것은 무의미시의 절
정이자 곧 가닿을 데 없는 극한 실험의 단계가 아닐까요?

이 : 무의미시가 절정에 이르렀을 때까지 시인은 마치 어떤 회의도 하지
않는 것처럼 보입니다. 자신을 억압해왔던 역사적 체험과 역사에서
발견한 악의 의지, 짓밟힌 개인 존재의 비극성 등이 모두 추상적으로
나마 해방되고, 시인 역시 그로부터 초월해 자신이 이룬 성역과도 같
은 무의미의 시적 세계에 심취해 있었다고 할 수 있습니다. 무의미시
에 대한 논리도 점점 정교해졌고 반복해온 얘기들이 하나의 예술론으
로 정립되어 가고 있었으니까요. 이런 논리와 시도들이 기존의 관점
에서 받아들여지기 어려웠던 것은 충분히 짐작할 수 있습니다. 시인
자신도 "어떤 사람들은 나의 이런 시편들을 두고 고급의 장식이라고
부르고 있다. 물론 거기에는 부정적인 음영이 깃들어 있다."(「대상의

붕괴」, 『의미와 무의미』, 1976)라고 인정하기도 했습니다.

박 : 주지하다시피 시인은 무의미시의 절정에서 결국은 스스로의 패인
을 글로 밝힙니다. 그것도 무의미시의 시말이 한 시집 안에 모두 들어
있다고 평가되는 『처용단장』(1992)에 「장편 연작시 「처용단장」 시말
서」라는 산문으로 "무의미시를 30년이나 고집해 왔지만 결국은 이처
럼 허사였다."라고 썼지요. 절정의 상태에서 그것이 실패했다고 스스
로 자인하는 형국이었어요. 이후 무의미시라고 할 수 있는 시도가 물
론 몇 해 이어지지만 실제로 적어도 김춘수 자신에게서 무의미시는
서서히 윤곽을 감추게 됩니다.

이 : 무의미시를 주창한 시인이 스스로 무의미시의 '패인'을 인정하는
단계에 이르렀지요. 시인은 무의미시를 쓰면서 언어의 의미나 관념과
싸운다는 것이 곧 인간이 자신의 그림자와 싸우는 일과 흡사하다는
것을 받아들인 셈입니다. 언어란 관념과 의미로부터 독립하여 존재할
수 없고, 언어에서 의미와 관념을 지우고 남은 무의미한 소리들의 '현
기증'과 '유희의 열락'에 이르렀으나 그곳이 시인이 이르고자 했던
절대적 예술의 경지와 꼭 들어맞는 것은 아니었던 것 같습니다. 리듬
만 갖고 시를 써도 언어는 남아 결국 어떤 식으로든 의미의 음영을 지
니게 된다는 것을 시인은 다시금 절감했다고 볼 수 있습니다. 시인은
이 지점에서 종국에는 음절을 모두 해체하는 시도까지 했습니다만,
순수한 소리를 통해 무의미의 경지에 이르기보다는 불가해한 언어도
단의 세계에 이르게 되고 맙니다. 무의미시를 추구한 결과가 결국은
언어로부터 해방되려는 몸부림이었고 그 끝은 더 나아갈 수 없는 언어
도단의 세계일 뿐이었다는 결론이지요. 언어로부터 해방되려고 몸부
림했는데, 언어로부터 해방된 순간, 시가 없어져버렸다는 것으로 다시
해석할 수도 있습니다. 구속으로부터 해방은 되었으나 시가 없는 언어

를 만났다고 할 수 있겠지요. 이는 어쩌면 가장 불가해한 역설의 세계에 맞닥뜨린 상황이라고 할 수 있습니다. 시인은 이 지점에서 무의미시의 역사를 정리하는 '시말서'라는 글을 남기고 새로운 사유를 시작하게 된 것이라 할 수 있습니다.

박 : 김춘수의 무의미시가 발아하고 심화되던 시기는 1960년대 후반부터 1980년대, 이른바 개발독재기와 민주화 투쟁기 등이라 할 수 있는데, 이때는 현실이나 권력의 억압에 대해 시의 언어도 제대로 대응해야 했던 때라 할 수 있습니다. 시는 어떤 형태로든 당시의 현실을 말하지 않을 수 없었고, 따라서 모든 시는 '유의미' 해야 했다고 할 수 있습니다. 어쩌면 무의미시 패인을 밝힌 이면에 이런 당시의 문학적 조류부터의 정신적 압력이 있지는 않았을까요?

이 : 물론 시인은 그런 흐름도 의식했을 겁니다. 그 이전에도 김수영 시인에게 압박을 느낀다는 얘기를 두어 번 했던 적도 있고요. 「장편 연작시 「처용단장」 시말서」에도 "역사를 외면하면 역사는 복수한다"는 말을 마치 오열처럼 남기기도 했습니다. 그러나 시인이 무의미시를 쓴 것이 자생적인 것이었던 것처럼 무의미시의 패인을 인정한 것도 어디까지나 자발적이라고 봐야 합니다. 역사와 관념이라는 의미와의 싸움에서 패했다고 김춘수 스스로 인정하기는 했으나 그것이 당대의 평가 때문이라기보다는 자기 자신이 관념에 결박되어 있었음을 스스로 받아들인 결과라 할 수 있어요.

박 : 시의 언어는 역사나 현실, 그것이 주는 관념에 어떤 식으로든 연루돼 있을 수밖에 없지요. 시를 쓰는 주체와 시 속의 주체가 완벽하게 분리된다는 것이 실은 불가능한 일일 테니까요. 극단적인 자동기술의 시라고 해도 그조차 실은 철저히 시를 쓰는 주체가 시 속의 주체를 통

제하고 있음을 부정할 수 없는 것이지요. 그런 점에서 김춘수의 무의미시는 처음부터 그런 한계를 안고 있었던 것 아닐까요? 그 한계를 30년 가까이의 시적 노정 이후에야 실패로 밝힌 셈인데요.

이 : 자신의 파란만장한 이력에 대해 시인은 이렇게 말했어요. "나는 언어를 버리고 싶고 언어로부터의 해방을 절실히 희구하기 때문에 그나마 나는 시인이다. 그것이 그러나 불가능하다는 것을 절실히 또한 느끼고 있기 때문에 그나마 나는 시인이다."(『왜 나는 시인인가』, 2005) 김춘수에게 있어 무의미시의 역사는 '허무'에 이르기 위해 나아간 궤적이라 할 수 있습니다. 그 궤적은 시인 자신에게는 물론이고 그것을 바라본 이들에게 언어와 시에 대한 무수한 성찰을 이끌어 냈지요.

박 : 무의미시 이후에 시인은 언어가 대상에 씌운 의미와 관념을 지우는 것이 시의 본령이 아니라, 오히려 존재하는 것들이 안고 있는 부재성 혹은 존재의 자취를 언어 속에서 발견하는 존재 탐구의 시선이 곧 시라는 생각으로 선회합니다. 시말서 이후 무의미시가 서서히 퇴색되는 동안에도 그는 꾸준히 시작을 하고 시집을 내지요.

이 : 무의미에서 의미로 돌아간 그것을 시인 스스로 '변증법적 되돌아감'이라고 표현했습니다.(「언어로의 낯선 귀환」, 『문화저널21』, 2007. 7. 20) 일단 언어로부터 해방이 되어본 다음 되돌아가는 것이기에 그냥 되돌아가는 것과는 다르다는 뜻에서 '변증법적'이라는 수식을 붙인 것이지요. 언어의 극단까지 실험하고 추구한 다음에 되돌아가는 것, 시인은 이를 '지향된 되돌아감'이라고도 얘기한 바 있습니다. 그리고 이에 대한 시인의 생각은 가장 후기에 집중적으로 창작된 메타시, 즉 일종의 시론시들을 통해서도 잘 드러나고 있습니다.

무의미시의 영향력

박 : 한국시사의 흐름을 짚어 읽다보면 어떤 시기마다 시인의 독특하고
개성적인 시론과 시 작품이 시사의 흐름을 새로이 열어가는 것을 볼
수 있습니다. 정지용의 '서늘오움'의 시학, 김기림의 모더니티론, 이
상의 해체시학, 김수영의 '온몸 시학' 등이 그렇지요. 김춘수의 무의
미시론은 반향 면에서 둘째 자리로 놓으면 섭섭해 할 정도인데요, 그
유형은 조금 다르다고 할 수 있습니다. 무의미시는 말 그 자체로 형용
모순이기도 했고, 특히나 당대 시류에 반하는 것이었다고 할 수 있으
니까요. 그럼에도 불구하고 그것은 우리 문학사에 상당한 반향을 불
러 모았습니다. 시의 언어에 대한 다양한 성찰과 반성 등을 유도해 냈
고, 이는 우리 시와 시론을 풍성하고 다채롭게 하는 데 상당히 기여했
습니다.

이 : 우리 시사에서 무의미시가 더욱 중요한 건 서정시, 모더니즘시, 해
체시, 리얼리즘시 등 시에 관한 여러 요긴한 주제들과 상생하거나 길
항하면서 어떤 식으로든 연결되어 있기 때문입니다. 김춘수 시인의
표현대로 한국시는 '언지의 시'와 '언롱의 시'로 나눠볼 수 있는데,
그동안 한국시는 주로 언지의 시에 관한 시적 담론으로 기울어 있었
다고 할 수 있습니다. 이를 주제적 접근 중심이었다고 말하기는 어려
우나, 실상 시의 주제와 의미, 시인의 정신과 방향 등에 집중되어왔던
것도 사실이지요. 그 한가운데에서 김춘수는 한국시를 지금까지와는
다른 차원으로 열어 보이려 했던 것입니다. 시란 무엇인가, 시인이란
어떤 존재인가에 대해 전연 다른 새로운 사유를 시작하게 한 것이지
요. 시를 언어로 쓰는 것은 당연한 일임에도 불구하고 끊임없이 언어
를 의심하고 회의했으며, 언어를 통해 시를 쓰는 자신을 사물의 본질
을 해하는 "위험한 짐승"(「꽃을 위한 서시」)이라고 표현하기도 했었지

요. 언어를 통해 의미도 관념도 드러내지 않겠다는 의외의 시도를 감행하고, 언어에서 소리와 음절을 해체해 의미를 증발시켜 리듬만으로 소리의 열락에 빠지겠다는 실험을 하고, 시를 쓰는 시인이라는 주체와 시 속의 화자라는 주체를 철저하게 갈라서 "시인의 삶과 육성을 말하는 시는 시라고 할 수 없다."라는 급진적인 선언을 했으며, "시는 감정이나 정서를 표현하는 자연발생적인 어떤 것이 아니라 철저하게 언어로 지어올린 인공낙원 같은 것"이라는 창작관을 고수하는 등 무의미시를 가장 문제적인 시론으로 집대성했던 것입니다.

박 : 한편으로는 김춘수 시인의 입지에서 이 같은 무의미시론을 주장하게 된 것은 순수시인으로 규정된 것에 대한 자신의 입장을 자신의 언어로 설명하고 변명하려는 의지도 있었다고 생각되는데요. 순수시라는 말이 시와 현실의 관계라는 문제에서만 규정되니까 이를 자신의 의지적인 언어로 설명하고 싶었을 것이라는 얘기죠. 권력에 대한 욕망에 초연하게 살아온 시인으로서 1980년대 뜻하지 않게 정치적 현실과 권력에 연루된 이력을 자신의 시론을 통해 변명하고 싶기도 했을 거고요. 일제에 겪은 치욕적인 체험 때문에 역사와 개인, 문학과 현실의 문제를 고민하면서 탈정치적이고 탈역사적인 상상력을 무의미라는 극단으로 밀고 나간 시인으로서, 한국 현대사의 어두운 정치 권력이 마련한 '현실의 지위'에 등재된 사건은 참 아이러니죠. 반역사주의와 탈역사주의, 반현실주의와 비현실주의가 동일한 맥락으로 읽히는 때 시인은 수세에 몰릴 수밖에 없었고, 시인은 그것에 구체적인 답으로 맞서기보다 자신의 확고하고 뚜렷한 시론을 통해 자신의 주장과 인식을 드러내고 지키려 했던 것도 같습니다.

이 : 그런 개인적인 면이 결국은 사회적인 영향과 이어졌다고 볼 수 있죠. 그가 시론을 내세우고 지속해온 것은 한국시가 시 장르에 대해 갖

고 있는 인식의 편견에 대해 자신의 확고한 주장을 선언하기 위해서이기도 했습니다. 무의미시는 한국적 현실에서 언어와 실존의 관계를 문제삼아 끝까지 집요하게 천착한 드문 예의 시론이라고 할 수 있으니까요. 어찌 보면 김춘수의 무의미시를 통해 의미를 지운 언어가 환기하는 리듬과 소리의 울림만으로 이루어진 시를 한국시도 가져보게 된 것이지요. 김춘수는 이를 "놀이의 상태를 동경하는 것"이라고 표현했습니다. 전연 공리타산적이지 못한 무상의 쓰임새를 갖는 것, 즉 모든 문화는 이같이 궁극적으로는 놀이를 지향해가는 것이라는 인식을 무의미시를 통해 한국시사에 뚜렷한 족적으로 남긴 것입니다.

박 : 김춘수의 무의미시와 시론이 오규원의 '날이미지 시'와 이승훈의 '비대상시'를 낳은 모태라는 것은 익히 아는 사실이지요. 1960년대 '현대시' 동인이나 1970~80년대 '자유시' 동인에게도 지대한 영향력을 주었다고 생각합니다. 저도 시인으로 문단에 첫 발을 딛기 전에 김춘수의 영향력에서 벗어나기 위해 무진 애를 썼을 정도였습니다. 습작 과정에서 그만큼 영향을 받았다는 뜻이지요. 제 등단작이라 할 수 있는 「하현달」의 "잠결에 어린 누이가 뜰에 내린 어둠을 쓸고 있다. 발목에 이는 덜 깬 바람이 흐느적거리며 다시 어둠의 일부가 된다"라는 부분은 「처용」 연작, 「이중섭」 연작 등 김춘수의 무의미시 심화기 시들에 절대적인 영향을 받은 겁니다. 김춘수의 시론을 흉내 내서 말한다면, 대상에서 의미를 제거하고 나아가 대상 자체를 없애는 과정에서 생겨난 '서술적 이미지'에 가까운 어떤 것을 창출해 내려 했던 거라 할 수 있습니다. 물론 당시에는 제가 구체적으로 어떤 영향을 받았는지 정확하게 알지는 못했지만, 분명히 '이건 김춘수적이다'라는 인식이 있었고, 그걸 탈피해야 내가 지향하고자 하던 '의미의 세계'를 만날 수 있다는 자각이 있었어요. 이런 일은 아마도 저 말고도 당시 선배들의 시를 보고 자란 많은 시인들이 느꼈을 법한 일이라 생각

돼요. 최근 다시 시를 발표하면서 제가 느끼는 게, 저는 지금도 여전히 김춘수가 무의미시를 펼치면서 드러낸, 현실의 관념이 배제된 현상 자체로의 언어에 매달리고 있다는 겁니다. 사실 이건 벗어나고 탈피해야 할 게 아니라 언제고 원점에서 시의 언어를 성찰하면서 시를 써야 한다는 것이고, 그럴 때 김춘수가 거의 전 생애적으로 시달린 '무의미시' 주제와 맞닥뜨리게 된다는 얘기입니다. 무의미시는 그만큼 순수한 대상 그 자체를 드러내는 것이 어떤 것인가를 성찰할 기회를 끝없이 제공하고 있는 셈입니다. 또한 저 혼자만의 판단인지도 모르겠지만, 김춘수의 무의미시에 나타나는 선적 경향은 한국 전통의 서정시의 맥락에는 말할 것도 없고 1990년대 중후반 이후 유행이 되다시피 한 생태주의 문학의 영역에도 선험적인 역할을 하고 있었다고 생각하고 있습니다. 김준오 같은 이론가는 일찍이 「처용시학—김춘수의 무의미시론 제고」(1980)라는 논문을 비롯한 많은 글에서 김춘수의 무의미시가 지닌 주술성, 선적 경향과 나아가 해체시 경향을 짚고 이 시들이 1980~90년대 후배 시인들의 시적 세계의 뿌리를 이루고 있음을 설명해 시 창작의 현장을 이해하는 척도를 마련해 주기도 했습니다.

이 : 김춘수 시의 영향과 수용 관계에 관한 논의들은 현재에도 활발하게 진행 중입니다. 그중 가장 대표적인 것은 '날이미지 시'와 '비대상시'지요. 오규원의 날이미지 시는 관념을 배제한 시라는 점에서는 무의미시와 공통적이지만 사실 날이미지 시는 기본적으로 무의미시가 중요하게 삼는 점들을 문제삼지 않습니다. 날이미지 시의 객관적 묘사는 일견 무의미시의 서술적 이미지와 흡사해 보이지만, 무의미시가 리듬과 소리 그리고 주체(화자 혹은 시인) 중심의 심리적 세계로 이루어진 것에 비해 날이미지 시는 존재의 현상을 날 것 그대로 드러냄으로써 관념을 배제한 반주체 중심의 사실적 세계를 지향합니다. 물론 이런 차이점에도 불구하고 그 둘은 하나의 뿌리에서 갈라져 나온 시라고 볼

수 있겠습니다. 이승훈의 비대상시가 좀 더 무의미시와 가깝다고 생각
됩니다. 비대상시는 말 그대로 시적 대상을 상실한 채 실존의 어지러
움과 언어의 도취를 지향합니다. 다만 억압된 무의식의 투사에 가장
몰두하는 점이 비대상시만의 특징이라고 보입니다. 이처럼 김춘수 시
와의 직접적인 영향 관계를 드러내는 후배 시인들도 있지만 한편에는
무의미시에 대한 부정적인 시각도 공존하고 있습니다. 유종호처럼
"무의미시는 시 작업을 계속해 나가기 위한 시인의 최선의 전략"(「이
데아의 음악과 이미지의 음악」, 『시와 말과 사회사』)이라고 객관적으
로 평가하기도 하지만, 시사적 맥락에서 무의미시가 갖는 의의와는 별
개로 막상 독자를 대상으로 하는 창작물로 무의미시를 평가할 때에는
"전연 소통되지 않는 자위적인 언어일 뿐이라는 혹평(장석주, 「언롱의
파탄과 한계」; 오세영, 「김춘수의 무의미시론」; 이승하, 「한국문단의 4
대 비극」)"을 피할 수 없습니다. 그런 점에서 '쟁점으로 읽는 한국문
학'의 첫 권으로 이 책을 놓으면서 김춘수의 무의미시를 둘러싼 많은
논의들 가운데 쟁점적인 시각과 논리적인 시각을 동시에 담고 있는 글
을 여러모로 검토하고 선별하는 과정을 겪었지요.

박 : 이번 책에는 무의미시에 대한 최근 논의들이 게재됩니다. 선하는
　　과정에서 상당히 놀랐고 흥미로웠던 것은 창시자 스스로 패인을 인정
　　하고 매듭을 지은 무의미시에 대한 평가와 관심이 최근까지도 얼마나
　　지대한지 알게 된 일입니다. 무의미시에 대한 주목할 만한 평가들을
　　이 대담 비평에 이어 전 3부로 나누어 실었는데, 이 모든 논의가 시인
　　이 무의미시의 실패를 자인한 한참 뒤에 얻어진 것이니, 그 영향력을
　　짐작할 만합니다. 또 앞으로도 시를 쓰고 시에 대해 생각하는 많은 이
　　들은 '시에 개입되는 관념을 제거한 시의 언어'를 찾는 노력을 게을
　　리 하지 않으려 할 것인데요, 우리 시사에서 그것의 가장 두드러진 실
　　천적 사례를 김춘수의 무의미시에서 찾을 수 있다는 점을 다시 한 번

확인하게 된 자리였습니다.

이 : 무의미시론은 한때 혁명적 시론이자 고유명사였으나 지금은 마치 일반명사가 된 듯도 합니다. 문학의 본질에 대한 성찰을 요하는 근원적인 문제인식을 담고 있는 일종의 리트머스 시험지 같은 것이기도 하고요. 무의미시가 지닌 자장과 스펙트럼은 앞으로도 다양하고 새로운 논의들로 확장되어가리라 믿습니다. 무의미시를 둘러싼 논의가 이처럼 활발하게 진행되고 있는 것은 무의미시론이 시사적으로 의의를 지닌 획기적인 시론이기 때문일 것입니다. 이번에 책을 엮으면서, 어떤 관념도 개입되지 않은 언어의 자리를 찾아가는 궤적을 통해 전연 새로운 차원에서 시의 언어를 성찰하게 하고, 한국시를 이전과는 확연히 다른 한 차원 높은 단계에서 논의하게 하여 시의 존재 의의를 성찰하고 사유하게 한 점에서 무의미시에 대해 새삼 전율을 맛보았습니다.

* 이 대담은 2012년 3~6월 사이 이 책을 엮는 과정에서 여러 차례 이루어졌으며, 게재 평문에 대한 내용은 아래에 해제 형식으로 정리했다.

제1부 '무의미시, 새로운 프리즘으로 읽기'에는 무의미시를 읽어온 기존의 독법을 넘어 정신분석, 회화성, 고전 문헌과의 관련, 일본의 옥중체험, 환상성 등의 새로운 시각으로 분석한 다섯 편의 평문을 실었습니다.

김승희의 「김춘수 시 새로 읽기 – Abjection, 이미지, 상호텍스트성, 파쇄된 주체」는 김춘수를 '예술에 있어서의 의미의 두려움'을 가장 깊이 인식한 시인이라고 생각하는 데서 출발합니다. 주로 줄리아 크리스테바의 이론을 분석의 틀로 삼아, '드러난' 양상으로서의 상징계가 '역사가 정한 호명의 세계'라면, 시인이 '지향한' 상상계는 '투명한 에고의 인

간, 소년과 유년의 욕망'이라는 것이라 대비시키고 있습니다. 시에서 언술내용의 주체로서 시인은 상상계로 돌아가길 희구하면서 무의미시를 지향하지만, 결국 시인이라는 언술행위의 주체는 현실과 역사에 오염될 수밖에 없는 존재라 보고 있습니다. 따라서 시인은 무의미시를 통해 끊임없이 상징계를 부수면서 자신의 주체성을 탈중심화하려는 욕망을 추구했다는 분석입니다. 처용이 지녔던 '역사와 상징계'로 대표되는 현실의 의미를 지워버림으로써 관념을 배제하는 의도적인 '기획'이 이어진 것으로 보고 있습니다. 역사란 우연히 만들어진 기표들의 유희일 뿐이므로, 의미가 형성되지 않도록 음소를 해체하고, 관념의 로고스를 무너뜨려 카니발적 희열과 해체된 자아들의 난장으로 만들어버리는 것이 무의미시라는 해석입니다.

진수미의 「액션 페인팅의 문학적 전화와 탈이미지의 시」는 현대 서구 회화의 자리에서 김춘수의 시는 회화를 지향하고 있는 가장 명시적인 예이며 무의미시는 회화를 전범으로 삼은 매우 뚜렷한 성취라고 설명하고 있습니다. 「처용단장」에 대해 1, 2부는 '세잔에서 폴록으로 급격히 이동'하면서 이미지들의 충돌 속에서 독특한 감각과 언어유희로 무의미시를 '제작'한 것으로, 3, 4부는 음소 해체의 타이포그래피를 실험해 전위적인 시를 감행한 것으로 보았습니다. 김춘수 스스로도 폴록을 원용한 사실을 밝힌 바 있습니다만, 이젤을 버리고 바닥에서 작품을 한 폴록의 액션 페인팅은 세계를 바라보는 틀 자체가 달랐고 특히 시각적인 것을 포기함으로써 고전적인 재현 방식을 뒤엎었는데, 이 점이 무의미시에서 이미지를 지워버림으로써 현실적 맥락의 대상을 떠난 시를 지향하면서 대상의 재현 대신 염불 같은 유희적 리듬의 세계로 시를 돌려보낸 것도 상통한다는 겁니다. 무의미시를 회화적 양상과 결부한 논의로 가장 집대성된 연구라고 할 수 있는 연구자의 학위논문 중 일부 내용입니다.

허혜정의 「'처용'이라는 화두와 '벽사'의 언어-김춘수의 무의미시론에 대한 새로운 해독」은 전통적인 문학 유산에서 무의미시의 상호텍스트성을 밝히고 있는데 특히 '처용가'와 불교미학과의 관련을 주목합니다. 김춘수가 발견한 처용은 '라후라처용아비'라는 말에 주목한 '인고행의 보살'에 기초한 것이며, 처용이 현실의 헛됨과 공함을 인식한 후 고통으로부터 해방을 성취했듯 김춘수 역시 의미론적 세계의 공허함을 경험한 후 인식의 해방을 추구하는 불교적 사유와 시적 직관으로 나아갔다는 분석입니다. 바로 여기서 처용의 허무적인 태도는 무의미시론의 지향점과 맞물리며, 무의미시론은 박잡한 언어의 소멸을 통해 악을 물리치는 처용의 메시지를 시론적 차원에서 변용한 것이기에 '염불'은 리듬의 실험과 불교적 사유가 만난 접점이라는 점에서 주술적 효과를 갖는다고 설명합니다. 나아가 시인의 '접붙이기 시학'은 고려 '처용가'가 신라향가 '처용가'를 자유롭게 접붙이기한 데서 방법론을 얻은 시인의 스타일이라고 해석합니다.

 최라영의 「처용연작 연구-"세다가와서" 체험과 무의미시의 관련성을 중심으로」는 독특하게 시인의 실제 체험을 무의미시의 기준으로 분석합니다. '폭력과 고통'에 예민했던 시인의 실제 경험이 무의미시를 해석하는 단서가 되어온 것은 잘 알려진 바이나, 연구자는 이를 좀 더 면밀하게 해석합니다. 김춘수 시인이 일본유학 시절 유학생들끼리 모여 일본 총독정치에 대해 비판하다가 헌병대에게 끌려가 '세다가와서'에서 고문을 받았던 자전적인 고통의 체험이 무의미시를 배태하게 한 가장 핵심적인 시공이자 경험이라는 것입니다. 또한 '야스다'라는 조선헌병대 고학생이 그 사실을 밀고한 것에 대해서도 깊이 밝히고 있는데, 이 증오가 시인으로 하여금 '우리' 혹은 '자아'라는 의식을 유보하게 했던 체험이라는 것입니다. 즉 김춘수의 무의미시는 시인이 눈앞에 맞닥뜨린 '허무'에 어떻게 빠지고 또 어떻게 이를 무의미시로 승화해 갔는지 추

적하고 있습니다. 한 지식인이 식민지의 역사 속에서 정체성을 잃고 또 이를 어떻게 문학적으로 형상해 갔는지 밝힌 자전적 기록이라는 점에 의의를 부여하고 있습니다.

나희덕의 「김춘수의 무의미시와 환상」은 환상성의 시각에서 무의미 시를 재독합니다. 연구자는 무의미시야말로 시적 관습과 규범을 전복하고 초현실적 이미지를 통해 재현의 수사학을 교란시킨 점에서 가장 중요한 환상시 텍스트라고 밝힙니다. 의식과 무의식이 충돌하거나 삼투한 그 자리에 환상이 자리하게 되는데, 환상성은 알레고리나 은유 등에 저항하기 때문에 무의미시와 가장 잘 맞는다는 의견입니다. 초현실적인 이미지들의 결합을 통해 환상의 세계를 드러내고, 리듬과 유희로 환상 체험을 하게 하는 무의미시의 유희적 충동을 통해 김춘수는 자신을 둘러싼 거대한 억압에서 벗어나고자 했으며, 이 전복적 욕망이 환상적 이미지의 연쇄와 '말할 수 없는 것들의 수사학'으로 드러난다고 결론짓고 있습니다.

제2부 '무의미시, 그 신화와 反신화'에는 무의미시에 대한 가장 정공법의 논의들과 가장 비판적이자 논쟁적인 평문 다섯 편을 실었습니다.

권혁웅의 「무의미시는 무의미한 시가 아니다」는 제목 그대로 무의미시가 무의미하지 않다는 입장의 글입니다. 연구자는 무의미시를 무가의 후렴구나 불교의 진언에 빗대고 있는 것에 강력하게 문제를 제기하면서 이들은 무의미시를 왜곡한 것이라고 주장합니다. 즉 시인은 무의미시를 통해 의미가 있느냐 없느냐를 말하려던 것이 아니라, 시란 순수한 것이냐 그렇지 못한 것이냐를 제기했다는 것입니다. 즉 김춘수가 무의미를 주장한 것은 시에서 대사회적 전언을 읽어내려는 독법들에 반대한 것이라는 해석입니다. 무의미시에 대한 논의들이 기호의 조합과 음운의 놀이로 '주장'된 것에 오히려 시인이 뒷날 굴복했다고 보고 있습니다. 그

러므로 무의미시에 대한 시인의 설명이나 해설은 제한적으로 수용해야 하고, 실제 무의미시는 대개 해석의 가능성을 품고 있어 그것에 대한 의미론적 분석이 반드시 필요하다고 역설하고 있습니다.

장석주의 「언롱의 한계와 파탄-김춘수 시 다시 읽기」는 김춘수가 과연 '큰 시인'인가를 묻는 도발적인 질문에서 시작합니다. 김춘수가 현실을 잊기 위해 실존의 자리인 이곳 현실이 아닌 극장의 어둠 속 같은 상상적인 세계 속에서 머무르고 있다고 적나라하게 비판하고 있습니다. 무의미시는 '인공적 아름다움' '의미 없는 언어의 조합' '감각의 착종'에 지나지 않으며, 이는 현실에 대해 아무런 책임도 지지 않는 상상적 유희이자 비본래적인 언롱의 세계일 뿐이기에 시가 지녀야 할 최소한의 의미도 없다는 주장입니다. 무의미시는 시대와의 소통이 완벽하게 끊긴 공상의 공허한 아름다움일 뿐 세계의 전체성에 대한 통찰로 나아가려는 의지도 없는 시인의 퇴행적이고 자폐적인 백일몽이라고 일갈합니다. 김춘수는 이미지 조형술에서 뛰어난 시인이었을 뿐이라는 비판이 거듭 가해지고 있습니다.

이창민의 「무의미시의 두 차원-역사에 반대하는 두 가지 방법」은 김춘수이 시 쓰기를 '제작'으로 인식했다고 논의를 엽니다. 대중과 자연을 배척하면서 귀족적 질의 예술과 인공 혹은 제작 개념의 예술을 지향하고 있다는 겁니다. 시를 '제작'하기 때문에 일정 모델이나 전거 없이는 시를 쓰지 않는데, 흥미로운 사실은 시인이 마침내 자신인 '김춘수'를 모델로 삼은 사례로 그의 '자기표절' 시들을 분석합니다. 자기표절이라는 기교를 통해 예술작품의 고유성인 역사성을 해체하고 나아가 역사주의의 유일회적 세계관을 배척하려는 의도를 표현했다고 의의를 둘 수 있지만, 그럼에도 독자가 그의 시에서 소외되는 점은 비판받아야 한다고 말합니다. 김춘수 스스로의 노력으로 무의미시의 유희성, 순수

성, 무상성은 끝내 지켜졌다고 논의를 마무리하고 있지만, 무의미시에 대한 가치 평가는 매우 유보적인 평문입니다.

조강석은 「김춘수의 시의 언어의식 전개과정 연구」는 김춘수 시의 언어의식을 주목합니다. 무의미시는 김춘수가 언어에 대한 집요한 사유로 언어의 피안(=관념)을 소멸시키고 언어의 차안(=관념이 배제된 언어)을 탐색해 실재를 초극하는 단계에 이른 것으로 설명하고 있습니다. 그 과정에서 시의 언어가 과연 세계의 의미를 오해와 왜곡 없이 전할 수 있을지를 탐구하던 초기 시, 언어가 언어의 현상을 탐색하는 즉 언어의 피안이 아니라 차안을 탐색하는 방향으로 나아가던 중기 시의 단계가 설명됩니다. '존재자(=언어)가 존재(=의미)로 올라가는 길'과 '존재가 존재자에게 내려오는 길'인 두 개의 길을 하나의 길로 인식하여 역사를 응시하면서 동시에 해체시키는 욕망을 개진한 것이 무의미시가 다다른 곳이라고 분석합니다.

이상호의 「김춘수의 무의미시에 함축된 진의 연구」는 무의미시의 뜻이 아직도 '어떤 의미를 갖지 않는다'는 말로 해석되는 일반적 오해에 대한 진지한 답변으로 전개됩니다. 즉 무의미시는 연상력을 동원해서 읽으면 현실과 우리의 자아에 대해 깊은 의미를 담고 있음을 알 수 있다는 주장입니다. 시는 언어를 벗어날 수 없기 때문에 무의미를 지향해도 그 결과는 다를 수밖에 없다는 것입니다. 무의미시는 시인의 의도와는 달리 무의미를 실현하지 못했고 또한 궁극의 의미를 의식하고 있었다고 보고 있습니다. 이는 비극적 세계로부터 일탈하고 싶은 구원에 대한 갈망, 인간 존재가 지닌 존엄성에 대한 인식, 역사의 폭력성을 비판하고 해체하려는 의지 등을 치밀하게 조직해 드러내고 있다고 분석입니다. '시적 트릭'이란 바로 관념과 의미가 겉으로 드러나지 않게 내면화하는 높은 기교이며 방법이라는 것입니다. 즉 무의미시는 현실도피나 반인간과

반역사를 지향한다기보다 세계와 자아를 치열하게 인식하면서 높은 시적 차원에 이르기 위한 도정이라고 그 진의를 설명합니다.

제3부 '무의미시, 너머의 언어로 읽기'에는 무의미시의 본격적인 분석의 자장 밖에서 무의미시를 해석하는 평문 여섯 편을 실었습니다.

김유중의 「김춘수의 실존과 양심」은 무의미시가 주장하는 자유와 해방은 도피와 허무를 의미하기에 오히려 모순이며 역설이라고 전제합니다. 시인은 폭력적인 현실에서 무의미시에 대한 탐구를 지속하던 기간에도 새로운 모색을 했는데, 그것은 바로 '양심'의 문제라는 것입니다. 즉 김춘수는 시인이란 스스로 고귀한 존재임을 입증하는 존재이므로 양심을 찾는 일을 존재론적 구원의 과제로 인식했는데, 양심의 문제 앞에서 겪은 자기혐오와 지식인의 위선을 직시하면서 시인이 양심을 더욱 적극적으로 해석하고 의미를 부여했다는 해석입니다. 폭력에 맞서 인간이 자신의 의지와 신념을 굽히지 않는 것이 양심의 진면목이라고 인식했던 시인 소크라테스, 피그넬, 베르자예프 등이 한계를 넘어설 수 있었던 것은 이데올로기가 아니라 바로 태도 즉 양심이었다고 이해하고 이를 자신의 시 안에서 끊임없이 상기하며 자신의 시를 모색했다고 설명하고 있습니다.

노지영의 「무의미의 주제화 형식과 독자의 의사소통 – 김춘수의 『처용단장』을 중심으로」는 무의미시가 독자와의 소통이 불가능한 성역이 아니라고 선언합니다. 처용이라는 기호는 새로운 의미 차원을 열어가는 열린 텍스트의 양상이며, 시인은 처용에 대한 암시와 가설들을 전략적으로 배치해 오히려 무의미시로 독자의 적극적인 개입을 유도하고 있다는 것입니다. 특히 에코의 이론으로 「처용단장」 연작이 다양한 하위 코드들을 갖고 있으며 이 하위 코드들이 메시지에 개입해 해석의 다양한 가능성을 보여주고 있다는 사실을 분석하고 있습니다. 이때 연구자가

설정한 독자의 개념은 에코가 가정한 '모델 독자'와 가까운데, 무의미시는 메시지 전달의 기능을 약화하여 독자로 하여금 새로운 의미를 적극적으로 모색하는 해석 욕망을 자극한다고 해석합니다. 모델 독자란 '백과사전적 지식'을 지닌 꽤 높은 문학능력을 소유한 자들이라고 설정된 개념이므로 김춘수 시인이 상정한 독자의 개념과 흡사하다고 할 수 있겠으나 역시 일반독자가 아니라는 점에서 무의미시의 독자로 일반화하는 것은 아니라고 볼 수 있습니다.

김영미의 「무의미시와 독자 반응의 역동성 – 김춘수, 「처용단장」(제1부)을 중심으로」 역시 독자 반응에 대한 연구로 볼프강 이저의 독자반응이론을 적용해 무의미시가 독자에게 절대 자유를 주고 있다고 설명합니다. 독자란 작품에 개입하여 의미를 생성해내는 주체인데 의미를 소거하는 무의미시의 구조야말로 독자로 하여금 텍스트의 단서들을 연결해 자유롭고 강력하게 의미를 구성하게 하는 텍스트라는 것입니다. 연구자는 여기서 이 신화적인 부드러운 융합의 '액체성'이 독자에게 유토피아의 세계, 통합의 세계, 화합의 세계, 이상화된 원초적인 세계를 보여준다고 나아가고 있습니다. 이러한 의미를 발견하게 하는 '자유롭고 아름다운 경험'이 김춘수의 무의미시를 읽는 기쁨이라고 새로운 해석을 주장하고 있습니다.

엄정희의 「웃음의 시학 – 김춘수 시집 『거울 속의 천사』의 기호놀이를 중심으로」는 바흐친과 크리스테바의 웃음론으로 시집 『거울 속의 천사』를 읽고 있습니다. 삶과 죽음의 이분법을 와해하는 웃음이 기표의 효과를 극대화해 기호의 의미가 침묵의 미학을 실현한다는 새로운 독해입니다. 로고스의 원리를 뛰어넘게 하는 원리가 곧 웃음이며, 이 웃음은 시의 기호놀이에 의해 생성된다는 해석입니다. 무의미시 이후 아내와 사별하고 죽음을 만난 시인이 '거울' '쉼표' '천사'라는 기호로 그 의미

에 이르려 했다는 분석입니다. 웃음의 시학은 의미의 단정을 유보하고 의미의 경계를 철폐한다는 입장을 기반으로 하여 시인의 실제 삶과 시적 텍스트가 삼투하는 순간을 포착해 기호놀이로 생성되는 과정을 밝힌 글입니다.

손진은의 「김춘수 자전소설 『꽃과 여우』 연구」는 무의미시를 이해하는 흥미로운 에움길을 연구한 글입니다. 김춘수의 '일종의 자서전' 격인 소설을 연구한 글인데, 이 연구가 의미를 갖는 것은 시인이 무의미시에 천착하게 된 이유를 보여주는 가장 친절한 산문적 해설이 이 소설임을 분석해주기 때문입니다. 유년기부터 청년 시절까지의 자전적 이야기를 담은 이 소설에 대해 연구자는 이 작품이 '소설에 대한 무지'를 드러내기는 하지만 윤리의 쓰디쓴 패배주의를 겪은 시인이 '역사' '유년' '유희' '고통' '완전'이라는 주제를 어떻게 긴밀하게 연결하면서 창작활동을 했는지 밝히고 있습니다.

이은정의 「부재의 존재론, 그 역설의 시학-김춘수의 무의미시 그 이후」는 김춘수 시인이 남긴 가장 마지막 시기의 시집들을 분석한 글입니다. 김춘수 시인은 「장편 연작시 「처용단장」 시말서」라는 글에서 30여 년 이상 질주해온 무의미시의 패인(敗因)을 자인하고 다른 행보로 나서게 되는데, 이 글은 그 지점들의 시적 인식들을 분석합니다. 무의미시의 텍스터시(textacy)를 겪은 시인은 존재추구의 문제로 선회하게 되는데, 이 시들에서 그는 현존의 부재를 통해 존재를 절실히 증명하는 역설의 언어, 존재하지만 호명되지 못한 것들을 향해 쓰여진 언어가 바로 시의 본질이었음을 다시 받아들인 것입니다. 무의미시라는 혁신적인 시적 인식 끝에 부재의 존재론이라는 역설의 시학으로 귀결하게 되는 노정과, 김춘수의 시론시라고 할 수 있는 이 시기의 메타시들을 통해 시인이 끝내 지향해온 미적 자율성의 시적 인식을 분석하고 있습니다.

제1부 무의미시,
새로운 프리즘으로 읽기

김춘수 시 새로 읽기

― Abjection, 이미지, 상호텍스트성, 파쇄된 주체

김 승 희

1. 발화로서의 시와 '소송 중에 있는 주체'

김춘수 텍스트는 한국 시문학사에서 매우 독특하고도 희귀한 위치를 가지고 있다. 그것은 텍스트 자체의 아름다움과 더불어 텍스트 생산의 기저가 되는 언어관의 독특함에 기인하는 것이다. 김춘수는 언어에 대해 심각한 질문을 던지지 않는 대부분의 한국 시인들과는 달리 언어 그 자체에 대해 깊은 질문과 성찰을 보여주고 있는데 언어라는 것이 실체 (referent, 지시대상)와 연관된 도구적인 것이나 상징이 아니라 '기호' (시니피앙+시니피에)일 수 있고 기표와 기의와의 간격을 최대한으로 넓혀 텍스트에서 관념과 의미를 배제하고자 한 시도를 한 시인이었으며 또한 관념이 언어를 침범하는 것을 불순하다고 보았고 관념이 침범하지 않는 '순수'한 시어에 대해 관심을 기울였다. 또한 관념성이 강한 한국문학 풍토에서 시인이란 최남선이나 김수영처럼 선각자적 선비이거나 비판적 지식인이어야 한다는 윤리적 고정관념을 버리고 '시인=언어 예술가, 심미적 주체'일 뿐이라는 생각을 보여준 드문 시인이었다. 그의 텍스트

는 러시아 형식주의자들이 보여준 것과 같은 '예술에 있어서의 의미에 대한 두려움'을 보여주고 있고 또한 그러한 입장을 통해 독자들에게 현대문학 연구에서 가장 중요하다고 할 수 있는 여러 문제적 질문들을 던진다.

필자는 그의 시 세계를 세 단계로 나누면서 텍스트 생산의 양상과 시적 언어의 성격, '말하는 주체'의 양상을 고찰하면서 그의 텍스트를 새로 읽어보고자 한다. 먼저 첫 번째 시기는 초기 시집 『구름과 장미』(1948), 『늪』(1950), 『꽃의 소묘』(1959), 『타령조·기타』(1963)까지의 음악성이 지배적인 텍스트들과 두 번째 시기는 '무의미시론'을 공식적으로 주장하면서 쓰기 시작한 『처용단장』(60년대 후반부터 쓰기 시작하여 시선집 『처용』(1972)을 상재하고 20여 년 동안 전 4부를 집필하여 1991년 출간) 등으로, 그리고 세 번째 시기는 『들림, 도스토예프스키』 등 후기 시로 나눈다. 시적 언어에 대하여 그는 대표작으로 알려진 「꽃」 등에서 '언어=존재이자 사물'이라는 형이상학적 로고스중심주의적 입장을 보이기도 했지만 시론집 『의미와 무의미』 등을 통하여 언어가 실체와 연관된 것이거나 존재 그 자체가 될 수 없고 기호(시니피앙+시니피에)라는 주장을 끊임없이 되풀이한다. 많은 연구자들이 김춘수 시인이 말하는 '무의미'에 코드를 맞추어 연구를 진행했지만 '무의미'를 무의미로 파악하고자 하는 한 시인의 의도를 중심으로 살피는 진부한 동어반복적 연구밖에는 될 수 없었다.

언어가 기호라 해도 그것이 과연 관념(시니피에)을 떠날 수 있는가, 그렇다면 언어는 언제, 어떻게 시니피에를 버릴 수 있고 언제 무의미에 도달할 수 있는가, 언어가 절대적 무의미의 경지, 즉 음악과 같은 기표만의 상태에 도달하는 것이 정말로 불가능하다면 시인이 말하는 무의미란 무엇인가, 의미(meaning)가 시인, 작가의 '의도의 일자(一者)적 의미'라면 그가 말하는 무의미란 '단일 의미가 파쇄되면서 생성되는 다의미

(多意味)'를 말하는 것은 아닐까[1]), 그러나 대체 언어 기호라는 것이 과연 시대나 이데올로기 같은 상황과 사회적 맥락을 떠나 그렇게 중립적일 수 있는가. 또한 언어는 아무리 추상적인 진술이라고 하더라도, 한 편의 텍스트와 마찬가지로, 하나의 발화(utterance)로 본다면, 특정한 사회적 맥락 속에서 어떤 한 개인에 의해 사용된 '상황적'인 것인데 그러한 '발화로서의 시 텍스트'로 김춘수 시를 읽는다면 그가 시론에서 말하고 있는 '무의미시와 순수에의 욕망'이 아주 새롭게 이해될 수 있지 않을까? 바로 그런 질문과 관점을 가지고 「김춘수 시 새로 읽기」는 시작된다.

형식주의나 소쉬르 언어학과는 반대로 바흐친/볼로쉬노프는 "언어란 멈추지 않는 생성의 흐름이며…… 언어는 그것의 사회적 차원 안에서 보여지고 끊임없이 계급과 공동단체와 국가와 집단의 관심사를 반영하고 변형시킨다. 이런 관점에서 어떤 발화도 중립적이지 않다. 발화의 의미가 독특한 것이라 해도, 그것은 여전히 송신자에 의해 채택되고 수신자에 의해 인식될 수 있는 의미의 이미 확립된 패턴에서부터 나온다. 그러나 이러한 확립된 패턴들은 소쉬르의 랑그의 추상적인 패턴들이 아니다. 그보다는 끊임없이 변화하는 사회적인 가치들과 지위들에 언어가 구체화되고 반영되는 방식에서이다…… 어떠한 발화나 작품도 독립적이지 않고 그들이 '불멸'이라고 부르는 것이 될 수 없다. 가장 간단한 발화에서부터 과

---

1) 크리스테바는 시적 언어는 그 자신의 과정을 의미와 무의미, 즉 의미와 리듬 사이에, 상징계와 기호계 사이의 결정불가능한 지점에 위치시키는 것이기에 어떤 특별한 의미가 아니라 기호화하는 기제라고 말한다. 또한 시적 언어는 아리스토텔레스적인 논리와 언어의 단일성(논리는 A이거나 Not-A 둘 중 하나일 수밖에 없다는 아리스토텔레스의 주장을 0-1로 기호화하면서 크리스테바는 0은 무이고 1은 단일한 요소라고 판단)의 개념들에 반대되는 것으로 0-2의 원리에서 작동하는데 0은 무(無)이고 2는 적어도 이중적인 것 이상이며 그것은 A와 Not-A 둘 다이다. 시적 언어는 그렇게 이중적, 양가적이며 대화적이고 상호텍스트적이다. "시적 언어는 0-1 시퀀스에 기반을 둔 논리적 시스템의 무능함을 전경화시킨다.", Graham Allen, *Intertextuality*, (Routledge: London and New York, 2000), pp.43~45 참조.

학적이거나 문학적인 담론의 가장 복잡한 작품에 이르기까지 어떤 발화도 홀로 존재하지 않는다. 그것은 이전의 작품들의 복잡한 역사로부터 수신자에게 적극적인 반응을 추구하며 복잡한, 집단적이고 사회적인 맥락으로부터 출현한다…… 소쉬르의 추상적인 언어학은 언어에서 대화적 본성을 제거했는데 언어란 사회적이고 이데올로기적이고, 주체중심적이며 주체수신적인 본성을 내포한 것이다."라는 것으로 정리된다[2]

텍스트를 발화로 이해할 때 우리는 발화자와 수신자, 즉 시인과 독자라는 문제로 나아가게 된다. "발화의 의미뿐만 아니라 발화의 수행이라는 바로 그 사실 또한, 일반적으로 지금 여기서 주어진 환경 안에서, 특정한 역사적 순간에, 주어진 사회적 상황의 조건 하에서 역사적이고 사회적인 의미의 실현이라는 사실이다. 바로 그 발화의 존재가 역사적이고 사회적으로 의미있는 것이다."[3]

또한 시 텍스트를 하나의 '발화'라고 상정하는 순간 크리스테바의 말대로 우리는 언어학의 시체 공시장에서는 만날 수 없는 '말하는 주체'의 문제와 필연적으로 만나게 된다. 크리스테바는 '심리적으로 단일한 인간 주체란 없다'라고 단언하면서 언술 행위의 주체(subject of enunciation)와 언술 내용의 주체(subject of utterance)를 구분한다.[4] 필자는 제레미 호

---

2) 위의 책, pp.15~16. 참조.

3) 위의 책, p.17.

4) 제레미 호돈은 발화(utterance)의 주체와 진술(enuciation)의 주체에 대한 크리스테바의 입장을 정리하면서 발화의 주체는 인간적 창작자(말하고 생각하는 주체)에 연관되고 진술의 주체는 언어적 실체(서술된 행위의 주체)와 연관된 것으로 정리한다. 즉 내가 지금 무언가를 말할 때 나는 발화의 주체가 되지만 내가 무언가를 쓰고 그것이 시간이 흘러 누군가가 그 글을 읽을 때 나는 진술의 주체로만 남게 된다는 것이다. 즉 글쓰기에서 주체는 소멸되고 만다. 그러나 안토니 이스트호프는 방브니스트, 라캉, 크리스테바 등의 이론을 기반으로 말하는 주체의 위치를 언술 행위의 주체(subject of enunciation)와 언술 내용의 주체(subject of enonce)로 구분하면서 언술 내용의 주체는 서술된 사건 속의 주체, 즉 시적 화자와 같으며 언술 행위의 주체는 말하는 사람, 즉

돈의 관점보다 이스트호프의 관점에서 말하는 주체는 언술 내용의 주체(시적 화자)와 언술 행위의 주체(시인)로 분열되어 있다는 입장에서 그 용어를 사용하고자 한다. 시 텍스트는 사회적, 역사적 맥락 안에 놓인 하나의 발화이며 언술 행위의 주체는 자신이 속한 당대의 이데올로기와 신화, 전통, 사회적 담론 등에 오염되어 있는 존재이며 분열된 주체이기에 시적 담론의 양태는 상징계와 기호계, 즉 의식과 무의식의 역동적 상호작용으로 생산되는 것으로 본다. 따라서 시 텍스트는 시인이 아무리 '무의미'를 주장하고 있을 때라도 당대 현실과 이데올로기에 오염된 정치적, 사회적, 역사적인 텍스트일 수밖에 없다. 언술 행위의 주체가 당대의 관념과 이데올로기, 사회적 속박들로부터 자유롭지가 않고 에고와 말하는 주체로 분열되어 있기 때문이다. 따라서 시 텍스트는 언술 내용이 정치, 사회에 오염되지 않은 순수한 것이고 언술 내용의 주체가 초월적 자아의 모습을 보인다 할지라도 근본적으로 불순한 것이며 흔들리는 것이며 정치적일 수밖에 없다.

크리스테바는 '말하는 주체'의 분열 문제와 상징계에 저항하는 기호계적 코라 이론, 부정성, 거부 등의 기호분석학 이론을 통해 "텍스트란 어떤 의미나 진술로 환원될 수 있는 고정된 작품이 아니며 하나의 기호적 실천이며 생산성(productivity)"이라고 본다.[5] 그리하여 그녀의 새로운

쓰는 사람인 것이다. 언술 내용의 주체는 언술 행위의 주체인 나에게서 미끄러져 나가는데 이 두 국면은 상상계와 상징계로 일컬어진다. 언술 행위란 물질적 전개 과정이어서 그 시제는 방브니스트가 말하듯 언제나 '끊임없는 현전'인데 독자는 언제나 언술 행위의 주체로서 위치하고 있어서 시를 언제나 현재적인 것으로 읽기에 사실상 시를 읽는다는 것은 생산이 된다. 안토니 이스트호프, 『시와 담론』, 박인기 옮김, 지식산업사, 1994, 75~80쪽 참조.

5) 크리스테바는 역동적인 문학 언어를 수평적 차원과 수직적 차원의 입장에서 규정한다. 수평적 차원에서 텍스트 내의 단어는 쓰기 주체와 수신자 둘 다에게 속한다. 수직적인 차원에서 텍스트 내의 단어는 이전의 또는 공시적인 문학의 몸체들을 향해 있다. G. Allen, 앞의 책, pp.34~35. 참조.

기호학(Semanalysis)은 연구대상인 텍스트라는 것이 쉽게 소비되는 생산품이 아니며 생산이나 생산성이라고 그 지위를 강조한다. '생산'에 대한 막시스트의 관심과 '(꿈)작업'에 대한 프로이트의 관심을 결합시키면서 텍스트도 '과정 중에 있는' 생산일 뿐 아니라 주체, 작가(시인), 독자, 분석가도 역시 생산되는 과정 중에 있는 것이라 파악한다. 작가, 독자, 분석가 역시도 텍스트를 넘어 '과정 중에, 소송 중에 있는' 끊임없는 생산의 과정에 합류한다. 그러므로 말하는 주체도 단일하고 안정된 초월적 투명한 에고가 아니라 분열된 것이고 그 분열의 금을 통하여 언어 안으로 욕망이 흘러넘치는, 의미 생성의 두 가지 양태인 상징계와 기호계가 계속 투쟁하는 그런 장소가 된다. 따라서 텍스트는 고정성이나 단일화된 의미를 가지는 것이 아니며 계속적인 사회적, 문화적 과정에 연결된 것이며 상호텍스트적인 것으로 읽혀져야 한다.

2. '압젝트로서의 역사' 배제, 의미 배제의 '순수'와 무의식의 의미 작용

흔히 '해방 공간'이라 불리는, 해방 이후에서부터 6·25전쟁 사이에 간행된 그의 첫 시집 『구름과 장미』는 상당히 징후적인 시집이다.

희맑은
희맑은 하늘이었다.

(소년은 졸고 있었다.)

열린 책장 위를
구름이 지나고 자꾸 지나가곤 하였다.

바람이 일다 사라지고
다시 일곤 하였다.

희맑은
희맑은 하늘이었다.

소년의 숨소리가
들리는 듯하였다.

—「소년」전문

   한 편의 목가적인, 순결한 풍경화와 같은 이 시에서 역사, 정치, 이데 올로기와 같은 불순한 '시대의 피 냄새'는 지워져 있다. 텍스트에 부재 하는 것, 생산적 무의식의 의미작용을 읽어내는 것이 징후적 독서이고 페노 텍스트 안에서 제노 텍스트를 읽는 것이다. 하늘의 영원성의 맑음 안에 시간은 불멸하고 '소년'은 그 자연의 초시대적, 초공간적 불멸 속 에 동화되어 있다. 대자연과 인간 사이 틈새가 없는 것이다. 2연 "(소년 은 졸고 있었다)"에서 소년을 감싸고 있는 그 '괄호'는 소년과 하늘 사 이의 '모성적 관계'를 암시한다. 대자연의 포대기 같은 괄호 안에 소년 은 졸면서 감싸여 있는 것이다. 그럼으로써 소년과 자연 사이 분열이나 틈이 없이 평화로운 이 풍경화는 그러나 기표 차원에서 어떤 불길함을 느끼게 한다. "희맑은/ 희맑은 하늘이었다"라는 연이 두 번 반복되면서 '희맑음'이라는 기표가 4번이나 반복되는 현상이 징후적이기 때문이다. '희맑음'은 지시적 의미에서 '희고 맑음'을 뜻하지만 그러나 기표 차원 에서 '희맑음'은 '희룽대다', '희번득이다', '희롱해롱' 등의 기표들을 연상시키면서 기의 차원만으로는 느낄 수 없는 어떤 불길함을 환기시킨 다. 의미나 진술, 메시지만으로 환원될 수 없는 기표들의 시적 효과라고 할 수 있다. '희고 맑은 하늘'이라고 표현했을 때는 느낄 수 없는 반복 되는 '희' 음소의 불길함은 '소년'과 풍경 사이의 평화가 금방이라도 깨

어질 것 같은 고요한 틈을 암시한다. 우리는 여기에서 말하는 주체의 분열과 언술 행위의 주체의 욕망의 텍스트적 침투를 읽을 수 있다. 무의식은 말하지 않음으로써 말하고 의미하지 않음으로써 의미에 영향을 미친다. 역사와 이데올로기 과잉의 시대인 해방 공간에 씌어진 이 보기 드문 평화의 텍스트 안에 새겨진 '대자연/인간'의 평화로운 공존(symbiosis)을 파괴하는 무의식의 욕망의 흔적, '희맑음'에서 우리는 언술 내용과는 다른, 억압될 수 없는 욕망의 불길한 말을 들을 수 있다.

여기에서 필자는 크리스테바의 Abjection[6], Abject[7] 개념을 생각해 볼 필요성을 느낀다.

한 개인의 주체 형성 과정에서 인간이란 대타자인 상징 질서(A) 안에 진입, 복종하면서 어쩔 수 없이 분열을 겪으며 자신의 주체성을 획득한다고 할 때 압젝션이란 A의 금지로 인해 상상계적인 것을 투척, 기각하는 것을 말한다. 이때 투척, 기각되는 대상으로서의 압젝트는 상상계적인 것, 전(前) 오이디푸스적인 것, 어머니(a, 젖가슴, 눈짓, 애무하는 듯한

---

[6] 압젝션은 크리스테바가 셀린느를 연구한 저서 『공포의 권력』에서 키워드로 사용하고 있는 개념으로 폐기, 방기, 추방 등을 뜻한다. 그것을 라캉 식의 주체 형성 과정에 대입시켜 이야기한다면 인간 주체는 언어 질서와 상징계에 진입하여 적절하고 올바른, 깨끗한 육체를 가지고 사회적 주체성을 정립하려고 할 때 그러한 어두운, 혐오스럽고 역겨운 것들을 쫓아내고자 한다. 압젝트란 인간 생활과 문화가 스스로를 유지하기 위해 배제하는 것들이다. 즉 '정체성, 체계, 질서를 어지럽히는 것, 경계, 위치, 규칙을 무시하는 것'이다. 줄리아 크리스테바, 「압젝시옹에 대한 방법론」, 『공포의 권력』, 동문선, 2001, 21~62쪽 참조. 보다 자세한 것은 Gross, "Body of Abjection", Fletcher and Benjamin, ed., *Abjection, Melancholia and Love: The Works of Julia Kristeva*, London and New York, Routledge, 1990. 참조.

[7] 오물, 쓰레기, 고름, 체액, 시체 그 자체가 모두 압젝트이다. 그러나 압젝트는 그 자체가 혐오이면서 매혹이라는 이중성과 역겨우면서도 홀리는 기묘함(uncanniness)을 가진 것이고 압젝트는 투명한 에고와 정체성을 위협하기 위해 때때로 귀환하는 성질을 가지고 있다. 억압된 것들은 반드시 돌아온다. 그것은 투명한 에고를 위협하고 상징 질서 안에 자리잡은 주체를 소송 중에 빠뜨리게 하는 불길한 무의식이 된다. 줄리아 크리스테바, 「압젝시옹에 대한 방법론」, 앞의 책, 23~34쪽 참조.

목소리 등, 금지된, 그러나 희열에 넘치는 상상적인 것들)의 육체와 연관되는 것들이 된다. 어쩔 수 없이 그것들을 혐오의 기호로 분류, 투척, 기각하고 '누군가가 되기 전의 나'를 집어 던지며 분열되면서 인간은 상징 질서 안의 하나의 기표로서 자기 존재를 수납하게 된다. 인간은 그렇게 상징 질서 안에서 하나의 기표로 정립되는 분열된 존재이자 타자이다.

　김춘수 시인은 일제 식민지 시대에 일본유학을 하던 시절 겪은 폭력의 체험을 몇 번이고 되풀이해서 진술한다.[8] 당대의 상징 질서인 일제 군국주의는 그를 '불령선인(不逞鮮人)'이라는 어처구니없는 기표로 호명하고 부조리한 의미부여를 하고자 무시무시한 폭력을 가한다. 정치 질서, 식민 체제 등 모든 질서들은 무시무시한 공포의 권력으로 한 개인의 실체나 자유 의지와는 무관하게 '부조리한 기표'로 만들어 버릴 수 있는 혐오스러운 것이다. 역사로서의 상징계는 그를 역사의 흐름에 따라 '불령선인', '부르조아 반동', '비참여 지식인'이라는 기표로 호명해 왔고 그는 어떤 호명 체계에도 응답하지 않았다. 모든 호명은 허구적인 것이고 자신의 실체와 상관이 없는 부조리한 기의를 가진 기표로 정립시킬 것이기 때문이다. (그런 그가 1981년, '피의 5월 항쟁'을 치르고 정권을 획득한 전두환 정권 시절 '민주정의당'이라는 허무맹랑한 기호를 이름으로 가진 정당의 국회의원이 되었다는 사실은 참으로 부조리하지만 이해되기도 한다. 그것은 압젝트라는 개념으로 설명할 수 있는 사건이다. 모든 압젝트는 혐오와 공포이면서 동시에 매혹이라는 그 이중성과, 압젝션된 것은 언젠가 귀환하여 복수하려고 자아와 비자아 경계선 사이에 걸쳐져서 기다리고 있는 것이기 때문에. 가장 민주와 정의가 부재했던 정당의 이름이 '민주정의당'이었으니 그것은 기표와 기의가 아무 상관이 없고 우연적이며 서로 미끄러지는 관계라는 기호의 자의성과 허무

---

8) 김춘수, 「처용, 그 끝없는 변용」, 『김춘수 시론전집 2』, 현대문학사, 2004, 148~150쪽 참조.

를 가장 잘 보여준 역사적 예라고나 할까?) '상징계는 어차피 사물의 살해, 죽음이다'라는 라캉의 말이 상기된다.

역사와 그 허울인 이데올로기를 모조리 공포의 권력으로 혐오하는 김춘수 시 텍스트에서는 압젝션의 주체인 상징 질서와 부권적인 권력 중 '역사의 폭력성'이 오히려 압젝션의 대상이 된다.(상징계로서의 문법 체계는 인간으로서 불가피하게 수납하지만 통사론적 교란을 자주 보이고 언어의 상징성을 지우고자 '무의미'를 주장하며 언어 체계의 기본 요소인 음운들을 해체하고자 하는 욕망이 상징계에 대한 시인의 운명적인 이중성이다.) 역사와 이데올로기, 사회, 제도라는 상징 질서에 의해 a를, 즉 모성적 대상을 압젝션시켜서 거세를 수납하면서 동시에 상징적인 것들을 혐오와 공포의 압젝트화시키는 것이다. a에 대한 욕망은 기각되고 무의식 안으로 하강하면서 동시에 상징적인 것들도 압젝트가 된다. '누군가가 되기 전의 나'는 '억압되고 우리는 타자'가 된다. 시의 대상으로 '소년'처럼 미성숙한 남자나 「처용단장」 등에서 시인의 유년기가 자주 형상화되는 것도 그런 압젝션의 맥락에서이다. 정치, 사회, 역사적인 상정적인 것들을 압젝트로서 추방, 기각하고 남는 투명한 에고로서의 인간, 그것은 '소년'과 '유년 시절의 나'에 가장 가까울 것이다.

따라서 또 하나의 상징 질서인 기호와 통사론, 문법적인 것들, 단일 주체성, 법과 같은 언어의 투명성, 관념들에 대해서도 혐오할 수밖에 없다. 그것은 시어에서 '의미'를 배제하고 '무의미'를 전경화시키고자 하는 시적 노력, 기호계적인 것들의 실천과도 같은 맥락이다.

> 가자. 꽃처럼 곱게 눈을 뜨고. 아버지의 할아버지의 원한의 그 눈을 뜨고 나는 가자. 구름 한점 까딱 않는 여름 한 나절. 사방을 둘러봐도 일면의 열사(熱砂). 이 알알의 모래알의 짜디짠 갯내를 뼈에 새기며 뼈에 새기며 나는 가자.
> 꽃처럼 곱게 눈을 뜨고, 불모의 이 땅바닥을 걸어가 보자.
> ─「서시」 전문, 『구름과 장미』 중

이 시는 김춘수의 시라기보다는 서정주의 시로 보일 정도로 부정성의 음악이 지배적이다. 가쁜 호흡, 리듬과 억양, 음소들의 반복, 동일한 통사 반복으로 인한 시니피앙의 연쇄 지연하기, '꽃의 고운 눈/아버지의 할아버지의 원한의 눈'의 역설적 은유 등 기호적 코라의 강한 의미작용이 지배적으로 드러난다. 이 텍스트에서 역사라는 시어는 부재하지만 우리는 부재하는 단어, '역사'를 읽어낼 수 있다. "아버지의 할아버지의 원한의 그 눈을 뜨고 나는 가자"라고 했을 때 '아버지, 할아버지'에서 '나'에게로 이어지는 것이 바로 '역사'이기 때문이다. 따라서 이 시에서 비록 '역사'라는 말은 부재하지만 '역사'는 곧 시적 화자에게 원한이 되는 것으로 읽혀진다. 압젝트로서의 추악한 역사에 대한 공포는 기호적 코라의 생성인 거친 호흡, 리듬과 억양, 역설 등 부정성의 힘으로 초기 시편들 안에 흔적으로 작용한다.

시적 언어는 그 자신의 과정을 의미와 무의미 사이, 즉 언어와 리듬 사이에, 다시 말하면 상징계와 기호계 사이의 어느 지점에 위치시키기 때문에 문장에 선행하는 리듬, 억양 등의 코라적 힘은 의미 생성의 과정을 보여주는 것이다.

「부다페스트에서의 소녀의 죽음」에서 역사적 사건은 드물게도 시적 소재로 등장한다.

"다뉴강에 살얼음이 지는 동구의 첫겨울/ 가로수 잎이 하나 둘 떨어져 뒹구는 황혼 무렵/ 느닷없이 날아온 수발의 쏘련제 탄환은/ 땅바닥에/ 쥐새끼보다도 초라한 모양으로 너를 쓰러뜨렸다./ 순간,/ 바숴진 네 두부는 소스라쳐 삼십보 상공으로 튀었다./ 두부를 잃은 목통에서는 피가/ 네 낯익은 거리의 포도를 적시며 흘렀다./ (중략)/ 다뉴강은 맑고 잔잔한 흐름일까,/ 요한 슈트라우스의 그대로의 선율일까,/ 음악에도 없고 세계지도에도 이름이 없는/ 한강의 모래사장의 말없는 모래알을 움켜쥐고/ 왜 열세 살 난 한국의 소녀는 영문도 모르고 죽어 갔을까,/ (중략)/ 부다페스트의 소녀여, 네가 한 행동은/ 네 혼자 한 것 같지가 않다./ 한강에서의 소녀의 죽음도/ 동포의 가슴에는 짙

은 빛깔의 아픔으로 젖어든다./ 기억의 분한 강물은 오늘도 내일도/ 동포의 눈시울에 흐를 것인가,/ 흐를 것인가, 영웅들은 쓰러지고 두 달의 항쟁 끝에/ 너를 겨눈 총뿌리 앞에/ 네 아저씨와 네 오빠가 무릎을 꾼 지금,/ 인류의 양심에서 흐를 것인가,/ 마음 약한 베드로가 닭 울기 전 세 번이나 부인한 지금 / (하략)/ ”

이 긴 시에는 ‘나’라는 시적 화자를 가리키는 단어는 한 번도 등장하지 않는다. 시적 화자, 언술 내용의 주체가 부재한다. 대신 ‘너’라는 단어는 무수히 등장한다. ‘너’혹은 ‘네’라는 말 속에는 쏘련제 탄환을 맞고 죽어간 헝가리의 소녀와 ‘소련, 중국, 북한/미국, 연합국, 남한’의 전쟁에서 영문 모르고 죽어간 소녀가 오버랩되며 언술 행위의 주체가 ‘압젝션’했던, 치욕의 역사를 겪었던 ‘나’조차도 오버랩된다. 51행의 긴 시가 연 구분도 없이 거대한 호흡으로 밀려오고 밀려가는 이 시는 ‘쓰러뜨렸다’, ‘튀었다’, ‘적시며 흘렀다’, ‘소리 높이 울었다’라는 ‘다’각운의 동사들의 행렬과 ‘선율일까’, ‘죽어 갔을까’, ‘흐를 것인가’, ‘싹튼 것일까’등 의문형 문장들의 행렬이 엇갈리면서 전쟁의 참혹함과 그것에 피해 입은 인간의 머뭇거리는 질문을 교차시킨다. 51행이 1연을 이루는 이 운율적 공간에서 거친 호흡, 근육운동적 리듬, 교차하는 각운들의 반복 등 기호계적 코라의 자질들은 역사 자체를 압젝트로 보며 압젝션시켰던 언술 행위의 주체의 무의식에서 강하게 솟구쳐 오르는 저항의 욕망, 부정의 욕망을 강화한다. 그러므로 기호계적 자질이란 상징계라는 질서에 도입된 부정성이자 상징적 질서의 위반 그 자체로 텍스트에서 ‘소녀들의 영문 모를 죽음을 애도함’이라는 의미 이상의 의미를 생성하는 것이다. 이렇듯 음악성이 강한 초기 시들에서 우리는 트라우마로서의 역사나 이데올로기의 폭력 체험을 ‘재현’한 것을 발견하지는 못하지만 그것들이 시적 화자의 차원, 페노 텍스트의 차원에서가 아니라 제노 텍스트의 차원에서 억누를 수 없는 그 불길한 욕망을 새기고 있다

는 것을 발견한다.

3. 언어의 위기, 존재의 위기

상징 질서에 대한 혐오, 저항은 또 하나의 거대한 상징 질서인 언어 체계에 대한 불신, 회의로 나아가고 언어는 위기를 겪게 된다. 『꽃의 소묘』(1959)에서부터 언어에 대한 위기의식, 언어에 대한 질문이 등장하기 시작한다. 「꽃 2」에서는 "바람도 없는데 꽃이 하나 나무에서 떨어진다. 그것을 주워 손바닥에 얹어놓고 바라보면, 바르르 꽃잎이 훈김에 떤다. 화분도 난(飛)다. 「꽃이여」라고 내가 부르면, 그것은 내 손바닥에서 어디론지 까마득히 떨어져간다.//지금 한 나무의 변두리에 뭐라는 이름도 없는 것이 와서 가만히 머문다."처럼 실체로서의 '꽃'과 언어 기호로서의 '꽃'이 아무 관계가 없다는 소쉬르적 인식을 보여준다. 소쉬르에 의하면 기호란 시니피앙과 시니피에, 양면으로 되어 있을 뿐 실재 세계의 지시대상과는 분리되어 있는 것이다. 이렇듯 '꽃'이란 실체는 '꽃'이란 기호와 상관없이, 아니 오히려 기호가 대상으로서의 '꽃'을 파멸시키는 것으로 드러난다. 꽃이라는 '기호'가 파괴되었을 때 '이름도 없는 것'은 오히려 '머무르는 것'으로 존재하게 된다. 언어에 대한 불신, 대상과 관계가 없는 기호로서의 언어에 대한 인식이 시작된다. 언어와 대상과의 관계의 분리는 상징계에 대한 불신에서 나오는 것이지만 존재의 문제, 주체의 위기를 낳게 된다. 그런 존재의 위기, 주체의 흔들림에서 「꽃」이 태어난다. (시집에서 「꽃 2」가 「꽃」보다 시집에서 앞에 게재되어 있으므로 그 순서에 따라 「꽃 2」를 먼저 분석하였음)

> 내가 그의 이름을 불러 주기 전에는
> 그는 다만
> 하나의 몸짓에 지나지 않았다.

내가 그의 이름을 불러 주었을 때

그는 나에게로 와서

꽃이 되었다.

내가 그의 이름을 불러준 것처럼

나의 이 빛깔과 향기에 알맞은

누가 나의 이름을 불러다오.

그에게로 가서 나도

그의 꽃이 되고 싶다.

우리들은 모두

무엇이 되고 싶다.

너는 나에게 나는 너에게

잊혀지지 않는 하나의 의미[9]가 되고 싶다.

— 「꽃」 전문

　「꽃 2」와는 달리 이 텍스트에서 시적 화자는 언어를 비은폐성, 진리의 건축과 연관된 창조적인 것으로 노래한다. 『창세기』에서의 아담처럼 '이름붙이기', '명명하기' 는 사물의 창조가 되고 만물의 언어적 건립이 되는 것이다. 이름 부르기에 따라서 만물은 그에 따라 존재자가 되고 혼돈한 부재에서 질서를 가진 존재자로 다시 태어난다. 언어는 곧 사물이라는 성서적인, 로고스중심주의적인 언어관이다. 또 한 가지 이 텍스트에서 가장 눈에 띄는 것은 '나', '그', '너' 라는 존재가 본질을 가진, 즉 불변적 의미를 가진 초월적 에고가 아니라 '명명하기' 라는 행위에 따라 생성되는 가변적인 존재라는 인식이다. 즉 본질적 존재는 없으며 모든 존재는 생성의 존재라는 것이다. 1연에서 '나/그' 의 관계는 '명명하기'

9) 후에 시인이 '하나의 의미' 를 '하나의 눈짓' 으로 수정하였다. 전집, 현대문학사, 178쪽 .

이전과 '명명하기' 이후로 차이화되어 드러난다. '나' 의 존재는 명명하기의 주체로 '그' 는 존재론적 본질을 가지고 있지 않다. '그' 는 '나' 와의 관계에 의해서만 존재가 생성된다. 그리하여 '그' 는 '나' 라는 인칭대명사와의 관계 속에서만 생성되는 '과정 중에 있는 주체' 이며 '나' 도 역시 마찬가지이다. '나' 도 본질이나 초월적 자아가 있는 것이 아니라 '누구' 의 호명과 연관되는 것이다. '우리들' 도 모두 마찬가지이다.

따라서 만유에 떠도는, 근거 없이 심연 속의 어둠을 떠도는 미분리의 '덩어리(몸짓)' 가 '이름 부르기' 를 통해 '꽃' 으로 존재하게 된 것처럼 시적 화자인 '나' 의 존재도 초월적 자아가 아니고 타자의 호명을 통해서만 비로소 존재자가 된다는 포스트모더니즘적, 상대주의적 주체관을 보여준다. 따라서 언어의 위기는 주체의 위기, 인간의 위기가 된다. 인간이나 사물이 본질을 지닌 것이 아니라 언어에 상대적으로 종속되어서 '나다움' 이 생겨난다는 인식은 포스트모던적 사고의 시작이라고 할 수 있다. 언어가 없다면 무의식도 없고 존재도 없다. 그러나 언어의 본질적인 창조성에 대한 사고는 형이상학적인 것이라 하겠다.

「꽃을 위한 서시」에서는 언어 이전, 전(前) 오이디푸스 단계의 위험성을 노래한다. "나는 시방 위험한 짐승이다./ 나의 손이 닿으면 너는/ 미지의 까마득한 어둠이 된다.// 존재의 흔들리는 가지 끝에서/ 너는 이름도 없이 피었다 진다."에서 언어 체계가 없는, 전 오이디푸스적 단계의 해체의 위험을 읽을 수 있다. 「꽃」에서 '말' 이 존재자의 존재를 창조했다면 「꽃을 위한 서시」에서 '손' 은 존재자의 존재를 해체하고 어둠으로 그것을 돌린다. 상징계를 기호계화하려는 코라적 욕망은 결국 대상의 해체를 가져오는 것이다. '말/손' 의 차이는 상징계와 기호계의 차이, 오이디푸스 이후 시기와 전 오이디푸스 단계의 차이, 로고스와 육체성의 차이이다. 위 세 편의 텍스트는 언어와 '꽃' 이란 사물의 존재성과의 관계를 보여주는데 언어는 형이상학적(「꽃」)일 때 사물을 창조하거나 혹

김춘수 시 새로 읽기 · 김승희

은 언어가 대상과 분리될 때는 사물은 파괴되며(「꽃 2」), 언어 이전의 상태로(「꽃을 위한 서시」) 가면 사물은 해체되고 어둠 속으로 은폐된다는 ("얼굴을 가리운 나의 신부여") 인식을 나타낸다.

이 텍스트 안에서 언술 내용의 주체는 단일성과 안정성을 유지하고 있는 반면 언술 행위의 주체의 무의식은 텍스트 안에 별 흔적을 남기지 않는다. 로고스중심주의적 세계관 안에서 언어의 창조성과 언어=사물, 존재를 믿는 형이상학적 입장이 극히 안정될 때 언술 행위의 주체의 무의식의 욕망은 분열의 틈 아래에 잠복한다.

그러나 연작시 「타령조」에서는 압젝션에 의해 박탈된 것들, '어머니의 육체적인' 것(압젝션시킨 a), 에로티시즘의 욕망들이 압젝션을 뚫고 타령조의 리듬을 타고 기호계적으로 텍스트를 생성한다. 타령조의 근육 운동적 리듬은 담대하게 압젝트의 대상들을 불러 온다. 그 때 노래되는 것들은 몸의 욕망이고 사랑이고 '부끄러운 것들'(a)이다. 붉은 털 인간(紅毛), 지귀, 쓸개 빠진 녀석의 쓸개 빠진 사랑, 불알, 에로스, '페넬로프, 춘하추동 자라는 그대 음모'(「타령조 11」), '어머니, 춘하추동 자라는 당신의 음모'(「타령조 12」), '공중목욕탕에 빠뜨리고 간 누군가의 음모, 인간의 사타구니에서 떨어져 나온 부끄러운 한 가닥의 터럭' 등 상징계 안에서 기각되어 감추어져야 할 '부끄러운 것들'이자 비천함이다. 「타령조 10」에서는 "이세반도에서 열아홉 살 오토미의 눈에는/ 그 커단 눈에는/ 태평양보다는 훨씬 적지만/ 바다가 너울거리고 있었다./ 오토미, 너는 모를 것이다./ 그로부터 일년 뒤/ 세다가야 등화 관제한 하숙방에서/ 시도 못 쓰고 있는 나를/ 한국인 헌병보가 와서 붙들어 갔다./ 오토미, 참 희한한 일도 있다./ 어젯밤 꿈에/ 이십년 전 네가 날 찾아왔더구나./ 슬픔을 모르는 네 커단 두 눈에는/ 태평양보다는 훨씬 적지만/ 바다가 여전히 너울거리고 있었다."라고 압젝션의 대상이었던 '역사적 폭력의 하수인'과 향기로운 일본 여성(빠의 여급)이 오버랩되어 등장하

기도 한다. 앞에서 언급한 대로 역사의 폭력(그 자신 압젝션의 주체이기도 하면서 그 대상)과 육체적인 것으로서의 a가 두 개의 압젝트의 대상이었고 압젝트가 이중성(혐오와 유혹)을 가진 것을 확인할 수 있다.

4. 의미에 대한 두려움 : 상징에서 기호로

언어의 의미가 대상과의 관계에서의 지시적 의미이거나 사회적 상징 질서 안에서의 관념으로서의 의미라면 그가 시적 언어가 관념을 형성할까봐 두려워하는 것은 자신이 추방, 배제해 버린 압젝트로서의 역사, 이데올로기가 자신의 언어를 오염시킬 것을 두려워하는 것과 같은 패러다임을 이룬다고 할 수 있다.[10] 셀린이나 시인 이상이 사회적 상징 질서에서 배척된 압젝트(오물이나 부적절한 더러움, 실재계의 무시무시한 공포)에 자기 자신을 동일시하고 자신의 언어를 무의식의 욕망에 위험하도록 내맡기고 오염시켜 희열의 텍스트를 이룬 것과는 반대로 시인은 검은 공포의 괴물인 역사, 이데올로기를 압젝트로 추방, 배제하고 투명

---

10) "60년대 중반쯤 해서 나는 새로운 트레이닝을 의도적으로 시도하게 되었다. 시는 관념(철학)이 아니고 관념 이전의 세계, 관념으로 굳어지기 이전의 세계, 즉 결론(의미)이 없는 아주 소프트한 세계가 아닐까 하는 자각이 생기게 되었다. 이 자각을 토대로 시를 추구해 간 결과, 나는 무의미시라는 하나의 시적 입지를 얻게 되었다. 무의미시의 일차적 과제는 시에서 의미, 즉 관념을 배제하는 일이다. 이 과제를 실천에 옮길 때 얻게 된 것이 서술적 이미지라고 내가 부른 그것이다. 이미지를 서술적으로 쓴다는 것은 이미지를 즉물적으로 쓴다는 뜻이기도 하다. 그러나 이미지는 의미(관념)의 그림자를 늘 거느리고 있다."그러나 서술적 이미지도 역시 관념의 그림자를 거느린다는 자각 이후 탈이미지, 즉 리듬의 세계로 나아간 것이 『타령조 · 기타』의 시기라고 할 수 있다. "이 그림자를 지우기 위하여 나는 탈이미지로 한 걸음 더 나가게 되었다. 탈이미지는 결국 리듬만으로 시를 만든다는 것이 된다. 그러나 이것 역시 낱말을 버리지 않는 이상 의미의 그림자가 늘 따라 다니게 된다. 그래서 나는 낱말을 해체하여 음절 단위의 시를 시도하게 되었다. 이것은 언어도단(言語道斷)의 세계다. 나는 나도 모르게 선적 세계에 들어섰는지도 모른다."『김춘수 시론전집』, 385~399쪽.

한 에고로서 자신의 정체성을 세우고 전(前) 오이디푸스기인 거울 단계, 상상계의 에고 이미지에 집착한다.[11] 따라서 그는 시각중심주의적인 자기 자리를 강하게 고집하며 그러므로 시적 작업에서 이미지에 몰두하게 된다. 압젝션은 나르시시즘과 공존하는 동시에 그것을 약화시킨다.

「의미에서 무의미까지」 등의 시론이 보여주듯 「처용단장」에서부터는 사생(寫生)을 하듯 시를 썼고 관념을 배제하기 위해 그동안 써오던 '비유적 이미지'보다는 '서술적 이미지'를 주로 사용하려고 했다는 시인의 말처럼 「처용단장」은 '의미/무의미'의 공존에서 무의미를 극대화하기, 그리하여 애매모호성이나 이질혼성성 만들기, 주체의 단일성 분쇄, 설화나 다른 문학 작품 안의 고유명사들을 차용하여 그 상징성을 벗겨내고 관념성을 기호화하기, 말하는 주체의 복수화 전략 등의 다양한 방법을 드러낸다. 필자는 이미 압젝션되었던 공포로서의 역사가 결국 자아와 비자아 사이의 경계선에 머물렀다가 끈질기게 다시 귀환하여 의식의 중심으로 들어서고 있는 것을 본다.

'처용'은 폭력에 의해 빼앗긴 자였다가 상징계의 부조리한 공포를 본 자였다가 거세를 당한 자였다가 상징 질서 안에서 기표들의 유희로 자신의 공포를 말하고자 하는 욕망을 지닌 자이기도 하다. 한 문화 질서 속에 이미 성립되어 있는, 내가 만든 것이 아닌 상징적 관념을 떠나 '관념으로부터 탈출하는' 새로운 시니피앙의 공간을 생산하겠다는 시인의 의도는 '처용'이라는 설화적 상징을 끌어올 때부터 이미 모험적이다. 앞서 말했듯 '처용'이란 한국문화 안에서 이미 상징적 맥락을 강하게

---

11) "이러한 역사의 폭력에 대한 공포는 내 눈에 역사=이데올로기=폭력'의 삼각관계가 비치게 되면서부터 나는 도피주의자가 되어가고 있었다. 왜 나는 싸우려고 하지 않았던가? 나에게는 역사·이데올로기·폭력 등은 거역할 수 없는 숙명처럼 다가왔다. 나는 나 혼자만의 탈출을 우선 생각했다. 생각하지 않을 수 없었다. 그 때 또 다른 모양을 하고 처용이 나에게로 왔다. 처용은 나의 유년의 모습이었다." 앞의 책, 574쪽.

거느린 설화 속의 인물로서 '역신(疫神)의 간통이라는 폭력을 예술(인고주의적 해학12))로써 극복하는 상징성'을 가지고 있다. 그러나 시인의 경우 '극복'이라기보다는 '도피'로 이해하고 있는 것을 각주의 산문에서 확인할 수 있다. '윤리적 패배'로서의 '처용'은 '유년 시절의 모습'으로 변화했다가 '동해 용왕의 아들'의 모습으로 나타났다가 '환한 빛'으로 나타났다가 '잠자는 처용'으로 변모해 간다.

그러나 텍스트에서 '처용'은 설화 속의 인물의 상징성을 드러내는 것이 아니라 오히려 그 상징성을 지우며 상징을 기호로 해체하는 과정을 보여준다. 그동안 '처용'을 주로 설화적 인물의 알레고리이거나 상징으로 읽어왔는데 그것은 왜 굳이 '무의미시론'을 말하면서 문화적 상징성이 강한 '처용'을 끌어 왔는지에 대한 해답이 될 수 없다.

필자는 '처용'이라는 제목을 말에서 상징성을 벗겨내고 그것을 기호화함으로써 시어에서의 관념을 배제하고 무의미화시키려는 기획으로 본다.

"알레고리가 기표가 기의를 위해 서 있는 담론이라면 상징은 기표가 기의와 동일한 것이 되는 담론이다. 알레고리가 하나의 질서를 상응하는 다른 것으로 데려간다면 상징은 항상 이것을 명확하게 되게 하는 실재에 참여한다. 이것을 기호의 용어로 다시 말한다면 차이는, 기표가 기의를 위해 서 있는 하나의 담론과 기표가 다소간 기의와 동일한 것이 되는 다른 담론 사이에 있다."13)

---

12) 김춘수, 『김춘수 시론전집 2』, 현대문학사, 2004, 149쪽. "그렇다, 한동안 나에게 있어 역사는 그대로 폭력이었다. 역사의 이름으로 지금 짓밟고 있는 것은 누구냐?/ 폭력을 심리적으로 극복할 수 있는 길이 있을까? 그것은 인고주의적 해학이 아닐까? 극한에 가까운 고통을 견디며 끝내는 춤과 노래로 달래보자. 고통을 가무로 달래는 해학은 그러나 윤리의 쓰디쓴 패배주의가 되기도 하는 어떤 실감을 나는 되씹고 되씹곤 하였다. 처용적 심리나 윤리는 일종의 구제되지 못할 자기기만 및 현실도피가 아니었던가?"

13) "알레고리는 추상적 관념을 그 자체가 감각적인 사물에서 추출한 추상에 지나지 않

「처용단장 제1부 : 눈, 바다, 산다화」는 차가울 정도로 시각중심주의
적인, 이미지로 쓰여진 시이다. 이미지는 에고의 소산이며 나르시시즘
의 시각적 단계와 연관된다. 「제1부」는 "바다가 새앙쥐 같은 눈을 뜨고
있었다./ 이따금/ 바람은 한려수도에서 불어오고"라는, 시각적 이미지
로 시작한다. "날이 저물자/ 내 늑골과 늑골 사이/ 홈을 파고/ 거머리가
우는 소리를 나는 들었다./ 베꼬니아의/ 붉은 꽃잎이 지고 있었다." 1연
과 2연 사이 '시각/육체'의 대조, 나르시시즘과 압젝트한 것, 에고와 기
호계적인 것의 긴장과 대립의 드라마가 「처용단장」 전편에 전개되리라
는 암시가 된다.

「제1부」는 유년 시절의 바닷가와 3월에 눈 내리는 풍경, 호주 선교사
네 집 풍경, 은종이의 천사, 네잎클로버 등이 묘사된다. 안정된 어조로
시각적 이미지 중심으로 이루어지기 때문에 리듬, 음운적, 발성적 기호
계적 자질들은 지배적으로 드러나지 않고 언술 내용의 주체는 투명한
에고에 가깝게 드러나며 언술 행위의 주체의 무의식적 욕망은 텍스트
내에 강하게 침투하지 않는다.

「제2부 들리는 소리」는 1부에서 시각적인 이미지가 펼쳐진 것과는 달
리 '소리' 중심의 치열한 어조와 억양이 지배적이다. 2부 전편이 '-다
오'의 연속이다. 「1」에서 "돌려다오./ 불이 앗아간 것, 하늘이 앗아간
것, 개미와 말똥이 앗아간 것,/ 여자가 앗아가고 남자가 앗아간 것,/ 앗
아간 것을 돌려다오./ 불을 돌려다오. 하늘을 돌려다오. 개미와 말똥을
돌려다오./ 여자를 돌려주고 남자를 돌려다오./ 쟁반 위에 별을 돌려다
오."처럼 격앙된 어조와 '-돌려다오'라는 병행 구문의 반복, '앗아간

는 그림 언어로 옮겨 놓은 것에 불과하다. 반면에 상징의 특징은 개체 속에 특수한
것이 존재하고 특수한 것 속에 일반적인 것, 일반적인 것에 보편적인 것이 존재한
다. 무엇보다 그것은 항상 명백한 것이 되는 실재에 참여하고 총체성을 표현하고 그
것 자체로 재현적인 통일체의 살아 있는 부분으로 머무른다."

것'의 반복, 병행 구문에 의해 '하늘/말똥'처럼 '신성한 것/ 비천한 것' 등의 동일화, '여자/남자'와 같이 대립적인 것들의 동일화, '쟁반 위의 별' 등을 통한 ㅂ 음소의 반복 등이 텍스트에 기호계적 코라의 침입이다. 텍스트는 대립, 대조, 리듬, 음운적, 음소적, 발성적 반복으로 인해 로고스중심주의가 무너지며 카니발적 희열의 텍스트가 된다.

「2」에서도 "구름 발바닥을 보여다오./ 풀 발바닥을 보여다오./ (중략) 별 겨드랑이를 보여다오." 등의 반복 구문과 음운, 음소적 반복, 발성적 반복, 격앙된 어조, 「3」에서도 "살려다오."의 반복, 「4」에서도 "애꾸눈이는 울어다오./ 성한 눈으로 울어다오." 등의 반복으로 강한 코라의 영향을 받는다. 「5」의 "불러다오./ 멕시코는 어디 있는가/ 사바다는 사바다, 멕시코는 어디 있는가/ 사바다의 누이는 어디 있는가/ 말더듬이 일자무식 사바다는 사바다/ 멕시코는 어디 있는가/ 사바다의 누이는 어디 있는가/ 불러다오./ 멕시코 옥수수는 어디 있는가."에서는 의미는 리듬으로서의 무 사이에서 결정불가능하게 된다. 병행 구문이 병행 구문을 부르고 음운이 음운을 부르고 반복이 호흡은 거칠어져 '사바다'의 의미나 '멕시코'의 의미는 결정불가능하게 된다. 시니피앙들의 유희일 뿐이다. 말하는 주체의 육체적 욕망, 압젝션된 a의 카니발적 귀환, 고조되는 음악성과 지워지는 의미 사이에서 텍스트는 희열의 텍스타시[14]를 생성한다.

「제3부 메아리」도 유년 시절의 묘사나 일화 등을 노래한 시도 있지만 기표들의 놀이가 주를 이룬다. 예를 들어 외할머니의 발음, 통영—퇴영이나, 시몬—시몽 등, 그리고 「36」에서는 "명도(明圖)가 /아냐/ 명사(明沙)

---

14) textacy란 로버트 영의 용어로 시니피앙들의 유희로 단일 주체가 무너지는 그러한 과격한 텍스트에서 보여지는 것으로 희열과 의미 생성이 텍스터시를 일깨우는데 그것은 성적인, 텍스트적인 도래 안에서 주체가 비의적으로 상실되는 감각을 일컬음이다. Graham Allen, 앞의 책, p.56.

들의 유희, 명사(鳴沙)/ 명사(鳴謝)/ 명사(瞑詞) /명사(銘謝)/ 명사(名師), 명사(明絲)/ 명사(名士)/ 그래 나는 명사고불(名士古佛)/이야/ 명신대부(明信大夫)야/ 콧대높은"으로 동음이의어들의 행진과 단어들의 반복으로 의미화 기능이 거의 붕괴 직전에 이르게 되고 한 단어(명사)만을 반복함으로써 단언적인 의식, 투명한 에고를 보장하는 통사 구문 자체도 와해되며 어떤 의미화 대상도 초월적 자아의 의식을 작동시키는 것도 전혀 찾아볼 수가 없다. 단일성이나 정돈된 우주는 깨어지며 에고는 무너지고 주체성은 복수화되고 '나'는 '명사고불(名士古佛)'이거나 '명신대부(明信大夫)'이거나 '아무 것'이든지 '아무 것'이 아니든지 하게 된다. 자아의 해체이며 복수화된 주체의 카니발적 난장(亂場)이 된다.

　「39」에서 압젝션의 주체이자 그 대상이었던 '역사'를 의미화 대상으로 불러낸다.

ㅕㄱㅅㅏㄴㅡㄴ
눈썹이없는아이가눈썹이없는아이를울린다.
역사를
심판해야한다 ㅣㄴㄱㅏㄴㅣ
심판해야한다고 니콜라이 베르쟈예프는
이데올로기의솜사탕이다
바보야
하늘수박은올리브빛이다바보야

　　　　　'

역사는
바람이 자는가 자는가 하더니
눈이 내린다 바보야
우찌살꼬 ㅂㅏㅂㅗㅑ

ㅎㅏㄴㅡㄹㅅㅂㅏㄱ ㅡㄴ한여름이다ㅂㅏㅂㅗㅑ

올리브열매는 내년ㄱㅏㅡ리다ㅏㅂㅏㅂㅗㅑ

ㅜ찌ㅅㅏㄹㄲㅗㅂㅏㅂㅗㅑ
ㅣ바보야,
역사가 ㅕㄱㅅㅏㄱㅏ 하면서
ㅣㅂㅏㅂㅗㅑ

—「처용단장 제3부 메아리 39」 중에서

　‘역사’, 주체성 정립을 위해 어쩔 수 없이 복종하고 진입해서 들어가 살아야 하는 상징적인 질서인, 그러나 살게 하는 것이 아니라 죽게 했던 가학적인 폭력이었던 ‘역사’는 여기에서 음소 차원으로 해체된다. 하나의 기표가 된, 거기에서도 해체되어 부서진 자모로 텍스트에 등장당한 ‘역사’는 그러나 ‘인간’이 심판하기 위해서는 인간도 해체되거나 할 뿐이고 무의미한 ‘하늘 수박’, ‘올리브 열매’ 등의 자유 연상을 통해 ‘인간/역사’의 관계는 절대적, 필연적일 것도 없는, 우연한 기표들의 유희일 뿐이라는 양상을 보인다. 무시무시한 공포의 주체였던 ‘역사’가 그 거대한 절대 권력을 잃어버리고 단지 하나의 기표이자 텍스트 안에서 부서진 자모들의 모음으로 드러날 때 비로소 그 절대성과 공포의 권력으로부터 주체의 욕망은 해방된다.

　「제4부 뱀의 발」도 3부와 비슷한 세계를 보인다. 그 마지막 편인 「18」은 “네 꿈을 훔쳐보지 못하고, 나는/ 무정부주의자도 되지 못하고/ 모난 괄호/ 거기서는 그런대로 제법/ 소리도 질러보고/ 부러지지 않는/ 달팽이 뿔도 세워보고// 역사는 나를 비켜가라,/ 아니 맷돌처럼 단숨에/ 나를 으깨고 간다.// 신미 4월 초이레 지금은 자시,”라고 쉼표(,)로 끝난다. 시적 화자는 역사, 정치, 사회의 ‘모난 괄호’ 안에서 이래저래 살아온

삶을 고백하며 '역사'에 대해 '비켜가라'고 호통까지 하지만 '역사의 맷돌'은 여전히 시적 화자에게 가학적 폭력의 권력일 뿐이다. '맷돌처럼 단숨에 나를 으깨고 간' 역사의 모습은 여전히 압젝션의 주체이자 그 대상으로서 폭력적 권력을 가진다.

20여 년에 걸쳐 쓰여진 전 4부작 「처용단장」의 마지막 시행이 쉼표(,)로 끝난다는 것은 아주 신선하고도 유쾌한 징후다. "신미 4월 초이레/ 지금은 자시"라는 이 언술 행위의 시간도 이 시간이 흐르면 하나의 역사가 될 것이고 역사는 단절됨이 없이 잠시 쉬었다가(,) 다시 흐르리라는 암시?

지금까지 읽어본 대로 「처용단장」 전 4부에서 '처용'의 상징성을 찾는다는 것은 무의미한 작업이다. 상징이나 알레고리로서의 '처용'은 전 시편들 속에서 드러나지 않으며 '1부: 보는 자, 2부: 빼앗긴 자, 빼앗긴 것을 돌려달라고 부르짖는 자, 3부: 거대 담론'인 '역사'를 'ㅕ ㄱ ㅅ ㅏ'로 만드는 자, 4부: 모난 괄호 속에 숨어 살기를 원했지만 그러나 '역사의 맷돌에 으깨진 자'라는 기호들의 연쇄를 통해 간신히 그 기의를 생성할 수 있다. 시적 언어는 상징과 알레고리의 너머에서 의미와 무 사이, 언어와 리듬 사이의 결정불가능한 위치에 존재하기 때문이다.

5. 고유명사들, 상호텍스트성, '접붙이기'의 잡종적 주체

『들림, 도스토예프스키』(1997)라는 텍스트는 도스토예프스키적인(『죄와 벌』, 『까라마조프가의 형제들』, 『악령』 등) 작중 인물들의 고유명사로 범람하는데 시의 제목인 수신자의 이름과 시적 화자인 발신자의 이름 모두 도스토예프스키 소설에서 발탁되었다. 이 시들의 형태적 특징은 편지글의 형식(「표트르 어르신께」에서 '거리의 여자 구르센카 드림', 「제브시킨에게」에서 '변두리 우거에서/ 스비드리가이로프')으로 되어

있으며 제목은 거의 다 수신자의 이름으로 되어 있고 많은 시편들이 2연으로 이루어져 있는데 1연은 '나'라는 일인칭 시적 화자의 진술이며 2연은 말을 건네는 일인칭 화자의 이름으로 되어 있다. 시의 형태적 특징 자체가 단일한 의미 체계와 통일적인 주체성을 분쇄하는 대화적, 상호 텍스트성을 보여준다. 어떤 작품은 소냐에게 라스코리니코프가 말을 건네고 아로샤에게 작은 형 이반이 말을 건네고 스따브로긴 백작에게 키리로프가 말을 건네는 한 텍스트 속의 작중 인물들끼리의 대화가 이루어진다. 그렇다고 소설 줄거리가 나열되거나 인물들의 특성이 산문적으로 진술되는 것은 아니다.

> 가도 가도 2월은/ 2월이다./ 제철인가 하여/ 풀꽃 하나 봉오리를 맺다가/ 움찔한다./ 한 번 꿈틀하다가도/ 제물에 까무러치는/ 옴스크는 그런 도시다./ 지난 해 가을에는 낙엽 한 잎/ 내 발등에 떨어져/ 내 발을 절게 했다./누가 제 몸을 가볍다 하는가./ 내 친구 세스토프가 말하더라./ 천사는 온몸이 눈인데/ 온몸으로 나는 보는/ 네가 바로 천사라고./ 오늘 낮에는 멧송장개구리 한 마리가/눈을 떴다./ 무릎 꿇고/ 라자 할머니처럼 나도 또 한 번/ 입맞췄다./ 소태같은 땅. 쓰디쓰다./ 시방도 어디서 온몸으로 나를 보는/ 내 눈인 너./ 달이 진다./ 그럼.// 1871년 2월/ 아직도 간간이 눈보라치는 옴스크에서/ 라스코리니코프.
>
> ─「소냐에게」 전문

처음 시를 읽을 때 1연의 1인칭 화자는 '시적 화자'의 일인칭으로 읽힌다. 그러나 2연에 이르러 우리는 시적 화자가 라스코리니코프였음을 알게 되고 언술 내용의 주체와 언술 행위의 주체가 분열, 어긋나고 있으며 그리하여 언술 내용보다는 즉 기의의 차원보다는 기표의 차원, 즉 언술 행위가 전경화되었음을 알게 된다. '소냐'는 『죄와 벌』속의 '구원하는 여성성'이라는 상징 관념을 해체하고 '낙엽 한 장─천사─온몸이 눈─내 눈─달'이라는 이미지로 기호화된다. 「아료샤에게」라

는 시에서도 1연은 "즈메르자코프가 목을 매단 그날도/ 사타구니에 그처럼 큰 불알을 차고/ 머리에 금술 단 예쁜 벙거지 쓰고/ 아들 손에 목 배틀린/ 바람든 푸석한 무 같은/ 아버지 죽음이 생각났다./ 우습기만 했다./ 하느님이 없는 나에게 나를 보는/ 네 눈이 너무 커 보인다./ 하늘이 그득 담겼다."처럼 서술적 이미지로 이루어져 있고 2연 "1881년 세모/ 작은 형 이반"이라고 발신자의 이름이 써 있다. 각기 언술 내용의 주체와 언술 행위의 주체 사이의 분열과 긴장을 암시하면서 텍스트는 말하는 주체의 탈중심화와 상징의 기호화라는 언술 행위가 전경화되어 드러난다.

또 다른 한편으로 도스토예프스키의 작중 인물들은 자신이 속한 고정된, 고유한 텍스트 공간을 뛰어 넘어 다른 텍스트들 속으로 가로질러 가기도 한다. 예를 들어 『죄와 벌』 속의 라스코리니코프에게 『까라마조프가의 형제들』의 이반이 말을 건네며, 『죄와 벌』 속의 소냐가 『까라마조프』 속의 '구르센카 언니'에게 말을 건네기도 한다. 그 자체로 대화의 개방성, 상호텍스트성을 보여주면서 말하는 시적 화자의 차용된 인물로의 가장을 통해 언술 내용의 주체/언술 행위의 주체 사이의 분열과 탈중심화를 보여주며 상징의 기호화라는 언술 행위 그 자체를 내세운다.

언술 행위 그 자체가 내세워지다 보니 제목에 속하는 '수신자', 혹은 '언표화되는 것'은 소설 줄거리 혹은 소설 속의 관념과 강하게 연결되지 않고 이미지화, 기표화되어 나타난다. 그리하여 「우박」 같은 시에서는 "구르센카,/ 백번을 불러봐도/ 너, 희대의 화냥년./ 웬일일까,/ 잠긴 하늘에서 오늘 밤은/ 동고비새 똥 같은 뭉클한 우박/ 하나 둘/ 네 발등에 떨어지는구나, 네 발등에/ 하나 둘, 뚫리지 않는/ 구멍을 뚫는구나."처럼 '구르센카'라는 이름은 소설 주인공이라는 실체와 상관이 없이 단지 하나의 기표로서('구르센카-세계 구르는 무엇-뭉클한 우박-발등

에 굴러 떨어짐') 음소의 유희로 기호화된다.[15] 따라서 이러한 음소들의 유희는 의미라기보다는 상징성의 기호화에 연관되면서 기의보다는 기표의 전경화에 관련된다. 그 시집에 실린 「역사」라는 시에서도 '역사'라는 거대 담론은 그 무거운 관념성을 빼앗기고 한없이 가벼운 '구름' 이미지로 변모한다.

"구름은 딸기밭에 가서 딸기를 몇 개 따먹고/ 흰 보자기를 펴더니/ 양털 같기도 하고 무슨 헝겊쪽 같기도 한/ 그런 것들을 풀어놓고/ 히죽이 웃어보기도 하고 혼자서 깔깔깔 웃어보기도 하고/ 목욕이나 할까 화장이나 할까 하며/ 제가 진짜 구름이나 될 듯이/ 멀리 우스리 강으로 내려간다.// 무릎 꿇고 요즘도/ 땅에 입맞추는 리자 할머니는/ 올해 나이 몇 살이나 됐을까."

상부 구조인 '역사'는 하늘에 위치하기는 하지만 절대 권력으로서의 불변성, 폭력과 공포의 무거움을 벗고 낙천적인 '구름'으로 형상화되다가 2연에서 그것은 대문자, 거대 담론으로서의 '역사'라는 패러다임으로부터 전환되어 '땅에 입맞추는 리자 할머니의 나이'(이 부분은 시 「소냐에게」의 일부)라는 미시사적 접근으로서의 소문자 '역사'로 전복된다. 역사란 인간을 짐승처럼 짓밟고 나아가는 공포의 이데올로기이거나 아니면 헤겔 류의 거대한 변증법적 낙천주의(거시사)가 아니라 피와 살이 통하는, 소수 집단으로서의 인간의 이야기(미시사)이고 그것은 지고

---

15) 음소는 상징으로서의 언어에 속한다. 그러나 동일한 음소가 리듬적이고 억양적인 반복들과 관련될 수 있는데 음소는 본능적인 욕망의 육체 근처에서의 기호계적 배치 안에서 그 자신을 유지하기 위해 의미로부터 자율적인 의미로 향하는 경향이 있다. 이것이 바로 단조롭고 이성적, 과학적 담론이 은폐하려고 하는 자연 언어가 가지고 있는 결정 불가능한 특성에 대해 관심을 일깨우는 시적 언어의 특성이다. Julia Kristeva, "From one identity to an other", *Desire in Language*, Edited by Leon S. Roudiez, Trans. by Thomas Gora, Alice Jardine and Leon S. Roudiez, Columbia University, 1980, p.135에서 인용.

의 '하늘'보다는 오히려 '땅'에 가까운 것이 된다. 그리하여 초기 시에서 압젝트로서의 공포, 폭력으로 군림하던 '역사'를 시인이 가볍게 전복시키는, 압젝트가 승화로 전환되는 장면이다. 그것은 『들림, 도스토예프스키』의 공간 안에서만 가능한 일이고 역사와 이데올로기에 상처받은 인간 존재의 비참함에 미시사적인 조명을 함으로써 거대 역사 이데올로기의 터무니없는 낙천주의를 해체한다.

그러나 독자는 시 「역사」가 『꽃의 소묘』에 이미 수록되었던 「구름」이란 시의 개작이라는 것을 알게 된다. "(시의 앞부분은 동일함)어디로 갈까? 냇물로 내려가서 목욕이나 할까 화장이나 할까 보다 …… 그러나 구름은 딸기를 몇 개 더 따먹고 이런 청명한 날에 미안하지만 할 수 없다는 듯이, 「아직 맛이 덜 들었군!」하는 얼굴을 한다"가 "(시의 앞부분은 동일함)제가 진짜 구름이나 될 듯이/ 멀리 우스리 강으로 내려간다.// 무릎 꿇고 요즘도/ 땅에 입맞추는 리자 할머니는/ 올해 나이 몇 살이나 됐을까."로 개작된다. 「처용단장」에서부터 시도된, 자신의 초기 시를 개작하고 거기에 자신의 최근 시를 덧붙이는 이러한 '접붙이기' 기법은 포스트모던한 패스티쉬 기법, 자기 표절이라 할 수도 있고 자신의 주체성을 탈중심화시키는 전략으로도 보인다. 이러한 접붙이기 혹은 '동일성에 차이 생산하기' 기법은 두 가지로 해석될 수 있다.

하나는 무엇보다도 역사적 시간이라는 과거의 현재화다. 역사적 시간은 직선적으로 발전해 나가는 것인데 자신의 초기 시에 최근 시를 덧붙여 시간의 유일회성을 배척하는 것은 '역사주의의 유일회적 세계관을 배척하는 신화적 윤회적 세계관의 기교적 실천'일 수 있다. 또한 두 번째로 그것은 한 기표가 다른 기표와 겹쳐짐으로써, 예를 들어 구름과 역사라는 기표가 겹쳐짐으로써 한 기표가 유일한 의미를 지시하는 것을 훼방하고 시어의 다의성을 생산해내려는 욕망의 장치가 된다. 즉 이러한 접붙이기 기법을 통해 기표의 포개짐은 차이를 동일화시키는 언어적

효과를 생산한다. 구름이 역사가 되는 것이다.

크리스테바가 강조하는 0-2의 논리이고 이러한 이질혼성적 시적 언어와 탈중심화된 주체성, 텍스트끼리의 대화 공간(자신의 초기 시, 도스토예프스키의 텍스트) 안에서 상호텍스트적 새로운 의미 생산하기 등은 이성과 인간 주체의 단일성에 대한 신념에 대항하여 전복시키려고 투쟁하는 미적 전략이라고 할 수 있다. 공포 체험으로서의 역사에 의해 거세, 박탈당했던 시적 자아가 압젝트로서의 역사에 대한 공포를 극복하고 드디어 그 트라우마를 승화시켜 그것을 초월하는 숭고한 언어적 국면에 비로소 들어선 것이라고 할 수 있다. 해방은 그렇게 오래 걸려서 늦게 찾아오는 것이고 '내'가 '나'를 붙잡고 있을 때는 결코 만날 수 없는 것이다.

■ 참고문헌

김춘수, 『김춘수 시전집』, 현대문학사, 2004.
_____, 『김춘수 시론전집』 1, 2, 현대문학사, 2004.

안토니 이스트호프, 『시와 담론』, 박인기 옮김, 지식산업사, 1994.
줄리아 크리스테바, 『공포의 권력』, 서민원 옮김, 동문선, 2001.
Allen, Graham, *Intertextuality*, Routledge, London and New York, 2000.
Fletcher and Benjamin, ed., *Abjection, Melancholia and Love: The Works of Julia Kristeva*, Routledge, London and New York, 1990.
Moi, Toril, ed., *Kristeva Reader*, Columbia University Press, New York, 1986.
Kristeva, Julia, *Revolution in Poetic Language*, Trans. by Magaret Waller, Newyork: Columbia University, 1984.

액션 페인팅의 문학적 전화(轉化)와
탈이미지의 시

진 수 미

1. 폴록 수용에 관한 이견(異見)과 그 양상

김춘수와 잭슨 폴록1)은 몇 가지 공통점을 갖고 있다. 첫째, 기법 실험을 통해 새로운 작품 세계를 끊임없이 모색한 20세기 예술가라는 점이고, 둘째로는 구체적 형상—이미지—의 유무로 창작 시기가 나눠진다는 점이다. 이에 대해 상술하면, 이미지가 드러난 1기, 이미지를 지워버리는 실험이 나타났던 2기, 이미지가 다시 나타나는 경향의 3기로 작품 세

---

1) 잭슨 폴록(Jackson Pollock, 1912~1956): 미국의 추상화가. 와이오밍주 태생으로, 로스앤젤레스와 뉴욕에서 공부하였다. 1930년대 무렵부터 표현주의를 거쳐 추상화로 전향하였으며, 구겐하임 부인과 비평가 그린버그의 후원을 받아 격렬한 필치를 거듭하는 추상화를 전개하였다. 1947년 마룻바닥에 편 화포(畵布) 위에 공업용 페인트를 떨어뜨리는 독자적인 기법을 개발하여 하루 아침에 명성을 떨쳤는데, 그것은 떨어뜨린 도료(塗料)의 궤적(軌跡)을 거듭하여 화면의 밀도를 높여감과 함께 각자의 다이내믹한 제작 행위를 직접 화폭에 기록하는 것이었기 때문에 액션 페인팅이라고 불리게 되었다. 세계 화단에 큰 영향을 끼쳤으며, 뜻밖의 교통사고로 세상을 떠났다. 「잭슨 폴록」, 『동아원색대백과』, 제29권, 1983, 33~34쪽.

계가 대별된다는 것이다.[2) 셋째, 이들의 작품이 이해되는 데 이론의 뒷받침이 컸다는 점이다. 김춘수는 자신의 시에 대한 이론화를 스스로 수행했다. 이에 반해 폴록의 이론적 대변인은 전문적인 미술 평론가 그린버그였다. 이 점은 두 예술가의 차이로 지적될 수 있겠다. 넷째, 이론화 과정에서 지방성이 강조되었다는 점이다. 김춘수는, 전술되었듯이 동양한시의 전통을 강조했으며,[3) 그린버그는 폴록의 회화를 파리 화단의 주도권 상실 후 이루어진 "미국 회화의 최초의 발언"이라고 주장했다.[4)

김춘수가 폴록을 원용한 사실에 대해 황동규와 이승훈은 다음과 같이 말하고 있다.

(1) 그[김춘수-인용자 주]는 자기 시론이 이룩하는 긴장 상태를 두 차례에 걸쳐 잭슨 폴록의 그림과 비교하고 있는데, 전혀 맞는 비교 같지 않다. 폴록의 자연발생적인 예술이론을 시에 대입시킨다면 자동기술에 가까운 것이 될 터이지만, 김춘수의 시는 그 자신이 밝혔듯이 초고에 시인의 의도가 팽팽히 개입하는 시인 것이다. 그리고 폴록이 캔버스 위에 폭발시키는 것은 뜨거운 감정임에 반해서 김춘수는 차갑게 감정을 단련하는 것이다. 구태여 화가에 비유하자면 그의 시는 삐에 몬드리앙의 그림에 가깝다고 생각된다.[5)

---

2) 폴록의 회화는 1930년대 후반부터 1940년대 중반의 형상적인 작품을 주로 한 형성기, 1947년부터 본격화되는 액션 페인팅 시기가 1950년까지 이어지고 난 뒤, 다시 형상성이 나타나는 후기 회화(late work)-1951년부터 사망한 1956년까지-로 분류된다. 고유미(1996), 「잭슨 폴록의 후기 회화 연구: 1951~1956」, 성신여대 석사논문, 2쪽; 이와 유사한 구분은 김민선(1987), 「잭슨 폴록(Jackson Pollock)의 드로잉(drawing)에 관한 연구」, 홍익대 석사논문, 2쪽 참조.
3) 김춘수는 『의미와 무의미』(문학과지성사, 1976)에 실린 「이미지의 소멸」에서 "동양인의 숙명"으로 이미지의 탈관념성과 즉물성을 강조한다.
4) C. 그린버그(1955), 「미국형 회화」, 중앙일보 계간미술팀 편, 『현대미술비평30선-최근 20년간 모더니즘과 후기모더니즘, 사회정치적 관점의 주요비평집』, 이영재 역, 중앙일보사, 1987, 101쪽.
5) 황동규(1983), 「감상의 제어와 방임-김춘수의 시 세계」, 김춘수연구간행위원회 편, 『김춘수연구-시인 김춘수 송수기념평론집』, 학문사, 176쪽.

액션 페인팅의 문화적 전화(轉化)와 탈이미지의 시 · 진수미

(2) 그것은 허무(虛無)의 공간(空間)이기 때문이다. 그래서 씨[김춘수―인용자 주]가 액션 페인팅의 기수 폴록의 경우를 예로 들 때, 우리는 울고 싶어지는 것이다. 왜냐하면, 실제로 폴록의 경우, 회화(繪畫)는 작렬이요, 외부 세계의 전적인 해체인 동시에 색채(色彩)의 이지러짐과 무형(無形)의 형태의 도취이기 때문이다. 그것은 앵포르멜 미술의 승리였다. 그러나 그는 자살(自殺)했던 것이다. 그는 비대상(非對象)의 전율, 그 공포의 공간에서 더 이상 자기의 삶을 지속시킬 수 없었던 것이다.[6]

(1)에서 김춘수의 시를 몬드리안과 연결시키는 황동규의 주장은 잘못된 것으로 생각된다. 그 이유는 다음과 같다. 첫째, 앞에서 살펴본 것처럼 김춘수는 시의 감각적 측면에 예민했던 시인이었으므로, 시각적 엄정함과 추상화를 요구하는 몬드리안 회화와 연결될 수 있는 여지가 적다는 점이다. 둘째, 폴록이 칸딘스키의 비대상적 표현주의, 초현실주의의 우연적 효과 등을 원천으로 삼았으나, 그의 그림은 선배 추상화가 이상으로 추상적이라 볼 수 없다는 것이 확실하다는 점에서 또한 그러하다. 왜냐하면 폴록은 물감을 붓거나 뿌리기 시작할 때 분명히 추상화가 요구하는 엄격한 조정을 포기했기 때문이다. 그는 물감을 마음대로 처리할 수 있는 수동적 물질이 아니라, 돌출구가 없는 힘의 창고라고 생각했다. 그렇지만 그 자체에 운동량을 부여하여 물감에 내재하는 힘을 해방시킬 때, 물감을 손쉽게 "풀어 놓아 주"기는 했으나, 그 뒤의 모든 것을 우연에 맡기는 일은 결코 없었다고 한다.[7] 따라서 그의 그림이 자동기술로만 이루어졌다는 것은 오해이다.[8] 마지막으로, 김춘수는 자신의 시작

---

6) 이승훈(1974), 「말의 새로운 모습」, 「존재의 해명」, 『현대시학』, 1974년 5월호, 125쪽.
7) H. W. 잰슨(1977), 『미술(美術)의 역사(歷史)』, 김윤수 외 역, 삼성출판사, 1978, 635~636쪽.
8) 그린버그는 다음과 같이 말하고 있다. "폴록은 결코 오토마틱하지는 않았다. 그는 마음에 들지 않으면 자신의 그림을 몇 번이고 고치고 그것을 구성하며 또 고친다. 그리고

(詩作)이 "초고"부터 "시인의 의도가 팽팽하게 개입"한다고 말하지 않았다. 초고는 일단 자동기술법으로 이루어지고, 의식이 개입하는 것은 그 다음이라는 것이 정확한 인용이 되는 것이다.[9] 이러한 관점에서 작품 제작 방법의 해설에서의 폴록 인용은 적절하다고 보아야 할 것이다.

폴록을 원용한 대목에서 난색을 표하고 있지만, 이승훈은 무의미시론의 가장 적극적인 옹호자 가운데 하나이다.[10] (2)는 액션 페인팅이 지속 가능한 미학이 아니라는 사실을 지적하고 있다. 폴록이 비대상이라는 전율의 공간에서 공포를 이기지 못하고 자살했다는 것이 이유가 된다. 폴록의 자살에 가까운 자멸의 행태[11]는 김춘수와 폴록의 커다란 차이를 드러낸다. 김춘수는 '예술적 자아'와 비예술적 자아인 '일상적 자아'의 경계를 직시하고, 인위적으로 만들어진 예술적 자아의 가면을 쓰고 시작에 임했다.[12] 따라서 무의미시가 보여주는, 이른바 "적나라한 실존의

그의 그리는 속도는 느리다. 폴록은 인상파 화가 마네보다도 느렸다고 생각된다." 針生一郎과의 대담, 「대담: 현대문명 속의 미국미술」, 『세계』, 1967년 2월호, 203쪽. 여기에서는 勝枝晃雄(1979), 『잭슨 폴록』, 박용숙 역, 열화당, 1985, 197쪽에서 재인용.

9) 김춘수, 『김춘수 전집』, 제2권, 문장사, 1976, 387쪽.

10) 이승훈은 이상과 김춘수에게서 무의미성을 극단적으로 추구하는 현대시의 전범을 찾았다. 그러나 이상에게서 읽을 수 없었던 방법론적 성찰이 김춘수에게서 나타난다는 사실을 알게 되었지만, 김춘수가 포기한 비대상이라는 논리의 연장선에 서 있는 자신을 깨닫게 되었고, 그 결과 비대상시론을 주장하게 되었다고 한다. 무의미시와 비대상시의 차이를 지적한다면, 전자가 완전부정 혹은 논리의 부정을 지향함에 반하여 후자는 생(生)의 초월 혹은 자기증명(自己證明)의 현기증 나는 공간을 지향한다는 점이다. 그러나 이러한 차이는 약간의 개념적 편차에 불과하며, 포괄적으로 무의미성을 극단적으로 추구하는 양식이라는 점에서 '순수시', '무의미시', '비대상시'는 동일하다고 한다. 이승훈, 『비대상』, 민족문화사, 1983, 33~35쪽, 132~135쪽.

11) 폴록의 사인(死因)과 관련된 논란은 진수미(2002), 「김춘수 무의미시의 전개과정과 회화」, 『전농어문연구』, 제14집, 서울시립대, 231~232쪽 참조.

12) 김춘수·정효구 대담, 「시와 시인을 찾아서-대여 김춘수 시인 편」, 『시와시학』, 1994년 가을호, 28쪽.

현기" 속에 시적 화자가 놓여 있다 해도 여기에 시인의 일상적 현실이 직접적으로 개입되지 않는 것이다. 그러나 폴록의 경우는 예술과 인생의 논리가 절연되지 않았으므로, 예술의 기법적 한계가 곧, 자신의 인간적 한계와 결부되었던 것으로 여겨진다.[13]

한편 액션 페인팅과 무의미시가 지속 가능한 발전이 어려운 양식이라는 이승훈의 지적은 정확한 것이었다. 폴록이 형상 쪽으로 방향을 선회했듯이 김춘수 역시 「처용단장」 3·4부를 쓰면서 극단적으로 시만을 고집하는, 그 나름의 순수시 상태를 '지양'할 것이라는 암시를 받았다고 하며, 최근에는 1990년대로 무의미시는 끝났다는 선언까지 했던 것이다.[14]

그러나 이승훈의 견해에 완전히 동의하기는 어렵다. 「처용단장」 2부에 후속되어야 할 연작시가 오랜 침묵을 지키고 있다는 사실에서 비롯했던 그의 우려는, 2부의 시작 방법으로 제작된 시가 이후로 나오지 않고 있다는 점에서는 옳았지만, 이 방법론이 「처용단장」 3·4부에서 새로운 돌파구를 찾으며 전개된다는 사실에서는 그렇지 못한 것이다.

이러한 내용을 감안할 때, 김춘수에게서 액션 페인팅에 비견될 수 있는 작품이 매우 적다는 사실을 떠올릴 수 있을 것이다. 김춘수가 무의미시론에서 대표적인 무의미시의 예로 들고 있는 「처용단장」 제2부—「서시」는 제외되어야 한다—를 제외한다면, 그의 이론과 시적 실천이 명백

---

13) 잭슨 폴록을 가까이에서 관찰했던 평론가 그린버그는, 1951년에 폴록은 격한 후회라도 하듯이 반대적 극단으로 돌아섰고 3년 전 자신이 말했던 거의 모든 것을 철회하듯이 검은 선형으로만 일련의 그림을 그렸다고 말한다. C. 그린버그(1955), 앞의 글, 111쪽.

14) 김춘수(1993), 「후기」, 『서서 잠자는 숲』, 민음사, 1993, 107쪽; 「[문화] '사색사화집' 펴낸 김춘수 시인」, 『조선일보』, 2000년 5월 12일. 이 인터뷰에서 김춘수는 무의미시란 의사가 임상실험을 하듯 쓴 실험시였지만, 이제 막혀버린 양식이므로, 무의미시 이전으로 돌아가겠다고 말했다. 그러나 기계적 회귀가 아니라 실험을 거쳤으므로, 변증법적으로 지양이 된 돌아감이라 한다.

하게 일치하는 경우가 많지 않은 것이다. 혹자는 이 점을 들어 김춘수의 액션 페인팅 대입이 적절하지 않다고 비판하기도 할 것이다. 그러나 필자는 이에 동의하지 않는다. 그 이유는 무의미시의 소량 생산은 지속이 불가능한 자체의 특성에 말미암은 것이며, 이러한 점에서 양과 질을 혼동하는 우(愚)를 범하고 싶지 않기 때문이다. 그리고 김춘수의 폴록 인용은 정확한 미술사적 이해를 기반으로 한 것이며, 그 통찰과 창조적 적용은 우리 시사에서 보기 드문 것이라고 판단되기 때문이다.

2. 동어반복의 공간과 탈이미지의 세계

액션 페인팅의 문학적 전화는 「처용단장」 2부에서 이루어진다. 이승훈은 이 단계의 시를 액션 페인팅의 즉물성이 전면화된 단계이자, 대상이 소멸한 다음, 홀로 남겨진 주체만의 허무의 공간으로 규정한다.[15] 액션 페인팅은 "2차원적 방식의 승리"라 이야기된다.[16] 이는 대상 인식과 표현의 부조성(浮彫性), 삼차원적 환영의, 가상의 공간이 삭제되었다는 의미이다.

액션 페인팅 단계에 해당하는 무의미시에서 가장 반대 방향에 있는 것이 칼리그람(calligramme)이다. 현대의 칼리그람[17]은 실재하는 대상의 형상을 문자의 선을 통해 구상화하는 작업이다. 아폴리네르의 작품 「비오도다」의 본문을 구성하는 시어의 문자들, 그 검은 활자들의 선은 왼쪽

---

15) 이승훈, 「두 시인의 변모」, 『문학과 지성』, 제8권 2호, 1977년 여름호, 265~267쪽.
16) A. 모진스키(1990), 『20세기 추상미술의 역사』, 전혜숙 역, 시공사, 1998, 199쪽.
17) '칼리그람'은 아랍, 그리고 한자 문명권의 예술가들이 오래전부터 문자의 선을 이용해 동물, 사람, 건축물 등을 표현했던 그림문자의 전통 위에 있다. 프랑스 시인 아폴리네르가 1918년에 간행된 자신의 작품을 묘사하기 위하여 이에 '칼리그람'이라는 이름을 준 것이다. A. 가우어(1984), 『문자의 역사』, 강동일 역, 도서출판 새날, 1995, 280쪽.

에서 오른쪽으로 이어지는 알파벳의 가로열 필서 순서에서 벗어나 상단에서 하단으로 향하는 세로줄(column)을 형성한다. 이때의 활자들은 시니피에를 통한 개념적 지시에 앞서 일차적으로 빗줄기를 형상화하는 선이 된다. 소리와 뜻을 표기하기 위해 생겨난 문자의 선이 사물의 형상성을 가시화하는 것이다. 언어가 이름표를 놓치고 그림을 통해 하나의 예시로서 나타나는 희귀한, 이른바 상형시가 탄생되는 것이다.[18] 이와는 반대되는 자리에서 김춘수는 현대 회화의 선이 서술적 기능을 포기하기 시작한다는 사실을 인지하고, 이러한 논리를 시에 적용하여 하나의 단어가 의미의 구성체로서 활성화되는 것을 의도적으로 방해한다. 이미지를 지움으로써 이미지의 구상성, 부조성을 후경화하고, 비서술성의 영역에서 형상을 이루는 궤적—선—과 언어의 음소가 만나게 하는 것이다. 액션 페인팅의, 물감이 흩뿌려진 궤적은 창작 의도와는 다르게 우연적으로 어떠한 형상을 예시할 수 있다. 마찬가지로 아래의 시어들은 과학적 언술이 아니므로, 지칭(외연, denotation)에 따른 내포(connotation)를 가질 터이나 그 의미들은 문맥 속에서 하나의 형상으로 구축되지 않는다.

불러다오.
멕시코는 어디 있는가,

---

18) 굿맨에 따르면, 시의 언어는 이름표(label)로, 회화는 견본(sample)으로 나타난다. 이름표의 기능은 지칭이며, 견본은 예시와 관련된다. 예시는 굿맨에 따르면, 소유 더하기 지시로, 중요한 상징화 양식이다. 상징화 없이 갖는다는 것은 단순히 소유하는 것이며, 갖지 않고 상징화한다는 것은 예시하는 것과 다른 방식으로 지시하는 것이다. 언어는 한 개인에게 소속되지 못한다. 따라서 소유하지 않고 상징화하는 지시는 시의 언어에 해당한다고 할 수 있겠다. 견본의 문제에서 예시는 명시(明示)와 관련을 갖는다. 명시는 견본을 직접 가리키는 행위인 반면에 예시는 견본과 그것이 지시하는 것 사이의 관계이다. N. 굿맨(1976), 『예술의 언어들—기호 이론을 향하여』, 김혜숙·김혜련 역, 이화여대 출판부, 2002, 68~69쪽. 이를테면, 르네 마그리트가 파이프 그림을 그리고 "이것은 파이프가 아니다"라는 문구를 넣었을 때, 이 파이프는 파이프의 예시이다. 그러나 이 파이프는 파이프라는 이름표는 얻지 못했다.

사바다는 사바다, 멕시코는 어디 있는가,

사바다의 누이는 어디 있는가,

말더듬이 一字無識 사바다는 사바다,

멕시코는 어디 있는가,

사바다의 누이는 어디 있는가,

불러다오.

멕시코 옥수수는 어디 있는가.

― 「處容斷章 第2部」에서[19)]

위의 시는 탈이미지 시의 전형으로 김춘수가 제시한 것이다. 따라서 김춘수의 시적 무의미 이론의 전폭적 수용이 어렵다고 회의하는 논자들에게 무의미시에도 의미가 있다는 주장을 내세우기 위한 해석의 표적이 되었다. 이러한 노력에 의해 이 시의 연상 계기는 상당 부분 해명되었다. 위 시에서 "사바다"는 멕시코 혁명의 지도자이자 토지개혁의 선구자이자 공동체적 아나키스트였던 '에밀리아노 사파타(E. Zapata; 1879~1919)'를 가리킨다.[20)] 소농 출신으로 멕시코 혁명에 참가하여 승리를 이끌어낸 그는 혁명정부에 대해 빈농과 공동체 농민을 위한 토지 재분배를 주장하며 무장투쟁을 벌였지만 도시노동자 계급의 이해를 업은 중도파 세력에 의해 패전하였고, 게릴라 활동을 계속하다가 결국 암살당했다. 사파타의 비극적인 죽음은 「처용단장」 3부의 시 「36」에 산문 형식으로 시화(詩化)되기도 했다. 이러한 지시 대상의 연결은 "멕시코"가 호명된 데 대한 논리적인 설명, "옥수수" 같은 시어가 빈곤을 이야기해 준다는 해석을 가능하게 한다.[21)] 또한 사파타의 삶을 영화화한 엘리아 카잔(E. Kazan) 감독의 〈비바 사파타(Viva Zapata)〉(1952)와 율 브린너 주

---

19) 김춘수, 『의미와 무의미』, 앞의 책, 389쪽.

20) 권혁웅, 『한국현대시의 시작방법연구』, 깊은샘, 1995, 52~53쪽.

21) 위의 책, 같은 쪽.

연의 〈사바타여 안녕(Adios Sabata)〉(1971)의 관련[22] 등이 제기되고, "일자무식"이나 "누이"의 표현도 논리적으로 수용할 수 있게 됨에 따라,[23] 위 시의 해석에 상당 부분 진척이 있었다. 이에 따라 위의 시에는 의미가 없다고 하는 무의미시론의 주장과 시적 실천이 일치를 이루지 못한다는 비판이 나오기도 했던 것이다.[24]

필자는 여기에서 "사바다"가 "사파타"라는 인물을 지칭한다는 사실을 받아들이고, 나아가 "사파타"가 "사바다"로 표현되었다는 사실에 주목하고자 한다. 해당 구절을 차용하여 이렇게 물을 수 있겠다. 사바다는 과연 사파타인가. 왜 사파타는 사파타 혹은 사바타가 아니고 사바다인가.[25] 왜 사바다는 사바다라고 반복해서 시적 화자는 말하고 있는 것일까. 이러한 질문은 사바다가 위의 실재 인물과 동일인이 아니라고 주장하거나 사바다와 관련한 해석의 성과를 부정하기 위하여 던져진 것이 아니다.

사파타가 'Zapata'가 아니라 "사바다"로 표기되는 것은 번역의 문제에 해당한다. 또한 1879년에 태어나 1919년에 사망한 멕시코의 한 아나키

---

22) 이숭원, 「시의 절정, 시인의 초월」, 『시안』, 2003년 봄호, 37쪽 참조.
23) 이창민, 『양식과 심상』, 월인, 2000, 169쪽 참조.
24) 이러한 시각과 정면으로 배치되는 것이 김정란의 견해이다. 이 연구자는 김춘수의 시에 거명된 인물들의 이름은 그것이 실명이라 하더라도 커다란 의미가 없다고 말한다. 그 이름들은 모두 '인간'을 의미하고 있다는 것이다. 그에 따르면, "보아라! 사바타는 이렇게 죽는다"는 "보아라! 인간은 이렇게 죽는다"라는 것이다. 필자 또한 이러한 해석에 동의한다. 김정란, 「없음이거나 하나 더 있음-빈 몸 자리 또는 사족(蛇足)-김춘수의 〈의자와 계단〉」, 『영혼의 역사』, 새움, 2001, 136쪽; 이숭원 또한 "사파타는 멕시코와 밀접한 관계에 있는 인물임에 틀림없는데 그렇다고 이 시에 사파타라는 인물의 개인적 내력이 개입"한 것은 아니라고 말했다. 이숭원(2003), 앞의 글.
25) 『시안』 2003년 봄호에서 기획한 "육필로 읽는 대표시"에서 김춘수는 「처용단장」 2부의 「5」를 들고, 여기에서는 「처용단장」(1991)과 다르게, "사바다"를 "사파타"라 표기했다.

스트를 사파타라고 부르는 것은 지칭의 문제가 될 것이다. 그렇다면, 사바다는 사파타의 음소적 차원의 오역이 된다. 잘못된 이름표가 사용되었다고 말할 수 있는 것이다. 과연 사파타는 사바다인가? 우리가 "사바다!"라고 외칠 때, 그는 우리에게 화답할 것인가. 필자는 이에 부정적이다. 그리고 이 문제는 발음의 차이에만 기인한 것이 아니라, 시어의 영역으로 보다 확장된 범주에서, 해명되어야 한다고 생각한다.

시어로서 "사바다"는 한 사람의 인간이나 그의 이름 'Zapata'의 관계에서 실재를 떠나 있다. 고유명사의 관계 내에서도 시어는 시의 존재 그 자체를 구성하는 요소이지 현실을 직접적으로 지시하는 것이 아니다. 「처용단장」 3부는 이러한 언어의 문제—오독(誤讀)—에서 출발한다. 「처용단장」 2부에서 「처용단장」 3부의 문제 의식이 일부 표명되어 있다는 사실을 이 자리에서 확인할 수 있겠다.

또한 여기에서 주목해야 할 것은, 동어반복의 명제로 표현된 "사바다는 사바다"가 현실의 그림을 갖출 수 없다는 사실이다. 비트겐슈타인에 따르면, 동어반복은 모든 가능한 상황을 허용한다. 세계와의 일치 조건인 묘사적 관계들이 서로를 그림(picture)으로 확정하지 못하고 지워지므로, 동어반복은 세계에 대해 아무런 묘사적 관계에 있지 않다. 이는 완전히 의미가 없는 무의미의 단계는 아니더라도 의미로 향하는 길을 확정지을 수 없기에 뜻을 상실하는 것이다. 위 시의 언어들은 대체로 뜻을 상실해 있다. 답변을 거의 기대하지 않고 던져지는 듯한 의문문의 연속에서 우리는 잡혀지지 않는 현실, 도달할 수 없는 실재에 대한 갈증만을 느낄 뿐이다. 일상의 차원에서 멕시코가 어디 있는지를 누가 묻는다면, 지구본을 꺼내 그 위치를 확정지어 준다든가 아메리카 남쪽에 있다고 설명하면 된다. 그러나 이러한 행위들은 시의 차원에서는 아무런 뜻과 기능을 발휘하지 못한다.

진위 판명이 가능한 명제들은 사실들에 허락되는 놀이의 공간을 확정

한다. 긍정적인 의미에서 실체적 공간은 물체가 자리 잡을 수 있는 단단한 공간을 제공하지만, 부정적인 의미에서 명제, 그림, 지시 대상은 상호간의 자유로운 운동을 제한하는 딱딱한 고체와 같다. 그러나 뜻을 상실한 동어반복(tautology)은 전체－무한한－논리적 공간(the whole infinite logical space)을 현실에 허락한다.[26] 김춘수가 주장하는바 이미지가 소멸된 세계, 현실적 그림과 현실적 대상을 떠난 시적 세계가 바로 이 공간에 대응되는 것이다.

> 이미지란 대상에 대한 통일된 전망을 두고 하는 말이라면 나에게는 이미지가 없다. 이 말은 나에게 일정한 세계관이 없다는 것이 된다. 즉 허무가 있을 뿐이다. 이미지 콤플렉스 같은 것은 두말할 나위도 없이 나에게는 없다. 시를 말하는 사람들이 흔히 이미지를 修辭나 기교의 차원에서 보고 있는 것은 하나의 폐단이다.[27]

김춘수는 이미지를 "대상에 대한 통일된 전망"이라고 정의하고 이러한 측면의 이미지가 자신에게는 없으며, "허무"가 그것을 대체한다고 주장한다. 이처럼 "대상에 대한 통일된 전망"으로서의 이미지론이 "세계관"으로 부연되면서, 무의미시의 이미지 무화(無化) 전략이 다름 아닌 사회적 의미와 이데올로기의 제거라는 주장에 빌미를 주고 있는 것으로 판단된다. 그러나 앞에서 보았던 것처럼, 사회적 의미를 제거하는 작업은 이미 서술적 이미지론에서 상당 부분 이루어졌다. 여기에 남은 것은 언어의 대상을 무화시키는 작업이다. 그러므로 무의미시가 최고조에 달한 지점에 와서－이미 소거되었다고 가정되는－시의 사회성을 다시 제거하려 한다는 것 자체가 어불성설이다. 비록 그가 지속적으로 시의 메

---

26) L. Wittgenstein(1922), *Tractatus Logico－Philosophicus*, London: Routledge & Kegan Paul Ltd, pp.98~101.
27) 김춘수, 『의미와 무의미』, 앞의 책, 388쪽.

시지와 관념성을 예술성, 장식성, 유희성과 반대되는 자리에 놓고 전자를 타기하면서 예술의 고급 취미를 옹호했다 해도, 대상으로 삼고 있는 시 자체가 메시지와 거리가 먼 작품들인 마당에, 구태여 시에서 메시지를 제거해야 한다고 주장했다는 것은 이치에 맞지 않은 것이다.[28] 이러한 사실을 수용할 때, "대상에 대한 통일된 전망"이나 "세계관"에 대한 별도의 해석 방식이 요구될 것이다. 필자는 "전망(展望)"과 "관(觀)"이라는 말이 모두 "본다"는 것과 관계가 있다는 사실에 주목하면서 이를 회화, 그중에서도 액션 페인팅과 관련지어 설명하고자 한다.

현대회화의 주요 경향 중 하나는, 이젤을 버리는 것이었다. 그 가운데에서 폴록이 이젤을 거부하는 방식은 독특했다.[29] 그는 이젤 위에 캔버스를 놓지 않고 마루에 내려놓았다. 이러한 방식은 근본적인 시각의 변화를 가져온다.

캔버스가 이젤에 세워졌을 경우, 화가의 눈은 이것과 수평으로 대면되면서 묶이며, 또한 아무것도 그려져 있지 않은 흰 천의 바탕이 초점이 되어 현실 세계로부터 분리된다. 전통적인 회화는 그 초점 속에 또 하나의 초점을 그리는 것이다. 그려지기 전부터 캔버스라는 전체적인 초점은 벽에 걸릴 때의 효과를 의식하고 있으므로, 적당한 거리에서 다시 그 초점을 바라보는 일이 가능하며, 동시에 그 내용이 그려지는 장소로 기능한다. 하지만 마루에 놓고, 더욱이 틀에 끼워지지 않음으로써 최종적인 사이즈가 결정되지 않은 캔버스는 초점이 되기 어렵고, 전체를 파악하기가 쉽지 않다. 그것은 현실 세계와 하나가 되며 시각적으로 중복되는 경향마저 지닌다. 그 때 현실에서 도망하기 위해 캔버스 속으로 들어가려고 하면, 눈은 먼저 흰 바탕의 넓이를 막막하게 바라보게 될 뿐이다. 이런 점에서 전체와 부분의 연관은 여기

28) 김주연은 「처용단장」 전편의 시를 통독할 때, 관념의 배제, 즉 "인식의 시"가 결국 방법적 기술이었음을 인정할 수 있겠다고 말한다. 김주연, 「기쁜 노래 부르던 눈물 한 방울—김춘수의 시」, 『김주연평론문학선』, 문학사상사, 1992, 281쪽.
29) G. 들뢰즈(1981), 『감각의 논리』, 하태환 역, 민음사, 1995, 146~147쪽.

에서는 찾아볼 수 없게 된다.[30]

세계관으로서의 '이미지'란 세계가 구성되는 하나의 캔버스를 의미한다. 예를 들어, 시 「불국사」에서 "大雄殿"이라 말하는 것은 하얀 캔버스 위에 대웅전이 그려지는 사건과 동일한 것이다. 이것이 서술적 이미지 단계인데, 여기서는 세계를 바라보는 시야가 일상적이고 사실적인 차원에 있음을 알 수 있다. 앞에서 보았던 것처럼 세잔의 추상과 대응되는 무의미시는 서술적 이미지 단계의 구상성을 떠나 비현실적인 추상의 공간으로 향하기 위하여 언어를 왜곡하고 이미지를 과장했다. 그러나 세계를 있는 그대로 묘사하는 사생의 눈이 완전히 사라진 것은 아니었다.

그런데 액션 페인팅과 대응되는 단계에 오면, 세계를 바라보는 틀, 세계관 자체가 사라진다. 수평선을 이루던, 세계를 바라보는 지평이자 틀이 바닥에 누웠을 때 느낄 수밖에 없는 막막함. 그것을 들뢰즈는 시각상의 '대재난(catastrophe)'이라 하고, 김춘수는 "허무"라고 부른다. 들뢰즈는 또한 말한다. "이 경우에 있어서 무한을 주는 것은, 내적인 세계관이 아니라, 화폭의 한 끝에서 다른 끝으로 〈전면을 덮는〉 손 힘의 확장이다."[31] 이는 폴록의 '올오버(all-over)' 혹은 '오버롤(over-roll)' 회화를 가리키는 말이며, 시각적인 것을 포기하고 전적으로 손의 작용에 기댄 추상표현주의의 특성을 요약한 것이다. 폴록의 회화와 마찬가지로 김춘수의 시(詩)도 세계관, 즉 "세계를 보는" 전체적인 틀을 포기한다. 그리고 말(言)에게 자유를 준다. 이미지가 아니라 말, 곧 소리가 시를 끌고 나가는 것이다. 폴록이 손의 "돌발 흔적"에 눈이 종속되도록 강요함으로써 고전적인 재현 방식을 뒤엎은 것과 동일한 방식으로 김춘수는 말의

---

30) 藤枝晃雄(1979), 『잭슨 폴록』, 박용숙 역, 열화당, 1985, 210~211쪽. 문맥에 맞게 필자가 부분적으로 수정을 가했다.
31) G. 들뢰즈(1981), 앞의 책, 145쪽.

중얼거림, 어디선가 들려오는 소리, 그 "염불(念佛)"과도 같은 유희적 리듬 속으로 시를 돌려보낸다. "문학은 언어 안의 끊임없는 중얼거림"[32]이라는 푸코의 말을 입증이라도 하는 듯이.

> 나에게 이미지가 없다고 할 때, 나는 그것을 다음과 같이 말할 수 있다. 한 行이나 또는 두 개나 세 개의 行이 어울려 하나의 이미지를 만들어 가려는 기세를 보이게 되면, 나는 그것을 사정없이 처단하고 전연 다른 활로를 제시한다. (중략) 이것이 나의 修辭요 나의 기교라면 기교겠지만 그 뿌리는 나의 自我에 있고 나의 의식에 있다. 書道나 禪에서와 같이 동기는 고사하고, 그러한 그 행위 자체는 액션 페인팅에서도 볼 수 있다. 한 行이나 두 行이 어울려 이미지로 응고되려는 순간, 소리(리듬)로 그것을 처단하는 수도 있다. 소리가 또 이미지로 응고하려는 순간, 하나의 장면으로 처단하기도 한다. 連作에 있어서는 한 편의 詩가 다른 한 편의 詩에 대하여 그런 관계에 있다. 이것이 내가 본 허무의 빛깔이요 내가 만드는 무의미의 詩다. 잭슨 폴록의 그림에서처럼 가로세로 얽힌 軌跡들이 보여 주는 생생한 단면―현재, 즉 영원이 나의 詩에도 있어 주기를 나는 바란다.[33]

김춘수는 무의미시 제작 기법과 그것이 지향하는 바를 설명한다. 하나의 시각 영상이 나타날 때 다른 영상으로 그것을 지우면서 새로운 시적 전개를 노리는 방식으로 무의미시는 제작되며, 때로는 청각 영상이 그러한 전개를 가능하게 하기도 한다는 것이다. 이러한 이미지의 전개는 바로 앞에서 폴록이 손 힘의 작용에 시각을 종속시켰다는 들뢰즈의 주장과 비교할 만하다.

들뢰즈에 따르면, 추상회화와 추상표현주의는 현대회화가 직면한 재현의 문제를 정반대 방향으로 해결하려 했다고 한다. 몬드리안, 칸딘스키와 같은 추상회화가 구상성과 재현이 빚어내는 현대회화의 혼돈을 해

---

32) M. 푸코(1966), 『말과 사물』, 이광래 역, 민음사, 1980, 141쪽.
33) 김춘수, 『의미와 무의미』, 앞의 책, 388~389쪽.

결하기 위하여 너무 쉽게 구상성을 포기하고 순수하게 시각 쪽으로 간 것과 반대되는 길을 추상표현주의가 걸었다는 것이다. 추상표현주의의 대표적 기법인 뿌리기(dripping)는 추상회화가 거부한 물감의 얼룩, 터치 등을 화면 전체로 확대한다. 폴록에게 오면 "터치-선"과 "얼룩-색"은 형태를 의식하고 변형시키는 서술-묘사-적 기능을 포기한다. 그리고 행위자 자신 또는 행위의 관객으로서의 우리 자신이 선이 되거나 어떤 알맹이로 응결되는, 원초적 힘을 보여주는 물질의 해체 쪽으로 나간 다.[34] 김춘수의 이미지들도 마찬가지다. 시작(詩作)으로 그를 이끌었을 법한 최초의 이미지, 일종의 시적 의미와 의도들은 잇대어 탄생하는 이미지의 덧칠 속으로 사라져간다. 이 과정의 반복을 통해 한 편의 시가 조직되는 것이다. 이를 위의 인용에서는 마치, 시를 이루는 "행"이 "이미지"를 만드는 주체인 것처럼, 그리고 시인인 "나"와 어떤 경주를 하고 있는 것처럼 말하지만, 그것은 모두 그의 자아와 의식에 뿌리를 둔 것이다. 이미 이루어진 시 형태이자 말의 덩어리를 과거로, 아직 이루어지지 않은 것들을 미래라고 본다면, 이 싸움을 주관하는 "나"는 영원한 현재에 머물게 된다. 미래는 현재가 되고 현재는 또 즉각적으로 과거가 되지만, 현재는 미래가 과거에 침입하여 과거를 배반하고 지워버리도록 종용한다.

만일 무의미시가 인생을 모방한다면, 생(生)의 생성과 소멸의 유동적이고 예측 불가능한 흐름을 응축된 논리로 보여주는 것이 아니라 흐름 자체를 동일한 궤적으로 밟아간다는 의미에서일 것이다. 일이 성취되는 과정(process)에 중점을 둔 액션 페인팅이 돌발적인 흔적으로 생생한 생의 단면을 드러내는 것처럼, 김춘수가 지향하는 영원으로의 현재는 이러한 이미지 사이의 치열한 다툼과 생성, 배반의 드라마 속에서 시적(詩

---

34) 들뢰즈(1981), 앞의 책, 144~145쪽.

的)인 현존을 달성하게 되는 것이다.

3. 말의 표층 질서와 존재의 발현 양식 탐구

김기림은 "시의 발전 대세가 항상 회화를 동경하고 있다"고 말하면서 시의 회화성으로 "문자가 화자로 인쇄될 때의 자형 배열의 외형적인 미"를 의미하는 '형태의 회화성'과, 독자의 의식 속에 가시적인 영상을 출현시키는 것을 목적으로 하는 '내용의 회화성'이 있다고 말했다.[35] 「처용단장」 1, 2부의 회화성은 형태의 회화성을 추구하지 않는다는 점에서 내용의 회화성에 가깝다고 해야 할 것이다. 그러나 내용의 회화성이 독자의 심리에 구체적인 영상을 그리는 것을 가리키는 것이라면, 「처용단장」 1·2부는 그러한 일반적 의미에서의 내용적 회화성에 묶이기가 어렵다. 이들은 구상적 그림에서 추상화, 비구상적 그림으로 변모하는 회화의 경향을 따르고 있기 때문이다.

이러한 관점에서 볼 때 「처용단장」 1부는 문학적 텍스트와 회화적 텍스트의 중간 지점에 걸쳐 있는 텍스트였다. 그것은 일차적으로 문학으로서 조직되었지만 회화를 지향하며 경계를 넘어다보고 있다고 말할 수 있겠다. 회화적으로는 색채 이미지의 반복을 통해 응결성을 유지하고, 시간예술에서 특징적으로 나타나는 시간의 순환적 질서라는 또 다른 축에 의지해 있었다. 「처용단장」 2부는 1부에 비해 추상화가 더 진전된 텍스트이다. 액션 페인팅 기법의 차용을 통해 이러한 추상화 양상은 드러난다.

액션 페인팅에 의거한 이 텍스트는, 앞에서 살펴보았듯이, 동어반복의 공간 속에 놓이며, 더 넓게는 동일어구의 반복을 통해 응결성을 꾀하고 있다. 서시를 제외한 나머지 2부의 시들은 제목 "들리는 소리"가 의

---

35) 김기림, 「시의 회화성」, 『김기림전집』, 제2권, 심설당, 1988, 106쪽.

미하는 바처럼, 어디에선가 들려오는 소리를 그대로 받아 적은 형식을 취한다.36) 받아쓰기에는 일반적으로 기표되는 대상의 시각적 형질과 상(像)이 일차적인 고려 대상이 되지 않는다. 청각 기관에 수용된 소리를 채록하는 도구인 손을 통해 음가는 문자로 전이된다.37) 즉, 2부 시편의 대부분은 언어들을 시각화된 구상적 이미지로 묘사한다든가 언어의 논리성을 따라 내적 의미를 구축하는 시도가 거의 부재하는 듯한 인상을 준다. 이러한 특징은 소리가 읽을 수 있는 글이 되고, 글이 읽혀 소리가 되는 가장 넓은 의미에서 언어순환이라 정의할 수 있는 받아쓰기 현상에 실상 주체가 존재하지 않는다는 사실과 유관하다.38) 받아쓰기의 주체 부재 현상은 그 쓰기의 대상에 고유한 내적 시간이 무화된 「처용단장」 2부의 시간적 특성을 야기한다. 「처용단장」 2부의 시편에는 발화 순간을 의미하는 항상적 현재, 곧 "근원적 현재(now)"39)의 계기 속에 구축된 가상적(virtual) 시간만이 존재한다. 「처용단장」 2부를 음악과 자주 비교하게 되는 것은 모든 음악이 순수하게 공명적(共鳴的) 형식들 안에서

---

36) 「처용단장」 2부의 제목에서 의미를 취하여 2부의 시편들을 '처용가'로 보는 견해가 있다. 이는 「처용단장」 1, 2부가 처용의 물밑 세계를 그리고 있다는 시인의 자평을 떠나 시를 이해하려는 시도에서 나온 것이다. 이창민(2000), 앞의 책, 164~172쪽; 권혁웅(2001), 앞의 글, 189~191쪽.

37) 「처용단장」 2부는 한국 출신 재미작가였던 차학경(Theresa Hak Kyung Cha, 1951~1982)의 『딕테』(토마토, 1997)를 구성하는 기본 아이디어와 비교될 수 있다. 딕테는 불어 'dictée'의 한국어 표기이며, 영어로는 'dictation'에 대응된다. 한국어로 딕테는 "받아쓰기"라고 번역되는데, 이는 불어나 영어 표현이 말하는 것에 중점을 두는 데 반해, 쓰는 것에 중점을 둔 것이다. 민은경(1999), 「차학경의 Dictée, Dictation, 받아쓰기」, 『비교문학』, 24집, 한국비교문학회, 135쪽.

38) 위의 논문. '언어순환'은 독서와 같은, 언어를 통한 의사소통 구조로 보아도 무방할 듯하다.

39) 박은희는 김춘수 무의미시의 시간 구조가 "의식 내면의 근원적 거점에서 발현된 항상적 현재 구조"로서, "무의미시의 익명의 화자의 존재 방식"이 된다고 한다. 박은희(2003), 「김종삼·김춘수 시의 모더니티 연구-시간의식을 중심으로」, 성신여대 박사논문, 136쪽.

김춘수의 무의미시

가상의 시간적 질서를 창출하는데, 이와 유사한 특징이 액션 페인팅 형식을 시화한 김춘수의 시편에 나타나기 때문이다.[40] 음률의 시간적 진행 속에서 이루어지는 음악적 긴장과 환상은 말이 운용되는 리듬과 시간적 질서 속에서 이루어지는 '최초의 환상(primary illusion)'과 상통한다.[41] 이 항(項)에서는 「처용단장」 2부가 불러일으키는 미적 효과가 바로 음악적 환상과 유사한 방식으로 이루어졌다는 사실에 주목하고[42], 이를 어떠한 방식으로 언어화하였는지 살펴볼 것이다. 이 음악적 환상은 구술문화의 주술성과 관계되어 있다.

구술문화에서는 눈에 보이지 않고 궤적이 없는 말에 의해 의사소통이 이루어지므로, 언술을 전체적으로 정교하게 논리화하는 사고력이 발전되기 어려웠다. 구술적인 감성에는 말의 선조성(linearity) 같은 것이 작동되지 않았으며, 쓰기가 내면화된 후에야 비로소 반성적인 말의 선택과 모순점을 제거하는 활동이 가능해졌던 것이다.[43] 구술문화에서의 언어

---

40) 랭거는 바질 드 셀랭꾸르(Basil de Selincourt)의 "Music and Duration"을 인용하면서 음악적 시간과 회화적 공간을 비교한다. 음악은 지속의 형태 가운데 하나이며, 이것은 일상의 시간을 중지하고 음악 자체에 관념적 실재, 그 등가물을 제공한다. 음악에는 은유적인 어떠한 것도 없으며, 우리가 그것을 듣는 동안 흘러가는 시간이라는 암시보다 더 강한 것은 없다. 반면 화가가 이용하는 공간은 번역된 공간이며, 그 내부에 모든 사물은 멈춰 있다. 이는 테마의 발전 속에서, 그리고 그 시간의 흐름 속에서 우리 또한 실재적으로 성장하게 되는 음악의 시간성과 달리 측정 불가능한 거리를 지닌 공간이다. S. Langer(1953), *Feeling and Form*, London: Routledge & Kegan Paul., pp.109~110.

41) 랭거는 "최초의 환상은 가상적 시간이다"라는 말로 이를 요약한다. 위의 책, xvi ; 이숭원, 「김종삼 시의 내면구조」, 「근대시의 내면구조」, 새문사, 1988, 197쪽 참조.

42) 「처용단장」 2부는 '리듬형 무의미시'[김두한, 『김춘수의 시 세계』, 문창사, 1992, 92~101쪽] 혹은 '음악적 무의미시'[임수만, 「김춘수 시의 기호학적 연구」, 서울대 석사논문, 1996]라고 불려졌다. 1부를 '심상형 무의미시', '회화적 무의미시'라 부른 것에 비추어 볼 때, 이는 2부의 음악적 특징을 1부의 회화성에 대립된 자질로서 이해하고 있음을 보여준다. 그러나 「처용단장」 2부도 회화적 원리 위에서 창작되었음을 간과해서는 안 될 것이다.

43) W. 옹(1982), 『구술문화와 문자문화』, 이기우 · 임명진 역, 문예출판사, 1996,

적 연행에는 표기된 글과 같은 논리의 전체적인 통어력이 작동되지 않았다는 것인데, 이는 액션 페인팅의 드리핑 기법에서 물감이 흩뿌려지는 방향 및 궤적이 구체적인 의도에 입각한 형상을 그릴 수 없는 것과 같은 이치라고 할 수 있다. 또한 구술문화에서는 정형시가 아니어도 사고 자체가 리드미컬해지는 경향이 있다. 이는 리듬이 심리적으로 무언가를 환기해 내는 것을 돕기 때문이다. 발생하자마자 사라지는 말을 기억하기 위해서는 정형구에 의존한다든지 빈번하게 사용되는 관용적 형태를 따를 수밖에 없다.[44] 「처용단장」 2부는 거의 전편이 통일된 어미 및 어구의 반복으로서의 구술 언어의 특징을 보유하고 있다.

먼저 「서시」를 보자. 「서시」는 「처용단장」 2부 중 유일하게 명령형 어미가 등장하지 않고 묘사체로 서술된 시이다. 눈을 거칠 시간적 여유도 없이 급박하게 몰아붙이는 듯한 리듬에서 한 박자 늦추어진, 대상을 관조하는 시각이 보이는 것이다.

> 울고 간 새와
> 울지 않는 새가
> 만나고 있다.
> 구름 위 어디선가 만나고 있다.
> 기쁜 노래 부르던
> 눈물 한 방울,
> 모든 새의 혓바닥을 적시고 있다.

— 2의 「序詩」(43)

시의 전반부를 보자. "울고 간 새", 한때는 울었고 지금은 가버린, 그

155~161쪽. 구디에 따르면, 이는 쓰기가 "뒤돌아보는 통람"을 가능하게 하기 때문이라고 한다.
44) 위의 책, 52~59쪽.

러므로 현재 울음을 멈췄는지 아닌지를 알 수 없는 새와 "울지 않는 새", 우는 것을 모르는 것인지 울기를 그친 것인지 알 수 없는 이 두 '새'가 만나고 있다고 한다. 이 둘이 만나고 있는 자리는 "구름 위 어디"이다. "구름 위 어디"는 특정 장소를 지칭하지 않는다. 우리가 확인할 수 없는 막연한 어떤 곳을 의미한다는 생각이 일차적으로 드는데, 만일 이것이 한 점 장소로 지칭되는 순간이라면, 두 새가 만나는 일점(一點)이 될 터이다. 그러나 이들이 복수인지조차 우리는 확신할 수가 없다. 위 새들은 울음의 측면에서 "운다(+)"와 "울지 않는다(−)"는 자질로만 구별될 뿐이다. 만일 만나고 있는 '두' 새가 하나라면, 즉 한때는 울었지만 지금은 울지 않는 하나의 새라고 가정한다면, 이들이 만나는 곳 또한 하나의 장소가 아니라 현재는 울지 않고 있는 새의 동선(動線) 전체가 된다. "새가 울다가 울지 않는다"로 요약 가능한 위의 명제는 현실에 대해 아무런 논리적 그림도 그려주지 못한다. 곧 현실과 묘사적 관계에 놓이지 못하는 명제에 해당한다.[45] 대립 자질로 구성된 이 동어반복이 의미하는 바는 울음과 울지 않음이 다르지 않다는 사실이다. 유정 생물의 울음(+)은 소리의 발화와 짝지어지고 울지 않음(−)은 대개 침묵과 연결된다. 이에 따라 다음과 같이 고쳐 말할 수도 있겠다. 지금 침묵하고 있는 새는 한때 발화한 새이다.

이처럼 침묵이 발화를 감싸 안은 양태를 보여주는 위의 시는 책 혹은 문학 작품의 보이지 않는 어두운 영역에 관한 숱한 언설을 상징적으로 암시한다. 작품이 말할 수 없는 어떤 것을 내포하며, 침묵이 작품에 존재를 부여한다는 인식은 이제 문학에 대한 하나의 상식으로 자리 잡았

---

45) 비트겐슈타인은 모순 명제의 예로서 "비가 오거나 비가 오지 않는다는 것을 내가 알 때, 내가 날씨에 관해서 아는 것은 아무것도 없다"는 문장을 든다. L. Wittgenstein (1922), 앞의 책, p.99.

다. 여기에서 나아가 모든 말에 본질적인 것은—소리에 앞서—침묵이며, 이 침묵이 모든 말에 형태를 부여한다고 할 수 있다.[46] 말을 완성하기 위해 존재하는 이 텍스트의 침묵은 우리 앞에 시각화되어 놓인 「처용단장」의 활자가 만들어낸 것이기도 하고, 소리를 받아 적고 있는 시인에게서 나오는 것이기도 하다. 동시에 "구름 위"에 편재(遍在)하는 "어디선가"에서 발생한 것이라고도 말할 수 있다. 위 시에서 새가 머문 지점은 구름에 가려 모습이 보이지 않는, 곧 말할 수 없는 영역일 터이다.

여기에서 한 가지 질문을 던져 보자. 새는 새(鳥)인가? 우리가 위 시에서 새를 새(鳥)로 받아들이는 데는, "운다"라는 요소와 시 후반부의 "새의 혓바닥"이 기여하는 바가 크다. 그러나 1부에서도 보았듯이 김춘수의 무의미시는 이러한 미메시스의 논리적 상황에서 일탈하는 요소를 수용하고 있다. 따라서 이 새에 대한 또 다른 갈래의 해석이 가능하다고 생각한다. 그렇다면 어떠한 해석이 나올 수 있겠는가? 새의 사전적 정의를 살펴보자. 사전에는 새(鳥) 외에 산야에서 자라는 사이, 억새, 샛바람 등등의 의미가 수록되어 있다. 하나의 가능성으로 '사이(間)'의 준말인 '새'를 염두에 두고 이의 본디말인 '사이'를 시의 전반부에 대입해 보자.

울고 간 '사이' 와/ 울지 않는 '사이' 가/ 만나고 있다./ 구름 위 어디선가 만나고 있다.

이러한 해석을 강력하게 저지하는 것이 "눈물"과, 앞서 말한 "새의 혓바닥"일 것이다. 일반적으로 눈물을 흘릴 수 있는 것은 유정(有情)의 자질을 가진 생물에 귀속되는 사항이며, 혓바닥 역시 유성(有聲) 기관을 가진 동물 등에 귀속되기 때문이다. 이러한 사항은 위 시에서 새를 새(鳥)

46) P. 마슈레(1966), 『문학생산이론을 위하여』, 배영달 역, 백의, 1994, 102~103쪽.

로 고정시키고 이를 기준으로 논리적 해석을 하는 데 도움을 준다. 그럼에도 불구하고 필자가 다른 '새(間)'의 가능성을 배제하지 않는 까닭은 「처용단장」 2부가 시의 논리적 통합 가능성을 파괴하는 양상을 가지고 있다는 점 때문이다. 또한 소리가 들리는 공간이라는 측면에서 새의 어떤 사이, 틈 등의 해석이 제기될 수 있기 때문이다. 다양한 해석이 가능한 작품의 열린 구조는 억새풀로서의 '새'로 지시 대상이 대체되어도 기본적으로 포착되는 「서시」의 의미를 그다지 방해하지 않는다. 이 시의 전반부는 시니피앙의 대상이 바뀌어도 의미의 손감(損減)이 크게 발생하지 않는 구조적인 틀, 즉 「처용단장」 2부를 기술하는 시적 화자에게 들리는, 소리가 발생하는 공간을 제시하기 위해 마련된 것이라 하겠다.

후반부는 "기쁜 노래"를 "부르던/ 눈물 한 방울"이 "모든 새의 혓바닥을 적시고 있다"는 단순한 내용으로 이루어져 있다. 여기에서 주목해야 할 것은 "기쁨(+)"과 "눈물"을 자아내는 "슬픔(−)"의 의미론적 대립일 것이나,[47] 필자가 강조하고자 하는 것은 기쁜 노래를 부른 주체인 눈의 물, 즉 안수(眼水)가 혀로 전이되어 동물의 입 안에서 혀를 적시거나 노래 부르는 행위를 돕는 타액(唾液)이 되었다는 사실이다. 이 시의 "혓바닥을 적시는" 눈물은 타액과의 관련 속에서 읽힌다. 우리가 흔히 사용하는 "눈물을 삼킨다"는 표현이 말하는 바, 내면에서 터져 나오는 격한 어떤 감정적 현상을 억지로 참는 행위는 음식물을 신체 내부로 끌어들이는 행위와 직접적으로 결부된다. 눈을 통해 입으로 유전(流傳)하는 "물"은, 눈(眼)으로 본 것이 발화되는 현상과 함께 설명될 수 있다. 언어에 있어 시각적 요소의 전면화와 관련되는 것이다.

---

47) 이는 김주연에 의해 모순 형용으로 이해되었다. 김주연, 「기쁜 노래 부르던 눈물 한 방울」, 『변동사회와 작가』, 문학과지성사, 1979, 280~281쪽. 여기에서는 권혁웅, 앞의 책, 279쪽에서 재인용.

실재와 관계되는 눈(眼)에서 감응된 입(口), 그리고 발화되는 목소리는 언어의 주요한 세 국면을 나타낸다. 이것은 시적 발화에서도 하나의 대전제이다. 이러한 양상은 1부에서는 실재 대상을 응시하는 '눈(眼)'의 작용으로 나타났다. 그러나 2부는 1부의 상황과 다르다. 2부는 외적 실재가 존재하지 않는 공간에서 펼쳐지는 것이다. 즉, 2부의 발화는 인간 내부에서 일어나는 격한 실존적 불안과 공포에서 야기된 것으로 보아야 할 것이다. 이 내부의 심리적 상황은 외부에서 오지 않는다. 육체 안에서 솟아오르는 눈물(眼水)과 입의 감응으로만 구축되는 것이다. 여기에 또 다른 눈(眼)이 개재된다면, 이 불안한 외침을 응시하는 독자의 눈일 것이다. 다시 말하면 시인은 어디선가 들려오는 소리를 듣는다. 이는 물리적인 발화 기관을 거쳐 나는 소리가 아니다. 시인의 내면에서 울려퍼지는 소리다. 시인은 이것을 받아 적는다. 받아쓰기는 눈과 귀와 손을 모두 활용하는 행위이다. 독자는 이렇게 제작된 시를 눈으로 입으로 읽고 듣는다. 이러한 언어 순환의 관계를 도시하면 다음과 같다.

주체	어디선가 들려오는 소리	시인	독자
사용되는 신체기관	없음	귀와 눈, 손	눈과 귀, 입
언어의 표현 양상	말(소리)	말과 문자⋯▶	문자(소리)⋯▶

위에서 "손"은 시인에 의해서만 사용된다. 이 손의 작용은 액션 페인팅의 손의 작용과 다소 다른 방향에서 이루어진다. 쓰기는 말하기를 구술-청각의 세계에서 새로운 감각의 세계, 즉 시각의 세계로 이동시킴으로써, 말하기와 사고를 함께 변화시키는 것이다.[48] 이에 따라 독자는

48) W. 옹(1982), 『구술문화와 문자문화』, 앞의 책, 133쪽.

의미를 분절적으로 이해하게 된다. 시인의 손은 폴록이 손 힘을 확장하여 돌발감각을 창출해낸 것과는 다른 차원에서 작용하는 것이다. 사고를 분절·논리화하는—문자의—시각성으로의 이행은 소리를 공간적으로 환원하며, 공간적으로 한정된, 새로운 연속성을 세우도록 강요를 받는다.[49] 후술되겠지만, 「처용단장」 3·4부에서는 이러한 문자성의 해체가 주요한 시적 방향으로 설정된다.

「처용단장」 2부의 응결 장치는 1부와 다른 형식적 특성을 갖는다. 2부는 「서시」와 8편의 시로 이루어졌는데, 이들의 형태상 특징은 대체로 단연(單聯)에 가까운 구성을 가지고 있다는 것이다. '＊'를 통해 복수(複數) 연처럼 구성된 시가 세 편 있기는 하지만, 내용상 독립된 별개의 시편을 병치한 것으로 여겨진다. 예외적인 것으로 보이는 2부 「7」의 분연 역시 단절된 시어의 병치 구성으로 파악된다. 토막 말의 병치로 이루어진 「처용단장」 2부의 구성은, 액션 페인팅의 물감처럼 말을 물질적 질료로 파악한 데서 빚어진 결과라 할 수 있다. 2부 「7」의 전문을 사례로 들어둔다.

> 새야 파랑새야,
> 울어다오.
> 로비비아 꽃 필 때에 울어다오.
> 녹두낡에 꽃 필 때에 울어다오.
> 바람아 하늬바람아,
> 울어다오. 머리 풀고 다리 뻗고
> 3分 10秒만 울어다오.
> 울어다오.
>   ＊
> 키큰해바라기

---

49) 위의 책, 155쪽.

네잎토끼풀없고
코피
바람바다반딧불

毛髮또毛髮바람
가느다란갈라짐

— 2의 「7」(50)

　다음으로 서시를 제외한 8편의 시는 모두 하나 혹은 두 개의 명령어와 의문문으로 짜여 있다. 명령형은 해라체 조동사 "―다오"를 통해 실현된다. 그 명령과 의문의 내용은 아래와 같다.

　　돌려다오―「1」― 보여다오―「2」― 살려다오·죽여다오―「3」― 울어다오―「4」― 불러다오·어디 있는가―「5」― 앉아다오―「6」― 울어다오―「7」― 잊어다오―「8」―.

　"―다오"는 상대방에게 어떠한 일을 해줄 것을 요구하는 뜻을 지니고 있다. 따라서 이 시에는 두 개의 이질적인 내면 공간이 자리하는 셈이다. 어떤 일을 요구하는 목소리의 주체와 그것을 듣는, 그리하여 기록하고 있는 손의 주체가 그것이다. 기록의 주체가 시인인 것과 마찬가지로 소리를 발생시키는 공간 역시 시인의 내부에 있다. 울고 간 새와 울지 않는 새가 그러하듯, 이 둘은 하나이다. 기록하는 시인은 그 순간 울지 않는 새이다. 자신이 우는 소리를 기록하는 순간에 그는 입을 닫을 것이기 때문이다. 이 순간 소리와 음가에 의해 기록된 문자와 의미, 즉, "―다오"가 발하는 내용은 독자에게 전이된다. 위의 명령형을 통해 우리는 시인이 2부에서 꾀한 존재 발현 양식의 탐구 양태를 짐작할 수 있다. 2부를 구성하는 위 용언의 내용을 통해 간략하게 그 면모를 살펴볼 수 있겠다.

우선 "돌려다오"에서 시인은 존재의 탈환을 요구한다. 탈환된 존재는
시각적으로 확인 가능해야 한다―"보여다오"―. 유한한 시간을 사는 존
재에게 그 지속 시간은 중요한 테마가 된다―"살려다오·죽여다오"―.
이러한 조건이 구비되면, 슬픔과 같은 존재 내부의 울림에 귀를 기울일
수 있게 된다―"울어다오"―. 존재의 내부 질서에 의해 규정되는 내·
외적 특질에 따라 존재들은 이름표를 부여받게 된다. 호명의 문제가 대
두되는 것이다―"불러다오"―. 또한 호명된 사물의 위치를 확인하고자
하는 "어디 있는가"가 나타난다. 이에 이어 나오는 "앉아다오" 또한 존
재의 정위(定位)와 관련된다. 한 번 더 반복된 "울어다오"는 「서시」에서
도 확인된 것처럼 김춘수의 시에서 "눈물"과 "울음"이 매우 중요한 의미
자질이라는 사실을 말해준다. 마지막으로 시인은 "잊어달"라고 요구한
다. 지금까지 이루어진 모든 것을 삭제하고 무화시키기를 희망하는 것
이다. 애타게 소망했던 존재감의 확인과 그에 대한 탐구를 무로 돌리려
는 이러한 기도는 김춘수의 허무의식이 직접적으로 표출된 것이라 말할
수 있다. 그러나 이 허무의식 아래에는 완전무결한 "영원"에 대한 갈구
가 존재한다. 그에게 "허무는 영원이라는 것의 빛깔"[50]이다.

> 돌려다오.
> 불이 앗아간 것, 하늘이 앗아간 것, 개미와 말똥이 앗아간 것,
> 女子가 앗아가고 男子가 앗아간 것,
> 앗아간 것을 돌려다오.
> 불을 돌려다오. 하늘을 돌려다오. 개미와 말똥을 돌려다오.
> 女子를 돌려주고 男子를 돌려다오.
> 쟁반 위에 별을 돌려다오.
> 돌려다오.
>
> ― 2의 「1」(44)

---

50) 김춘수, 『의미와 무의미』, 앞의 책, 389쪽.

위 시에서 시적 화자는 "돌려달라"는 요구를 한다. 한때 존재했으나 현재에는 없는 그 무엇을 되찾겠다는 의지의 표명이다. 그 대상물은 "불", "하늘", "개미"와 "말똥"이 "앗아간 것"들이다. 먼저 "불"이 앗아갈 수 있는 것이 무엇이며 하늘이 앗아갈 수 있는 것이 무엇인지 생각해 보자. "불"이 무엇인가를 앗아가는 경우를 생각해 볼 때, 화재(火災)를 떠올릴 수 있다. 불길이 휩쓸고 간 자리에 남는 것은 잿더미뿐이다. 지상 위에 존재하는 대부분의 사물들은 화마(火魔)가 다가올 때 벗어나기 어렵다. 하늘이 앗아가는 것들도 마찬가지이다. 하늘의 재앙－폭우, 돌풍, 폭설과 같은 재해를 생각해 보라－이 닥칠 때 견뎌낼 만큼 강한 지상의 존재가 있을까. 인간과 생명체에게 측량할 수 없을 정도로 소중하고 이로운 "불"과 "하늘"이지만 그것이 재앙으로 다가올 때 요구하는 몫 또한 전면적이다. 이어서 나오는 "개미와 말똥"은 '불'과 '하늘'에 비한다면 하찮다고 말할 수도 있다. 그러나 자연계 안에서 이들 또한 무엇인가를 얻어냄으로써 생명을 유지하며 생태계의 사슬 안에서 고유한 역할을 하고 있다. 그러한 존재들이 앗아간 것도 시적 화자에게는 무시할 수 없는 것이다.

5~6행에 오면 시적 화자는 무엇을 앗는 행위 주체의 소환을 요구한다. 이러한 요구의 배경에는 행위자의 소멸이 전제되어 있을 터이다. 행위자가 대상물로 전환되고 있는 것이다.[51] 이들 역시 순환하는 자연과 역사의 흐름 속에서 소멸하는 운명을 지니고 있다. 「처용단장」 2부의 시 「1」은 앗아가는 행위를 자행하던 존재마저 사라진 허무(虛無)의 공간을 암시적으로 보여준다.

---

51) 2행의 불을 기표로 파악하고 5행의 "불"을 시니피에, 곧 실재의 지시 대상으로 이해하는 해석이 있다. 즉, 기표가 앗아간 것은 실재 대상이며, 그 대상의 소환을 이어서 요구한다는 것이다. 권혁웅(2001), 앞의 책, 280쪽; 이창민(2000), 앞의 책, 166쪽.

마지막 두 행을 더 살펴보자. 여기에서는 무엇을 앗아가는 행위를 하지 않은 사물 "별"과 "쟁반"이 등장하고 있다. 이러한 관점에서 이들은 순결한 존재이다. "쟁반"은 이육사의 「청포도」에서 손님을 위해 마련된 "은쟁반"이라고 쓰인 예에서처럼 소중한 이를 위해 귀한 사물을 올려놓는 것이 아닐까 생각된다. 「1」의 시적 화자도 이 순결한 "별"의 가치를 감지하고 있는 것으로 생각되는 것이다.

> 구름 발바닥을 보여다오.
> 풀 발바닥을 보여다오.
> 그대가 바람이라면
> 보여다오.
> 별 겨드랑이를 보여다오.
> 별 겨드랑이의 하얀 눈을 보여다오.
>
> ― 2의 「2」(45)

존재가 새로이 탈환된 세계에는 풀과 구름과 별이 자리하고 있다. 시적 화자는 그들의 실체가 확인하려 한다. 그중에서도 지표면과 닿아 있으므로 신체의 가장 밑바닥이라 할 수 있는 "발바닥"과 은밀한 부분인 "겨드랑이" 쪽이 궁금하다. 그 부위들은 모두 신체의 한 부분을 움직여야 관찰되는 곳―발과 팔을 들어야 한다―이다. 바닥과 감춰진 지점까지 들추어 가면서 존재의 실체를 알고자 하는 시적 화자의 열망을 읽을 수 있을 것이다. 시적 화자는 "구름"과 "풀"과 "별"에, 동물―인간―적 자질인 "발바닥"과 "겨드랑이"를 각각 연결한다. 그리고 소리를 듣는 존재를 "바람"으로 가정함으로써 이 소망이 결코 실현될 수 없으리라는 사실을 내포한다. 시의 마지막 행에서 시인은 "별 겨드랑이의 하얀 눈"이라는 구절을 내놓는다. 이 표현은 '눈'의 다의성을 확대하면서 "구름"과 "별"이 대표하는 '하늘'과, "풀"이 대표하는 '땅'의 이항대립적 체계

를 와해하려는 시도이다.[52] "겨드랑이"[53]는 한국문학에서 아기장수 설화와 연결되며, 김춘수의 시 세계에서 죄 없이 생명을 빼앗긴 비극적 인물 예수와 동등한 위치에 놓인다.[54]

살려다오.
북 치는 어린 곰을 살려다오.
북을 살려다오.
오늘 하루만이라도 살려다오.
눈이 멎을 때까지라도 살려다오.
눈이 멎은 뒤에 죽여다오.
북 치는 어린 곰을 살려다오.
북을 살려다오.

— 2의 「3」(46)

이 시는 "살려다오"라는 다급한 외침에서 시작한다. "살려다오" 혹은 "죽여다오"라는 비장한 외침이 유효한 상대는 생사여탈의 권능을 지닌 존재일 터이다. 즉 인간의 영역을 넘어서는 존재로 청자가 설정되었다

---

52) 식물에서 줄기 옆쪽에서 나오는 곁눈은 액아(腋芽), 곧 '겨드랑눈'이라고 불린다. 이러한 개념을 염두에 둘 때 우리는 "별 겨드랑이의 하얀 눈"이라는 대목의 해석에서 '눈'의 또 하나의 의미를 보탤 수 있다. ①눈(眼), ②눈(雪), ③눈(芽)이 그것이다. 여기에 「처용단장」 3부의 시 「21」(77)에 나오는 "구더기"라는 의미가 하나 더 첨가될 수 있다.

53) 이 표현은 실체를 가지지 못한 기호의 무의미한 나열로 어린아이의 말장난에 가까운 것으로 평해지거나 김춘수의 다른 시의 관련 속에서 "겨드랑이"에서 "사랑하는 사람"이라는 의미로 유추되기도 했다. 이창민(2000), 앞의 책, 168쪽; 권혁웅(1995), 앞의 책, 34~35쪽, 49쪽.

54) "어느 날 빨래터를 가다가/ 소년 시인 아르튀르 랭보는/ 저만치 오고 있는 눈이 오목한/ 키 작은 예수를 보았다고 한다./ (중략)/ 소년 장수 유충렬의 겨드랑이에 난 비늘, 사금파리였을까, 눈앞에서/ 반짝였다."「바꿈 노래」의 시편 "비늘"의 한 대목이다. 『전집(민)』, 462쪽; 『전집(현)』, 733쪽.

하겠다. 여기에서 생사의 문제가 급박한 대상은 장난감 가게에서 흔히 볼 수 있는 북을 치는 어린 곰이다. 인형과 같은 무생물을 "살려달라/죽여달라"는 것은 터무니없는 요구이다. "북을 살려달라"는 요청 또한 대상이 생명 자체를 운위하기 어려운 인공물이라는 점에서 유의미한 언술로 인정되기 힘든 명제라 하겠다. 이왕 무의미의 영역에 발을 디딘 김에, 북이 살아있다고 말할 수 있는 현실의 그림을 떠올려 보자. 북이 악기로서 기능할 때, 즉 의미 있는 음악의 일부로 존재할 때가 아닐까. 그러나 이 시에서의 "북"은 장난감 곰이 기계적으로 두들기는 북채 밑에 놓여 있다. 살았다고도 죽었다고도 말하기 어려운 상황인 것이다. 따라서 시적 화자의, "어린 곰"을 살리고 그의 북채에 두들겨 맞고 있는 "북" 또한 살려달라는 요구는 무의미한 것일 터이다. 이렇게 의미를 상실(senseless)한 지점에서, 시적 화자는 시한(時限)을 제시하면서 자신의 요구를 더욱 진지하게 밀어붙인다. 그러나 제시된 시한 역시 애매하기 그지없다. "눈이 멎을 때"라는 조건은 현재 눈이 오고 있다는 전제에 기반을 둔 것이다. 이어지는 "눈이 멎은 뒤에 죽여달라"는 요구는 눈이 옴(+)과 그침(−)의 대립 구조와 삶(+)과 죽음(−)의 대립 구조를 통해 급박한 어조와 호흡, 무의미한 언어로 이루어지는 가상의 시간을 보여준다. 그러나 이 시의 시간 체험은 음악과는 다르다. 음악의 청자가 지시 대상과 무관한 순수한 추상적 시간의 지속을 체험하는 데 반해, 시는 지시 대상이 언어적으로 현존함을 체험하는 순간의 연속으로 독서 체험이 이루어지는 것이다. 즉 2부 「3」의 독자는 "살려다오 · 죽여다오"라는 발화가 지닌 의미소 내에서 삶과 죽음의 대립을 일시적이나마 언어적으로 체험하게 되는 것이다.

애꾸눈이는 울어다오.
성한 한 눈으로 울어다오.
달나라에 달이 없고

人形이 脫腸하고
말이 자라서 辭典이 되고
起重機가 올라갔다 내려오고 올라갔다 내려오고
올라갔다 내려온다고
애꾸눈이가 애꾸눈이라고
울어다오. 성한 한 눈으로 울어다오.

— 2의 「4」(47)

한쪽 눈에 장애를 가진 사람은 어느 쪽 눈으로 울까. 김춘수는 구체적으로 요구한다. "성한 한 눈으로 울"라는 주문이 주어지는 것이다. 애꾸눈이는 장애를 가진 부위(−)와 성한 부위(+)라는 이항 대립의 요소를 한 몸에 담고 있는 존재이다. 「처용단장」 1부의 「9」에는 "팔다리 잘린 게"가 나온다. 사지가 잘린 게(−)가 남은 육신(+)으로 수렁을 가고 있는 장면이 묘사되듯이, 시적 화자는 애꾸눈이도 애꾸눈의 조건에 그저 머물러 있기를 바라지 않는다. 그는 자신의 존재 조건을 통해 울어야 한다−"애꾸눈이가 애꾸눈이라고/ 울어다오"−. 이 시는 존재 자체가 눈물의 당위성을 보장하는 인간적 상황을 말하고 있다고 하겠다.

인간은 존재의 깊은 곳에서 그 누구도 완전하지 않다. 그러나 불완전함의 내부에만 머물러 있을 때는 무엇을 울어야 하는지조차 자각하기 어려운 상태에 놓이게 된다. 불완전한 상황을 울 수 있는 것은 그 상황에서 얼마간 벗어났을 때−이를테면 "성한 눈"−가능하다. 김춘수의 애꾸눈에 대한 위의 요구는 이러한 맥락에서 읽힐 수 있다. "달나라에 달이 없다"는 표현은 '달'이라는 음절의 반복으로 리듬에 기여하기 위한 의도에서 이루어진 무의미한 말장난 같지만 실상은 매우 정확한 지적이다. 달나라에 이른 사람은 달을 볼 수가 없다. 달을 딛고 서 있기 때문이다. 아울러 달나라에 이른 사람의 시야에 들어오는 천체의 조성은 지구에서 본 것과 판이하게 다를 것이다. 이러한 표현은 "붕어빵에 붕어가

없다" 같은 어법과 상통한다. 달나라에 이르면 달은 우리가 딛고 선 대지의 조건이 된다. 여전히 그 대지는 '달'이라 불리겠지만 지구에서 지칭하는 달과는 다른 위상에 놓인다. 마찬가지로 붕어 형상을 한 빵에는 붕어가 있을 수 없다. 동일한 문자적 표현 "붕어"를 사용하므로, 우리는 실재 붕어의 형상을 머리에 일단 떠올리고 그것을 수용하겠지만, 그것은 실재 붕어가 아닌 것이다.

"人形이 脫腸하"는 사건은 "북 치는 곰을 살려달라"는 요구만큼이나 넌센스한 상황으로, 논리적으로 비진(非眞)의 명제를 표출한 것이다. "말이 자라서 辭典이 된"다는 표현은 말-馬와 言-의 동음이의적 표현을 염두에 두고 나온 것으로 여겨진다. 성장이 가능한 말은 말(馬)이다. "자란"다는 말의 관점에서 의미의 연속성이 이루어지기 때문이다. 그러나 말(馬)은 자라면 큰 말이 되고 종국에는 늙어 소멸을 맞이하게 된다. 말(言)은 자랄 수 없지만, 자주 사용되고 관용화되면, 사전에 편입된다. 이러한 의미의 상황을 고려한다면 위 시어 "말"은 "말(言)"에 가깝다고 해야 할 것이다. 여기에는 고도의 언롱(言弄)이 개입되었다. 하이젠베르크의 불확정성 원리처럼 한 가지 관점에서 진(眞)이었던 것이 관점을 바꾸면 비진(非眞)이 되는 상황을 연출하고 있는 것이다. 그런데 사전에 편입이 되는 말(言)은 지시적 기호의 층위, 미메시스 층위에서만 수용된다. 의미화 작용에 기인한 시적인 의미나 시인의 개인적 방언 같은 것은 아주 예외적인 경우에만 수록되는 것이다. 따라서 "말(言)이 자라서 사전이 된다"는 명제는 말의 사용이 일반화되고 추상화된 결과를 염두에 둔 것이지 주관적으로 윤색되거나 시인에 의해 창조된 생짜 그대로의 언어를 고려하는 것은 아니라고 해야 할 것이다.

"起重機가 올라갔다 내려오고 올라갔다 내려오고/ 올라갔다 내려온다고"는 기중기의 활동에 대한 표피적 서술로 보인다. 기중기는 하물을 들어올려 운반하는 데 쓰이는 역사적으로 가장 오래된 기계장치이다.

위 시는 기중기가 어떤 의미 있는 생산에 기여하는지에 주목하지 않는
다. 상하의 반복적 움직임만을 기술함으로써 무의미한 활동의 주체로
기중기를 표현하는 것이다. 이는 위의 시 6~8행에서 "애꾸눈이가 애꾸
눈이다"라는 동어반복과 등가적인 것으로 반복·치환되면서 애꾸눈이
가 울어야 하는 울음의 내용으로 자리 잡는다. 의미 있는 내용을 제거함
으로써 무의미한 반복으로 현상을 파악하고, 이러한 지각을 일반화시키
는 것이다. 이러한 서술에는 김춘수의 허무의식이 담겨있다고 하겠다.

> 앉아다오.
> 손바닥에 앉아다오.
> 손등에 앉아다오.
> 내리는 눈잔등에 여치 한 마리, 여치 두 마리,
> 앉아다오.
>
>   *
>
> 봄을 지나 여름을 지나
> 개울을 지나
> 늙은 가재가 사는 개울을 지나,
> 살구꽃 지는 마을을 지나
> 소쩍새와 銀魚가 사는 마을을 지나,
> 봄을 지나 여름을 지나
> 개울을 지나,
>
>   — 2부의 「6」(49)

「6」에서부터 2부의 시들은 '*'표를 기준으로 상단부와 하단부로 나뉜
다. 상단과 하단은 내용과 형식에서 차이를 보인다. 「6」은 눈이 내리는
계절적 배경을 가진 상단부와, 빠르게 변화하는 계절의 추이를 좇아 기
술된 후반부로 구성되어 있다. 상단에서 시적 화자는 급박한 어조로 앉

아주기를 요청한다. 앉아야 하는 대상의 서술은 잠시 미루고 착석이 요구되는 위치부터 밝히고 있다.

> a 손바닥에 앉아다오.
> b 손등에 앉아다오.

　a와 b의 요구는 명백하게 모순되는 상황을 연출한다. a를 택하면 b를 수용할 수 없다. 그 역도 마찬가지이다. 앉아달라는 요구가 이렇게 반복될 때 독자들은 대체 무엇을 앉으라고 하는지 목적어에 궁금증을 느끼게 될 것이다. 이어지는 행이 "내리는 눈"으로 시작될 때 손바닥을 내밀어 내리는 눈의 감촉을 느껴본 적이 있는 사람이라면, 시상의 계기가 된 현실적 이미지를 짐작하게 될 것이다. 그런데 시인은 그러한 이미지를 배반한다. "눈"은 손바닥이나 손등처럼 무엇인가 앉을 수 있는 대상으로 표현되는 것이다. 어떻게 이러한 이미지의 전환이 이루어진 것일까. "여치"는 여름을 사는 곤충이므로 겨울에 내리는 눈(雪)의 잔등에 올라타는 일은 시간적 논리에서나 사실 관계에서 모두 불가능하다. 그럼에도 하늘에서 내리는 눈과 여치는 가볍다는 공통점을 갖고 있으므로, 그 결합이 부자연스럽게 여겨지지는 않는다. 시인은 "여치는 앉아다오"라고 말하지 않는다. "내리는 눈잔등에 여치 한 마리, 여치 두 마리/ 앉아다오."에서처럼 주격조사를 생략함으로써 내려앉는 움직임을 더 가볍게 표현하고 있다.

　이어 하단부는 음절 반복을 통한 말장난이 펼쳐진다. 계절이 주체가 될 때 우리는 "봄이 지나간다"라고 말한다. 따라서 위 시에서 "봄을 지나는" 주체가 따로 있다. 시의 전면에는 나타나지 않고 있지만 그 주체는 봄과 여름을 지난다. 그 다음으로 "가을"이 오는 것이 순리이지만, 시적 화자는 장난스럽게 가을의 자리에 "개울"을 집어넣는다. 동일 음운인 "ㄱ"과 "ㄹ" 등에 기반한 언어 연쇄와 의미 치환을 꾀한 펀(pun)을

시도하는 것이다. 이러한 말장난은 "가을→개울"에 이어 "개울→가재", "개울→마을" 등으로 전이된다. 이 옮겨감은 "지나"라는 술어의 반복을 통해 자연스럽게 흘러가는 음운의 연쇄를 낳는다.

> 새야 파랑새야,
> 울어다오.
> 로비비아 꽃 필 때에 울어다오.
> 녹두낡에 꽃 필 때에 울어다오.
> 바람아 하늬바람아,
> 울어다오. 머리 풀고 다리 뻗고
> 3分 10秒만 울어다오.
> 울어다오.
>
> — 2의 「7」, 부분(50)

1, 2행은 한국민에게 잘 열려져 있는 노래 「파랑새요」를 차용한 것이다. 원래의 가사는 파랑새에게 특정 장소에 앉지 말라고 요청한다. 이는 「6」의 "앉아다오"라는 중심 술어의 변형으로, 이러한 연상의 흐름 속에서 「7」이 나온 것으로 짐작된다. 4행의 녹두나무의 꽃은 「파랑새요」의 "녹두꽃"에서 연상된 것으로 여겨진다. 그런데 "녹두"는 콩과의 일년초로, 나무라는 말을 사용할 수 없는 대상이다. 논리적으로 결합 불가능한 말을 연결시켜 무의미의 효과를 내는 것이다.[55]

"파랑새"에 이어 울어야 하는 존재로 "바람"이 지목된다. "새"가 "파랑새"로 구체화되었듯이 이 "바람"은 북서풍을 의미하는 "하늬바람"으로 구체화된다. 북서쪽에서 부는 바람에게 머리를 풀고 다리를 뻗고 울어달라는 요구는 산발한 머리로 통곡을 하는 여인의 모습이나 두 다리

---

55) 4의 「14」의 "千日草는 天仙果나무가 아니다."(128)와 결부지어 무의미성을 가늠할 수 있는 표현이다.

를 뻗고 비비며 울음을 터뜨리는 사람의 형상을 연상시킨다. 이 문맥 내에서는 그만큼 자재(自在)롭게, 형식을 갖추지 말고 맘껏 울어달라는 의미로 읽힌다. 바람에게 울도록 주어진 시한은 그다지 큰 의미가 없는 것으로 여겨진다. "시간의 연대기적 질서가 붕괴되어 공간의식의 투사"[56]로서 나타나는 무의미시의 시간 내에서 "3분 10초"라는 시한과 그 전과 후가 별다른 의미를 가질 수 없음은 자명하다. 특히 존재자의 속성을 구체화하는 "눈물"이 시간의 붕괴를 촉진하는 물질로 작용한다는 견해[57]를 든다면, 바람에게 우는 행위를 간구하는 장소에서 주어지는 시간이 우리가 인지하는 객관적인 시간과 다른 양상을 가진다는 사실 또한 납득할 수 있겠다.

> 키큰해바라기
> 네잎토끼풀없고
> 코피
> 바람바다반딧불
>
> 毛髮또毛髮바람
> 가느다란갈라짐
>
> — 2의 「7」, 부분(50)

「7」의 하단부이다. 띄어쓰기가 무시된 단어의 나열이 2부의 다른 시와 확연하게 차이를 이룬다. 1, 2행에서 키 큰 "해바라기"와 네 잎 "토끼풀"이 모두 "없고"에 연결되는 것으로 읽는 것이 좋겠다. "커다란 해바라기"는 「처용단장」 1부의 「8」에서 바다를 덮는 존재로 나타난바 있다. 고흐의 화제(畵題)로 널리 알려진 해바라기는 정신병적 징후가 보이는

56) 박은희, 앞의 논문, 136쪽.
57) 위의 논문, 111쪽.

여섯 페인팅의 문학적 전취(轉化)와 탈이미지의 시 • 전수미

강렬한 색채로 우리에게 남아 있다. 화가 고흐는 김춘수가 즐겨 소재로 다루었다. 그는 「디딤돌 2」에서 릴케를 연상시키는 시인과의 대비를 통해 화가로서 지난했던 고흐의 삶을 시적 소재로 채용, 예술가의 삶을 "디딤돌"로 나타냈다.[58] 「처용단장」 2부 이후에 발표된 시 「반 고흐」에서는 해바라기가 직접적으로 등장한다. 이 시를 잠깐 살펴보기로 한다.

> 그의 해바라기는
> 씨가 없다.
> 어디로 갈까?
> 지구처럼 해를 버리고
> 돌아나 볼까?
> 씨가 없으니 한번 죽으면
> 다시 또 오지 못할
> 이승,
> 이승의 하늘은 얼굴이 없고
>   (중략)
> 여름 炎天에
> 해바라기의 모서리가 가맣게
> 타고 있다.
>
> — 「반 고흐」[59]

고흐의 해바라기에 씨가 없다는 말은 그의 그림에 수용된 해바라기가 실재 그것을 대상으로 하지만 그것과 무관한 가상적 공간에 피어난 꽃이라는 사실과, 그가 자손을 남기지 않고 죽었다는 사실을 암시한다.

---

58) "천사는 프라하로 가서/ 시인과 함께 즐거운 식사를 하고,/ 반 고흐는/ 면도날로 제한쪽 귀를 베고 있었다./ 누가 가만 가만히/ 디딤돌을 하나하나 밟고 간다" —「디딤돌 2」. 이 시는 『타령조 · 기타』(1969)에 수록되었다. 『전집(민)』, 150쪽; 『전집(현)』, 246쪽.
59) 『전집(민)』, 298쪽; 『전집(현)』, 494쪽.

1888년에 완성된 반 고흐의 「해바라기」에는 여러 송이의 해바라기가 화병에 꽂혀 있다. 그 가운데는 씨앗이 박힌 부분-검은 부분-이 있는 것도 있고 없는 것도 있다. 따라서 위 시의 1, 2행은 씨앗이 없는 고흐 그림 속의 몇몇 해바라기를 가리키는 동시에 그림에 재현된 사물인 해바라기가 씨를 가질 수 없다는 사실을 지적하고 있는 것이다. 이 해바라기가 씨앗을 통해 다시 개화하는 식물의 순환적 리듬에 순응하지 못함은 자명한 사실이다. 인간 역시 자손을 통해 유전적 형질의 일부를 지닌 개체를 번식시킬 수는 있어도 이승으로 회귀할 수 없는 존재이다. 마지막에 등장하는 여름 땡볕 아래 익어가는 해바라기는, 유한한 인간의 삶과 대비되면서 그 의미망을 획득한다. "해바라기"와 화가 '반 고흐'는 김춘수에게 비중 있는 소재로 나타난다.[60]

「처용단장」 2부의 시 「7」에서 "키큰해바라기"과 "네잎토끼풀없고"의 병치는 시적 언어의 사물성에 대한 앞선 논의를 떠올리게 한다. 언어적 호명을 통해 시적 현실 안에서 해바라기는 긴 그림자를 가진 키 큰 해바라기의 형상을 지니게(+) 된다. 다음 행에서는 호명된 사물 뒤에 "없고(-)"를 덧붙인 결과, 네 잎 토끼풀의 현존은 지워지는 것이다.[61]

"코피"와 "바람바다반딧불"은 음운의 반복에 따른 연상으로 도입된 시어이다. "키", "큰", "토끼풀", "코피" 등은 자음 "ㅋ"음과 "ㅍ"음, 모음 'ㅣ[i]'와 'ㅗ[o]'를 가지고 있다. 동일음의 반복은 말의 표층에서 주술적인 리듬을 창출해낸다.[62]

---

60) 다음 시에도 동일한 소재를 사용하였다. "눈먼 하늘에는/ 눈먼 해가 혼자서 목구멍이/ 끓고 있다. 해소병 앓이처럼, / 보리밭 어디서 문득 생각난 듯/ 종달새가 한 마리 날아오른다./ 휘이 휘이 삐이이!/ 어디로 갈까?/ 종달새도 눈이 멀어/ 그가 울고 간/ 떫디떫은 목소리만 언제까지나/ 귓전에 남는다." - 「다시 반 고흐」. 이 시는 「라틴점묘·기타」(1988)에 수록되었다.

61) "네잎토끼풀없고"는 「처용단장」 3부의 「36」(96)과 연관지어 해석을 시도할 수 있다.

62) 이숭원, 앞의 글.

잊어다오.
어제는 노을이 죽고
오늘은 애기메꽃이 핀다.
잊어다오. 늪에 빠진
그대의 蛾眉,
휘파람새의 짧은 휘바람,
        *

물 아래 물 아래 가던 새,
본다.
호밀밭에 떨군
나귀의 눈물,
딱나무가 젖고
뭇 별들이 젖는다.
지렁이가 울고
네가래풀이 운다.
개밥 순채,
물달개비가 운다.
하늘가재가 하늘에서 운다.
갠 날에도 울고 흐린 날에도 운다.

— 2의 「8」(51)

　「8」의 상단부에서는 존재의 소멸과 탄생에 관하여 이야기하고 있다. "어제는 노을이 죽"었다. 노을이 지면 어둠이 찾아오고 어둠은 석양(夕陽)과 맞물리며 '죽음'과 자연스럽게 연결된다. 이러한 연상이 하루를 사람의 일생에 비추어 보는 기본 개념적 은유에서 파생한 것임은 물론이다. 어제는 노을이 죽었지만 "오늘은 애기메꽃이 피"어난다. 어떤 사물이 죽는다 해서 그가 차지했던 공간이 빈터로 남는 것은 아니다. 새로운 존재가 탄생하여 그 자리를 메우는 것이다. 생사의 반복적인 질서 속에서 시적 화자는 무엇인가를 잊어달라고 요구한다. 잊어야 하는 사물

은 "늪에 빠진" 그대의 아름다운 눈썹이다. 사랑하는 존재의 죽음이나 오욕―"늪에 빠진" 그대―까지도 잊어야 하는 것이다. 이어지는 "휘파람새의 짧은 휘파람"은 "달나라에 달이 없고"와 같은 언롱에 속한다. 휘파람새는 휘파람과 무관한 고유명사이다. 명명 단계에서 휘파람과의 유사성이나 친연관계가 성립했을지도 모르나, 딱새과의 새 한 종류에게 그러한 이름이 붙여졌다면, '휘파람'과는 이미 무관한 이름표가 되는 것이다. 이러한 말장난은 하단부의 11행 "하늘가재가 하늘에서 운다"에서도 사용되었다. "하늘가재"는 '사슴벌레'의 또 다른 이름이다. 사슴벌레가 하늘 높은 곳에서 울지 말란 법은 없겠지만 여기에는 그의 별칭인 "하늘가재"를 하늘에 가재를 더한 것으로 파악하여 "하늘에서 운다"는 표현을 의도적으로 끌어낸 언어 놀이의 일종으로 보아야 할 것이다.

「8」의 하단부의 1, 2행은 「청산별곡」 3연의 일부를 패러디한 것이다. 원가사는 "가던 새 본다 가던 새 본다 물 아래 가던 새 본다"이다. 「청산별곡」의 "가던 새"에 대해서는 "날아가는 새(飛鳥)" 혹은 "갈던 밭(耕田)" 등으로 해석이 나뉜다. 이 시에서는 이어지는 시어 "호밀밭"에서 후자의 해석 쪽으로 기울었다고 말할 수 있겠다. 그러나 「8」에서는 "가던 새"의 해석보다 두 번 반복된 "물 아래"라는 말이, 처용설화와 결부되어 더 큰 함의를 발생시킨다. 처용의 바다 밑 세계와 지상의 세계를 구분할 때 "물 아래"라는 말은 처용이 인간 세계를 겪기 이전의, 바다의 공간을 의미하기 때문이다. 그리고 「8」의 하단부에서는 모든 사물이 눈물에 젖어 있고 또 울고 있다. "갠 날에도 울고 흐린 날에도 운다"는 동어반복인 항진명제이다. 그리고 항상 "운다"는 표현에서는 이 세상 모든 존재자의 내적 조건을 눈물로 보는 시인의 시각이 드러나고 있다. 또한 「서시」의 "기쁜 노래 부르던/ 눈물 한 방울"을 떠올릴 때 수미일관한 구성을 보여주는 것이다.

파스(O. Paz)에 따르면, 시는 언어를 초월하려는 시도이다.[63] 현실의 닻에 묶인 일상어에서 벗어나 그 자체로 완전한 세계를 갖추려는 욕망이 일견 폐쇄적이고 자족적인 것으로 여겨지는 시의 세계를 형성하는 것이다. 김춘수가 회화론을 적용하면서 모색했던 시의 길은, 언어에서 벗어나 회화적 현실을 지향하는 것이었다. 이러한 그의 모색과 노력은 대상에 시각적으로 고착된 서술적 이미지에서 차츰 벗어나 시각에서 해방되고 언어의 힘을 새롭게 인정하게 된다.

> 이미지는 리듬의 음영에 지나지 않는다. 물론 이미지는 그대로의 의미도 비유도 아니라는 점에서 넌센스일 뿐이다. 그러니까 어떤 상태의 묘사도 아니다. 나는 비로소 묘사를 버리게 되었다.[64]

묘사 중심의 시법은 시니피앙 – 시니피에 – 대상의 언어 삼각형에서 시니피에와 대상의 일치에 무게를 두는 창작방법론이라 할 수 있다. 김춘수는 이 무게중심을 시니피앙 쪽으로 이동시키게 된다. 잭슨 폴록의 기법을 시에 적용함으로써 시니피앙(소리)과 대상이 결합될 때 생겨나는 힘을 어느 정도 신뢰하게 되었고, 묘사 중심의 시법을 폐기하게 되는 계기를 찾은 것이다. 이는 시를 시적 현실에서 벗어나 최대한 시 아닌 것 – 회화 – 에 밀착시키는 실험을 통해 가능했다고 생각된다. 인접장르 회화를 도입한 결과, 문학의 원초적인 힘을 자각하게 되었던 것이다.

이는 "말하는 것이 곧 창조하는 것이었던 시간으로의 복귀"[65]이자, "사물과 이름이 동일하던 때"로 돌아가는 것을 말한다. 그리고 그가 회화적 방법론에 의거한 시작 방법을 지속적으로 보여주지 않은 것은 언

---

63) O. 파스(1967), 『활과 리라』, 김홍근·김은중 역, 솔, 1998, 43쪽.

64) 김춘수, 『의미와 무의미』, 앞의 책, 398쪽.

65) O. 파스(1967), 앞의 책.

어와 회화의 합치될 수 없는 본질적 차이를 경험적으로 자각했기 때문이라고 생각된다. 이는 "우리가 본 것을 아무리 말해도, 우리가 본 것은 우리가 말한 것 속에 존재하지 않고, 우리가 말하고 있는 것을 이미지, 은유, 비교로 아무리 보게 하여도, 그것들이 반짝이는 곳은 눈이 펼치는 것이 아니라 구문의 연속이 결정짓는 것"이라는 사실로 정리할 수 있겠다.[66] 이러한 인식은 시니피앙의 시각성에 대한 인식, 곧 새로운 회화성으로 무의미시를 향하게 한다.

※ 참고문헌은 각주로 대신할 것이다. 각주의 『전집(민)』은 『김춘수 시전집』(민음사, 1994)를, 『전집(현)』은 『김춘수 전집(시)』(현대문학사, 2004)를 가리킨다. 본문의 시 인용은 「처용단장」(미학사, 1991)을 텍스트로 하였으며, 시제 뒤에 병기한 괄호 안의 숫자는 해당 시집의 인용쪽수이다.

---

66) M. 푸코(1966), 앞의 책, 33쪽.

'처용'이라는 화두와 '벽사(辟邪)'의 언어

— 김춘수의 무의미시론에 대한 새로운 해독

허 혜 정

1. 서론

50년대 국문학계의 중요한 특징 중 하나는 불교문학에 대한 주목이다. 이는 「韓國現代詩에 나타난 佛敎思想」 등을 통하여 불교문학에 대한 이론적 정립을 시도했던 김운학의 연구나 박노준·인권환의 『한용운 연구』에서 촉발된 바 크다.[1] 이광수나 한용운 문학의 불교적 색채에 대한 조명과 이론적 정립이 가시화되던 50년대, 한국문단에서는 불교전통을 문학적 상상의 원천으로 한 문학작품들이 다수 창작되었다.

이 시기의 주요 문인들이 '처용' 패러디물을 유독 많이 창작한 것도 문학적 현대성에 대한 고민 속에서 불교에 대한 문학적 조명이 활발히 이루어진 상황과 무관하지 않은 것으로 판단된다. 잘 알려진대로 〈처용가〉는 '향가'라는 장르적 틀을 뛰어넘어 1,100여 년간 수많은 장르적 변

---

1) 홍신선, 「현대불교시연구(1876년~현재)」, 『한국문학연구』, 동국대 한국문학연구소, 2000, 57~84쪽.

용을 되풀이해온 고전시가다.[2] 특히 50년대 탄생한 유치진의 희곡 『처용의 노래』(1953), 신석초의 『바라춤』(1959)과 같은 처용계보의 작품은, 59년 연극계의 처용무 발표회[3]나 63년 7월의 처용극회의 발족 등 처용과 전통예술에 대한 관심이 고조되던 상황과도 맞물려 있다. 즉 50~60년대에 이르는 기간 처용에 대한 문학인들의 관심은 초현실주의나 실존주의와 같은 예술적 실험의 요구에 부응하려는 일군의 모더니스트들에게 문학적 충격으로 작용한 것으로 보이는데, 이러한 전통에 대한 관심에서 촉발된 처용계보의 작품들이 김춘수가 〈처용가〉라는 전통시가에 눈을 돌렸던 한 배경으로 작용한다고 여겨진다. 이 논문은 김춘수 시론에 대한 좀 더 깊이 있는 기술을 위해 「처용단장」에 집약적으로 표출되어 있는 무의미시론을 고려가요 〈처용가〉 및 불교미학과의 관련 속에서 논의해볼 것이다. 이를 위한 탐구로서 김춘수가 실제로 공들여 탐구한 바 있는 고려가요 〈처용가〉에 대한 고찰을 수행해보고 「처용단장」을 구상하는 과정에서 생산된 그의 시론의 불교적 의미를 조명해 보고자 한다.

주지하다시피 2004년 11월 타계시까지, "시와 시론에 대한 지속적인 성찰과 자기 변모의 모색"[4]을 감행했던 김춘수는 "서정주, 김수영과 함

---

2) 처용가(處容歌)는 향악정재(鄕樂樂才)의 하나로 창제·공연되었고, 국한문의 가사로 된 〈처용가〉가 학연화대처용무합설(鶴蓮花臺處容舞合設)에서 여기(女妓)에 의해 노래로도 불려졌다. 세종 때 윤회(尹淮)가 〈처용가〉의 곡조를 개찬(改撰)한 〈봉황음(鳳凰吟)〉의 악보가 『세종실록』에 수록되어 있다. 봉황음(鳳凰吟)은 조선 세종 때 윤회(尹淮)가 지은 별곡체 악장이다. 〈처용가(處容歌)〉의 가사만 〈봉황음〉으로 바꾸고 악곡은 〈처용가〉의 악곡을 그대로 얹어 부를 수 있도록 지은 작품으로 나라와 왕가(王家)에 대한 송축가이다. 가사가 『세종실록』 권146에 악보와 함께 실려 있고, 나례의식(儺禮儀式) 후 거행된 학연화대처용무합설(鶴蓮花臺處容舞合設)에서 〈처용가〉 등이 연주되었다는 기록이 있다. 『악학궤범(樂學軌範)』 권5 〈시용향악정재조(時用鄕樂呈才條)〉에 〈처용가〉〈동동〉〈정과정〉 등의 고려가요와 함께 실려 전하는 가사자료가 있다.

3) 「第2回 金千興 韓國舞踊發表會「處容郎」三幕五場主催 ; 大韓民俗藝術院, 後援 ; 韓國舞踊協會東亞日報社」, 『동아일보』, 1959년 12월 5일.

4) 남기혁, 「'無意味詩'로의 도정-김춘수의 시와 시론에 대한 분석적 연구」, 『한국 현

께 해방 이후의 시에 가장 강력한 영향을 미친 시인"[5]으로 일찍부터 평가받아왔다. 90년대 포스트모더니즘의 유행과 더불어 폭발적인 논의가 이어진 그의 시와 시론에 대한 연구는 '무의미시'를 중심으로 대략 세 갈래의 연구경향을 보여왔지만,[6] 그의 무의미시론과 〈처용가〉 원전과의 관련성은 매우 소홀히 다루어졌다. 물론 아직도 「처용단장」과 무의미시론에 대한 논의는 진행 중이지만, 그의 시론이 워낙 정교하고 방대한 만큼 더욱 세밀한 연구가 수행되어야 할 영역은 존재하고 있으며, 특히 김춘수의 시론이 고려가요 〈처용가〉 및 불교와 깊은 맥락에서 얽혀 있다는 사실은 그다지 주목되지 않고 있다. 주지하다시피 김춘수는 소설 「처용」(63)을 『현대문학』에 처음 발표한 이후 1969년부터 1991년에 걸쳐 「잠자는 처용」, 「처용단장」, 「처용단장」 1부, 「처용단장」 2부, 「처용단장」 3부, 「처용단장」 4부를 발표하였다[7]. 하지만 김춘수가 이미

대시의 비판적 연구」, 월인, 2001, 145쪽.

5) 김윤식·김현, 『한국문학사』, 민음사, 1973, 272쪽.

6) 아직도 진행 중인 김춘수의 시에 대한 시론 연구는 그의 시를 근대라는 공간과 비판적인 관련을 맺고 있거나, 탈현대의 전위적인 시 혹은 모더니즘적 관점을 통해 바라보는 관점들이 주를 이룬다. 김춘수의 「처용단장」에 대한 기존의 연구들을 정리하면 크게 세 가지 관점으로 대별된다. 첫째 그의 무의미시론에 주목하면서 「처용단장」을 그의 시론의 구현으로 보는 시론적인 연구이다. 김춘수의 '무의미시'에 대한 논의들은 주로 「처용단장」 제1부에 집중되어 있는데 「처용단장」이 김춘수가 가장 오랜 동안 구성했던 무의미시의 결과물임을 강조하며 그의 시의 현대성을 규명하는 연구가 최근까지 지속되고 있다. 둘째는 「처용단장」이 유년의 낭만적 이미지를 담아내고 있다는 주제론적 해석이다. 대표적인 예로 김현은 「처용단장」 제1부를 김춘수의 소설 「처용단장」에 근거하여 자전적 시로 규정하고, 정신 분석적 관점에서 시적 자아를 '처용'으로 설정하여 시인의 의식, 무의식의 변경에 자리한 상상력을 객관화한 것(「처용의 시적 변용」, 『김현문학전집』 3권, 문학과지성사, 1993, 193쪽)으로 보는 입장이다.

7) 김춘수는 1963년에는 『현대문학』 6월호에 단편소설 「처용」을 발표한 후, 1969년 나온 일곱 번째 시집인 『타령조·기타』는 1959년부터 1969년까지 발표한 시들을 모아 묶는다. 이 시집에서부터 김춘수는 본격적인 무의미시로 진입한다. 의미를 배제하고 음악성을 강조하는 작업은 1969년 4월 『현대시학』 제1집에 「처용단장 1」을 발표하면

1961년 『동아일보』에서 "자신만의 처용가"를 쓰고 싶다는 소망을 밝히며, 그것을 수년 전부터 구상해 왔음을 밝히고 있음을 고려할 때, 「처용단장」 연작은 적어도 50년대에 구상되었으며, 창작의 밑바탕을 이루는 무의미시론은 이미 뼈대를 갖추어가고 있었다고 판단할 수 있다.

국문학사에서 처용을 패러디한 작품들은 적지 않지만[8] 특히 한국 현대시사에서 가장 혁신적이고 모던한 시인이 1100여 년의 전승역사를 가진 〈처용가〉를 자신의 미적 탐구의 표적으로 삼았다는 것은 시론적 관점에서 충분히 흥미를 가질 만하다. 김춘수의 시론을 꼼꼼히 검토해보면, 김춘수가 고려가요 〈처용가〉를 얼마나 공들여 탐구했으며, 그의 세계관이나 언술방식이 김춘수가 불교적으로 해독한 처용가와 얼마나 깊이 얽혀 있는가를 확인할 수 있다. 하지만 그간에 이루어진 연구들은 〈처용가〉가 그의 시론 형성에 어떻게 기여하고 있는지를 구체적으로 규명해 내지 못하고 있다. 김춘수가 유독 처용을 시적 탐구의 대상으로 삼았고 특히 전생에 걸친 역작 「처용단장」 창작과정에서 불교적 사유에 대한 의미심장한 기록들을 남기고 있음을 볼 때, 고려가요 〈처용가〉와 그의

서 「처용단장」 연작시로 연결되어 한층 구체화된다. 이후 1972년에 시 이론서 『시론』을 출간하고 1947년 시선집 『처용』에 「처용단장」 제1부를 실어 발표한다. 1976년 5월에 수상집 『빛 송의 그늘』을, 8월에는 시론집 『의미와 무의미』를, 그리고 11월에는 「처용단장」 제2부를 담은 시선집 『김춘수시선』을 간행함으로써 무의미시를 한층 심화시켜 탐구한다. 1990년대가 되면서 김춘수는 다시 본격적으로 무의미시를 탐구하는데 1990년에 시선집 『샤갈의 마을에 내리는 눈』을 간행하고, 1991년 3월에는 시론집 『시의 위상』을, 그해 10월에는 고희 기념으로 연작 장시 「처용단장」을 상재한다.

8) 신라향가에서 출발한 〈처용가〉는 수많은 현대시인들의 미적 탐구의 표적이 되어왔다. 비단 김춘수만이 아니라 현대시사에서 가장 혁신적인 시인들은 「처용가」를 통해 그 창조적인 정신을 쇄신했으며, 일례로 신석초, 정일근과 같은 무수한 현대시인들은 일종의 '처용계보'를 형성할 만큼 〈처용가〉의 압도적인 영향하에 놓여 있다. 그 발생기에서부터 현재까지도 면면히 살아 있는 〈처용가〉는 박상륭, 김현, 김수용, 김소진, 윤대녕 등의 소설, 신상성의 희곡을 통해서도 패러디되어 왔고 아직도 생성 중인 대단히 신비로운 한국문학사의 보고와 같은 텍스트이다.

시론과의 연관성을 주목해본 본 연구는 한국모더니즘 시론의 특성을 읽어내는 데도 매우 중요한 맥락을 마련해줄 것이라 기대한다.

2. 「처용단장」의 출발과 '나후라처용(羅睺羅處容)아비'

처용과 김춘수는 어떻게 만나게 되었을까? 김춘수는 신석초의 『바라춤』(통문관, 1959)이 발간된 50년대에 '처용'의 문학적 의미를 진지하게 고민한 것으로 여겨진다. 김춘수는 1961년 『동아일보』의 글[9]에서 처용을 화두로 한 "상당한 장시"를 구상하고 있으며 그 작품이 3부작으로 시조처럼 3단 구성으로 이루어질 것이며 하나는 「龍宮」, 제2장은 「現實」, 제3장은 「舞」라는 이상의 가제를 생각해두고 있다고 언급하고 있다.

그가 「처용단장」을 구상하게 된 시기가 이미 50년대로 추정된다는 점, '처용'에 대한 특별한 주목, 장시에 대한 야심, 전통시가형식의 새로운 실험이라는 점 등에는, 김춘수에게 김수영의 시가 던졌던 충격만큼이나 강렬한 신석초 시의 문학적인 자극이 있었음이 분명하다. 1959년 발간된 신석초의 『바라춤』이 '처용의 춤'을 상상의 원천으로 삼고 있었고, 당대로서 드문 장시의 형태이며 고려가요의 운율을 실험한 작품이라는 사실 등은 김춘수의 시를 읽는 데 신중하게 고려되어야 하는 맥락이다.[10] 승무(僧舞)의 일종인 '바라춤'을 시적으로 형상화한 신석초의

---

9) 「「나의 테스트氏」와 「處容歌」「宵」「新春構想」」, 『동아일보』, 1961년 1월 18일, 4면 1단.
10) 『바라춤』(통문관, 1959)은 1930년대 처음 창작된 것으로 짐작되는 「바라춤 序詞」가 「바라춤」의 본사가 완결되어 함께 수록된 시집이다. 「바라춤 序詞」는 1930년대 후반에 씌어졌을 것으로 짐작되는데 시 「바라춤 序詞」는 1941년 4월 『문장』 4호에 처음 「바라춤」이라는 제목으로 발표되었으나 이후 신석초 본인은 이 시기 작품들이 1933년에서 1938년 사이에 씌어졌다고 밝히고 있다. (『석초시집』, 乙酉文化社, 1946, 서

시는 무엇보다 고려가요의 구절들과 운율을 패러디하고 있다는 점이 독특하다. "묻히리랏다 靑山에 묻히리랏다/ 靑山이야 變하리없어라"와 같이 고려가요 〈청산별곡〉을 처용의 춤에 실어 패러디한 이 시에는 불교적 상상력이 조지훈의 「승무」보다 훨씬 더 강렬하게 표출되어 있다. 또한 이 시는 402행으로 이루어진 장시로 1941년부터 발표를 시작하여 1959년 시집으로 발간하기까지 수많은 수정을 거쳐 완성한 작품이다. 무엇보다 중요한 것은 이 바라춤이 '처용의 춤'을 패러디하고 있다는 점이다. 김춘수는 1961년 『동아일보』에 『바라춤』과 여러 면에서 유사한 시적 실험에 대한 야망을 피력하면서 말라르메, 발레리, 그리고 (신석초처럼) 노장자의 사상에도 이끌리고 있다고 하며, 어떻게 될 것인지 모르지만, 쓰겠다고 '각서'라도 만들어두고 싶다고 밝힌다. 이러한 진술을 통해 볼 때 김춘수가 "자신만의 처용"을 구상하게 된 데에는 당대의 처용 패러디물, 특히 처용의 춤과 불교의 '바라춤'을 시적 제재로 삼은 신석초의 시적 실험이 배경으로 작용한 것으로 여겨진다.

무엇보다 놓치고 지나갈 수 없는 대목은 김춘수가 발견한 '처용'이 일반인에게 익숙한 신라향가 〈처용가〉가 아니라 신석초가 실험한 바 있는 고려가요로 패러디된 〈처용가〉였으며 특별히 '라후라처용아비'이라는 말에 주목을 하고 있다는 점이다. '라후라'는 업장이라는 뜻을 가진 석가의 아들의 이름이다. 그러므로 '라후라아비'라 함은 바로 석가를 말한다. 때로 라후(Rahu)는 구성요(九曜星) 가운데 제8성인 식신(蝕神)으

문 참조.) 「바라춤」의 본사가 완결되어 함께 수록된 시집 『바라춤』은 통문관에서 1959년 발간된다. (「바라춤 序詞」는 『문장』 발표본에서 몇 구절의 수정이 있을 뿐 그 형태를 거의 유지하고 있다. 다만 「바라춤 本詞」의 경우 최초 발표본이 몇 차례에 걸쳐 대폭적으로 수정된다.) 「바라춤」은 총 10연 70행으로 이루어져 있으며, 불전에 재(齋)를 올리며 추는 '바라춤'을 통해 불교적으로 해석된 존재론적 고뇌를 서사적으로 형상화하고 있다. 이 시는 불교 사상에 바탕을 둔 고전적 시풍으로 고전시가의 운율을 원용하였다.

로 해석되기도 하나 불교적인 해석으로는 석가의 출가 전 아들인 라홀라이다. 김춘수는 다음과 같이 언급한다.

> "고려가요인 〈처용가〉에는 처용을 "나후라처용(羅睺羅處容)아비"라고 하고 있다. 나후라는 범어 Rahula의 차음인데 그것은 인고행(忍苦行)의 보살을 의미한다. 역신에게 아내를 빼앗기고도 되려 춤과 노래로 자기를 달랬다는 설화의 주인공을 고려의 불교가 그렇게 받아들이고 명명했다는 것은 당연한 일이다."11)

위의 언급에서 엿보이듯이 김춘수는 고려가요에 처용이 "나후라처용(羅睺羅處容)아비"로 표현되었음을 주목하면서, 불교적인 맥락에서 그것을 "인고행의 보살"로 해독하고 있다. 더 세심하게도 그는 "나후라는 범어 Rahula의 차음"이라는 점까지 밝히고 있다. 매우 간략한 기술이지만 그가 매우 공들여 고려가요 〈처용가〉를 탐구했음을 시사한다. 처용을 김춘수가 "인고행의 보살"로 해독하고 있고, 고려가요 〈처용가〉 자체가 불교적 색채가 짙음을 고려해볼 때, 불교적 의미망을 고려하지 않고는 「처용단장」의 성격을 깊이 있게 해명할 수 없는 것이다. 이렇게 김춘수가 "인고행의 보살"로 처용을 인식하고 작품을 구상했음을 분명히 밝히고 있는데도, 기존의 연구들은 그의 불교적 인식을 그다지 주목하지 않는다. 분명 「처용단장」은 불교적으로 해독된 인고행의 보살 처용과 자신을 상상적으로 일치시킨 시적 상상이다.

그렇다면 김춘수는 처용을 어떤 방식으로 변용시켰는가? 김춘수가 굳이 처용을 통해 시적 실험을 감행한 데는 '역사허무주의' 혹은 '허무'에 대한 인식이 중요한 작용을 하였으며 역사에 대한 부정적 체험이 큰

---

11) 김춘수, 「장편 연작시 「처용단장」 시말서」, 이남호 편, 『김춘수 문학앨범』, 웅진출판, 1995, 219쪽.

영향을 끼쳤다는 점은 잘 알려져 있다.12) 그의 허무주의적 태도는, 역사의 배후에는 이데올로기가 있고 그 이데올로기는 반드시 폭력을 동반한다는 인식에서 비롯된다. 무의미시가 발표되던 당시, 전후이데올로기 공방, 정치, 사회적 혼란, 순수참여논쟁 등을 통해 그는 역사와 이념, 관념의 폭력성을 심각하게 재고하게 된 것으로 보인다.13) "사람은 사상, 즉 이데올로기, 즉 이념을 끝내 떠날 수는 없을는지도 모른다. 그러나 사상을 감당하기란 그리 쉬운 일이 아니다"14)라는 언급에서도 엿보이듯이 김춘수는 이념과 관념의 폭력에 희생된 상상적 개인으로서 '처용'을 주목했다.

> "처용설화를 나는 폭력, 이데올로기, 역사의 삼각관계 도식틀 속으로 끼워 넣었다. 안성맞춤이었다. 처용은 역사에 희생된 개인이고 역신은 역사이다. (중략) 역사 허무주의자, 더 나가서는 역사 부정주의자가 되고 있었던 나는 고전의 현대화를 통한 신화적 세계에 시선을 모일 수밖에 없었다."15)

위에서 김춘수는 '처용'을 역사에 희생된 개인으로, 그리고 역신을 "폭력, 이데올로기, 역사"로 해독하고 있다. 역신의 침범에 대해 춤과 노래로 반응했던 처용의 불가해한 태도는 고통을 넘어서기 위한 불교적 '인고행'이었다. 역신이 처용에게 넘어야 할 인간세계의 업장이었듯, 김춘수가 시를 통해 넘어서고 싶어했던 것은 이념, 관념의 폭력을 지지하고 있는 의미론적인 세계이다. 역신에 대한 처용의 태도는 "나는

---

12) 그는 역사의 의지라는 것을 생각했다. 역사는 선한 의지도 가지고 있을지는 모르나 그에게는 악한 의지만을 보여 주었다. 그의 깨달음은 역사의 배후에는 이데올로기가 있고 그 이데올로기는 반드시 폭력을 동반한다는 것이다.(김춘수, 위의 글, 209쪽.)

13) 윤지영, 『김춘수 시 연구-「무의미시」의 의미』, 서강대 석사논문, 1998, 74쪽.

14) 김춘수, 『시의 위상』, 도서출판 둥지, 1991, 156쪽.

15) 김춘수, 『김춘수 시전집』, 민음사, 1994, 519쪽.

옳고 너는 그르다"는 도덕세계가 아니며 인간적인 논리나 현실적 판단을 초월한다. "본래는 내 것이었으나 빼앗긴 것을 어찌하리"라고 노래한 처용의 체념적 태도는 역신까지도 감화시켜 축사의 가능을 수행한다. 처용의 태도를 불교적으로 해독해보면, 궁극적으로 아집과 분별심의 소산인 색(色)의 세계, 즉 현실의 헛됨과 공함을 인식함으로써 고통으로부터의 해방을 성취한 것으로 이해될 수 있다. 존재는 현실의 번뇌와 고통이 결국 인식의 환영에서 비롯된 것임을 통찰하지 못한다. 시는 정신의 논리와 사유의 속박을 깨고 의미론적 세계의 공허함을 경험하게 한다. 이러한 의미에서 인식의 해방을 추구하는 불교적 사유는 시적 직관과 깊이 상통한다. "불교의 궁극적인 목적은 계몽"이라 할 수도 있지만 그것은 욕망에 오염되지 않은 "즉각적이고 분별없는 사실에 대한 포착"16)에 의해 가능해진다. 불가에서 강조하는 진정한 인식은 '지성 이전의(pre-intellectual)' 상태와 유사하지만, "인간의 새로운 수준에서의 포착"17)이라는 점에서 상식과 논리로 해명될 수 없는 처용의 노래를 깨달은 자(보살)의 노래로 읽어낼 수 있는 것이다. 이념과 역사는 끝없이 폭력과 분쟁을 낳지만 인과(因果)의 법칙에 바탕한 불교는 체념의 상태에서 윤리적 승화(昇華)를 공유하게 된다. 처용의 허무적인 태도는 상식과 편견을 뒤집으며 새로운 시적 인식을 노리는 무의미시론의 지향점과 맞물린다.

3. '벽사(辟邪)'의 언어와 '무상(無常)'의 시론

〈처용가〉는 고전시가 중에서도 드물게 '축사(逐邪)'의 노래로 이해되

---

16) Nancy Wilson Ross, *The World of Zen*, Random House, New York, 1960, p.197.

17) 위의 책, p.198.

어왔기에 궁중의 나례의식이나 민간의 굿거리를 통해 폭넓게 전승되어 왔다. "고려후기에 형성된 〈처용가〉는 생성 당시부터 궁중과 민간에서 자주 연행된 것 같다. 〈처용가〉가 탄생부터 자연스럽게 적응할 수 있었던 것은 처용 전승이 단일하지 않았지만 전대부터 전래된 익숙한 소재인 점, 내용이 벽사진경인 점, 놀이로서 적합한 점 등이 작용한 것으로 보인다."[18] 조선조의 처용희는 음풍으로 잠시 금지되었으나 중종 19년 (1524)에 이르면 처용의식을 부분적으로 허용하기에 이른다. 중종은 세시를 헛되이 넘길 수 없으므로, 진풍정(進豊呈)과 관처용(觀處容) 등의 일을 멈추고 곡연과 양재처용(禳災處容)만을 베풀도록 하였다.[19] 이는 벽사의식의 필요성을 느낀 현실적 조치라 할 수 있다. 김춘수는 처용연작 창작과정에서 〈처용가〉가 벽사의 노래라는 점을 유의했던 것으로 보인다.

처음에 김춘수는 문학의 참여성과는 다른 문학적 해답을 실존주의, 초현실주의 등 서구 이성철학의 계보에 반하는 흐름에서 찾으려 했다. 그의 시론적 탐구에서 릴케, 세잔느, 베를렌느 등 서구 예술정신을 탐구했던 목록[20]이 너무 방대하기에 그의 시론은 전적으로 서구의 미학에 과도하게 의탁하고 있다고 여겨질 수 있다. 하지만 이러한 정신적 편력과정이 처용으로 귀착하게 된 것은, 무엇보다 〈처용가〉의 불가해한 노래가 "벽사의 언어"였다는 점이 그의 인식지평을 확장시켰기 때문이 아닌가 한다. 현실과 이념을 지지하는 의미세계를 '무'로 되돌리는 김춘수의 시적 실험은, 박잡한 언어의 소멸을 통해 재난을 해액(解厄)한다는 메시지를 담고 있는 고려가요 〈처용가〉와 깊이 맞닿아 있다. 무의미시론의 의미를 『악학궤범(樂學軌範)』에 수록된 고려가요 〈처용가〉를 통해

---

18) 김명준, 『악장가사 연구』, 도서출판 다운샘, 2003, 139~140쪽.
19) 『중종실록』 권52 19년 12월 10(경자).
20) 김현, 「김춘수에 대한 몇 개의 斷想」, 『현대문학』 1962년 5월, 369쪽.

더욱 세밀하게 살펴보기로 하자.

> 신라성ᄃᆡ(新羅聖代) 쇼성ᄃᆡ(昭聖代)
> 텬하대평(天下太平) 라후덕(羅侯德)
> 처용(處容)아바
> 이시인ᄉᆡᆼ(以是人生)애 샹블이(常不語)ᄒ시란ᄃᆡ
> 이시인ᄉᆡᆼ(以是人生)애 샹블이(常不語)ᄒ시란ᄃᆡ
> 삼ᄌᆡ팔란(三災八難)이 일시쇼멸(一時消滅)ᄒ샷다.[21]

위의 시가를 현대어로 바꾸어 보면 "신라의 성스러운 시대에(新羅聖代 昭聖代)/ 천하가 크게 평안한 것은 라후의 덕이구나(天下太平 羅侯德)/ 처용 아비야(處容아바)/ 사람이 이로부터 別이말이 없게되니(以是人生애 常不語ᄒ시란ᄃᆡ)/ 삼재와 팔난이 한꺼번에 소멸하시로다(三災八難이 一時消滅ᄒ샷다)"로 해석될 수 있다.[22] 여기서 삼재(三災)는 대삼재인 風, 水, 火, 소삼재 기근, 질병, 도병(刀兵)을 말하고, 팔난은 飢, 渴, 寒, 署, 水, 火, 刀, 兵을 말한다. 즉 인간이 살아가며 맞닥칠 수 있는 모든 불행을 암시한다. '不語ᄒ시란ᄃᆡ' 라는 구절에서 엿보이는 바와 같이 박잡한 언어의 소멸은 모든 인간의 액난 즉 삼재팔난의 소멸과 같이한다.

언어가 왜 액난을 소멸시킬 수 있는가 하는 물음에는 불교적 언어관에 대한 이해가 필요하다. 언어는 번민의 근원일 수밖에 없는 아집과 관념,

---

21) 「봉좌문고본(蓬左文庫本) 『악학궤범(樂學軌範)』, 권(卷) 5 시용향악정재도의(時用鄕樂呈才圖儀). 학연화대처용무합설(鶴蓮花臺處容舞合設)」(김명준, 『악장가사 연구』, 다운샘, 2003, 138쪽에서 재인용).

22) 논자는 김태준의 해석을 취하였다; 다음과 같은 해석들이 존재한다. · 以是人生애 相不語ᄒ시란ᄃᆡ─사람이 이로부터 別이말이 없게되니(김태준), 서로 말을 바꾸어 交際하지 아니하되 서로 現世的 相從은 아니하되(지헌영), 이로써 인생에 늘 말씀 안 하실 것 같으면(박병채), '─란ᄃᆡ' '─때문에'(김형규) ※ 김완진은 '處容아바以是 +人生애 相不語ᄒ시란ᄃᆡ'로 끊고, '以是'를 차자표기인 주격으로 인정(─이시)하여 '處容아바이시 인생ᄃ려 아니 ᄀᄅ시란ᄃᆡ'로 읽었다.

무상한 현실에 집착하게 하기에 언어는 궁극적으로 극복되어야 할 인식의 방편에 지나지 않는다. 불교의 불립문자(不立文字)나 교외별전(敎外別傳)의 사유는, 언어는 인식을 매개하지만, 진실을 왜곡할 수도 있다는 이율배반적 언어관에서 출발한다. 좁게는 관념, 넓게는 현실의 논리를 생산하는 언어는 속임수와 거짓, 번민의 근원이 될 수 있다. 그러므로 박잡한 언어의 소멸은 곧 인간의 액난을 소멸시킬 수 있고 태평성대를 만들수 있는데 위의 〈처용가〉는 바로 이러한 내용을 노래하고 있는 것이다.

'처용'의 불가해한 노래를 무의미의 놀이로 변용시킨 김춘수의 무의미시론은, 아집과 폭력을 낳는 관념을 허무로 되돌리는 작업을 통해 현실과 맞서고자 한다는 면에서, "박잡한 언어의 소멸"을 통해 재난을 물리치는 〈처용가〉의 메시지를 시론적 차원에서 변용한 것이다. 불교적 관점에서 보면, 우리가 세계라고 믿는 것은 이념과 아집으로 축조된 가상일 뿐이다. 집착과 욕망은 늘 고통으로 환원되고 왜곡되고 고착된 '색(色)'의 세계를 만든다. 이념과 역사가 진리요 현실이라는 아집에서 벗어나는 것이 진정한 인식이다. 언어의 부정성을 강조했던 〈처용가〉의 불교적 사유처럼, 김춘수 또한 인식의 굴레와 관념으로부터 해방되기 위해 이미지 실험을 시도했다. 잘 알려진대로 그의 무의미시론은, 언어가 지시하는 관념이 아니라, 김춘수가 초기 시에서 '이데아'로서의 신부 이미지라고 지칭한 '영원성', '무한', '본질'의 추구와 깊이 관련되어 있다. '신부'는 사람이라도 좋고 짐승이라도 좋고 생명조차 없는 무생물, 심지어는 바로 언어 그것이어도 좋다.[23] 즉 언어적 표현을 넘어선 시적 직관을 추구하는 데서 그의 서술적 이미지는 탄생한다. 서술적 이미지란 어떤 관념의 수단이 아니라는 점에서 비유적 이미지와 다른데 관념의 수단이 아닌 소위 이미지를 위한 이미지, 곧 시의 순수한 상태를

---

23) 김주연, 「명상적 집중과 추억」, 『처용』, 민음사, 1990, 17쪽.

지향하는 것이다.[24) 김춘수는 무의미시에 대해 다음같이 쓰고 있다.

"무의미한 자유 연상이 굽이치고 또 굽이치고 또 굽이치고 나면 詩 한 편
의 草稿가 종이 위에 새겨진다. 그 다음 내 意識이 그 草稿에 개입한다. 詩에
리얼리티를 부여하는 작업이다. 前意識과 의식의 팽팽한 긴장관계에서 詩는
완성된다. 그리고, 나의 自由聯想은 현실을 일단 폐허로 만들어 놓고 非在의
세계를 엿볼 수 있게 하겠다는 의지의 旗手가 된다."[25)

'자유연상'이라는 초현실적 기법, 즉 마음 가는대로 떠오르는 언어는
현실을 폐허로 만들고 존재의 세계를 "非在의 세계"로 인식하게 한다.
그의 무의미시론은 존재를 고수하는 의미, 관념의 세계를 무상의 세계
로 되돌림으로써 역사와 이념의 폭력성을 우회적으로 해체하고 있는 것
이다. 이는 그가 "도피의 결백성"이라 표현한 탈현실의 문학이 도리어
세계를 구성하는 논리적 근저를 해체함으로써 강력한 현실비판성을 담
지하고 있음을 읽게 한다. 현실을 유희하고 불가해한 춤과 노래로 해액
(解厄)했던 처용의 자세에서 그는 무의미의 적극적인 의미와 가능성을
발견한 것이다.

4. '염불(念佛)'과 접붙이기

이승훈은 『시적인 것도 없고 시도 없다』에서 시라는 것은 "삶의 인습성

---

24) 김춘수의 「꽃을 위한 서시」에서 '얼굴을 가리운 나의 신부'가 관념적인 것이었다는
자각이 모티브가 되지만, 그는 대상을 재구성하려다 마침내 무의식의 세계와 만나
고, 이윽고 대상이 소멸되는 세계를 만난다.(이승훈 엮음, 『한국현대대표시론』, 태
학사, 2000, 200쪽.)
25) 김춘수, 「의미에서 무의미까지」, 문학사상, 1973, (『김춘수 시전집 2』, 민음사, 1994
385쪽에서 재인용).

과 상투성을 극복하려는 다부진 정신의 소산"이기 때문에, 대상의 세계가 어떻게 존재할 수 있는가에 대한 인식론적 회의가 한번도 제대로 제기되지 않았다는 점을 "전통적인 한국시의 한 가지 한계로 생각하고 있다"[26]라고 밝힌다. 그리고 이러한 한국시에 이의를 제시한 시인으로 김춘수를 언급하고 있다. 김춘수는 한국 고전시가의 모던한 변용을 통해 인식론적 수사적 갱신을 꾀하고 있다. 특히 방법론적 차원에서, 시적 실험의 지배인자였던 이미지에서 리듬으로 초점을 옮겨간 그의 시적 실험[27]에는 '염불'이란 말이 자리하고 있다. 김춘수는 다음과 같이 언급한다.

> "염불을 외우는 것은 이미지를 그리는 것일까? 이미지가 구원에 연결된다는 것일까? 아니다. 염불을 외우는 것은 하나의 리듬을 탄다는 것이다. 이미지로부터 해방된다는 것이다. 脫이미지고 超이미지다. 그것이 구원이다. 이미지는 뜻이 그리는 상이지만 리듬은 뜻을 가지고 있지 않다. 뜻으로부터 우리를 해방시켜 준다. 이미지만으로는 시가 되지만, 리듬만으로는 呪文이 될 뿐이다. 시가 이미지로 머무는 동안은 시는 구원이 아닐는지 모른다. 어떻게 하면 좋을까?
> 이미지를 지워 버릴 것. 이미지의 소멸―이미지와 이미지의 연결이 아니라(연결은 통일을 뜻한다), 한 이미지가 다른 한 이미지를 뭉개 버리는 일, 그러니까 한 이미지를 다른 한 이미지로 하여금 소멸하게 하는 동시에 그 스스로도 다음의 제3의 그것에 의하여 꺼져가야 한다. 그것의 되풀이는 리듬을 낳는다. 리듬까지를 지워 버릴 수는 없다. 그것은 無의 소용돌이다."[28]

김춘수는 「처용단장」 제1부에서 이미지 실험을 극단적으로 밀고 나간 후, 그 이미지조차 해체하는 리듬형 무의미시를 실험하는데 이는 염불

26) 이승훈, 『시적인 것도 없고 시도 없다』, 집문당, 2003, 101쪽.
27) 김두한, 「金春洙의 詩世界」, 『한국현대시비평―길은 달라도 山頂은 하나다』, 학문사, 2000, 207쪽.
28) 김춘수, 『김춘수 전집 2 시론』, 문장사, 1982, 394~395쪽.

의 상태와도 같은 완벽한 "無의 소용돌이"에 이르고자 하는 시적 구원의 추구이다. 궁극적으로 그의 시가 지향하는 것은 무의 세계지만 그럼에도 불구하고 "시는 밖으로 드러나야 시가 된다. 시는 쓰여지기 전에는 아무 데도 없다. poem이란 작품을 뜻하는 말이다. 밖으로 드러난다는 것은 형태(form)를 가진다는 것이 된다. 형태는 시에서 행 구분 연 구분과 함께 그 속에 문체(style)까지를 포함된다."[29]고 김춘수는 말한다. 그의 시에는 형태와 발상(내용)이 분리되어 있지 않다. 형태가 곧 발상(내용)이요 기교 및 방법이 곧 발상, 즉 실존인 것이다.[30]

기교가 곧 실존이 되는 김춘수의 시론을 〈처용가〉와 관련지어 볼 때 주목되는 것은 '염불'로 표현된 리듬 실험과 '접붙이기'라는 독특한 방법론이다. 우선 김춘수의 독특한 방법론적 인식이 가장 극단적으로 드러나는 부분인 '리듬'을 보자. 김춘수는 「처용단장」 제2부를 쓸 무렵에 관념의 기갈 상태에 빠져 있었다고 말한다. 그러한 상태에서 시를 쓰기 위해 그는 "말을 부수고 의미의 분말을 어디론가 날려 버려야 했다".[31] 그렇게 하여 씌어진 작품은 토운과 리듬만의 시가 될 수밖에 없었던 것이다. "한 행이나 두 행이 어울려 이미지로 응고되려는 순간, 소리(리듬)로 그것을 처단하는 수도 있다. 소리가 또 이미지로 응고하려는 순간, 하나의 장면으로 처단하기도 한다. 연작에 있어서는 한 편의 시가 다른 한 편의 시에 대하여 그런 관계에 있다. 이것이 내가 본 허무의 빛깔이요 내가 만드는 무의미의 시다."[32]라고 김춘수는 말한다.

「처용단장」 제2부에서 볼 수 있는 '무의미'는, 소리를 통해 도달하게 되는 가장 "순수한 예술"의 상태, "언어에서 의미를 배제하고 언어와 언

---

29) 김춘수, 『김춘수 사색사화집』, 현대문학사, 2002, 15쪽.
30) 이승훈 엮음, 『한국현대대표시론』, 태학사, 2000, 121쪽.
31) 김춘수, 『김춘수 전집 2 시론』, 문장사, 1982, 388쪽.
32) 위의 책, 389쪽.

어의 배합, 혹은 충돌에서 빚어지는 음색이나 의미의 그림자나 그것들이 암시하는 제2(第二)의 자연" 상태를 가리키는 것이다. 그의 시론은 지나치게 사변적인 문장으로 쓰여져 있지만 '인고행', '염불' 같은 불교적 논의들을 연결해보면 그의 시론이 초점을 맞추고 있는 것은 궁극적으로 '허무' 요 '무상' 이다. 김춘수는 절대적 허무(자유)에 도달하기 위해 "탈(脫)이미지" 혹은 '초(超)이미지' 가 필요하다고 역설한다. 그리고 구체적인 방법으로 그는 '리듬' 을 염불의 경지로 승화시킬 것을 내세운다.[33] 결국 관념의 구체적 형상으로서의 이미지까지 포기하고, 염불의 경지를 지향하고 있음은 불교의 인식론과 관계지어 볼 때 주목할 만한 부분이다.

'염불' 이라는 말은 김춘수의 리듬 실험의 의도와 불교적 사유와의 중요한 접점을 형성한다. '리듬형 무의미시' 로 실험된 「처용단장」 제2부에서 언어의 주술성을 호명하는 시적 작업의 일환으로 그는 「군마대왕(軍馬大王)」 같은 작품에서 "리러루 러리러루 럴러리루"하는 무의미한 리듬을 실험하고 있다.[34] 굿거리가 습합된 마제(馬祭)[35]를 상상적 원천으

---

33) 남기혁, 「'無意味詩' 로의 도정 – 김춘수의 시와 시론에 대한 분석적 연구」, 『한국 현대시의 비판적 연구』, 월인, 2001, 195쪽.
34) 통상적으로, 「처용단장」 제2부를 대표적인 리듬형 무의미시라고 한다. 김춘수는 「처용단장」 제2부의 시작 경위에 대하여 다음과 같이 말하고 있다. "지각을 못 가지고 시를 쓰다 보니 남은 것은 토운뿐이었다. 이럴 때 나에게 불어닥친 것은 걷잡을 수 없는 관념에의 기갈이라고 하는 강풍이었다. 그 기세에 한동안 휩쓸리다 보니, 나는 어느새 허무를 앓고 있는 내 자신을 보게 되었다. 나는 이 허무로부터 고개를 돌릴 수가 없었다. 이 허무의 빛깔을 나는 어떻게든 똑똑히 보아야 한다. 보고 그것을 말할 수 있어야 한다. 의미라고 하는 안경을 끼고는 그것이 보이지가 않았다. 나는 말을 부수고 의미의 분말을 어디론가 날려 버려야 했다. 말에 의미가 없고 보니 거기 구멍이 하나 뚫리게 된다. 그 구멍으로 나는 요즘 허무의 빛깔이 어떤 것인가를 보려고 하는데, 그것은 보일 듯 보일 듯하고 있다. 그래서 나는 「처용단장」 제2부에 손을 대게 되었다."(김춘수, 「의미에서 무의미까지」, 이승훈 엮음, 『한국현대대표시론』, 태학사, 2000, 114쪽.)
35) 이성근, 「고려속요 어음형성의 무속적 배경」, 『어문교육논집』, 부산대 사범대학 국어교육과, 1982, 178쪽, (김두한, 「김춘수의 시 세계」, 문창사, 1997, 94쪽에서 재인용).

로 한 「군마대왕(軍馬大王)」 또한 전쟁과 재난을 축사하기 위한 노래라는 점에서 〈처용가〉의 벽사의 언어와 상통하는 바가 있다. 그의 무의미시 론에서는 소리의 반복적 이미지가 낳게 되는 주술적 효과가 무의미시에 서 중요한 요인이 된다.[36] 김춘수는 다시 「하늘수박」 같은 시를 제시하 며, "나는 여기에 이르러 이미지를 버리고 주문을 얻으려고 해 보았다. 대상의 철저한 파괴는 이미지의 소멸 뒤에 오는 것으로 생각하게 되었 다. 이미지는 리듬의 음영에 지나지 않는다. 물론 그 이미지는 그대로의 의미도 비유도 아니라는 점에서 넌센스일 뿐이다."[37] 라고 언급한다. 즉 이미지조차 허물고 염불의 경지에 이른 언어만으로 시를 구축하고자 한 것이다.

염불은 고통이 소멸되고 번뇌가 끊어지는 경지를 열망하며 수행하는 참선의 방법이다. 염불의 상태는 일체의 망상과 세계가 소멸된 무념의 경지이며 곧 리듬만이 존재하는 세계였다. 「처용단장」의 제2부가 제1부 와 가장 크게 구별되는 것도 이미지가 암시할 수 있는 의미까지 완벽하 게 포기함으로써 완벽한 무관념의 상태, 즉 무념무상의 경지를 지향한 다는 점이다. 하지만 무의 경계가 단순히 비의미의 세계를 지향하는 것 이라고 비판 없이 받아들이는 것은 매우 단순한 관점이다. 김춘수에게 시적 인식의 해방으로 여겨졌던 무의 세계는 의미를 거부하는 방식으로 쓰여질 수도 있지만, 의미조차 비의미와 다르지 않음을 인식하는 지점 에서 진정으로 완성된다. 무엇보다 무의미 자체를 가능하게 한 것은 다 름 아닌 의미이며, 시란 의미와 비의미의 경계의 놀이 속에 상상의 공간 을 제공함으로서 독자들에게 시적 인식을 가능케 하기 때문이다.

---

36) 남기혁, 「'無意味詩'로의 도정 – 김춘수의 시와 시론에 대한 분석적 연구」, 『한국 현 대시의 비판적 연구』, 월인, 2001, 196~197쪽.
37) 김춘수, 『김춘수 전집 2 시론』, 문장사, 1982, 398쪽.

때문에 이미지나 리듬 자체가 물신화될 위험을 직시하며 김춘수는 다시 이미지와 리듬 대신 다시 무의미시 이전의 의미를 그 자리에 끌어올리는 무의미시 이후의 시를 창작한다. 이 반동적 생리와 무의미시를 지키려는 의도 사이의 대립은 이들의 지양태로서의 '무의미시 이후의 시'를 예고해 준다.[38] 따지고 보면 의미와 관념이란 것은 인간의 분별지에서 비롯된 집착의 소산이며, 굳이 의미를 배격하려는 자세도 아집에 불과하기 때문에 의미와 비의미, 있음과 없음의 경계를 허무는 무분별지(無分別智)를 시적 실험을 통해 드러내고자 하는 것이다. "나로서는 말의 장난이라고 하는 긴장 상태를 견디어 내는 데 있어 생리적인 압박을 느낀다./ (중략)/ 허무가 나에게로 오자 나는 논리의 역설을 경험하게 되었는지도 모른다."[39]고 김춘수는 말한다. 이를테면 무의미시 이후의 시로 알려진 「이중섭」 연작[40]은 이러한 논리적 역설과 허무를 극단적으로 표현하고 있는 시적 실험의 일환이다. 「이중섭·3」에는 끊임없이 모든 것을 쓸어가는 바람이 있을 뿐 "서귀포에는 바다가 없다"는 구절이 반복된다. 서귀포하면 떠오르는 것이 바다인데 바다는 없다. 궁극적으로 바람처럼 유전하는 세계는 본질이 없는 제행무상(諸行無常)의 세계이다.

이렇듯 무의미시론이 투영된 작품들 속에서 〈처용가〉와 관련지어볼 수 있는 방법론적 실험은 '접붙이기'다. '접붙이기'는 고려, 조선조에 생성된 처용텍스트들에 보편적으로 나타나는 특징으로서, 특정 시대나 저자의 텍스트에 구애받지 않고 자유롭게 다른 처용텍스트의 구절을 작품 속에 수용하는 창작기법이다. 특히 고려조에 생성된 〈처용가〉 중에는 매우 다양하고 흥미로운 방식으로 이전에 생산된 텍스트의 몇 구절

---

38) 김두한, 「金春洙의 詩世界」, 『한국 현대시 비평─길은 달라도 山頂은 하나다』, 학문사, 2000, 210쪽.
39) 김춘수, 『김춘수 전집 2 시론』, 문장사, 1982, 391쪽.
40) 김두한, 앞의 글, 375쪽.

을 활용하여 길게 늘여 붙인 노래가 많다. 김춘수의 '접붙이기'를 많은 연구자들이 포스트모던한 기법으로 해독해왔지만, 포스트모더니즘에 대한 인식이 부재했던 50년대에 이미 「처용단장」을 구상하며 〈처용가〉를 탐구했던 그가 처용전승물의 독특한 접붙이기 방식을 주목하지 않았다고 생각할 수 없다. 그는 「처용단장」 연작시를 쓰면서 제3부와 제4부에서 일종의 자기 표절 혹은 복제를 했다고 언급하며 이를 '접붙이기'로 표현하였다.[41] 물론 이 방법론은 시인의 무의미시에만 해당되거나 「처용단장」의 제3부와 제4부 이후에만 해당하는 사항은 아니다. 김춘수의 약 700여 편의 시 중에서 제목을 통한 상호텍스트적 가능성이 엿보이는 시들이 약 2~300편에 달한다는 사실이 이를 입증한다.[42] "패스티쉬와 또 다른 표절의 효용을 시도"하기 위해 구사했던 '접붙이기'는 "역사주의의 유일회적 세계관을 배척하는 신화적 윤회적 세계관"[43]의 실천임을 김춘수는 밝힌다. 즉 접붙이기는 패러디의 역사에 다름 아닌 〈처용가〉의 전승방식을 시적 실험으로 변용한 것이다. 〈처용가〉는 고려가요와 조선조의 악장에 이르기까지 끝없이 패러디되어 왔고, 수많은 처용 계보의 텍스트들은 여타의 처용텍스트들과 긴밀한 상호텍스트성을 지닌다. 김춘수가 깊은 시적 암시를 얻었던 고려가요 '처용'을 보면 접붙이기가 어떤 방식으로 나타났는지 살펴볼 수 있다.

　(前腔)　　　新羅聖代 昭聖代
　　　　　　天下太平 羅侯德
　　　　　　處容아바
　　　　　　以是人生애 相不語ᄒ시란ᄃᆡ

---

41) 김춘수, 「접붙이기」, 이승훈 엮음, 『한국현대대표시론』, 태학사, 2000, 118~126쪽.
42) 김의수, 「김춘수 시의 상호텍스트성 연구」, 서울대 박사논문, 2002, 30쪽.
43) 김춘수, 「접붙이기」, 이승훈 엮음, 앞의 책, 123~125쪽.

以是人生애 相不語ᄒ시란ᄃᆡ

(附葉) 三災八難이 一時消滅ᄒ샷다

(中葉) 어와 아븨 즈ᅀᅵ(이)여 處容아븨 즈ᅀᅵ(이)여

(附葉) 滿頭揷花 계오샤 기울이신 머리예

(小葉) 아으 壽命長願ᄒ샤 넙거신 니마해

(後腔) 山象이슷 깅(깅)어신 눈닙에

愛人相見ᄒ샤 오ᅀᆞᆯ(올)어신 눈네

(附葉) 風入盈庭ᄒ샤 우글어신 귀예

(中葉) 紅桃花ᄀ티 붉거신 모야해

(附葉) 五香 마ᄐ샤 웅긔어신 고해

(小葉) 아으 千金 머그샤 어위어신 이베

(大葉) 白玉琉璃ᄀ티 히여신 닛바래

人讚福盛ᄒ샤 미나거신 튁애

七寶 계우샤 숙거신 엇게애

吉慶 계우샤 늘의어신 ᄉᆞ맷길헤

(附葉) 설믜 모도와 有德ᄒ신 가ᄉᆞ매

(中葉) 福智俱足ᄒ샤 브르거신 ᄇᆡ예

紅鞓 계우샤 굽거신 허(히)리예

(附葉) 同樂大平ᄒ샤 길어(이)신 허튀예

(小葉) 아으 界面 도ᄅᆞ샤 넙거신 바래

(前腔) 누고 지ᅀᅥ셔(어) 셰니오 누고 지ᅀᅥ(어) 셰니오

바늘도 실도 어ᄣᅵ 바늘도 실도 어ᄣᅵ

(附葉) 處容아비를 누고 지ᅀᅥ(어) 셰니오

(中葉) 마아만 마아만ᄒ니여

(附葉) 十二諸國이 모다 지ᅀᅥ(어) 셰온

(小葉) 아으 處容아비를 마아만ᄒ니여

(後腔) 머자 외야자 綠李야

ᄲᆞᆯ리나 내 신고흘 ᄆᆡ야라

(附葉) 아니옷 ᄆᆡ시면 나리어다 머즌말

(中葉) 東京 불군 ᄃᆞ래 새도록 노니다가

(附葉) 드러 내자리를 보니 가ᄅᆞ리 네히로새라

(小葉)	아으 둘흔 내해어니와 둘흔 뉘해어니오
(大葉)	이런 저긔 處容아비옷 보시면
	熱病神(大神)이사(아) 膾ㅅ가시로다
	千金을 주리여 處容아바
	七寶를 주리여 處容아바
(附葉)	千金 七寶 말오
	熱病神를 날자바 주쇼셔
(中葉)	山이여 미히여 千里外예
(附葉)	處容아비를 어여려거져
(小葉)	아으 熱病大神의 發願이샷다[44]

위의 고려가요 〈처용가〉는 신라 〈처용가〉를 자유롭게 접붙여 처용희에서 노래로 부른 것이다. 처용가 전승의 역사를 보면 '누구의 작품'이라는 특별한 의식이 없이 조금씩 변용된 다양한 작품들의 콘텍스트가 뒤섞여 있다. 가령 신라 〈처용가〉에서 '가라리 네히어라'와 같은 독특한 수사법, 상징적이고 제우적인 구절은 〈처용가〉의 수사적 층위를 가장 잘 대변하는 부분인데, 그것은 고려시대의 〈처용가〉뿐 아니라 개인 문집에 수록된 악부와 한시, 조선조의 가사나 악장 속에서도 개인이나 집단이 창작한 새로운 구절들과 접붙여져 재창작되고 있다. 위의 고려가요도 "가르리 네히로새라" "둘흔 뉘해어니오"라는 구절만 빼면 신라 〈처용가〉에는 나오지 않는 처용아비의 형모에 대해 묘사하는 새로운 구절이 접붙여져 재창작된 노래라 할 수 있다.

본래 〈처용가〉의 기원은 679년 신라 헌강왕 대까지 소급할 수 있지만 가사 소재 〈처용가〉의 성립은 고려 충렬왕 대로 볼 수 있다. 이 노래는

---

44) 「봉좌문고본(蓬左文庫本) 『악학궤범(樂學軌範)』, 권5 시용향악정재도의(時用鄕樂呈才圖儀).학연화대처용무합설(鶴蓮花臺處容舞合設)」 ※ ( )안은 광해군 11년 판본 『악학궤범(樂學軌範)』의 표기.

조선시대에 들어와 〈봉황음〉을 파생시키기도 하였으며, 조선후기까지 궁중 연향에서 정재 창사로 줄곧 사용되었다. 〈처용가〉는 신라 헌강왕 시대를 기원으로 삼은 향가 〈처용가〉, 이제현의 한역시인 「처용」(『고려사』「악지」 동일), 『시용향악보』 소재 〈잡처용(雜處容)〉, 가사 소재 〈처용가〉 등 4종이 존재한다. 이와 같은 판본들은 처용 전승이 결코 단일하지 않았음을 보여준다고 할 수 있다.[45] 이러한 전승물들은 이전에 생성된 〈처용가〉의 구절 중 일부를 자유롭게 표절하고 복제하고, 거기에 저자가 개인적인 상상으로 창조한 구절들을 접붙여 노래한 창작물이다.

원전인 신라 〈처용가〉에서 출발하여 고려, 조선조에 이르기까지 무수히 패스티쉬되고 패러디된 처용가의 생성방식을 김춘수는 「처용단장」 전작을 통해 그의 창작스타일로 자유롭게 표현하고 있는 것이다. 이렇듯 김춘수는 의미와 비의미, 끝과 시작의 경계를 놀이하는 언어를 통해 허무의식을 구체화하고, 현대시의 실험적 미학을 보유하면서도, 전통시가의 기교를 공유함으로써 그만의 독특한 시론을 주조하고 있는 것이다.

5. 결론

본 논문은 50~60년대 '전통'에 대한 관심을 배경으로 하고 있는 김춘수의 「처용단장」과 무의미시론에 대한 불교적 해독을 통해, 반전통의 시각에서 주로 연구되어온 김춘수 시의 전통적인 측면을 검토해보았다. 일반적으로 연구자들은 그의 시와 시론을 전통과 제도적 시학을 거부하는 아방가르드적 실험으로 이해하고 있지만, 「처용단장」을 읽어내는 데

---

45) 〈처용가〉의 형성과 전승경로에 관현 연구는 박노준의 논문 「고려처용가의 형성 과정」(『고려가요의 연구』, 새문사, 1990)과 하태석의 「무가계 고려속요의 성격 연구」(『어문논집』 43집, 민족어문학회, 2001)를 참조할 수 있다.

는, 50년대의 전통에 대한 관심에서 촉발된 '처용' 계보의 작품들, 특히 고려가요 〈처용가〉와의 미학적 연관성이 반드시 고려되어야 한다. 김춘수는 이미 50년대부터 '처용' 연작을 구상하였고, 60년대부터 1991년까지 「처용단장」 연작을 창작하는 과정에서 그가 '인고행의 보살'로 해독했던 '처용'의 의미와 고려가요 〈처용가〉의 수사적 표현들을 깊이 있게 탐구했다. 「처용단장」에 집중적으로 표출된 무의미시론을 세밀하게 검토해보면, 그의 시적 실험에 고려가요 〈처용가〉에 나타난 벽사(辟邪)의 언어관과 불교적 무상관(無常觀)이 내재해 있음을 확인할 수 있다.

김춘수의 무의미시론은 단순히 서구 문학에서 시사점을 얻은 모던한 언어실험의 소산이 아니며, 그가 의식적으로 탐구했던 고려가요 〈처용가〉나 불교적 언급을 얼마나 세밀하게 주목하느냐에 따라 텍스트 읽기는 달라진다. 그의 시론과 저작이 워낙 방대하여 김춘수가 「처용단장」을 구상하며 언급했던 불교적 사유를 독자는 쉽게 놓치고 지나갈 수 있다. 설령 그가 불교에 관심이 없었고, 지적인 현학차원에서 언급한 구절들이라 하더라도 그의 언어관 자체에 내재한 무의 세계를 불교와 연관 짓지 못할 이유는 없다. 많은 연구자들은 한국 현대시사의 대표적인 모더니스트라는 김춘수의 명성에 짓눌려 그의 시론의 서구적인 현대성은 적극 부각시키면서도 전통적인 요소는 아예 무시하거나 거부하기도 한다. 비록 김춘수의 시론에서 지극히 적은 분량이라 할지라도 그의 무의미시론에 담겨 있는 불교적 사유를 주목하는 것은, 한국 모더니즘시의 깊이와 다양성을 재고할 기회를 마련할 수 있을 것이다.

■ 참고문헌

1. 자료

김명준 편저, 『고려속요집성』, 다운샘, 2002.
김춘수, 『김춘수 전집 1 시』, 문장사, 1982.
_____, 『김춘수 전집 2 시론』, 문장사, 1982.
_____, 『김춘수 시전집』, 민음사, 1994.
_____, 『시의 위상』, 도서출판 둥지, 1991.
_____, 『김춘수 사색사화집』, 현대문학사, 2002.
신석초, 『석초시집』, 을유문화사, 1946.
_____, 『바라춤』, 통문관, 1959.
진단학회 편, 『악학궤범』, 일조각, 2001.

2. 논문 및 단행본

김두한, 『김춘수의 시 세계』, 문창사, 1997.
_____, 「金春洙의 詩世界」, 『한국현대시비평 — 길은 달라도 山頂은 하나다』, 학문사, 2000.
김명준, 『악장가사 연구』, 다운샘, 2003.
김문태, 「고려속요의 조선조 수용양상」, 『한국시가연구』 5집, 한국시가학회, 1999.
김윤식 · 김현, 『한국문학사』, 민음사, 1973.
김의수, 「김춘수 시의 상호텍스트성 연구」, 서울대 박사논문, 2002.
김주연, 「명상적 집중과 추억」, 『처용』, 민음사, 1990.
김　현, 「김춘수에 대한 몇 개의 斷想」, 『현대문학』 1962년 5월.
_____, 「처용의 시적 변용」, 『김현문학전집』 3권, 문학과지성사, 1993.
김혜숙 · 김혜련, 『예술과 사상』, 이화여대 출판부, 1995
남기혁, 「'無意味詩'로의 도정 — 김춘수의 시와 시론에 대한 분석적 연구」, 『한국 현대시의 비판적 연구』, 월인, 2001.
문혜원, 「김춘수의 시와 시론에 나타나는 이미지 연구」, 『한국 현대시와 모더니즘』, 신구문화사, 1996.
박범훈, 『한국불교음악사연구』, 장경각, 2000.
박노준, 『고려가요의 연구』, 새문사, 1990.

'처용'이라는 화두와 '발사(跋辭)'의 언어 · 최혜정

성기옥, 「악학궤범의 시문학 사료적 가치」, 진단학회 편, 『악학궤범』, 일조각, 2001.

양태순, 『고려가요의 음악적 연구』, 이회, 1997.

이남호 편, 『김춘수 문학앨범』, 웅진출판, 1995.

이명희, 『현대시와 신화적 상상력』, 새미, 2003.

이은정, 『현대시학의 두 구도』, 소명출판, 1999.

이승렬, 「처용무의 역사적 전승과 벽사의 특징」, 『국악원논문집』 제4집, 국립국악원, 1992.

이승훈, 『시적인 것도 없고 시도 없다』, 집문당, 2003.

_____ 엮음, 『한국현대대표시론』, 태학사, 2000.

이창민, 「김춘수 시 연구」, 고려대 박사논문, 1999.

최라영, 『김춘수 무의미시 연구』, 새미, 2004.

하태석, 「무가계 고려속요의 성격 연구」, 『어문논집』 43집, 민족어문학회, 2001.

홍신선, 「현대불교시 연구(1876~현재)」, 『한국문학연구』 제22집, 2000.

_____, 『한국근대문학이론의 연구』, 문학아카데미사, 1991.

홍윤식, 『한국불교사의 연구』, 교문사, 1988.

Nancy Wilson Ross, *The World of Zen*, Random House; New York, 1960.

처용연작 연구

— "세다가와서" 체험과 무의미시의 관련성을 중심으로

최 라 영

1. '문학적 자전기록'으로서의 '처용연작'

김춘수가 무의미시 창작을 표방하면서 낸 첫 번째 시집이 『처용』이다. 그는 이 시집을 내기 전에 같은 표제의 자서전 단편소설을 썼으며 「처용삼장(三章)」과 「잠자는 처용」을 발표하였다. '처용연작'은 장편 연작시로서 모두 87편으로 된 상당한 분량의 시편들이며 이것들은 시인이 「처용단장」의 제1부를 쓰는 데에만 한 달에 한 편 정도로 1년여의 기간이 걸렸을 정도로 오랜 기간에 걸친 시인의 사유가 담긴 것들이다.

그의 소설과 시와 산문을 포함하여 '처용'이라는 표제를 쓴 그의 글들의 공통적인 특징이라면 김춘수의 유아 때부터 초등학교 시절까지 인상깊었던 사건을 다룬 유년 시절의 기록이다. 그리고 「처용삼장(三章)」과 「잠자는 처용」은 의미를 배제하고자 한 그의 지향처럼 단지 추상화된 내면 풍경이 형상화된 시작품이다. 그리고 '처용연작' 연작시편들은 그의 청년기의 체험을 중심으로 허무감을 형상화하고 있다.

'처용' 표제 작품들의 또 하나의 공통적인 특징이라면 시인이 체험한

'폭력성'과 그로 인한 '고통'을 들 수 있다. 즉 소설 「처용」은 김춘수의 유년 시절 폭력성의 체험에 관한 비교적 사실적 기록이며 시편인 「처용三章」과 「잠자는 처용」은 김춘수가 체험한 고통의 문제에 관한 내면적 기록에 상응한다. 그리고 '처용연작' 연작시편들은 시인이 일제 치하에 겪었던 수난 체험과 허무감을 주요하게 형상화하고 있다.

이후에, 김춘수는 '처용연작'의 시 경향을 거의 단일하게 지속적으로 보여주었다. 단적으로 김춘수가 자신의 무의미시를 해명한 글인 「장편 연작시 「처용단장」 시말서」의 부제가 "1960년대 후반에서 1991년까지의 나의 詩作 주변"[1]인 것에서도 그의 무의미시에 대한 지향과 무의미시 창작의 지속성의 정도를 알 수 있다.

그는 이 글에서 "나는 역사를 악으로 보게 되고 그 악이 어디서 나오게 되었는가를 생각하게 되자 이데올로기를 연상하게 되고, 그 연상대는 마침내 폭력으로 이어져갔다. 나는 폭력·이데올로기·역사의 삼각 관계를 도식화하게 되고, 차츰 역사 허무주의로, 드디어 역사 그것을 부정하는 지경에 이르게 되었다"[2]고 밝히고 있다.

이와 같은 김춘수의 논의에서 '폭력'과 '이데올로기'와 '역사'를 단일한 '연상대'로 사유하는 그만의 '개별적' 계기에 관해서는 다음 단락이 구체적으로 해명해준다.

> 지금 생각해 보니 나는 나도 모르게 열일고여덟 살 때부터 어떤 피해의식을 가지고 있었던 듯하다. 공연한 일로 담임과 알력이 생겨 중학을 5학년 2학기 말(졸업을 네댓 달 앞둔)에 자퇴하고, 일제 말 대학 3학년 때의 겨울(이 또한 졸업을 몇 달 앞두고)에는 어떤 사건에 연루되어 관헌에 붙들려가 헌병대와 경찰서에서 반년 동안의 영어생활을 하게 되었다. 손목에 수갑이 채인 채

---

1) 1991년은 '시말서'의 발표시기에 해당된다.
2) 김춘수, 「장편 연작시 「처용단장」 시말서」, 『김춘수 시전집』, 민음사, 1994, 521쪽.

不逞鮮人의 딱지가 붙여져서 서울로 송환되었다. 그 때부터 8·15 해방까지 징용을 피해서 여러 곳을 옮겨가며 두더지 생활을 해야 했다. 그리고 또 하나 나에게는 잊을 수 없는 일이 있었다. 대학 중퇴라고 교수의 자격을 얻지 못해 10년을 시간 강사 노릇을 했다. 그러나 아무도 나를 위해 변호해 주지 않았다. 독립된 조국에서 일제 때의 내 수난을 본 체 만 체했다. 이런 일련의 일들이 1960년대 후반으로 접어들자 점차 의식상에 떠오르게 되고 나대로의 어떤 윤곽을 만들어가게 되었다.[3]

어떤 계기로 인해 고등학교 졸업을 앞두고 졸업을 못하게 된 일, 대학 졸업을 앞두고 영어 생활을 하게 된 일, 8·15해방까지 징용을 피해 숨어다닌 일, 그리고 일제하 영어 생활로 인한 대학중퇴로 인해 10년을 시간강사 노릇을 한 일 등이 나타나 있다. 김춘수는 이러한 고통스런 체험들의 근본적 원인에 관해서 현실과 역사, 이데올로기 때문이라고 결론지었다.

그는 이와 같은 그의 심리적 상태에 대해서, "갈등의 한쪽인 물리 세계를 잃어버린 해체된 현실(심리의 미궁)만이 소용돌이 치고 있"다고 말한다. 그리고 현실에 대한 어떠한 것도 긍정할 수 없는 허무주의적 생각을 지니고도 "그래도 시를 쓸 수 있을까? 그래도 쓸 수 있다고 쓰게 된 것이 연작 장시 「처용단장」 제1부, 특히 제2부다"[4]고 말한다.

앞의 글에서 밝힌 시인의 체험 중에서 '처용' 표제의 시편과 글에서 주요하게 형상화된 것은 주로 육체적 폭력과 관련한 '유년기의 폭력체험'과 '청년기의 폭력체험'이다. 즉 소설 「처용」은 김춘수의 유년 시절에 당했던 폭력체험에 관한 자전적 기록이다. 그리고 '처용연작'에 앞서 발표한 두 편의 처용 시편은 김춘수가 체험한 고통의 문제에 관한 상

---

3) 위의 글, 520쪽.
4) 위의 글, 521쪽.

징적 표현물이라면 '처용'에 관한 본격적 작품들에 해당되는 87편의 '처용연작'은 시인이 22살 때 일본 헌병대에 이끌려 감옥과 경찰서에서 수난받은 폭력의 체험이 주를 이룬다.

특히 김춘수가 일제 때 당했던 억울한 1년 간의 감방체험과 관련한, '세다가와서', '요코하마 헌병대', 그때 나이 '22살'과 감방체험의 시기인 1942년과 43년은 「처용단장」의 핵심부에서 무의미어구와 결부되어 반복적으로 출현한다. 구체적으로 'セタガヤ署'의 직접 언급은 '처용연작'에서 3부의 2, 3부의 8, 3부의 14, 3부의 29에서, 'ヨコハマ 감방' 내지 'ヨコハマ 헌병대'의 직접 언급은 '처용연작'에서 3부의 9, 3부의 10, 3부의 12, 3부의 23, 3부의 29, 3부의 33에 나타난다.[5]

그리고 처용연작의 핵심부뿐만 아니라 김춘수의 시 전체에서 지속적이고 반복적으로 나타나는 〈 〉, 혹은 괄호 이미지가 그의 감방 안 쪽창과 연관되어 형상화되는 측면도 볼 수 있다. 뿐만 아니라 처용연작의 3부와 4부의 중심내용이 부조리한 역사의 폭력성을 비판하고 그와 유사한 투옥체험을 겪었던 역사상 인물들의 최후풍경을 묘사한 것은 그의 감방체험이 얼마나 지대한 영향을 미친 것이었는지를 증명해준다.[6]

---

5) 「처용단장」의 제1부는 주로 바다와 눈의 풍경을 중심으로 구성되어 있으나 제2부터 제4부까지는 시인의 과거 경험과 관련한 구체적 내용항이 형상화된다. 이 내용항의 제재들을 통하여 특징적으로 부각되는 것은, 김춘수가 일제 강점기 말인 22살 때 겪었던 고문과 감방체험이다. 「처용단장」 제3부에서 세다가와서 체험의 표지들을 살펴보면 다음과 같다. 3~3 "나는 그때 セタガヤ署/ 감방에 있었다", 3~5 "ヨコハマ헌병대헌병軍曺某에게나를넘겨주고", 3~6 "セタガヤ署 감방", 3~7 "나의 서기 1943년은/ 손목에 쇠고랑이 차인 채", "관부 연락선에 태워졌다", "부산 水上署", 3~11 "나이 겨우 스물둘인데", 3~14 "나라가 없는 나는/ 꿈에 나온/ 조막만한 왜떡 한쪽에/ 밤마다/ 혼을 팔고 있었다", "セタガヤ署 감방", 3~17 "남의 집을/누가 울타리를 걷어차고 구둣발로/ 짓밟는다", 3~23 "21년 하고도 일곱 달", 3~19 "セタガヤ署 감방", 3~30 "나이 스물둘인데", 3~33 "서기 1943년 가을", 3~40 "새장의 문을 닫고 새의 날개짓을/ 생각했다".

6) 이들 시편에 나타나는 크로포트킨, 사바다, 혹은 베라 피그녤, 단재, 박열, 이회영 선

김춘수의 일제하 감방체험은 단순히 일제로부터의 압박이라는 지점 이외에 또 다른 간단치 않은 지점이 있다. 그것은 '야스다'라는 일본이름을 지닌 한국인 고학생 헌병대의 고발로 6개월 간의 고문과 감옥체험을 하게 된 것에서 원인을 찾을 수 있다. 즉 김춘수를 고문하고 감금한 것은 일제이지만 그를 고발한 것은 동료 고학생, 같은 민족이었다. '야스다'에 대한 증오는 띄어쓰기를 않는 자동기술과 증오감 표출이 흔치 않은 김춘수의 시편들에서 무의미어구와 함께 등장한다.

이러한 점에서 '처용연작'은 일제하에 민족의 독립을 위해 활동하였던 저항시인의 성격이나 그런 강인한 정신과 의지를 보여주는 부류의 것은 아니다. 그럼에도 시인이 일제하에서 일본유학생 신분으로서 겪었던 감방체험 속에서 겪었던 고통에 대한 호소는 우리의 역사적 격동기에 우리 지식인들이 겪어야 했던 고통과 억울함을 공명시킨다.

즉 자아의 정체성을 침범받고 고통스러워하는 다양한 양상들을 표현함으로써 식민지하를 살았던 일반 지식인들의 고통의 편린들을 '문학적인' 방식으로 구체화하는 생생한 증언이라는 점에서 「처용단장」은 우리 시문학사에서 드물고도 독특한 입지를 차지하고 있다. 일제 말에 지식인이 6개월이나 그 이상의 감방체험을 한 일은 그 당시로서는 보편적인 것일 수 있겠지만 이것을 시집 한 권이 넘는 분량의 시편들을 창작하여 자전적인 고통의 내적 편린들을 본격적으로 형상화한 것은 우리 시문학사에서는 매우 드문 '자전적인 기록'이다.[7]

생 등은 모두 자기의 신념을 위해서 자신의 고통을 감내하고 자기를 희생한 인물들로서 이들은 김춘수가 당했던 고문과 감방체험을 공유했다는 공통점을 지니고 있다.

7) 김춘수의 '처용'에 관한 시편과 산문은 '자서전적인 것(the autobiographical)'의 범주에 든다. '자서전(the autobiography)'이 위인의 이야기를 사실적으로 그린 것이라면 '자서전적인 것'은 평범한 사람이 역사적 격동기에 겪었던 수난 체험의 기록이다. '처용연작'의 내용을 볼 때 후자의 성격을 지닌다. 전자가 비허구의 양식이라면 후자는 비허구와 허구의 양식을 넘나든다. '처용연작'에서 감옥체험은 '비허구적'이지만 '허

김춘수가 자전적인 고통을 토로하는 어구들은 시인이 당시에 겪었던 심리적인 내적 공황이나 고통으로부터 나온 면모를 지닌다. 이 지점은 김춘수의 무의미시가 배태되는 근본적 지점과 깊은 관련이 있다.[8] 이후에 시인은 무의미어구를 문학적인 의미생산의 지점으로서 발견하고 이를 활용하고 있다. 그럼에도 그의 자전적 체험에서 나온 그만의 통찰, 어떤 현실이나 어떤 이데올로기에 대한 지향도 허무하다는 사유는 시편들에서 지속적으로 견지되고 있다.

이와 같은 김춘수의 무의미시로서의 '처용연작'에 관한 연구는 다양한 시각과 깊이를 지닌 연구들을 통하여 축적되어왔다.[9] 이 글은 기존

구적' 양식이 시 장르의 형식을 취한다는 점에서 「처용단장」은 복합적인 양식들을 취하고 있다.

'자서전'과 '자서전적인 것'에 관해서는 Sidonie Smith, Julia Watson, "The trouble in the autobiography", *Narrative Theory*, edited by, James Phelan and Peter J. Rabinowitz, Blackwell, 2005 참고.

8) 이것에 관해서는 이 글 2장에서 작품분석을 통하여 다룰 것이다.

9) 무의미시에 관하여, 정효구는 무의미시가 세계에 대한 허무의식의 소산이며 세계를 즉물화하는 작업, 즉물화하는 대상의 부인, 무방비의 이미지 놀이로 나아갔음을 서술한다. 진수미는 「처용단장」을 대상으로 하여 '세잔느'의 기법 및 '잭슨 폴록'의 '액션 페인팅'을 중심으로 무의미시의 회화성에 주목하였다. 임수만은 기호학에 입각하여 '반복'을 중심으로 의미론적 '확장'과 '해체'의 측면에서 무의미시를 분석하였다. 노철은 「처용단장」을 중심으로 이미지의 오브제에서 소리의 오브제로의 변화를 지적하고 무의미시의 해체와 재구성의 측면에 주목하였다. 문혜원은 무의미시가 의미를 배제한 극단에서 탄생한 서술적 이미지이며 이미지를 포함한 형태론으로 규정하였다. 권혁웅은 무의미시가 외적 세계의 분열을 시적 언어로 수용한 이항대립의 세계라고 논하였다. 김성희는 무의미시가 전후의 멜랑콜리를 근간으로 파상력(破像力)과 음악성의 원리가 작동하는 '창조적 정신성'의 발현이라고 논하였다.

무의미시에 관한 주요한 연구들을 들어보면,

고정희, 「무의미시론고」, 김춘수연구간행위원회, 『김춘수연구』, 학문사, 1982.

권기호, 「절대적 이미지 – 김춘수의 무의미시를 중심으로」, 김춘수연구간행위원회, 『김춘수연구』, 학문사, 1982.

권혁웅, 「어둠 저 너머 세계의 분열과 화해, 무의미시와 그 이후 – 김춘수론」, 『문학사상』, 1997.2.

연구들에서 무의미시의 기저로 논의되어온 '허무주의'를 인정하고 이 것의 연장선상에서 논의를 출발한다. 이 글은 다음 장에서 '허무주의' 의 주요한 한 가지 원천으로서 '세다가와서 체험'에 주목하여 시인이 당면한 시대적 '폭력'과 그로 인한 자전적인 '고통'이 '무의미'의 언어 로서 배태되는 과정을 살펴볼 것이다. 그리고 '허무'의 심리적 기제에 의해 '무의미 어구들'이 생산되는 과정을 살펴봄으로써 '허무주의'와 '무의미시'의 관계를 실증적인 방식으로 접근해 보고자 한다.

김용태, 「무의미의 시와 시간성 – 김춘수의 무의미시」, 『어문학교육』 9집, 1986.12.
김성희, 「김춘수 시의 멜랑콜리와 탈역사성 연구」, 서울대 박사논문, 2011.2.
김용직, 「아네모네와 실험의식」, 김춘수연구간행위원회, 『김춘수연구』, 학문사, 1982.
김의수, 「김춘수 시에서의 상호텍스트성 연구」, 서울대 박사논문, 2003.
김준오, 「처용시학 – 김춘수의 무의미시론고」, 『부산대논문집』 29, 1980.6.
노 철, 「김춘수와 김수영의 창작방법 연구」, 고려대 박사논문, 1998.
류순태, 「1960년대 김춘수 시의 창작 방법 연구」, 『한국시학연구』 3호.
양왕용, 「예수를 소재로 한 시에서의 의미와 무의미」, 김춘수연구간행위원회, 『김춘수연구』, 학문사, 1982.
엄국현, 「무의미시의 방법적 이해」, 김춘수연구간행위원회, 『김춘수연구』, 학문사, 1982.
원형갑, 「김춘수와 무의미의 기본구조」, 『현대시론총』, 형설출판사, 1982.
이동순, 「시의 존재와 무의미의 의미」, 김춘수연구간행위원회, 『김춘수연구』, 학문사, 1982.
이숭원, 「인간존재의 보편적 욕망」, 『시와시학』, 1992. 봄.
이은정, 「처용과 역사, 그 불화의 시학 – 김춘수의 「처용단장」론」, 『구조와 분석』, 창, 1993.
임수만, 「김춘수 시의 기호학적 연구」, 서울대 석사논문, 1996.
문혜원, 「김춘수의 시와 시론에 나타나는 이미지연구」, 『한국문학과 모더니즘』, 한양출판사, 1994.
정효구, 「김춘수 시의 변모과정 연구」, 『개신어문연구』, 충북대, 1996.
진수미, 「김춘수 무의미시의 시작 방법 연구 – 회화적 방법론을 중심으로」, 서울시립대 박사논문, 2003.
최라영, 「김춘수 무의미시 연구」, 서울대 박사논문, 2004.
최원식, 「김춘수시의 의미와 무의미」, 김용직 공저, 『한국현대시사연구』, 일지사, 1983.

2. '세다가와서' 체험과 '앗'긴 의식

시적인 유의성을 지니는 무의미어구는 의미생산의 분기점이 된다. 이러한 무의미어구는 시인의 고도의 계획 즉 이성에 의한 산물이기도 하지만 때로는 극도의 감정의 공황 속에서 자동기술적으로 발화되는 산물일 때도 있다. 김춘수의 무의미시들은 대체로 전자의 성향을 띄고 있지만 '처용연작'에서 '세다가와서 체험'과 관련한 부분에서는 후자의 언어 혹은 유아기적 퇴행 언어로 구성된 듯한 무의미어구들이 특징적이다.

> 메콩 강은 흘러서 바다로 가나,
> 메콩 강은 흘러서 바다로 가나,
> 부산 제일부두에서
> 귀뚜라미 한 마리가 울고 있다.
> 가을이 오면 어디로 가나,
> 가을이 오면 어디로 가나,
> 여름을 먼저 울자, 여름을 먼저 울자.
>
> ――「잠자는 처용」

> 알은 언제 부화할까,
> 나의 서기 1943년은
> 손목에 쇠고랑이 차인 채
> 해가 지자
> 관부 연락선에 태워졌다.
> 나를 삼킨 현해탄,
> 부산 水上署에서는 나는
> 넋이나마 목을 놓아 울었건만
> 세상은
> 개도 나를 모른다고 했다.
>
> ――「처용단장」 제3부 10

첫 번째 시는 김춘수가 처용연작을 본격적으로 쓰기 전에 발표했던 처용 표제 시편 둘 중의 하나이다. 이 시는 의미의 맥락을 잡기 어려운 어구들로 구성되어 있다. 그리고 이 시 제목인 '잠자는 처용' 또한 특별한 의미가 없어 보인다. 상황과 의미가 추상화되어 심정적 상태를 중심으로 표현한 것이다.

그런데 김춘수가 이후에 쓴 '처용연작'인 두 번째 시편을 보자. 앞의 시에서 '바다', '부산 제일부두', '귀뚜라미', '여름을 먼저 울자' 등의 엉뚱하고도 비유적인 어구들이 이 시에서는 매우 구체적인 방식으로 표현되어 있다. 이 시에서는 "현해탄에 관부 연락선에 태워진 나"가 "부산 수상서"에 도착해 "목을 놓아 우"는 장면이 나타난다. 즉 첫 번째 시편이 심리적 공황상태의 자신을 유아기적 퇴행 언어 혹은 무의미의 어구로 위로하는 것이라면 두 번째 시편은 이 체험을 충분히 이성화한 다음의 형식을 취하고 있다.

즉 앞 시의 '부산제일부두'는 '부산 수상서'로 구체화되었으며, '귀뚜라미'는 '나'로, 그리고 '여름을 먼저 울자'는 '나는 넋이나마 목을 놓아 울었'다고 표현된다. 그리고 후자의 시에서는 '세상은 개도 나를 모른다고 했다'는 비참하고도 고통스러웠던 상황을 요약적으로 제시하고 있다.

그러면 '부산제일부두'와 '부산 수상서' 그리고 '1943년에 손목에 쇠고랑이 차인' 것은 무엇을 말하는가. 그리고 왜 '여름을 먼저 울자'고 하였을까. 이것은 실제 김춘수가 22살 때 일본유학 시절에 6개월 간의 헌병대 고문체험과 세다가와서 감방체험을 한 사실에서 유추해 볼 수 있다.

앞 시에서 귀뚜라미가 울고 있고 "가을이 오면 어디로 가나"와 "여름을 먼저 울자"는 그가 감옥을 출감한 후 부산에 도착했던 '여름'을 앞둔 그 무렵의 풍경을 떠올리게 한다("1월 중순에 수감되어 여름을 바라보며 출감됐으니까 그 동안 계절이 세 번이나 바뀐 셈이다. 지하 감방의 하나뿐인 사방 20센티미터 정도의 창문으로 내다뵈는 언덕배기에 어린

벚나무가 한 그루 서 있었다. 그것이 얼어 있다가 꽃을 피우고 꽃을 떨어뜨리고 녹음이 짙어 가는 것을 바라보게 될 때 풀려났다"10). 일본의 하숙집에서 겨울방학 귀성짐을 싸다가 갑작스레 헌병대로 끌려가서 고문을 받고 감옥에서 고생하다가 천신만고 끝에 부산 부두에 도착했을 때 그 때 김춘수의 심경을 첫 번째 시편은 두서없는 무의미의 어구로써 드러내고 있다고 볼 수 있다.

이러한 맥락을 염두에 둔다면, 첫 번째 시의 제목인 '잠자는 처용'이란 명명에서 '처용'이 김춘수의 자아의 표상이라고 본다면 '잠자는'이라는 수식어가 붙은 것은 '무의식적인', 혹은 '의식적인 상태가 아닌'이라고 해석될 수도 있다. 유약한 22살의 청년이 타국에서 갑작스레 끌려가 고문을 받고 감방에서 긴 시간을 보낸 후 고향의 부두에 도착했을 때 그는 위 시편들에서 한결같이 나오는 '울자'와 '울었다'처럼 울고만 싶었을 것이다.

다음의 시편들은 일제시대를 살았던 우리 유학생들의 고통의 중심부로 좀 더 들어가는 장면을 보여준다.

> 한 발짝 저쪽으로 발을 떼면
> 거기가 곧 죽음이라지만
> 죽음한테서는
> 역한 냄새가 난다.
> 나이 겨우 스물둘, 너무 억울해서
> 나는 갓 태어난 별처럼
> 지상의 키 작은 아저씨
> 귀쌈을 치며 치며
> 울었다.
> 한밤에는 또 한 번 함박눈이 내리고

10) 「달아나는 눈(眼)」, 『김춘수 전집 3 수필』, 173쪽.

마을을 지나 나에게로 몰래
왔다 간 사람은 아무 데도
발자국을 남기지 않는다.

　　　　　　　　　　　—「처용단장」 제3부 9

천황 폐하와
나라를 위해서라고 했지만
천황 폐하와
나라가 없는 나는
꿈에 나온
조막만한 왜떡 한쪽에
밤마다
혼을 팔고 있었다.
누구도 용서해 주고 싶지 않았다.

들창 밖으로 날아간 새는
해가 지고 밤이 와도
돌아와 주지 않았고
가도 가도 내 발은
七タガヤ署 감방
천길 땅 밑에 있었다.

　　　　　　　　　　—「처용단장」 제3부 14 후반부

돌려다오.
불이 앗아간 것, 하늘이 앗아간 것, 개미와 말똥이 앗아간 것,
여자가 앗아가고 남자가 앗아간 것,
앗아간 것을 돌려다오.
불을 돌려다오. 하늘을 돌려다오. 개미와 말똥을 돌려다오.
여자를 돌려주고 남자를 돌려다오.
쟁반 위에 별을 돌려다오.
돌려다오.

　　　　　　　　　　—「처용단장」 제2부 1

첫 번째 시에서는 죽음에 관한 사유와 억울하게 운 것, 그리고 고독감 등이 나타나 있다. 그런데 이 시에서 두서없이 의미맥락이 닿지 않도록 구성된 시구는, "나는 갓 태어난 별처럼/ 지상의 키 작은 아저씨/ 귀쌈을 치며 치며/ 울었다"이다. 앞선 김춘수의 시편에서 보았듯이, 김춘수는 모멸스럽고 고통스러웠던 순간에는 시에서 그것을 구체화하기보다는 그때 떠올랐던 상념이나 유아어와 같은 표현으로써 그 상황이 지닌 심각성으로부터 일견 초월한 듯한 문구를 보여준다.

이 시에서 "스물둘, 너무 억울해서"란 문구로 볼 때 이 시의 모티브 또한 김춘수의 일제감금체험과 관련이 있다. 그렇다면 "나는 갓 태어난 별처럼/ 지상의 키 작은 아저씨/ 귀쌈을 치며 치며/ 울었다"는 김춘수가 요꼬하마 헌병대로부터의 고문체험을 표현한 것으로도 볼 수 있다("헌병대와 경찰서 고등계의 지휘 하에서 몇 달의 영어 생활을 하게 되었지만 나는 참으로 억울했다. 그들이 함부로 내 몸과 자존심을 짓밟아 버린 것도 그랬지만, 내 자신 어이없이 무너지고 만 내 자존심을 눈 앞에 보았을 때 한없이 억울하기만 했다. 그들은 한 개의 竹刀와 한 가닥의 동아줄과 같은 하잘것 없는 물건으로 나를 원숭이 다루듯 다루고 말았다"11)).

두 번째 시에서는 이와 같이 추상화된 체험이 훨씬 구체화된 형상으로 드러난다. 여기서는 "조막만한 왜떡 한쪽"에 비굴해지고 "혼"을 파는 듯한 굴욕감을 경험하는 장면이 구체화되어 있다. 그곳은 '가도 가도 내 발'이 묶인 "セタガヤ署 감방"이다. 실제 김춘수가 수감된 감방은 지하 감옥으로서 그곳에는 가로 세로 20센티 가량의 들창 하나만 높은 곳에 있을 뿐이었다고 한다.

세 번째 시에서는 "들창 밖으로 날아간 새"를 동경하는 심경이 '주문'의 형태로 형상화되었다. 이 시의 주제는 강한 피해의식이다. 구체적으

11) 『김춘수 전집 2 시론』, 573~574쪽.

로 이 시의 술어는 대부분이 '돌려다오'이다. 돌려달라는 것은 빼앗긴 것을 전제로 한다. 이 시의 대부분의 수식어는 또한 '앗아간'이다. 빼앗긴 것을 돌려달라는 문구의 반복으로써 이 시의 기본골격이 구성되어 있는 것이다.

그렇다면 '누가' 앗아간 것인가. 앗아간 주체는 '불'과 '하늘'과 '개미와 말똥'과 '여자'와 '남자'이다. 이것을 물과 공기와 대지와 인간으로 표상될 수 있는데, 그렇다면 앗아간 주체는 세상과 세상 사람 모두라고 할 수 있다. 여기서 이 시를 시인의 '세다가와서 체험'과 연관지어서 본다면 억울하게 일본헌병대로 끌려가 고문을 받는 시인의 절망적 심경을 유추할 수 있다.

그런데 '무엇'을 앗긴 것인가. 그 무엇이란 '불'과 '하늘'과 '개미와 말똥'과 '여자'와 '남자'이다. 이것을 보면 '무엇'이란 바로 '누가'와 일치한다. 즉 빼앗은 주체가 빼앗긴 대상과 일치하는 것이다. 이것은 모순적인 발화에 해당되지만 세상의 모든 것이 자신의 모든 것을 빼앗긴 느낌에 사로잡힐 때 이 구절은 그 심경 표현에 적절한 것이 되기도 할 것이다.

지하감옥 속에서 '들창 밖으로 날아간 새'를 동경하던 시인의 심경이 이와 같은 무의미한 어구 속에 표현된 역설로 나타났다고 할 수 있다. 그런데 세 번째 시에서 빼앗은 주체와 빼앗긴 대상이 일치하지만 단 하나 예외가 있다. 그것은 바로 '쟁반 위에 별'이다. 시인은 이것을 빼앗은 주체에 포함시키지 않으며 빼앗긴 대상에도 포함시키지 않는다. 그런데 마지막 구절에서 '쟁반 위에 별'을 돌려달라고 끝맺고 있다.

'쟁반 위에 별'이란 일상적인 부엌의 쟁반에 비치는 빛의 일종이라고 유추해 볼 수 있다. 시인은 이와 같이 지극히 일상적인 삶을 돌려달라고 하는 것이다. 삶의 지극한 일상에 대한 강렬한 욕망은 시인의 세다가와서 체험과 연관지어 본다면 두 번째 시의 '들창 밖으로 날아간 새'와 연

관지을 수 있다. 보통 사람들에게 들창 밖의 새나 쟁반에 비치는 빛이란 평범한 일상이다.

그러나 타국 땅의 추운 지하 감방에서 지내는 사람에게 그 감방의 작은 들창 밖의 새는 꿈과 같은 것이다. 그 꿈이 지극히 일상적인 삶의 행복이라는 점에서 '쟁반 위에 별'의 의미층위가 놓인다. 시인은 이같은 무의미어구의 반복과 그 리듬의 주문에 의하여 자신을 위로하고 있는 것이다('呪文이 말 그것으론 뭐가 뭔지 알 수 없는데도 어떤 가락을 붙여 되풀이함으로 사람의 정신에 얼마큼이나마 영향을 미치는 것인데, 일종 리듬의 힘이라 하겠다"[12]).

3. '야스다'에 대한 증오와 '괄호' 의식

처용단장 시편들과 다른 시편들을 통틀어서, 김춘수가 자동기술적인 방식으로 띄어쓰기까지 무시하고서 시를 쓰는 경우는 아주 드물다. 김춘수가 고문체험이나 부산 부두에 도착해서 울던 장면을 묘사할 때 유아적 언어로 퇴행하여 의미없는 문구를 반복하는 어투를 보이는 점을 감안할 때 다음의 시는 그 원인격인 대상에 대한 격한 감정이 드러나 있다.

> ㅋㅋㅋㅋㅋ헌병대가지빛검붉은벽돌담을끼고달아나던ㅋㅋㅋㅋ 헌병대헌병 軍曹某T에게나를넘겨주고달아나던포승줄로박살내게하고木刀로박살내게 하고욕조에서氣를絶하게하고달아나던 創氏한일본姓을등에짊어지고숨이 차서쉼표도못찍고띄어쓰기도까먹고달아나던식민지반도출신고학생헌병 補ヤスタ 某의뒤통수에박힌 눈 개라고부르는인간의두개의 눈 가엾어 라어느쪽도동공이없는
>
> —「처용단장」제3부 5

12) 『김춘수 전집 2 시론』, 142쪽.

省線 안에서 비로소 나는 그가 누구라는 것을 생각해냈다. 그는 명함에는 야스다[安田]라고 日本性이 돼 있지만 한국인 동포다. 中央大學(日本의)의 학생이라고 분명히 그랬다. 西北 사투리를 쓰던 그 날 밤의 그를 되살려 낼 수 있었다. 뭣 때문일까? 그가 이럴 수가 있을까? …… 나가사끼에서의 야간 작업, 석탄을 화물선으로부터 밖으로 퍼나르는 일은 상상 외로 고되었고 위험하기도 했다. 휴식 시간에는 자연히 동포 학생들끼리 어울리게 된다. 노동판에서는 서로의 처지를 곧 알아차리게 된다. 후각이 아주 예민해진다. 10분 정도의 휴식 시간이다. 우리끼리 오고가는 화제는 일의 고됨과 위험성보다는(그런 것들에 관계된 얘기가 전연 없었던 것은 아니지만) 일본인들과는 나눌 수 없는 것, 그들이 섞이면 금기가 되는 것, 그러나 동포들끼리라면 가장 자연스럽게 체온이 통해 버리는 것(특히 청년학도들 간에서는)이 큰 비중을 차지한다. 總督政治에 관한 비판이요, 이른바 大東亞戰爭의 양상이요, 한국 유학생들의 처지와 처신 따위다. 5~6인 동포 학생 중에 安이라고 자기 소개를 한 키 큰 학생이 있었다…… 오늘도 나는 꿈에 생생하게 그 때의 일을 보았다. 그러나 쫓기고 있는 것은 내가 아니고 그다. 야스다이던 安某다. 키가 훤칠하고 白晳의 호남이다. 西北 사투리를 쓰던 그, 그는 지금 어디 있을까? 어디서 내 눈총을 받고 있는가?[13]

위 시는 자동기술의 형식이라는 점에서 시인의 다른 시편들과 형식적인 면에서 이질적인 편이지만 시 저변에 강한 증오가 자리잡고 있다는 점에서도 감정을 가급적 배제하려 한 김춘수의 다른 시편들과 차별을 지닌다("프로이트와 융의 무의식은 결국은 가장 멀고 깊은 곳으로부터 숨어 있는 내 자신을 길어 올리는 그런 작업을 뜻하는 것이 된다. 이때 두레박의 역할을 하는 것은 자동기술이다"[14]). 이 시의 내용은 요코하마 헌병대의 검붉은 돌담을 끼고 달아나던 일본성을 지닌 식민지 반도출신 고학생 헌병대에 대한 묘사가 주를 이룬다. 이 창씨개명한 조선헌병대

---

13) 『김춘수 전집 3 수필』, 170~173쪽.
14) 『김춘수 전집 2 시론』, 579쪽.

고학생에 대한 증오는 "뒤통수에박힌 눈 개라고부르는인간의두개의 눈" 그리고 "가엾어라어느쪽도동공이없는"에서 단적으로 드러난다.

　강한 증오감은 문맥이 조리에 닿지 않는 두서없는 문구로서 드러나며 일단은 뒤통수에 눈이 박혔다는 감정에 의한 형상의 왜곡으로 나타난다. 그리고 그 눈은 어느 쪽도 동공이 없다. 그의 시편에서 '눈'은 특별한 의미를 지니는데, 그의 시에서 '천사'를 말할 때 '온몸이 눈으로 되'었다는 표현을 쓰곤 하며 이 때의 '눈'의 의미는 순결함을 뜻하고 있다.

　이러한 시인의 개인적인 명명을 고려할 때 두 번째 글의 표제가 '달아나는 눈'인 것이 이해될 것이다. 앞의 시에서 시인의 원망과 미움을 받는 고학생은 달아나고 있으며 눈이 뒤통수에 박힌 것으로 나타났었다. 이 수필은 그러한 미움의 대상과 상황에 대한 구체적인 기술이 드러난다. 즉 시인이 일본유학을 가서 하숙집에서 귀성짐을 싸다가 불시에 찾아온 헌병대 학생에 의해 이끌려 요코하마 경찰서로 가게 되는 상황이 나타나 있다.

　그런데 그 학생이 내민 명함에는 '야스다'라는 일본이름과 헌병대 출신임이 밝혀져 있었다. 그럼에도 시인은 그가 조선인임을 금세 알았으며 그가 예전에 만났던 인물임을 기억해낸다. 시인은 나가사끼의 화물선에서 짐을 나르면서 아르바이트를 하는 한국인 고학생들을 따라 일을 한 적이 한 번 있었다. 그리고 그 일을 하던 잠깐의 휴식 중에, 한국인 유학생 5~6명이 모여서 총독정치에 대한 비판 및 대동아전쟁에 대한 견해, 한국인 유학생의 처신 등을 서로 이야기하였던 것이다.

　그런데 '안'이라는 성을 지닌 서북사투리를 쓰는 일본헌병대학의 학생이라고 밝힌 키가 훤칠한 호남의 학생이 그 자리에 있던 한국인 학생들을 헌병대로 끌려가도록 밀고한 것이다. 그는 '야스다'라는 일본이름을 지녔지만 분명 조선인 출신이다. 이 일로 인하여 김춘수는 헌병대로 끌려가서 고문을 받고 다시 세다가와서로 끌려가서 6개월 정도의 감옥

생활을 하게 된다.

이런 점을 감안한다면 '달아나는 눈'의 주인공이 위 시에서 왜곡된 괴물로서 형상화되었는지를 이해할 수 있다. 여기서 김춘수의 복합적인 심경을 유추할 수 있는데, 그를 고문하고 감금한 이는 일제이지만 그러한 고통을 받도록 밀고한 이는 조선인이라는 점이다. 시편들을 통해 볼 때, 이 조선인 학생에 대한 시인의 증오는 만만치 않은 것이었다.

이러한 체험은 김춘수의 시가 깊은 허무주의를 지니게 되는 데에 일조를 하였다. 시인이 「처용단장」이라는 제목하에 실제로 그의 '세다가와서 체험'을 근간으로 시집 한 권 분량의 연작시를 오랜 세월에 걸쳐 썼던 것은 이러한 체험이 그의 생애에서 상당한 외상으로서 자리잡고 있음을 증명한다.

그는 처용연작을 본격적으로 쓰기 전에 '처용'이란 표제를 단 자전소설을 쓰고 두 편의 '처용' 표제 시편을 썼다.

「임마 자식들, 사정만 줘봐라, 알지?」/ 그렇게 된 이상 뒤로 물러설 수는 없었다. K도 같은 심정이었을 것이다. 그러나 K의 내어민 한쪽 주먹이 공중에서 가늘게 떨고 있었다. 그때, 녀석이 또 호령이었다./ 「자식들이, 뭘 하는 거야!」/ 두 팔을 멋대로 휘두르면서 K가 먼저 부닥쳐 왔다. 나는 몇 발짝 물러섰다. 자세를 다시 세워 또 두 팔을 휘두르면서 부닥쳐 왔다. K는 눈을 감고 그러고 있었다. 나는 K의 주먹을 피하면서 틈을 보아 부닥쳐 가서는 두 팔로 K의 허리에 꽉 깍지를 꼈다. 그와 동시에 한쪽 다리로 K의 한쪽 다리를 감고 힘을 주어 앞으로 밀었더니 꿍 하고 K가 뒤로 넘겨졌다. 그러자 녀석은 저만치서 뛰어오면서 또 호령이었다./ 「자식아, 사정 줬지 사정.」/ 녀석의 주먹이 내 콧등에 날아왔다. 코피가 입으로 타내렸다. 이가 부드득 갈렸지만 녀석의 몸에 손을 대지를 못했다. 내 눈이 야릇한 광채를 띠고 있었을 것이다.[15]

---

15) 「처용」, 427~428쪽.

자전소설에서의 주요 사건 또한 억울한 폭력에 관한 것이다. 유년기의 시인을 괴롭히던 동네 아이가 시인과 이웃집 계집애와의 불미스러운 소문을 내었으며, 그 소문의 심각성으로 인해, 담임선생님이 그것에 대한 사실을 확인하려 한다. 그 과정에서 김춘수와 다른 한 아이가 불려가게 되고 결국 그 동네 아이가 불려가 선생님으로부터 야단을 맞게 된다. 그 동네 아이는 자신의 소행임을 알려준 김춘수와 한 명의 다른 아이를 서로 싸우도록 위협하고 많은 아이들이 그 장면을 구경하도록 한다. 그런데 이 둘이 서로 잘 싸우지 않자 그 동네 아이가 김춘수를 폭행하는 장면이 바로 위의 글이다.

자전소설의 마지막은 그 동네 아이가 트럭 앞에서 갑자기 나타나 트럭을 멈추게 하는 장난을 자주 하다가 결국 트럭에 치여 죽는 것으로 귀결된다. 이것은 실제일 수도 있지만 시인이 『처용』이라는 자전소설의 결말을 이렇게 지음으로써 자신에게 누명을 뒤집어씌우고 자신에게 폭력을 행사한 대상에 대한 억울함을 심리적으로 허구적으로 해소시킨 것일 수도 있다. 이 소설이 이유 없는 폭력과 고통을 다룬 점에서 「처용단장」의 '세다가와 고통체험'과 유사성을 지닌다.

이러한 폭력의 체험을 다룬 자전적인 글들은 한결같이 '처용'이란 표제를 달고 있다. 김춘수의 『처용』 자전소설에서 유년기의 풍경이 한려수도를 배경으로 한 '바다'가 중심을 이루듯이 「처용단장」 연작시 대부분의 풍경 또한 '바다'가 주를 이룬다. 또한 처용과 아내와 역신의 관계 역시 김춘수와 조선인학생과 일본헌병대라는 관계와 어느 정도 상응구도를 이루는 측면이 있다. 즉 '처용'이 '바다'에서 태어난 동해왕의 아들이라는 고귀한 신분이라는 점과 속세에서 지난한 고통에 당면하여 그것을 초극하였다는 점에서 김춘수는 상황적 동질성을 발견하고서 '처용'을 시인 자아의 확장적 메타포로서 즐겨 썼다고 할 수 있다.

조선인 학생이 시인을 밀고한 일을 비롯한 일련의 고통체험은 '우리'

라는 의식에 대한 시인의 사유에 영향을 미친 측면이 있다.

　내 입장에서 본다면 〈우리〉는 括弧 안의 〈우리〉일 뿐이다. 즉, 觀念이 만들어낸 어떤 抽象일 뿐이다. 觀念이 박살이 날 수밖에는 없는 어떤 절박한 사태를 앞에 했을 때도 〈우리〉를 말할 수 있는 사람에게만 括弧를 벗어난 우리가 있게 된다.[16)]

　나는 그때 セタガヤ署
　감방에 있었다.
　땅 밑인데도
　들창 곁에 벚나무가 한 그루
　서 있었다.
　벚나무는 가을이라 잎이 지고 있었다.
　나도 단재 선생처럼 한 번
　울어 보고 싶었지만, 내 눈에는 아직
　인왕산도 등꽃 빛 하늘도
　보이지가 않았다.

　　　　　　　　　　　　　—「처용단장」 제3부 3 후반부

　새장의 문을 닫고 새의 날개짓을
　생각했다. 그것이 곧
　내 몫의 자유다.
　모난 것으로 할까 둥근 것으로 할까
　쭈뼛하니 귀가 선 서양 것으로 할까, 하고
　내가 들어갈 괄호의 맵시를
　생각했다. 그것이 곧
　내 몫의 자유다.
　괄호 안은 어두웠다.

---

16) 『김춘수 전집 2』, 352쪽.

불을 켜면
그 언저리만 훤하고 조금은
따뜻했다.
서기 1945년 5월,
나에게도 뿔이 있어
세워 보고 또 세워 보고 했지만
부러지지 않았다. 내 뿔에는
뼈가 없었다.
괄호 안에서 나서 괄호 안에서
자랐기 때문일까 달팽이처럼,

—「처용단장」제2부 40 중에서

　첫 번째 글에서 '〈우리〉'란 '괄호 안의 〈우리〉일 뿐'이라는 말에 주목
해 보자. 김춘수는 이것을 '관념이 만들어낸 어떤 추상일 뿐'이라고 단
정짓는다. 즉 '우리'라고 믿는 어떤 관념이란 '어떤 절박한 사태' 앞에
서 허물어지는 것일 수밖에 없다는 그러한 속성에 대해서 시인은 괄호
안의 〈우리〉라는 명명을 내린다.

　이러한 '괄호 의식'은 「처용단장」에서 빈번하게 나타난다. 구체적으
로, '처용연작'에서 '괄호', 괄호의 '맵시'와 연관된 '뿔'과 '귀'를 다룬
구절들은 다음과 같다. 즉 "나귀가 한 마리 쭈뼛/ 귀를 세우고 있네요"(3
부의 26), "늙은 귀를 쭈뼛/ 한 번 다시 세웠지"(3부의 27), "그 때 나는 이
미「　」안에 들어가고 있었다.고,/ 아니 이미 들어가 버렸다.고,/ 실은 입
과 항문도 이미「　」안에 들어가 버렸다.고"(3부의 28), "모난 것으로 할
까 둥근 것으로 할까/ 쭈뼛하니 귀가 선 서양 것으로 할까, 하고/ 내가
들어갈 괄호의 맵시를/ 생각했다. 그것이 곧/ 내 몫의 자유다./ 괄호 안
은 어두웠다", "괄호 안에서 나서 괄호 안에서 자랐기 때문일까"(3부의
40), "눈물과 모난 괄호와/ 모난 괄호 안의/ 무정부주의와"(3부의 48),
"서울은 꼭 달팽이 같다. 아니/ 달팽이뿔 같다. 오므렸다/폈다 옴츠렸다

뻗었다", "뿔이니까, 달팽이뿔에는/ 뼈가 없으니까, 또 니까, 다. 그렇지"(4부의 1), "어느 날/ 고장난 내 귀가 듣는/ 耳鳴", "헤르바르트 훈이 내 귀를 마구 짓밟는다",(4부의 9), "모난 괄호/ 거기서는 그런 대로 제법/ 소리도 질러보고/ 부러지지 않는 달팽이뿔도 세워 보고"(4부의 17).

이와 같은 사례들에서 형상화되는 '괄호' 이미지는 〈우리〉에 관한 사유와 관련을 맺고 있다. 즉 자아의 테두리인 '괄호'를 벗어나 '우리'가 되는 것, 그것이 얼마나 견고할까 하는 것이다. 이러한 사유의 형성은 조선인 학생이 시인을 밀고한 일과 시인의 감방체험과 연관을 맺는다. 왜냐하면 시인은 같은 조선인인 자신을 밀고한 그 학생을 미워하였지만 그 자신 역시 왜놈의 떡 한쪽 앞에서 차가운 지하감옥의 추위 앞에서 한없이 작아질 수밖에 없는, 즉 "혼을 팔아야" 하는 나약하기만 한 자신을 발견하였던 것이다.

이러한 체험은 시인이 어떤 인물을 평가할 때의 주요한 준거를 만들어내도록 한다. 즉 자아의 테두리로서의 '괄호'를 초월한 인물인가 하는 것인데, 주로 육체적인 한계상황 속에서도 자신의 신념을 고수해나간 인물들에 대하여 깊은 존경심을 표한다("나는 예수를 두려워하고 소크라테스를 두려워하고 정몽주를 두려워한다. 이념 때문에 이승의 생을 버린 사람들을 두려워한다"17)). 그리고 그는 이와 같은 인물들을 제재로 많은 시편들을 창작하였다. 그는 작품에서 예수, 사바다, 박열, 단재 등이 이념을 위해 자신을 희생한 숭고한 정신의 소유자로 그리고 있다. 그리고 '처용연작'의 '처용' 역시 고통을 대하는 방식에 있어서 이와 같은 속성을 담지한 인물이다.

두 번째 시에서 그는 자신의 감방 안에서 단재 선생에 관한 꿈을 꾼 이야기를 한다. 그런데 실제 김춘수가 복역한 지하 감방에는 가로 세로

---

17) 『김춘수 전집 3 수필』, 77쪽.

처용연작 연구 · 최라영

20센티가량의 쪽창이 있었고 그 창 너머의 산에 서 있는 벚나무가 얼었다가 다시 녹아서 꽃이 피는 것을 보았다고 술회한다. 이러한 사실과 연관지어 보면 위 시는 그가 복역한 초겨울 무렵의 풍경을 배경으로 한 것이다. 그러나 그는 자신이 '단재 선생처럼 한 번/ 울어 보고 싶었지만' '인왕산도 등꽃 빛 하늘도 보이지가 않았'다고 고백한다.

즉 조국을 위해 자신의 모든 것을 희생하고도 자신의 신념을 고수해 간 인물의 내면과 자신이 다름을 술회하는 것이다. 그런데 이 점에 시인의 정직성이 있다. 자신이 평범한 인간임을 고백하는 것, 즉 일제 때 태어나 그 시대를 살고서 핍박받았던 조선인으로서 자신의 모든 것을 결코 포기할 수 없었던 그 시대의 평범한 지식인 청년의 고뇌를 보여준다. '처용연작'에서 일본천황을 사살하려 했던 박열에 관한 시편들 가운데 박열로 인해 죽은 여인들에 대한 상념도 이념을 고수하기 어려운 일반 인간의 상황에 대한 것을 보여주는 것이다.

이와 같이 김춘수의 '괄호'는 '어떤 관념이 만들어낸 어떤 추상일 뿐'이지만 그의 시에서는 다양한 형상으로 변주되어 나타난다. 괄호 의식의 연원은 김춘수의 감방체험과 깊은 관련을 지니는데, 지하 감방의 작은 쪽창은 어느새 네모난 괄호로, 괄호 속에 묶인 자신으로 변주되곤 한다.

마지막 시편에서 '괄호' 이미지는 '새장의 문'으로 변주된다. 새장의 문을 닫고 새의 날개짓을 생각하는 것, 그것은 감옥에 갇힌 자의 상념에 다르지 않다. 단지 그 새장의 문이 '모난 것'으로 할 것인지 '둥근 것'으로 할 것인지. 혹은 '쭈뼛하니 귀가 선 서양 것으로 할' 것인지 하는 상념에 잠기면서 '새장의 문'은 어느새 '괄호의 맵시'로 형상화된다. 그 괄호 안 의식이란 나 홀로의 의식에 다름 아니다.

그렇다면 '1945년 5월'에 '나에게도 뿔이 있어' '세워 보고 또 세워 보고 했지만' '부러지지 않았'지만 '뼈가 없었'다는 '내 뿔'은 어떤 의미일까. '1945년 5월'이면 해방을 앞둔 시점이다. 이 의미는, 그 무렵에 시

인은 괄호 친 〈우리〉 의식에서 '괄호'를 벗기려 해보았다는 것, 즉 '괄호'를 초월한 '우리' 의식을 가져보려고 했다는 것일 수 있다. 그러나 그는 '괄호 안에서 나서 괄호 안에서' 자란 '달팽이' 같은 존재일 수밖에 없었음을 고백한다.

김춘수의 세다가와서 감방체험은 '괄호 이미지'로 변주되며 '괄호' 없애기란 시인의 주요한 화두가 된다. 괄호를 없앤 상태란 어떤 절대적인 상태를 의미하며 평범한 인간으로서 도달하기 어려운 지점과 관련을 지닌다. 그는 동해왕의 아들이라는 신화적 인물인 '처용'의 행위에서 그 비범한 절대성의 영역을 엿보았으며 '처용연작'을 통하여 시대의 상흔과 허무를 극복하고자 하였다. 그의 '처용'은 동해왕과도 같았던 안온했던 유년의 확장적 메타포를 지니고 있으며 '처용연작'을 통하여 세다가와서 체험을 비롯한 일련의 폭력의 경험을 극복하고자 하는 내면의 역정을 보여준다.

4. 허무주의와 무의미시

시인의 세다가와서 체험은 그의 허무주의와 깊은 관련을 지닌다. 시편들에서 그가 일본유학 시절에 고문을 받고 감방생활을 한 것도 그러하지만 시편에서 그를 밀고한 조선인 고학생에 대한 증오도 상당한 것으로 보인다. 그의 시편에서 무정부주의자들에 대한 언급이 빈번하게 나오는 것도 현실이나 이데올로기에 관한 한 그 어느 쪽도 긍정하지 않는 허무주의적 시각을 단적으로 보여주는 것이다.

세다가와서 체험은 또 다른 층위에서 시인에게 지대한 영향을 미쳤는데, 그가 어떠한 인물을 평가할 때 기준으로 작용하는 것이 자아의 테두리인 '괄호'를 벗어난 것인가, 즉 절대성을 지녔는가 하는 점이라는 것에서 그러하다. 이때 '절대성'이란 인간으로서 육체적인 고통을 감내하

고서도 지켜내는 정신적인 무엇을 지녔는가 하는 점이다. 이 점은 중요한데 시인은 시편들을 통하여 그 자신은 이러한 위인의 범주에 들지 못하였음을 고백하고 있기 때문이다. 이 점은 시인의 허무감을 더 깊게 만든 것일 수도 있는데 초보적 고문에도 자신의 의지가 여지없이 무너지는 평범한 인간임을 절실히 체험하였기 때문이다.

그가 세다가와서 체험을 근간으로 다룬 '처용연작'을 구상할 때 '처용' 표제의 유년기 자전소설을 썼다는 점도 이것과 관련이 있다. 이 소설 역시 유년기의 안온한 할머니의 품과 호주선교사의 품을 제외하면 한 소년으로 인한 억울한 누명과 폭력의 경험이 주요 사건을 이루고 있기 때문이다. 이 소설은 실제 사실이든 작위적 허구든 간에 시인을 괴롭힌 소년이 교통사고로 죽는 결말을 보여주는데, 이것에서도 평범한 인간이 지닌 증오의 표출을 여지없이 보여주는 측면이 있다.

현실에 대한 어떤 것도 신뢰할 수 없다는 것과 육체적 폭력 및 고통 콤플렉스 그리고 유약한 자신에 대한 절감은 시인의 허무주의를 깊게 하는 데 일조를 하였다. 세다가와서 체험 중 시인의 외상에 상응하는 체험이나 기록은 대체로 무의미어구를 취하고 있다. 이것은 유아기적 언어로의 퇴행에 견줄 수 있는데 그가 당면한 고통의 정도를 반영하는 것으로도 볼 수 있다. 혹은 자신을 감방으로 가도록 만든 조선인 고학생 '야스다'에 대한 증오는 이와 같은 언어와 함께 의도적으로 자동기술적 어구를 만든 경향도 엿볼 수 있다. 즉 시인은 무의식과 의식의 작용에 의하여 무의미어구를 만들어내지만 그 과정을 통하여 시인의 무의미시는 끊임없이 작용하고 있는 그 자신의 심리를 드러낸다.

> 눈보다도 먼저
> 겨울에 비가 오고 있었다.
> 바다는 가라앉고
> 바다가 있던 자리에

군함이 한 척 닻을 내리고 있었다.

여름에 본 물새는

죽어 있었다.

물새는 죽은 다음에도 울고 있었다.

한결 어른이 된 소리로 울고 있었다.

눈보다도 먼저

겨울에 비가 오고 있었다.

바다는 가라앉고

바다가 없는 해안선을

한 사나이가 이리로 오고 있었다.

한쪽 손에 죽은 바다를 들고 있었다.

—「처용단장」제1부 4

나는 말을 부수고 의미의 분말을 어디론가 날려버려야 했다. 말에 의미가 없고 보니 거기 구멍이 하나 뚫리게 된다. 그 구멍으로 나는 요즘 허무의 빛깔이 어떤 것인가를 보려고 하는데, 그것은 보일 듯 보일 듯하고 있다. 그래서 나는「처용단장」제2부에 손을 대게 되었다./ 이미지가 대상에 대한 통일된 전망을 두고 하는 말이라면 나에게는 이미지가 없다. 이 말은 나에게는 일정한 세계관이 없다는 것이 된다. 즉 허무가 있을 뿐이다……. 미완성 이미지들이 서로 이미지가 되고 싶어 피비린내나는 칼 싸움을 하는 것이지만, 살아 남아 끝내 자기를 완성시키는 일이 없다. 이것이 나의 수사요 나의 기교라면 기교겠지만 그 뿌리는 나의 자아에 있고 나의 의식에 있다.[18]

전자의 시에서는 다양한 무의미어구들이 나타난다. 먼저 "눈보다도 먼저/ 겨울에 비가 오고 있었다"는 구절을 보면 이것은 '겨울에 눈이 오고 있었다' 란 상식적 구절을 견주어 볼 때 일반적인 사람들의 기대에 약간 어긋난다는 점에서 '상황의 무의미'[19]로 볼 수 있다. 그런데 이와 같

18) 김춘수,「의미에서 무의미까지」,『김춘수 시전집』, 민음사, 1994, 508~509쪽.

19) 문학적 무의미의 유형으로는, '상황의 무의미', '언어의 무의미', '범주적 이탈',

은 어구를 구성할 때 선택한 '비' 라는 제재는 '겨울' 과 '내리고 있었다' 란 어구와 연관되어서 을씨년스럽고 쓸쓸한 느낌을 형성한다.

그리고 "바다가 있던 자리에/ 군함이 한 척 닻을 내리고 있었다"란 구절을 보자. 이 구절도 얼핏 보면 일상적인 것 같지만 '바다' 와 '군함' 이 서로 층위가 다른 명사인데 이것들이 서로 교체가능한 범주인 것처럼 서술하였다는 점에서 일상적 서술과는 다른 '범주적 이탈의 무의미' 이다. 여기서 '군함' 은 물론 일상적인 제재로 출현한 것으로 볼 수도 있지만 시인이 역사로부터 받은 폭력 콤플렉스와 관련한 상징적 대상이라고 볼 수도 있다.

이어서 "여름에 본 물새는/ 죽어 있었다./ 물새는 죽은 다음에도 울고 있었다./ 한결 어른이 된 소리로 울고 있었다" 구절에서, 물새가 죽은 다음에도 울고 있다는 것은 명백히 사실에 맞지 않는 '상황의 무의미' 이다. 그런데 물새가 감정이입된 대상임을 고려한다면 죽은 다음에도 울고 있다는 것은 그 비애가 죽음을 넘어설 정도로 깊은 것임을 형상화한다. 그리고 그 울음이 '한결 어른이 된 소리' 라는 점에서 비애의 깊이가 구체성을 지닌다.

마지막 어구에 해당되는 "바다는 가라앉고/ 바다가 없는 해안선을/ 한 사나이가 이리로 오고 있었다./ 한쪽 손에 죽은 바다를 들고 있었다" 를 보자. 바다가 가라앉는다는 것은 썰물 상태임을 연상시키지만 '가라앉다' 가 '바다' 에 어울리는 술어 범주가 아니라는 점에서 '범주적 이탈의 무의미' 이다. 그런데 이와 같이 범주적으로 맞지 않는 주어와 술어를 만듦으로써 겨울에 비가 오고 죽은 물새가 우는 장면에 더하여 시의 분위기는 더욱 침잠된다.

'수수께끼' 를 들 수 있다. 이것에 대해서는, 최라영, 「김춘수 무의미시 연구」, 서울대 박사논문, 2004, 3장 참고.

그런데 이 시에서 유일하게 나오는 인물인 '한 사나이'가 무엇을 하는지 주목해 보자. 한 사나이는 이리로 오고 있는데 무엇을 들고 있다. 그것은 바로 '해안선'이다. 해안선은 인간이 들 수 없는 제재라는 점에서 이것도 주어와 술어의 층위범주가 맞지 않는 '범주적 이탈의 무의미'이다. 그런데 그 사나이가 든 해안선에는 '바다'가 없다. 해안선은 바다를 둘러싼 것인데 이것도 실제적 사실과 맞지 않는 '상황의 무의미'이다.

'바다'가 '없'는 '해안선'을 들고 있었다고 하여놓고 다시 한 사나이가 "한쪽 손에 죽은 바다를 들고 있었다"는 것은 무슨 뜻일까. 여기서 '바다'가 '없'다는 것과 '바다'가 '죽었다'는 것 역시 서로 다른 의미가 충돌하는 무의미이다. 김춘수에게 '바다'는 고향인 통영을 상징하는 것이면서 행복했던 유년기의 메타포이다. 동시에 그의 시와 소설의 표제에서 자신의 메타포로서 썼던 '처용'은 '바다' 동해왕의 아들이다. '처용연작' 대부분의 시편들에서 배경으로 나타나는 '바다'가 '해안선'만 있을 뿐 그 '바다'는 '없'다는 묘사는 세상 모든 것에 대한 시인의 허무감을 나타낸다.

위 시에서 무의미어구로 만드는 결정적 역할을 하는 시어들의 술어는, 바다가 '가라앉다'와 '없다', 물새가 '죽다'와 '울다', 바다가 '없다'와 '죽다' 등이다. 즉 이치에 닿는 어구를 부조리한 어구로 만드는데 역할을 하는 제재들이 취하는 술어들은 한결같이 '가라앉음', '죽음', '울음', '없음' 등이다. 이와 같은 언어들은 '허무함'의 속성들이다. 특히 시구에 나온 제재의 새로운 술어를 구성하는 데에 시인의 심리가 끊임없이 작용하여 그 결과 시 전체의 분위기를 하강적인 방향으로 움직인다. 특히 마지막 구절에서, 시인에게 유년기의 행복의 메타포이자 시의 공간에서 한결같이 나타나는 바다, 이 바다가 '죽어 있다'는 것, 그것도 '죽은 시체'처럼 '한 사나이'에게 들려져 있다는 무의미의 어구는

끝없는 상실감과 세상에 대한 '허무감'을 읽게 한다.

무의미어구의 생성을 이미지의 형성으로 본다면, 김춘수의 무의미시는 하나의 일상적, 혹은 완결적 이미지가 만들어지려는 순간 그것을 파편화시키고 추상화시켜 버린다고 할 수 있다. 중요한 것은 부조리한 어구 내지 이러한 이미지로 바꾸어버리는 심리적인 방향성이다. 무의미어구로 교체되는 그의 시어들은 '울음'이나 '죽음'과 관련한 것으로서 이러한 정서를 환기시키도록 무의미어구의 끊임없는 치환과정이 이루어진다. 이것에 관해서 김춘수는 "말에 의미가 없고 보니 거기 구멍이 하나 뚫리게 된다. 그 구멍으로 나는 요즘 허무의 빛깔이 어떤 것인가를 보려고 하는데, 그것은 보일 듯 보일 듯하고 있다"고 서술한다.

하나의 어구 혹은 하나의 문장을 부조리하게 만드는 것, 혹은 파편화된 이미지로 만드는 것은 화자의 심리적 지향에 따라서 농담이 되기도 하고 풍자가 되기도 할 것이다. 김춘수의 무의미시는 '허무'의 기제가 작용한 시적 언어의 치환에 의하여 생성되며 이러한 과정의 반복으로 인해 의미의 차원에서 볼 때 한 편의 시는 굉장한 모순의 덩어리로 바뀌어진다. 그러나 이와 같은 무의미어구들이 상호작용하여 만들어내는 계열체들은 복합적이고 추상적인 이미지를 창조하며 무의미시 특유의 미감을 얻게 된다. 즉 그의 무수한 무의미시들이 한결같이 떠올려내는 것은 파편적이고 추상적이며 지독히 우울한 내면풍경이다. '허무주의'에 의한 무의미의 언어들은 시인의 수사요 기교이자, 그것의 '뿌리'는 시인의 '자아'에 닿아 있다("이것이 나의 수사요 나의 기교라면 기교겠지만 그 뿌리는 나의 자아에 있고 나의 의식에 있다").

김춘수의 무의미시는 통상적인 의미에서 시대와 역사와 현실로부터의 도피의 산물이라고 말할 수가 없다. 구체적으로, 시인의 무의미시 지향으로의 계기이자 그 전형을 보여주는 「처용단장」은, 일제하와 시대적 격동기를 살았던 유약한 시인이 그가 당면한 육체적, 정신적 폭력으로

부터 어떻게 고통받았으며 그리고 '역사'와 '현실'의 문제를 부정하는 끝없는 '허무주의'로 어떻게 빠지게 되었는지를 반복적이고 압축적으로 보여준다. 시인은 무의미시를 통하여 '허무'의 언어를 끝없이 만들어냄으로써 '허무'를 극복하고자 하였다. 그리고 시인은 '처용연작' 이후 거의 전 생애에 걸쳐서 그의 무의미시를 개성적이면서도 추상적인 미적 언어의 경지로 승화시켜 나갔다.

5. 결론

이 글은 '처용'을 표제로 한 '처용연작'과 소설 「처용」과 '처용'에 관한 시인의 산문을 대상으로 하여 시인의 '자전적' 고통체험에 주목하였다. 시인의 고통의 형상화의 핵심에는 '폭력'의 체험이 주요한 부분을 이루고 있었다. '처용' 표제의 소설이 시인의 유년기의 폭력체험을 다루고 있다면 '처용연작'은 청년기의 폭력체험, 구체적으로 일제하 '세다가와서' 체험을 주요하게 다루고 있다. 시인이 본격적으로 무의미시를 표방하고 창작한 '처용연작'은 무의미시를 창작하게 된 이같은 자전적인 계기와 맞물려 있다.

이 글은 '처용연작'에 나타난 '세다가와서 체험'의 시편들에서 시인이 당면한 고통과 심적 공황으로부터 무의미의 어구가 생성되는 과정, 그리고 어떠한 현실 혹은 이데올로기에 대해서도 지향할 수 없는 허무주의가 일상적 질서에서 벗어난 무의미의 어구들을 생성하는 구체적인 메커니즘에 관하여 고찰하여 보았다. 즉 시인의 허무주의가 언어를 통하여 무의미를 생산하고 우리는 일련의 무의미어구들이 창조하는 다양한 계열체들을 통하여 우울과 허무와 비애만을 한결같이 읽어낼 수 있을 뿐이다. 끝없이 작용하는 '허무주의'에 의한 무의미의 언어들은 시인의 수사요 기교를 훌쩍 넘어서 그것의 '뿌리'는 시인의 '자아'에 깊이

닿아 있다. 시인은 '허무'의 언어를 끝없이 만들어내는 그의 무의미시를 통하여 '허무'를 극복하고자 하였다.

무의미시 지향으로의 계기이자 무의미시의 전형을 보여주는 「처용단장」은 일제하와 시대적 격동기를 살았던 유약한 시인이 그가 당면한 육체적, 정신적 폭력으로부터 어떻게 고통받았으며 끝없는 '허무주의'로 나아가게 되었는지를 반복적이고 압축적으로 보여준다. 그리고 그는 그의 무의미시를 반평생에 걸쳐 개성적이면서도 추상적인 미적 언어의 경지로 승화시켰다. '초보의 고문'에도 무력감을 느낀다는 시인의 솔직한 고백으로서의 '처용연작'은 일제하를 살았던 우리의 평범한 지식인이 자아의 정체성을 침범 받고 그것을 고통스럽게 형상화한 '문학적인 자전기록'이라는 점에서도 우리 시문학사에서 드물고도 독특한 자리를 차지한다.

■ 참고문헌

1. 기본자료

김춘수, 『김춘수 전집 1 시』, 문장사, 1982.
_____, 『김춘수 전집 2 시론』, 문장사, 1983.
_____, 『김춘수 전집 3 수필』, 문장사, 1984.
_____, 『김춘수 전집』, 민음사, 1994.

2. 단행본 및 논문

고정희, 「무의미시론고」, 김춘수연구간행물위원회, 『김춘수연구』, 학문사, 1982.
권기호, 「절대적 이미지-김춘수의 무의미시를 중심으로」, 김춘수연구간행물위원회, 『김춘수연구』, 학문사, 1982.
권혁웅, 「어둠 저 너머 세계의 분열과 화해, 무의미시와 그 이후-김춘수론」, 『문학사상』, 1997.2.
김성희, 「김춘수 시의 멜랑콜리와 탈역사성 연구」, 서울대 박사논문, 2011.

김용직, 「아네모네와 실험의식」, 김춘수연구간행위원회, 『김춘수연구』, 학문사, 1982.

김용태, 「무의미의 시와 시간성－김춘수의 무의미시」, 『어문학교육』 9집, 1986.12.

김의수, 「김춘수 시에서의 상호텍스트성 연구」, 서울대 박사논문, 2003.

김준오, 「처용시학－김춘수의 무의미시론고」, 『부산대논문집』 29, 1980.6.

남기혁, 「김춘수의 자아 인식과 미적 근대성: '무의미시'로 이르는 길」, 『한국현대시의 비판적 연구』, 월인, 2001.

노 철, 「김춘수와 김수영의 창작방법 연구」, 고려대 박사논문, 1998.

류순태, 「1960년대 김춘수 시의 창작 방법 연구」, 『한국시학연구』 3호.

문혜원, 「김춘수의 시와 시론에 나타나는 이미지연구」, 『한국문학과 모더니즘』, 한양출판사, 1994.

서진영, 「김춘수 시에 나타난 나르시시즘 연구」, 서울대 석사논문, 1998.

양왕용, 「예수를 소재로 한 시에서의 의미와 무의미」, 김춘수연구간행물위원회, 『김춘수연구』, 학문사, 1982.

엄국현, 「무의미시의 방법적 이해」, 김춘수연구간행위원회, 『김춘수연구』, 학문사, 1982.

오규원, 「김춘수의 무의미시」, 『현대시학』, 1973.6.

원형갑, 「김춘수와 무의미의 기본구조」, 『현대시론총』, 형설출판사, 1982.

윤정구, 「무의미시의 깊은 뜻, 혹은 반짝거림」, 『한국현대시인을 찾아서』, 국학자료원, 2001.

이동순, 「시의 존재와 무의미의 의미」, 김춘수연구간행위원회, 『김춘수연구』, 학문사, 1982.

이숭원, 「인간존재의 보편적 욕망」, 『시와시학』, 1992. 봄.

이승훈, 「김춘수의 〈처용단장〉」, 『현대시학』, 2000.10.

이어령, 「우주론적 언술로서의 〈처용가〉」, 『시 다시 읽기』, 문학사상사, 1995.

이은정, 「처용과 역사, 그 불화의 시학－김춘수의 〈처용단장〉론」, 『구조와 분석』, 창, 1993.

임수만, 「김춘수 시의 기호학적 연구」, 서울대 석사논문, 1996.

정한모, 「김춘수의 '의미와 무의미'」, 김춘수연구간행물위원회, 『김춘수연구』, 학문사, 1982.

정효구, 「김춘수 시의 변모과정 연구」, 『개신어문연구』, 충북대, 1996.

진수미, 「김춘수 무의미시의 시작 방법 연구－회화적 방법론을 중심으로」, 서울시립대 박사논문, 2003.

최라영, 「김춘수 무의미시 연구」, 서울대 박사논문, 2004.

최원식, 「김춘수시의 의미와 무의미」, 김용직 공저, 『한국현대시사연구』, 일지사, 1983.

함종호, 「김춘수 무의미시의 발생과 구성원리」, 서울시립대 석사논문, 2002.

홍경표, 「탈관념과 순수 〈이미지〉에의 지향」, 김춘수연구간행위원회, 『김춘수연구』, 학문사, 1982.

Sidonie Smith, Julia Watson, "The trouble in the autobiography", *Narrative Theory*, edited by, James Phelan and Peter J. Rabinowitz, Blackwell, 2005.

김춘수의 무의미시와 환상

나 희 덕

1. 시적 양식으로서의 환상

"환상은 허구 속에서만 존재한다. 즉 시는 환상적일 수 없다."[1]는 토도로프의 발언 이래 환상은 주로 서사 장르의 요소로 인식되어 왔다. 그래서인지 한국 현대시에서 환상에 관한 논의는 활발하게 이루어지지 못한 편이다. 한국시의 전통이 주제적으로나 방법적으로 환상보다는 재현적 전통에 충실한 것도 또 다른 이유라고 할 수 있다. 그런데 일상적 언어의 규범으로부터 일탈을 시도하고 상상력을 이미지화하는 시의 장르적 특성이야말로 넓은 의미에서 환상에 가장 가깝다는 생각이 들기도 한다. 환상을 미메시스와 함께 문학의 보편적 본질로 이해한 캐

---

1) 토도로프가 시를 환상적일 수 없다고 한 것은 하나의 텍스트를 읽을 때 "일체의 표상 작용을 거부하고, 문장 하나하나를 순수히 의미론적인 조합으로 간주해 간다면, 거기에서는 환상 같은 것은 나타나지 않는다."고 보았기 때문이다. 그러나 이 말을 그대로 뒤집으면 의미론적 조합보다 표상작용을 중심으로 하고 독자의 망설임이 쉽게 해소되지 않는 시일수록 환상에 가깝다는 뜻도 된다.(토도로프, 『환상문학서설』, 이기우 역, 한국문화사, 1996, 167~168쪽 참조.)

스린 흄의 견해를 참조한다면, 환상은 특정한 소재나 경향의 작품에 국한된 것이 아니라 다양한 장르와 형식 속에 환상적 충동과 미메시스적 충동2)은 혼합되어 있다고 보는 것이 타당할 것이다.

그렇더라도 환상시에 관한 구체적인 논의를 위해서는 그 범주를 약간 좁혀서 이해할 필요가 있다. 윤지영은 환상적인 시의 경향을 언어적 환상, 알레고리적 환상, 환상시로 구분3)하고, "초현실적이고 비일상적인 이미지의 제시와 이에 대한 합리화를 가로막는 작품, 이와 관련하여 지시적인 의미 이외에는 찾아낼 수 없는 작품들"4)을 시의 하위 장르인 '환상시'로 명명했다. 최기숙은 환상의 영역을 인식론적 지형학, 존재론적 지형학, 심리학적 지형학으로 나누고, 실제 문학작품에서 환상을 실현시키는 수사학적 방법으로 동일성의 수사학과 차이성의 수사학을 들었다. 동일성의 수사학이 현실적으로 부재하지만 상상적으로 존재하는 세계의 '전달'에 초점을 둔다면, 차이성의 수사학은 실재하는 현실과 상상적 세계의 '차이'에 초점을 둔다. 전자가 은유와 제유, 이미지화의 방법이라면, 후자는 패러디, 도치와 전복, 아이러니와 모순어법, 언어 유희 등의 방법을 사용한다.5)

---

2) "문학은 두 가지 충동의 산물이다. 하나는 '미메시스'로서, 다른 사람들이 당신의 경험을 공유할 수 있다는 핍진감과 함께 사건, 사람, 상황, 대상을 모사하려는 욕구이다. 다른 하나는 '환상'으로서, 권태로부터의 탈출, 놀이, 환영, 결핍된 것에 대한 갈망, 독자의 언어습관을 깨뜨리는 은유적 심상 등을 통해 주어진 것을 변화시키고 리얼리티를 바꾸려는 욕구이다."(캐스린 흄, 『환상과 미메시스』, 한창엽 역, 푸른나무, 2000, 55쪽.)

3) 언어적 환상은 기표와 기의의 관계를 의도적으로 왜곡하거나 인습적인 통사 결합의 원칙을 파괴하는 것, 알레고리적 환상은 하나의 관념을 우의적으로 표현하는 것, 환상시는 새로운 풍경을 창조하는 것 등의 방법을 통해 환상을 구축해낸다.(윤지영, 「'환상적인 시'와 '환상시'의 가능성」, 서강여성문학연구회, 『한국문학과 환상성』, 예림기획, 2001, 167~174쪽 참조.)

4) 위의 글, 182쪽.

5) 최기숙, 『환상』, 연세대 출판부, 2007, 135쪽 참조.

'환상(fantasy)'과 '환상성(the fantastic)'을 구분할 필요가 있다고 보는 견해도 있다. 전용갑은 포괄적인 초자연적 요소로서의 '환상'과 달리 '환상성'은 "초자연적 현상 자체를 드러내는 데에 머물지 않고 보다 적극적으로 이성적 현실인식의 한계를 제기할 때"[6] 생겨나는 개념이라고 했다. 특히 20세기의 환상성(모더니즘과 포스트모더니즘)은 언어의 재현능력이 의문시되면서 "사실적 묘사에 바탕을 둔 실증주의는 물론 낭만주의 시대와도 다른 양상"을 보이게 된다. "말과 사물, 기표와 기의의 관계가 고정된 것이 아니며 임의적, 자의적인 것이라는 20세기 언어학적 개념의 영향"[7]에 의해 만들어진 이러한 환상성은 대상에 대한 재현을 거부하고 언어의 자기반영적 특성을 강화하는 방향으로 나아가게 된다. 그로 인해 환상의 주제나 내용보다 그것이 어떤 구조와 형식을 통해 표현되었는지가 한결 중요해졌다.

한국 현대시에서 환상시의 계보는 이상, 조향, 김춘수, 이승훈 등으로 이어져왔는데, 이 시인들은 모두 시적 언어의 극단을 실험적으로 밀고 나간 경우에 해당한다. 그럼에도 불구하고 한국 현대시의 환상성에 대한 논의는 주로 소재나 주제의 차원에서 이루어졌으며, 환상을 독립된 양식(mode)이 아니라 분위기(mood) 정도로 인식하는 경우가 많았다. 그러나 환상은 단순히 '초자연적인 것'의 발현이나 '괴기와 경이'[8]의 제시에 그치지 않는다. 환상이 생산되는 사회적·역사적 맥락과 함의에 주목하고 욕망의 표현으로서 환상의 전복적인 기능을 고려할 때 환상성

---

6) 전용갑, 「환상성 개념의 사회적·역사적 조건 연구─한국과 중남미 문학의 사례비교」, 『세계문학비교연구』 24호, 세계문학비교학회, 2008, 333쪽.
7) 위의 글, 344쪽.
8) 토도로프는 환상을 독립된 장르로 보고, "경이와 괴기라는 두 장르의 경계선상에 위치하고 있는 것"으로 설명했다. 그에 따라 순수한 괴기→환상적 괴기→환상적 경이→순수한 경이의 4단계로 구분되고, 어떤 작품이 어디에 위치하느냐는 독자와 작중인물의 망설임 정도에 의해 결정된다.(토도로프, 같은 책, 145~148쪽 참조.)

의 온전한 면모가 밝혀질 수 있을 것이다.

그런 점에서 토도로프의 구조주의적 접근을 확장해 환상을 하나의 문학적 양식으로 보았던 로지 잭슨의 시각은 중요한 시사점을 준다. 잭슨은 환상의 특징으로 "'실재적인 것' 또는 '가능한 것'의 일반적 규정에 대한 완강한 거부, 때로는 격렬한 대립에까지 이르는 거부"를 들었다. 환상 자체가 사회적인 전복 행위는 아니지만, 규범적인 규칙이나 관습들을 전복하려는 시도를 통해 "예술적 재현 행위의 '규칙들'을 교란시키고 '사실적인' 것의 문학적 재생산을 방해"[9]한다는 것이다. 환상의 기본적인 수사로 '모순어법(oxymoron)'[10]을 들었던 것도 그런 이유에서다.

시적 관습이나 규범을 전복하고 초현실적 이미지를 통해 재현의 수사학을 교란시킨다는 점에서 김춘수의 무의미시는 환상시의 중요한 텍스트라 할 만하다. 그의 무의미시론 역시 재현의 대상을 파괴함으로써 대상에 연루된 일체의 관념을 배제하고 언어와 이미지의 물질성을 강화하는 것을 요체로 삼고 있다. 이 글은 김춘수의 무의미시에 나타난 환상[11]을 시적 양식으로 보고, 시론과 시의 상관관계를 살펴보고자 한다. 김춘수의 무의미시론은 작품이 선행하고 그로부터 귀납된 시론이 아니라, 시론으로부터 작품이 연역된 경우에 해당한다. 따라서 먼저 무의미시론의 내용을 정리하고, 구체적인 시작품에 나타난 환상의 구조와 언어를 분석하도록 하겠다.

---

9) 로지 잭슨, 『환상성-전복의 문학』, 서강여성문학연구회 역, 문학동네, 2001, 24쪽.

10) "모순어법은 종합의 과정으로 나아가지 않은 채 모순들을 한데 묶고 하나의 불가능한 통일성 속에서 그것들을 유지시키는 문채(a figure of speech)이다."(위의 책, 33쪽).

11) 김춘수의 무의미시와 환상의 관계에 대한 선행연구로는 윤지영, 「무의미시 재고-환상과 비교를 통하여」, 『시학과 언어학』 8호, 시학과언어학회, 2004 ; 권온, 「김춘수 시의 환상성 연구」, 『한국시학연구』 18호, 한국시학회, 2007 ; 김남희, 「국어교육에서 무의미시의 문제」, 『국어교육학연구』 32호, 국어교육학회, 2008 등이 있다.

2. 김춘수의 무의미시론과 환상의 도입

김춘수는 그의 시론에서 이미지를 서술적(descriptive) 이미지와 비유적(metaphorical) 이미지로 나누고, 서술적인 이미지를 다시 "대상의 인상을 재현한" 경우와 "대상을 잃음으로써 대상을 무화시킨 결과 자유를 얻게 된"[12] 경우로 구분했다. 이것을 시적 자유라는 측면에서 보면, 비유적 이미지의 시→대상을 가지고 있는 서술적 이미지의 시→대상을 놓친 서술적 이미지의 시의 순서로 자유에 근접한다고 할 수 있다.

여기서 주목할 것은 김춘수의 무의미시가 의미 자체보다는 대상의 소멸에 가깝다는 점이다. "'무의미'라는 말의 차원을 전연 다른 데서 찾아야 한다. 다시 말하면, 이 경우에는 반 고흐처럼 무엇인가 의미를 덮어씌울 그런 대상이 없어졌다는 뜻으로 새겨야 한다."[13]는 시인의 말이 그것을 잘 대변해준다. 김춘수는 '대상'을 시적 발견을 가져오는 매개체가 아니라 주관적 인상이나 관념을 덮어씌우는 오류를 범하게 만드는, 그리하여 시적 구속과 긴장을 가져다주는 요소로 인식하고 있었다. 따라서 부단히 대상을 놓쳐야만 언어와 이미지가 순수한 예술성을 회복할 수 있다고 여겼던 것이다. 다음에서도 '무의미시'는 '대상을 잃은 서술적 이미지의 시'로 요약된다.

> 같은 서술적 이미지라 하더라도 사생적 소박성이 유지되고 있을 때는 대상과의 거리를 또한 유지하고 있는 것이 되지만, 그것을 잃었을 때는 이미지와 대상은 거리가 없어진다. 이미지가 곧 대상 그것이 된다. 현대의 무의미시는 시와 대상과의 거리가 없어진 데서 생긴 현상이다. 현대의 무의미시는

---

12) 김춘수, 「한국 현대시의 계보─이미지의 기능면에서 본」, 『김춘수 시론전집 1』, 현대문학사, 2004, 520쪽.
13) 김춘수, 「대상 · 무의미 · 자유」, 위의 책, 522쪽.

대상을 놓친 대신에 언어와 이미지를 시의 실체로서 인식하게 되었다고 할 수 있다.14)

대상을 잃는다는 것은 이미지와 대상의 거리가 사라지고 이미지 자체가 대상이 되는 상태를 말한다. 그래야만 대상을 둘러싼 관념을 걷어낼 수 있다. 스스로 '관념공포증'에 걸렸다고 말하는 김춘수는 시를 쓸 때 관념을 배제하기 위해 사생(寫生)의 훈련을 계속해나갔다. 이미지를 비유적으로가 아니라 즉물적이고 서술적으로 구사하기 위해 의도적으로 노력한 것이다. 더 나아가 사생적 소박성을 극복하기 위해 대상을 변형하거나 재구성하게 되는데, 그 과정에서 논리와 자유연상이 개입하게 된다. 환상적 요소나 비재현적 이미지의 연쇄는 그런 과정에서 일어난다. 시인이 '전의식(前意識)'이라고 표현한 '새로운 무의식'의 등장은 1960년대 후반쯤에 본격화되고, 「처용단장 제1부」와 「처용단장 제2부」는 이런 트레이닝 끝에 나온 연작이다. "전의식과 의식의 팽팽한 긴장관계"15)에서 무의미시가 태어나는 과정을 시인은 다음과 같이 밝히고 있다.

　　사생이라고 하지만, 있는(실재) 풍경을 그대로 그리지는 않는다. 집이면 집, 나무면 나무를 대상으로 좌우의 배경을 취사선택한다. 경우에 따라서는 대상의 어느 부분을 버리고, 다른 어느 부분은 과장한다. 대상과 배경과의 위치를 실지와는 전연 다르게 배치하기도 한다. 말하자면 실지의 풍경과는 전연 다른 풍경을 만들게 된다. 풍경의, 또는 대상의 재구성이다. 이 과정에서 논리가 끼게 되고, 자유연상이 끼게 된다. 논리와 자유연상이 더욱 날카롭게 개입하게 되면 대상의 형태는 부서지고, 마침내 대상마저 소멸한다. 무의미시가 이리하여 탄생한다.16)

---

14) 김춘수, 「한국 현대시의 계보―이미지의 기능면에서 본」, 위의 책, 512쪽.
15) 김춘수, 「의미에서 무의미까지」, 위의 책, 536쪽.
16) 위의 글, 535쪽.

183

여기서 대상을 재구성하는 과정에 개입하는 '논리'와 '자유연상'은 각각 의식과 무의식의 차원에서 일어나는 대립적인 활동이다. 의미와 논리를 배제하기 위한 언어 유희가 의식의 차원에서 이루어진다면, 그 빈자리를 자유연상에 의해 채워나가는 것은 무의식의 힘에 의해서다. 이처럼 의식과 무의식이 첨예하게 충돌하거나 삼투하면서 그 경계가 무화된 자리에 환상이 자리잡게 되는 것이다. 시에서 의미를 배제하고 현실적 맥락을 제거할 때 자연스럽게 남게 되는 것은 언어 유희와 환상의 도입이다.

이창민은 한국 현대시에 나타난 환상의 양상을 ①경이의 세계와 서사의 변형, ②욕망의 표출과 불안의 표현, ③전복의 기획과 위반의 기도, ④언어의 유희와 의미의 소실 등으로 유형화했다. 김춘수의 무의미시에 나타난 환상은 네 번째 유형에 가장 가깝다. 이창민은 언어의 유희와 의미의 소실을 로지 잭슨이 말한 '비-의미화(non-signification)'라는 개념과 연결하면서 그 내용을 다음과 같이 요약했다.

> 의미화의 결핍, 말할 수 없는 것의 수사학, 순수한 기표의 창조, 무의미를 특징으로 하는 어휘적 단위, 이름 없는 사물과 사물 없는 이름의 제시 및 그에 의존하는 놀이, 난센스 발화, 대상이 없는 담론, 텅 빈 발화, 의미하지 않는 기호의 언어, 기호론적 과잉과 의미론적 공허의 세계, 비-의미화의 영역, 의미 없음의 영점.[17]

이 항목들은 김춘수의 무의미시론의 핵심어들과 상당히 겹치거나 유사하다. 언어를 구사하는 한 '의미 없음의 영점'에 실제로 도달하기는 불가능하지만, 적어도 무의미시론의 지향은 비-의미화의 영역을 향해

---

17) 이창민, 「한국 현대시에 나타난 환상의 양상」, 『현대시와 판타지』, 고려대 출판부, 2008, 73쪽.

있다. 로지 잭슨에 따르면, 현대적 환상물에서 기표와 기의의 간극은 '이름 없는 사물들'과 '사물 없는 이름들'의 제시를 통해 나타난다. "사물들은 단지 부재와 그림자로서만 텍스트에 기록될 수 있"고, "그것은 의미 없는 텅 빈 기호들로 이해되는 단어들로서 환상적인 것 속에서 되풀이"[18]될 뿐이다.

그런데 잭슨은 토도로프와 마찬가지로 환상성이 비－의미화의 영역을 향해 나아가는 과정에서 알레고리나 시와 공존할 수 없다고 말한다. 왜냐하면 "환상성은 알레고리의 개념화와 시의 은유적 구도 둘 다에 저항하기" 때문이다. "환상성은 비－개념적인(non-conceptual) 혹은 개념－이전의(pre-conceptual) 것을 지향하는 경향"이 있고, "환상성이 알레고리나 상징주의로 '자연화될(naturalized)' 때, 그것은 그 고유한 비－의미화의 본질을 잃는다."[19]는 것이다.

그러나 환상의 전복적인 힘이 알레고리와 은유에 대한 저항에 있다면 오히려 무의미시론과 환상은 맞아 떨어지는 측면이 있다. 무의미시론은 이미지가 알레고리나 은유적 의미를 나타내는 데 기여하는 것이 아니라 서술적 이미지를 통해 이미지 자체가 은유가 되도록 해야 한다고 주장하기 때문이다. 토도로프나 로지 잭슨이 환상과 양립할 수 없다고 말한 '시'가 알레고리와 상징에 의존한 재현적 장르에 가까운 것이라면, 현대시는 그 범주를 훨씬 벗어나 있다. 김춘수의 무의미시에서 시어들은 어떤 대상을 지시하거나 함축하지 않는다. 시의 이미지들 역시 그 자체로 지시적이거나 은유적인 의미를 생산하는 것이 아니라 낯선 이미지들과 결합하거나 충돌함으로써 선명한 구조화에 저항한다. 이처럼 기호와 의미의 간극을 극대화함으로써 순수한 기표들의 창조에 이르고자 하는

---

18) 로지 잭슨, 앞의 책, 54~60쪽 참조.
19) 위의 책, 59~60쪽.

것이 무의미시론의 지향점이다.

3. 무의미시에 나타난 환상의 구조와 언어

김춘수가 무의미시를 본격적으로 창작한 시기는 「처용단장」 1부와 2부에 해당한다. 그에 앞서 씌어진 「타령조」 연작 열세 편은 무의미시로 가기 위한 이행기로 볼 수 있다. 「타령조」 연작은 고전시가와 설화를 바탕으로 하면서도 서사적 구조를 드러내기보다는 관념과 정서의 감각적 운율화를 보여주고 있다. 이미지의 돌연한 결합이 의미의 구심화(또는 합리화)를 막으면서 독자의 해석을 지연시키는 것도 이때부터 두드러진 현상이다. 그래서 『타령조 · 기타』(1969) 이후부터 『라틴점묘 · 기타』(1988) 이전의 시들을 '무의미시'로 보기도 한다.[20] 여기서는 논의의 집중도를 위해서 「처용단장」 1부와 2부, 그리고 그 시기에 창작된 개별 시편을 중심으로 분석하도록 한다.

> 바다 밑에는
> 달도 없고 별도 없더라.
> 바다 밑에는
> 항문과 질과
> 그런 것들의 새끼들과
> 하나님이 한 분만 계시더라.
> 바다 밑에서도 해가 지고
> 해가 져도 너무 어두워서
> 밤은 오지 않더라.
> 하나님은 이미
> 눈도 없어지고 코도 없어졌더라.

---

20) 김남희, 「국어교육에서 무의미시의 문제」, 『국어교육학연구』 32호, 국어교육학회, 2008, 175쪽.

흔적도 없더라.

　　　　　　　　　　　　　　　　　　　　　— 「해파리」 전문

　　대표적인 무의미시 중 하나로 꼽히는 이 작품은 육안으로는 볼 수 없
는 바다 밑의 세계를 다루고 있다. 그러나 "이 시에는 바다 밑 세계에 대
한, 어떠한 정보도 들어 있지 않다. 이 시의 언어는 스스로 말하고 스스
로 울린다."[21] 시가 진행될수록 바다 밑의 풍경은 구체화되는 것이 아니
라 알 수 없는 미궁이나 환상 속으로 빠져 들어간다. 바다 밑에는 "달
도" "별도" 없고, "항문과 질과/ 그런 것들의 새끼들과/ 하나님이 한 분
만 계"실 뿐이다. 그런데 여기에 나열된 항목들의 관계는 질서화하기 어
렵고 그 공존이 어떤 상태에서 이루어지는지도 가늠하기 어렵다. 그리고
"해가 져도 너무 어두워서"와 "밤은 오지 않더라"는 해가 지면 밤이 된다
는 경험적 상식에 어긋나는 진술이다. 전반부에 하나님이 있다고 했다가
후반부에서는 하나님이 눈도 없어지고 코도 없어지고 마침내 흔적조차
사라진 존재가 되는 것은 대상을 소멸시키는 한 예가 될 수 있다.
　　이렇게 이미지의 통일성이나 대상들의 유기적 관계를 파괴하는 것은
그로부터 어떤 의미나 관념이 발생하지 않도록 하기 위한 비−의미화
전략이다. 외부적으로는 일정한 시적 구조를 유지하고 있지만, 내부적
으로는 끊임없이 탈구조화하려는 충동을 지니고 있다. 이 시에 나타난
바다 밑 풍경은 인간이 아니라 해파리의 눈에 비친 세계로서, 인간적 관
념이나 질서가 사라진 상태에서만 접근될 수 있는 세계다. 그 세계에서
"객체의 독립성, 공간의 연속성, 시간의 지속성, 인과의 논리성 따위를
찾는 것은 부질없는 일"[22]일 뿐이다.

21) 김인환, 『상상력과 원근법』, 문학과지성사, 1993, 134쪽.
22) 이창민, 「한국 현대시에 나타난 환상의 양상」, 앞의 책, 78쪽.

김춘수의 무의미시와 환상 • 나희덕

이미지의 결합방식 외에 주목할 만한 것은 모든 문장이 '-더라'라는 종결어미로 끝을 맺고 있다는 사실이다. 「해파리」뿐 아니라 바로 뒤에 이어지는 「봄이 와서」, 「장화가 홍련에게」, 「櫻草」, 「많은 櫻草」, 「花河」, 「안과에서」, 「천사」 등의 시에서도 이와 동일한 어미가 집중적으로 나타나고 있다. '-더라'의 반복이 "감상조의 어조와 일정한 리듬을 만들어내는 동시에 심상의 발생 과정에 몽상적 회상의 성격을 부여"[23]한다고 본 이창민은 그로 인해 환상에 가까운 이미지의 연쇄가 생겨난다고 하였다. '-더라'는 화자가 이전에 보거나 경험한 것을 회상형식으로 들려줄 때 쓰이는 어미로서, 시 속의 시간과 그것을 전달하는 시간이 일치하지 않음을 나타낸다. 그러나 이 시들에 나타난 이미지가 현실적인 것이 아니기 때문에 '-더라'는 시간적 낙차보다는 공간적 단절을 나타내거나 현실과 환상의 경계를 모호하게 만드는 역할을 한다. 또한 많은 경우에 "하고 있더라"는 현재진행형을 취함으로써 환상이 마치 눈앞에 펼쳐지는 듯한 현재감을 높이고 있다.

이러한 개별 시편들의 어미 처리나 이미지 결합방식은 「처용단장」 연작에 집중적으로 나타난다. 실제로 개별 작품에 나타났던 구절이 연작에 다시 차용되는 경우가 적지 않고, 이미지의 유사성도 강한 편이다. "「처용단장」의 제1부와 제2부는 처용의 유소년기, 즉 바다 밑의 생활을 그리고 있다. 의식의 미분화 상태이다."[24]라는 시인의 말을 참조해 보면, 「해파리」에 그려진 바다 밑의 풍경만 해도 동해 용의 아들이었던 처용이 인간 세계에 오기 전 바다에서 보낸 유소년기의 환상공간이라고 할 수 있다.

「처용단장」은 전체 4부로 이루어져 있지만, 1, 2부와 3, 4부 사이에는

23) 이창민, 『양식과 심상』, 월인, 2000, 148쪽.
24) 김춘수, 「장편 연작시 「처용단장」 시말서」, 『김춘수 시전집』, 민음사, 1994, 524쪽.

시기적으로나 형식적으로 적지 않은 간극이 존재하기 때문에 1, 2부만을 무의미시로 보는 것이 일반적이다. 1부가 서술적 이미지의 구사와 돌연한 결합을 통해 환상적 양식을 창조한다면, 2부는 이미지의 서술성이 약화되는 대신 단어나 어구의 반복을 통한 리듬감의 강화가 두드러진다. 1부는 의미를 파괴한 자리에 이미지가 들어 있다면, 2부는 이미지마저 파괴하고 주문에 가까운 리듬[25]만 남게 된 것이다.

> 벽이 걸어오고 있었다.
> 늙은 홰나무가 걸어오고 있었다.
> 한밤에 눈을 뜨고 보면
> 호주 선교사네 집
> 회랑의 벽에 걸린 청동 시계가
> 겨울도 다 갔는데
> 검고 긴 망토를 입고 걸어오고 있었다.
> 내 곁에는
> 바다가 잠을 자고 있었다.
> 잠자는 바다를 보면
> 바다는 또 제 품에
> 숭어 새끼를 한 마리 잠재우고 있었다.
>
> ―「처용단장」 I-3 부분

> 살려다오.
> 북 치는 어린 곰을 살려다오.
> 북을 살려다오.
> 오늘 하루만이라도 살려다오.
> 눈이 멎을 때까지라도 살려다오.

---

25) "철저한 물질시의 시도로 제1부를 끌고 가다가 제2부에서는 그것의 연장으로 극단적 의미 배제, 즉 이미지로서의 이론의 파괴로 나아간다. 리듬만이 남게 되는 일종의 주문이 되게 한다. 생의 카오스가 전개된다."(김춘수, 위의 글, 524쪽.)

눈이 멎은 뒤에 죽여다오.
북 치는 어린 곰을 살려다오.
북을 살려다오.

— 「처용단장」 Ⅱ-3 전문

　　여기 인용한 두 편은 「처용단장」 1부와 2부의 특징을 잘 보여주고 있
다. 전자가 초현실적인 이미지들의 결합을 통해 환상의 세계로 안내한
다면, 후자는 돌연한 진술의 반복과 변주를 통해 주술적 리듬을 빚어내
고 있다. 처용을 화자라고 할 때, 1부는 유년기의 시선을, 2부는 성인의
시선을 지니고 있는 듯하다. 1부는 '눈, 바다, 山茶花'라는 제목처럼 원
형적 세계인 바다에 눈이 내리고 잠이나 꿈의 상태에서 떠오른 평화로
운 이미지들이 주조를 이루는 반면, 2부는 '들리는 소리'라는 제목처럼
성인이 된 처용이 내면에서 들려오는 울음소리를 스스로 받아적고 있는
것처럼 보인다. 이런 차이는 두 작품의 분석을 통해 좀 더 선명하게 드
러날 것이다.

　　「처용단장」 Ⅰ-3에서도 "걸어오고 있었다"라는 서술어가 반복되고
있지만, 벽, 늙은 홰나무, 청동 시계 등 시간적 공간적 인접성을 갖기 어
려운 사물들의 이미지가 더 압도적이다. 특히, "호주 선교사네 집/ 회랑
의 벽에 걸린 청동 시계가/ 겨울도 다 갔는데/ 검고 긴 망토를 입고 걸어
오고 있었다"는 구절은 어린 시절의 삽화를 바탕으로 한 듯하지만 그것
을 사실적 묘사가 아니라 의인화를 통해 환상적으로 처리하고 있다. 이
때 의인화는 비유의 일종이기는 하지만 알레고리적 의미를 지니는 것이
아니라 이미지 자체를 창조하는 데 기여할 뿐이다. 전반부가 땅 위를 배
경으로 움직임에 초점을 두고 있다면, 후반부는 바다를 배경으로 하면
서 바다와 숭어 새끼는 잠을 자고 있는 상태다. '나'는 땅과 바다를 연
결하는 고리로서 존재할 뿐, 나열된 이미지나 대상에 대한 판단이나 감
정은 전혀 드러나 있지 않다.

그에 비해 「처용단장」 Ⅱ-3은 화자가 원하는 바가 직접적이고 반복적으로 제시되고 있다. 하지만 화자와 청자가 누구인지 불분명하고 시적 맥락이 전혀 제시되지 않고 있다. 6행을 제외한 모든 행이 "살려다오"라는 동사로 끝나고 있지만, '북 치는 어린 곰'과 '북'을 병치함으로써 살려달라는 대상이 무엇인지도 잘 잡히지 않는다. 또한 "오늘 하루만이라도"와 "눈이 멎을 때까지라도"와 "눈이 멎은 뒤에"라는 부사어구의 변주 역시 시간적 경계를 모호하게 만든다.

인용된 시 외에도 서시를 제외한 「처용단장」 2부 전체는 목적어의 변주와 서술어의 반복[26]이라는 형식을 취하면서 주술적 리듬을 만들어낸다. 그로 인해 비교적 단순한 구조를 취하고 있는데도, 시적 의미를 손쉽게 추출하기 어렵다. "구상적 서술과 추상적 서술을 중첩시키고 사실적 심상과 초현실적 심상을 혼성하는 문체와 상호부정의 원리를 토대로 구성 요소간의 유기적 통일성을 의도적으로 해체하는 구조"[27]도 독해를 지연시키는 요소라고 할 수 있다. 이처럼 「처용단장」 2부는 주술적 리듬과 언어 유희를 결합시켜 의미의 확정을 지연시키고 독자의 환상 체험을 확장하는 데 주력한다.

4. 환상, 말할 수 없는 것의 수사학

김춘수는 왜 무의미시라는 미학적 돌파구를 필요로 하게 되었을까. 「장편 연작시 「처용단장」 시말서」에는 이 질문에 대한 대답이 비교적 분명하게 나와 있다. 이 글에서 시인은 자신의 정신과 문학을 압박해 온

---

26) 1-돌려다오, 2-보여다오, 3-살려다오, 4-울어다오, 5-불러다오, 6-앉아다오, 7-울어다오, 8-잊어다오.
27) 이창민, 『양식과 심상』, 앞의 책, 146쪽.

두 인물로 프로이트와 마르크스를 들었다. 인간이 심리적 존재이자 물리적 존재이며, 개인이면서 동시에 사회적 존재라고 할 때, 두 인물은 양 축을 대변하는 사상가라고 할 수 있다. 문제는 시인이 양자의 갈등 속에서 내적 균형을 잃어버리고 해체로 나아가게 되었다는 점이다. 그에 따라 "현실 무감증 현상이 노출되고 역사에 대한 회의가 생기면서 이기적인, 도피적인, 또는 방관자적인, 무관심주의적인 상태로"[28] 현저히 기울어져갔다. 청년기에 가졌던 역사에 대한 피해의식으로 "폭력·이데올로기·역사의 삼각관계를 도식화하게 되고, 차츰 역사 허무주의로, 드디어 역사 그것을 부정하는 지경에 이르게"[29] 된 것이다. 이 페시미스트의 선택이 바로 무의미시라는 '기교'의 발견이었다.

> 나는 드디어 고통이 기교를 낳는다는 사실을 알게 되고, 기교가 놀이에 연결되면서 생(고통)을 어루만지는 위안이 된다는 것을 깨닫게 되었다. 그러나 나에게는 갈등의 한쪽인 물리세계를 잃어버린 해체된 현실(심리의 미궁)만이 소용돌이치고 있었다. 말하자면 나에게는 통상적인 뜻으로서의 대상과 주제가 없어졌다. 그래도 시를 쓸 수 있을까? 그래도 쓸 수 있다고 쓰게 된 것이 연작장시 「처용단장」의 제1부, 특히 제2부다.[30]

김춘수의 무의미시론이 역사에 대한 상처와 허무주의를 언어와 존재에 대한 탐구를 통해 치유하기 위한 모색이었음을 이를 통해 알 수 있다. 그에게 '관념/의미/현실/역사/감상'은 등가적 관계를 맺고 있으며, "말의 긴장된 장난"[31]만이 그로부터 등을 돌릴 수 있는 유일한 방편이었다. 무의미시에서 환상이 발생하거나 개입하는 것은 그러한 유희적

---

28) 김춘수, 「장편 연작시 「처용단장」 시말서」, 앞의 책, 520쪽.
29) 위의 글, 521쪽.
30) 위의 글, 521~522쪽.
31) 김춘수, 「의미에서 무의미까지」, 앞의 책, 539쪽.

충동과 관련이 깊다. 그 충동 밑에 깔려 있는 사회적 역사적 맥락과 전복적 욕망을 함께 읽어내야만 무의미시의 환상성은 온전히 이해될 수 있다. 따라서 무의미시는 단순한 형식실험이라기보다는 현실과 역사로 대변되는 '실재적인 것'에 대한 완강한 거부라고 보아야 한다. 말할 수 없는 것을 말하는 방식이라는 점, 실재하는 대상의 소멸과 이미지의 통일성 해체를 통해 언어와 이미지의 자기반영성을 극대화한다는 점, 압축·전이·생략 등의 방법을 통해 언어의 상징적 질서를 교란시킨다는 점 등에서 무의미시와 환상은 영토를 공유한다.

김춘수뿐 아니라 김종삼, 조향, 박인환, 전봉건 등 1950년대 모더니즘 시인들은 전쟁 체험을 사실적으로 묘사하기보다는 환상의 형식을 빌려 표현했다. 그들이 주체의 내적 상처와 욕망을 기표와 기의의 어긋남을 통해 파편적 기호로 표출한 것은 우연이 아니다. 그들에게 현실은 차마 표현할 수 없는 폭력이자 억압이었고, "드러냄의 언어보다는 숨김의 언어"를 허락할 뿐이었다. 조영복의 분석처럼, 이러한 내적 언어의 기호화 과정은 "분단 이데올로기의 폭력적 권력관계가 빚어내는 지배적 욕망의 동일화 과정과, 시인 내적인 언어의 욕망의 은폐 과정이 미묘하게 맞물려서"[32) 나타나게 된 것이다.

이처럼 '환상적인 것'은 그 자체로 설명되기보다는 '실재적인 것'과의 관계 속에서 이해될 수 있다. 리얼리즘적 질서 속에서 부재 또는 부정을 통해서만 개념화될 수 있는 환상성은 '가능함'에 대한 '불가능함'으로, '실재'에 대한 '비실재'로 규정될 수 있으며, "명명될 수 없고 형태가 없는 것, 알려지지 않고 보이지 않는 것" 등의 영역을 거느려왔다. 그 '부정적 관계성(negative relationality)'[33)이야말로 현대적 환상성의 핵

32) 조영복, 『한국 현대시와 언어의 풍경』, 태학사, 1999, 199쪽.
33) 로지 잭슨, 앞의 책, 40쪽 참조.

심이다. 벨레민 노엘은 '의미화의 결핍' 이야말로 환상성을 규정하는 중요한 자질이라고 하면서 다음과 같이 말한다.

> 우리는 말할 수 없는 것의 수사학에 대해 얘기할 수 있다. (중략) 환상적 활동은 종종 '순수한 기표들'의 창조로 되돌아간다. (중략) 언어의 의사소통적인 층위에서 일종의 '무의미'를 특징으로 하는 어휘적 단위들이 설사 어떤 종류의 기의를 가질지라도 그것은 하나의 근사치에 불과하다. 우리는 그 어휘적 단위들이 지시하지 않고 함축함으로써 의미화한다고 말할 수 있다. 혹은 정의에 의해 경계 지어지지는 못한 채 무한한 이미지들의 망과 연결되기 때문에 하나의 (짧은)의미화-회로를 설치한다고 말할 수 있다.[34]

김춘수의 무의미시는 대상과 의미를 배제하고 언어를 순수한 기표에 가깝게 구사함으로써 환상적 이미지의 연쇄를 일으킨다. 이때 환상은 말할 수 없는 것의 수사학으로서 의미화에 저항하는 활동이 된다. 그러나 언어를 통한 시작품이 비-의미화를 지향한다는 것은 필연적으로 소통과 교육의 어려움을 가져온다. 무의미시는 "그 시편들에 가로놓인 원초적 경험이 환상적 이미지를 통해 새로운 공간, 새로운 시적 현실로 몸을 바꾸어 제시되기" 때문에 의미의 합리화가 불가능하다. 따라서 시에서 명료한 지시적 의미를 발견하고 그것을 일방적으로 수용하려는 태도로는 접근조차 어렵다.

김남희는 무의미시의 수용에서 독자의 역할은 "새로이 창출된 현실을 직접 경험하는 것, 현실 세계의 대상이 아닌 이미지 자체를 환상의 공간 내에서 직접 감수하는 것, 즉 독자 자신이 환상행위의 주체가 되는 것"[35]이라고 말했다. 오늘날의 문학교육이 지식 전달을 중심으로 하고 학습자가 수동적인 역할을 넘어서지 못하는 현실을 생각할 때, 이러한

---

34) 위의 책, 55쪽에서 재인용.

35) 김남희, 같은 글, 187쪽.

능동적 참여와 직접적 체험이 얼마나 가능한지는 의문이다. 하지만 문학교육의 그러한 편향이나 한계를 교정하기 위해서라도 환상과 무의미시를 문학교육의 내용으로 적극적으로 수용하고, 이해와 해석 중심의 교육을 감성적 해방과 체험으로까지 확장해나가야 한다.

■ 참고문헌

1. 자료

김춘수, 『김춘수 시전집』, 민음사, 1994.
_____, 『김춘수 시전집』, 현대문학사, 2004.
_____, 『김춘수 시론전집 1』, 현대문학사, 2004.
_____, 『김춘수 시론전집 2』, 현대문학사, 2004.

2. 논문 및 단행본

권 온, 「김춘수 시의 환상성 연구」, 『한국시학연구』 18호, 한국시학회, 2007.
김남희, 「국어교육에서 무의미시의 문제」, 『국어교육학연구』 32호, 국어교육학회, 2008.
김인환, 『상상력과 원근법』, 문학과지성사, 1993.
김지선, 「장르 해체적 서술과 자아 반영성 – 오규원, 김춘수 시를 중심으로」, 『인문학연구』 34호, 충남대 인문과학연구소, 2007.
노지영, 「무의미의 주제화 형식과 독자의 의사소통 – 김춘수의 「처용단장」을 중심으로」, 『현대문학의 연구』 32호, 한국문학연구학회, 2007.
박혜숙, 「한국 현대시의 환상성 – 초현실 시와 초자연세계의 시를 중심으로」, 『새국어교육』 76호, 한국국어교육학회, 2007.
서강여성문학연구회, 『한국문학과 환상성』, 예림기획, 2001.
윤지영, 「'환상적인 시'와 '환상시'의 가능성」, 서강여성문학연구회, 『한국문학과 환상성』, 예림기획, 2001.
이강하, 「김춘수 시 연구의 현황과 전망」, 『국어문학』 46호, 국어문학회, 2009.

이광호, 「자유의 시학과 미적 현대성 – 김수영과 김춘수 시론에 나타난 '무의미'의 문제를 중심으로」, 『한국시학연구』 12호, 한국시학회, 2005.

이승욱, 「'무의미시'와 '절대시'에 대한 기교 고찰 – 김춘수의 『처용단장 제1부』와 고트프리트 벤의 『밤의 파도』를 중심으로」, 『뷔히너와 현대문학』 13호, 한국뷔히너학회, 1999.

이창민, 『양식과 심상』, 월인, 2000.

_____, 『현대시와 판타지』, 고려대 출판부, 2008.

전용갑, 「환상성 개념의 사회적·역사적 조건 연구 – 한국과 중남미 문학의 사례 비교」, 『세계문학비교연구』 24호, 세계문학비교학회, 2008.

조영복, 『한국 현대시와 언어의 풍경』, 태학사, 1999.

최기숙, 『환상』, 연세대 출판부, 2007.

로지 잭슨, 『환상성 – 전복의 문학』, 서강여성문학연구회 역, 문학동네, 2001.

캐스린 흄, 『환상과 미메시스』, 한창엽 역, 푸른나무, 2000.

토도로프, 『환상문학서설』, 이기우 역, 한국문화사, 1996.

제2부 무의미시,
     그 신화와 反신화

무의미시는 무의미한 시가 아니다[1]

권 혁 웅

1

김춘수 시인이 타계한 후의 추모 특집을 읽으며, 김춘수의 시 세계에 대한 문학사적 평가가 매듭지어졌음을 확인할 수 있었다. 김춘수의 시 가운데 시집 『타령조 · 기타』(1969) 이후 『라틴점묘 · 기타』(1988) 이전까지의 시들을 이른바 '무의미시' 라고 부른다. 김춘수는 시론에서도 정력적인 활동을 펼쳤다. 『시론(시의 이해)』(1971)에서 시작된 그의 무의미시에 대한 논의는 『시와 무의미』(1976)에 이르러 그 완성된 형태를 갖추었다. 무의미시에 대한 세간의 평가는 시인의 시론과 공명하면서 일종의 피드백(feedback) 효과를 냈다. 지금은 그 영향력이 너무 강해져서 무의미시에 대한 거의 모든 비평이 거기에 휩쓸려든 느낌이다.

무의미시에 대한 문학사의 평가를 한마디로 요약하자면, 무의미시가

---

1) 무의미시에 대한 상세한 해설은 졸저, 『한국 현대시의 시작방법 연구』(깊은샘, 2001)를 참조하라. 이 글은 이 책의 논의에 기대어 수정하고 첨삭한 것이다.

시에서 의미를 소거한 시라는 것이다. 시에서 대상을 제거하고, 대상이 품은 의미를 제거하고, 파편화된 이미지와 소리만 남겨둔 시가 무의미시다. 그래서 심지어 어떤 논자는 무의미시를 뜻 없는 말소리를 나열한 무가(巫歌)의 후렴구나 불교의 진언(眞言)에 빗대기까지 했다. 그러나 과연 그런가? 무의미시에 해당하는 작품들을 분석해보면 어떤 시에서든지 분명한 의미구조를 갖고 있음이 드러난다. 무의미시에 대한 기존의 평가를 존중하면 실제의 무의미시를 전혀 읽을 수 없게 되고 마는 것이다. 무의미시를 대하는 자리에서만큼 시와 비평이 별거하는 자리는 다시 없을 것만 같다. 큰 시인의 중요한 성과물들이 이처럼 왜곡된다는 것은 한국시의 큰 손실이기도 하다.

시인의 시론은, 비록 해당 시에 대한 유용한 참고자료가 될 수는 있을지라도, 시를 해명하는 직접적인 준거가 될 수는 없다. 시론은 회고적인 성격을 띠므로 작품이 산출된 토대를 왜곡하고, 시인의 희망을 반영하므로 실질적인 작품 생산의 결과를 왜곡하는 경향이 있다. 더욱이 김춘수가 처음에 제기했던 문제는 시에 의미가 있느냐 없느냐 하는 문제가 아니라 시가 순수한 것이냐 그렇지 못한 것이냐에 있었다.

> 대상이 없을 때 시는 의미를 잃게 된다. 독자가 의미를 따로 구성해볼 수는 있지만, 그것은 시가 가진 의도와는 직접의 관계는 없다. 시의 실체가 언어와 이미지에 있는 이상 언어와 이미지는 더욱 순수한 것이 된다. (중략) 대상을 잃는 언어와 이미지는 대상을 잃음으로써 대상을 무화시키는 결과가되고, 언어와 이미지는 대상으로부터도 자유로운 것이 된다. 이러한 자유를 얻게 된 언어와 이미지는 시인의 실존 그것이라고 할 수 있다. 언어가 시를 쓰고 이미지가 시를 쓴다는 일이 이렇게 하여 가능해진다.
> ─『김춘수 전집 2 시론』, 문장사, 1984, 372쪽

김춘수는 "대상"이란 말에 '관념, 사상, 사회'라는 내포를 담았고, 그

것들이 무엇인가를 '의미'하므로 '불순'하다고 말했다. 시는 대상에서 생겨나는 것이 아니라 시인의 실존에서 비롯되는 것이며, 바로 그것이 순수한 시다. 여기서 60년대 참여/순수문학 논쟁을 떠올리기란 어렵지 않다. 그가 내세운 '무의미'는 시에서 직접적인 대사회적 전언을 추출하려는 독법을 반대하기 위해 설명한 개념이었던 셈이다. 그러나 이후 논의가 이상하게 변질되어 갔다. 후대의 논자들이 김춘수의 주장을 '사회적' 문맥에서 떼어내어 '순수하게'(?) 읽기 시작하면서, 무의미시가 시적 의미를 제거하고 기호의 조합이나 음운의 놀이를 위주로 한 시라고 '주장'하기 시작한 것이다. 김춘수는 이 견해가 무의미시의 시사적 의미로 자리잡아가자 이에 굴복한 것으로 보인다. 김춘수가 후대에 쓴 회상은 이러한 오해를 두텁게, 돌이킬 수 없게, 확정적으로 만들어 버렸다. 하지만 무의미시를 정립하던 시기의 김춘수는 무의미시가 의미 배제의 시라고 말하지 않았다. 다음은 무의미시를 다루는 평자들의 시선이 통일되지 않았을 때 제출된 김춘수의 항변이다.

> 무의미란 말이 의미론적 차원에서 얘기되고 있는 듯도 하지만, 나의 입장에서는 그런 것이 아니고, 존재론적 차원이나 시학적 차원을 항상 나는 염두에 두고 있다.
>
> — 시집 『처용 이후』, 민음사, 1982, 108쪽

의미론적 차원이란 시에 의미가 있다, 없다를 논의의 대상으로 삼는 것을 말한다. 김춘수가 시론에서 주장한 '무의미'는 존재론적("시인의 실존"이란 말을 상기하라), 시학적("순수"란 말을 상기하라) 차원에서 이야기되어야 할 성질의 것이었다. 그는 처음부터 참여와 대척의 자리에 있었지, 의미와 대척의 자리에 있지 않았다. '무의미'는 '의미'의 반의어가 아니라 '참여, 사회, 역사'의 반의어였던 것이다.

2

무의미시들을 살펴보자. 무의미시는 크게 둘로 나뉜다. 첫째는 일련의 연작시들로, 장편 연작시 「처용단장」 2부의 시편들(이 시들은 1976년에 간행된 『김춘수시선』에 실렸다)과 「이중섭」 연작(1977년에 간행된 『남천』에 9편이 실렸다), 예수를 주제로 한 연작(『남천』과 1980년에 나온 『비에 젖은 달』에 12편이 실렸다)이며, 둘째는 『타령조 · 기타』에서 그 단초를 보이기 시작해서, 시집 『남천』과 『비에 젖은 달』에 주로 수록된 시편들이다. 전자는 시인이 특정한 화자의 역할을 맡았다는 점에서 배역시이며, 후자는 풍경을 사생한 짧은 서경시다.

「이중섭」 연작과 예수를 주제로 한 연작들은 '처용연작'의 연장선상에 있다. 김춘수는 처용, 이중섭, 예수 연작에서 각각의 화자를 내세운 것이 아니라 (그 시편들을 관통하는) 하나의 화자를 내세웠다. 그리고 그 화자는 모두 시인 자신과 긴밀히 관련되어 있다. 처용은 역신이 아내를 범하는 현장을 보고 춤추며 물러나왔다. 처용은 인고와 체념의 표상이거나 주술적인 힘의 표상이지만 김춘수의 처용은 그런 표상을 갖고 있지 않다. 김춘수에게서 처용은, 사랑하는 이를 외부의 강압적인 힘에 의해 빼앗긴 인물이며, 그럼에도 불구하고 순결한 영혼으로 이 아픔을 극복하는 인물이다. 『타령조 · 기타』에는 두 편의 선행시가 있다.

> 인간들 속에서
> 인간들에 밟히며
> 잠을 깬다.
> 숲 속에서 바다가 잠을 깨듯이
> 젊고 튼튼한 상수리나무가
> 서 있는 것을 본다.
> 남의 속도 모르는 새들이

금빛 깃을 치고 있다.

──「처용(處容)」 전문

사람들 사이에서 처용은 방외인(方外人)일 수밖에 없었다. 그는 다른
이들의 비웃음을 샀으나 숲에서 상수리나무가 다른 잡목들과 구별되듯,
다른 이들과 구별되는 정신의 크기를 가졌다. "남의 속도 모르는 새들"
은 나뭇잎을 은유한 것이지만 처용에게 손가락질을 해대는 타인의 모습
을 은유한 것이기도 하다.

> 그대는 발을 좀 삐었지만
> 하이힐의 뒷굽이 비칠하는 순간
> 그대 순결(純潔)은
> 형(型)이 좀 틀어지긴 하였지만
> 그러나 그래도
> 그대는 나의 노래 나의 춤이다.

──「처용삼장(處容三章)」 부분

처용은 아내의 부정을 대수롭지 않은 듯이 다룬다. 아내가 몸을 망친
것은 발을 삔 정도의 일이다. 물론 아프기야 하겠으나 그럼에도 불구하
고 그대는 여전히 "나의 노래 나의 춤"이다. 하지만 처용의 노래와 춤은
간통의 현장에서 불렀다. 아내의 소중함을 불륜의 자리에 와서야 확인
한다는 것, 여기에 처용의 비극이 있다. 하이힐 뒷굽이 비칠하면서, "그
대 순결은/ 형이 좀 틀어"졌다. 이 환유(순결→하이힐)는 아내의 부정을
사소한 것으로 간주하고 싶어 하는 욕망의 결과지만, 한편으로는 이 욕
망의 움직임 때문에 고통은 더욱 생생한 것이 되고 만다.

그리고 나서 「처용단장」 연작이 지어졌다. 1부는 1974년에 나온 『처
용』에 실려 있는데, 시인의 어린 시절 체험이 주를 이룬다. 시인은 특별
히 1부 전편을 과거 진행형("~하고 있었다")으로 적었다. 유년이 돌이킬

수 없는 시절이면서도 여전히 제 안에 자리 잡은 생생한 현실이라는 뜻
이겠다. 김춘수는 2년 후에 2부를 내놓는다. 2부에는 '들리는 소리'란
제목이 붙어 있는데, 처용과 관련짓는다면, 이 소리는 물론 처용가 노랫
소리다. 2부의 연작들이 "−다오"라는 '해라' 체 청유형으로 구성된 것
도 그 증거다. 시인은 이 청유에, 처용의 내적 발언(결코 발설될 수는 없
었던)을 담았으며, 그로써 삶과 사랑이 가진 모순에 관해 탐구했다. 2부
에 나오는 대상들은 모두 그런 모순을 끌어안은 대상들이다. 그런데 이
시들의 난해성이 무의미시가 의미 소거의 시라는 주장을 뒷받침하는 증
거가 되고 말았다.

>   돌려다오.
>   불이 앗아간 것, 하늘이 앗아간 것, 개미와 말똥이 앗아간 것,
>   여자가 앗아가고 남자가 앗아간 것,
>   앗아간 것을 돌려다오.
>   불을 돌려다오. 하늘을 돌려다오. 개미와 말똥을 돌려다오.
>   여자를 돌려주고 남자를 돌려다오.
>   쟁반 위에 별을 돌려다오.
>   돌려다오.
>
>   ―「처용단장」 2부−1 전문

　"앗아간 것을 돌려다오"라는 말에서 처용의 탄식이 그대로 묻어난다.
2, 3행과 5, 6행을 비교해보면 "불, 하늘, 개미, 말똥, 여자, 남자"가 앗
아간 것은 바로 제 자신이다. "불"과 "하늘"은 7행 "쟁반 위에 별"과 관
련된다. 둘을 다시 간추리면 "불"과 "별"이, "하늘"과 "쟁반"이 은유적
관련을 맺고 있다는 게 드러난다. 앞은 타오르는 것이고, 뒤는 둥근 형
상을 가진 것이기 때문이다. "불"과 "별"이 열정이나 희망을, "남자"와
"여자"가 상사(相思)의 이치를, "하늘"(혹은 "쟁반")이 속세의 이치를,
"개미"와 "말똥"이 뭇사람들의 입질을 뜻한다고 보면, 여기에 등장하는

대상들은 무작위로 선택된 것이 아니다.

> 살려다오.
> 북치는 어린 곰을 살려다오.
> 북을 살려다오.
> 오늘 하루만이라도 살려다오.
> 눈이 멎을 때까지라도 살려다오.
> 눈이 멎은 뒤에 죽여다오.
> 북 치는 어린 곰을 살려다오.
> 북을 살려다오.
>
> ─「처용단장」 2부─3 전문

　북치는 곰은 북을 '쳐야만 하는' 곰이다. 시인은 고된 곰의 노역을 멈추게 해달라고 말하지만, 그렇게 되면 "북치는 곰"은 죽어버린다. 그래서 "살려다오"라는 간청은 실은 "죽여다오"라는 간청의 다른 표현이었다. 삶과 죽음이 "북치는 곰" 속에 모순된 형식으로 내재해 있었던 것이다. 처용은 작은 완구에서 고통의 현장을 춤으로 극복해야 하는 자기 존재의 운명을 보았다.

> 애꾸눈이는 울어다오.
> 성한 한 눈으로 울어다오.
> 달나라에 달이 없고
> 인형(人形)이 자라서 탈장(脫腸)하고
> 말이 자라서 사전(辭典)이 되고
> 기중기(起重機)가 올라갔다 내려오고 올라갔다 내려오고
> 올라갔다 내려온다고
> 애꾸눈이가 애꾸눈이라고
> 울어다오. 성한 한눈으로 울어다오.
>
> ─「처용단장」 2부─4 전문

"애꾸눈이"도 모순을 품은 존재다. "성한 한 눈"은 온전한 눈이므로 애꾸가 아니며, 실명한 한 눈은 장님이므로 애꾸가 아니다. 3행에서 6행에 나오는 대상도 그렇다. 지구에서 달만 볼 수 있듯이, "달나라"에서는 지구만 볼 수 있다. 거기엔 "달이 없"다. "인형"이 자란다는 말은 낡아간다는 말이다. 인간이 늙어가듯이 인형은 낡아가며, 인간이 "탈장"하고 죽듯이 인형은 뱃속의 솜뭉치나 헝겊 조각을 쏟아 놓고 죽는다. "말"이 언중의 사랑을 받으면 "사전"에 오른다. 그러나 "사전"은 말의 창고인 한편으로 말의 무덤이다. 사전에 인쇄된 말은 쓰이지 않는 말이어서 죽은 말인 까닭이다. "기중기"는 "무거운 물건을 들어올리는 기계"인데, 실제로 한 번 들어올리기 위해서는 한 번 내려가야 한다. 따라서 기중기 역시 "내리다"라는 말을 제 안에 포함한 단어다. 처용은 "애꾸눈이"처럼 특별한 모순을 겪었으며, 그것을 "성한 한 눈"으로 보고 울고 기록해야 했다.

> 불러다오.
> 멕시코는 어디에 있는가,
> 사바다는 사바다, 멕시코는 어디에 있는가,
> 사바다의 누이는 어디 있는가,
> 말더듬이 일자무식(一字無識) 사바다는 사바다,
> 멕시코는 어디 있는가,
> 사바다의 누이는 어디 있는가,
> 불러다오.
> 멕시코 옥수수는 어디 있는가,
>
> ―「처용단장」2부―5 전문

에밀리아노 사파타(Emiliano Zapata: 1879~1919)는 멕시코의 농민운동 지도자이다. 그는 농민군을 이끌어 멕시코 혁명에 공헌하였으며, 철저한 토지개혁을 요구하여 혁명 주류파와 대립하다가 결국 암살당했다. 역사의 정의를 부르짖었던 사바다는 역사의 주류에 함몰되어, 희생되고

말았다. 그는 함정에 빠져 죽었다. 역사는 사바다나 멕시코의 편을 들지 않았다. "어디(에) 있는가"라는 안타까운 부르짖음이 계속되는 것은 이 때문이다. "멕시코 옥수수는 어디 있는가"라는 시행은 서민의 경제적 터전이 착취와 수탈 아래 노출되어 있음을 보여준다.

> 잊어다오.
> 어제는 노을이 죽고
> 오늘은 애기메꽃이 핀다.
> 잊어다오. 늪에 빠진
> 그대의 蛾眉,
> 휘파람새의 짧은 휘파람,
>   *
> 물 아래 물 아래 가던 새,
> 본다.
> 호밀밭에 떨군
> 나귀의 눈물,
> 딱나무가 젖고
> 뭇 별들이 젖는다.
>
> 지렁이가 울고
> 네가래풀이 운다.
> 개밥 순채,
> 물달개비가 운다.
> 하늘가재가 하늘에서 운다.
> 개인 날에도 울고 흐린 날에
> 도 운다.
>
>   ─「처용단장」 2부-8 전문

"잊어다오"라는 말에서 아내의 부정한 과거를 기억하지 않으려는 처용의 심정이 어렵지 않게 읽힌다. "어제의 노을이 죽고/ 오늘은 애기메

꽃이 핀다." 한 시절이 지나가고 새로운 시절이 시작되었다. "애기메꽃"을 선택한 이유는 "애기"에 신생(新生)의 의미가 부가되었기 때문이다. "늪"은 처용이 맞닥뜨린 참담하고 고통스러운 상황과, "아미"는 아름다운 아내와, "휘파람새의 짧은 휘파람"은 역신의 유혹과 연관된다. "물 아래 가던 새 본다"는 〈청산별곡〉의 구절은, 세상의 모든 것이 슬픔에 물들어 있다는 것을 나타내는 것이다. 새가 물 아래를 날아가므로, 땅 위의 것이건 하늘의 것이건 모두 물에 젖어 있다. 세상의 모든 것들이 처용의 아픔에 동화되어 울고 있는 것이다. 마지막 구절은 물론 김수영의 「풀」을 패러디한 것이다. 「풀」은 풀들의 눕고 일어섬 곧 울음과 웃음의 양극으로 의미화되어 있으나, 김춘수는 이 가운데 울음만을 선택하여 시적 주음(主音)으로 삼았다.

「처용단장」의 3부(1990)와 4부(1991)에서, 시인은 처용의 가면을 벗고 자신의 목소리를 그대로 드러냈다. 이것은 김춘수가 처용에 경도된 것이 일종의 자기 동일시 때문임을 보여준다. 「처용단장」은 무의미시의 방법론을 관철하여 써내려간 시가 아니라, 자전적(自傳的)인 시였던 것이다.

3

무의미시의 예로 흔히 평가되는 단형시들을 살펴보자. 무의미시가 의미를 소거한 시라는 주장을 부정하기 위해서는 두 가지 전제를 부정해야 한다. 하나는 무의미시가 분산된 이미지의 조각들이라는 전제이며, 다른 하나는 무의미시가 뜻 없는 말소리의 나열이라는 전제다. 이렇게 고쳐 말하자. 첫째, 김춘수는 여러 이미지를 중첩하고 배열하여, 하나의 취의 주변에 모여들게 했다. 그래서 각각의 이미지는 취의(取義) 구실을 하는 특별한 전언에 종속된다. 둘째, 김춘수는 말소리를 고려할 때에 정

교한 의미론적 맥락에 포함되게 했다.

> 마당에는 덕석이 깔려 있고
> 감나무가 잎을 드리우고 있더라.
> 공중을
> 풍뎅이가 한 마리 날고 있더라.
> 해가 지고 언덕이 있고
> 구름이 있고,
> 피라미 새끼들이
> 남강상류를 내려오고 있더라.

— 「안과에서」 전문[2]

얼핏 보면 세 개의 문장이 특별한 연관을 갖고 있지 않은 것처럼 보이지만, 사실 이 문장들은 제목과 은유적인 관련을 맺고 있다. 화자가 안과를 찾아갔으므로, 아마도 눈에 관련된 질환이 이 풍경을 낳았을 것이다. 비문증(飛蚊症)은 시야에 점이나 실 모양의 희미하고 불규칙한 형체가 보이는 현상이다. 비문증은 대개 안구 유리체의 혼탁이나 안구 출혈에서 생기는 노안의 전형적인 증상이다. 세 개의 문장은 이 모기날음의 증상을 다른 방식으로 설명하고 있는 문장이다. 1~2행에서 마당에 그늘이 졌다고 했고, 3~4행에서 풍뎅이가 날고 있다고 했으며, 5~8행에서는 피라미 새끼들이 상류에서 내려오고 있다고 했다. 모두가 작고 희미하고 불규칙한 형상들이어서, 눈앞이 어리어리하다는 진술을 표현하기에 알맞다. 그러니까 이 시의 풍경은 안과에서 바라본 풍경이 아니라, 비문증을 앓는 이의 시선을 은유적으로 설명하는 풍경이다.

> 나이지리아 나이지리아,
> 바람이 불면 승냥이가 울고

---

2) 이하 네 편의 시는 졸저, 『시론』에서도 동일하게 다룬 바 있다.

바다가 거뭏게 살아서
어머님 곁으로 가고 있었다.
승냥이가 불면 바람이 불고
바람이 불 때마다 빛나던 이빨,
이빨은 부러지고 승냥이도 죽고
지금 또 듣는 바람 소리
나이지리아 나이지리아,

—「나이지리아」 전문

"나이지리아"를 실제 나라로 간주하고나면 시 전체의 맥락을 잡을 수 없게 된다. 사실 "나이지리아"는 바람소리를 음사(音寫)한 것이다. 종성이 없이, /아/ 모음이 갖는 개방적 속성으로 구성된 나라 이름을 고르고, 그것을 두 번씩이나 늘여 부른 데에는 까닭이 있었던 셈이다. 2행과 5행을 겹쳐 읽으면, 승냥이의 울음과 바람소리가 서로 원인이자 결과이므로, 결국 바람소리가 승냥이의 울음소리임을 알겠다. "바다가 거뭏게 살아서"라는 구절은 어두워가는 저녁 하늘을 은유하기 위해 쓰인 것이다(비슷한 표현이 「바다 사냥」이라는 시에서도 나온다). 캄캄해지면 승냥이의 모습이 보이지 않으니 7행("이빨은 부러지고 승냥이도 죽고")과 같이 단절되고, 그래도 바람소리는 들리니 8행("지금 또 듣는 바람소리")과 같이 연속된다.

계수나무 한 나무
토끼 한 마리
돛단배에 실려 인도양을 가고 있다.
석류꽃이 만발하고, 마주 보면 슬픔도
금은의 소리를 낸다.
멀리 덧없이 멀리
명왕성까지 갔다가 오는

금은의 소리를 낸다.

— 「보름달」 전문

이 시는 윤극영의 동요 「반달」을 시로 번안한 것이다. 시인은 첫 두 행을 「반달」에서 가져왔다. '쪽배'를 '돛단배'로, 은하수 건너에 있는 '서쪽 나라'를 "인도양"(인도는 서쪽에 있다)으로 치환했을 뿐, 세 번째 행의 의미도 동요와 같다. 문제는 그 다음이다. 4행 이하 부분이 전반부와 연계되지 않는다는 것이다. 사실 4행 이하는 마주 서서 노래를 부르며 손뼉을 치는 이 노래의 율동을 은유한 것이다. "석류꽃"을 마주 선 두 사람의 벌어진 입술로, "금은의 소리"를 손뼉 치는 소리로 변환하고 나면 이 점이 분명해진다. 그들의 손뼉소리는 멀리멀리("명왕성"까지) 퍼져갈 것이다.

남천(南天)과 남천 사이 여름이 와서
붕어가 알을 깐다.
남천은 막 지고
내년 봄까지
눈이 아마 두 번은 내릴 거야 내릴 거야.

— 「남천」 전문

이 시가 무의미시의 대표적인 예가 된 것은, 1행과 2행 사이의 상관성이 해명되지 않았기 때문이다. 논자들은 어떤 인과성도 없이 맺어진 두 시행이 의미구조를 파괴하고 있다고 생각했다. 그러나 이것은 은유적인 표현이며, 그래서 일종의 겹이미지다. "남천"은 상록교목이며, 여름에 작고 흰 꽃을 무더기로 피운다. 2행의 "알"은 이 꽃을 형용한 말이다. "여름이 와서/ 붕어가 알을 깐다"라는 말은 여름에 "남천 잎 사이로 흰 꽃이 피었다"라는 서경의 번안이다.

둑이 하나 무너지고 있다.
날마다 무너지고 있다.
무너져도 무너져도 다 무너지지 않는다.
나일 강변이나 한강변(漢江邊)에서
여자들은 따로따로 떨어져서 울고 있다.
어떤 눈물은
화류(樺榴)나무 아랫도리까지 적시고
어딘가 둑의 무너지는 부분으로 스민다.

— 「낙일(落日)」 전문

'둑이 무너지고 있다'는 말은 제목과 관련된다. 김춘수는 '지는 해'라
는 제목을 '해가 진다'라는 산문으로 해체한 후, "둑이 하나 무너지고 있
다."라는 시행으로 바꾸었다. 둑이 무너진다는 말은 해가 져서 하늘이
어두워지는 모습을 비유한 말이다. 해는 날마다 진다. 다음으로 여자들
이 강변에서 운다. 해 지는 것을 둑이 무너지는 것으로 표현한 이상, 해
지는 곳으로 "강변"보다 근사한 장소는 없을 것이다. 여자들의 눈물 역
시 낙일을 은유한 것인데, 여기에는 성적인 내포가 숨었다. 해가 지고 노
을이 붉게 물들 듯, 여자들은 정조를 잃고(둑이 무너지고) 울거나 초야(初
夜)의 피를 흘린다. 세 번째 문장에 등장하는 "樺榴나무"는 '화류남(花柳
男)'의 동음이의적 익살이다. 화류나무는 붉은 빛을 띤 결이 곱고 단단한
나무여서, 남자의 성기를 연상하게 만든다. 그러므로 이 시의 둑에는 신
뢰, 순결, 정조 등의 내포가 숨었다. 이 시는 다음 시와도 관련이 있다.

남자와 여자의 아랫도리가
젖어 있다.
밤에 보는 오갈피나무,
오갈피나무의 아랫도리가 젖어 있다.
맨발로 바다를 밟고 간 사람은

김춘수의 무의미시

새가 되었다고 한다.

발바닥만 젖어 있었다고 한다.

— 「눈물」 전문

"오갈피나무"는 성기와 관련된 질병을 치료하는 약재(藥材)다. 그러므로 앞 두 문장은 분명하게 성교와 관련된다. 마지막 문장에 나오는 사람은 예수다. 그는 세속의 더러움에 빠져들지 않고, "바다를 밟고" 걸었다. 다만 바다를 밟고 왔으므로 "발바닥"만큼은 젖을 수밖에 없었을 것이다. 예수가 처용처럼 시인의 분신 가운데 하나였음을 기억하자. 오욕(汚辱)과 정결(淨潔)이라는 이분화된 세계가 여기서도 드러나고 있는 것이다. 김춘수는 이 시에 대해 다음과 같이 말했다.

> 이 시는 어떤 상태의 묘사일 뿐이다. 관념이 배제되고 있다. 그 점으로는 일단 성공한 시다. 그런데 하나의 통일된 이미지를 찾아내기란 퍽 힘이 들지도 모른다. 즉 이 시의 의도를 찾아내는 데에는 많은 곤란을 겪어야 하리라. 우선 제 2행까지와 제 4행까지로 이미지는 두 갈래로 갈라져 있다는 것을 알아야 되는데 그게 납득이 안 될 것이다. 〈남자와 여자〉와 〈오갈피나무〉가 무슨 상관일까? 이것은 하나의 트릭이다. (중략) 결국 이 짤막한 한 편의 시는 세 개의 다른 이미지에다 두 개의 국면을 보여주고 있다고 할 것이다. 말하자면 이 시는 몇 개의 단편의 편집이다. 나의 작시의도에서 보면 그럴 수밖에는 없다. 뚜렷한 하나의 관념을 말하려는 것이 아니다. 관념은 없다. 내면풍경의 어떤 복합상태─그것은 대상이라고 부르기도 한다─의 이중사(二重寫)에 지나지 않는다. 그저 그런 상태가 있다는 것뿐이다. 관념으로부터 떠나면 떠날수록 내 눈앞에서는 대상이 무너져 버리곤 한다.
>
> — 『전집 2』, 397~398쪽

시인은 관념이 없다고 강변하고 있으나, 이 시에는 대상도 의미도 관념도 다 들었다. 따라서 우리는 시인의 말을 제한적으로 읽어야 한다. 이 시는 일종의 "내면풍경"이다. 다르게 말해서 시인의 실존적인 고독

의 소산이다. 이 시에는 사회, 역사가 강요하는 압력이 없다. 김춘수의 주장은, 결국 자신의 시가 순수시라는 주장 외에 다른 것이 아니었던 셈이다. 시인은 위 글을 다음과 같이 끝맺는다. "모두가 트릭이다. 그러나 좋은 독자는 이런 트릭 저편에 있는 하나의 진실을 볼 수 있어야 하리라."(같은 책, 399쪽) 나는 그가 말한 '진실'이 트릭이 아닌 것을 트릭이라고 말할 수밖에 없었던 속내라고 믿는다.

무의미시는 대개 이와 같은 해석의 가능성을 내부에 품고 있다. 사정이 이와 같다면, 무의미시가 가진 의미적 요소를 추출하는 게 올바른 일일 것이다. 하지만 많은 논자들이 무의미시와 통상적인 해석 활동 사이에 칸막이를 쳤다.

활자 사이를
코끼리가 한 마리 가고 있다.
잠시 길을 잃을 뻔하다가
봄날의 먼 앵두밭을 지나
코끼리는 활자 사이를 여전히
가고 있다.
너무 작아서 잘 보이지도 않는
코끼리,
코끼리는 발바닥도 반짝이는
은회색(銀灰色)이다.

—「은종이」전문

김준오는 이 시에 대해 다음과 같이 말했다. "이 무의미시는 화자나 청자의 존재는 전혀 암시되어 있지 않다. 그렇다고 작품 밖의 어떤 대상도 갖고 있지 않다. 어떤 추상적이고 비현실적인 세계만이 보일 뿐이다. 따라서 지시적 기능이 무화되어 있다."(김준오, 『시론』, 삼지원, 1991, 191쪽) 이 시에는 "책장을 넘기다보니 은종이가 한 장 끼어 있었다"라는

부제가 붙어 있다. 이 시의 화자는 책을 읽던 사람이며, 코끼리는 "은종이"를 지시한다. 여기에 해석의 불투명함이 조금이라도 있는가?

4

김춘수는 자신의 시를 거듭해서 고쳐 썼으며, 자신의 시론을 거듭해서 고쳐 말했다. 후대의 회상이 전대의 진술을 자주 덮어썼다. 많은 논자들이 이렇게 변화한 시인의 말을 김춘수론에 추가했고, 그래서 마침내 무의미시가 지금의 입지를 확보하게 되었다. 물론 모든 논자들이 시인의 언명을 있는 그대로 받아들인 것은 아니다. 무의미시가 제출되던 초기에 김수영, 김종길, 황동규, 최원식, 구모룡 등의 비판적인 언급이 있었다. 다음에는 이은정, 김수이 등이 김수영과 관련 지어 무의미시의 의미론적 맥락을 짚어냈고, 최근에는 오세영과 강헌국, 최라영이 무의미시에 의미와 대상이 있음을 논했다. 하지만 여전히 이런 견해는 전체 김춘수론에 비하면 극히 적은 수에 불과하며, 무의미시에 속하는 개별 시편들이 온전히 해명된 것도 아니다(무의미시에 의미가 있다고 말하는 논자들에게서도 의미론적 분석이 이루어지지 않은 경우가 많다는 뜻이다).

무의미시에 해석이 불가능한 영역이 있다고 치부하고 말 일이 아니다. 그것은 김춘수 자신도 의도하지 않은 일일 것이다. 이제 무의미시 내부의 영역을 본격적으로 탐색할 필요가 있다. 이 일에는 반드시 의미론적 분석이 수행되어야 한다. 대시인이 타계한 지 벌써 반년이 흘렀다. 지금도 늦었지만, 너무 늦은 것은 아닐 것이다. 나는 바로 지금이 새로운 김춘수론이 제출되어야 할 때라고 믿는다.

언롱의 한계와 파탄

— 김춘수 시 다시 읽기

장 석 주

1

김춘수는 큰 시인인가? 먼저 이런 도발적인 물음에서 시작해보자. 김춘수는 1948년 첫 시집 『구름과 장미』를 펴낸 이후로 오늘에 이르기까지 반세기가 넘는 세월 동안 현역 시인으로 활동해오고, 중요한 시인으로 평가를 받았다. "고전적인 시인"(신범순)이라거나 "시선과 응시의 매혹을 깨달은 위대한 니힐리스트"(이승훈)라는 평가는 심미적 모더니즘 계열을 대표하는 시인으로 꼽히는 그에게 보낸 찬사의 지극히 작은 일부이다. 김춘수는 여러 편의 시들이 교과서에 실림으로써 진지한 시인으로서는 드물게 대중성을 얻었을 뿐만 아니라 이미 문학사 안에 중요한 시인으로 자리매김되었다. 특히 그의 「꽃」은 사춘기 시절 누구나 한 번쯤 즐겨 읊조리는 국민적 애송시로 꼽힐 만큼 유명한 시다. 초기 시들인 「가을 저녁의 시」·「늪」·「부재」·「서풍부」와 같은 시들을 보면 그가 섬세한 감성과 기교, 이미지 조형력, 우리말을 유니크하게 다룰 수 있는 매우 뛰어난 언어 감수성을 가진 시인이란 걸 알 수 있다. 또 한편

으로 그의 시들은 한국인의 정서를 잘 아는 평균적 독서인들에게조차 해독이 불가능한 모호성과 난해성이라는 부정적인 측면을 드러낸다. 어쩌면 그것은 김춘수 시의 한 근원적인 요소일 수도 있다. 이 글은 독자와의 소통을 의도적으로 차단하는 이미지의 불연속성, 의미의 맥락의 해체, 탈역사적인 관념과 추상의 이미지들로 구축된 김춘수의 시를 비판적으로 다시 읽어보기 위한 하나의 시도다. 아울러 "순수시", "인식의 시", 혹은 "무의미시"라고 일컬어지는 김춘수의 시를 "제대로" 정확하게 읽어보기 위한 노력의 산물이다.

2

서정시란 무엇일까? 그것은 대개 개인의 마음에서 일어나는 떨림과 동요(動搖)를 담아낸다. 말할 것도 없이 마음의 동요는 외부의 충격에서 생겨나는 것이다. 동요는 파장과 무늬를 남긴다. 그러니까 서정시는 내면에 생겨난 파장과 무늬를 언어로 번역해놓은 것에 지나지 않는다. 서정시란 텅 빈 백지 위에 토해놓은, 막연하고 불분명한 꿈, 순진무구한 백일몽, 타자들의 세계에서 울려오는 메아리, 세계의 그림자들이다. 시는 주체의 호명에 의해 내면 속으로 들어오는 게 아니고, 우리가 시의 호명에 응답한 흔적이다. 파블로 네루다에 의하면 "어렴풋한" 그 무엇, "뭔지 모를, 순전한, 넌센스", 혹은 하늘이며 유성(遊星)이고 "고동치는 논밭, 구멍 뚫린 그림자, 화살과 불과 꽃들로 들쑤셔진 그림자, 구부러진 밤, 우주"다. "내"가 시를 부른 게 아니라 시가 "나"를 부른다. 파블로 네루다는 이렇게 쓴다 : 시는 "밤의 가지에서, 갑자기 다른 것들로부터, 격렬한 불 속에서 '나를' 불렀어." 비천하고 속되다 하더라도 삶의 호명을 받은 서정시, 격렬한 불의 호명을 받은 서정시는 아름답다.

오동의 한계와 파탄 · 장석주

눈 속에서 초겨울의
붉은 열매가 익고 있다.
서울 근교에서는 보지 못한
꽁지가 하얀 작은 새가
그것을 쪼아 먹고 있다.
월동하는
인동잎의 빛깔이
이루지 못한 인간의 꿈보다도
더욱 슬프다.

　　　　　　　　　　　　　　　　　　　— 「인동잎」[1) 전문

　평균적 교양을 가진 한국인에게 김춘수는 "꽃"의 시인이다. 시인에 의하면 "식물학자가 현미경으로 들여다보는 꽃은 우리가 말하는 꽃은 아니다". 시인이 말하고자 하는 "꽃"은 물(物) 자체가 아니라 물리적 지각 체험을 증류하고 난 뒤의 "시니피앙이 만들어내는 환상"이다. "꽃"은 천사가 있는 천상의 세계요, 구름과 장미의 세계이며, 더 나아가 현실 저 너머에나 존재하는(혹은 현실에 없는) 이국(異理·異國)이다. 실재가 아니라 상상적인 것이요, 시인의 관념을 실어나르는 언어체다. 김춘수의 시 세계에서 현실의 구체적인 경험과 사상(事象)들은 지워진다. 비유를 들자면 시인은 실존의 자리인 현실에서 극장의 어둠 속으로 도망간다. 시인은 현실이 아니라 극장의 어둠 속에서 평화를 얻는다. 스크린 위에서 펼쳐지는 비현실, 환상과 관념의 세계(꽃)에 집중하면서 비로소 현실로부터 오는 두려움과 현기증을 잊기 때문이다.

　「인동잎」은 이미 훌륭한 서정시로 평가를 받은 시다. 하지만 나는 아직도 이 시가 왜 훌륭한지를 알지 못한다. 알지 못하기 때문에 나는 이 시가 한국시사에 남을 만한 작품이라는 평가에 유보적일 수밖에 없다.

1) 이 글에서 인용한 시들은 김춘수 시선집 『처용』(민음사, 1974)에 실린 것들이다.

하얀 눈에 덮인 풍경, 철 늦게 익고 있는 붉은 열매, 또 그것을 쪼고 있는 작은 새…… 시인은 세계의 어느 한순간을 묘사한다. 흰 눈과 붉은 열매의 선명한 색채 대비는 물론 아름다울 수 있다. 더구나 겨울철이라 먹을 게 귀해진 세상에서 붉은 열매를 어렵게 찾아낸 작은 새가 그걸 쪼아먹고 있는 풍경을 바라보며 생명을 영위하기 위해 쉬지 않고 먹이를 찾아야 하는 존재의 고달픔을 날카롭게 느낄 수도 있을 것이다. 이 시는 외부의 풍경이 내면으로 밀고 들어오는 느낌과 의미를 지워버린다. 느낌과 의미를 지워버리고, 그 자리를 여백으로 남겨둔다. 그것은 의도적인 행위일까? 그렇다면 왜? 나는 아직도 그 대답을 구하지 못했다. 김춘수는 제 시를 가리켜 "무의미시"라고도 한다. 정말 무의미시라는 게 존재할까? 김춘수 시를 두고 의미를 만들지 않는 "이미지 그 자체"라고 말한다면 나는 납득할 수도 있을 것이다. 무의미시라는 말에서 의미화의 조급함에서 비롯된 말장난 같다는 혐의를 거두지 못한다. 정확하게 말하자면 시인은 시로써 무언어의 상태를 지향하고 있는지도 모른다. 무언어의 상태란 "언어의 불완전한 무한성을 깨뜨리는 2차적 사고의 폐기"다. 그것은 불교에서 말하는 해탈의 경지요, "잉여적인 기의의 무한한 보충"(롤랑 바르트)을 넘어서는 선(禪)의 세계와 통하는 그 어떤 세계일 것이다.

이 시에서 시인의 느낌이 맺혀 담기는 대목은 단 한 군데다. 즉 일체의 의미 연관의 맥락은 지워진 채 불쑥 발설되는 "인동잎의 빛깔이 슬프다"는 것이다. 이게 서정의 극치일까? 알 수 없다. 더구나 인동잎 빛깔이 슬픈 것과 흰 눈 쌓인 스산한 겨울 풍경이 어떤 의미 연관을 갖는지 아무런 단서도 맥락도 없다. 따라서 "안동잎의 빛깔이 슬프다"는 진술은 애매성과 깊이 연루되어 있으며, 그래서 더욱 공허한 메아리로 울린다. 슬픔은 마땅히 그 까닭이 있어야 한다. 이 시에는 세상의 복잡함과 소란도 없고, 우주 한가운데서 저 혼자 미아가 되어버린 절대고독도 없

고, 부조리에 대한 열정도 없다. 오로지 그 연유를 알 수 없는, 맥락이 지워져버린, 고고한 경지에 도달한 슬픔만 존재한다. 이 애매하고 어정쩡한 슬픔에 감응하는 독자가 있을까? 이 시의 심미성의 근거는 스산한 겨울에 보니 "인동잎의 빛깔이 슬프다"는 자폐적 고백밖에 없다. 이걸 능청을 떨고 있다고 말할 수도 있겠다. 정직하게 말하자면, 이 시는 인공적 아름다움, 혹은 의미 없는 언어의 조합에 지나지 않는다.

바다가 왼종일
생쥐 같은 눈을 뜨고 있었다.
이따금
바람은 한려수도(閑麗水道)에서 불어오고
느릅나무 어린 잎들이
가늘게 몸을 흔들곤 하였다.

날이 저물자
내 늑골(肋骨)과 늑골(肋骨) 사이
홈을 파고
거머리가 우는 소리를 나는 들었다.
베꼬니아의
붉고 붉은 꽃잎이 지고 있었다.

그런가 하면 다시 또 아침이 오고
바다가 또 한 번
새앙쥐 같은 눈을 뜨고 있었다.
뚝 뚝 뚝, 천(阡)의 사과알이
하늘로 깊숙이 떨어지고 있었다.

가을이 가고 또 밤이 와서
잠자는 내 어깨 위
그 해의 새눈이 내리고 있었다.

어둠의 한쪽이 조금 열리고
개동백의 붉은 열매가 익고 있었다.
잠을 자면서도 나는
내리는 그
희디흰 눈발을 보고 있었다.

— 「처용단장, I의 1」

이 시도 김춘수의 대표작 중 하나로 잘 알려진 시다. 자, 당신은 이 시를 제대로 이해했는가? 하루종일 생쥐같이 눈을 뜨고 있는 바다, 가늘게 몸을 떠는 느릅나무의 어린 잎들, 늑골과 늑골 사이에서 우는 거머리, 낮과 밤, 혹은 계절의 순환, 내리는 눈발, 지고 있는 베꼬니아의 붉은 꽃잎, 낙과하는 천 개의 사과알들, 눈 속에서 익어가는 개동백의 붉은 열매 등의 이미지들은 다 무엇을 말하는 것인가? 이것은 알 듯 말 듯 한 감각의 착종(錯綜)의 세계라고 할 수 있다. 이것을 "억압된 어린 시절의 욕망"이라거나 "한 내성적인 소년의 빨리 자란 감정의 세계"(김주연)로 말하는 이도 있다. 삶과 세계를 전체로서 아우르고 숙고하는 자세가 아니라 한순간의 감각적 인상을 언어로 포획하는 것이다. 풍경의 물성을 복제하는 것이 아니라 내부로부터 지워버리는 행위다. 어떤 경우에도 풍경은 객관적으로 묘사되지 않는다. 남은 것은 기표라는 상징적 대체행위다. 하지만 그 기표는 어떤 기의도 머금고 있지 않다. 그런 점에서 그 기표들은 속이 텅 빈 기표들이다.

김춘수는 이미지 조형술이 뛰어난 시인이다. 그러나, 삶의 실감과 구체성에 닿지 않는 이미지 조형술이란 공허한 재능일 뿐이다. 롤랑 바르트의 『기호의 제국』(민음사, 1997)을 읽다가 눈이 번쩍 뜨이는 경험을 한 적이 있다. 그 대목은 이렇다 : "포장지나 가리개 또는 가면이기도 한 상자에는 그것이 은폐하고 보호하면서도 지시하는 것만큼의 가치가 있기 때문에, 상자는 하나의 기호로 작용한다. 상자는 또한 일단 모면하

는, 말하자면 눈가리고 아웅하는 역할도 담당하는데, 이에는 금전적이고 심리학적인 이중적인 의미가 담겨 있다. 포장의 기능이 공간적으로 보호하는 데 있지 않고 시간적으로 늦추는 데 있는 것처럼, 그 의미가 훨씬 나중에까지 오랫동안 연기된다. 포장지에 제조의 노동이 투자된 것처럼 보이지만, 실은 이로써 물건은 자신의 존재를 상실하고 하나의 신기루가 된다. 기의는 포장지에서 포장지로 도망 다니고, 마침내 당신이 그것을 붙잡게 되면(포장 속에는 늘 작은 뭔가가 있다), 그것은 하찮고 어처구니없으며 시시한 것으로 전락한다. 기표의 영역인 즐거움은 사라진다. 포장된 꾸러미는 비어 있는 것이 아니라 비워지는 것이다. 그 포장 속에서 들어 있는 물건을 찾는다거나 기호 속에 들어 있는 기표를 발견한다는 것은 그것을 파괴한다는 뜻이다." 롤랑 바르트의 어법을 빌려 말하자면 김춘수의 현실은 없고 이미지만 있는 시를 "포장지에서 포장지로 도망 다니는" 시라고 할 수 있을 것이다. 상자는 텅 비어 있고, 내용물의 가치는 "존재를 상실하고 하나의 신기루"로 변해버린다.

성급하게 결론부터 말하자면, 이 시의 이미지들은 무엇을 말하는 것이 아니라 말하고자 하는 것들을 지우려는 무의식의 욕망을 반영한다. 왜? 말해야 하는 것을 마음에서 받아들이고 싶지 않기 때문이다. 그것은 말하려고 하는 세계로부터 멀리 도망가려는 의식의 자취를 가까스로 보여줄 뿐이다. 말하려는 것, 혹은 말하지 않으면 안 되는 것은 마음속의 가시와 같다. 수시로 마음을 찌르는 그 고통에서 벗어나는 길은 몽환에 기대는 방법밖에 없다. 시의 마지막 부분에 시적 화자는 "잠을 자면서" 희디흰 눈발을 보고 있었다고 말한다.

김춘수의 시 세계는 사르트르의 「구토」에 나오는 로캉탱의 의식과 아주 많이 닮아 있다. 현실에 대한 확신을 잃어버린 로캉탱에게 이 세계는 아무것도 증명된 것이 없는 지독한 회의주의와 악몽으로 얼룩진, 기괴하게 일그러진 세계에 지나지 않는다. 로캉탱이 보는 것은 "무기력한 세

계의 가장자리에서 해파리의 수준으로 (중략) 멋대로 고동치고 성장하는 무미건조한 육체"의 세계다. 지각의 왜곡상태에 빠진 로캉탱은 의자 쿠션이 죽은 동물의 부푼 배의 모습으로 기괴하게 변하는 환각을 본다. 로캉탱은 말한다 : "사물들이 자기의 이름들로부터 이탈한다. 그들은 기괴하고 고집스럽고 거대하게 존재한다. 나는 사물들, 이름 없는 사물들의 한가운데 있다. 무방비상태로……." 그러니까 김춘수의 시들은 구역질나고 부조리한 세계, 사르트르의 표현을 빌리자면 "세계, 벌거벗은 세계가 갑자기 그 자신"을 드러내 적나라하게 노출한 그 실상과 맞닥뜨리고 그것의 압도적인 진실에 놀라 도망가는 자의 의식을 반영한다. 김춘수의 시 세계는 바로 "사물들이 자기의 이름들로부터 이탈"하는 세계, 몽환적 관념들이 춤추는 기표적 기호의 과잉의 세계다. 그것이 허망한 것은 실체가 없는 허무의 유희에 불과하기 때문이다.

3

　사람은 누구나 우주의 무한성과 유한성 사이에 서 있다. 사람은 하나의 개체로 세상에 태어나지만 이 개체는 철저하게 "우리"라고 명명되는 연대(連帶)에 묶인 개체다. "나"는 무수한 개체들의 관계 속에 산포(散布)된 존재다. 그것은 하나의 점과 같이 유일무이한 존재이며, 동시에 지속되는 전체다. 무수한 물방울이 녹아든 채 흘러가는 거대한 강물 속에서 한 점의 물방울은 강물을 벗어나 스스로 존재할 수 없다. 물방울이 강물을 벗어나는 순간 그 존재는 순식간에 사라져버린다. 그러나, 저 도도한 강물도 개개의 물방울이 없다면 존재할 수 없다. 부분과 전체는 서로를 향하여 존재의 메아리를 보내는 관계 속에서 비로소 그 의미를 부여받는다. 만인의 삶과 하나의 삶은 상호 조응하며, 만인의 삶이 뜻을 가지려면 하나의 삶으로 환원되어야만 한다. 만인의 삶이 만인의 삶으로 머

물러 있을 때 그것은 의미화되지 않는다. 의미의 덩어리로, 미분화의 상태에 머물러 있는 것이다. 사람의 삶은 개체로서의 내면을 품고 있으며, 그것은 전체의 품안에 있다. 산다는 것은 이 둘 사이의 긴장 속에서 기꺼이 견디며 메아리를 먹고 다시 메아리를 토해내는 것이다. 하나의 개체는 만인의 삶 속에서 나오는 반향(反響)을 머금을 때 비로소 의미의 존재로 거듭나는 것이다. "담담하고 고달프게 사는 것이 원통하다"(신경림)라고 할 때 이 원통한 심사가 다만 개체의 외침으로만 그칠 때, 즉 만인의 삶에서 울려나오는 메아리를 머금지 못할 때, 한낱 뜻 없는 넋두리에 지나지 않는다. 서정시는 근본적으로 개체의 마음의 동요가 남긴 메아리와 무늬를 담아내지만, 그것은 만인의 삶과 잇대어 있는 맥(脈)과 혼(魂)의 언어로 쓰여야 한다. 서정시가 빛을 발하는 순간은 그것이 "피, 진지함, 불꽃"(에밀 시오랑) 그 자체가 될 때다.

> 구름은 딸기밭에 가서 딸기를 몇 개 따먹고
> 「아직 맛이 덜 들었군!」 하는 얼굴을 한다.
> 구름은 흰 보자기를 펴더니, 양(羊)털 같기도
> 하고 무슨 헝겊쪽 같기도 한 그런 것들을 늘어
> 놓고, 혼자서 히죽이 웃어보기도 하고 혼자서
> 깔깔깔 웃어보기도 하고―
> 어디로 갈까? 냇물로 내려가서 목욕(沐浴)이나
> 하고 화장(化粧)이나 할까 보다. 저 뭐라는 높다란
> 나무 위에 올라가서 휘파람이나 불까 보다. 그러나
> 구름은 딸기를 몇 개 따먹고 이런 청명(淸明)한 날
> 에 미안(未安)하지만 할 수 없다는 듯이, 「아직
> 맛이 덜 들었군!」 하는 얼굴을 한다.
>
> ―「구름」 전문

    다수의 평론가들은 김춘수의 시를 두고 묘사를 통해 순수·객관의 세

계를 드러내 보인다고 말한다. 어느 청명한 날, 하늘에 떠 있는 구름의 풍경을 스케치하고 있는 듯한 이 시는 의미 있는가? 청명한 하늘에 떠 있는 구름이 딸기밭의 딸기를 몇 개 따먹고는 "아직 맛이 덜 들었군!" 하는 얼굴을 하고 있다는 표현은 아이들의 천진한 발상을 연상케 한다. 시인은 구름이 냇물로 내려가 목욕을 하고 화장을 한 뒤 나무에 올라가 휘파람을 불까 말까 망설인다고 쓴다. 이것은 "순수한" 것임에는 분명하지만 이게 읽는 사람에게 무슨 의미를 주는가? 아무 의미도 주지 않기 때문에 김춘수의 시를 "넌센스 포에트리"라고 하는 것인가? 하나의 풍경에 대한 뜻없는 심미적 재구성이 나타나지 않는 이 단순한 발상법이 보여주는 것은 순진성이지만 그 순진성은 그것을 뒤집으면 사회적 인격이 미성숙하다는 표지에 지나지 않는다. 냉혹하게 말하자면 이 시는 시대와의 소통이 완벽하게 끊긴 공상이 지어낸 공허한 아름다움의 세계에 지나지 않는다. 이것은 평균적 독자들에게 정서적 위로도 주지 못하고, 사물에 대한 아무런 깨달음의 순간도 선사하지 못하는 넌센스 포에트리가 갖는 궁극의 한계와 문제성을 있는 그대로 드러내 보인다.

내가 그의 이름을 불러주기 전에는
그는 다만
하나의 몸짓에 지나지 않았다.

내가 그의 이름을 불러주었을 때
그는 나에게로 와서
꽃이 되었다.

내가 그의 이름을 불러준 것처럼
나의 이 빛깔과 향기(香氣)에 알맞는
누가 나의 이름을 불러다오.
그에게로 가서 나도

그의 꽃이 되고 싶다.

우리들은 모두
무엇이 되고 싶다.
너는 나에게 나는 너에게
잊혀지지 않는 하나의 눈짓이 되고 싶다.

—「꽃」 전문

무엇보다도 김춘수는 "꽃"의 시인으로 대중적 명성을 얻었다. 장미로부터 시작해서 수선화, 맨드라미, 나팔꽃, 봉숭아, 작약, 사계화, 금잔화, 무화과 등등 다양한 꽃들이 시인의 상상세계를 장식하고 있다. 김춘수의 꽃은 개별성의 이름을 지우고 다만 "꽃"이라고 일반화된 이름으로 호명되는 순간 홀연 타자와의 소통을 열망하는 존재의 한 기표로 살아난다.

"꽃"은 "나는 존재한다"라고 할 때의 존재의 기표다. 그러나 "그냥 존재함"은 아무 뜻도 없는 "하나의 몸짓에 지나지 않는다". 그냥 존재함은 소외의 겹 속에 머무는 것이고 대타자와의 교섭이나 대타자의 욕망에 호응하지 않는 이 소외의 지속은 끝없이 뜻 없는 몸짓만으로 미끄러질 뿐이다. 의미의 주체로 나아가지 못한 채 무의미 속으로 미끄러져 들어가는 것은 "꽃"이 아니라 공허한 "몸짓"이다. "꽃", 즉 의미의 주체로 나아가기 위해서는 타자의 욕망과 요구에 적극적인 의지로 반응해야만 한다. 그때 비로소 공허한 몸짓은 의미를 머금는 하나의 지향이 된다. 대타자의 욕망과 요구에 조응하여 방향성을 갖는 주체의 선택과 행동의 결과로 의미가 발생하는 것이다. "나"는 "너"를 호명하고, "너"는 "나"를 호명함으로써 그냥 존재함의 상태에서 벗어날 수 있다. 다시 말해 소외의 겹을 벗어난다.

이를테면 "내가 그의 이름을 불러주었을 때/ 그는 나에게로 와서/ 꽃

이 되었다"라는 시구를 보라. "빛깔과 향기에 알맞은" 이름으로 존재를 호명하는 행위는 그 밑에 타자와의 소통이라는 존재론적인 당위의 명제를 깔고 있다. 서로가 서로를 호명하지 않을 때, 그리하여 고립과 유폐의 불모성 속에 갇혀 있을 때 사람은 의미의 존재로 태어나지 못한다. 다만 거기 있는 "하나의 몸짓"에 불과한 수동적인 존재가 "꽃"이라는 의미와 당위의 존재로 피어나는 것은 타자의 적극적인 의지와 호명이 있을 때만 가능하다. 우리는 누군가 "나"를 불러줄 때 그에게로 가서 "꽃"이 되는 것이다. 세계의 불모성 때문에 외롭고 슬픈 존재인 "나"를("사랑의 불 속에서도/ 나는 외롭고 쓸쓸했다." -「꽃의 소묘」) 의미로 충만한 금빛 존재("환한 금빛으로 열리는 가장자리" -「꽃의 소묘」)로 거듭나게 하는 것은 그 누군가의 간절한 부름이다. 이 시는 시인의 감각적 · 구체적 경험보다는 존재에 대한 철학적 사유를 바탕으로 하고 있다. 시인은 철학적 인식이라는 관념을 바탕으로 시를 빚는다. 따라서 이 시를 읽으며 느낌의 공명과 시적 감흥을 얻으려는 독자의 기도는 실패로 끝날 수밖에 없다. 처음부터 독자는 소외되어 있기 때문에 그것은 불가피한 일이다. "꽃밭에 든 거북"은 "조심성 있게 모가지를 뻗"어 사방을 두리번거리다가 "모가지를 소로시 움츠리고 땅바닥에 다시 죽은 듯이 엎드"리는 것이다.(「꽃밭에 든 거북」) 시인은 개별적 체험에 바탕을 둔 실재와 세계의 전체성에 대한 통찰로 나아가려는 의지가 없었다. 대타자의 세계로부터 소외되어 자폐적 관념의 놀이에 빠져 있는 시인은 같은 이유 때문에 독자를 소외 속으로 밀어 넣는다. 그럼에도 불구하고 이 시가 대중적인 명성을 얻은 것도 이 시의 언술이 그 본질에서 타자를 통해 자신의 운명을 추구하는 의존적인 행위인 연애의 메커니즘과 겹쳐져서 애틋한 연애시로 읽혀졌기 때문이다. 아마도 김춘수는 독자가 오독한 대가로 '대가' 라는 명성을 거머쥔 처음의 시인일 것이다.

언롱의 한계와 파탄 · 장석주

구름은 바보,
내 발바닥의 티눈을 핥아주지 않는다.
땀방울은 오갈피나무의 암갈색(暗褐色),
솟았다간 쓰러지는
분수(噴水)의 물보래야, 너는
그의 살을 탐내지 마라.
대학본관(大學本館) 드높은 지붕 위의
구름은 바보.

— 「시(詩) Ⅱ」 전문

　이 시가 말하는 것은 무엇인가? 구름, 발바닥의 티눈, 땀방울, 오갈피
나무, 분수 등의 이미지들이 맥락 없이 불연속적으로 나타난다. 자명한
것은 대학 본관 지붕 위에 구름이 떠 있다는 것, 분수가 물을 뿜어내고
있다는 것이다. 이 한순간의 시각 체험에서 시인은 무엇을 느꼈고, 어떤
지각에 도달했을까? 그 지각 내용의 일체는 지워져 있다. 이 시에서 두
드러지는 것은 의미의 단절이다. 시적 화자는 "구름은 바보"라고 하는
데, 그것은 구름이 "내 발바닥의 티눈을 핥아주지 않"기 때문이다. 그렇
다면 구름은 어떻게 "발바닥의 티눈"을 핥아줄 수 있는가? 시인은 분수
의 물보라에게 "너는 그의 살을 탐내지 말라"고 하는데, "그의 살"이란
누구의 살을 말하는 것이며, 물보라는 어떻게 "그의 살을 탐"낼 수 있는
가? 시를 읽는 동안 독자의 내면에 일어나는 이런 의문의 연쇄에 대해
시인은 아무런 해독의 단서를 제공하지 않는다. 이 시를 굳이 해석해보
자면 이렇다. 우뚝 솟아 있는 대학 본관 건물과 그 위에 펼쳐진 하늘에
떠 있는 구름은 세계의 가시적 표면이다. 그 풍경 속에서 시인은 "솟았
다간 쓰러지는" 분수의 물보라를 보고 서 있다. 풍경과 시선의 주체 사
이에 이루어지는 신비한 관조의 순간이라고 할 수 있다. 구름도 덧없고,
분수의 물보라도 덧없고, 그것을 바라보는 시인의 주체인 화자 자신도
덧없다. 왜냐하면 그것은 영원한 것이 아니며 "솟았다간 쓰러지는 것"

에 지나지 않기 때문이다. 이 풍경에 대한 시각 체험이 생생하면 생생할 수록 그 덧없음도 따라서 깊어진다.

김춘수 시의 한계와 비극은 인간 조건의 정직한 인식을 향해 있지 않고, 그것으로부터 끊임없이 도망가려 한다는 점에서 드러난다. 일찍이 실존주의 철학자들이 인간의 한 본질로 파악한 불안과 무의미, 혹은 부조리는 연약한 의식으로 감당하기에는 너무나 큰 본래적 비극일지도 모른다. 하지만 그것들은 너무나 자명한 우리 존재의 한 부분이다. 존재론적 불안과 불안정성을 직시하고 그것과의 팽팽한 긴장에 맞서기 위해서는 끝없이 비본래적인 것으로 도망하려는 우리 자신을 본래적인 것으로 돌려놓아야 한다. 도망하려는 속성은 비본래적인 영역에 속한다. 왜냐하면 그것만으로 우리 존재에 내장된 실존의 불안과 공포, 현기증이 끝끝내 사라지지 않기 때문이다. 본래성에서 도망가기는 개인의 실존과 이 세계가 맺고 있는 관계의 양상이나 실체를 보지 못하게 만들며, 그런 상태에서 용기 있고 위엄 있는 삶의 양식은 창조되지 못한다. 김춘수의 시들이 체험적 진실을 머금지 못하고 헛된 관념 속으로 미끄러져 들어가는 것은 그 때문이다. 궁극적으로 관념이란 허상이다. 그것은 현실과 무관한 위조된 현실, 가공의 낙원에 지나지 않는다.

> 남자와 여자의
> 아랫도리가 젖어 있다.
> 밤에 보는 오갈피나무,
> 오갈피나무의 아랫도리가 젖어 있다.
> 맨발로 바다를 밟고 간 사람은
> 새가 되었다고 한다.
> 발바닥만 젖어 있었다고 한다.
>
> ─「눈물」전문

"남자와 여자의 아랫도리가 젖어있다"는 시구는 성적인 암시를 담고 있는 은유인가? 그것과 대구(對句)를 이루는 "밤에 보는 오갈피나무, 오갈피나무의 아랫도리가 젖어 있다"는 무슨 의미를 담고 있는가? "맨발로 바다를 밟고 간 사람"은 누구이며, 그 사람과 아랫도리가 젖어 있는 남녀, 혹은 오갈피나무는 어떤 관계가 있는가? 그리고 그는 왜 "새"가 되었는가? "발바닥만 젖어 있었다"는 것은 무슨 뜻인가? 특히 「눈물」에서 김춘수는 알아들을 수 없는 환상 놀음에 열중한다. 시인은 삶과 그것의 자리인 현실에 대해 어떤 진지한 모색이나 탐구의 열정도 없이 몽환적인 이미지를 빚는 데 몰두한다. 이 압도적인 탈현실의 이미지들은 독자와의 소통을 차단하고 있다는 점에서 일종의 방언이다. 그것도 '나쁜 방언'이다. 이것은 탈현실의 결과로 불가피하게 내면화한 시인의 소외를 독자의 소외로 탈바꿈시킨다. 결국은 독자를 무기력과 냉소주의로 이끌 수밖에 없다는 점에서 나쁜 방언이다.

시인은 실재의 세계를 가로질러 저 너머의 세계로 나아가는데, 그것은 누가 시킨 것이 아니라 저 스스로 선택한 길이다. 현실의 문제들과 맞서기보다는 유년기의 무의식의 환상으로 도피하는 것은 일종의 심리적 퇴행 현상이다. 김춘수의 시 세계가 타자의 지평 속으로 나아가는 움직임보다는 거꾸로 자아의 세계 속으로 기어들어가는 것은 바로 그 때문이다. 김춘수의 세계는 자폐적 상상의 세계, 언어유희의 세계를 벗어날 수가 없다. "광대무변한 이 천지간에 숨쉬는 것은/ 나 혼자뿐"인 현실, "목이 메인 듯/ 뉘를 불러볼 수도 없"(「밤의 시」)는 현실 속에 고립된 자아가 할 수 있는 유일한 놀이다. 주술사의 알아들을 수 없는 방백과 같은 자의적 언술이 부풀어오르는 이 세계는 현실을 현실 자체로 받아들이지 못하는 자의 왜곡된 의식이 지어낸 위조된 현실이다.

물론 김춘수를 현실, 혹은 역사 바깥으로 내몬 것은 현실에 대한 환멸과 허무주의 때문이다. 그가 현실, 혹은 역사에 대해 환멸을 느낀 계기

는 개체의 힘으로는 어찌해볼 수 없는 거악(巨惡)으로부터 오는 폭력의
경험에서 비롯된 것으로 유추할 수 있다. 시인은 끝없이 현실로부터 저
환상 속으로 도망간다.

> 계수(桂樹)나무 한나무
> 토끼 한 마리
> 돛단배에 실려 인도양(印度洋)을 가고 있다.
> 석류(石榴)꽃이 만발(滿發)하고, 마주 보면 슬픔도
> 금은(金銀)의 소리를 낸다.
> 멀리 덧없이 멀리
> 명왕성(冥王星)까지 갔다가 오는
> 금은(金銀)의 소리를 낸다.
>
> ― 「보름달」 전문

「보름달」이라는 시가 무슨 얘기를 하는 건지 정확하게 의미를 해독할
수 있는 독자는 많지 않을 것이다. "계수나무", "토끼", "돛단배"라는 어
사들은 널리 알려진 동요에서 빌려온 이미지인 것은 알겠다. 하지만 토
끼는 왜 인도양을 가고 있으며, 그것은 마주 보는 "슬픔"과 어떤 의미
관련을 맺고 있는지, 그리고 느닷없이 튀어나오는 "명왕성"은 무엇을
말하는지 알 수가 없다. 의미는 말과 말의 상호 관련성 속에서 생성되는
것이다. 김춘수의 시에서는 이 말과 말 사이, 이미지와 이미지 사이의
상호 관련성이 지워진다. 시인이 의도적으로 의미의 생성을 부정하고
나서기 때문이다. 의미가 있어야 할 곳에 의미는 없고, 그 지워진 시의
영역에 깃드는 것은 모호함과 백일몽의 추상이다.

4

소크라테스는 『국가』에서 철학자의 운명을 "야수 무리 속에 갇혀 비

정의를 행하는 야수들에게 합류하기도 싫고 그렇다고 야만스런 동물들에 저항할 수도 없는" 난감한 처지에 비유한다. 철학자가 할 수 있는 선택은 마땅치가 않다. "풍풍 속에 있는 사람처럼 바람이 불어 비가 흩뿌릴 때는 조그만 담벼락 아래에 비켜" 서 있을 뿐이다. 김춘수 자신이 여러 번에 걸쳐 스스로를 가리켜 역사 허무주의자라고 밝혔으니, 그가 역사와 현실에 대해 냉담과 무관심으로 일관한 것을 탓할 생각은 없다. 유약한 어린애가 밖에 나가면 저보다 힘센 아이들이 때릴 거라는 두려움 때문에 집 밖으로 나가지 못하고 매일 저 혼자 놀고 있다면 어떻겠는가. 사회적 삶은 불가피하게 타자와 적극적으로 교섭하고 소통하는 실천적인 행동이다. 실천적 행동이 없는 저 비유 속의 유약한 어린애는 살아 있다고 할 수 없다. 현실은 그를 가두고 있는 감옥이거나 정신병동에 지나지 않는다. 타자에 대한 두려움을 키우며 끝내 사회화되지 못한 자의식은 삶의 구체적 지평과 차단된 채 심리적 퇴행에 빠질 수밖에 없다. 현실에서 도망가는 시인의 태도는 그 유약한 어린애와 흡사하다. 현실에서 도망가는 것은 고통을 물신화하는 피동성에서 비롯된다. 그런 바탕 위에서 쓰여진 시는 현실과의 싸움은 어차피 질 수밖에 없는데 애써 맞서 싸울 필요가 있겠는가, 하는 선취된 패배주의의 산물이다. 김춘수는 식민지 지배, 사악한 권력, 전제적 정치, 군부 독재의 시대를 거쳐 오며 비바람 치는 날씨와 같이 현실정치의 더러움이 흩뿌릴 때 "담벼락 아래" 비켜 서 있는 시늉만 해온 것은 아닐까. 그는 정말 현실정치에 대해 "초연하고" "순수" 했을까. 그는 부르주아 순응주의에 충실한 몽상가, 그저 잔뜩 겁에 질린 노예였을 뿐이다.

　김춘수가 대학교수를 그만두고 1980년대에 신군부를 핵심 세력으로 창당된 민정당 국회의원으로 변신해서 사람들을 어리둥절하게 만든 황당한 사건은 상징하는 바가 크다. 김춘수는 광주 학살의 원죄를 고스란히 안고 있고 군사 파시즘을 그 정체성의 기반으로 삼은 민정당의 국회

의원 자리를 선뜻 받아들임으로써 그 학살의 원죄와 군사 파시즘의 추악한 이미지를 희석시키는 데 제 문학적 순결성을 값없이 헌납한 정치적 과오를 저질렀다. 순수한 시인의 길을 걸어왔다는 그 오연한 자긍심을 바탕으로 정치적 도그마에 감염된 시와 시인들을 정치로 순결한 문학을 더럽히고 있다고 비난해온 김춘수로서는 그 과오에 대해 비난을 모면할 길이 없어 보인다. 그것이 투항이든 야합이든 부도덕한 짓임에는 변함이 없다. 정치적 희극에 가까웠던 이 사건을 통해 김춘수는 야만적인 정치 현실에 저항하기는커녕 야수들의 대열에 합류하며 자신의 정치의식이 문맹 수준에 가깝다는 것을 스스로 폭로했다.

시와 삶은 따로 가지 않는다. 그것은 한 뿌리에서 갈라져 나온 두 가지이다. 김춘수의 백일몽에서 나온 이미지들이 머금고 있는 의미들은 심약함, 패배주의, 소외, 존재의 고독, 불안, 자기분열이다. 김춘수는 자신의 뜻없는 말놀이의 시들을 두고 무의미시라고 명명하지만, 그것은 타자와의 소통이 차단된 자의식에 갇혀버린 자의 자기분열과 심약함을 드러내는 기표에 지나지 않는다. 김춘수의 언어들은 실재의 세계로부터 끝없이 도피하는 언어, 그 내부로부터 의미를 지워감으로써 현실에 대해 아무런 책임도 지지 않는 상상적 유희로 환원해버리는 언롱(言弄)의 세계다. 그런 까닭에 나는 김춘수의 시에서 아무런 감동도 받지 못하며, 그를 이미지 조형술의 천재, 혹은 수사의 달인이라고 부를 수는 있을지언정 감히 큰 시인이라고 말할 수는 없다.

무의미시의 두 차원

— 역사에 반대하는 두 가지 방법

이 창 민

　나는 김춘수 시인을 생전에 딱 한 번 뵀다. 2000년 11월 현대문학사에서 주최한 심포지엄에서였다. '대중문화시대의 예술가'가 주제였는데, 김춘수 시인이 축사 겸 강연을 했다. 나는 다른 평론가 한 명과 공동으로「'대중문화 속에서의 글쓰기'를 위한 실태조사 보고서」를 발표했다. 강연의 요지는 간단했다. 대중문화란 존재할 수 없다는 것이다. 개념의 합당한 내포로 볼 때, '대중'과 '문화'는 결코 결합할 수 없다고 했다. 그렇다면 '대중예술'도 마찬가지일 것이다.

　『시의 위상』(1991)에서 밝힌 대로 "원래 문화의 전형은 예술"이기 때문이다. 그가 '문화'의 관점에서 '대중'을 무시하는 견해를 제기한 것은 오래된 일이다. 「예술은 질식할까」(1963)라는 수필에서 그는 문화의 전형으로서 예술의 질은 언제나 귀족적이어야 하고, 수용에서나 생산에서나 반드시 특수층이 담당해야만 한다고 주장했다. 대중예술은 예술의 타락이라고 할 수조차 없는데, 예술이 아닌 까닭이다. 같은 논리를 따르면, 대중문화는 퇴폐문화라고 할 수조차 없을 것인데, 문화가 아니기 때문이다. 그는 '사이비 예술'로 '참 예술'을 질식시키려는 대중의 시도가

원한 감정에서 비롯한다고 봤다.

문화의 견지에서 김춘수 시인은 대중과 아울러 '자연' 또한 배척했다. 문화에 대한 그의 이해가 '도저한 반자연의 신념'에 입각해 있음을 가장 명료하게 밝힌 이는 장정일이다. 「인공시학과 그 계보」(1992)란 평론에서 장정일은 김춘수의 시작 원리를 저 높은 곳에서 통어하는 문화 의식의 요체가 '만들다'라는 단 하나의 동사로 축약된다는 사실을 간명하게 지적했다. 그것을 명사로 쓰면 '인공'과 '제작'이 된다.

요컨대 김춘수 시인이 첫 번째 시론서인 『한국현대시형태론』(1958)에서부터 한결같이 천명해 온 바에 따르면, 시란 문화의 전형인 예술의 한 종으로서 특수층에 의해 생산되고 수용되는 인공 제작물로 규정되며, 공리와 실용을 떠난 장식과 놀이에만 소용된다. 『시의 위상』에는 자신은 산과 들에 핀 생화보다 꽃병에 담긴 조화를 더 좋아한다는 다소 의아한 발언이 나오는데, 나는 이 말이 취향의 표시가 아니라 논리의 개진이라 생각한다.

사고의 역사는 모델의 역사라 하거니와 제작의 영역이 그와 크게 다르지 않다. 제작은 인간의 세 가지 근본 활동인 노동, 작업, 행위 중 두 번째에 포함되는 것으로, 간단히 말해 모델의 구현이다. 심안으로 포착한 모델을 육안에 현현시키는 작업이 바로 제작이다. 시작을 제작으로 간주했기에 김춘수는 모델이나 전거 없이는 시를 쓰지 않았다. 전집을 통독해 보면, 그의 시의 모델로 작용하거나 전거를 제공해 준 인물의 색인을 어렵지 않게 작성할 수 있다.

서정주, 유치환, 박두진, 릴케, 사르트르, 메를로 퐁티, 잭슨 폴록, 오스카 와일드, 이중섭, 예수, 말라르메, 셰스토프, 다니엘 벨, 프란시스 후쿠야마, 도스토예프스키─이렇게 진행되는 목록은 아주 특이하게 마무리된다. 김춘수 시의 모델 혹은 전거를 이루는 마지막 항목은 바로 '김춘수'다. 1990년대 초부터 김춘수는 스스로를 모델로 삼는 제작 방

식을 통해 자기 시의 전개 과정에서도 획기적이고, 현대시사에서도 그럴 것으로 추정되는 독특한 작품을 십 년 이상 양산해 냈다.

봄에는 물오른 숭어새끼 온몸으로 바다를 박차고 솟아오르다간 제 무게만큼의 깊이로 다시 또 떨어진다. 바다 밑은 물구나무선 하늘이고 하늘에는 물구나무선 발가락이 다섯 개, 발 한쪽은 어디로 갔나.

— 「바다 밑」 전문

새 봄에는 살오른 숭어 새끼
온몸으로 바다를 박차고 솟아올랐다간
아 다시 또
떨어진다. 제 무게만큼의
깊이로,
바다 밑은 물구나무 선
하늘이고, 하늘에는
물구나무 선 발가락만 다섯 개
한쪽 발은 없고,
없어졌고,

— 「바다의 늪」 전문

「바다 밑」은 산문시집 『서서 잠자는 숲』(1993)에 실려 있고, 「바다의 늪」은 『샤갈의 마을에 내리는 눈』(1990)에 실려 있다. 일견 전자는 후자의 개작인 듯하나 사실은 그렇지 않다. 양자는 분명히 서로 다른 작품이다. 전자는 구작을 재단하거나 편집해 신작으로 재조(再造)하는 창작 방법의 산물로, 이런 작법은 그가 역사와 이데올로기가 무력해진 시대에 맞춰 각별히 고안해 낸 것이다. 시인 자신이 「장편 연작시 「처용단장」 시말서」(1991)에 직접 제시한 사례와 해설에 제작 방식과 의도가 잘 설명돼 있다.

잎갈이를 한다고
또르르 참죽나무 사지(四肢)가 말린다.

남한강(南漢江)
지는 해가
등자나무 살찐 허리를 한 번 슬쩍 안아준다.

길모퉁이 손바닥만한
라면가게 작은 문이 비주룩이
열려 있다.
갓 태어난 이데올로기는
들어갈까 말까 망설이고 있다.

보리 깜부기 하나가 목구멍을 타내리면서
목구멍을 자꾸 간지럼친다.
간지럽다. 세상이,

밤은 못생긴 눈썹처럼
제 얼굴을 제가 찌그러뜨린다.
글쎄,

　　나는 모더니즘 시대, 이를테면 T.S.엘리엇에게서처럼 특별한 효과를 인정
받고 있었던 패러디와 포스트모더니즘의 시대에 들어서서 특별히 그 당위성
을 인정받고 있는 패스티쉬와는 또 다른 표절의 효용을 시도해 보았다. 내
자신의 시에서 따온 것들이다. 「처용단장」의 도처에 깔려 있다. 나의 과거를
현재에 재생코자 하는 방법이다. 동시에 그것은 역사주의의 (유일회적) 세계
관을 배척하는 신화적 · 윤회적 세계관의 기교적 실천이요 놀이이다.
　　위에 인용한 시는 「처용단장」 제4부 8의 전문이다. 제1연 전부는 내 시
「반가운 손님」에서, 제2연 제3행은 내 시 「겨울 에게해(海)」에서, 제3연 제
1 · 2행은 내 시 「이월(二月)의 어느 날」에서, 제4연 제1 · 2행은 내 시 「다시
또 이월(二月)의 어느 날」에서 각각 따온 것들이다. 온통 표절로 되어 있다.

나의 정서적 과거가 서로 포개지면서 되풀이되는 생의 나선형적 반복을 보여 준다.

'자기표절'이라 지칭할 수 있을 이 같은 작법을 실행하는 방식은 다양하다. 이전에 발표한 두서너 편의 시에서 가려 뽑은 구절에 약간의 첨삭을 가하고 새로운 구절을 부가해 편집하는 방식, 문장이나 내용은 거의 그대로 둔 채 귀글을 단순히 줄글로 변형하는 방식, 산문의 일부분을 잘라 낸 후 자구를 손질해 시로 내놓는 방식, 산문의 한 부분을 끊어 귀글로 된 시에 편입했다 다시 산문시로 변형하고, 이어 소설의 한 단락으로 삽입하는 방식, 한 편의 산문을 분할해 여러 편의 시로 만드는 방식 등이 실제로 두루 사용됐다.

창작 방법에 대한 시인의 설명은 이론적으로는 부당하지 아니하다. 자기 작품을 표절하는 기교는 예술 작품의 고유성으로 여겨지는 역사성을 붕괴시킨다. 일반적으로 예술 작품의 가치는 유일무이한 일회적 현존성에 의해 결정되니, 예술품은 지속되는 동안 역사에 종속되기 마련이다. 따라서 '자기표절'의 효용이 역사주의의 유일회적 세계관을 배척하는 데 있다는 진술은 논리적으로 가능할 뿐더러 충분히 수긍할 만하다. 적어도 생산이나 제작의 영역에서는 그같이 특수한 제작 방식이 특별한 가치관을 효과적으로 구현해 줄 수도 있을 것이다.

하지만 수용이나 소비의 차원에서라면 문제가 달라진다. 독자의 입장에서 '자기표절'로 만들어진 시를 제대로 읽는다는 것은 난감하면서도 무망한 일이다. 김춘수는 '자기표절'을 '놀이'라 했다. 놀이란 순전히 즐거움을 얻기 위하여 자발적으로 행하는 활동이니, 여기에 참가해 재미있게 즐길 수 있는 독자는 이전에 나온 모든 작품을 사전에 미리 암기하고 있는 사람으로 제한된다. 그렇지 않은 사람이라면 놀이에 참여할 수도 없고, 참여하더라도 아무런 재미를 느끼지 못할 것이다.

창작 의도를 최대한 존중한다 해도, 대부분의 독자는 그것을 실현하기 위한 최소한의 요건조차 갖추기가 불가능하다. 그는 새로운 작법으로 제작한 시가 "생의 나선형적 반복을 보여 준다"고 했는데, 이 말은 '생의 나선형적 반복을 본다'로 수정돼야 할 듯싶다. 그의 작품을 모두 다 기억하는 사람이 아니라면 반복 여부를 판단할 수 없기 때문이고, 시인 자신만이 그럴 수 있는 유일한 사람으로 여겨지기 때문이다.

의도와 형식을 제외하고서는 그 어디서도 의미를 찾을 수 없다는 점에서 김춘수 시의 마지막 단계에 속하는 작품들은 여전히 '무의미'하다. 1950년대 말부터 김춘수는 거의 삼십 년 동안 이른바 '무의미시'의 창작에 집중했다. 언어학자가 언어를 효율적으로 연구하기 위해 기호 표현과 기호 내용을 구별하듯이 언어와 의미를 분리해 시를 내용 없는 형식으로 만들고자 했던 것인데, 그에게 의미는 곧 현실, 역사, 이념, 폭력, 허구, 관념을 뜻했다.

낭만주의와 실존주의가 중첩된 그의 초기 시를 보면, 현실은 부재와 소멸로 귀결되는 존재의 조건에 구속돼 있고, 역사는 학살과 살육으로 일관하는 폭력의 지배에 속박돼 있는 것으로 그려져 있다. 그에게 무의미는 실존의 구조와 언어의 본성을 면밀히 탐구해서 찾아낸 현실과 역사의 피안을 의미했다. 『의미와 무의미』(1976)란 시론집에서 김춘수는 개념 없는 표상으로서 '무의미시'를 가리켜, '해방'과 '자유'와는 유의 관계에 있고, '생활'과 '노동'과는 반의 관계에 있는 '유희'와 '장난(game)'이란 말을 썼다.

그런데 시인이 구성한 '무의미'란 술어의 내포가 어떻든지 간에 언어가 실재를 대리하는 상징적 기호이고, 기호와 지시 대상의 결합이 자의적이라는 사실이 둘 사이의 실질적 분리 가능성을 나타내는 것은 아니기에, 그 어떤 기법을 사용해 의미의 형성을 저지한다 하더라도 창작 의도와 실제 양상 및 해석 과정 사이에는 불가피하게 차질이 빚어질 수밖

에 없다. 김춘수는 이를 예상했고, 해결책도 마련했다.

우선 의도와 실상의 괴리를 메우기 위해 자기 시에 대한 해설을 지속적으로 공표했다. 제작 의도와 작시 계획, 작품의 구성과 주제 등에 대한 해설식 언급은 그의 저술 어디에서나 손쉽게 찾아볼 수 있다. 시집 앞뒤에 짤막하게 덧붙이는 글에서도 그는 소감을 피력하기보다는 의도를 해명하고 기획을 천명하기 위해 애썼다.

그 결과 시론은 물론이고 시집의 서문과 후기, 산문과 소설에 자설·자평 형식으로 편재하는 시인의 해설은 그의 시에 대한 일반의 통념을 형성하는 바탕을 이루는 동시에 해석의 지표로 자리 매김했다. '무의미시'에 관한 한 '무의미시론'을 연역적 전제로 삼아 실제 작품의 '무의미' 정도를 측정하는 방식은 비평의 한 방법으로까지 자리 잡았다.

창작 의도와 해석 과정 사이에 발생하는 차질을 해결하기 위해 구상한 조치는 작의와 실제 간의 괴리를 봉합하기 위해 시도한 방책과는 상당히 달랐다. '무의미시'도 사회적 규약에 바탕을 둔 언어를 사용해 짓는 까닭에 의미의 환기나 연상을 완전히 소멸시킬 도리는 없다. 독자는 '무의미시'를 읽을 때에도 언중으로서의 언어 습관과 일반적인 독서 관습 때문에 의미 해석 작업을 부단히 수행하기 마련이므로, 그야말로 '무의미'한 언술을 오히려 의미화에 저항함으로써 습관화된 지각 양식을 쇄신하기 위한 미적 장치로 판단할 수도 있다.

'무의미시'에 대한 사전 지식이 없는 독자들은 '무의미'를 수긍하기보다는 비약이나 가정을 통해서라도 단어와 문장을 결속해 문맥을 구성하고, 거기에 비추어 심상과 운율을 의미화하는 방향으로 독서를 진행할 것이고, '무의미시'에 대한 선이해를 가진 독자라 하더라도 해석적 순환을 통해 의미의 부재를 확인하는 것으로 독서를 마무리할 가능성은 그다지 높지 않을 것이다.

김춘수는 해석의 영역에서 발생하는 이 같은 의미론적 문제를 작의의

전적 수용이란 방식으로 해결코자 했다. 그는 창작 의도를 전적으로 수용하는 것이 '무의미시'의 올바른 독법이라고 권고했다. 『의미와 무의미』를 내면서 김춘수는 서문에다 "독자측의 오해"에 대한 염려를 표했지만, 본문에서는 "제작자의 의도가 관념을 무시하고 있을 때 시해석도 관념을 말하지 말아야 한다"고 단언했고, "독자는 따라오지 못하면 버리고 가면 되지 않을까?"라고 자문하기도 했다.

수필집인 『시인이 되어 나귀를 타고』(1980)에 실린 「시간의 금모래」란 글에는 "필자가 쓰고 있는 시 작품도 어떤 호사가에 의하여 작자인 필자의 의도와는 전연 다른 해석이 내려져 방대한 논문이 되어 나올는지도 모른다. 그러나 그런 일은 필자와는 상관없는 남의 일이다. 시간이 흐를수록 이런 어처구니없는 일들은 더해지리라"란 예단이 적혀 있다.

요컨대 1990년대 초부터 김춘수 시의 주류를 이루는 '자기표절' 작품은, 제작 방식이나 표현 기교상의 차이가 있기는 하나 양식의 차원에서 보면 이전에 주류를 이뤘던 '무의미시'와 크게 다르지 않은 것으로 판단된다. 양자는 공히 창작 이념으로서 반역사주의와 반현실주의, 시작 원리로서 무상성과 유희성의 소산이다.

또한 둘은 시인의 시각에서는 작의 이해가 작품 성립의 필요조건을 이루는 창작의 지평과 작의 수용이 작품 이해를 대치하는 해석의 지평을 공유한다. '무의미시'를 역사가 횡행하던 시대의 순수시라 한다면, '자기표절'로 이루어진 시는 역사가 무력해진 시대의 순수시로 봐도 무방할 것이다. 양자의 친연성은 김춘수의 문화 의식을 특징짓는 또 다른 개념인 '장식성'의 범주에서도 확인된다.

> 나의 시를
> 고급 장식품이라고
> 누가 말했다고 한다.
> 잘한 말이다.

오스카 와일드는 장식품을
"어떠한 의미에 의하여도 손상되지 않는다"고
말했는데,
그렇다.
의롱에 앉은 백동나비는
술어(述語)가 없다.
하늘에 뜬 해와 달이 그렇듯 나의 시는
"어떠한 의미에 의하여도
손상되지 않는다."
섭씨 39도에도 나의 시는
옷깃을 여민다.

— 「나의 시」 전문

　　1994년에 엮은 『김춘수 시전집』에 실린 이 시는 『서서 잠자는 숲』 이후에 씌어진 것으로, '바꿈노래(替歌)'라는 장에 소속돼 있다. '바꿈노래'란 '자기표절'로 제작된 작품의 양식을 지칭하는 용어다. 시로 쓴 시론이라 할 수 있는 이 시의 모두는 김춘수 시에 대한 비평적 규정의 형식을 취하고 있다. 나머지 부분은 그 같은 판정의 타당성에 대한 논증에 해당한다. 그의 시를 '고급 장식품'이라 말한 이는 다른 사람이 아니고 자기 자신이다. 김춘수는 1979년에 낸 시론집 『시의 표정』에서 오스카 와일드를 이끌어 예술의 장식성을 논한 바 있다. '무의미시'에 몰두하던 때의 일이다.

　　오스카 와일드는 이렇게 말하고 있다. "감수성을 육성하는 것은 장식 예술이다. (중략) 이 장식 예술은 조형 예술 중에서 어떤 기분을 만들어 내면서 그와 함께 우리의 감수성을 세련하는 유일한 것이 된다. 어떠한 의미에 의하여도 손상되지 않고, 실재하는 어떠한 형태와도 결합되지 않고 있는 단순한 색채는 우리의 영혼에 수많은 서로 다른 모습을 하고 말을 건넨다. (중략) 의장(意匠)의 빼어남은 우리의 상상력을 자극한다." (중략) 장식성은 "어떠한

의미에 의하여도 손상되지 않고" 있다. 그것은 오히려 의미와는 무관한 곳에 있다. 상징적인 의미든, 심리적인 의미든, 사실적인 의미든 일체 의미와는 단절된 지점에 있다. 아라베스크나 가락지의 곡선을 염두에 두면 된다. 따라서 그 자체에는 성격이 없다. 일종의 중성이다. 백금과 같다. (중략) 그것을 상태나 양상으로 치면 순수란 말을 쓸 수 있을 것이고, 윤리의 측면으로 옮겨서 말을 한다면 무상이란 말을 쓸 수 있을 것이다. 놀이, 즉 유희란 말을 써도 무방하리라. (중략) 그것들은 마치 경대의 백동장식과도 같다. (중략) 이미 말한 대로 장식성이란 빈사(賓辭)의 생략 상태를 두고 하는 말이니까 빈사로서 구속해 버린 (그만큼 의미가 한정되어 버린) 상태보다는 훨씬 해방된 상태라고 해야겠다.

「나의 시」는 시론의 내용을 시로 바꿔 놓은 것이다. 그래서 '바꿈노래'다. 어떤 의미도 '장식'을 손상시키지 못하는 이유는 간단하다. 그것이 모든 의미와 무관한 곳, 일체의 의미와 단절된 지점에 있기 때문이다. 기실 의미가 장식을 훼손치 못한다고 하기보다는 의미가 없는 것을 일컬어 장식이라 한다고 말하는 것이 맞다. 시에는 '장식'이란 말만 나오지만, 시론을 보면 그것이 '놀이' 즉 '유희'의 동의어이자 '순수'와 '무상'의 유의어로 쓰였음을 알 수 있다.

실제적 가치를 무시하는 장식성, 사회적 노동에 대립하는 유희성, 역사적 현실에 반대하는 순수성, 실용적 공리를 거부하는 무상성은 '무의미'의 내포이자 '자기표절'의 속성이다. 또한 그것들은 모두 김춘수가 생각한 문화의 자질이다. 의미 없는 형식으로서의 시를 구상한 때로부터 시작을 마감할 때까지 김춘수는 관념의 배제란 불가능한 일이 아닌지 의심한 적은 있지만 결국은 '무의미시'의 영역을 벗어나지 않았다. 만약 그렇게 했더라면, 그가 구축한 문화와 예술과 시의 정의와 체계가 붕괴됐을 것이다.

김춘수의 시의 언어의식 전개과정 연구

조 강 석

1. 시와 언어

시에서 언어의 중요성이야 새삼 다시 강조할 필요가 없겠거니와, 한 시인의 언어의식을 규명하는 것은 그의 인식론적 체계와 시적 기투를 동시적으로 증명해보이기 위해 필수적인 것이다. 다시 말해, 언어에 대한 시인의 의식을 해명한다는 것은 그 시인이 시적 언어의 권리능력과 권리한계를 어떻게 설정하고 있는가를 객관화하여 그의 언어적 기투의 의미를 해명한다는 것이다.

한 시인의 언어의식이 시인 고유의 인식론적 틀과 관계 깊다는 것은 가장 포괄적으로는 다음과 같은 의미를 지닌다.

> 객관적 대상의 인식은 물론 우리의 사고 그리고 의식조차도 언어 없이 불가능하다면 어떤 언어를 갖고 그것을 사용할 수 있느냐에 따라 우리들의 객관적 세계 인식은 물론 사고나 의식 세계까지도 달라질 것이다.[1]

1) 박이문, 「예술과 철학과 미학」, 『이카루스의 날개와 예술』, 민음사, 2003, 59쪽.

그렇기에 한 시인의 언어의식을 설명한다는 것은 우선, 그가 세계의 인식 가능성 나아가 존재와 진리의 인식 가능성에 대해 어떻게 사유하느냐를 설명하는 것과 동궤에 놓인다. 동시에, 세계, 존재, 진리, 실체, 본질 등으로 면모를 달리해 규정되어온 보편적 이념의 존재 여부와 그것의 인식 가능성에 대한 시인의 사유 역시 이 문제와 별개의 것이 될 수 없다. 그런데, 바로 이 지점에서 언어에 대한 시인의 실존적 고뇌가 태동한다. 왜냐하면, 세계(=존재=진리=실체=본질)의 인식 가능성과 기술 가능성에 대한 시인의 잠정결론은 결국 항상 언어적 한계조건에 의해 제약을 받기 때문이다. 예컨대, 다음과 같은 설명은 이를 단적으로 지적한 것이 아닐 수 없다.

> 언어의 의미는 관념적일 수밖에 없는 이상 가능하면 구체적 즉 감각적 언어로 그러한 관념 즉 의미를 전달하려는 의도는 근본적으로 모순이다. 예술의 의도가 관념적인 것을 구체적으로 표상하고 구체적인 세계와 경험을 관념적으로 표현하려는 데 있다면 예술의 의도는 모순이며, 따라서 사르트르의 말대로 즉자(l'en-soi)와 대자(le pour-soi)를 종합하려는 인간의 궁극적 의도도 모순적이어서 (중략) 예술의 노력도 궁극적으로는 허사로 돌아간다. (중략) 시지푸스와 같이 예술가들은 부질없음을 알고도 역시 그들의 작품을 끊임없이 계속 창작해 낼 것…….[2]

따라서, 한 시인의 언어의식을 들여다본다는 것은 세계 혹은 존재와 언어 사이의 이 낙차에 대한 그의 태도를 계량한다는 것과 다름없다. 그리고 바로 이 낙차에 대응하는 방식에 따라 언어의 권리능력과 권리한계를 둘러싼 개별 시인 고유의 시적 고투가 분절된다.

바로 그런 맥락에서, 언어의 작용과 효과에 대한 판단을 통해 개별 시인들 고유의 기투를 설명하기 위해 언어에 대한 접근법을 대별해볼 필

---

2) 위의 글, 60쪽.

요가 있겠다.

> 우선 언어를 그 자체로 놓고 바라보는 접근법을 들 수 있습니다. 그 다음
> 으로는 언어를 그 언어가 대상으로 삼는 실재 세계와 연관해서 바라보는 접
> 근법이 있습니다. 그 다음은 언어를 사용하는 인간과 관련해서 바라보는 접
> 근법입니다.
> 첫 번째 접근법은 자율적 체계로의 언어에 대한 접근법이라 말할 수 있으
> 며, 두 번째 접근법은 실재에다 무게를 두고서 언어를 바라보는 실재론적 접
> 근법이라 할 수 있습니다. 세 번째 접근법은 인간에다 초점을 두면서 언어의
> 본성을 밝혀보려는 인간적인 접근법이라 할 수 있습니다.[3]

이런 기준에 입각해 시인들의 언어적 기투를 설명하자면, 언어 자체
의 자율성을 탐색하는 방향, 언어를 통해 진리나 존재와 같은 실재에의
접근 가능성 여부를 탐색하는 방향, 그리고 인간의 실천(practice) 혹은
행동(action)과의 관계 속에서 인간적 이해관계에 따라 언어의 권능을 타
진해보는 방향 등이 있을 수 있을 것이다.

그렇다면, 이제 우리는 어떤 시인의 언어의식을 규명하고자 했을 때
그의 인식론적 태도와 언어적 기투의 성격에 따라 연구를 수행할 방법
을 얻게 된다.

한 시인의 언어의식을 살펴본다는 것은, 첫째, 그가 진리와 존재와 같
은 보편적 이념의 존재 여부와 그것의 인식 가능성을 승인하는가 그렇
지 않은가를 해명하고 둘째, 언어의 권리능력과 권리한계에 대한 그의
판단에 따라 언어에 대해 어떤 태도로 접근하고 있는가를 살펴보고 셋
째, 앞의 두 가지에 의해 조건 지어진 상황 속에서 그가 어떤 새로운 언
어적 기투를 수행하고 있는가를 규명하는 것을 의미한다고 할 수 있다.

---

3) 이명현, 「머리말―언어, 인간, 그리고 세계」, 한국철학회 편, 『현대철학과 언어』, 철
   학과현실사, 2002.

2. 김춘수의 시적 전회와 언어의식의 상관관계

김춘수는 누구보다도 존재와 언어 문제에 대해 깊이 사유하고 또 집요하게 사유한 시인이다. 그리고 그는 한국의 근현대시사에 있어, 언어가 존재 문제에 대해 행사할 수 있는 권리능력이 무엇이며 또한 이와 관련된 권리한계는 무엇인가 하는 문제에 대해 정면으로 마주한 거의 최초의 시인이라고 할 수 있을 것이다. 시와 언어의 문제에 대해 고찰하면서 우선적으로 김춘수 시인에 대해 검토하지 않을 수 없는 이유가 바로 여기에 있다.

잘 알려져 있는 것처럼 김춘수 시인의 시 세계는 몇 번의 중요한 전환점을 지난다. 이에 대해 김춘수 시인은 스스로 여러 차례 설명한 바 있는데 아마도 「의미에서 무의미까지」라는 산문을 그 대표적 예로 꼽을 수 있을 것이다. 그 몇 대목을 발췌해보자.

> (1) 1947년에 낸 나의 첫 시집의 이름이 『구름과 장미』다. (중략) 구름은 감각으로 설명이 없이 나에게 부닥쳐왔지만, 장미는 관념으로 왔다.
>
> (2) 나이 서른을 넘고서야 둑이 끊긴 듯 한꺼번에 관념의 무진 기갈이 휩쓸어왔다. 그와 함께 말의 의미로 터질 듯이 부풀어올랐다. (중략) 나의 발상은 서구 관념철학을 닮으려고 하고 있었다. 나도 모르는 사이 나는 플라토니즘에 접근해간 모양이다. 이데아라고 하는 비재가 앞을 가로막기도 하고 시야를 지평선 저쪽으로까지 넓혀주기도 하였다. (중략) 선험의 세계를 나는 유영하고 있었다. 세상 모든 것을 환원과 제1인으로 파악해야 하는 집념의 포로가 되고 있었다.
>
> (3) 나는 이 시기에, 어떤 관념은 시의 형상을 통해서만 표시될 수 있다는 것을 눈치챘고 또 어떤 관념은 말의 피안에 있다는 것도 눈치채게 되었다. 나는 관념공포증에 걸려들게 되었다. 말의 피안에 있는 것을 나는 알고 싶었다.
>
> (4) 50년대의 말에서부터 60년대의 전반에 걸쳐 나는 의식적으로 트레이닝을 하고 있었다. 데생 시기라고 해도 좋을 듯하다. (중략) 의미를 일부러 붙여보기도 하고 그리고 싶을 때에 의미를 빼버리기도 하는 그런 수

련이다. (중략) 묘사의 연습 끝에 나는 관념을 완전히 배제할 수 있다는
자신을 어느 정도 얻게 되었다. 관념공포증은 필연적으로 관념 도피에
로 나를 이끌어갔다. 나는 사생을 게을리하지 않았다. 이미지를 서술적
으로 쓰는 훈련을 계속하였다.

(5) 폴 세잔이 사생을 거쳐 추상에 이르게 된 과정을 나도 그대로 체험하게
되고, 사생은 사생에 머무를 수만은 없다는 확신에 이르게 되었다. **리**
얼리즘을 확대하면서 초극해가는 데 시가 있다는 하나의 사실을 알게
되고 믿게 되었다.

(6) 사생이라고 하지만, 있는 (실재) 풍경을 그대로 그리지는 않는다. (중
략) 경우에 따라서는 대상의 어느 부분을 버리고, 다른 어느 부분은 과
장한다. (중략) 풍경의, 또는 대상의 재구성이다. 이 과정에서 논리가
끼이게 되고, 자유연상이 끼이게 된다. 논리와 자유연상이 더욱 날카롭
게 개입하게 되면 대상의 형태는 부서지고, 마침내 대상마저 소멸한다.
무의미의 시가 이리하여 탄생한다.[4]

물론, 한 시인의 시 세계의 전환을 그 자신의 설명에만 입각해 규명할
수는 없을 것이다. 그러나, 본고의 관심사인 김춘수의 언어의식을 규명
하기 위해 그 자신의 언어에 대한 사유가 잘 정돈되어 있는 이와 같은
설명을 검토하지 않을 수 없다. 1960년대 후반에 본격적으로 무의미시
실험을 시작하기 전까지 김춘수 시인의 시 세계는 극적인 2번의 전회를
보여준다. 그 첫 번째 전회는 1950년대 초반에 이루어진 상징과 관념으
로의 전회이며 두 번째 전회는 1960년 전후로 이루어진 서술적 이미지
로의 전회이다.[5] 인용된 부분에서 (1)로부터 (2)로의 전환은 첫 번째 전

---

4) (1)부터 (6)까지는 모두 김춘수, 「의미에서 무의미까지」에서 발췌. 출처는 『김춘수 시
론전집 1』, 현대문학사, 2004. 이하, 김춘수의 산문 인용은 특별한 표시가 없는 한,
1994년 현대문학사에서 펴낸 『김춘수 시론전집』 1, 2에서 인용하며 각기 『시론전집
1』, 『시론전집 2』로 표시한다.

5) 이 전회의 구체적 양상에 대해서는 졸고, 「비화해적 가상으로서의 김수영과 김춘수
시학 연구」, 연세대 박사논문, 2008.

회에 대한 언급이다. 그리고 (3)은 두 번째 전회에 대한 징후이며 (4)는 두 번째 전회의 내용을 (5)는 그것의 의미를 보여주고 있다. 그리고 (6)에 이르면 두 번째 전회의 끝인 1960년대 후반 본격적으로 무의미시 실험을 택하게 된 사정이 설명되고 있다고 하겠다. 그런데, 청록파 계열의 시에 대한 답습—상징과 관념에 대한 모색—서술적 이미지 실험—무의미시 실험으로 정리될 수 있는 시 세계 변화의 흐름은 김춘수 시인의 언어에 대한 의식의 변화 과정과 대체로 일치한다고 하겠다. 이 점을 염두에 두면서 인용된 부분들에 나타난 김춘수의 언어의식의 변화 추이를 재정리해보면 다음과 같다.

A. 언어는 **감각과 관념의 통일체**이다. 어떤 이미지는 언어의 감각적 측면에 호소하지만 어떤 이미지는 관념에 호소한다.

B. 보편적 이념이라는 것은 존재한다. 시적 언어는 개별적인 현상들을 저 **보편적 이념**이라는 제1원인으로 **환원**시키는 역할을 한다.

C. 시의 언어는 **시적 형상**을 통해 우리로 하여금 보편적 이념의 일단에 접근하게 한다. 그러나, 이념의 어떤 부분은 언어를 통해 도달될 수 없는 피안에 있다. 언어와 관념 사이에는 해소될 수 없는 **낙차**가 발생한다.

D. 시적 언어의 길은 두 가지가 있다. **형상을 통해 관념의 일단에 이르게 하는 길**이 그중 하나이다. 이것은 형상들의 귀납을 통한 **언어적 환원**이라 칭할 수 있을 것이다. 그러나, 관념의 전모에 이르고자 하는 부단한 노력에도 불구하고 언어와 관념은 단절 없이 연접될 수 없다. 그렇다면, 관념의 전모에 이르고자 하는 무망한 기획과는 완전히 다른 경로 즉, 언어와 관념의 낙차를 고스란히 승인하되 오히려 이를 통해서 언어의 피안(=관념)에 대한 동경을 접고 **언어의 차안(관념이 배제된 상태의 언어)을 탐색하는 것**도 시적 언

어의 또 다른 길이다. 이미지를 서술적으로 쓴다 함은 바로 이를 뜻한다.

F. 서술적 이미지는 언어에서 관념을 배제한, 언어의 차안에 대한 탐색을 통해 만들어진다. 그러나, 그것은 보편이나 실재가 존재하지 않는다는 회의론이라기보다는 언어를 통해서는 그 실재의 전모를 파악하기 어렵다는 **언어적 불가지론**으로부터 비롯된 것에 가깝다. 폴 세잔이 사생에서 추상으로 나아간 데에는 이 불가지론의 영역을 최소한으로 접어두고자 하는 부단한 의지가 반영된 것이다. **실재는 도달될 수 없는 것일지 모르나 거듭 재진술되면서 초극될 수 있는 것**이다. 그것이 시적 언어의 역능이다.

G. 언어를 통해 현상을 거듭 재진술하는 것, 풍경과 대상을 재구성하면서 대상을 소멸시키는 것, 즉 **언어의 피안을 소멸시키는 방식으로 실재를 초극하는 길**이 있다. 그것이 바로 무의미시의 길이다.

이제 이렇게 재정식화된 김춘수의 명제를 서두에서 제시한 질문들과의 관련 속에서 규명해보자.

3. '존재자(Seiendem)'로부터 '존재(Sein)'로 향한 상승의 길

질문은 세 가지였다. 첫 번째 질문에 대해 검토해보자. 진리와 존재 혹은 실재와 같은 보편적 이념의 존재 여부에 대한 믿음과 그것의 인식 가능성 문제에 대해 위의 정식화는 어떤 답변을 제출하는가? 우선 다음 두 시를 살펴보자.

(1)
저마다 사람은 임을 가졌으나

임은
구름과 薔薇되어 오는 것

눈 뜨면 물 위에 구름을 담아보곤
밤엔 뜰 薔薇와
마주 앉아 울었노니

참으로 뉘가 보았으랴?
하염없는 날일수록
하늘만 하였지만
임은
구름과 薔薇되어 오는 것

— 「구름과 장미」 전문6)

(2)
詩를 孕胎한 言語는
피었다 지는 꽃들의 뜻을
든든한 大地처럼
제 품에 그대로 안을 수가 있을까,
(중략)

엷은 햇살의
외로운 가지 끝에
言語는 제만 혼자 남았다.
言語는 제 손바닥에
많은 것들의 무게를 느끼는 것이다.
그것은 몸 저리는

---

6) 제1시집 『구름과 장미』에는 끝부분에 '…… 마음으로 간직하며 살아왔노라' 라는 부분이 있으나 그 이후 김춘수 자신의 모든 인용에서 이 부분은 삭제되었다.

喜悅이라 할까, 슬픔이라 할까,

— 「나목과 시」 부분

　　인용 ⑴은 1948년에 출판된 김춘수의 첫 번째 시집 『구름과 장미』에 실려 있고 인용 ⑵는 1959년 출판된 『부다페스트에서의 소녀의 죽음』에 실려 있다. 이 두 작품 간의 간극을 살펴보면 김춘수 시 세계의 첫 번째 전회의 단적인 양상이 드러나며 그의 언어의식의 일단 중 첫 번째 국면 즉, 보편자의 존재 여부에 대한 판단과 그것의 인식 가능성 문제를 설명할 수 있다.

　　인용 ⑴을 보자. 김춘수는 "40년대 후반 4~5년 동안은 나로서는 아류의 시절이다. 선배 시인들의 시를 모범으로 트레이닝을 하고 있었다는 것이 적절한 표현이 되리라"[7]고 말한 바 있다. 그의 말마따나 기실 이 시는 자연을 소재로 한 청록파 시인들의 영향권하에 놓인 시이되 청록파적인 성취조차 보이지 못하는 시라고 할 수 있다. 사상(事狀)이 필연적인 표현 양식을 구하지 못하고 있고 소재들 간의 관계 역시 긴밀하지 못하다. 임이 구름과 장미로 현상한다는 정도의 취의(取義) 이외의 진술들이 긴장감 없이 나열된 정도이다. 이때, 임이 무엇이며 장미가 무엇인지를 시 안에서 상징적으로 해석할 여지는 없어 보인다. 왜냐하면 시 안에 어떤 단서도 주어져 있지 않기 때문이다. 그래도 굳이 그것을 찾아야 한다면, 외재적 요소들의 도움을 받아야 할 터인데 앞 절의 발췌 ⑴을 참조하면 "구름"은 감각, "장미"는 관념의 메타포로 해석될 여지가 남는다 하겠다. 그렇다면 "임은/ 구름과 장미되어 오는 것"이라고 했으니 그것은 때로는 감각의 양태로, 때로 관념의 양태로 현상하는 어떤 것 정도로 짐작될 수 있을 뿐이다. 다만, 김춘수의 언어의식을 헤아리는 우리의 맥

7)　김춘수, 「전집을 내면서」, 『김춘수 시전집』, 현대문학사, 2004.

락에서 중요한 것은 그가 습작기라고 표현한 초기부터 이처럼 감각과 관념의 양태로 현상하는 어떤 것이 있음을 전제하고 있다는 사실이다.

인용 (2)에서 "꽃"의 사정은 많이 달라져 있다. 이 시에는 단순한 비유가 아니라 이미 상징이 사용되고 있다. 시인은 여기서 단도직입적으로 "시를 잉태한 언어"가 "꽃들의 뜻"을 "대지처럼/ 제 품에 그대로 안을 수" 있을지 묻고 있다. 그러니까, 여기서 시의 언어가 수행할 것으로 기대되는 역할은 "꽃들의 뜻"을 "대지처럼" 품는 것이다. "꽃들의 뜻"이 무엇인지 명시될 수 없다는 사실이 자명하므로 그것은 비의(秘義)라고 할 수 있으되, 시의 언어가 과연 꽃을 밀어올린 세계의 의미를 대지처럼 풍요롭게 즉, 오해와 왜곡이 없으면서도 풍부하게 전할 수 있을지를 그는 묻고 있다. 중요한 것은 꽃을 밀어올려 "꽃들의 뜻"을 현상적 가시계에 내민 세계가 있다는 것을 그가 전제하고 있다는 사실이다. 그러니, 이 구절은 하이데거의 존재론을 떠올리지 않을 수 없게 하는 구절이다. 꽃이라는 존재자가 이해(Verstehen)하고 있는 "꽃들의 뜻"을 언어를 통해 묻기 때문이다. 하이데거는 "존재의 의미에 대한 분명하고 투명한 물음 제기는 한 존재자(현존재)를 그 존재에 있어 앞서 먼저 적합하게 설명할 것을 요구한다"[8]는 명제를 제출했는데 이런 맥락에서 우리가 언어를 통해 물어야 할 것은 존재자로부터 존재에 이르는 길이다. 인용된 「나목과 시」에서 언어가 "외로운 가지 끝"에 걸려 있는 이유는 그것이 하늘로의 길이 닿으며 끊긴 곳, 즉, 존재자로부터 존재로 이르는 길의 입구에 놓여있기 때문이다. 그렇기 때문에 언어가 "제 손바닥에/ 많은 것들의 무게를" 느끼는 것은 "희열"이 될 수도 "슬픔"이 될 수도 있다. '시를 잉태한 언어가 꽃들의 뜻을 대지처럼 제 품에 안을 수 있을까' 하고 묻는 이

---

8) 마르틴 하이데거, 「서론 : 존재의 의미에 대한 물음의 설명」, 『존재와 시간』, 이기상 옮김, 까치, 2001, 22쪽.

는 언어가 존재자로부터 존재로 향한 길을 내어줄 수 있을지를 묻는 이이기 때문이다. 이때 언어는 존재자의 이해가 수행되는 장소이다. 다시 말해, 이때 언어는 꽃으로부터 꽃의 의미로의 길을 개방하는 장소가 된다.9) 앞서 인용한 「의미에서 무의미까지」의 발췌(3)을 보라. "어떤 관념은 시의 형상을 통해서만 표시될 수 있다"고 김춘수는 말하고 있다. 그러니까, 여기서 김춘수가 보편자의 존재를 상정하고 있다는 것은 자명해 보인다. 그리고 그것의 인식 가능성 문제를 "시를 잉태한 언어"의 능력과 한계를 통해 가늠해보고자 애쓰고 있다는 것도 명료하다. 따라서, 상정된 보편자(여기서는 존재)가 인식 가능한 것인가 여부는 이제 언어의식과 관련된 두 번째 질문 즉, 언어의 권리능력과 권리한계와 관련된 질문으로 이어진다.

4. 언어의 피안과 차안─존재자의 이해

언어의식과의 관련성 속에서 살펴볼 때, 김춘수의 시 세계의 2번째 전회 즉, 존재론적 탐색으로부터 서술적 이미지를 통한 현상학적 "사생(寫生)"으로의 전환은 반전이 아니라 연속선상에서 설명된다. 김춘수 자신은 이 문제에 대해 여러 곳에서 1950년대까지의 시 세계로부터의 완전한 이탈과 탈피라는 의미 부여를 하고 있다. 앞서 발췌한 (3)과 (4)에서 자신의 시 세계가 이전과는 완전히 상반된 방향으로 전개되었음을 피력하는 어조를 발견하는 것은 어려운 일이 아니다. 그런데, 언어의식과의 관련 속에서 우리가 눈여겨 볼 것은 발췌(3)의 뒷부분이다. 앞에서 어떤 관념은 시의 형상을 통해서만 표시될 수 있음을 이야기한 뒤 그는, "어

---

9) "시작은 세계를 개시(開示)하는 하나의 의식이다"(『시론전집 1』, 634쪽)라는 언급 역시 같은 맥락에서 이해될 수 있을 것이다.

떤 관념은 말의 피안에 있다는 것도 눈치채게 되었다"고 언급하고 있다. 그리고 발췌(4)에서 그는 "묘사의 연습 끝에 나는 관념을 완전히 배제할 수 있다는 자신을 얻게 되었다"고 말하고 바로 뒤에 "관념공포증은 필연적으로 관념 도피에로 나를 이끌어갔다"는 말을 덧붙이고 있다. 이 말을 고스란히 옮기면 '관념 배제 = 관념 도피'로 읽을 수 있다. 김춘수는 여기서도 비록 그것을 불가지의 영역으로 옮겨놓고는 있지만 보편자의 존재를 의심하지 않는다. 다만, 이제 그는 시의 언어를 **통해서만** 표현될 수 있는 보편자의 모습을 더듬는 대신 즉, 언어의 피안에 대한 탐색 대신 관념을 배제한 쪽, 보다 정확히 말하자면 관념으로부터 도피하는 방향 즉, 언어의 피안으로 향하는 길을 차단하고 언어의 차안 즉, 관념이 배제된 상태의 언어 현상을 탐색하는 쪽으로 방향을 잡는다. 우리가 놓치지 말아야 할 것은 이때 김춘수가 관념이나 보편의 존재를 부정하는 방식으로 전회한 것이 아니라 그것에 가닿고자 하는, 가시적 소득이 없는 노력보다 더 시급한 문제 쪽으로 선회한 것이라는 사실이다. 그가 언어의 차안에 대한 탐색 방법으로 내세운 서술적 이미지를 설명하면서 "신선한 감각적 체험을 할 수만 있다면 그만이지, 더 이상 이러한 심상들의 배후에 있는 관념이나 사상을 탐색할 필요가 없다"[10]고 말한 것을 기억해보자. 이것은 존재자로부터 존재로 이르는 길이 없다는 것이 아니라 그런 방식의 탐색이 지금으로서는 별 무소득이므로 오히려 언어의 차안 즉, 존재자들의 현상을 탐색하는 쪽으로 방향을 선회했다는 것을 의미한다. 시의 언어는 이제 관념을 말하기 위한, 피안에 대한 동경의 도구가 아니라 차안의 현상들을 탐색하는 중요한 수단이 된다. 다시 말하자면, 여기서 김춘수는 관념이나 보편을 향하는 길을 여는 권능을 지닌 시적 언어의 권리능력 자체를 부정하는 것이 아니라 시적 언어가 보

---

10) 『시론전집 1』, 344쪽.

다 효과적으로 작동하는 방식을 선택함으로써 간접적으로 언어의 권리한계를 지정하는 것이라고 할 수 있다. 말하자면, '잠재적으로는 가능하지만 현실적으로는 여기까지'라는, 작용과 효과의 논리가 존재론적 탐색에 대한 의지보다 승한 결과로 이루어진 것이 김춘수 시인의 2차 전회라는 것이다.

그런데, 여기서 대단히 흥미로운 일이 하나 발생한다. 2차 전회의 결과로 얻어진 서술적 이미지가 지향하는 것이, 김춘수 자신의 표현에 의하면 "리얼리즘"이라는 것이다. 앞서 발췌한 인용(5)에서 김춘수는 "리얼리즘을 확대하면서 초극해가는 데 시가 있다"고 말하고 있다. 즉, 언어의 차안에 대한 현상학적 관심이 즉, 언어의 권리능력을 신장시키는 작업이 아니라 언어의 권리한계를 지정하려는 작업이 리얼리즘을 확대하고 궁극적으로는 이를 초극하려는 운동의 일환임을 그는 명기한다. '리얼리즘'의 초극 문제는 잠시 미뤄두고 우선 언어의 차안에서 "현상학적으로 대상을 보는 눈의 훈련"을 하는 것이 어떻게 리얼리즘의 확대가 되는지 다음 시를 보자.

胴體에서 떨어져 나간 새의 날개가
보이지 않는 어둠을 혼자서 날고
한 사나이의 무거운 발자국이 地球를 밟고 갈 때
허물어진 世界의 안쪽에서 우는
가을 벌레를 말하라.
아니
바다의 純潔했던 부분을 말하고
베꼬니아의 꽃잎에 듣는
아침 햇살을 말하라
아니
그을음과 굴뚝을 말하고
겨울 濕氣와

漢江邊의 두더지를 말하라.
胴體에서 떨어져 나간 새의 날개가
보이지 않는 어둠을 혼자서 날고
한 사나이의 무거운 발자국이
地球를 밟고 갈 때,

—「시 · I」전문

　서술적 이미지가 활용된 시의 예이다. 이 시에 상반된 것들의 대립과
그것들의 '사이'가 있음을 놓치지 말자. 앞서 언어가 '가지끝'에 걸려
있다는 것이 무엇을 의미하는지 보았다. 가지 끝이 '불가사의의 깊이'[11]
와 대지적 인력의 경계라면 거기에 걸려 있는 언어는 피안과 차안의 경
계에 선 언어가 아닐 수 없다. 인용된 시에는 이 언어의 진로가 방법적
으로 명시되어 있다. "동체에서 떨어져 나간 새의 날개"는 불가사의한
관념 쪽으로 기울어 가지 끝을 이탈한 언어로, '지구를 밟고 가는 한 사
나이의 무거운 발자국'은 언어에 깃든 의미의 중력으로 이해할 때, "동
체에서 떨어져 나간 새의 날개가/ 보이지 않는 어둠을 혼자서 날"면서
관념 쪽으로 치솟고 "한 사나이의 무거운 발자국이/ 지구를 밟고"가는
무게를 자꾸만 드리울 때, 양자의 사이에서, "허물어진 세계의 안쪽에
서" 세계를 현상학적으로 사생하라는 것이 이 시의 메타적 의미이다.
"가을 벌레", "바다의 순결했던 부분", "베꼬니아 꽃잎에 드는 아침햇
살", "그을음과 굴뚝", "한강변의 두더지" 등은 언어의 차안에, "세계의
안쪽"에 놓인 것들이다. 언어의 권리한계를 지정하고 관심을 "세계의
안쪽"에 두면서 세계의 구체적 현상들을 사생하는 것을 김춘수는 "리얼
리즘의 확대"라고 칭하고 있다.
　현상학적 사생이 어떻게 "리얼리즘의 확대"로 귀결되는지는 다음과

---

11) "겨울하늘은 어떤 不可思議의 깊이에로 사라져 가고"(「나목과 시 서장」).

같은 시에도 잘 나타나 있다.

저녁 한동안 가난한 市民들의
살과 피를 데워주고
밥상머리에
된장찌개도 데워 주고
아버지가 食後에 夕刊을 읽는 동안
아들이 食後에
이웃집 라디오를 엿듣는 동안
煉炭가스는 가만가만히
주라紀의 地層으로 내려간다.
그날 밤
가난한 서울의 市民들은
꿈에 볼 것이다.
날개에 산홋빛 발톱을 달고
앞다리에 세 개나 새끼恐龍의
純金의 손을 달고
西洋 어느 學者가
Archaeopteryx라 불렀다는
주라紀의 새와 같은 새가 한 마리
煉炭가스에 그을린 서울의 겨울의
제일 낮은 지붕 위에
내려와 앉는 것을,

—「겨울밤의 꿈」 전문

이 시 역시 불가사의한 존재의 어둠을 더듬는 언어가 아니라 존재자들의 조건과 상황에 대한 이해를 현상학적 사생으로 표현한 시이다. 가난한 시민들의 겨울 한 때를 '연탄가스—연탄—주라기—시조새'라는 이미지 연쇄를 통해 묘사한 이 시에서 시적 언어는 "세계의 안쪽에서 우는/ 가을 벌레를 말하라"는 테제를 관념으로의 도약이라는 가능성을 애

써 차단한 채 충실히 수행하고 있다. 그렇기에 김춘수는 2차 전회에 과감하게 "리얼리즘"이라는 표현을 사용할 수 있었을 것이다. 왜냐하면 이렇게 '리얼한' 사생적 언어는 "불가사의한" 관념으로 향하는 상징적 언어의 비약보다는 무겁고 의미의 연쇄로 점철된 해석적 사유의 언어보다는 가볍게 사물과 세계를 현상하기 때문이다.

그럼에도 불구하고, 우리는 아직 김춘수의 2차 전회의 방향 끝에 놓인 '리얼리즘의 초극'이라는 국면에는 다가가지 않았다. 왜냐하면 이는 결국 언어의식과 관련된 세 번째 질문 즉, 앞의 두 가지 질문에 의해 조건 지어진 상황 속에서 김춘수가 어떤 새로운 언어적 기투를 수행하고자 하는가와 관련된 질문이기 때문이다.

5. 존재와 존재자, 상승과 하강의 매개로서의 언어

김춘수는 1960년대 후반부터 본격적으로 무의미시를 실험하기 시작한다.[12] 언어의식을 규명하려는 본고의 관심사 속에서 그가 결과적으로 어떤 새로운 언어적 기투를 수행하였는가를 해명하기 위해 김춘수의 무의미시 실험과 관련된 두 가지 사실관계에 주목할 필요가 있다. 우선 언급할 것은 김춘수의 무의미시가 서술적 이미지의 연장선상에 있다는 사실이다.

> 서술적 이미지라 하더라도 사생적 소박성이 유지되고 있을 때는 대상과의 거리를 또한 유지하고 있는 것이 되지만 그것을 잃었을 때는 이미지와 대상은 거리가 없어진다. 이미지가 곧 대상 그것이 된다. 현대의 무의미시는 시와 대

---

12) "필자 개인으로서도 60년대 후반에 접어들어 이른바 '무의미시'라는 시의 새로운 실험적 시도를 하게 되었다", 「시의 위상」 머리말」, 『시론전집 2』, 167쪽.

상과의 거리가 없어진 데서 생긴 현상이다. 현대의 무의미시는 대상을 놓친 대신에 언어와 이미지를 시의 실체로서 인식하게 되었다고 할 수 있다.[13]

앞서 서술적 이미지로의 전회가 존재자로부터 존재로 향한 길을 잠정 폐쇄하고─이미 언급한 것처럼 이것은 이 길이 있을 수 없다거나 불가능하다는 태도와는 거리가 있다─사물과 세계에 대해 현상학적 시선으로 사생하려는 것이라고 할 수 있다. 다시 말하자면 이 경로는, 한스 게오르크 가다머의 존재론적 설명을 차용하자면, 가능한 "언어의 길(Weg der Sprache)" 중에서 존재자가 존재로 "올라가는 길(Weg hinauf)"이 아니라 존재가 존재자에게 "내려오는 길(Weg hinab)"을 한 번 더 전개한 방향으로 마련된 것이라는 것이다.[14] 즉, 서술적 이미지로부터 사생적 소박성마저 덜어버리고 "관념체계가 없고 단지 언어와 심상의 미감이 있을 뿐"[15]인 무의미시로의 전개는 "언어의 길" 위에서 존재의 반대편으로 "내려오는 길"의 최말단을 향한 것이라고 할 수 있다.

김춘수가 이 방향의 진행을 "리얼리즘"의 확대와 초극이라고 설명한 점을 상기해본다면 사생적 소박성을 유지하는 단계는 아직 "리얼리즘"의 확대 국면에 해당하지만 이것이 조금 더 진행되면, 마치 앞서 인용한 발췌(5)에 언급된 것처럼, 폴 세잔이 "사생을 거쳐 추상에 이르게 된 과정"처럼, 무의미시에 이르게 된다는 것이 그의 요지이다. 그런데, 이것

---

13) 『시론전집 1』, 512쪽.
14) "언어의 길(Weg der Sprache)", "내려오는 길(Weg hinab)", "올라가는 길(Weg hinab)" 이라는 표현은 M. 리델이 한스 게오르크 가다머의 존재론을 설명하면서 사용한 용어이다. 가다머는 하이데거의 존재론을 수정하여 언어는 존재의 자기표현과 존재자의 존재 이해의 교차점이며 바로 그런 의미에서 존재와 존재자의 매개자가 될 수 있음을 강조했다. 이에 대해서는 김창래, 「H. G. 가다머의 해석학과 언어─존재와 존재자의 매개자로서의 언어」, 한국철학회 편, 『현대철학과 언어』, 2002 참조.
15) 『시론전집 1』, 367쪽.

이 어떻게 존재로부터의 도피가 아니라 "리얼리즘의 초극"이 되는가? 여기서 우리는 1960년대 후반 김춘수가 본격적으로 무의미시 실험을 시작하던 시기와 관련된 두 번째 사실관계를 확인할 필요가 있다.

주지하듯, 김춘수는 1960년대 후반에 이르러 본격적으로 무의미시를 실험하기 시작한다. 그런데, 여기서 우리가 눈여겨 볼 것은 김춘수가 무의미시를 써나가기 시작한 시점이, 1991년에 발표될 장편 「처용단장」이 처음 씌어지기 시작한 시점과 정확히 일치한다는 것이다.[16] 「처용단장」은 김춘수 자신이 젊은 시절 겪은 사건으로부터 비롯된 정신적 상처에 대한 기억을 통해 역사의 폭력과 그로부터 받은 고통에 대해 다룬 장편이다. 김춘수는 직접 이렇게 말하고 있다.

> 나에게는 대상과 주제가 없다고 했는데 그것은 이미 말했듯이 통상적인 뜻으로서의 그것이고, 시의 차원에서는 나 자신 대상과 주제를 설정할 수 있었고 설정하고도 있었다. (중략) **개인을 파괴하는 역사의 악, 또는 이데올로기의 악**을 내 자신의 경험과 처용을 오버랩시키면서 드러내려고 한 것이 나의 시적 주제다.[17]

김춘수는 여러 산문에서 거듭 '의미=역사=폭력'의 도식을 제시한바 있다 대표적으로 그는 「처용, 그 끝없는 변용」이라는 글에서 "역사=이데올로기=폭력의 삼각관계가 비치게 되면서부터 나는 도피주의자가 되어가고 있었다. 왜 나는 싸우려 하지 않았던가? 나에게는 역사 · 이데올로기 · 폭력 등은 거역할 수 없는 숙명처럼 다가왔다"[18]고 말하고 있다. 이렇듯, 역사와 이데올로기는 의미의 세계에 속한 것이다. 스스로 "도피

---

16) 그 자세한 양상에 대해서는 졸고, 「비화해적 가상으로서의 김수영과 김춘수 시학 연구」, 연세대 박사논문, 2008 참조.

17) 김춘수, 「장편 연작시 「처용단장」 시말서」, 『처용단장』, 미학사, 1991, 139쪽.

18) 『시론전집 2』, 150쪽.

주의자"라고 언급하는 대목에서 확인할 수 있듯이 무의미시란 1950년대부터 개시된 "관념 도피"의 연속선 상에서 의미의 세계로부터의 "도피"를 최대화한 시이다. 이를 "언어의 길" 위에서 설명하자면, 보편자의 세계로부터 "내려가는 길"의 도상 위에 있는 것이라고 할 수 있을 것이다. 그런데, 위에 인용된 산문에서 보듯, 바로 그런 도상에서 '무의미시'를 향해 본격적으로 '내려가기' 시작한 바로 그 시점부터 김춘수는 역사와 이데올로기와 의미의 세계를 향해 "올라가는 길"을 펼쳐보이기 시작했다. 다시 이를 언어의식의 측면에서 설명하자면, 김춘수는 '서술적 이미지-무의미시'의 방향을 위해 폐쇄시킨 것으로 보였던 보편자로의 경로를 실은 동시적으로 탐색하고 있었던 것이라고 할 수 있다. 김춘수가 "리얼리즘의 초극"을 이야기한 것은 바로 이런 맥락에서 설명되어야 한다. 김춘수는 같은 맥락에서 "나는 20대에 상징주의자가 되었다가 40대에 리얼리스트가 되었다. 그러나 지금은 그것들의 절충, 아니 변증법적 지양을 꿈꾸고 있다. 이 꿈을 다르게 말하면, 시로써 초월의 세계로 나가겠다는 것이 된다"[19]고 말한 바 있다. 그러니까, 김춘수가 언급한 "리얼리즘의 초극"이란 무의미시라는 한 방향 즉, 보편자로부터 '내려오는 길'의 방향에서만 가능한 것이 아니라 상징주의자로서의 길 즉, 존재자로부터 존재로 향하는 길과 현상학적 사상을 통한 리얼리스트의 길, 즉 존재로부터 존재자로 '내려오는 길'의 변증법적 지양을 통해 가능한 것이었다고 할 수 있다. 다시 언어의식의 관점으로 풀자면, 결국 김춘수는 언어가 보편자로부터 개별자로 향하는 길만 갖는 것이 아니라 보편의 세계로 향하는 길을 동시적으로 갖는 것임을 1960년대 후반에 시작된 그의 이중적 작업을 통해 직접 시연하고 있다고 말할 수 있다. 다음 두 시를 통해 우리는 「처용단장」속의 무의미시 혹은 무의미시 속의 「처용

19) 『시론전집 2』, 358쪽.

단장」이 내속적으로 관계 맺는 현장을 지목할 수 있다.

(1)
바보야, 우찌 살꼬
바보야,
하늘수박은 올리브빛이다 바보야,
바람이 자는가 자는가 하더니
눈이 내린다 바보야,
우찌 살꼬 바보야,
하늘수박은 한여름이다 바보야,
올리브 열매는 내년 가을이다 바보야,
우찌 살꼬 바보야,
이 바보야

—「하늘수박」전문

(2)
ㅕㄱㅅㅏㄴㅡㄴ
눈썹이없는아이가눈썹이없는아이를 울린다.
역사를
심판해야한다 ㅣㄴㄱㅏㄴㅣ
심판해야한다고 니콜라이 베르쟈에프는
이데올로기의솜사탕이다
바보야
하늘수박은올리브빛이다바보야

,

역사는
바람이자는가 자는가 하더니
눈이 내린다 바보야
우찌살꼬 ㅂㅏㅂㅗㅑ

,

ㅎㅏㄴㅡㄹㅅㅂㅏㄱ ㅡㄴ한여름이다ㅂㅏㅂㅗㅑ

,

올리브 열매는 내년 ㄱㅏ ㅡㄹㅣ다ㅂㅏㅂㅗㅑ

,

ㅜㅉㅣㅅㅑㄹㄲㅗㅂㅏㅂㅗㅑ
ㅣ바보야,
역사가 ㅕㄱㅅㅏㄱㅏ하면서
ㅣㅂㅏㅂㅗㅑ

― 「처용단장」 3부 39 부분

    인용 (1)은 무의미시의 대표작 중 하나로 꼽히는 「하늘수박」이다. 여기서 이미지들은 통일성과 의미연관이 배제된 채 사용된 것으로 보일 수 있다.[20] 즉, 여기서 언어는 보편으로부터 '내려가는 길' 쪽으로 치닫고 있는 것으로 보인다. 그런데, 김춘수는 인용(2)에서 그 길을 다시 보편의 의미를 더듬는 '올라가는 길'의 일부로 취했다. 즉, 여기서 시인은 「하늘수박」을 변용시키는 중간 중간에 "역사"와 "ㅕㄱㅅㅏ"를 끼워넣으면서 "역사"의 응시와 이를 해체시키고 싶은 욕망을 동시적으로 개진하고 있다. 다시 말하자면, 의미로부터의 도피를 꾀하는 현장에도 역사의 외상이 끊임없이 개입한다는 증언과 역사와 의미의 세계를 "자음과 모음/ 서너 개의 음절"[21]로 분해하고 싶은 욕망이 계속해서 교차하고 있음을 이 시는 보여준다. 이처럼, "내려오는 길"과 "올라가는 길"은 김춘수의

---

20) 김춘수의 무의미시가 실제로 의미를 완전히 배격하고 있는가 혹은 고통의 변용인가 하는 문제는 또 다른 연구 대상이다. 다만, 필자는 「눈물」, 「하늘수박」과 같은 작품들이 의미의 세계를 완전히 배격한 것이라기보다는 오히려 정신적 외상과 고통이 변용된 이미지들로 씌어진 것이라는 주장을 한 바 있다. 이에 대해서는 졸고 「비화해적 가상으로서의 김수영과 김춘수의 시학 연구」, 연세대 박사논문, 2008 참조.
21) "서기 1959년/ 세모,/ 릴케의 그 천사가/ 자음과 모음/ 서너 개의 음절로 왠지 느닷없이/ 분해하는 것을 나는 보았다"(「처용단장」 3부 42)

언어의식 속에서 실상 하나의 길이었다. 이것이 김춘수가 말한 상징주의자와 리얼리스트의 변증법적 지양의 진의이다.

6. 나오며

처음의 세 가지 질문을 기억해보자. 김춘수는 보편의 존재를 한 번도 의심하지 않았다. 그러나 언어를 통해 그것의 의미가 무엇인지를 자명하게 드러낼 수 있을지를 회의했다. 그는 보편을 더듬을 언어의 권리능력을 인정했지만 언어가 끝내 보편에 가닿지 못할 것이라는 권리한계를 승인했다. 그러나 겉으로 보아 보편으로부터의 도피로 보이는 그의 시적 여정 내부에는 보편을 향하는 길이 항상 내장되어 있었다.

> 자유란 한계가 없어지면 스스로를 무화시키고 자멸한다. **인간적 자유는 무한한 가능으로써의 자유가 아니라, 어떤 한계의식 안에서의 자유다.** (중략)
>
> 하나님과 인간 사이에는 단절이 있을 뿐이다. 그 단절은 근원적으로는 능력의 단절이다. 그러나 우리는 이 사실을 알고 있다 하더라도 인간적 용기와 품위를 위해서도 간혹은 도전해보고 싶어지고, 하느님의 영역을 침범해보고 싶어지기도 한다. 그것이 바로 허무에의 도전이요 해체현상이다. 시인인 이상 이런 충동이 가끔 일지 않는다면 시인이 아닐 것이다. 그러나 우리는 또 땅 위에 납작하게 떨어져서 어쩔 수 없이 어떤 질서(구조) 속에 스스로를 가둬두지 않으면 안 된다. 그러나 그 구속은 또다시 도전을 받아야 한다. **쉬임 없는 되풀이가 계속되리라.**[22]

보편의 의미를 완전히 파악하는 것이 아니라 상승과 하강의 "쉬임 없

---

22) 김춘수, 「시의 위상」, 『시론전집 2』, 408~409쪽.

는 되풀이"가 시인의 숙명이다. 그렇기에 '왜 나는 시인인가' 하고 묻고 그는 스스로 이렇게 답한다.

> 나는 언어를 버리고 싶고 언어로부터의 해방을 절실히 희구하기 때문에 그나마 나는 시인이다. 그것이 그러나 불가능하다는 것을 절실히 느끼고 있기 때문에 그나마 나는 시인이다.

김춘수에게 "자유"가 '한계 속의 되풀이'이듯이 그가 꿈꾸는 "언어로부터의 해방"은 상승과 하강의 반복을 통해 불가능의 경계를 밀고가는 운동이다. 그에게 언어는 보편의 의미를 관장하는 만능의 열쇠나 특수자들의 그물이 아니라 끊임없이 존재와 존재자 사이의 상승과 하강을 중재하는 하나의 열린 길이었다.

■ 참고문헌

1. 기본자료

김춘수, 『김춘수 전집』 1, 2, 문장사, 1982.
_____, 『김춘수 전집』 3, 문장사, 1983.
_____, 『김춘수 시전집』, 현대문학사, 2004.
_____, 『김춘수 시론전집』 1, 2, 현대문학사, 2004.
_____, 남진우 엮음, 『왜 나는 시인인가』, 현대문학사, 2005.

2. 참고 자료

김창래, 「H. G. 가다머의 해석학과 언어 ─존재와 존재자의 매개자로서의 언어」, 한국철학회 편, 『현대철학과 언어』, 철학과현실사, 2002.
김 현, 「존재의 탐구로서의 언어」, 『세대』, 1964.7.

문혜원, 「김춘수의 시와 시론에 나타나는 이미지 연구」, 『한국 현대시와 모더니즘』, 신구
　　문화사, 1996.

박이문, 「예술과 철학과 미학」, 『이카루스의 날개와 예술』, 민음사, 2003.

이명현, 「언어, 인간 그리고 세계」, 한국철학회 편, 『현대철학과 언어』, 철학과현실사, 2002.

전병준, 「김수영과 김춘수의 시 비교 연구」, 고려대 박사논문, 2010

조강석, 「비화해적 가상으로서의 김수영과 김춘수 시학 연구」, 연세대 박사논문, 2008.

최라영, 「김춘수 무의미시 연구」, 서울대 박사논문, 2004.

마르틴 하이데거, 「서론 : 존재의 의미에 대한 물음의 설명」, 『존재와 시간』, 이기상 옮김,
　　까치, 2001.

김춘수의 무의미시에 함축된 진의 연구

이 상 호

1. 문제 제기

김춘수의 무의미시는 난해한 것으로 정평이 나 있다. 여기서 '난해함'이란 관점에 따라서는 다르게 인식될 수도 있다. 즉 그것은 일상적 논리를 초월할 수 있는 시의 특성으로 보면 고차원의 시적 형상화에 도달한 경지가 되는 반면, 독자를 의식하기 이전에 먼저 시적인 자기 만족감을 실현하려는 의지가 더 강한 시 쓰기의 결과로 볼 때는 귀족주의적인 시 의식의 결과라고 비판될 수도 있다. 어떤 관점이든 간에 김춘수의 무의미시는 그 난해함만큼이나 예술화의 과정인 승화작용이 잘 이루어진 것으로 볼 수 있는데, 문제는 일반 독자의 입장에서 그것을 이해하기가 그리 쉽지 않다는 점이다. 이 때문에 김춘수가 펼친 무의미시론은 그의 무의미시를 이해하는 데 많은 도움이 된다. 아니, 때로는 도움을 넘어 논자들이 지나치게 그 논리에 연연함으로써 무의미시의 진의를 놓치는 경우가 허다하다.

널리 알려졌듯이, 김춘수는 무의미시를 쓴 만큼이나 무의미시론을 펼치는 데도 많은 노력을 기울였다. 우리 시사에서 시 창작과 더불어 자기

시에 대한 해설이나 논리화를 지속적으로 추구한 시인이 드문 만큼 그의 작업들은 예사롭지가 않다. 그중에도 그가 무의미시론을 다양하게 전개한 이면에는 특별한 의미가 있다고 하겠는데, 그것은 최소한 다음과 같은 세 갈래의 접근이 가능하다. 첫째는 무의미시의 난해함을 희석하는 작업의 일환으로, 창작의도와 작품의 특성을 스스로 밝힘으로써 독자들에게 무의미시에 접근하는 길을 안내한 의미를 갖는다. 둘째는 자신이 추구한 무의미시를 논리적으로 합리화하여 시론으로 정립하려 한 작업으로 볼 수 있다. 셋째로는 자신의 의도와는 달리 무의미시를 온전히 실현하기가 그만큼 어렵다는 것을 반증하는 것이기도 하다.

그런데 위의 셋째 사안과 관련하여 오규원은 김춘수의 무의미시론의 바탕에 깔린 '불안'에 주목하고, 그것을 "시의 각 행간에 어떠한 형태로든지 자리 잡은 관념을 깨끗이 제거해 버렸을 때, 시가 아무런 의미를 띠지 않을 때, 그렇다면 시를 쓰는 이유는 무엇이며 시인이란 어떻게 존재해야 하는가에 대한 확신을 스스로 세울 수가 없는 데 대한 불안이기도 하다."[1]는 것으로 보았다.[2] 결국 그 불안감이 그에게서 숱한 논의를 통해 무의미시를 방법론적으로 논리화하는 작업으로 분출된 것이라 할 수 있다. 그리고 이러한 김춘수의 내면에 잠재한 불안감을 고려하면 무의미시와 무의미시론에 대한 그의 관점이나 주장을 액면 그대로 수용하기는 어렵다. 특히 그 스스로 무의미시론을 논리화하려고 애를 쓰면서도 한편으로는 늘 작품으로는 끝내 완결되기 어려운 것이라고 회의하거

---

1) 오규원, 「무의미시」, 『현실과 극기』, 문학과지성사, 1976, 79~80쪽.

2) 오규원의 관점은 '무의미'를 주로 의미(meaning) 작용의 측면에서 보아 김춘수가 의도한 무의미의 개념을 축소한 점이 있다. 즉 김춘수의 의도에는 부분적으로 무의미(meaninglessness)의 개념을 내포하지만 그보다는 기성관념의 무의미성과 그에 대한 전복(무화) 의지로서의 허무의식 및 일상적 논리를 초월하는 시적 책략으로서의 무의미(nonsense)라는 개념이 더 많이 함유되어 있다. 이상호, 「김춘수의 무의미시론에 대한 재인식」, 『한국문예비평연구』 제36집, 한국현대문예비평학회, 2011 참조.

나 일정한 한계가 있음을 자인했던 점을 상기하면 더욱 그렇다. 가령,
그것은 다음에서 잘 드러난다.

> ······ 이미지를 서술적으로 다룬 시들 중에는 대별하여 두 개의 유형이 있
> 다. 그 하나는 대상의 인상을 재현한 그것이고 다른 하나는 대상을 잃음으로써
> 대상을 무화시킨 결과 자유를 얻게 된 그것이다. 이 후자가 30년대의 이상을
> 거쳐 50년 이후 하나의 경향으로서 한국시에 나타나게 된 무의미의 시다. 그러
> 니까 시사적으로 한국의 현대시가 50년대 이래로 비로소 시에서 자유가 무엇
> 인가를 경험하게 되었다고 하겠다. 그러나 이 경우에도 완전한 자유에 도달하
> 였다고 말하기는 어려울 것 같고, 비교적 자유에 접근해간 경우가 있었다고 해
> 야 할는지 모른다. 자유를 위장해서라도 대상으로부터 자유로워지고 싶어 하
> 는 그런 경우가 훨씬 더 많을는지도 모른다. 이런 사정들을 식별하기란 매우
> 어려운 것이다. 그것은 시인의 창작 심리와 밀접한 관계가 있기 때문이다.[3]

여기서 주목할 것은 '그것은 시인의 창작 심리와 밀접한 관계가 있기
때문'이라는 대목이다. 이를테면 그의 무의미시론들은 창작 심리에 관
한 것이 많아서 수용자의 해석적 자유와 권리를 유보한 측면이 많다는
점이다. 그러므로 엄밀히 따지면 창작자의 심리나 이론적 관점에서 벗
어나 수용자의 입장에서 그의 작품에 접근할 때에는 얼마든지 다른 관
점이나 해석이 나올 수도 있다.[4]

이와 관련하여 우리는 엘리엇 등을 비롯한 구미의 형식주의 비평가들
이 제기한 작가의 의도와 그것이 작품으로 실현된 것은 다를 수 있다는

---

3) 김춘수, 「한국현대시의 계보」, 『의미와 무의미』, 문학과지성사, 1980, 50쪽.
4) 수용미학 측면에서 보면 "작품은 그 자체와 그것의 생산된 효과의 기능인 '문학적 기
   대의 지평', 그리고 독자들의 '미학적 코드'에 속하는 제2의 사회적 지평을 포함한
   다."(장-이브 타디에 지음, 『20세기 문학비평』, 김정란·이재형·윤학로 옮김, 문예
   출판사, 1995, 241쪽) 따라서 창작심리에 관한 문제는 '제2의 사회적 지평'을 간과하
   고 주로 '제1의 문학적 기대지평'만을 염두에 둔 것이라 할 수 있다.

점과 또 독자가 자유롭게 작품을 해석할 수 있다는 주장을 고려할 필요가 있다. 엘리엇은 "우수한 시에서 (중략) 문제되는 것은 구성요소인 정서의 위대한 것이나 강렬한 것이 아니라, 예술적 방법의 강렬성, 즉 용해작용을 일으키는 압력의 강렬성"5)이라고 하였다. 말하자면 시인의 정서와 의도에 연연하여 시에 접근할 것이 아니라 그것이 작품에 얼마나 잘 용해되어 형상화되었는지를 보라는 것이다. 이른바 그는 '의도의 오류'를 범하지 말라고 경고한 셈이다.

문학비평에서 의도의 오류란 "작가의 계획 혹은 의도는 문학작품의 성공도를 판정하는 기준으로서, 알 수도 없는 것이려니와, 바람직한 것도 아니다."6)라는 명제 아래 작가의 의도를 지나치게 고려하는 과정에서 범할 수 있는 해석적 오류를 뜻한다. 왜 이것이 문제되는가 하면, "독자가 시인이 느낀 것과 동일한 정서를 느낀다는 것은 불가능하며, 그가 그렇게 느껴야 할 아무런 이유도 없는 것이다. 시는 시인이 그것과 더불어 시작한 그러한 정서보다도 '적게' 표현되지만, 또한 그것은 더욱 많은 것을 표현하고 있다."7)고 보기 때문이다. 여기서 우리는 시인과 작품에 대한 독자의 수용적 한계와 권리 및 자유, 그리고 작품의 자율성 등을 함께 인식할 수 있다. 즉 시인의 의도가 그대로 작품에 표현되기 어려울 뿐만 아니라 독자도 작품을 통해서 시인과 동등한 정서를 느끼는 것은 거의 불가능하며, 그렇게 느껴야 할 이유도 없기 때문에 독자는 제 나름의 감상적 권리와 자유를 갖는다. 또한 작품이란 시인이 의도한 정서보다 적게 표현된 것일 수도 있으므로 표현의 한계를 내포하는 반면

5) T. S. 엘리옽, 「전통과 개인의 재능」, 『T. S. 엘리옽 문학론』, 이창배 역, 정연사, 1970, 22쪽.
6) W. K. Wimsatt, Jr & M. C. Beardsley, *The Intentional Fallacy*. 사사끼 겐이찌 지음, 『예술작품의 철학』, 이기우 옮김, 신아, 1987, 210쪽 재인용.
7) 클리언스 브룩스/W. K. 윔셸 2세 공저, 『문예비평사』, 한기찬 역, 월인재, 1981, 162쪽.

에 시인이 의도한 그 이상의 의미를 함유할 수도 있어 그 자체로 자율성
을 지닌다. 따라서 하나의 작품은 독자의 해석에 따라서는 더 풍부한 의
미를 지닐 수도 있다.

이와 같은 관점으로 김춘수의 무의미시론과 무의미시의 관계에 접근
하면, "무의미는 발생하지 않는다."[8]거나, "그가 추구한 무의미란 모순
이며 역설"[9]이라는 비판적 인식, 또는 "무의미는 의미를 누구보다 강하
게 의식한 사람만이 획득할 수 있는 것"[10]이라는 역설적 의미로 파악하
는 견해들을 수긍할 수 있다. 즉 김춘수의 무의미시는 무의미시론과는
별개로 적어도 의미 차원에서는 실제로 무의미를 실현하지 못하거나,
설령 그 가능성이 있더라도 궁극에는 의미를 더 강하게 의식한 시인의
의도가 그 이면에 깔려 있음을 알 수 있다.

요컨대, 김춘수의 무의미시론은 그 실제인 작품에 접근하면 일련의
괴리나 한계를 지닌다. 김춘수는 이 괴리를 해결하는 방식으로 종종
'시적 트릭'[11], 또는 '위장'이라는 말을 썼다.[12] 그는 관념적으로는 무
의미시를 지향하지만, 현실적으로는 언어로 이루어지는 시의 생리를
부정하거나 완전히 초월할 수 없음을 인정함으로써[13] 그 괴리를 심리

---

8) 오규원, 『날이미지와 시』, 문학과지성사, 2005, 56쪽.
9) 김유중, 「김춘수의 실존과 양심」, 『한국시학연구』제30호, 한국시학회, 2011. 4, 7~8쪽.
10) 김준오, 「처용시학」, 김춘수연구간행위원회, 『김춘수 연구』, 학문사, 1982, 293쪽.
11) '트릭(trick)'의 사전적 의미는 "(사람의 눈을 속임의 뜻에서) 책략, 장난, 농담, 그 재
    롱 비결, 요술, 계교, 속임수, 환각, 착각, 술책, 희롱, 비열한 짓, 재주, 묘기, (영화
    연극의) 기교" 등등 다양한 개념으로 정의된다. 김춘수가 무의미시론에서 강조하는
    '시적 트릭'은 이런 다양한 의미들을 두루 함유하는 것으로 보아도 무방할 정도로
    그 범주가 넓다.
12) 김춘수, 「대상의 붕괴」, 『의미와 무의미』, 앞의 책, 82~84쪽 ; 「한국현대시의 계보」,
    앞의 책, 46쪽 ; 「대상·무의미·자유」, 앞의 책, 53~54쪽 등 참조.
13) 만약 시인이 "철저하게 언어를 파괴해 버린다면 시 자체도 살아남기 어려운 것"이
    기 때문일 것이다. 이형기, 「허무, 그리고 생을 건 장난─김춘수 또는 무의미의 의
    미」, 『김춘수 연구』, 앞의 책, 39쪽.

김춘수의 무의미시

적인 것, 또는 시적 트릭이라는 말로 보완하려 했던 것이다. 그렇다면 그의 무의미시론은 작품으로 온전히 실현될 수 없는 하나의 선언적인 것이요, 지향적인 것이며, 형식적 실험이자 도전이고 과정이라고 보아야 마땅하다. 본고에서는 이런 문제의식에 입각하여 김춘수의 무의미시에 함축된 궁극적 의미를 살펴봄으로써 그 실체와 지향점을 가늠해보고자 한다.

2. 무의미시에 함축된 진의와 지향성 고찰

김춘수의 무의미시에 접근한 경우 가장 큰 문제점으로 보이는 것은 많은 연구자들이 무의미시론을 지나치게 의식한 나머지 작품의 자율성을 많이 제한하고 있다는 점이다. 앞서 언급했듯 김춘수의 무의미시론과 그 실제인 작품은 일련의 괴리나 한계를 지닐 수밖에 없다. 즉 그는 관념적으로는 무의미시를 지향하였지만, 현실적으로는 언어로 이루어지는 시의 생리를 완전히 부정하거나 일탈할 수 없었다. 그럼에도 논자들은 이 점을 의식하면서도 정작 작품에 접근할 때에는 무의미시론에 내재한 '시적 트릭'의 측면을 간과한 채 주로 표층적 의미에 초점을 맞추어 그 진정성을 놓치는 경우가 많다. 이를테면 시인이 '자아'는 물론이거니와 '시대의 사회 현실'14)에 대해 치열하게 고민했음에도 불구하

---

14) 이는 김춘수의 글들에 적나라하게 드러난다. "나의 경우, 나의 시작은 나의 생활에서의 체험이 언어를 불러 언어의 질서 속으로 자기를 변용케 하려는 노력이 되고 있다는 것을 의식한다. 시작(詩作)하면서 나는 나의 인격을 본다. 그렇지 않다면 나는 시작과 같은, 공리와는 인연이 먼 무상(無償)의 행위를 훨씬 이전에 포기했을 것이다. 나는 나의 시작을 통하여 나의 현재를 보고, 나의 과거와 미래도 본다."(김춘수, 「처용·기타에 대하여」, 『의미와 무의미』, 앞의 책, 181쪽), "자동기술로 길어 올린 것에 이름을 붙이는 일은 현대와 한국이라고 하는 시공이다. 내 자신 무엇으로 이름 불리어져야 하는가는 내가 살고 있는 시대의 사회 현실이 책임을 져야 한다." 김춘

고, 그의 무의미시를 "삶의 의미를 거부한 것"[15)]으로 보거나, "무상의 관념" 즉 "의미가 제거된 난센스의 세계"[16)]로 보기도 하고, 또 극단적으로는 해석 불가능한 무의미의 차원에서 바라보려는 태도 등에서 그 예를 찾아볼 수 있다. 본고에서는 주로 이런 관점들에 내재한 일련의 문제점에 주목하여, 무의미시론에 대해서는 가능한 한 유보하고 자유로운 입장에서 무의미시 형태로 가장 많이 거론되는 몇몇 작품을 중심으로 거기에 내포된 궁극적 의미와 지향점을 해명한다.

1) 비극적 세계인식과 구원 갈망

먼저, 김춘수의 무의미시 가운데 가장 널리 거론되는 작품부터 한 편 인용하고 그 궁극적 의미를 살펴보기로 한다.

> 불러다오.
> 멕시코는 어디 있는가,
> 사바다는 사바다, 멕시코는 어디 있는가,
> 사바다의 누이는 어디 있는가,
> 말더듬이 일자무식 사바다는 사바다,
> 멕시코는 어디 있는가,
> 사바다의 누이는 어디 있는가,
> 불러다오.
> 멕시코 옥수수는 어디 있는가,
>
> ― 「처용단장 제2부―들리는 소리 5」 전문(『처용단장』, 48쪽)

어떤 논자들은 이 시에 대해 "이 시행들에서 읽게 되는 것은 언어의

수, 「존재를 길어 올리는 두레박」, 『시의 표정』, 문학과지성사, 1979, 150쪽.
15) 김준오, 앞의 글, 292쪽.
16) 김 현, 「명상적 집중과 추억」, 『김춘수 연구』, 앞의 책, 158쪽.

의미가 아니라, 그런 의미가 배제된 상태에서 얽히고 설켜 돌아가는 언어의 음악 혹은 리듬"[17]으로 파악하거나, "주술은 소리로써 인간의 영혼을 전율케 하는 것이다. 이것은 언어에서 의미를 제거했을 때 가능하다. 언어에서 의미를 제거하면 물론 소리만 남는다. (중략) 언어에서 의미(논리)가 없어지고 소리만이 남아 있을 때 (중략) 자기 주위를 에워싸고 있는 인간들로부터 자기를 분리시킬 줄 아는 (그러니까 유아론적 고립주의자로서의) 시인의 목소리"[18]로 보는가 하면,[19] 또 "의미를 형성할 수 있는 시어도, 시어에 의미를 덧씌울 자아도 부재하게 된 상황에서, 모든 시적 발화는 음성(소리)의 차원으로 환원된다. 자아와 대상, 언어와 의미가 모두 완전하게 비워지는 것이다.", "발화들 사이사이로 의미해독이 전혀 불가능한 '사바다는 사바다'라는 발화가 삽입되어 있다. 시적 발화간에 의미의 통합을 가능하게 하는 시간적 질서(혹은 통사적 연속성)가 완전하게 해체되어 있다."[20]고 하여, 대체로 의미가 없거나 있어도 해독이 불가능하여 무의미성이 잘 실현된 것으로 본다. 과연 이 주장들을 액면 그대로 받아들여도 좋을까? 단적으로 말해 이 시에 수용된 언어들, 시인의 작의에 의해 선택되고 조합된 구절들이 그것을 부정한다.

---

17) 이승훈, 「김춘수의 시론」, 『한국현대시론사』, 고려원, 1993, 208쪽.
18) 김준오, 앞의 글, 288쪽.
19) 이 시의 '리듬'을 의미가 제거된 '주술'적인 것, '유아론적 고립주의자로서의 시인의 목소리'로 보는 것은, "주술은(많든 적든 어디서나 발견되는 것이지만) 종교를 떠나서는 결코 존재하지 않는다는 사실"(미르치아 엘리아데, 『종교형태론』, 이은봉 옮김, 한길사, 2002, 80쪽)과는 거리가 있다. 종교 행위가 개인적일 수도 있지만 궁극에는 이타적인 의미로 확장될 때 그 진정한 의미를 가지며, 또한 주술도 표면적으로는 의미가 제거될 수 있으나 "항상 그것을 행사하는 어떤 사람과 결부되어"(같은 책, 79쪽) 어떤 의미를 함유하기 때문이다.
20) 남기혁, 「김춘수의 무의미시론 연구」, 『한국 현대시의 비판적 연구』, 월인, 2001, 228~230쪽.

그렇다면 이 시에는 시인의 어떤 의도와 시적 의미가 깔려 있을까? 먼저 단언하면, 이 시는 시인이 의도한 의미를 표현하기 위해 매우 치밀하게 조직/조작된 결과물이다. 단순하게 보아 반복되는 시어와 그에 반하는 빈번한 쉼표들에도 표현 효과를 의식한 시인의 노림수가 깔려 있다. 이를테면 반복이 리듬과 간절한 호소(염원)와 강조 등의 의미를 띤다면, 빈번한 쉼표는 오히려 무의식화와 자동화(기계화)되는 흐름을 의도적으로 끊어버림으로써 숨 돌릴 겨를 없이 흘러가는 호흡을 잠시 멈추거나 쉬게 하는[休止] 조절적 기능을 갖는 동시에 의미를 의식하지 못하고 미끄러지는 것을 의도적으로 제어하는 기능으로 작용하기도 한다. 이런 치밀한 조직 속에 함축된 이 시의 궁극적 의미는 무엇일까? 그것은 적어도 다음과 같은 세 가지로 구분하여 살필 수 있다.

첫째, '불러다오'와 '어디 있는가'의 연결성에 주목하면 시적 자아는 현재 여기에는 없는 '멕시코'(진정한 조국)와의 합일을 간절히 염원한다. 둘째, '사바다는 사바다'[21]라는 구절은 사바다의 고립성을 뜻한다.

---

21) 김춘수는 한 수필에서 '사바다'의 정체와 그에 대한 인식을 자세히 언급한 바 있다. "사바다의 의지와 살인자들의 본능 사이에는 건널 수 없는 강이 있다. 사바다는 그런 모양으로 죽고 싶지는 않았지만, 살인자들은 장난처럼 아무것도 아닌 것처럼 개미 한 마리를 밟아 버리듯, 그리고는 느닷없이 사바다를 죽이고 싶은 것이다. 다른 것은 그만두고라도 사바다에게는 이 느닷없이 죽는다는 것이 가장 견디기 어려운 일이었을는지도 모른다. 우연은 대문자로 된 사바다를 이 세상에서 말살해 버리는 엄청난 사건이기 때문이다.", "사바다는 일자무식이지만 알만한 것은 다 알고 있었다. 어머니의 품은 따뜻하고, 아내의 가슴은 그보다도 더욱 따뜻하고, 누이의 살결은 깨끗하고, 옥수수죽은 배를 불려 주고, 너무 많은 옥수수는 영혼을 썩게 한다는 것을 알고 있었다.", "그는 단순하고 정확했다. 무식을 수치라고 생각하지도 않았고 그것을 자랑으로 휘두르지도 않았다. 그는 오직 힘을 믿었다." 이들 정보에 따르면 이 시에서 시인이 추구하는 의도와 의미가 선명히 밝혀진다. 즉 '대문자로 된 사바다' ―한 개인으로서의 그는 그의 '의지'와는 상관없이 '우연'으로 점철된 역사와 폭력성('살인자들의 본능'; 인간의 양면성, 즉 인간적 의지와 동물적 본능의 대립을 암시한 듯)에 희생당하는 비극적 존재이다. 또한 그는 '일자무식이지만 알만한 것은 다 알고' 있는, '힘'을 갖고 그 '힘을 믿'는 존재이면서도 '우연'이라는 역사의 거

즉 다른 존재와의 관계성을 갖지 못한 사바다는 다만 사바다일 뿐이라는, 고립무원(孤立無援)의 존재임을 강조한다. 여기서 '다른 존재'란 사바다가 합류할 수 없는 부정적 존재요 억압자들일 수 있다. 사바다는 그들로부터 분리되어 있으므로 문제적 인물(혁명가)이라는 위상을 갖는다. 또한 사바다는 '말더듬이 일자무식'이기 때문에 세속적 관념으로 보면 결핍되어 불완전한 존재이다. 이것이 곧 그에게 구원의 손길이 필요한 까닭이며, 시적 자아가 다급한 목소리로 '어디 있는가' '불러다오'라고 반복하여 외치는 원인이기도 하다. 셋째, 여기서 시적 자아가 간절히 찾는 대상이 '멕시코' + '누이' + '옥수수'라는 점이 자연스럽게 연결된다. '일자무식 말더듬이'인 '사바다'가 멕시코의 혁명가라는 사실을 전제하면, 그의 염원은 부정적인 현재의 반대편에 있는 이상적인 '멕시코'라는 점을 유추할 수 있으므로, 결국 그가 추구하는 혁명의 궁극적 목표는 '누이'(온정, 배려; 정신적인 것)와 '옥수수'(식량; 물질적인 것)가 충족되는 나라라는 점을 알 수 있다.[22]

이렇듯 이 시는, 겉으로는 '완전하게 해체'되어 '의미 해독이 전혀 불가능'하거나 '자아와 대상, 언어와 의미가 모두 완전하게 비워지는 것'과 같은 국면으로 보일지 모르나(사실 표층에도 비극적 세계인식이 짙게 드러남), 조금만 더 깊이 음미하여 연상력을 발휘하면 이 시를 구성하는 언어와 이미지, 또는 존재의 특성들이 서로 긴밀한 연관성을 갖고 작의─비극적 세계로부터 일탈하고 싶은 구원에 대한 열망을 시적으로 잘 구현하고 있음을 알게 된다. 이런 관점에서 보면 다음 시들 역시 해

대한 폭력에 무기력하게 당할 수밖에 없다는 점에서 더욱 비극적인 인물로 전락한다. 김춘수, 「빛 속의 그늘─말을 주제로 한 몇 개의 변주곡」, 『김춘수 전집 3 수필』, 문장사, 1983, 53쪽 참조.
22) 물론 이러한 시적 화자의 결핍과 염원을 확장하고 보편화한 지점에 시인의 현실인식이 놓여 있다.

석이 가능한 유의미한 형태임을 확인할 수 있다.

하늘 가득히
자작나무 꽃 피고 있다.
바다는 남태평양에서 오고 있다.
언젠가 아라비아 사람이 흘린 눈물,
죽으면 꽁지가 하얀 새가 되어
날아간다고 한다.

　　　　　　　　　　— 「리듬 1」 전문(『김춘수 전집 1 시』, 255쪽)

바보야, 우찌 살꼬
바보야,
하늘수박은 올리브빛이다 바보야,
바람이 자는가 자는가 하더니
눈이 내린다 바보야,
우찌 살꼬 바보야,
하늘수박은 한여름이다 바보야,
올리브 열매는 내년 가을이다 바보야,
우찌 살꼬 바보야,
이 바보야,

　　　　　　　　　　— 「하늘수박」 전문(『김춘수 전집 1 시』, 258쪽)

　이들 작품에 대한 해석 역시, "「리듬 1」은 '자작나무 꽃' → '바다' → '눈물' → '새' 의 이미지로 전개 되어 있다. 하지만 각각의 이미지 사이에는 어떤 연속성도 없다. 단지 시인의 자유연상에 의해 각각의 이미지들이 자유롭게 병치되어 있다."고 하거나, "「하늘수박」 역시 유년의 기억 속에서 길어 올린 이미지들이 자유롭게 병치되어 있다. 하지만 이 작품이 「리듬 1」의 경우보다 더 극단적인 무의미시로 읽히는 이유는, 언어의 통사적인 질서가 보다 완전하게 해체되어 있기 때문이다. 이 시에서 각

각의 시행은 의미의 독해가 불가능하다."[23]고 단언하는 경우를 볼 수 있다.

그러나 이 시들도 시인이 노리는 효과를 위해 치밀하게 조작되어 있다. 표면적으로는 이른바 자유연상에 의한 이질적인 이미지들이 당돌하게 '병치'되어 해석의 어려움이 따를지는 모르지만, 그 속을 깊이 들여다보면 시적 자아의 비극적 세계인식을 바탕으로 하여 그 심층에 다시 구원에 대한 간절한 염원이 중첩되어 있음을 알게 된다. 그러니까 이들 시에서도 김춘수의 비극적 세계인식이나 시적 패턴이 그대로 작용하고 있다.

먼저, 「리듬 1」의 핵심 이미지를 분석하면 그 연결이 비교적 자연스럽게 이루어짐을 알 수 있다. 즉 '하늘 가득히 자작나무 꽃이 피고 있는' 상황이 '아라비아 사람이 흘린 눈물'(비극적 세계)의 대척점에 있는 이상향이라면, 거기에 이르는 길은 죽음을 통해 재생될 때에나 가능하다는 것이니 결국 인간은 살아서는 거기에 도달하지 못하는 비극적 존재임을 이 시는 드러낸다. 여기서 '바다는 남태평양에서 오고 있다'는 시행은 밀려오는 파도와 같은 역동성과 전이의 의미를 함축함으로써 하늘과 사람과 새의 연결 고리를 만들어 주는 기능을 한다. 이 시에 투영된 시적 화자의 의식구조를 다음과 같이 도식화하면 의미 체계가 비교적 논리적으로 짜여 있어 전혀 해석 불가능한 것이 아님을 확인할 수 있다.

위에서 보듯 각각의 이미지들이 전혀 연결될 수 없는 차원으로 파편

23) 남기혁, 앞의 글, 240쪽.

화되어 있는 것이 아니라 내적으로 일정한 흐름을 지닌다. 즉 하늘과 비극적 현실(눈물 흘리는 사람)을 대립관계로 본다면, 비극적 인간은 이상향을 염원하지만 그것이 현실적으로는 실현 불가능하므로 죽음을 통해 '꽁지가 하얀 새'로 재생하는 과정을 겪을 때 비로소 하늘로 비상할 수 있다는 것이다. 그러니까 시인은 현존[此岸]에 대해서는 비극적 세계관을 갖는 반면에 저승[彼岸]에 대해서는 희극적 세계관을 갖는다. 즉 그는 죽음을 통해 자유로운 영혼(새)으로 거듭나는 과정을 통해 이상향으로 비상할 수 있는 가능성을 열어 놓는다.

또한 「하늘수박」도 누구나 비극적인 느낌을 가질 정도로 어두운 빛깔이다. 무엇보다도 계속 입버릇처럼 불러대는 '바보야'라는 호칭이 그렇고, 또 '우찌 살꼬'(어떻게 살까)를 반복하는 대목에서 삶의 방향을 잡지 못하고 절망하는 존재의 비극성이 절절이 드러난다. 이것을 좀 더 분석적으로 들여다보면 이렇다.

'하늘수박'과 '올리브 열매'는 빛깔의 유사성으로 혼란을 유발하지만 근본적으로는 다른 것이다. 즉 하늘(수박)이 '한여름'인 이상향이라면, '올리브 열매'는 '내년 가을'이므로 현재 여기에 없는 그리움의 대상일 뿐이다. 이 그리움이 '바람이 자는가 자는가 하더니'와 같은, 즉 시련이 곧 끝날 것 같은 조바심을 갖게 한다. 그러나 곧이어 다시 '눈이 내린다'는 국면을 제시함으로써 시련이 끝날 것 같다고 착각하는 그(자신일 수도 있음)가 바보임을 재확인하며 시련의 연속성을 암시한다. 그러니 삶은 계속 막막할 수밖에 없고 '어떻게 살까' 궁리를 해봐야 별 뾰족한 수단도 없다. 벗어날 수 없는 시련 속에 무기력하게 한탄하는 존재로서 서로가 아무런 도움이 될 수 없으니 너나없이 '바보'일 따름이다. 시적 자아가 '바보'를 거듭 되뇌는 것은 그런 무기력한 자아에 대한 책망과 혐오와 조소의 의미를 띠며, 구원자가 될 수 없는 타자에 대한 원망과 부정의 심정을 나타내는 것이기도 하다. 이렇듯 이 시도 표면적으로는

일견 해석 불가능한 무의미시 같지만 사실은 존재와 현실에 대한 비극적 인식과 그로부터 발원된 구원에 대한 갈망이 시의 표면과 심층에 짙게 드리워져 있다.

2) 인간 존재의 존엄성 인식

김준오는 「처용삼장 1」을 해석하는 자리에서, "오르테가의 신예술은 춘수의 무의미시를 가장 잘 해명해 주고 있다."고 전제하고, "이 작품에서의 비유는 오르테가가 명쾌하게 밝힌 비인간화의 한 방법"이라고 규정하였다. 그리고 결론적으로 그는 "중요한 것은 이 유희의 초월성에 있다. 처용은 가무이퇴로 빼앗고 빼앗기는 갈등의 세계를 초월하고 인간의 일상성과 상식성 그리고 세속성을 일탈했다. 유희의 본질은 지혜로움과 어리석음, 진리와 허위, 선과 악 등 모든 대립의 짝들, 삶의 굴레들 밖에 있는 그 초연성에 있다. 여기서 춘수의 무의미는 일상적 인간의 이해 밖에 있는 보다 높은 차원의 시적 의미로 볼 수 있다."[24]고 분석하였다.

이 논리는 일면 수긍되지만 어딘가 불안한 구석이 있다. 특히 오르테가의 비유법의 특성에 대한 해석을 원용하여 '비인간화의 유희'로 보는 관점에는 동의하기 어렵다. 그리고 무의미시라고 규정하고, 다시 그것을 '춘수의 무의미는 일상적 인간의 이해 밖에 있는 보다 높은 차원의 시적 의미로 볼 수 있다'는 해석도 다소 모순적이다. 일상적 차원에서 인간이 이해할 수 없는 것이 곧 무의미는 아니기 때문이다. 정말 '춘수의 무의미'는 일상적 인간의 차원에서는 이해할 수 없는 것일까? 우선 작품을 보기로 한다.

---

24) 김준오, 앞의 글, 285~287쪽 참조.

그대는 발을 좀 삐었지만
하이힐의 뒷굽이 비칠하는 순간
그대 순결은
형이 좀 틀어지긴 하였지만
그러나 그래도
그대는 나의 노래 나의 춤이다.

　　　　　　 ―「처용삼장 1」 전문(『김춘수 전집 1 시』, 195쪽)

　이 시는 앞서 살핀 작품들보다 훨씬 더 표면적으로도 논리가 통한다. 그 핵심은 '순결'을 잃은 '그대'에 대한 시적 자아(처용의 입장 포함)의 인식, 즉 그럼에도 불구하고 무한한 사랑을 갖는 것으로 집약된다. 〈처용가〉를 통해 알고 있는 사전지식을 적용하면 이른바 처용의 '가무이퇴(歌舞而退)'에 대한 시적 재해석이요, 인간에 대한 시인의 관점을 노정하는 것이기도 하다. 시적 자아는 '그대'가 역신의 부당한 폭력으로 인하여 순결을 잃은 상황에 대해 '발을 좀 삐었지만', 그리하여 '형이 좀 틀어지긴 하였지만'이라고 전제한 다음, "그래도 그대는 나의 노래 나의 춤이다"라고 하여 여전히 '그대'를 신뢰하는 마음에는 변함이 없음을 다짐하고 토로한다. 즉 '그대=나의 노래, 나의 춤'이라는 은유 구조가 암시하는 것은 결국 순결의 유무로 인간을 판단할 것이 아니라 존재의 존엄성을 더 중요한 가치로 보려는 태도를 암시한다. 따라서 '나'는 지극히 인간적인 심성의 소유자인 셈이다.
　위와 같은 논리에서 김준오가 '형이 좀 비틀어진 그대의 순결'을 '나의 노래와 춤'으로 대체함으로써 '비인간화의 유희' 형태가 된다는 관점과는 구분된다. 순결을 빼앗긴 '그대'에 대한 초월적 태도를 일면 일상적 인간의 사유를 벗어나는 '보다 높은 차원의 시적 의미'로 볼 수도 있지만, 지나치게 여성의 순결을 강요하는 남성적 관점이나 세속적 관점을 비판하는 것으로 볼 수도 있다. 불가항력적인 폭력에 의해 순결을

빼앗겼는데, 그것을 빌미로 그녀의 존재 전체를 부정하는 행위는 결코 진정한 사랑이라고 할 수는 없기 때문이다. 그러니까 순결의 여부와 상관없이 여전히 '그대'를 사랑하겠다는 것은 결국 인간의 존엄성을 깊이 인식하고 있음을 뜻한다. 이러한 인식을 뒷받침하는 것이 '좀'이라는 부사어이다. 이것은 순결을 빼앗김으로써 약간의 흠결은 생겼지만, 그 때문에 '그대'의 존재를 송두리째 부정할 일은 아님을 나타내기 위한 전제로 기능한다. '노래와 춤'을 '영원함, 아름다움' 등의 상징적 의미로 풀어보면 '그대'에 대한 '나'의 사랑과 믿음이 얼마나 확고한지 분명히 알 수 있다.

3) 역사의 폭력성 비판과 해체 의지

끝으로, 「처용단장」 3부에서 부분적으로 음절을 해체하여 무의미를 지향하는 시인의 의지가 더욱 강하게 드러나는 작품 한 편을 더 보기로 한다.

ㅕㄱㅅㅏㄴ—ㄴ
눈썹이없는아이가눈썹이없는아이를울린다.
역사를
심판해야한다ㅣㄴㄱㅏㄴㅣ
심판해야한다고 니콜라이 베르쟈에프는
이데올로기의솜사탕이다
바보야
하늘수박은올리브빛이다바보야

,

역사는
바람이자는가 자는가 하더니

눈이 내린다 바보야
우찌살꼬 ㅂㅏㅂㅗ야

,

ㅎㅏㄴㅡㄹㅅㅜㅂㅏㄱ ㅡㄴ한여름이다 ㅂㅏㅂㅗ야

,

올리브 열매는 내년 ㄱㅏ ㅡㄹㅣ다ㅂㅏㅂㅗ야

,

ㅜㅉㅣㅅㅏㄹㄲㅗㅂㅏㅂㅗ야
ㅣ바보야,

역사가 ㅕㄱㅅㅏㄱㅏ하면서

ㅣㅂㅏㅂㅗ야

,

― 「처용단장 3부―메아리 39」 부분(4연 중 앞 3연)(「처용단장」, 99~100쪽)

이 시는 기존에 발표한 작품인 「하늘수박」을 근간으로, 역사의식이
담긴 구절을 부분적으로 첨가하고,[25] 또 일부의 구절은 음소 단위로 해
체하거나 반음절(' ㅡㄹ') 형태로 표기하였다. 일견 음절 단위를 해체하
여 무의미를 지향하는 것 같지만 사실은 독해를 방해하여 잠시 지연하는
효과를 낼 뿐 의미를 가진 낱말을 음소 단위로 해체하여 순차적으로 배
열했기 때문에 의미가 발생한다. 또한 기존의 자기 작품들의 일부를 조
합하고 변용한 점에서 이 시는 일종의 혼성 모방(pastiche)과 비판적 모방
(parody)의 형태를 띠는데, 이는 기존 작품에 대한 불만을 수정한 것으로
읽힌다. 특히 역사의식에 관한 내용―폭력성은 불완전한 존재들 사이에
횡행한다는 것('ㅕㄱㅅㅏㄴㅡㄴ/ 눈썹이없는아이가눈썹이없는아이를울

25) '눈썹이없는아이가눈썹이없는아이를울린다' 는 「처용단장」 제3부 「메아리 4」(59쪽)
에 있는 '눈썹이 없는 아이가 눈썹이 없는 아이를/ 울리고 있었다. 언제까지나' 에
있는 일부 구절이다.

린다.'), 그래서 역사를 심판해야 한다고 니콜라이 베르쟈에프는 (말했지만) 그의 이념 역시 솜사탕처럼 달콤한 말이기는 하나 어떤 힘을 발휘할 수는 없다('니콜라이 베르쟈에프는/ 이데올로기의솜사탕이다')[26]고 표현한 것으로 보면, 그의 불만은 앞 시에서 역사의식이 희석되거나 지나치게 내면화된 것에 대한 것일 수 있다. 즉 이 시에서 그는 역사의식(관념)을 한층 강화한 셈이다.

그런데 이 시에서 음절을 해체한 것에 대해 김춘수는 "이 상태는 일종의 악보다. 현실을 살면서 깜박깜박한다. 위의 표기처럼 정상이 되었다가 비정상이 되었다가 한다. 다르게 말하면 물리적이 되었다가 심리적 또는 실존적이 되었다가 한다."[27]고 설명하여 깜박거리는 의식을 형태화한 것이라고 하였다. 즉 존재의 한 모습(또는 의식)에 대한 인식을 표현했다는 것이다.[28] 그렇다면 이 작품 역시 현실 관념을 초월하기보다는 오히려 폭력적이고 허위적인 역사를 비판하고 그것을 해체하려는(음절을 해체한 형식에 함축된 의미에서) 의지와 함께 불완전한 존재의 한 양태를 형식화하여 표현한 것임을 알 수 있다.

이상과 같은 해석 결과에 따르면, 김춘수의 무의미시는 현실이나 역

---

26) '니콜라이 베르쟈에프'는 러시아의 사상가로 "여태까지는 역사가 인간을 심판했지만 이제부터는 인간이 역사를 심판해야 한다."는 말을 한 사람이다. 김춘수는 이 말을 인용한 다음에 "역사의 이름으로 얼마나 많은 사람들이 희생됐는가고 그는 묻고 있다. 나는 진보주의와 같은 옵티미즘을 믿지 못한다."라고 부언하여 역사의 허위와 폭력성을 비판하였다. 김춘수, 「책 뒤에」, 『쉰한 편의 비가』, 현대문학사, 2002, 72~73쪽.

27) 김춘수, 「처용단장」, 미학사, 1991, 142쪽.

28) 김춘수는 이에 대해 다른 글에서, "낱말, 즉 글자를 분해해서 자음과 모음으로 갈라 버린다. 즉 음절단위로 글자(낱말) 그 자체를 의미 이전의 상태로 환원케 한다. 문장이 아니라 악보가 되게 한다. 음악과 같은 원시적 혼돈이지만, 음악과 같은 환기력이 언어의 지시성을 떠난 순수한 상태 그대로 살아난다."(김춘수, 『시의 위상』, 둥지, 1991, 239쪽)고 그 의도를 밝히기도 하였다. 그러나 시인의 의도와 지향성은 이해할 수 있으나 독자의 편에서는 결국 어떤 의미로 읽혀 완전히 순수한 상태로만 다가오지 않는다. 즉 관념이 삐져나온다.

사적 관념(의미), 특히 비극적 세계인식을 전제로 하여 거기서 일탈하고 싶은 의지-자유로운 존재에 대한 갈망(지향성)을 내포하고 있다. 이는 결국 시인이 선택한 시어들과 그 조합인 시행들의 '조직과 구조'를 통해서 실현된 것이므로 무의미시는 특히 시적 의미 차원에서 실제로 '무의미를 지향하는' 것이 아니고 무의미가 실현된 것은 더욱 아니다. 다만 표면적으로 기성관념과 일상적 언어 체계 및 전통적 작시 방법을 많이 해체하여 독자가 접근하기 어렵게 만들었을 뿐 내적으로는 최소한 어떤 연결성을 갖고 시인의 세계인식이 함축되도록 하였다. 이런 시의 안팎의 괴리를 연결하는 방법론적 고리를 김춘수는 '시적 트릭'이라 하였는데, 이는 예술로서의 시성(詩性)을 강화하기 위한 수단일 뿐이다.[29] 그렇다면 결국 그가 말하는 '무의미'란 편협하고 유한한 기성관념(표현의 한계를 갖는 언어까지)을 무의미(허무)한 것으로 보려는 비극적 세계인식에 연관되어 있고, 실제 시에서는 그것을 부정하고 해체한 대신에 새로운 세계인식이 열리게 하는 의미를 지닌다. 따라서 그의 무의미시는 그가 의도했든 의도하지 않았든 결과적으로는 항상 어떤 의미를 갖고, 독자 나름의 해석도 얼마든지 가능하다.

3. 결론 : 예술적 고뇌의 결실

김춘수의 무의미시 가운데 흔히 거론되는 몇몇 작품들을 살펴본 결과, 그의 무의미시는 의미론적으로 무의미를 추구하는 것이 아니라 내

---

29) 이 수단으로 이루어진 '무의미'의 특성을 유형화한 최라영은 "'상황의 무의미', '언어의 무의미', '범주적 이탈', '수수께끼'로 나누어 살펴" 본 뒤, 결론적으로 "무의미의 여러 유형은 그 자체로 무의미이나 시적 의미 형성과 시의 분위기 조성에 중요한 부분으로 작용하는 의미 생산의 분기점인 것"으로 보았다. 최라영, 『김춘수 무의미시 연구』, 새미, 2005, 96~97쪽.

적으로는 항상 현실과 역사와 자아에 대한 인식을 함축한다는 것을 알 수 있다. 다만 그는 그 관념을 직접 노출하는 것을 꺼려 시적 장치를 통해 표면에서는 위장하려고 애를 썼을 뿐이다. 여기서 바로 그가 강조한 '시적 트릭'(위장, 책략, 기교)의 방법론이 제기된다. 그리고 "이 트릭은 이미 말한 대로 어쩔 수 없는 하나의 작시 의도를 대변해 주"[30]는 것인 동시에, "도덕이 돌을 보고 돌이라고 하며 의심하지 않을 때 시는 왜 그 것이 돌이라야 할까 하고 현상학적 망설임을 보여야 한다. 시는 도덕보다 더 섬세하고 근본적일는지도 모른다. 나는 시를 쉽게 쓸 수가 없다."[31]고 피력한 대목에 드러나듯이 시와 '도덕'(=非詩)의 차별성을 확보하기 위한 예술의식의 소산이요, 나아가서 실재를 좀 더 명확하게 인식하려는 철학적 존재론적 성실성을 의미하기도 한다. 특히 시와 비시의 차별성, 또는 시의 예술성에 대한 인식이 더 극단화될 때, 자작시 해설에서 피력한 다음과 같은 '장난기'가 발동하기도 한다.

> '수박'이라는 제목은 좀 당돌한 느낌일는지 모른다. 내가 제목을 이렇게 붙일 때 내 스스로 어떤 장난기를 느낀다. 독자와 더불어 수수께끼풀이 같은 장난을 해보고 싶은 그런 심정이다. 시를 쓰는 재미의 하나, 시를 음미하는 즐거움의 하나가 여기에 있다. 이 당돌한 제목이 한 편의 시 속에서 어떤 작용을 하고 있으며, 어떠한 연상으로까지(시에서는 얼굴을 드러내 놓고 있지 않는) 이끌어 갈 수 있는가? 생각하면 참 즐거운 일이 아닐 수 없다. 제목이 시의 설명이 되어서는 따분하다. 제목도 시의 한 부분이고, 보다는 시 속의 가장 강한 악센트가 되기도 한다. 두 말할 것도 없이 시의 리얼리티와 굳게 손을 잡고 있어야 한다.[32]

30) 김춘수, 「대상의 붕괴」, 『의미와 무의미』, 앞의 책, 82쪽.
31) 김춘수, 「존재를 길어 올리는 두레박」, 『시의 표정』, 문학과지성사, 1980, 150~151쪽.
32) 김춘수, 「「수박」에 대하여」, 『의미와 무의미』, 앞의 책, 200쪽.

김춘수의 무의미시에 함축된 진의 연구 • 이상호

위에서 보면 '시적 트릭', 즉 '위장'의 기교가 갖는 의미가 더 분명해진다. 그것은 일종의 '수수께끼풀이' 같은 '장난'이며, '시를 음미하는 즐거움의 하나'를 얻기 위한 수단이다. 이를 위해 '시에서는 얼굴을 드러내 놓고 있지 않는' 부분을 속에 감추고 독자가 자유롭게 연상하도록 한다는 것이다. 이는 결국 표층과 심층적 의미의 거리, 이를테면 시적 긴장[33]이라는 문제에 결부되어 있다. 시인이 그 장난기가 단순한 장난이나 놀이가 아니라 궁극적으로는 '시의 리얼리티', 즉 시적 현실성[詩性]을 확보해야 한다고 한 것은 바로 그 시적 긴장을 염두에 둔 것이라 하겠다.

한편, '시적 트릭'과 '위장', 또는 일종의 '장난기'로 이루어진 김춘수의 무의미시가 "완전주의적 시정신"[34]에 입각한 시로 규정되기도 하지만, 때로는 "무의미시=귀족시=난해시"[35]로 비판되기도 하여 대립된 가치평가를 받는 점에 대해 생각해볼 필요가 있다. 이 문제는 "예술표현이, 표현대상의 세계를 투사시키는 유리창과 같은 것일 수 없다는 것은 분명할 것이다. 유리창이 될 때에, 예술은 예술이기를 그만둔다. 완전히 사람을 속이는 데에 성공한 속임수 그림은 예술에서 일탈하게 마련이다."[36]라는 주장에 드러나는 '유리창'과 '속임수'의 두 가지 척도로 접근해볼 수 있다. 이 견해에 따르면 예술이란 '유리창'처럼 '표현 대상'이 그대로 드러나는 것과 그 반대로 그것을 전혀 알 수 없는 완전한 '속임수' 같은 것도 아닌 그 중간쯤에 위치한다는 것이다. 즉 반투명 유리같은 것, 이를테면 적절한 암시성을 띠어야 예술적 가치를 지닌다는 것

---

33) 이것을 김춘수는 '말의 긴장된 장난'이라고 하였다. 「의미에서 무의미까지」, 위의 책, 70쪽.
34) 구모룡, 「완전주의적 시정신」, 『김춘수연구』, 앞의 책, 407쪽.
35) 김준오, 앞의 글, 292쪽.
36) 사사끼 겐이찌, 앞의 책, 153~154쪽.

이다.

위의 비유적 설명을 적용하면, 김춘수의 무의미시를 '귀족시=난해시'로 규정하는 비판적 관점은 '시적 트릭'으로 위장된 결과 소통의 약화나 부재로 인해 자칫 예술의 범주를 일탈할 위험성이 있는 일종의 '속임수' 같은 것으로 보는 경우인데, 이것은 김춘수의 시 정신의 진의를 간과한 것이어서 재고의 여지가 있다. 앞서 해석을 통해서 보았듯이 무의미시는 연상력을 동원하면 내적 논리에 도달할 수 있기 때문이다. 다만 그것은, "시는 어떤 분위기를 전달하여 암시를 주면 되는 것이 아닐까? 시는 말하자면 불립문자의 극한지대에까지, 그 한계선과 아슬아슬하게 접하고 있는 그 무엇이라고 할 수는 없는 것일까?"[37]라고 반문하는 대목에 잘 드러나듯이, 가능한 한 축자적 서술을 지양하고 예술적 차원에서 고도의 암시적인 표현을 통해 시인의 창작의도가 우회적으로 전달되도록 노력한 결과일 따름이다.

요컨대, 김춘수가 추구한 시적 실험, 즉 '시적 트릭'으로 위장된 무의미시는 예술이기를 그만두는 '유리창'의 차원을 벗어나기 위한 시인의 치열한 예술의식의 소산이다. 이는 "좋은 독자는 오히려 얼만큼씩 빗나가게 시를 읽는 사람일지도 모른다. 말하자면 시에서 결(缺)하고 있는 점을 보완해 주는 사람일는지 모른다."[38]고 한 김춘수의 관점에 따르면, 시인의 몫과 독자의 몫(자율성)은 별개의 것이므로 시인은 무엇보다도 시를 시답게 빚는 일에 최선을 다할 뿐임을 의미하는 것이기도 하다. 그러니까 김춘수의 무의미시는 궁극적으로 무의미로 이루어진 것이 아닐 뿐만 아니라 유아론적 고립주의나 반인간, 또는 반역사주의를 지향하는 것도 아니다. 그보다는 오히려 세계와 자아를 깊이 인식하고 그 궁

---

37) 김춘수, 「김종삼과 시의 비애」, 『의미와 무의미』, 앞의 책, 148쪽.
38) 김춘수, 「「수박」에 대하여」, 위의 책, 201쪽.

극적 의미에 이르기 위해 끊임없이 회의하고 성실하게 탐구한 결과요, 시적 차원으로 승화되도록 하기 위한 그의 예술적 고뇌에서 이루어진 결실이라 하겠다.

■ 참고문헌

1. 기본 자료

김춘수, 『김춘수 전집』 1~3, 문장사, 1982.
_____, 『처용단장』, 미학사, 1991.
_____, 『쉰한 편의 비가』, 현대문학사, 2002.

2. 논저

김유중, 「김춘수의 실존과 양심」, 『한국시학연구』 제30호, 한국시학회, 2011.
김춘수, 『시의 표정』, 문학과지성사, 1980.
_____, 『의미와 무의미』, 문학과지성사, 1980.
_____, 『시의 위상』, 둥지, 1991.
_____, 남진우 엮음, 『왜 나는 시인인가』, 현대문학사, 2005.
김춘수연구간행위원회, 『김춘수연구』, 학문사, 1982.
남기혁, 『한국 현대시의 비판적 연구』, 월인, 2001.
오규원, 『현실과 극기』, 문학과지성사, 1976.
_____, 『날이미지와 시』, 문학과지성사, 2005.
이상호, 「김춘수의 무의미시론에 대한 재인식」, 『한국문예비평연구』 제36집, 한국현대문
      예비평학회, 2011.
이승훈, 『선과 기호학』, 한양대 출판부, 2005.
_____, 『한국시론사』, 고려원, 1993.
이창배, 『20세기 영미시의 형성』, 민음사, 1979.
최라영, 『김춘수 무의미시 연구』, 새미, 2005.
사사끼 겐이찌, 『예술작품의 철학』, 이기우 옮김, 신아, 1987.

장—이브 타디에 지음, 『20세기 문학비평』, 김정란 · 이재형 · 윤학로 옮김, 문예출판사, 1995.

클리언스 브룩스, W. K. 윔셑 2세, 『문예비평사』, 한기찬 역, 월인재, 1981.

미르치아 엘리아데, 『종교형태론』, 이은봉 옮김, 한길사, 2002.

T. S. 엘리옽, 『T. S. 엘리옽 문학론』, 이창배 역, 정연사, 1970.

제3부

무의미시,
너머의 언어로 읽기

김춘수의 실존과 양심

김 유 중

양심은 우리의 속에 내재하고 있는 것인지, 밖으로부터 우리에게로 와서 우리를 마르재(裁)는 초월적인 것인지?

— 김춘수, 「조응 · 축제 · 양심」, 『하느님의 아들 사람의 아들』, 219쪽에서

1. 들어가며 : 무의미와 허무, 그 근원적인 문제점

이데올로기가 역사의 탈을 쓰고 무고한 사람들을 겁주고 있는 현장을 나는 똑똑히 보는 듯했다. 역사는 누가 왜 만들어야 하는가? 누구 좋으라고 그러는가 말이다. 역사의 뒷전에서 팔짱을 끼고 회심의 미소를 입가에 날리고 있는 자는 누구일까? 나는 이런 따위 생각을 그것이 그지없이 유치하다고 짐작은 하면서도 떨쳐버리지 못했다. 나는 자꾸 이성, 이념, 이데올로기, 역사와 같은 일련의 아름다운 낱말들을 내 속으로부터 내쫓고 있었다. 얼마나 쓸쓸했던가? 그 댓가로 나는 아무것도 얻는 것이 없다. 끝없는 의식의 방황뿐이다. 나는 구제불능의 니힐리스트가 돼 있었다.[1]

---

1) 김춘수, 『꽃과 여우』, 민음사, 1997, 230쪽.

역사가, 이성이, 그리고 이데올로기가 폭력과 동일하다는 것을 깨닫는 순간부터 김춘수의 고뇌는 시작된다고 할 수 있다. 그 모든 것들이 폭력이고 구속인 이상, 현실 속에서 그가 의지할 데라곤 어디에도 없어 보였다. 그리고 이러한 상황은 그를 극단적인 허무주의의 상태로 내몰 수밖에 없었다. 그런데 이때의 허무주의란 사실상 현실 도피와 별반 다를 바가 없다. 현실을 움직이는 것은 어디까지나 이들 이성이나 이념, 이데올로기, 역사 등이기 때문이다. 이들의 압력으로부터 벗어나는 길은 현실을 외면하고 현실에서부터 도피하는 길밖에는 없다. 결과적으로 현실로부터 후퇴한 그가 갈 곳이라고는 자신의 내면뿐이었다.

내면세계로 후퇴한 그에게 얼마간의 자유가 주어졌던 것은 사실이다. 그가 전개한 무의미시는 이와 같은 내면세계로의 도피 내지는 후퇴로부터 파생된 결과인 셈이다. 여기서 그가 의도한 무의미의 자유란 현실과 역사의 폭력, 구속으로부터 해방되는 것을 의미한다. 그런데 그런 식의 자유와 해방은 필연적으로 허무를 불러들이게 된다.

다시 말해서 무의미시에서의 자유와 해방이란 곧 허무를 의미한다. 자유와 해방이 허무인 까닭에, 그것은 개인으로서는 감당하기 힘든 것이 된다. 그리고 그런 점에서 그것은 또 다른 의미에서의 구속이요 고립으로 다가오게 된다. 현실과 사회를 떠난 개인이 독자적으로 존재하기란 쉽지 않은 일이기 때문이다. 이렇게 본다면 그가 추구한 무의미란 그 자체가 모순이며 역설이다. 이 경우 자유와 해방은 일시적으로 그의 내면에 위안을 제공해줄 수 있을는지는 모른다. 그러나 우리가 거기서 영속적인 구원의 의미를 발견하기는 어렵다.[2] 경우에 따라서 그것은 또 다른 고뇌와 고통의 시작이 되기도 한다. 이런 종류의 자유와 해방, 그

김춘수의 무의미시

2) 무의미를 지향했던 그의 양식적 실험과 모색이 결국에는 벽에 부딪히고만 것은 그 필연적인 결과일 것이다.

리고 그 실제의 모습이라 할 수 있는 허무가 언젠가는 반드시 초극3)되어야만 하는 필연적인 이유가 바로 여기에 있다.

2. 양심의 소재를 찾아서

흔히 무의미시 단계4)에서의 김춘수의 시작 활동은 전적으로 무의미에 대한 탐구에만 집중되어 있다고 생각하기 쉽다. 그러나 이 시기 그가 남긴 텍스트 자료들을 종합적으로 검토해보면 그런 우리의 판단은 상당 부분 잘못된 것임을 깨닫게 된다. 무의미에 대한 지속적인 관심과 더불어 그는 보다 은밀하게, 그리고 동시에 집요하게, 그의 시작 활동 과정에서 새로운 의미를 찾아 나가기 위한 노력들을 게을리 하지 않았기 때문이다.

무엇보다도 그에게 있어 시작이란 구원이다.5) 이 말은 어떤 경우에도 진실이다. 따지고 본다면 무의미의 문제에 대한 천착도 이러한 구원을 내면의 상상세계 속에서나마 전유해보고자 하는 욕망과 연결되어 있음을 알게 된다. 그러나 그 결과로 얻게 된 자유와 해방이 시인에게 단지 일시적이고 부분적인 구원만을 허락한다는 사실을 확인하게 되면서부터6) 그의 또 다른 고민이 시작된다. 현실 속에서는 별다른 힘도, 위안도

---

3) 김춘수, 「대상 · 무의미 · 자유」, 『의미와 무의미』, 문학과지성사, 1976, 55쪽.
4) 논자들에 따라 조금씩 차이가 있긴 하지만, 대체로 『타령조 · 기타』(1969)로부터 『들림, 도스토예프스키』(1997)까지의 시기를 무의미시의 시기로 구분하고 있는 듯하다. 자세한 내용은 최라영, 「김춘수의 무의미시 연구」(서울대 박사논문, 2004), 1쪽 참조.
5) 김춘수, 「시작 및 시는 구원이다」, 앞의 책, 1976, 22~23쪽.
6) 다음과 같은 대목에서 이미 무의미시에 대한 회의가 한편에서 시작되고 있음을 알 수 있다.
　"말에다 절대자유를 주다보니, 이번에는 말이 나를 놓아주지 않는다. 말이 그러한 자유에 길들지 못했기 때문에 불안해지고, 불안하니까 나를 자기의 불안 속에 함께 있자고 했다. 노예에게 자유를 주어서는 안 된다. 주인이 봉변을 당하게 된다. 말은 수천 년 동안 자유를 모르고 살아 왔다. 허무가 나에게로 오자 나는 논리의 역설을 경험

되어주지 못하는 이런 자유와 해방은 진정한 의미에서의 구원이라고 하기 힘들다.

여기서 그는 기존의 무의미시와는 다른 방식의 접근법이 필요함을 직감하게 된다. 현실 속에서 살아가기 위해서는 역사나 이성, 이데올로기의 억압과 폭력, 이런 것들로부터 완전히 벗어나 자유로워질 수 있기를 기대해서는 안 된다. 인정하기는 싫지만, 일단 그걸 인정하고 시작해야 한다. 이는 곧 인간 존재를 둘러싼 폭력적인 현실, 즉 역사와 이성, 이데올로기라는 현실적 지배 원리들을 액면 그대로 받아들인다는 것을 뜻한다. 폭력적으로 다가오는 현실 속에서 초라하게 위축되어 있는 영혼에 실질적인 희망과 위로가 되어줄 수 있는 길을 발견하려는 새로운 모색이 필요하다. 그리고 그런 모색 가운데에서, 스스로의 구원 가능성이 열리기를 기대할 수 있을 것이다.

이 지점에서 그가 새롭게 눈을 돌린 것은 주어진 상황적 조건의 한계에 대한 도전으로서의 '양심'의 문제였다. 무차별적이고 폭력적인 현실 앞에서, 인간이 그에 굴하지 않고 양심을 지켜나간다는 것은 스스로 고귀한 존재임을 입증하는 일이다. 또한 그것은 휴머니티의 살아있음을 입증하는 일이기도 했다. 왜냐하면 이때의 양심이란 인간 존재의 위대함의 증거이며, 그 영혼의 고결함을 확인하는 일이 될 테니까. 이와 같은 양심을 찾는 일이야말로 그에게는 존재론적 구원의 과제와 직결되는 것으로 받아들여졌다.

양심은 어디 있는가. 새로운 '의미'를 찾기 위한 그의 문학적 모색은 이러한 고민과 더불어 다시 시작된다.

하게 되었는지도 모른다."
김춘수, 「의미에서 무의미까지」, 위의 책, 1976, 71~72쪽.

1) 최초의 좌절 : 윤리적 인간의 자기혐오 양상

양심을 찾기 위한 그의 작업은 순탄치 않았다. 시작부터가 좌절의 연속이었다. 그가 본 대부분의 사례들은 양심 근처에도 미치지 못하는 것들이었다. 혹은 어떤 것들은 양심이라는 미명하에 스스로의 존재를 그럴 듯하게 포장한 교활함과 비겁함, 파렴치함 등이었다. 잔뜩 기대를 갖고 주위를 둘러보았지만, 돌아오는 것이라곤 실망감뿐이었다. 무엇보다도 양심이라는 게 역사와 이데올로기의 폭력 앞에 너무 취약했다. 순종적이다 못해 굴종적이었다. 경우에 따라서는 그 폭력의 그늘 아래 안주하며 교묘하게 영합하기조차 했다.

사실 그가 양심의 소재에 대해 심각하게 고민하기 시작한 것은 스스로의 경험에서 비롯된 바가 크다. 경험을 통해 그는 인간의 양심이란 얼마나 부서지기 쉬운 연약한 것인가를 절감했다. 그에게 그 경험은 일차적인 좌절의 원인이 되었다. 그러나 그 경험을 통해 그는 더욱더 인간 존재의 구원을 위해서는 양심의 확보가 필수불가결한 요소임을 깨닫게 되었다. 폭력은 그를 굴복케 했다. 그런데 이 경우 폭력 앞에 굴복하였다는 사실보다도 더 큰 좌절과 고통 속에 그를 몰아넣었던 것은 스스로의 양심을 저버리고만 데서 온 수치심과 모멸감, 그리고 굴욕감이었다.

그 당시 그는 지키려는 시도조차 변변히 해보지 못한 채 너무 쉽게 자기 양심에 어긋나는 행동을 하고 말았다. 정신적으로는 분명히 옳지 않다고 여기면서도 육체의 고통을 견디지 못하고 말았다. 아니 정확히는, 육체적 고통에 대한 두려움과 공포로 인해 스스로 무너져버리고 만 것이다. 이때의 굴욕적인 기억은 평생토록 그를 따라다니며 괴롭혔다.

나는 스물두 살이었다.
대학생이었다.
일본 동경 세다가야서(署) 감방에 불령선인(不逞鮮人)으로 수감되어 있었다.

김춘수의 실존과 양심 • 김유중

299

어느날, 내 목구멍에서
창자를 비비 꼬는 소리가 새어 나왔다.
〈어머니, 난 살고 싶어요!〉
난생 처음 들어보는 그 소리는 까마득한 어디서,
내 것이 아니면서, 내 것이면서……
나는 콩크리이트 바닥에 머리를 부딪고
북받쳐 오르는 울음을 참을 수가 없었다.
누가 나를 우롱하였는가,
나의 치욕은 살고 싶다는 데에서부터 시작 되었을가
　　　　　　　　　 —「부다페스트에서의 소녀의 죽음」부분7)

　　참으로 어이없는 일이지만, 나는 나중에 그런 것을 애매하게 시인하고 말
았다. 나는 고문을 견딜 수가 없었다. 그러자 나에게는 좌절이 왔다. 나는 그
때의 모욕감을 지금도 씻어내지 못하고 있다. 왜 나는 그때, 내가 하지도 않
은 일을, 아니 하기는커녕 생각지도 않은 일을 한 것처럼(애매하기는 했으
나) 시인하고 말았는가? 별것도 아닌, 간단한 한두 가지 고문에 굴복하고 말
았는가? 생각하면 이 또한 어이없는 일이었다.8)

　　폭력 앞에 너무 쉽게 무릎을 꿇었다는 자책감과 그에 따른 수치심, 모
멸감은 그에게 회복되기 힘들 정도의 상처를 남기게 된다. 여기서 그는
역사의 폭력 앞에 인간은 속수무책 당할 수밖에 없다는 사실, 그렇게 당
하면서도 인간은 끝내 살고 싶다는 본능적인 욕망에서 벗어나지 못한다
는 사실을 그 자신의 체험과 더불어 증언하고 있다. 그런 체험, 그런 사
실의 확인은 그에겐 더할 나위 없는 치욕으로 다가왔다. 그 후로도 상당

7) 제5시집 『꽃의 소묘』(1959) 수록분 기준으로, 이후 제6시집 『부다페스트에서의 소녀
　 의 죽음』(1959)에 재수록되었을 때는 이 부분이 삭제되어 있다.(『김춘수 시전집』, 현
　 대문학사, 2008, 164쪽에서 재인용.)
8) 김춘수, 「나를 스쳐간 그·3」, 남진우 편, 『왜 나는 시인인가』, 현대문학사, 2005,
　 328~333쪽.

김춘수의 무의미시

기간 동안 그는 이러한 치욕적인 마음의 상처를 치유할 길을 찾지 못했다. 무엇보다도 육체적 한계를 넘어선다는 것은 인간으로서는 거의 불가능한 일처럼 보였기 때문이다.[9] 이 사건은 그에게 현실 속에 갇혀 살아가야만 하는 인간 존재의 양심에 대해 진지하게 사유하고 고민해야 할 이유와 계기를 마련해주었다.

만일 인간이 고도의 이성을 지닌 존재라면 어떤 경우에라도 자기 양심에 어긋나는 행동을 하지 않을 것이다. 그러나 애초부터 그에겐 그걸 지켜낼 신념과 의지가 부족했다. 인간이니까, 고통에 대한 두려움은 어느 시대 어느 인간에게나 있을 수 있는 것이니까, 라는 식으로 합리화해 버릴 수도 있는 문제였다. 그러나 그는 결코 그럴 수 없었다.

> 양심 선언이란 스스로 자기 약점을 미리 시인하고 일을 시작하고 있다. 어떤 경우든 자기의 뜻을 어긴 것은 어긴 것이다. 변명의 여지가 없다. 변명의 여지를 위와 같은 모양으로 남긴다는 것, 그것은 일종의 교활이다.[10]

위에서 보듯 그는 "어떤 경우든 자기의 뜻을 어긴 것은 어긴 것"이니만큼, 거기에는 "변명의 여지가 없다."고 생각했다. 양심에 대한 이러한 엄격한 이해는 내내도록 그 스스로를 질책하게 만들었다. 그 결과로 그는 상당 기간 동안 자기혐오의 굴레에서 벗어날 길을 찾지 못하고 방황해야 했다.

이러한 상태가 장기간 지속되는 것은 물론 바람직하지 못했다. 어떤 방식으로건 그것은 극복되지 않으면 안 되었다. 그걸 극복하는 길, 즉

---

9) 이 점과 관련된 그의 솔직한 내면 고백은 다음과 같은 대목에서도 발견된다. "마음의 아픔, 양심의 아픔이라는 것이 있기는 하지만(그 존재를 시인은 하지만), 육체의 그것을 따를 수가 없다." 김춘수, 「못」, 위의 책, 204쪽.
10) 김춘수, 앞의 책, 1997, 132쪽.

스스로의 양심을 초라하게 하지 않으면서 자기혐오에서 벗어날 수 있는 길, 그 길의 발견이야말로 그에게는 존재론적 구원의 시작과 끝인 셈이다. 그러자면 싫든 좋든 현실적인 문제들과 맞부딪치지 않을 수가 없었다. 구체적인 현실을 떠나서는 아무런 의미를 발견할 수 없기 때문이다.

과연 그에게 구원은 허락될 수 있을까.

2) 두 번째 좌절 : 양심에 대한 지식인들의 거짓된 태도의 발견

양심을 둘러싼 그의 고민은 이후로도 계속 이어진다. 피할 수 없는 것이 이데올로기요 역사라면, 그런 폭력적 현실 앞에 인간의 양심은 얼마나 당당한 모습을 유지할 수 있는 것인가. 이 질문에 대한 답은 실로 간단하다. 만일 우리가 생각하는 양심이 그 앞에서 예외 없이 비루한 모습을 보인다면 양심이란 처음부터 존재하지 않은 것이며 인간이 상상 속에서 꾸며낸 것이 된다. 그러나 만에 하나, 이런 기준에 부합하는 양심의 사례를 발견하게 된다면 우리는 그것이 현실 속에 존재한다는 그 사실 하나만으로도 상당한 정도의 위안을 얻을 수 있다. 그리고 그러한 양심의 사례는 인간 승리의 표본으로 기록될 것이다.

여기까지 생각이 미치자 그는 다시 한 번 주변을 둘러본다. 그런데 이번에도 역시 문제가 생겼다. 그가 바라는 유형에 부합하는 양심의 사례를 발견하기가 쉽지 않았기 때문이다. 오히려 그 반대의 경우들이 대부분인 듯 보였다.

맨 먼저 그의 눈에 들어온 것은 양심이라는 이름 아래 스스로를 그럴듯하게 내세우면서도, 실제에 있어서는 전혀 그렇지 못한 사고와 행동을 거리낌 없이 하는 지식인과 유명인사들의 파렴치한 태도였다. 대표적으로 그가 거론하고 있는 사례가 세다가야 경찰서 취조실에서 그가

우연히 마주쳤다는 좌익 계열의 동경제대 경제학 교수이다.

그러나 그는 나로부터 의식적으로 시선을 피하면서 빵 두 개를 다 먹어치웠다. 끝내 나를 바로 보지 않았다. 그는 내가 식민지에서 온 유학생임을 내가 조서를 꾸미고 있는 동안 오가는 말을 통해서 알고 있었다고 봐야 한다. 그는 인민전선파의 제국대학 교수다. 교단에서의 그는 한 사람의 휴머니스트요, 식민지나 민족을 무시하는 진보적 사상가임에 틀림없다. 그런데 왜 그는 그날 나를(그처럼이나 목에서 손을 내밀고 있는 ─ 그는 그것을 내 따가운 시선을 통해서 충분히 느끼고 있었으리라) 외면했을까? (중략) 그가 대학 구내에서 그런 일이 있었다면 그 빵 두 개를 나에게 모조리 다 건네줬을는지도 모른다. 자네는 젊고 한창때니 말이다! 이 빵은 나보다는 자네에게 더 요긴한 물건이야! 라고 말이다.

그곳은 아무도 보고 있지 않는 유치장의 취조실이다. 그러나 나는 간혹 생각한다. 그가 어쩌다 그때의 그 장면을 머리에 떠올릴 때 이유야 어떻든 얼마나 견디기 어려운 자기혐오에 빠지게 될까? 만약 그렇지 않고 여전히 좌익의 존경받는 사상가로 남았다면 그는 너구리이고 멍청이일 따름이다.[11]

위 인용문에서 알 수 있듯이 그는 대외적으로 상당한 명망을 지닌 진보 성향의 학자요 제국대학의 교수다. 뿐만 아니라 인민 대중과 호흡을 같이 해온 휴머니스트이기도 하다. 이를테면 그는 사상범이며 양심수인 셈이다. 그러나 평소 알려진 그의 성향이나 성품과는 달리, 그날 그는 자신의 옆에 있던 식민지 출신의 청년 김춘수를 철저하게 외면했다. 그리고는 배달된 빵 두 개를 남김없이 자신의 입안에 집어넣어버렸다.

여기서 김춘수는 무언가로 한 대 얻어맞은 듯한 강한 충격을 경험하게 된다. 굳이 표현한다면 그 무언가란 배반당한 이성이요 배반당한 양

---

11) 위의 책, 191~192쪽.

심에 대한 믿음일 것이다. 그는 그 곳에서 휴머니스트로 세간에 널리 알려진 한 유명인사의 겉과 속이 다른 행동을 똑똑히 목격했다. 누가 본다고 해서 지키고, 보지 않는다고 해서 지키지 않아도 된다면 그것은 이미 양심이라고 할 수 없다.[12] 그 교수는 평소 그 자신의 이미지와는 전혀 다른 행동을 남들이 보지 못하는 곳에서 아무 거리낌 없이 저질렀다. 양심은 이미 그곳에 없었다. 그렇게 행동함으로써, 그 교수는 자신의 양심을 고작 빵 두 개에 팔아버린 꼴이 된다. 적어도 김춘수의 입장에서 본다면 그렇게 생각이 되었다.

　다른 경우들도 마찬가지였다. 눈을 좀 더 크게 뜨고 주위를 둘러보는 과정에서 그는 이와 같은 자가당착의 모순 사례가 한두 건이 아니라는 것을 알게 되었다. 표현의 자유가 보장된 나라에서, 어마어마하게 넓은 호화저택에 살면서 입으로만 열심히 양심을 외쳐댄 작가 앙드레 지드의 경우[13]나, 반전 반핵의 평화운동가로 알려져 있지만, 다른 한편으로는 제자인 엘리엇의 아내와 간통한 전력이 있는 철학자 버트런드 러셀의 경우[14]에서 보듯, 양심에 관한 한 표현과 행동의 불일치 사례들은 도처에서 목격되었다. 이런 경우들뿐이라면 인간의 양심은 도리 없이 그 존재 자체가 매우 의심스럽고 불분명한 것으로 전락하고

---

12) 평소 김춘수는 누군가가 늘 자신을 보고 있다는 생각을 해보게 된다고 고백한다. 그 누군가를 셰스토프 식의 천사로 이해하기도 한다. 셰스토프의 천사는 전신이 눈으로 되어 있기에 인간의 모든 것들을, 심지어는 보기 싫은 것까지도 볼 수 있다는 논리이다. 그런 천사의 눈은 그에겐 인간의 내면에 존재하는 양심으로 이해되었다.
　"전신이 눈으로 되어 있다는 천사는 모든 것을 볼 수 있음으로 하여 얼마나 괴로워하고 있을까? (중략) 전신이 눈으로 되어 있다는 천사는 이를테면 양심 그것이다."
　김춘수, 「천사는 전신이 눈이라고 한다 · 2」, 남진우 편, 앞의 책, 2005, 349쪽.
13) 김춘수, 「누군가가 보고 있다」, 위의 책, 328~333쪽. ; 김춘수, 앞의 책, 1997, 130~132쪽 참조.
14) 김춘수, 「러셀의 우스꽝스런 양심」, 위의 책, 2005, 372~376쪽.

말 것이다.

3. 양심의 재해석, 그 근거와 의미

사실 양심에 대한 그의 기준은 일반의 관점에서 보면 지나치게 엄격한 면이 있다. 양심을 어긴 데 대한 자기고백(혹은 양심선언)이나 그에 따른 자기혐오, 수치심, 모멸감, 굴욕감 따위도 어떻게 본다면 일말의 양심이 살아있기에 가능한 것이라고 볼 수도 있다. 그러나 김춘수의 경우는 이런 것들을 그 자신이 생각하는 양심의 테두리에서 멀찌감치 배제해버렸다. 한번 어긴 것은 어긴 것일 뿐이라는 그 자신의 기준과 맞지 않았기 때문이다. 그러다 보니 현실에서 양심의 소재를 찾는다는 것이 상당히 어렵고 난감해져버렸다.

그 결과, 위에서 보듯 현실 속에서 양심의 진실된 모습을 발견해보고자 했던 그의 시도는 매번 실패로 끝나게 된다. 그리고 이러한 좌절은 그에게 그대로 의문이 되어 되돌아왔다. 양심이란 어떤 형태로 존재하는가. 과연 그것이 있기는 한 걸까. 어쩌면 양심이란 그 자체가 인간이 머릿속에서 꾸며낸 허구이거나 가공의 산물은 아닌가. 만일 그것이 인간 스스로의 상상에 의해 만들어낸 조작물이라고 한다면 그것을 찾아 나선다는 것 자체가 벌써 의미 없는 일이지 않겠는가. 이런 회의와 의문들이 꼬리에 꼬리를 물고 그를 괴롭혔다.

그러나 그냥 그렇다고 결론을 내려버리기에는 그 자신이 비참하고 인간이 너무 초라하다고 느꼈을 것이다. 어떻게든 그로서는 현실 속 양심의 소재를 밝혀내고 확인해보고 싶었으리라. 그러자면 무언가 새로운 전기가 필요했다. 이제까지의 방식으로만 양심을 바라보아서는 곤란할 것 같았다. 이제까지 그는 양심에 대해 엄격하긴 하지만, 그런 만큼 소극적인 기준만을 고집해왔다. 억울하다고 생각하면서도 어떤 행동을 취하지 못

한 채 다만 아파하고 힘들어하는 모습[15], 스스로 위선자는 될 수 없다는 생각[16] 등도 분명 양심이라면 양심이다. 그러나 그런 것들은 소극적이고 자기방어적인 의미에서의 양심에 불과하다. 이럴 때 양심은 다만 지키는 것, 지키기 위해 노력하는 것에 머물게 된다. 그러나 실제로는 그렇게 지키기조차 쉽지 않다. 그는 현실이나 역사의 폭력이 "이런 따위는 두말할 나위도 없이 별로 힘 안 들이고 뭉개버릴 수도 있다."[17]고 생각한다.

인간의 양심은 현실이나 역사의 폭력 앞에 늘 떨면서 당하기만 하는 것일까. 그런 가운데서 소극적으로 저항하는 것일까. 그렇다면 그것은 너무 취약한 것이 아닌가. 이즈음에서 그는 어렴풋이나마 양심에 대한 보다 폭넓고 적극적인 해석과 의미 부여가 필요하다는 사실을 깨닫게 되었다. 이러한 가운데서 어떤 우연한 기회를 통해 역전의 결정적인 계기와 마주치게 된 것은 그로서도 예상치 못했던 행운이었다고 할 수 있다.

1) 적극적이고도 새로운 양심 해석의 근거 : '역사에 대한 심판'

양심의 소재를 놓고 김춘수가 고민을 거듭할 무렵, 그에게 마치 하나의 계시처럼 다가온 문구가 있었다. "여태까지는 역사가 인간을 심판했지만 이제부터는 인간이 역사를 심판해야 한다."[18]라는 러시아 사상가 베르쟈예프(N. Berdyaev)의 발언[19]은 그를 전율케 했다. 이제까지 인간은 역사의 폭력 앞에 철저하게 당할 수밖에 없는 연약한 존재였다. 그를 포함한 대다수의 인간들은 그런 폭력에 변변히 항의조차 하지 못한 채

---

15) 김춘수, 「누군가가 보고 있다」, 위의 책, 332쪽.
16) 김춘수, 「베라 피그넬」, 위의 책, 338쪽.
17) 김춘수, 「누군가가 보고 있다」, 위의 책, 332쪽.
18) 김춘수, 앞의 책, 1997, 104쪽에서 재인용.
19) 베르쟈예프의 역사관에 대한 이해는 니콜라이 베르댜예프, 『현대 세계의 인간 운명』(조호연 역, 지만지, 2008)의 제1장 「역사에 대한 심판 : 제1차 세계대전」 및 니콜

일방적으로 끌려 다니며 당하기만 했다. 그러면서도 그게 인간 존재가 처한 운명적인 조건이라고만 생각했다.

그러나 베르자예프가 제시했던 위 문구를 접하는 순간, 그는 이런 자신의 이해가 근본적으로 잘못된 것임을 깨닫게 되었다. 인간이 그 본질에 있어 불완전한 존재라면, 역사 또한 불완전할 수 있다. 인간이 그 불완전함으로 인해 역사의 심판을 받아야 한다면, 불완전한 역사도 마땅히 심판의 대상이 되어야 한다. 이때 역사를 심판하는 것은 그것의 불완전함으로 인해 억압받고 고통을 당한 인간일 것이다. 요컨대 지금까지의 역사가 그 불완전성의 여부에 관계없이 줄곧 자신의 입맛대로 인간을 저울질하고 심판해왔다고 한다면, 역사의 그런 폭력적인 잣대에 맞서 스스로의 기준을 제시하고 자기주장을 펼쳐나가는 것, 그리고 그런 가운데서 역사의 잘잘못을 가리고 비판할 점이 있다면 서슴없이 비판하는 것 역시 인간으로서 가질 수 있는 당연한 권리이자 의무일 것이다.[20] 그러니까 역사에 대한 심판이란 원칙적으로 그것을 바라보는 인간의 이와 같은 태도 변화에서 결정된다고 보는 것이 옳을 것이다.

라스 베르자예프, 『문명의 실패와 인간의 운명』(김영수 역, 현암사, 1984)의 제1장 「역사에 내려진 심판」 부분 참조.

[20] 베르자예프의 역사관에 기초한 이러한 김춘수의 이해 방식은 사실 원래 베르자예프가 그의 책 『현대 세계의 인간 운명』에서 주장한 내용과는 차이가 있다. 역사에 대한 심판이라고 했을 때, 이 말은 인간이 역사를 심판한다는 것을 뜻하지는 않는다. 이는 역사가 그 진행 과정에서 스스로 자기모순과 한계를 드러내는 것을 의미한다. 다시 말해서 역사에 대한 심판의 주체는 인간이 아닌 역사 자신이다. 역사가 이처럼 모순과 한계에 부딪칠 수밖에 없는 주된 원인을 베르자예프는 인간 이성의 한계에서 찾았다. 역사에는 그 자체의 의미가 있다. 그런데 이 때 역사에 의미를 부여하는 주체는 인간이 아니다. 베르자예프는 이 점을 오해하는 데서, 즉 역사를 통해 인간이 종종 그 자신의 한계를 인식하지 못하고 스스로 역사의 의미에 도달할 수 있다고 믿는 데서 역사의 비극적 사건들이 발생하게 된다고 보았다. 그에 따르면 역사가 의미를 지니는 것은 오직 신의 질서, 종교적 질서(베르자예프에 따르면 기독교적 질서) 체계 내에서이다. 그러나 인간은 자주 이러한 신의 질서를 인간 이성으로 능히

이 경우에 인간의 양심은 단지 지키고 방어하는 것에 머무는 것이 아니라 외부를 향해 스스로의 정당성을 역설하고 주장하는 것이 된다. 당연한 말이 되겠지만, 이 경우 양심의 문제는 외부로부터 일방적으로 부여된 윤리나 도덕적 감각, 기준을 충실히 따르며 이행하는 것과는 상관이 없게 된다. 그것은 스스로의 내적 기준을 확립하고 그 기준에 철저하게 다가서는 것을 의미한다. 달리 표현한다면 이는 곧 주어진 어떤 외적 가치 기준과는 무관하게 스스로가 옳다고 믿는 신념이나 가치관을 끝까지 밀고나가는 것을 뜻한다. 이런 것이 바로 양심이라면, 그것은 주체가 혹독한 상황에 처할 때일수록 더욱 그 빛을 발할 것이다.

폭력이 난무하는 혹독한 상황 아래에서 자신에게 가해진 유형무형의 폭력에 소극적으로 저항하는 것만이 양심의 전부는 아니다. 보다 적극적으로, 그 폭력에 정면으로 맞서서 자기 의지와 신념을 끝까지 굽히지 않고 유지하여 관철시켜나가고자 하는 태도를 보이는 것이야말로 양심의 진면목일 것이다. 물론 대다수의 사람들은 폭력 앞에서 그럴 정도로 투철하게 자기 자신을 밀고 나가지는 못한다. 오직 소수의 진정한 용기를 갖춘 자만이 이 대열에 동참할 수 있다. 그럼에도 이들의 존재는 우리 모두에게 새로운 희망과 용기를 전달해준다.

김춘수가 생각했던 양심의 적극적인 의미는 바로 이런 것이라 할 수 있다. 그에게 양심이란 이제 인간이 역사를 심판할 수 있는 도구로 받아들여진다. 그렇다면 문제의 초점은 양심에 대한 이런 그의 적극적인 구상을 만족시켜줄 수 있을만한 대상을 발견하는 일이 될 것이다. 그리고 여기에까지 이르면 우리는 어느덧 그가 의미의 세계에 한 발짝 다가섰음

도달할 수 있는 것으로 오해한다. 이것이 바로 인간이 역사 속에서 의미를 발견하려다가 실패하는 결정적인 이유이다. 베르자예프 식의 이런 논리를 따른다면 역사에 대한 심판 과정에서 인간 역시 그 책임을 면하기 어렵다. 따라서 김춘수의 베르자예프에 대한 이해는 그 나름의 방식의 오독의 결과인 셈이다.

을 느끼게 된다.

2) 역사를 심판하고자 한 자들과의 만남

자신의 주장과 의지, 신념을 끝까지 고수하면서 현실과 역사의 폭력에 정면으로 맞서고자 했던 인물들이 있다. 그의 시집 『샤갈의 마을에 내리는 눈』(1990)에는 역사 속에서 그가 찾아낸 이런 인물들에 대한 하나하나의 감상이 시적인 방식으로 잔잔하게 묘사, 배치되어 있다. '소크라테스'와 '푸로돈', '바쿠닌', '신채호', '베라 피그넬' 등이 바로 그들이다.

일찍이 그는 "나는 예수를 두려워하고 소크라테스를 두려워하고 정몽주를 두려워한다. 이념 때문에 이승의 생을 버린 사람들을 나는 두려워한다."[21]라고 고백한 바 있다. 이런 그의 고백에 따른다면 소크라테스는 죽음으로써 자신의 주장과 신념을 만천하에 알린 예에 속한다. 알려져 있다시피 그는 죽음을 피할 수도 있었다. 그러면서 자신에 가해진 법과 폭력의 부당함을 호소할 수도 있었다. 그러나 그는 그러지 않았다. 애초부터 그럴 생각이 없었다. 그 상황에선 차라리 죽음을 택하는 편이 민중들에게 더욱 극적이고 효과적으로 자신의 뜻을 전하는 길이라고 생각했기 때문이다. 즉 그의 죽음은 그의 웅변이었던 것이다.

> 소크라테스는 죽으면서
> 아스클레피오스 신에게
> 빚진 닭 한 마리 갚아주라고 했다는데
> 어떤 닭일까?
> 한국 토종닭은 목을 비틀면
> 목과 함께 눈이 좀 비틀리고
> 죽을 때

---

21) 김춘수, 「베라 피그넬」, 남진우 편, 앞의 책, 2005, 334쪽.

날개만 조금 파닥거릴 뿐
소리도 내지 않는다고 하는데, 하고
아테네 시 서부
아카데메이아라고 부르는
옛 플라톤 학원이 있던 골짜기
잡목림 숲속에 가면서
나는 문득 왠지 그런 생각들을 했다.

— 「부제로서의 시」 전문22)

소크라테스가 위험인물로 부각된 것은 다른 이유에서가 아니다. 그가 당시 그리스의 위정자들과는 다른 입장에 서서 법과 도덕, 정의와 질서에 대한 자기 주장을 펼쳤기 때문이다. 한마디로 그는 위정자들에겐 골치 아픈 존재였다. 이에 위정자들은 그에게 선동과 반역의 죄목을 씌워 재판정에 세우고, 곧이어 사형 선고를 받게 함으로써 그들의 목적을 달성한다. 외국으로 탈출하여 망명해 살라는 주위의 권유에도 불구하고, 그는 그 모든 유혹을 뿌리치고 스스로 죽음의 길을 선택한다.

죽기 직전, 그는 사람들에게 아스클레피오스 신에게 닭 한 마리를 전해달라는 청을 남긴다. 여기 등장하는 아스클레피오스 신은 의술(醫術)의 신이다.23)

---

22) 『김춘수 시전집』, 현대문학사, 2008, 526쪽.
23) 다음의 예들에서 보듯, 뱀 한 마리가 지팡이에 온몸을 칭칭 감으며 기어오르는 모습을 하고 있는 '아스클레피오스의 지팡이'는 오늘날까지 의학의 상징으로 널리 통용되고 있다.

아스클레피오스의 지팡이   WHO(세계보건기구)의 엠블럼   대한의사협회의 엠블럼   뱀이 감긴 지팡이를 든 아스클레피오스 상들

고대 그리스인들은 병이 났을 때 그의 신전을 찾아가 기도를 드렸으며, 병이 다 나은 다음에는 신에 대한 감사와 존경의 표시로 닭을 바쳤다고 한다. 이런 이면 배경을 이해한다면 소크라테스가 아스클레피오스 신에게 닭을 바쳐달라고 했던 이유는 분명해진다. 그것은 평생토록 진실만을 설파하고자 했던 그에게 선동과 반역이라는 터무니없는 죄목을 덮어씌운 위정자들과 재판정을 향해 그가 날린 냉소적인 항의가 된다. 소크라테스가 주장한 내용, 즉 그가 말한 진실은 그들에겐 다만 거짓이고 위선일 뿐이다. 그런 점에서 그것은 그들에게 사회의 질병과도 같은 존재로 이해된다. 이제 그가 죽게 되면 그들이 주장한대로 더 이상 거짓과 위선을(즉 질병을) 퍼뜨리는 존재도 사라져버릴 것이니 마음 놓고 즐거워하고 감사해도 좋으리라는 뜻을 담고 있다.[24]

이 일화에서 김춘수는 드디어 그가 그토록 찾아 헤매던 것의 실체를 발견한다. 잘못된 잣대로 자신을 심판하고자 했던 위정자들과 재판정의 거짓된 태도를 냉철하게 꼬집은 한 지식인의 굳은 의지와 신념에서, 마침내 그는 그가 바라던 양심의 참모습을 발견했던 것이다. 소크라테스의 굳은 의지와 신념은 그의 양심에서 우러난 것이다. 마지막 순간까지도 그의 양심은 냉정함을 잃지 않았다. "아스클레피오스 신에게/ 빚진 닭 한 마리 갚아주라"는 말은 그러므로 현실과 역사를 피고석에 세워놓고 행한 대법관 소크라테스의 최후의 심판이라고 이해해도 좋을 것이다.

감옥에 갇혀 추위와 공포에 떨면서도 본능적으로 살고 싶다고 절규했

---

24) 이러한 소크라테스의 마지막 유언에 담긴 의미에 대해서는 철학계 내부에서도 그 해석이 분분하다. 특히 아스클레피오스 신에게 진 빚(닭 한 마리로 표상되는)의 의미가 무엇인지는 해석자의 주관에 따라 상당히 달리 이해된다. 그러므로 위에서와 같은 해석 또한 하나의 가능성의 차원에서만 이해될 필요가 있다. 다만 여기서 분명한 것은 그러한 유언이 자신을 죽음으로 내몬 당대 현실에 대한 우회적인 항의의 의미를 담고 있다는 점이다.

던 자신의 과거 체험에 비추어볼 때, 김춘수는 죽음 앞에 이처럼 당당할 수 있었던 소크라테스의 양심이 경외스러우면서도 한편으로는 두려웠으리라. 소크라테스가 보인 이와 같은 용기 있는 선택은 위 텍스트에 등장하는 "한국 토종닭은 목을 비틀면/ 목과 함께 눈이 좀 비틀리고/ 죽을 때/ 날개만 조금 파닥거릴 뿐/ 소리도 내지 않는다"는 당대 한국의 현실에 대한 그의 부정적인 인식과도 선명한 대조를 이룬다.

이처럼 소크라테스의 죽음은 김춘수에게 커다란 영감을 던져주었다. 그 죽음을 통해 그는 이제까지 그가 찾아 헤매왔던 양심의 적극적인 모습과 그 실상을 발견하게 된다. 그것은 인간이 현실의 폭력에 일방적으로 매도당하고 쓰러진 사례라기보다는, 그 폭력 앞에 당당히 맞서 죽음으로 자기주장의 정당성을 입증해보인 보기 드문 실례로 받아들여졌다. 여기서의 양심이란 죽음마저도 넘어설 수 있는 용기, 바로 그것이다.

또 다른 양심의 예, '베라 피그넬'의 경우는 그에게는 더욱 치명적인 매력으로 다가왔다.

영하 40도
시릿셀 베르그의
요새 감옥 돌바닥에 살을 묻고
뼈를 묻으려 했다.
스물일곱 살,
월경의
피도
두 주먹으로 틀어막았다.
손바닥에 못이 박힌
누군가의 영혼처럼
21년 하고도 일곱 달,
볕이 드는 쪽으로는 한 발짝도
발을 떼지 못했다.

동지 베라 피그넬,

— 「동지 피그넬」 전문25)

　　러시아 명문 귀족 가문 출신이며 미모의 의학도이기도 했던 그녀가 가
슴 속에 혁명의 꿈을 꾸기 시작한 것은 "스물일곱"이라는 꽃다운 젊은 시
절 때부터였다. 외견상 그녀는 어느 모로 보나 혁명 대열에 뛰어들 하등
의 이유가 없는 인물이다. 그럼에도 그녀는 뼛속까지 시린 "영하 40도"의
"시릿셀 베르그" 감옥에 갇혀서도 끝까지 자신이 옳다고 믿는 신념을 포
기하지 않았다. 출신 성분이나 성별의 차이에서 오는 갈등과 불리함은
물론이고, 극한 상황 조건 속에서 경험하게 되는 육체적, 정신적 한계마
저도 거뜬히 돌파해버렸다. 그 대가로 그녀가 겪어야 했던 인고의 세월
이 무려 "21년 하고도 일곱 달"이었다. 이처럼 긴 세월을 역사의 폭력 앞
에 단 한 차례도 굴복하지 않았던 그녀는 그걸 통해 자신의 신념이 부르
조아 인텔리의 허영에 그치는 것이 아님을 온몸으로 증명한 셈이다.26)

　　양심은 상처의 아픔 때문에 더욱 다져지는 것은 아닐까? 베라 피그넬, 그
녀는 시릿셀벨그의 요새 감옥에서 그녀의 상처로 하여 얼마나 아파했을까?
그 감옥은 '외부와의 통신은 전연 허락되지 않고, 여기 수용된 혁명가들은 극
단의 추위와 고독이라고 하는 최악의 조건 하에서 거의 모두가 결핵과 영양
실조의 희생이 되기도 하고 혹은 발광하여 죽었다'고 한다. 그런데도 그녀는
다른 피고들처럼 황제에게 구명의 탄원을 하지 않았다고 한다. 밤마다 그녀
의 입술은 찢어지고 이빨은 으깨어졌을 것이다. 그녀는 그렇게 참고 견뎠을
것이 아닌가? 이 싸움에서 보통 사람들은 진다. 진다고 해서 크게 부끄러울
것도 없고 감상에 젖을 필요도 없다. 이 싸움에서 이기는 사람은 비로소 뭔가

25) 김춘수, 앞의 책, 1985, 533쪽.
26) 베라 피그넬의 사상과 혁명 여정을 알 수 있게 해주는 것으로는 그녀의 회상록인 다
　　음 책, 베라 피그넬, 『러시아의 밤』, 편집부 역, 형성사, 1985 참조.

를 남에게 권할 수 있는 자격을 가진다. 이념도, 이념과 이념 사이의 차이도 그들의 것이다. 체 게바라, 미시마 유키오, 그리고 그녀 베라 피그넬이다.[27]

  초보적인 고문에도 견디지 못하고 폭력 앞에 일찌감치 백기를 들어야 했던 그와 비교해볼 때, 그녀는 확실히 다른 존재였다. 뿐만 아니라 스스로의 신념을 지키지 못해 치욕을 안고 살아가야 했던, 혹은 그런 사실로 인해 이후 구차한 변명을 늘어놓아야 했던 많은 인간들과도 달랐다. 양심이란 어떤 상황에서도 스스로를 저버리지 않는 경우에만 해당되는 것이라고 한다면, 그녀는 바로 그 전형적인 경우에 속했다.

  김춘수의 내면은 점차 고무되기 시작했다. 그녀의 삶에 그는 깊이 매료되었다. 그녀의 존재로 인해, 인간은 역사 앞에 더 이상 기죽지 않아도 된다고 생각했다. 역사에 대한 인간의 심판은 그녀와 더불어 완성된 듯이 보였다. 그런 완성의 열쇠를 전달해준 그녀에게 우리 인간은 마땅히 감사해야만 된다고 생각했다. 마지막까지 흔들리지 않고 양심을 지켜내었던 사실과 더불어, 인간 존재의 구원의 한 가능성을 그녀에게서 엿보았던 것이다. 여기서 그는 다음과 같이 선언한다. "그녀로 하여 인류는 상당히 구원되"[28]었노라고.

  도저히 돌파할 수 없을 것만 같은 한계를 돌파한 그녀에게서 그는 이제까지 막연하게 꿈꾸어왔던 자아의 이상적 모델을 발견하고 전율한다. 그녀는 물론 그와는 다르다. 그러나 다르다는 것을 알기에 더욱 그녀와 닮고 싶어진다. 위 텍스트의 제목이 "동지 피그넬"로 붙여진 것은 그와 같은 그의 은밀한 바람이 내재되어 있기 때문이라고 할 수 있으리라.[29]

---

27) 김춘수, 「베라 피그넬」, 남진우 편, 앞의 책, 2005, 336쪽.
28) 위의 글, 339쪽.
29) 위에서 지적한 다른 인물들의 경우도 마찬가지이다. 한결같이 '동지'라는 표현을 그들의 이름 앞에 붙인 것을 볼 수 있다. 「동지 푸로돈」, 「동지 바쿠닌」, 「동지 신채호」 등.

4. 나오며 : 동일시에 따른 문제점

소크라테스나 베라 피그넬과 같은 예를 발견하기란 사실 쉽지 않다. 현실 속에서 그들은 분명 특별하고 예외적인 존재이다. 우리 같은 보통의 사람들과는 너무 멀게 느껴진다. 그런 점에서 매력적이긴 하지만 동시에 거북하고 두려운 존재이기도 하다.[30]

무엇보다도 그들은 인간적인 한계를 뛰어넘었다. 자신의 양심을 증명하기 위해서다. 그런데 이때 그들이 몸을 던져 증명해낸 인간의 양심이란 또 다른 관점에서 본다면 그 자체가 이미 이념적 측면, 이데올로기적 측면을 내포하고 있다고 생각해볼 수도 있다. 김춘수의 표현을 그대로 빌자면, 그것은 이미 완성되고 굳어진 세계에 속하는 것처럼 보이기 때문이다. 그런 점에서 그것은 비록 한 개인의 내면적인 테두리 내에 머물러 있긴 하지만, 언제든 이데올로기화될 수 있는 여지를 지닌다.

만일 그들의 양심이 또 다른 종류의 이념이며 이데올로기라고 한다면, 어느 순간 그것은 이전의 것들과 마찬가지로 역사 속에서 폭력적인 양상으로 변질될 우려가 있다. 물론 김춘수가 그들의 삶에 관심을 둔 이유는 그들이 신봉한 이념이나 이데올로기 때문은 아니다. 인간으로서의 한계를 뛰어넘는 것이 가능함을 보여주었던 그들만의 칼날 같은 신념과 의지, 태도(그가 '양심'이라고 불렀던)가 부러웠던 까닭이다. 그러므로 여기서 중요한 것은 어디까지나 이념(이데올로기)이 아닌 태도(양심)이다.

---

30) 끝까지 자신의 신념과 의지를 지켜나간다는 것은 보통의 인간들로서는 쉽지 않은 일이다. 그런 점에서 그것은 인간이 아닌, 신적인 영역에 속하는 예로 생각되기도 한다. 신은 인간과는 다른 세계에 속하는 존재이다. 그리하여 멀게 느껴진다. 또한 존경의 대상인 동시에 두려움의 대상이기도 하다. 김춘수가 베라 피그넬과 같이 마지막 순간까지 자신의 신념과 의지를 지켜 나간 인물들(예수, 소크라테스, 정몽주 등)에 대해 매력을 느끼면서도 동시에 '두렵다'고 덧붙이는 이유가 바로 여기에 있다. 김춘수, 「베라 피그넬」, 앞의 책, 2005, 334쪽 참조.

그러나 이런 식으로 양심의 영역을 지나칠 정도로 강화하는 것은 주체의 입장에서도 큰 부담이 된다. 그것이 강화되면 강화될수록 자아는 상대적으로 더욱 위축될 가능성이 있기 때문이다. "생애의 전 기간을 통하여 회한의 생각으로 과거를 돌아본 일은 한 번도 없다."[31]는 베라 피그넬의 단호한 선언은 아무에게서나 나올 수 있는 말이 아니다. 보통의 경우라면 그런 이야기를 옆에서 듣는 것조차 부담스럽다. 그 단호함에 존경의 시선을 보내기는 하겠지만, 똑같이 따라 해보라고 하면 주눅이 들 수밖에 없다. 그리고 그 앞에서 괜히 초라해지는 자신을 발견하게 된다.

자아의 이상적인 모델들을 발굴하는 작업은 물론 포기될 수 없다. 마찬가지로, 그러한 모델들 속에서 존재론적인 구원의 가능성을 엿보려는 시도 또한 포기될 수 없는 것이다. 인간은 누구나 그런 대상(타자)에 대해 스스로를 동일시하기를, 또한 동일시할 수 있기를 원한다. 그러자면 대상과의 잦은 만남을 통해, 닮기 위해 노력하는 과정이 필요하다. 그러나 닮아지고는 싶지만 닮기 힘들다는 사실을 깨달을 때도 있다. 그런 경우라면 그 만남의 대상과의 사이에서 느끼게 되는 서먹서먹함은 배가(倍加)되기 마련이다. 통상의 관점에서 볼 때 인간적인 한계에서 벗어나는 경우라면 예외적인 경우로 인정하고 받아들여야 할 것이다. 이를 곧바로 일반화하는 것에는 아무래도 무리가 따를 수밖에 없다.

김춘수 역시 이러한 한계점에 대해 어렴풋이나마 알고 있었던 듯하다.[32] 그런 존재들은 그를 '황홀'[33]하게 만들면서도 동시에 '비참'[34]

---

31) 위의 글, 같은 쪽.
32) 김춘수가 남긴 '예수'의 행적과 관련된 시편들, 그리고 산문들은 주로 신(혹은 초인)과 보통의 인간들 사이에 내재하는 이런 차이와 인간적 한계점들에 대한 자기 나름의 고뇌 및 그에 따른 사유의 흔적들을 담고 있는 것으로 받아들여진다.
33) 김춘수, 앞의 글, 337쪽.
34) 위의 글, 338쪽.

하게 만든다고 솔직하게 고백하고 있는 것을 볼 수 있다. 구원의 문제는 여기서 다시 원점으로 되돌아간 듯이 보인다. 누구나가 초인(超人)이 될 수는 없는 노릇이기 때문이다. 초인이란 오직 예외일 뿐이다. 현실 속에서 의미를 찾고자 한 그의 노력은 이 지점에서 다시 한 번 벽에 부딪치고 만다. 그러나 앞에 벽이 놓여 있다고 해서 이런 노력들을 쉽사리 포기할 수도 없다는 데 문제가 있다. 노력을 포기한다는 것은 구원의 가능성마저 포기해버리는 것이 되기 때문이다. 인간의 구원은 어떤 방식으로든 이루어져야 하지 않겠는가.

이제 김춘수에게 남겨진 과제는 좀 더 일반에 부담을 주지 않고 친근하게 다가설 수 있는 대상으로서의 타자를 발견하는 일이 될 것이다. 우리는 여기서 우리와 닮은 존재, 그래서 더욱 애착이 가고 공감이 가는 존재, 그리고 마침내는 우리를 구원의 길로 무리 없이 인도해줄 수 있는 존재의 출현이 멀지 않았음을 희미하게나마 예감하게 된다.

■ 참고문헌

김춘수, 『의미와 무의미』, 문학과지성사, 1976.
_____, 『하느님의 아들 사람의 아들』, 현대문학사, 1985.
_____, 『꽃과 여우』, 민음사, 1997.
_____, 「나를 스쳐간 그 · 3」, 남진우 편, 『왜 나는 시인인가』, 현대문학사, 2005.
_____, 『김춘수 시전집』, 현대문학사, 2008.
니콜라스 베르쟈예프, 『문명의 실패와 인간의 운명』, 김영수 역, 현암사, 1984.
_____, 『현대 세계의 인간 운명』, 조호연 역, 지만지, 2008.
베라 피그넬, 『러시아의 밤』, 편집부 역, 형성사, 1985.
최라영, 「김춘수의 무의미시 연구」, 서울대 박사논문, 2004.

김춘수의 실존과 양심 · 김유중

무의미의 주제화 형식과 독자의 의사소통

— 김춘수의 『處容斷章』을 중심으로

노 지 영

1. 머리말

김춘수의 시편들은 그가 표방한 '무의미시론'을 바탕으로 의미를 배제하고 무의미의 극단을 열어낸 시로 평가받고 있다. 특히 그가 긴 시간에 걸쳐 쓴 「처용단장」 연작[1]은 그가 주장한 무의미시의 전범으로 논자들에 의해 다양하게 논의된 바 있다. 그러한 다양한 논의들 속에서 김춘수의 시는 메시지의 소통과 참여를 강조하는 김수영과 비교하여 "타자와의 소통을 부정하는 독백주의"[2]로 평가되기도 한다. 그러나 김춘수의 시를 시론에 나타난 저자의 의도에 맞춰 '무의미'의 영역에만 고정시키고, 의사소통과 주제적 개입이 불필요한 '순수'의 성역으로만 보는 것

---

1) 이 글은 『김춘수 시전집』(현대문학사, 2004)에 실린 「처용단장」 연작을 그 대상으로 한다. 김춘수가 처용의 모티프를 "장시의 형식으로 쓰"(「'처용·기타'에 대하여」, 『시론전집 1』, 635쪽)고자 했음을 존중하여, 개작되어 완결된 형식으로 묶인 「처용단장」의 판본을 그 대상으로 삼아 분석하였다.

2) 남기혁, 「김춘수의 무의미시론 연구」, 『한국문화』 24, 서울대 한국문화연구소, 1999, 179쪽.

은 온당하지 않다. 이러한 관점에서는 김춘수가 주장한 의미의 초월이 '순수' 시론의 확립이나 '자아의 정체성' 문제와 이어질 때 오히려 '불순'한 것이라는 비판을 면할 수 없기 때문이다.[3]

시인이 상징 언어를 매체로 하여 시를 쓴다는 것은 그 즉시 담론에의 참여를 선언하는 것이며, 시 안에서 기호를 사용한다는 것은 통사적 관습을 따르느냐 아니냐를 떠나서 기존의 기호를 사용하고 그것을 통해 발화하는 의사소통의 일종이라고 볼 수 있다. 따라서 김춘수의 무의미시들을 기존의 통사 질서를 따르지 않는다거나 난해하다고 해서 시인의 1인칭 독백으로 보거나 수신자가 무시되고 배제(심지어는 삭제)된 시편이라고 볼 수는 없을 것이다. 오히려 시인 자신은 언어의 폐쇄성과 획일성을 무너뜨려 보여주고자 했던 주제화의 형식이 있을 것이며 이마저도 읽어낼 수 있는 수신자를 바라며 시를 써나갔다고 보는 것이 적절하다. 시인이 시론과 산문 등을 통해 독자에게 지속적으로 자신의 시를 설명하였던 것이 그 증거라 할 수 있다. 시인은 시와 보족적인 시론을 통해 '무의미'를 주장하고자 했고 이는 독자에게 '무의미' 시가 왜 의미 있는지를 환기시켜 주고자 한 의사소통의 일환이었다. '무의미'가 '무의미'로만 읽히거나 '무의미한' 현실 도피로만 끝나서는 안 되는 것이다. 무의미의 영역은 '의미'의 기호들로부터 배태되는 것이며 이는 독자에게 읽힘으로써 비로소 의미를 강조한 시와 변별되는 '무의미시'로 실현된다.

이러한 무의미시의 대표적 기호로서 발신자에 의해 실험되고 수신자에 의해 실현된 것이 바로 '처용'이라는 기호이다. 그가 '처용'이라는

---

3) 남기혁은 김춘수가 자아의 순수성을 유지하기 위해 특정한 시 쓰기 방식을 고수하고, 일체의 수사적 전략과 형태실험을 '가면'으로 활용하기 때문에 불순하다고 지적한다. 무의미시론의 기본전제가 자아와 대상의 동시적 부정에 있음에도 불구하고, 자아의 부정보다 대상의 부정에 전념하였기 때문에 무의미시론의 딜레마가 생겨났다고 이야기한다.(위의 글, 194~195쪽.)

고대인물에 관심을 쏟고 독자에게 언술한 역사는 무척 길다.[4] 그는 '처용'을 20여 년이라는 긴 기간 동안 다양한 형식으로 시화하며 한시적인 설화의 인물로서 가둬두지 않고 다양한 문화적 코드 속에서 맥락화된 현재적 인물로 변용시켜 왔다. 텍스트는 고대설화의 인물인 '처용'을 복원하는 것도 아니고, 김춘수가 시를 통해 전달하고자 했던 '처용'의 상을 재현해내는 것도 아니다. '처용'의 기호는 긴 집필 기간 동안 여러 가지 문화적 코드와 접목되면서, 더욱 다양한 하위코드(subcode)[5]를 포함하게 되었으며, 이로 인해 다양한 해석의 차원을 개방했다. '처용'은 김춘수의 시를 읽는 독자에게 "영구적인 구조로서보다 하나의 코드화한 관계로서" 나타나게 되며, 이러한 '처용'의 기호는 독자와 만나서 "주어진 코드화 환경 하에서 또 다른 상호관계를 맺으며 새로운 기호를 형성"[6] 하게 된다.

---

4) 김춘수가 처용의 모티프에 관심을 쏟아온 기간을 제외한다 해도 「처용단장」을 집필한 기간만도 무려 20년 이상이 된다. 63년에 그의 단편소설 「처용」이 발표되었으며, 65년에 시 「잠자는 처용」이, 66년에는 「처용」, 「처용삼장」이 발표된다. 단편소설 「처용」은 장편으로도 구상되었으나, 실현되지는 못하였다. 이후 발표된 「처용단장」은 『현대시학』에 1969년부터 1년 반에 걸쳐서 연재된 연작시이다. 1974년 이 시들은 시선집 『처용』(민음사)에 처용단장 1장으로 발표되었다. 「처용단장」은 총 4장으로 구성되어 있는데, 『현대시학』 1973년 5월호부터 9월호에 처용단장 2장이 연재되었고, 이것이 76년 시선집 『김춘수 시선』(정음사)에 '처용단장 2장'으로 발표되었다. '처용단장 3장'은 90년 『현대문학』 4월호에서부터 91년 1월호까지에 총 50편이 발표되었고, '처용단장 4장'도 『현대문학』 2월호에서부터 6월호까지에 총 21편이 발표되었다. 91년이 되어 김춘수는 이미 발표된 처용단장들을 묶어서 『처용단장』(미학사, 91)이라는 시집을 출간하였다. 선집 과정에서 누락된 시는, 김춘수 사후에 현대문학사에서 출간한 전집(2004)에 보충되어 있다.

5) 메시지는 다양한 코드와 하위코드에 기초하고 있는 여러 다른 메시지의 그물 조직이다. 여러 코드들과 하위코드들의 상호작용과 더불어 상황과 추론적 전제의 교차되는 놀이는 메시지로 하여금 여러 가지 가능한 의미를 지닐 수 있게 해주는 비어있는 형식으로 나타난다.(Umberto Eco, 『기호학 이론』, 서우석 역, 문학과지성사, 1985, 157~159쪽.)

6) William Ray, "Umberto Eco : The Reading process as code-structure", *Literary Meaning*, Basil Blackwell, 1984, p.125.

김춘수의 「처용단장」에서는 '처용'의 기호와 함께 시인이 의도적으로 낯설게 배치한 다양한 문맥을 찾아볼 수 있는데, 이로써 코드가 재구조화되어 새로운 의미의 차원을 열어나가고 있음을 읽어낼 수 있다. 이는 단일의미(meaning)를 강조하는 '닫힌 텍스트'가 아니라, 수신자의 해석과 협력을 강조하는 '열린 텍스트'의 양상으로 나타난다. 그리하여 독자는 '처용'의 기호가 어떤 문화적 상황 속에 위치해 있으며 어떤 방식으로 의사소통하고 있는지를 살펴보게 되며, 문화적 구성물로서의 '처용'의 모티프가 보여주고 있는 의미론적 전체를 조망하게 된다.

그리하여 이 글에서는 단일한 '의미'의 전달에 역점을 두는 의사소통의 구조적 모델이 아니라 의미의 일탈을 겨냥하여 '무의미'의 관계 체제를 전체적으로 제시하는 에코의 의사소통 모델을 빌려오고자 한다. 그리하여 그의 시가 기호학과 의사소통 모델의 결합을 통해 단일의미의 부정뿐만 아니라 무의미시의 의미까지 이루고 있는 양상을 보여주고자 한다. 물론 이것은 에코의 시도에서처럼 '파불라'를 구성할 수 있는 서사의 장르에 더 유효한 분석틀일 것이다.[7] 그러나 '처용'의 기호는 서정 장르로 출현하기 전에 서사 장르로 먼저 기획되었으며, 김춘수라는 발신자가 '처용'이라는 모티프를 통해 이십여 년 동안 4부의 거대한 연작시를 기획해 나간 것은 그 내용적 차원에서 충분히 서사적 의도가 있었다고 볼 수 있다. 또한 그의 시편은 처용에 대한 일반적 의미를 노출시키지 않으면서 처용에 대한 암시와 다양한 가설들을 전략적으로

---

7) 에코는 다양한 텍스트 분석을 시도하였으며, 본격적으로 텍스트 이론을 세우고자 한 작품이 바로 『소설 속의 독자(Lector in Fabula)』라 할 수 있다. 에코는 〈아주 파리다운 드라마(Un Drame bien Parisien)〉의 분석을 통해 파불라를 해석하는 모델을 제시하였으며 "작가에 의해 준비되는 정보와 모델 독자에 의해 추가되는 정보"의 연합으로 텍스트의 의미가 이루어지는 과정을 보여주었다. (Umberto Eco, 『소설 속의 독자(Lector in Fabula)』, 김운찬 역, 열린책들, 1996, 299쪽.)

배치하여 모델 독자의 적극적 개입을 유도하는 관계적 형식이기도 하다. 따라서 에코의 방법론은 우리 시사에서 독특한 형태로 남아있는 「처용단장」의 특수성을 구체적으로 설명할 수 있는 유효한 형식이 될 것이다.

2. 에코의 의사소통 모델과 수신자의 '참여'

모든 시는 의사소통이자 발화 상황이라는 것은 굳이 야콥슨의 유명한 도식을 예로 들지 않아도 이제는 상식처럼 받아들여지고 있다. 에코는 의사소통 모델과 기호학을 접목하여, 독자의 읽기가 개입되는 작품의 구조를 보여주고 있다. 에코는 저자가 의미의 근원이라는 역사주의적 읽기나, 텍스트의 자율적 구조하에서 의미는 결정되어 있다는 신비평적 읽기 어느 한 쪽에만 손들어주지 않는다. 우리는 일반적으로 '메시지'를 텍스트 자체로 이해하고 환원하는 습관을 지니고 있지만 에코에게 있어 '메시지'는 이와 같은 의사소통 모델에서 기능하는 하나의 부분으로 인식된다. 이는 다양한 하위코드들에 의해 상호 관련되어 있으며, 이런 관점에서 의미란 그것을 구성하고 있는 전체적인 그물로 여겨진다.

「처용단장」의 실제 시편에서 '처용'이라는 중심 기호는 오히려 문면에 전혀 나타나 있지 않다. 처용에 대한 직접적인 설명 없이 저자 김춘수는 언어의 관계 체제로서의 시 형식을 고안하고자 노력한다. 김춘수의 시는 낯선 세계를 대상화하여 묘사하며, 언어의 관습적 형식에서 분리된 이질적인 통사구조를 보여준다. 그리하여 기존의 관습적인 메시지가 상존하는 언어 형식에서 새로운 관계 체제를 열어나가는 것이다. 이러한 관계 체제는 저자의 고정된 주제를 현시하거나 감정을 효율적으로 표현하기 위한 미적 장치로서의 텍스트가 되기를 거부한다. 그러나 그럼에도 불구하고 논자들은 김춘수의 무의미시에서 의미를 찾는 노력을

거듭해 왔는데, 이는 시론 등에서 김춘수가 다음과 같은 발언을 반복적으로 하고 있기 때문이다. 김춘수는 그의 글에서 "통상적인 이데올로기와 비전이 전제"되지 않을 뿐이지, "시적 대상과 주제"는 자신에게 이미 "설정되어 있"다고 밝히고 있다.[8]

김춘수가 설정하고자 한 시적 주제는 '처용 설화'를 통해 '네거티브한 현실'을 '그대로 드러'냄으로써 형상화된다. 여기서의 '그대로' 보여주기란 선과 악, 역사와 신화 같은 주제를 문면에 드러내어 그 의미를 재현하고자 하는 것이 아니다. 의미에 치중한 기존의 시가 효용성 가득한 단선적 수사를 통해 독자에게 일방적으로 자신이 재구성한 의미를 전달하고자 했다면 김춘수의 무의미시는 '네거티브한' 현실이 하나의 단일한 이데올로기로 환원될 수 없는 부조리한 실재라는 것을 언어 효과를 통해 독자가 읽어내게 만드는 텍스트이다.[9] 그리하여 「처용단장」 연작은 '처용'이라는 하나의 신화적 기호가 단일한 의미로 환원될 수

---

8) "나에게는 대상과 주제가 없다고 했는데 그것은 통상적인 뜻으로서의 그것이고, 시의 차원에서는 나 자신 대상과 주제를 설정할 수 있었고, 설정하고도 있었다. 『삼국유사』의 처용설화가 바로 그것이다. (중략) 개인을 파괴하는 역사의 악 또는 이데올로기의 악을 내 자신의 경험과 처용을 오버랩시키면서 드러내려고 한 것이 나의 시적 주제이다. 통상적인 뜻으로서의 주제와는 다르다. (중략) 어떤 네거티브한 현실이 그대로 거기 드러나고 있을 뿐이다. 그것을 드러내고자 하는 것이 나의 시적 주제가 된다."(김춘수, 「장편 연작시 「처용단장」 시말서」, 『김춘수 시전집』, 민음사, 1994, 523~524쪽.)

9) 슐라이퍼에 의하면 모더니즘에서의 수사학은 ① 설득적인 언어에 대한 연구와, ② 언어의 의미와 의미효과의 비유적 형상화에 대한 연구로 나타난다. 설득적인 언어의 개념화는 세계, 죽음, 의미에 의한 부정적 물질성에 의해 위협받는다. 김춘수의 시에서의 시적 주제는 이데올로기의 악을 드러내는 것으로 설정되어 있지만 의미와 의미효과가 강조되어 끊임없이 네거티브한 현실을 언어의 물질적 차원으로 보여주려는 시도들이 일어나게 된다. 그리하여 슐라이퍼의 말처럼 김춘수의 시에는 제유적 수사의 몰락, 즉 설득적 수사학의 '죽음'이 엿보이게 된다.(Ronald Schleifer, *Rhetoric and Death : The Language of Modernism and Postmodern Discourse Theory*, University of Illinois Press, 1990, p.77.)

있는 것이 아니라 얼마나 다양한 하위코드들을 가지고 있는지를 보여주고, 또한 설화라는 것이 하나의 역사적 진실을 보증하는 것이 아니라 의사소통 상황 속에서 얼마나 다양한 현재와 만날 수 있는지를 나타낸다.

이는 아래의 의사소통 모델을 통해 구체화될 수 있는데, 발신자에서 수신자로 향하는 야콥슨적 의사소통 모델을 보완하고자 한 에코의 모델에서는 하위코드들이 메시지에 개입하고 상호작용하는 형식을 통해 해석의 다양성을 보여준다. 발신자와 수신자가 사용하는 코드와 그에 부속된 하위코드들은 메시지의 다양한 차원을 열어가고 있으며, 이러한 코드들은 가추법(abduction)[10]에 의해서 끊임없이 의미가 새롭게 부여되고 정리되면서 메시지에 관여한다. 메시지의 컨텍스트는 코드들에 영향을 주며 이들의 종합적인 작용으로 텍스트는 전체적인 내용으로 해석되어 나타난다. 수신자와 발신자가 대화하는 코드 속에서 해석된 것이 바로 텍스트인 것이다.

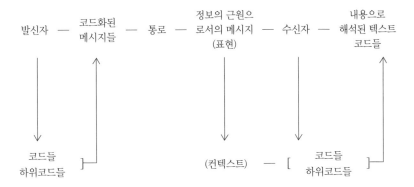

〈표 1〉 에코의 의사소통 모델[11]

---

10) 가추법은 개연적 규칙을 세우고 이에 따라 어떠한 확실한 결과를 끌어내지만, 이를 통해 다시 개연적 규칙을 검증하는 방법이다.(송효섭, 『문화기호학』, 민음사, 1997, 43쪽.)

11) Umberto Eco, 『기호학 이론』, 앞의 책, 159쪽.

발신자는 독자, 즉 수신자에게 「처용단장」을 통해 자신이 드러내고자 하는 메시지를 보여준다. 설화적 근거를 들어 발신자인 김춘수는 '처용'을 인고의 표상으로 수용[12]하고 있다고 밝히지만 수신자들은 '처용'을 자신들이 경험한 코드와 하위코드 속에서 해석하여 수용한다.[13] 발신자 김춘수가 '처용' 설화를 코드화함으로써, 「처용단장」의 장시 형식을 통해 이데올로기와 역사에 침윤당한 흔적을 텍스트로 보여준 것은, 텍스트라는 조직망을 거친 후, 메시지가 발화된 상황적 맥락과 종합되면서 해석자에게 수용된다. 이것은 수용자가 개인적 삶 속에서 선체험하여 코드화한 '침탈-인고-승화의 구조'를 따를 때에 명확한 '전달'의 소통구조를 가질 수 있다.

그러나 김춘수의 시는 의도적으로 이러한 메시지 '전달'로서의 소통구조와 거리를 둔다. '처용'에 대한 직접적인 언급이 텍스트로 나타나지 않는 「처용단장」에서, 수신자가 수집한 정보는 하나의 주제적 차원으로 수렴되기는 어려울 것이다. 김춘수는 그의 시가 단일한 이데올로기로 귀착되지 않게 하기 위해서 시에 다양한 장치들을 마련한다. 지시적 인물이나 그 대상이 명확히 존재하였던 역사적 사건에 있어서도 「처

---

12) 김춘수는 처용을 다음과 같이 수용한다. "고려가요인 처용가에는 처용을 '羅睺羅처용아비'라고 하고 있다. 나후라는 법어[Rahula]의 차음인 듯한데 그것은 忍辱行의 보살을 의미하는 듯하다. 疫神에게 아내를 빼앗기고도 되려 춤과 노래로 자기를 달랬다는 설화의 주인공을 고려의 불교가 그렇게 받아들이고 명명했다는 것은 당연한 일이다. (중략) 내가 이 재료에 관심을 가지게 된 동기는 윤리적인데 있다. 즉 악의 문제-악을 어떻게 대하고 처리해야 할 것인가에 있었다."(김춘수, 「'처용삼장'에 대하여」, 『김춘수 시론전집 1』, 현대문학사, 2004, 645~646쪽.)
13) 김종태가 정리한대로, 처용가에 나타난 시의식은 인고, 용서, 자학, 관대, 울분 등으로 다양하게 해석될 수 있다. 처용의 정체에 대한 논의는 아직도 활발히 진행되고 있으며 동해용의 아들이었다는 주장, 신라 말에 유행했던 역병을 치료했던 무의(巫醫)였다는 주장, 신라 호족의 아들이었다는 주장, 아라비아 상인이었다는 주장 등이 제기되고 있다.(김종태, 「김춘수 처용연작의 시의식 연구」, 『우리말글』 제28호, 우리말글학회, 2003, 161쪽.)

용단장」의 텍스트는 사전적 지식에 충실한 세계를 반영하지 않는다. 물론 김춘수는 「처용단장」에 등장하는 사건들이 어떤 작가적 경험에서 나왔는지를 그의 자전소설[14]에서 설명하고 있기는 하지만 이는 실제 시 텍스트 안에서 통사적 안정성으로 해명되고 있지 않다. 이 때문에 독자들이 시에서 수집한 정보는 그 의미의 기원을 밝힌다기보다는 오히려 애초의 발신자의 전제에서 멀어지는 기능을 할 수도 있다. 이러한 해석 모델에서 수신자의 해석은 "완전히, 또는 부분적으로 발신자의 코드들과 다를 수 있다."[15]

그러나 수신자의 해석을 통해 의미가 일탈되는 지점에서 진정한 무의미의 형식이 드러난다. 그리하여 시인의 전기적 소재들이 「처용단장」에 등장할 때 발신자인 시인이 기획한 직접적인 주제와 의미는 철저히 숨겨진 것이 된다. 초보적 독자들은 이러한 의미의 일탈이 있을 때 해석을 포기하기도 하지만 자전소설 등을 접하여 시인의 전기적 배경을 알고 있는 이상적인 독자, 즉 에코가 가정하는 모델 독자(Model reader)들은 의미의 일탈조차도 전략적인 의미로 해석하며 무의미의 관계 체제를 해석하는데 적극적으로 개입하게 된다. 그리하여 김춘수의 「처용단장」에서는 이러한 의미의 일탈을 다양한 코드로 해석해야 하는 독자의 역할이

---

14) 김춘수는 그의 자전소설 『꽃과 여우』를 통해 자신의 유년 시절부터 1950년대까지의 전기적 삶을 서술하고 있다. 책의 머리말에서 시인은 자신의 유년 시절을 소재로 한 「처용」이라는 단편소설을 환기하면서 "어떤 이데올로기가 역사라는 겁나는 탈을 쓰고 나를 깔아뭉개려 했을 때도" "나를 찾는 물음"을 지속해왔다고 말한다. 소설에서는 유년 시절과 학창 시절, 일제치하에서의 징병에 대한 공포 등 그에게 상처를 준 이데올로기적 소재들이 등장하며, 이러한 소재는 파편적으로 「처용단장」에도 등장하고 있다. 그러나 이는 시인이 경험한 세계를 시에 재현하는 방식이 아니다. 오히려 시인은 자신이 말하고자 하는 메시지가 시인 자신의 경험적 삶을 재현하지 못하도록 통사적 불안을 유발하여 시 읽기를 방해하고 있다.
김춘수, 『꽃과 여우』, 민음사, 1997, 13~14쪽.

15) Umberto Eco, 『소설 속의 독자(Lector in Fabula)』, 앞의 책, 82~83쪽.

강조된다. 시에서의 '극도의 세심함'과 '극도의 설명'은 '극도의 억압성'으로 이어질 수 있으므로, 김춘수의 시에서 이러한 단일의미의 과잉은 지양된다. 그리하여 "텍스트는 설명적 기능에서 점차 미학적 기능으로 이행함에 따라, 독자에게 해석적 주도권을 넘겨주고자 한다."[16] 의미의 일탈이 이루어지는 '무의미시'는 독자의 해석과 참여를 통해서만 그 전체적 의미의 실체가 드러나는 현재적 양식인 것이다.

따라서 김춘수의 시에서는 일방적으로 설득되거나 저자에게 동조하는 참여가 아니라 독자가 의미를 부여해가고, 기존의 언어질서가 확립한 이데올로기를 거부하며 새로운 의미를 모색해가는 것으로서의 참여가 나타난다. 의미는 수신자의 참여를 통해 코드화되며, 수신자는 발신자가 기획한 무의미시를 통해 '전체론적 의미'를 추론해 나간다. 이는 고정적인 의미의 일탈을 두고 '무의미'는 '무의미이다'라거나 그것이 '무의미하다'라고 반복적으로 주장하는 것에서 벗어나, 무의미의 의미를 말하는 방식이라고 볼 수 있다. 단일의미로 환원될 수 없는 발신자의 메시지는 수신자의 참여를 통해서 무의미의 의미로서 실현되고 있기 때문이다.

3. 의미 부재 형식으로서의 「처용단장」 읽기

처용 연작은 연작시라는 하나의 총체를 지향하면서도, 시편들의 변주 속에서 관습화된 의미를 의도적으로 배제하여 독자에게 새로운 코드와의 만남을 열어두는 관계 체제의 구조형식이다. 에코가 『열린 예술작품(Opera aperta)』(1962)에서 말한 바와 같이, 이는 소쉬르적 의미의 닫혀있는 객관적 '구조'를 지칭하는 것이 아니라 "다양한 관계(즉 의미론적 차

---

16) 위의 책, 83쪽.

원, 통사론적 차원, 물리적 차원, 정서적 차원, 주제의 차원과 이데올로 기적 내용의 차원, 구조적 관계의 차원과 수신자의 구조화된 답변의 차원 등) 간의 체제로서의 형식을 의미"하는 것이다. 이러한 체제는 "사태의 본질을 밝히는 것이 아니라 단지 다양한 학문 분야와 다양한 인간 활동 영역 간의 연관관계를 구체적으로 나타내는 문화적 상황만을 해명해준다."[17] 김춘수의 시들은 이러한 의미에서 하나의 본질적 의미를 주장하지 않으며 문화적 상황을 다양한 차원으로 접근할 수 있는 열린 예술작품의 형식을 보여주고 있다. 「처용단장」의 시편들처럼, 의미가 단일하게 주장되지 않아, 독자에 의해 다양한 의미의 생성이 가능하고 그 의미가 전체적인 그물로 확장될 수 있는 것이 바로 '열린 예술작품'의 특성이 될 것이다. 독자가 채택한 화제(topic)에 따라 하나의 총체를 보여주면서도, 독자와의 대화를 통해 끊임없이 해석의 지평을 넓혀가는 것이다. 의미의 불확정성을 보여주는 부분을 통해 독자의 개입과 추론은 가능해진다.

「처용단장」은 총 4장의 안정적인 연작시 형태를 띠고 있지만 그 서사 구조는 연대기적 구성으로 이루어져 있지는 않다. 1, 2, 3, 4장이라는 아라비아 숫자가 붙어 이 시는 순차적으로 진행되고 그 안의 개별 작품들도 마찬가지로 아라비아 숫자의 순서로 진행되지만 이러한 숫자는 그 연대기적 특질을 보증해주지는 않는다. 텍스트를 대표할 개별적인 내용들을 제목으로 삼아 전체 서사의 통일성을 기도하는 것이 아니라, 단지 의미 없는 숫자를 나열해놓음으로써 의미와 통일적 질서에 대한 거부를 전체적 형식으로 취하고 있다. 물론 독자들은 시인의 개인적 경험이 시 텍스트에 어떻게 투사되었는지를 살펴보면서 텍스트의 언술을 통해 하

17) Umberto Eco, 『열린 예술작품 : 카오스모스의 시학』, 조형준 역, 새물결, 1995, 30~32쪽.

나의 파불라(fabula)[18]를 재구성하려고 한다. 그러나 「처용단장」의 특수한 언술형식에서 독자는 시간적 흐름이나 인과적인 동인을 찾아내기 힘들다. 다만 우연히 불령선인으로 낙인 찍혀 옥중체험을 하게 된 시인의 전기적 사실을 부분적으로 발견하거나 이데올로기에 대한 억압의 역사가 파편적으로 언급되어 있는 부분을 통해서 그 영향 관계를 추론하면서(inferential walks) 읽어나갈 뿐이다. 하나의 가치와 주장이 지시적 세계를 통해 드러나는 것이 아니라 불가능한 현실을 묘사하는 언어의 형식으로써 텍스트에 나타나게 된다.

「처용단장」 제1장의 〈눈, 바다, 山茶花〉는 시각적 이미지를 중심으로 하여 눈과 밤, 겨울의 이미지 등이 전경화된다. 언어의 주제적 의미나 메시지들을 전면에 표출하는 것이 아니라, 이미지의 즉물적 사생을 통해 세계를 구성하고 있는 것이다. 그러나 이러한 사생은 지시적 세계를 모방하는 차원이 아니라 발신자의 상상 속에서 재구성된 세계이다.

> 벽이 걸어오고 있었다.
> 늙은 홰나무가 걸어오고 있었다.
> 한밤에 눈을 뜨고 보면
> 호주 선교사네 집
> 회랑의 벽에 걸린 청동시계가
> 겨울도 다 갔는데
> 검고 긴 망토를 입고 걸어오고 있었다.
> 내 곁에는 바다가 잠을 자고 있었다.
> 잠자는 바다를 보면 바다는 또 제 품에

---

18) 파불라(스토리)는 실제 시간에서 일어났을지 모르는 순서 그대로의 스토리를 가리키며, 이는 스토리에 가해진 저자에 의한 변형을 지칭하는 슈제트(플롯)와 구분된다. 소설 속에서 사건들의 연대기적 연속체(파불라)를 재구성하는 일은 독자에게 맡겨져 있다.
Joseph Childers & Gary Hentzy, 『문학비평용어사전』, 황종연 역, 문학동네, 1999, 182쪽.

숭어 새끼를 한 마리 잠재우고 있었다.

—「처용단장 1-3」 부분

'벽'과 '홰나무' 같이 하나의 공간에 고정되어 있는 존재는 그의 시에
서 '걸어오는' 존재로 낯설게 표현된다. '벽에 걸린 청동시계' 같은 사
물도 마찬가지로 '걸어오고 있'는 존재로서 정태적인 '잠'의 공간에서
그나마 움직이고 있는 것들이다. 청동시계는 '검고 긴 망토'를 입은 것
으로 의인화되고 있지만, 쉴 새 없이 파도치며 움직이는 '바다'는 그저
고이 잠들어 있다. 그것이 표명하는 의미의 차원은 뒤바뀌고 사물이 가
진 일반적인 속성은 서로 교환된다. 과거형의 어미 속에서 이 모든 것들
은 기억의 분편으로 나열되어 있다. 뒤의 연작에 비해 비교적 이미지의
감각이 명확하지만 1장의 시에서 나타난 다양한 소재들은 1차적 의미를
구현하고 있지 않으며, 여기에 이질적인 사물이나 공간, 시간과 결합되
어 새로운 관계가 나타난다. 이는 새로운 미적 현실, 즉 비현실을 대상
화한다. 독자들은 특정한 제목 없이 번호 매겨진 1장, 총 13편의 시편을
통해 연작시에 나타난 연대기적 일관성을 찾고자 할 것이며, 자신이 시
편들을 읽어나가면서 추론한 가정을 이미지나 주제어들을 통해 보증 받
고자 할 것이다. 또한 1장의 연작에서 나타나는 공통적인 자질들을 '처
용'의 알레고리로 환원하려는 시도를 하게 된다. 그러나 김춘수의 텍스
트들에서는 대상들이 낯설게 표현되며, 시에 등장한 기호들은 1차적 의
미로 수렴되지 않는다. 알레고리를 확정하기보다 하나의 고전적 알레고
리로 읽기 어려운 확장적 의미를 통사적 연쇄 속에서 끊임없이 열어주
는 것이다.

　「처용단장」 2장 「들리는 소리」[19]로 넘어간 독자들은 1장 도입 부분의

---

19) 김춘수는 그의 시론을 통해 「처용단장」의 2장이 처음부터 처용을 염두에 두고 쓴 시

내용들이 연속되고 있는지 확인하면서 관습적 발전 양식에 기대어 텍스트를 읽어나가게 된다. 시의 도입에서 「서시」라는 소제목이 등장하는데, 기존에 '서시'라는 명칭이 수행한 기능에 주목한 독자들은 '서시'의 도입이 차후의 텍스트의 방향을 제시해야 한다고 기대하며 시를 읽게 된다. 그러나 총 7행으로 구성된 '서시'는 해석의 명확한 단서를 제공하지는 않는다. '울고 간 새와 울지 않는 새가 만나'는 지점 또한 '어디선가'라는 불명확한 공간으로 제시되어 있으며 '울음'이라는 소재와 이후에 등장하는 애원의 어조가 다양한 울음의 양태를 재현하고 있음을 예측할 뿐이다.

2장에서 처음 등장한 「1」의 시에는 '앗아 간 것을 돌려다오'라는 말이 반복적으로 발화되고 있으며, 이후에 등장한 시들도 '보여다오'〈2〉, '살려다오'〈3〉, '울어다오'〈4〉, '불러다오'〈5〉, '앉아다오'〈6〉, '울어다오'〈7〉, '잊어다오'〈8〉처럼 '-다오'라는 애원조의 어미로 종결되고 있다. 이러한 절규하는 어조의 어휘는 「들리는 소리」라는 2장의 소제목을 연상시키는 역할을 하며, 격앙된 어조를 통해 반복되어 나타난다. 통상적으로 반복적 어조는 일반적으로 시의 언술주체가 강조하고자 하는 의미를 부각시키는 역할을 하지만 「처용단장」에서의 반복은 층위가 다른 자질들을 한 연에서 병렬하여 오히려 그 '차이'를 부각시키고 있다.

> 구름 발바닥을 보여다오.
> 풀 발바닥을 보여다오.
> 그대가 바람이라면

는 아니었다고 밝히고 있다. (「'처용 삼장'에 대하여」, 앞의 책, 647쪽.) 처음에는 '서촌마을의 서부인'이라는 제목으로 쓰던 시인데, 이 시의 주제가 '상실감'에 있으므로 후에 「처용단장」의 1장과 3장 사이에 끼워 넣고 시의 전반부와 후반부의 순서를 바꾸니, 훨씬 시로서 생기를 얻게 되었다고 말하고 있다.

보여다오
별 겨드랑이를 보여다오.
별 겨드랑이의 하얀 눈을 보여다오.

─「처용단장 2─2」 전문

본다는 것은 일반적으로 인식의 문제, 즉 안다는 것과 연결되어 있다. 그러나 '보여다오'라고 반복적으로 절규하는 발화에 등장한 목적어들은 비상식적인 대상이며, 시각으로서 인식 불가능한 대상들이다. 이 텍스트에서 묘사된 이미지들은 '구름'과 '발바닥', '풀'과 '발바닥', '별'과 '겨드랑이'처럼 그것들이 소유한 신체의 이미지와 이질적으로 결합되어 있다. 이러한 대상들을 의인화된 상상의 영역으로 이해한다 할지라도 그러나 '별'이 가지고 있는 '겨드랑이'의 '하얀 눈'이란 대상은 논리적인 측면에서 생각하기 힘들다. '눈'이라는 어휘의 동음이의어적 특성을 감안한다고 하더라도 말이다. 또한 이 시에서 보여 달라고 요청하는 행위는 명확한 수행발화로 이어지지 않는다. 이는 리듬을 생성하며 반복되지만, 보여 달라는 것의 실체를 수신자가 공유할 수 없도록 목적어의 대상은 비현실적으로 진술되어 있으며, 또 일관적이지도 않다. 반복적 어조를 통해서도 의미의 실체는 끊임없이 멀어지고 있다.

새야 파랑새야,
울어다오.
로비비아 꽃필 때에 울어다오.
녹두낡에 꽃필 때에 울어다오.
바람아 하늬바람아,
울어다오. 머리 풀고 다리 뻗고
3분 10초만 울어다오.
울어다오.
　　　*
키 큰 해바라기

네잎토끼풀없고
코피
바람바다반딧불

毛髮또毛髮바람
가느다란갈라짐

—「처용단장 2-7」 전문

　일반적으로 전래의 민요를 연상하게 하는 '새야 파랑새야'는 이는 '녹두남'이나 '하늬'라는 어휘와 인접하여 '동학'이라는 민족적 현실을 구체화하는 것으로 보일지도 모른다. 그러나 '3분 10초'처럼 울음은 그 계기성을 유추할 수 없는 시간으로 제한되어 있고, 이에 대한 설명이 부연될 만한 다음 연에서도 이에 대한 의미는 설명되지 않는다. '바람바다 반딧불'같이 동음을 이용한 음성적 유희만 난무할 뿐이다. 띄어쓰기 없이 자의적으로 분행만 되어 있는 후속절에서도 '해바라기'나 '코피', '네잎토끼풀' 등은 아무 인과 관계없이 제시되어 있으며, '모발', '바람', '가느다란 갈라짐'같이 음성적 유사성에 의해 착상된 언어들이 배열되어 있을 뿐이다. 독자는 이를 '들리는 소리'라는 2장의 큰 제목과 연결하거나 다시 '처용'의 알레고리를 환기하여 가추법에 의해 자신의 추론한 의미를 추측하고자 하겠지만, 의미가 교란된 하나의 형식은 독자에게 의미의 확정을 보류하게 하며 3, 4장을 통한 좀 더 전체적인 형식의 응답을 기대하게 할 것이다. 새롭게 시도될 개연적 가능성을 열어두며 독자는 개별 텍스트를 통해 전체 텍스트의 의미를 추론해가게 된다.

　「처용단장」 3장 「메아리」에서는 '오독'이란 무엇인가를 묻는 질문으로(〈1〉) 텍스트를 시작한다. 이 텍스트는 앞에서도 밝혔던 바와 같이 김춘수가 연작 1, 2장을 쓰고 나서, 20여 년 후에 다시 이어서 쓴 것으로서 김춘수라는 실제 시인이 젊은 시절과 노년 시절에 전기적으로 경험한

사건들이 혼합되고 착종되어 나타난다. 3장의 텍스트에서는 '여순 감옥', 'ヒタがヤ署', '인왕산'(⟨3⟩)과 같은 실제적인 지명이나 구체적인 공간이 드러나기도 하고, '단재', '무정부주의', '헌병대', '식민지', '마르크스'(⟨3⟩, ⟨5⟩, ⟨7⟩, ⟨20⟩) 등 그 지시적 의미가 분명한 어휘들이 등장하기도 하지만, 이들은 텍스트 안에서 연대기적 배열 없이 착종되어 나타나기도 하고 '꿈'이라는 형식을 빌려 퍼소나 사이의 비현실적인 만남으로 이어지기도 하면서 확정적인 의미에서 벗어나고 있다. ⟨24⟩번 연작에 등장하는 '표토르 알레크세비치 크로포트킨'과 '미카일 알렉산드로비치 바쿠닌', '피에르 요셉 푸르동'은 '1921년'과 같이 구체적인 날짜와 연결되어 서술되지만, 무정부주의자로서, 공산주의자로서의 전력이 강조되기보다는 그 이름의 긴 나열과 다른 이름 간의 병렬을 통해 오히려 희화화되고 있다. 자유를 상징화하고 있는 '프랑스'의 말이 '우아하'게 인용되며 이와 함께 희화화되는 것이다.

　　줄글로띄어쓰기와구두점을무시하고동사를명사보다앞에놓고잭슨폴록을
　　앞질러포스트모더니즘으로존케이시를앞질러소리내지않는악기처럼미국의
　　한병사가갖다준내쓸개한쪽서럽고도서럽던

　　서기 1945년 8월 15일

　　　　　　　　　　　　　　　　　　　　　　　—「처용단장 3 − 28」 전문

　　위의 시에서와 같이 「처용단장」에서 묘사된 역사적 사건이란 역사적 '의의'로 기능하는 것이 아니라 단지 개인을 '서럽게' 만드는 기능을 하고 있다. 김춘수의 시에는 시대적 사건이나 역사적 시간의 흐름이 '글쓰기의 과정'과 동일시되는 경우가 있는데[20] 띄어쓰기가 되지 않은

20) 이는 「처용단장」 3장의 「5」번 시 등에서도 잘 나타나 있다.

문장이 종결되지 않은 채 통째로 다음 연의 수식어구로 쓰임으로써 그 의미 해석을 어렵게 하고 있다. 인과성이 떨어지는 어구의 연속은 언어의 밀도와 긴박감을 보여주는 동시에 역사의 시간적 흐름이 급속하게 이루어짐을 형식적으로 보여주고 있다. 그러나 위의 시에서 이러한 흐름은 분련을 통해 갑작스레 단절되게 된다. 해방과 광복의 기호인 '1945년 8월 15일'은 '서럽고도 서럽던'이란 말의 수식을 받기에 '서러운' 것으로 해석되지만, '서러움'과 분련된 형식은 그 단절을 보여주기도 한다. 또 '서럽고도 서럽던'의 반복과 함께 나타난 '서'의 음절은 다음 연에서 서양 연대기의 대표적 어휘인 '서기'로 이어진다. 이 텍스트는 일제로부터의 해방이 '미국병사'와 또다시 연관되고 있는 양면적인 현실을 내용적으로 보여주고 있으며, 또한 붙여쓰기와 분련의 형식, 음소를 교체하는 효과를 통해서 서러움의 단절과 연속을 형식적으로도 보여주고 있다.

「처용단장」 3장의 연작은 언어유희를 통해 이데올로기와 폭력의 역사를 조롱하기도 한다. 시「36」에서는 고정된 이름을 지정하는 '名辭'를 동일 음성 속에서 다른 의미를 지향하는 다양한 기표들로 나열하는 모습을 보여준다.(明沙/鳴沙/鳴謝/螟詞/銘謝/名師/名絲/名士) "다의성이란 의사소통적 기의를 약화시키고 기표들 본연의 다면성과 대체성을 강화하는 것으로서 문학 텍스트의 개방성을 가리키는 기호학적 개념"[21]이라 할 수 있는데 이러한 기표의 전경화로 인해 단일한 의사소통적 기의는 약화된다. 그리하여 다양한 기호들의 콘텍스트가 노출하여 다의적 의미를 드러내는 것이다. 이러한 경향은 김춘수의 시에서 음소들의 해체로 발전하게 되고 이로써 기표의 물질성은 더욱 전경화된다.

---

21) Peter V. Zima, 『미학 이론』, 허창운 역, 을유문화사, 1993, 336쪽.

ㅕㄱㅅㅏㄴㅡㄴ
눈썹이없는아이가눈썹이없는아이를울린다.
역사를심판해야한다 ㅣㄴㄱㅏㄴㅣ
심판해야한다고 니콜라이 베르자에프는
이데올로기의 솜사탕이다
바보야
하늘수박은올리브빛이다바보야
,

역사는
바람이 자는가 자는가 하더니
눈이 내린다 바보야
우찌살꼬 ㅂㅏㅂㅗㅑ
,

ㅎㅏㄴㅡㄹㅅㅜㅂㅏㅡㄴ 한여름이다 ㅂㅏㅂㅗㅑ
,

올리브 열매는 내년 ㄱㅏㅡㄹㅣㄷㅏㅂㅏㅂㅗㅑ
, ㅜㅉㅣㅅㅏㄹㄲㅂㅏㅂㅗㅑ
ㅣ 바보야,
역사가 ㅕㄱㅅㅏㄱㅏ 하면서
ㅣ ㅂㅏㅂㅗㅑ

— 「처용단장 3–39」부분

　김춘수의 언어 실험과 의미에 대한 부정은 이 텍스트에서 극대화되고
있다. 독자는 시의 첫 행에서 '역사는'이라는 어절을 읽으며, 하나의 정
의를 선언하고자 하지만 'ㅕㄱㅅㅏㄴㅡㄴ'이라는 음소의 해체와 함께
그 이데올로기적 정의는 조롱당한다. 역사의 정의란, 다음 행에서 '눈썹
이 없는 아이'가 자기와 동일한 조건의 아이를 울리는 것 정도로 비하되
어 있다. 마찬가지로 '역사를 심판해야 한다'고 주장했던 '베르자에프

는' 거친 행갈이를 통해 '이데올로기의 솜사탕'으로 설명된다. 언술주체는 무언가를 향해 '바보야'라고 호명하면서도, 역사에 대해 설명하지 못하고 대신 '하늘수박이 올리브빛'이라는 연관성 없는 말을 진술한다. 이 시에서 설명되어져야 할 개념이나 어휘 뒤에는 그것을 온전히 대체하거나 보충하지 못하는 진술이 후행되는데 이로써 확정적 의미가 지연되고 있다. 타인에 대한 폭력적 평가로 나타날 수 있는 '바보야' 같은 언술 또한 이어지는 연에서는 음소의 단위로 해체되어 나타난다. 쉼표의 연결을 통해 이러한 언술은 지속되고 있으며, '하늘수박'과 '가을' 같은 일상어도 음소 단위로 해체된다. 김춘수는 의미를 지탱하는 체계화된 형식이나 언어의 구속을 벗어나서 의미를 가두지 않는 형식을 실험하고 있으며 이러한 형식적 실험은 완결된 구조로서의 의미를 떠올리지 못하게 하므로, 독자는 자신이 경험한 주관적 의미를 투사할 여백을 더욱 많이 마련하게 된다.

「처용단장」 완결편인, 4장 「뱀의 발」에서도 무의미의 형식을 실험하고 의미를 배제하려는 시도는 곳곳에서 살펴볼 수 있다.

> 새의(무슨 새든)/ 깃/ 같은/ 앵무새 부리/ 같은/ 내 눈썹아//
> 이젠/ 보인다/ 용이/ 된(그때)/ 늪/ 에/ 빠져/ 죽었다던/ 내/ 눈/ 의/ 하늘/ 인/
> 내/ 눈썹/ 아
> ──「처용단장 4-3」 전문(분행, 분련은 /, //로 표기)

「4-3」에서는 텍스트를 의미론적 구분 없이 짤막하게 분행하고 있는데, 이는 어절과 어휘의 차원에서 이루어지기도 하고 형태소의 차원에서 이루어지기도 하며 일관된 규칙 없이 자의적으로 나뉘어 있다. 1연의 문장은 원관념과 보조관념이 있는 직유로 수식되는 구조를 보여주고 있으나 빈번한 분행을 통해 텍스트는 기존의 대상과 관념에서 멀어지고 있다. 이러한 수식은 '~었다던 ~인'의 통사 구조를 통해 의미론적으로

는 그것의 관념을 설명하고자 하지만, 시의 빈번한 분행과 분련을 통해 의미를 구체화하고자 하는 수식의 효과는 반감된다.

> 네 꿈을 훔쳐 보지 못하고, 나는
> 무정부주의자도 되지 못하고
> 모난 괄호
> 거기서는 그런대로 제법
> 소리도 질러 보고
> 부러지지 않는
> 달팽이뿔도 세워 보고,
>
> 역사는 나를 비켜 가라,
> 아니 맷돌처럼 단숨에
> 나를 으깨고 간다.
>
> 신미 4월 초이레
> 지금은 자시
>
> ―「처용단장 4-18」 전문

꿈이나 '~주의자'의 관습적 이데올로기에 대항하는 그의 시는 형식적 실험을 통해 독자와 만나는 여백의 공간을 제공한다. '맷돌'에 '으깨' 어지지 않기 위해 마련한 「처용단장」의 기나긴 형식적 기획은 이러한 여백을 통해서 그가 텍스트를 구성하며 예상해온 모델 독자와 조우하게 된다. 의미의 일탈에 의해 텍스트에서 메시지 전달의 기능이 약화될 때, 의사소통 모델의 그 관계 체제 안에서 전체론적 의미를 구성하는 독자의 역할이 강조되는 것이다. 물론 김춘수의 「처용단장」이 때로 난해시로 분류되기도 하며 독자와의 소통에 어려움을 겪고 있기는 하지만, 이것은 독자가 개입하고 참여할 수 있는 다양한 여백이 마련되어 있다는 증거이기도 하다. 텍스트가 안정된 의미를 확립하지 못하는 것은 오히려 독자들에게는

해석 욕망을 자극하는 역할을 한다. 독자들은 발신자와의 비대칭적 상황을 대칭의 상황으로 만들어나가기 위해 끊임없이 대화를 시도한다.[22) 발신자의 전략적 실험은 독자에게 자율적으로 읽기의 욕망을 불러일으키며 그리하여 낯선 이미지들이 충돌하고 의미가 소통되지 않는 이러한 시편들이 겨냥하는 전체적 의미를 떠올리게 된다. 이러한 무의미의 형식적 기획은 그의 시를 읽는 독자에게 단일의미를 부정하고, 세계를 이데올로기로 으깨는 거대한 '맷돌'을 거부하는 역할을 하고 있다.

4. 모델 독자가 구성해가는 전체론적 의미

김춘수 시의 모델 독자는 이처럼 여백에 대한 다양한 해석을 통해 잠재된 의미로서의 텍스트를 해석으로 실현할 수 있는 독자로 상정되었다. 이러한 언어의 난이도와 다양한 참조 사항의 풍부함을 선택하고, 또 교차된 책읽기의 다양한 가능성들을 텍스트 안에 넣을 수 있는 독자인 것이다. 따라서 발신자가 겨냥한 텍스트적 전략은 수신자인 모델 독자의 해석과 함께 의미화된다. 여기에서 김춘수가 대상화한 모델 독자는 시인이 시를 쓰고자 할 때 "텍스트에 잠재적으로 설계된 행복의 조건들의 총체"[23)로서 나타난다. 본문에서 언급한 것과 같이, 발신자인 김춘수는 자신이 주제적으로 드러내고자 했던 이데올로기의 침입, 의미의

---

22) 시인의 전유물처럼 여겨져 의사소통이 불가해 보이는 무의미시는 독자에게는 하나의 절대적 외부자이자 읽기의 욕망을 촉발하는 매개체가 된다. 의미의 일탈로 무의미시의 상호적 이해가 불가능하다는 것 때문에 오히려 독자는 텍스트의 진리를 추구해야 할 필요성을 느낀다. 가다머에 의하면 대화라는 것은 이와 같은 비대칭, 폐기할 수 없는 외면성, 즉 나로부터 떨어져 있는 것을 유지할 때 시작되는 것이다.(Crowell, Steven G, "Dialogue and text : Remarking the Difference", *The interpretation dialogue*, The University of Chicago press, 1990, pp.355~356.)

23) Umberto Eco, 『소설 속의 독자』, 앞의 책, 92쪽.

폭력을 '처용'의 기호로서 텍스트화하였으며, 이를 읽어가는 독자들에게는 '의미'의 배제에 의한 형식적 이질성 때문에, 형식이 배제하였던 의미가 무엇인지를 추정하고, 언어의 형식적 전략을 읽어야 하는 힘겨운 수신능력이 요구되었다. 그리하여 김춘수의 모델 독자는 언어의 미로와 형식적 전략을 읽어나갈 수 있는 이상화된 독자로 나타난다. 그들은 "관습들의 기능을 토대로 한 문학능력을 소유"하고 있으면서 "문학적 효과를 가능하게 하는 심층의 체계를 밝히는"[24] 독자이다.

김춘수의 실제적인 텍스트는 비일상적인 언어구사 속에서 의미를 보증하지 않으므로 독자들은 김춘수의 '처용'이 처한 시대적 맥락과 텍스트의 메시지를 다양한 하위코드들과의 관계에서 탐색하여야 하며, 그것들의 의미론적 전체가 무엇인지 추론하여야 한다. 이를 위해서는 1차적으로 김춘수라는 발신자가 시를 발화하게 된 문화적 배경에 대한 이해가 필요하다. 그리고 그러한 문화적 배경이 온전히 의미를 보증하지 못하는 양상을 읽어나감으로써 독자는 의미부재의 형식이 어떤 코드들과 연합하여 또 다른 주제를 창출해내는지를 고민하게 된다. 그리하여 독자는 텍스트의 다양한 참조물들을 고려하게 된다. 역사적 사건의 노출이나 민속적, 설화적 모티브의 차용, 서구 지식인들의 이론적 원용이나 그 작품을 패러디하는 것, 자신의 작품을 원본으로 하여 자기 패러디를 하는 것 등 그의 시에 나타난 다양한 상호텍스트적 자질을 이해하고 그것을 이해하고자 한다. 또한 특정 지역을 지칭하거나 그곳에서만 통용되는 어휘와 방언을 이해하고자 하며, 한자를 포함하여, 일본어, 러시아어, 영어 같은 외국어가 때로 중요한 시행에 배치되어 있음을 또한 주목하는 언어능력을 발휘해 보기도 한다. 그리하여 의미를 끊임없이 부재

24) Jane P. Tomkins, "An Introduction to Reader Response Criticism", *Reader Response Criticism : From Formalism To Post-Structuralism*, Jane P. Tomkins(ed), The Johns Hopkins University Press, 1980, p.XVII.

하게 하는 발신자의 전략과 '연작'의 파불라를 구성하려는 모델 독자의 반응 사이에서 다양한 방향으로 의미의 그물이 펼쳐지게 된다. 에코가 지적한 것처럼 다양한 담론적 구조의 쌍방관계를 통해 의미는 관계 체제 속에서 '실제화되는(actualized)' 것이다. 이로써 작가가 의도하고 텍스트에 잠재되어 있는 가능 세계(possible worlds)는 하나의 거대한 전체로 드러나게 된다. 독자는 의미의 부재로 인해 끊임없이 열려 있는 가능 세계를 다양한 방식으로 추론해 나간다.

다음에 나타난 〈표 2〉는 「처용단장」의 발신자와 모델 독자가 구성해 가는 '전체론적 의미'의 도식구조이다. 에코는 문화성과 역사성으로 충만한 의미들의 우주를 재현하고자 하는데, 이는 '문맥적 선택'과 '상황적 선택'까지 고려하면서 모든 내포와 외연의 의미들을 포괄하는 의미 모델로 나타난다. 이 모델 안에서는 의미를 찾는 모든 경로는 문화 단위들의 그물로 나타난다. 발신자가 기획한 「처용단장」의 모델 독자는 이러한 무의미의 그물을 인식하고 의미가 하나의 이데올로기로 고정될 수 없음을 알아가는 독자이다. 모델 독자는 이러한 관계 체제를 조망하고, 발신자가 무의미시를 기획한 의도까지 도출해낼 수 있는 종합적 능력을 갖춘 이상적 독자이기도 하다. '처용'이라는 기호는 언제나 새롭게 구조화하고, 독자의 화제(topic)에 의해 재구조화되어 전체적 관계 체제를 형성하는 의사소통의 형식을 보여준다. 독자는 다음 10개 상자 속의 다양한 상호작용 속에서 「처용단장」 전체의 의미를 추론하고 재구성한다. 의미는 이러한 다양한 자질들의 총합으로 구성되며, '처용'은 우리가 알고 있는 고전적인 의미에서 벗어나 발신자의 의도와 수신자의 추론이 화합된 거대한 전체로서의 의미로 재탄생한다.

이와 같이 다양한 해석소들과 세계의 문화적 형성물을 통해 '가능 세계'는 추론되며, 이로써 김춘수 텍스트의 전체를 반영하는 백과사전적 체계가 그 그물을 뻗어나가게 된다. 에코에 의하면 이러한 독서의 가능

내포(INTENSIONS)   외연(EXTENSIONS)

9. 기초적인 이데올로기 구조
역사적 상흔과 인고의 구조.

10. 세계 구조(WORLD STRUCTURES)
낯선 통사의 결합과 음소의 해체 등 언어의 실험을 통해 의미의 부재와 패배를 텍스트화함. 세계가 언어질서에 왜곡되는 양상을 통해 무의미의 양상을 보여줌. 의미가 확정되지 않고 끊임없이 지연되는 실재적 현실이 언술로 나타나 명제화됨.

8. 행위소적 구조(ACTANTIAL STRUCTURES)
실제 처용의 배역이 등장하지 않는 대신 다양한 역사적 사건과 그것에 의해 비틀어진 인간, 옥중경험의 화자나 사물, 동물의 군상이 행위소로 출현하여 처용설화의 행위소와 대비되는 양상을 보임.

6. 서사 구조(NARRATIVE STRUCTURES)
의미의 일관성, 시간적 연속성 없이 1, 2, 3, 4장에 역사적 분편이 혼종적으로 섞여있음. 역사적 소재와 테마의 등장이 형식적 자질과 언어의 연쇄를 통해 부정됨. 때로 조롱으로 나타남. 모티프가 환기하는 서사 기능이 실현되지 못하는 구조임.

7. 예측과 추론의 발걸음(FORECASTS AND INFERENTIAL WALKS)
1장에서 4장, 그 안에 속한 아라비아 숫자의 연속으로 이어지는 시간적 제호들의 전체적 의미를 추론해냄. 처용이라는 상징으로 묶인 개연적 자질들을 수합하고 하나의 의미론적 전체로 조감해나감.

4. 담론적 구조(DISCURSIVE STRUCTURES)
텍스트에 나타난 다양한 화제와 담론적 구조를 통해 「처용단장」이라는 하나의 형식으로 환원. 의미를 드러내는 수행적 자질을 마춰하거나 무의미를 드러낼 수 있는 형식적 자질을 확장함.

5. [괄호 속의] 외연([BRACKETED] EXTENSIONS)
인물과 역사적 사실 등의 대상적 차원을 통해 발신자가 말하고자 하는 가능 세계가 최초로 지시됨. (일제 치하, 미군정, 무정부주의자의 활동 등 텍스트에 나타난 역사적 사건들)

실제화된 내용 (ACTUALIZED CONTENT)

3. 표현(EXPRESSION)
「처용단장」에 영향을 주는 기존의 다양한 텍스트들

1. 코드와 하위코드(CODES AND SUBCODES)
기존의 언어질서와 수사적 관습. 설화의 인물인 처용의 상징과 처용에 대한 사전적 의미. 발신자의 무의미시론. 기존의 텍스트가 언급해온 역사적, 환경적 맥락. 수신자와 발신자가 공유하는 공통적이고 상호텍스트적인 틀과 지식(형식적, 내용적 측면).

2. 언술 환경(CIRCUMSTANCES OF UTTERANCES)
실제 시인 김춘수가 언술한 시대(69년에서 90년대까지의 20여 년의 기간)와 집필 당시의 사회적인 맥락, 문단에서의 위치. 시작 기간 20여 년 동안 텍스트 발화행위의 사회적 성격이 많이 변화하였다고 볼 수 있으며 무의미시론의 보충적 관계를 가진 근거로서의 무의미시로 점차 변화하였다고 볼 수 있음.

〈표 2〉「처용단장」의 모델 독자가 구성해가는 전체론적 의미의 도식 구조[27)]

성은 독자가 이용할 수 있는 '백과사전'[25]의 용량에 좌우되며 이 백과사전은 언어적 약호들뿐만 아니라 또한 문학적, 문화적, 역사적 지식도 포괄하는 것이기에 다양한 경험을 축적하고 그 가능 세계를 타진해 보는 모델 독자에 의해 실현되는 것이다.

물론 이러한 "인간의 모든 지식과 경험과 해석들을 두루 기록한 총체적이고 이상적인 백과사전적 그물이란 실제적으로는 재현할 수 없다"는 비판을 받기도 한다. "현실적으로 가능한 것은 총체적 백과사전의 일부로 이루어진 '부분적', '국소적' 백과사전들이라는 것이다."[26] 그러나 김춘수라는 발신자는 의미 부재의 시 형식을 전략적으로 실험함으로써 독자들의 관습적 시 읽기에 대해 의문을 제기한다. 부분적 의미가 본질적 의미를 재현하지 못하도록 의미의 일탈을 기도한 것이다. 그리하여 독자는 부분적, 국소적 의미가 아닌 총체적 의미를 구성하기 위해 다양한 문화적 구성물을 참조하게 되고 결국 그 다양한 참조점들도 단일의미의 실현에는 봉사하지 못함을 발견하게 된다. 이로써 독자는 재현된 의미 자체에 몰입하기보다는 문화적 구성물 속의 총체적 그물을 바라보게 되고 그러한 관계 체제 자체가 하나의 주제화 형식이라는 것을 발견하게 된다.

---

25) 에코는 백과사전 개념의 가장 좋은 이미지로 들뢰즈와 가타리가 말한 땅속줄기(rhizome)에 대한 식물적 은유를 들고 있는데, 이로써 그물에 대한 추상적 모형이 중심도 없고 외부도 없음을 인정하고 있다. 리좀의 모든 점은 다른 모든 점과 연결될 수 있고, 리좀의 모든 점은 어떤 점에서든 끊어지며 또 그 다음의 선과 연결된다. 또한 리좀은 비계통적이며 리좀의 전체는 외부도 내부도 없다. 이는 모든 차원에서 다른 어떤 것과 연결될 수 있는 하나의 열린 도표이다.(Umberto Eco, 『기호학과 언어철학』, 서우석 · 전지호 역, 청하, 1987, 132~133쪽.)

26) 김운찬, 「해석의 지평 : 움베르토 에코의 텍스트 기호학」, 『이탈리아어문학』 4, 이탈리아어문학회, 1997, 43~44쪽.

27) Umberto Eco, *The Role of The Reader : Explorations in the Semiotics of Texts*, Indiana University Press, 1979, p.14를 참고하여 「처용단장」의 관계 체제로 대입시킨 도식.

의미 부재의 형식을 통해 독자는 의미에 집중하는 시선에서 해방된다. 그리고 재현하기 어려운 세계의 총체적 관계 체제를 인식함으로써 독자는 그 문화적 그물 자체를 발신자가 기획한 '무의미'의 주제로 이해하게 된다. 그러한 총체적 그물 속에서의 단일의미는 하나의 국소적인 일부일 뿐이며, 하나의 메시지만을 주제라고 주장하는 것은 세계의 총체적 그물을 찢어 버리는 이데올로기적 폭력과도 같다. 이러한 그물 속에서 김춘수의 「처용 단장」을 읽는 모델 독자는 의미가 부정되는 양상을 통해 이데올로기의 상 흔이 가득한 부정적 현실을 세계의 실재적 차원으로 읽어나가게 된다.

5. 맺음말 : 부정적 현실을 드러내는 주제화 형식

김춘수라는 발신자가 「처용단장」을 통해 보여주고자 한 기획은 백과 사전적 지식을 가진 모델 독자가 개입하였을 때 비로소 그 전체적 체제 가 드러나게 된다. 그리하여 무의미를 주제화하는 형식은 이데올로기로 부터 자유롭기를 바란 김춘수에게도 하나의 담론적 입장으로 드러나게 된다. 이는 이데올로기에 침입당한 자아가 특정한 이데올로기에 의해 구원받을 수 없는 세계의 구조적 실상을 나타내는 것으로 시화된다. 통 사 구조의 해체와 음소의 해체, 동음이의어의 유희, 불가능한 세계의 대 상화 등을 통해 김춘수는 의미가 무효화되는 지점을 끊임없이 발견하고 자 하였다. 언어의 부정적 형식을 기획함으로써 의미는 단일의미로 확 정되지 않으며, 다의미한 해석들이 가능해졌다. 이로써 '가능 세계'는 점차 확장되고 무의미의 전체적 의미는 서서히 드러나게 된다.

「처용단장」 연작에서 독자는 지시적이고 확정적인 의미가 일탈되는 양상을 발견할 수 있었다. 이러한 무의미의 시적 형식을 통해서 독자는 관념으로 고착되어 도그마로 빠질 수 있는 모든 가능성을 경계하고자 하 는 시인의 모습을 발견하게 된다. 기존의 언어 질서와 대상 세계를 부정

하는 시인의 모습은 언어의 유희와, 통사의 파괴, 기호의 재조직화 과정 등으로 나타나며 이 텍스트를 초독, 재독하면서 독자들은 김춘수가 '처용'을 통해 기획한 관계 체제의 형식을 읽어나간다. 그리하여 세계의 고정된 의미와 이데올로기가 허구적이라는 것을 이해하고, 세계의 실재적 차원을 언어의 형식적 차원과 결합하여 주제화하게 되는 것이다.

「처용단장」에서의 의미란 언제나 '가사성(mortality)'에 위협당하고 있음을 보여주는 부재의 형식으로 나타나게 된다. 이는 의사소통 모델 속에서 발신자의 전략과 수신자의 해석을 통해 이루어지게 되는데, 언어 질서를 부정하고 '무의미'를 보여주는 다양한 실험은 관계 체제의 전체성 속에서 드러나게 된다. 발신자가 가정한 모델 독자는 이러한 무의미시의 형식을 세계의 실재적 차원으로 읽어내고 구성해나가는 역할을 수행한다. 물론 이러한 '모델 독자'란 개념은 다양한 코드에 통달한 이상화된 독자, 풍부한 문화적 식견과 백과사전적 지식을 지닌 수신자를 상정하고 있다는 점에서 그 한계를 갖는다고도 볼 수 있다. 그러나 '무의미시'라는 하나의 형식을 개척할 때 발신자와 소통할 수 있는 이상적인 독자는 당연히 가정되는 것이므로, 이를 의사소통 모델로서 파악하려는 이러한 시도 또한 무의미시를 읽는 하나의 방식이 될 것이다. 그런 점에서 에코의 의사소통 모델은 발신자와 수신자 상호간에 생산하는 의미의 총체적 형태(gestalt)를 보여주는 유효한 틀이 될 수 있다.

발신자의 전략적 실험은 개별 독자의 다양한 추론적 발걸음에 의해 새로운 의미로 재탄생되며, 이는 다양한 차원을 포함하는 수신자와의 관계 속에서 더욱 풍부하게 열릴 수 있다. 그리하여 시인이 기획한 부정적 현실로서의 '무의미'의 공간은 독자의 참여로 인해 '다의미'의 관계 체제로서 새롭게 열리게 된다. 이것이 바로 무의미로서 의미를 말하는 주제화 형식이라 할 수 있다.

■ 참고문헌

1. 자료

김춘수, 『김춘수 시전집』, 현대문학사, 2004.

_____, 『김춘수 시론전집』 1, 2 현대문학사, 2004.

_____, 『김춘수 시전집』, 민음사, 1994.

_____, 『꽃과 여우』, 민음사, 1997.

2. 논문 및 단행본

김운찬, 「해석의 지평 : 움베르토 에코의 텍스트 기호학」, 『이탈리아어문학』 4, 이탈리아
        어문학회, 1997.

김종태, 「김춘수 처용연작의 시의식 연구」, 『우리말글』 28, 우리말글학회, 2003.

김준오, 「처용시학」, 김춘수연구간행위원회, 『김춘수 연구』, 학문사, 1982.

남기혁, 「김춘수의 무의미시론 연구」, 『한국문화』 24, 서울대 한국문화연구소, 1999.

송효섭, 『문화기호학』, 민음사, 1997.

Crowell, Steven G, "Dialogue and text : Remarking the Difference", *The interpretation dialogue*,
        The University of Chicago press, 1990.

Peter V. Zima, 『미학 이론』, 허창운 역, 을유문화사, 1993.

Ronald Schleifer, *Rhetoric and Death : The Language of Modernism and Postmodern Discourse
        Theory*, University of Illinois Press, 1990.

Jane P. Tomkins, "An Introduction to Reader Response Criticism", *Reader Response Criticism :
        From Formalism To Post-Structuralism*, Jane P. Tomkins(ed), The Johns Hopkins
        University Press, 1980.

Joseph Childers & Gary Hentzy, 『문학비평용어사전』, 황종연 역, 문학동네, 1999.

Umberto Eco, 『기호학 이론』, 서우석 역, 문학과지성사, 1985.

_____, 『소설 속의 독자』, 김운찬 역, 열린책들, 1996.

_____, 『열린 예술작품 : 카오스모스의 시학』, 조형준 역, 새물결, 1995.

_____, 『기호학과 언어철학』, 서우석 · 전지호 역, 청하, 1987.

_____, *The Role of The Reader : Explorations in the Semiotics of Texts*, Indiana University
        Press, 1979.

William Ray, "Umberto Eco : The Reading process as code-structure", *Literary Meaning*, Basil
        Blackwell, 1984.

김춘수의 무의미시

무의미시와 독자 반응의 역동성

― 김춘수, 「처용단장」(제1부)을 중심으로

김 영 미

1. 무의미의 여백과 읽기

시의 여백은 독자가 시 속으로 몰입하여 가는 공간이다. 텍스트가 단독으로 있을 때 비어 있던 그 공간들은 독자의 독서 행위에 의해 채워진다. 독자에 의해 채워질 수 있는 공간이 클수록, 시의 의미는 확장되어 나가게 됨은 물론이다. 좋은 시는 독자의 영역을 확보해 놓음으로써 의미를 끊임없이 시공간적으로 확대해 갈 수 있는 작품이라고 할 수 있다.

이러한 시의 한 양상을 김춘수에게서 발견하게 된다. '무의미시'로 명명된 그의 시[1]는 의미가 소거되어 있으므로 독자에게 적극적이고도 자유롭게 의미 생성의 여지를 열어두고 있다. 시인에 의해 제한되어 있지 않는, 독자에게 절대 자유가 주어진 텍스트다. 무의미시를 읽는 독자

---

1) 다음과 같은 지적이 대표적이다.
   논리와 자유연상이 더욱 날카롭게 개입하게 되면 대상의 형태는 부숴지고, 마침내 대상마저 소멸한다. 무의미의 詩가 그리하여 탄생한다.(김춘수, 「意味에서 無意味까지」, 『김춘수 전집 2 시론』, 문장, 1986, 395쪽.)

는 자유로이 의미 형성의 주체가 된다. 이것이 그의 시가 갖는 중요 매력일 수 있다.

김춘수의 무의미시에는 각기 의미가 고립되어 연결되지 않는 이미지들로 가득하다. 방향을 잃고 충돌하는, 또는 부유하는 이미지들[2] 때문에 독자는 통일된 의미를 만들어 내지 못한다. 이로 말미암아 그의 시와 독자 사이에는 표면적으로 의미가 차단되어 있는 것으로 보인다. 그럼에도 불구하고 김춘수의 시는 독자에게 상당한 흡인력을 갖고 있다. 논리적으로 해명할 수 없는 매력이다. 그리고 아름답다.

이러한 점을 어떻게 설명할 수 있을까? 독자를 의미 형성의 핵으로 내세우는 수용 미학의 입장에서 그 해명의 단초를 찾을 수 있다. 무의미시라는 명명은 단지 텍스트 생산자인 김춘수의 입장을 드러내는 것이다. 작가와 텍스트 사이에서 규정되는 것이다. 이는 언어의 의미를 지우고 비움으로써 독자를 의도적으로 거부하고 있는 것으로 보일 수 있다.

그러나 수용 미학의 관점에서 작가-텍스트 사이의 그러한 정의는 중요하지 않다. 독자와 연결되지 않은 텍스트 그 자체는 의미 중립의 마비 상태에 있기 때문이다. 텍스트의 의미는 작가에 의해 주어지는 것이 아니라, 독자에 의해 형성되고, 구축되는 것이다. 여기서 작가의 지위는 박탈되는 대신, 독자의 지위는 절대적이다. 작가에 의해 주어지거나 만들어진 의미의 소비자가 아니라 창조 행위를 하는 생산적 참여자로 자리매김한다.[3] 김춘수의 무의미시들에 대한 접근은 작가가 아닌 독자의

---

2) 김춘수는 이를 '이미지의 소멸'이라 말하고 있다.
　　이미지를 지워 버릴 것, 이미지의 消滅 — 이미지와 이미지의 연결이 아니라(연결은 統一을 뜻한다), 한 이미지가 다른 이미지를 뭉개 버리는 일, 그러니까 한 이미지를 다른 이미지로 하여금 消滅해 가게 하는 동시에 그 스스로도 다음의 제3의 그것에 의하여 꺼져가야 한다.(김춘수, 「이미지의 소멸」, 위의 책, 387쪽.)

3) 김현자, 『한국 현대시 읽기』, 민음사, 1999, 222쪽 참조.

관점으로 옮겨왔을 때, 다른 의미로 해석될 수 있는 여지가 만들어진다.

김춘수의 시는 다양한 관점에 의거, 활발히 논의되어 왔다.[4] 주로 초기 시에서의 언어와 존재의 문제, 후기 시의 무의미시 그리고 최근의 관념 추구의 시에 대한 논의가 그것들이다. 특히 무의미시에 관하여는 시인의 시적 논리가 명쾌하여 적지 않은 연구가 있다. 그러나 그의 무의미시를 수용 미학적인 시각에서 고찰한 것은 찾기 어렵다.

이 글은 수용 미학[5]의 입장 가운데 특히 이저(W. Iser)[6]의 이론을 토대로 하여 김춘수의 시가 독자에게 구체화되어지고 수용되는 가능성을 「처용단장」(제1부)[7]을 중심으로 살펴보고자 한다. 이 텍스트는 처용을 대상으로 한 김춘수의 일련의 시의 핵에 놓여 있는 집적체이다[8]. 또한

---

4) 김춘수에 대한 연구는 다음과 같은 것들을 대표적으로 들 수 있다.
  이은정, 「김춘수와 김수영 시학의 대비적 연구」, 이화여대 박사논문, 1992.
  김두한, 「무의미시 고찰」, 경북대 석사논문, 1983.
5) 수용 미학은 문학작품의 예술성과 역사성이 독자의 작품 수용(즉 작품 체험) 속에 내재해 있으며, 또 내재하고 있다는 통찰 하에서 작품 해석의 기준을 수용자의 심미적 경험에 둔다. 또한 문학작품의 수용과 영향을 작품─독자 간의 소통 과정에서 분석하고, 작품의 역사적·심미적 연관성을 고려하여 작품의 예술성을 풀어헤쳐 보고자 한다. 이러한 독자 중심적인 작품 관찰은 야우스에서 뿐만이 아니라 이저의 독서 이론을 통해서 그 바탕이 확립된 바 있다. 차봉희 편저, 『수용미학』, 문학과지성사, 1995, 60쪽 참조.
6) 수용 미학은 야우스에게서 문학작품을 보는 하나의 학문적 관점으로 대두되었고, 이를 심화, 발전시킨 이론가는 W. 이저이다. 이저는 야우스가 독자 중심의 문학사 정립에 관심을 기울였던 것과 달리 독자의 독서 행위 자체에 관심을 갖고 이를 미세화하여 논의한 이론가이다.
7) 이 텍스트는 김춘수의 무의미시 전체를 집약적으로 보여주고 있다고 생각하여 분석의 대상으로 정하였다. 연작시 중 특히 '제1부'만을 선택한 것은 그의 다른 시작들과 비교하여 볼 때 이 시가 갖는 대표성과 함께 다른 경우보다 시적 성취도의 측면에서 우위를 갖고 있다고 보았기 때문이다.
8) 김춘수는 「처용단장」이 의미를 제거하고 남은 것으로서의 순수시를 쓰고자 한 자신의 願望과 實相이 잘 드러나 있는 것으로 지적한 바 있다. 김춘수(1986), 「'처용·기타'에 대하여」, 『김춘수 전집 2』, 문장, 1982, 469~470쪽 참조.

무의시의 면모를 단적으로 보여주는 것이다.

수용 미학의 대략 입장은 야우스(Jouss)와 이저(Iser), 둘로 나눌 수 있다. 이 글에서는 가다머(H. G. Gadamer)의 해석학으로부터 영향을 받은 야우스의 시각은 배제하고, 잉가르덴(Ingarden)의 현상학으로부터 영향을 받은 이저의 시각을 택하였다. 그것은 문학(시)을 이해하고 교육하는 데에 적합하다고 판단된 때문이다.

이저는 작품 이해의 골자인 작품－작가－독자의 소통 과정에서 핵심이 되고 있는 독자의 작품 체험의 현장, 다시 말해 작품의 수용과 영향의 현장을 '독서 과정(Leservorgang)'으로 보고, 문학작품의 이해 및 의미 구성이 어떻게 이루어지는가를 독자(수용자)의 독서 행위에서 밝히고자 한다.[9] 이저의 일관된 관심은 어떤 조건하에서 문학텍스트가 독자에게 의미를 갖게 되는가 하는 것이었다.[10] 그는 텍스트의 일반적인 영향이 독자에게 의미를 부여하거나 독자가 문학텍스트를 일방적으로 수용함으로써 의미가 생기는 것이 아니라, 오히려 영향과 수용이라는 두 요소의 교섭과정에서 심미적으로 경험되는 의미가 새롭게 태어난다고 생각했다.[11]

이저의 견해에 의하면 독서는 문학텍스트와 독자와의 만남을 통해서 이루어지고, 의미는 이들 양자의 교섭 작용에 해당하는 것이다.[12] 따라서 「처용단장」(제1부)에서 의미를 만드는 시 내부구조로서의 요소와, 독

---

9) 차봉희 편저, 앞의 책, 61쪽.
10) 이성호, 「영향과 수용의 상호소통」, 박찬기 외, 『수용미학』, 고려원, 1992, 149쪽.
11) 위의 주와 같음.
12) 이저는 문학텍스트의 '언어구조(Sprach-Struktur)'와 '효과구조(Affektive-Struktur)' 그리고 독자의 '반응구조'가 상호 작용하여 이루어지는 '문학텍스트의 심미적 구체화'를 주장한다. … 텍스트의 상상적인 것이 실재 세계의 것으로 체험되기 때문에 인간의 '경험구조'를 지니고 있다는 것이다. 박찬기 외, 『수용미학』, 고려원, 1992, 107~108쪽.

자가 이와 만나 의미화하는 방법에는 어떠한 가능성이 있는가에 대한 궁구가 가능해진다. '빈자리'에 대한 반응으로서의 독자를 중심에 두고 이미지 등 여러 면에서 의미를 생산해 가는 과정을 제기하여 볼 수 있는 것이다.

2. 텍스트의 서술구조와 의미의 소거

1) 중첩 서술에 의한 이미지의 분산과 혼합

김춘수의 「처용단장」(제1부)은 단순히 텍스트[13]를 대하는 것만으로 즉 일반적인 의미로서의 1차적인 독서 행위에 의하여 그 의미가 파악되고 충분하게 구체화되어진다고 말할 수 없다. 오히려 이 작품에 대한 일차 독서의 행위는 독자에게 의미 파악에 대한 좌절, 구체화의 좌절만을 초래한다. 그리고 의미 파악에 대한 불가로서의 독서 경험의 좌절은 반대로 강력하게 독자로 하여금 재독하도록 강요하는 힘으로 작용한다.

이 시에서 재독을 강요하는 독자의 좌절은 시텍스트의 구조에서 비롯된다고 할 수 있다. 독자에게 의미 형성에 대한 좌절을 유도해내는 이

---

13) 이저는 텍스트(text)와 작품(work)을 구분한다. 텍스트는 작가에 의해 생산된 상태로 존재하는 것으로서의 존재이고, 작품은 텍스트가 독자의 의식 속에서 재정비되어 구성된 것에 해당한다. 즉 텍스트는 수용자와의 소통과정을 통해서 작품으로 탄생되는 것이다. 이러한 이저의 생각에 의하면 문학텍스트는 이에 독자의 개입이 없는 경우 하나의 작품으로 존재할 수 없게 된다. 독자의 구체화에 의하여 비로소 작품으로 존재하게 되는 것이다. 이저는 문학텍스트의 구체화는 독자가 주어진 텍스트를 대하는 일차적인 행위(독서 행위)와 텍스트의 의미 구성이라는 이차적인 행위로 이뤄진다고 본다. 따라서 독자가 문학텍스트를 읽는다는 것은 단순히 문학작품을 문자 해독의 차원에서 읽는 것이 아니다. 이것은 테스트를 의미화하는 과정인 것이다. 차봉희 편저, 앞의 책, 60쪽 참조.

시의 구조는 독자로 하여금 일반적인 독법과는 다른 방법으로 텍스트를 재독하도록 강요한다.

'암시된(함축된) 독자(Implizite Leser)'[14]는 텍스트 구조의 결과로 생겨나는 독자이다. 독자의 형태, 역할, 입장이 미리 결정된 것이 아니다. 문학적 텍스트가 그 수용조건으로 제시하고 있는 가능한 독자로, 텍스트 구조의 방향 제시에 따라 생겨나게 될, 텍스트 구조에 내포된 소위 함축된 독자이다. 따라서 이러한 독자의 역할은 바로 텍스트 구조의 안 자체에 이미 들어 있는 셈이다.[15]

시의 구조는 독자를 조절하고 유도하는 것으로 존재한다. 이에 의하여 독자의 형태가 달라지고, 각기 그 작품의 구조에 맞는 독자가 구조에 의하여 생겨나기 때문이다. 작품의 의미는 작품 속에 주어진 내용 의미나 이념이 아니라, 작품의 구조가 발휘하고 있는 힘(영향력), 즉 '구조의 힘'이다.[16]

「처용단장」(제1부)의 경우 가장 중요한 구조의 특색은 중첩 서술이다. 이 시는 여러 이미지들을 계속하여 쌓아 올리는 형태로 서술되고 있다. 이미지들을 중첩 서술함으로써 여러 이미지들은 상호의 연관성을 끊고 고립된 모습을 드러낸다. 하나의 통일된 의미를 나타내도록 제시되는 것이 아니라, 통일된 의미가 성립되지 않도록 분산되어 있고, 무관한 여러 이미지가 혼합되어 나타난다. 이러한 이미지의 분산과 혼합을 만들어내는 것은 시적 구조에 있어서의 중첩된 서술에 의한 확산구조이다.

① 木瓜나무 그늘로
　느린 햇발의 땅거미가 지고 있었다.

---

14) 차봉희 편저, 『독자반응비평』, 고려원, 1993, 57쪽 참조.
15) 위의 주와 같음.
16) 위의 책, 29쪽.

② 지는 夕陽을 받은
　　적은 비탈 위
　　枸杞子 몇 알이 올리브빛으로 타고 있었다.
③ 금붕어의 지느러미를 쉬게 하는
　　魚缸에는 크낙한 바다가
　　저물고 있었다.
④ Vou 하고 뱃고동이 두 번 울었다.
　　木瓜나무 그늘로
　　느린 햇발의 땅거미가 지고 있었다.
⑤ 장난감 噴水의 물보라가
　　솟았다간
　　하얗게 쓰러지곤 하였다.

—「Ⅰ의 Ⅵ」전문

　　이 시는 의미를 분절하는 5개의 문장으로 이루어져 있다. 독자는 이를 단위로 하여 의미를 파악하게 된다. 즉 5개의 정보 제시에 의해 의미를 분절하는 것이다. 독자는 시란 통일된 의미를 가지고 있다는 기존의 관념으로 이 시를 읽고 의미를 구성하려 한다.

　　①의 "木瓜나무 그늘로/ 느린 햇발의 땅거미가 지고 있었다."란 언술에서 독자는 모과나무 그늘로 땅거미가 지는 장면을 상상한다. 하나의 장면을 이미지로 갖는 것이다. '모과나무 그늘'과 '느린 햇발의 땅거미'란 섬세한 제시에서 독자는 이를 기존의 시에 대한 기대에서 시의 정조를 형성하는 사실로 받아들일 것이다. 그러나 이러한 기대는 ②에서 제시되는 사실들로 해서 바로 수정된다.

　　②의 "지는 夕陽을 받은/ 적은 비탈 위/ 枸杞子 몇 알이 올리브빛으로 타고 있었다."란 언술 역시 이미지를 형성하는 사실의 제시이다. 독자는 저녁 석양이 지는 비탈 위에 구기자 열매가 타는 장면을 떠올리게 된다. 또한 이 장면을 ①과 연결하여 의미를 파악하고자 할 것이다. 그러나 ①

과 ②에서 의미의 연결은 이루어지지 않는다. ①의 이미지가 ②의 서술로 이어지지 않고 있기 때문이다.

따라서 전상[17])으로서의 ①은 후상으로서의 ②의 앞에 존재하는 것이 아니다. ①과 ②가 동일한 전상으로 존재한다. 이 경우 ①과 ②의 의미를 이루기 위한 존재 방식은 수직적이고 시간적인 것이 아닌, 수평적이고 공간적인 것이 된다.

독자가 ①과 ②를 읽으면서 갖게 되는 것은 서로 고립되어 병렬적으로 존재하는 ①과 ②의 이미지이다. 독자는 이들 이미지가 개별적으로 존재하는 별개임을 시행의 동일한 진술구조에 의해 파악하게 된다. 곧 ①과 ②에서 제시하는 중심 이미지는 '땅거미'와 '구기자'이다. 이들 이미지는 각각 이들이 있는 배경의 제시와 주체 제시, 그리고 상태의 제시로 이루어진다.

다음과 같은 동일한 방식으로 제시된다.

① 木瓜나무 그늘로   … [배경 제시]
　느린 햇살의 땅거미가   … [주체 제시]
　지고 있었다.   … [상황 제시]

② 느린 夕陽을 받은 / 적은 비탈 위   … [배경 제시]
　枸杞子 몇 알이   … [주체 제시]
　올리브빛으로 타고 있었다.   … [상황 제시]

동일한 진술 방식으로 만들어진 구조는 이들 사이의 의미 연결이 끊어

---

17) 전상(Protention)과 후상(Retention)은 이저가 후설에게서 빌린 용어이다. 이저는 우리가 독서할 때 우리의 의식 속에는 무수한 상이 끊임없이 떠오르고 사라지고 하면서 강처럼 흘러가는 연속적인 상을 이루어 전성과 후상이 엇바뀌면서 상호연관성의 투시표면을 가진다고 본다. 차봉희 편저, 『독자반응비평』, 고려원, 1993, 20쪽 참조.

진 상황에서 의미보다 더욱 강력한 힘으로 이들 이미지들을 결속한다. 독자는 의미의 연결보다 문장 구조의 동일성을 기억하게 된다. 이것에 종속되어 두 개의 이미지는 각각 동일한 자격으로 분리되어 존재한다.

③에서 독자는 이제 친숙해진 ①과 ②의 방법과 유사한 이미지의 제시를 기대하게 되고, 이는 실제로 ③에서 충족된다. ③도 '금붕어의 지느러미를 쉬게 하는/ 魚缸에는…[배경 제시] 크낙한 바다가…[주체 제시]/ 저물고 있었다.…[상황제시]'로 ①, ②와 동일한 구조로 되어 있다. 이제 ①, ②에서 낯설던 시의 느낌은 완화되어 독자는 이들을 각각 독립된 이미지로 받아들이게 된다. ④에서는 이러한 제시 방식이 변화함을 경험한다. ④는 'Vou 하고 뱃고동'이라는 주체의 제시와 '두 번 울었다'란 상황 제시로 되어 있다. ④는 다시 ①의 반복이고 ⑤는 ④와 같은 제시 방법에 의해 진술되는 것을 경험하게 된다.

①, ②, ③의 제시형태를 a라 하고 ④의 제시 형태를 b라 하면 독자는 읽으면서 시의 통일되어 나타나는 의미를 기억하게 되는 것이 아니라, 다음과 같은 형태로 이 시의 진술 방식을 경험하고 이를 기억하게 된다. 곧 시의 구조가 의미보다 독자에게 우위로서의 힘을 갖는다.

이러한 양상을 정리하여 도표화하면 다음과 같다.

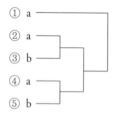

위와 같이 ab형태로 중첩된 서술이 되며, 이에 의하여 독자에게서 의미는 수평적으로 분산됨으로써 독자가 의미를 구체화하는 것을 방해한다.

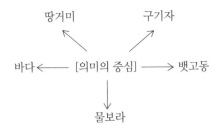

　이 시의 언술 방식인 중첩에 의하여 독자는 시를 읽어가면서 반복되어 나타나는 이미지들과 연속적으로 만난다. 또한 제시되는 이미지들은 통일된 의미를 이루지 못한 채 각각 고립된 형태로 존재한다. 이러한 이미지의 분산에 의하여 시에 하나의 통일된 의미는 만들어지지 않게 된다. 대신 분산된 이미지의 각 내부에 이미지들이 혼합되어 읽히게 된다. ①에서 "木瓜나무 그늘로/ 느린 햇발의 땅거미가 지고 있었다."는 하나의 사실을 드러내는 진술이 아니라 각각 개별적인 이미지들로 존재한다. 따라서 이 진술에는 '木瓜나무', '느린 햇발', '땅거미', '지고 있었다' 가 각각 낱낱의 이미지로 떨어져 존재하게 되는 것이다.

　이러한 독서과정에서 의미를 형성하고자 하는 독자의 의도는 좌절된다. 그 좌절은 독자로 하여금 다시 이 시를 해독하도록 하는 강력한 기제로 작용한다. 텍스트에 대한 독자의 적극적인 개입을 유도해 내고 있는 것이다.

2) 병치에 의한 서열의 전복

　인간적 관점들로 보면 우리는 의식적이든 무의식적이든 일반적으로 사물들에 서열의 질서를 부여한다.[18] 예컨대 인간, 생물, 무기물의 순서

---

18) 김준오, 『시론』, 문장, 1982, 234쪽.

로 우리의 가치는 달라진다.[19] 이러한 사물에 대한 의식은 시를 읽는 행위에서도 일어나게 된다. 시를 읽고 그 의미를 파악해가는 것은 곧 서열에 의한 세계의 질서화 속에서 이루어지기 때문이다. 김춘수는 일상적인 인간 중심의 세계의 서열을 이미지의 병치 제시에 의해 전복시킨다. 이 전복된 세계의 서열에서 독자는 세계의 질서화가 불가능해지고, 시의 의미 형성에 실패하게 된다.

> (1) 바다가 왼종일
>   새앙쥐 같은 눈을 뜨고 있었다.
>   이따금
>   바람은 閑麗水道에서 불어오고
>   느릅나무 어린 잎들이
>   가늘게 몸을 흔들곤 하였다.
>
> (2) 날이 저물자
>   내 肋骨과 肋骨 사이
>   홈을 파고 거머리가 우는 소리를 나는 들었다.
>   베꼬니아의
>   붉고 붉은 꽃잎이 지고 있었다.
>
> (3) 그런가 하면 다시 또 아침이 오고
>   바다가 또 한 번
>   새앙쥐 같은 눈을 뜨고 있었다.
>   뚝 , 뚝, 뚝 阡의 사과알이
>   하늘로 깊숙이 떨어지고 있었다.
>
> (4) 가을이 가고 또 밤이 와서
>   잠자는 내 어깨 위

---

19) 위의 책, 234쪽.

그 해의 새눈이 내리고 있었다.
어둠의 한쪽이 조금 열리고
개동백의 붉은 열매가 익고 있었다.
잠을 자면서도 나는
내리는 그
희디 흰 눈발을 보고 있었다.

　　　　　　　　　—「I의 I」 전문

　독자는 이 시를 독서해 나가면서 세계를 이루는 대상들을 만난다. (1)
에서 나타나는 시적 대상은 '바다'와 '바람', '느릅나무'이다. 이들은
모두 자연물이란 공통점과 무생물(바다, 바람)/생물(느릅나무)이란 차이
점을 지닌다. 이때 독서해 나가는 독자는 그와 가까운 대상은 생물이고
무생물은 그보다 더한 거리감을 갖는다. 아울러 이들 대상이 사람이 아
니므로 사람과의 거리를 염두에 두게 된다. 그러나 이러한 독자의 기대
는 텍스트를 읽어나가면서 허물어진다. 이 시에서 사람과 자연, 생물과
무생물은 그 일반적인 하이어래키가 교란되어 하나의 동일한 수평선 상
에서 병치되고 있기 때문이다. 이에 의하여 기존의 하이어래키는 전복
된다.

　(1)에서 "바다가 왼종일/ 새앙쥐 같은 눈을 뜨고 있었다."란 진술은 무
생물인 바다가 '새앙쥐 같은'이란 비유에 의하여 새앙쥐인 동물로서의
생물과 동일시되고, 이러한 살아있는 것으로서의 면모는 '눈을 뜨고 있
었다'에서 보다 강화된다. 바다와 새앙쥐 또는 생물은 무생물과 생물로
그 거리와 수직적인 위계를 갖는 것이 아니라 동일한 자격으로 수평으
로 존재한다. 따라서 이를 대하는 독자는 이미 마음속에 존재해 있는
체계화 내에서 의미를 만드는 것에 실패하게 된다. 이어서 '이따금 바
람은 불어오고'로 다시 무생물은 '불어오고'란 운동성에 의한 생물로
인식된다. 또한 "느릅나무 어린 잎들이/ 가늘게 몸을 흔들곤 하였다."에

김춘수의 무의미시

서는 나무가 '어린 잎', '몸을 흔들곤 하였다' 로 인간의 서열로 들어서고 있다.

이러한 서열이 혼란된 대상들은 한 연의 서술에서 병치되고 있다. 따라서 (1)에는 '바다' 와 '새앙쥐', '바람', '느릅나무' 는 병치되고 이들의 관계 양상은 수평적이다. 이러한 병치는 독자에게 바다와 바람, 느릅나무 사이의 연속되는 의미의 흐름을 차단시킨다. 독자는 이 연에서 서열이 역전된 대상들과 이들의 고립된 모습들을 기억하게 될 뿐 하나의 통일된 이미지를 얻는 데 실패한다.

(2)연에서는 '거머리' 와 '나', '베꼬니아' 가 병치되어 서술된다. 거머리는 "내 肋骨과 肋骨 사이/ 홈을 파고" 우는 인간화된 이미지로 제시된다. 이 인간화됨에 따라 '거머리가 우는 소리를 나는 들었다' 에서 '거머리' 와 '나' 는 병치되고, (3)연에서는 '아침' 이란 시간과 '바다', '사과알' 이 병치된다. (4)연에서는 '시간(가을, 밤)과 새눈, 어둠, 개동백의 붉은 열매, 내(나)' 가 병치된다. 또한 각 연의 내부에서만이 아니라 시 전체가 병치된 사물들로 가득하다.

다음과 같은 양상으로 정리된다.

(1) 바다 — 나 — 느릅나무
(2) 거머리 — 나 — 베꼬니아
(3) 아침 — 바다 — 사과알
(4) 가을 · 밤— 새눈 —개동백의 붉은 열매—나

병치는 텍스트 내부에서 이미 인식되어진 사물의 질서가 허물어버리는 기제다. 모든 사물들은 등가로 이어지고 있으며, 그 경계 또한 모호하다. 사물과 사물이 혼재하며 이들은 서로에게 침투하도록 만든다.

이저에게서 독자는 작품에 개입하여 의미를 생성해내는 주체가 된다. 독자의 독서 행위는 곧 의미를 창출하는 행위이다. 의미의 창출은 의미

형성을 가능하게 하는 기존의 세계질서 속에서 이루어지게 된다. 이러한 세계의 질서가 김춘수 시에서는 전복되고 있다. 이 하이어래키의 전복은 세계를 이루는 대상들의 병치에 의하여 이루어진다. 독자는 독서를 통하여 이와 만나면서 의미를 구성하는 데 실패한다.

그러나 독자는 시 속에서 단서들을 찾아 이미지와 이미지 사이의 빈틈을 메워 하나의 통일된 의미를 생성한다. 그것은 의미를 소거해 내는 텍스트의 구조가 독자로 하여금 더욱 적극적으로 의미를 만들도록 하는 기제가 되고 있음을 뜻한다. 이 경우, 독자는 텍스트의 단서들을 연결하여 자유롭고도 강력하게 의미를 구성해 나간다. '제멋대로'가 아닌 '나름대로'의 해석이 되는 것이다.[20]

3. 신화적 세계의 구축과 의미의 생성

1) 화자의 구속력과 이미지의 응집

독자는 문학작품을 읽으면서 능동적으로 빈틈을 채워 의미를 형성한다. 문학텍스트의 빈틈은 독자의 구성적 활동을 유도하고 안내하는 구실을 담당하는[21] 것이다. 김춘수 시에서 빈틈은 매우 크고 넓다. 이것은 독자를 보다 적극적인 독서 행위로 이끌고 있다.[22] 따라서 독자가 메꾸기

---

20) 이는 텍스트에 잠재해 있는 불확정성을 구체화하는 해석의 총체적인 행위다. 김춘섭 외, 『문학이론의 경계와 지평』, 한국문화사, 2004, 195쪽.

21) 볼프강 이저, 「텍스트와 독자의 상호 작용」, 차봉희 편저, 『독자반응비평』, 앞의 책, 243쪽.

22) 독서과정에서 진행되는 텍스트와 독자간의 상호 작용의 추진력으로 이저는 미정성(Unbestimmtheit)과 부정성(Negativität)을 내세운다. 미정성 개념은 텍스트의 호소구조의 중심요소로서 텍스트와 독자 사이의 가장 중요한 전환동기적 요소가 된다. 이 미정성이 담긴 형식은 빈자리(Leestelle)라고 일컬어지며, 이것은 텍스트 단편들 사이의 유보된 연결가능성이다. 이저는 이 빈자리가 생기게 되는 형식적 조건들로 절단

위한 가능성과 단서를 시에서 발견하고자 텍스트에 적극 가담하게 된다.

이 시는 독자가 의미를 만드는 데 좌절당하도록 구조화되어 있다. 의미 형성에 대한 의도적인 거부에서 김춘수는 이를 '무의미시'로 규정하고 있다. 그가 시에 의도하는 대로라면 독자가 시에서 의미를 만들어 나가려고 하는 것은 이 시에 대한 오독이다. 그러나 독자는 이 시가 지니고 있는 의미 형성의 좌절에 대한 구조에 맞추어 자신을 이 작품에 맞게 바꾸고 의미를 만들어 나간다. 따라서 김춘수의 무의미시는 강력한 의미를 형성하는 시로 읽히게 되는 것이다.

이 시의 화자는 독자가 시의 의미를 파악해 나가도록 시 전체의 의미를 구속하는 역할을 담당한다. 독자들은 재독을 통하여 제목에서 이 시의 화자가 누구인가를 유추하고 아래 시에서 이를 화자로 받아들이게 된다. 「처용단장」(제1부)이란 제목에서 밝혀지는 것은 '처용'이란 인물이다. 그러나 시 본문에서는 구체적으로 처용과 관련된 사물이나 언급은 나타나지 않는다. 제목에 등장하는 처용과 아래 전개되는 시 사이에는 아무런 연관성이 없는 것이다. 이에서 독자는 시 속의 어떤 요소가 처용과 관련되는가를 찾아낸다. 그것은 시 속에 등장하는 화자인 '나'이다.

시 속에서 이 시의 화자는 분명하게 드러나지 않는다. 화자의 인간적인 목소리도 배제된 채 메마르고 중립적인 사물의 이미지들만 제시될 뿐이다. 그러나 시 속에 등장하는 '나'란 인물을 발견하고 독자는 '처용'과 '나'를 동일 인물로 받아들이게 된다. 따라서 이 시의 화자를 '처용'으로 독자가 인식하게 되는 것이다.[23]

기법, 몽타주 기법, 단절 기법, 서술의 초점세화, 낯설게하기 등을 들었다. 이에 의한다면 「처용단장」(제1부)의 빈자리는 독자를 끌어당기는 힘을 강하게 내재하고 있다. 이유선, 「역자 후기」, W. Iser, 『독서행위』, 신원문화사, 1993, 24~25쪽 참조.

23) 이것은 시의 화자인 설화적 인물 '처용'을 통해 시인과 독자가 함께 체험하는 객관성을 지니는 것이다. 김현자, 「김춘수시의 구조와 청자의 반응」, 『현대시의 감각과

(1) 네 肋骨과 肋骨 사이

　홈을 파고

　거머리가 우는 소리를 <u>나</u>는 들었다.

　　　　　　　　　　　　　　　　　　—「Ⅰ의 Ⅰ」부분[24]

(2) 그날 밤 잠들기 전에

　물개의 수컷이 우는 소리를 <u>나</u>는 들었다.

　　　　　　　　　　　　　　　　　　—「Ⅰ의 Ⅱ」부분

(3) <u>내</u> 곁에는

　바다가 잠을 자고 있었다.

　　　　　　　　　　　　　　　　　　—「Ⅰ의 Ⅲ」부분

(4) <u>내</u> 손바닥에 고인 바다

　그때의 어리디 어린 바다는 밤이었다.

　　　　　　　　　　　　　　　　　　—「Ⅰ의 Ⅷ」부분

　위의 예들에서 시의 표면에 나타나는 현상적 화자 '나(내)'는 제목과 연결되어 독자에게서 '처용'으로 인식된다.[25] 따라서 독자들은 이 시를 처용의 발화로 이루어진 시로 받아들여 구체화시킨다. 화자는 이 시의 의미에 대한 구속력을 갖는 것이다. 독자들은 이 시를 모두 처용과 관련하여 읽게 되고, 이 경우 일차 독서에서 분산되었던 이미지들은 '처용'이란 화자를 중심으로 응집되기 때문이다.

　① 눈보다도 먼저

　　겨울에는 비가 오고 있었다.

미적 거리」, 문학과지성사, 1997, 217~220쪽 참조.

24) 밑줄은 필자에 의함, 이하 같음.

25) 이 시의 화자가 처용이고 시의 발화자를 그로 보는 관점은 시의 의미를 형성해 내는 독자의 가능성에 대한 규명이다.

② 바다는 가라앉고

　바닷가 있던 자리에

　軍艦이 한 척 닻을 내리고 있었다.

③ 여름에 본 물새는 죽어 있었다.

④ 물새는 죽은 다음에도 울고 있었다.

⑤ 한결 어른이 된 소리로 울고 있었다.

⑥ 눈보다도 먼저

　겨울에 비가 오고 있었다.

⑦ 바다는 가라앉고

　바다가 없는 海岸線을 한 사나이가 이리로 오고 있었다.

⑧ 한쪽 손에 죽은 바다를 들고 있었다.

—「Ⅰ의 Ⅳ」 전문

　이 시에서 현상적으로 화자는 드러나지 않는다. 그러나 「처용단장」
(제1부)의 연작시로 포함되어 있으므로 제목의 구속을 받게 되고, 독자
는 위 시의 화자가 표면에 드러나지 않는다 하더라도 독자는 화자를 처
용으로 인식한다.

　시의 화자가 '처용'이란 점은 독자가 이 시를 의미화하는 매우 중요
한 단서가 될 수 있다. 처용은 현실에 실재하는 인물이 아니라 설화 속
에 존재하는 용의 아들로서의 인물이기 때문이다. 이미 알고 있는 신화
속에서 처용은 역신에게 아내를 빼앗긴 인물이기도 하다. 독자의 처용
에 대한 기존의 선입견은 이 시를 읽어나가는 중요한 토대로 작용한다.
따라서 이 시는 설화 속에 존재하는 인물인 처용이 말하는 내용으로 인
식된다.

　이 경우 독자들은 시의 공간을 현실에서 신화적인 설화로 전이시킨
다. 시에서 제시되는 일련의 상황들을 실제의 세계에서 일어나는 일이
아니라 신화적 설화 속에서 일어나는 일로 인식하게 되는 것이다. 이 시
를 설화의 세계에서 일어나는 일들의 제시라고 본다면 이 시에서 제시

되고 나열되는 각 이미지들은 의미가 서로 단절되는 것이 아니다. 오히려 현실의 구속에서 벗어나 설화란 자유로운 세계에 존재하는 현상들로 이해한다.

따라서 각 이미지의 의미 연결이 가능해진다. 이 시는 ①에서 ⑦까지 7개 이미지의 제시로 이루어져 있다. ①과 ⑥은 동일한 사실의 제시이므로 이 시는 ①-⑤/ ⑥-⑧로 분절된다. 크게 두 개의 분절된 사실 내지 장면으로 보인다. 이러한 이미지군의 나열은 독자가 그 빈틈을 메꾸어 읽어나갈 때 단순히 관련 없는 사실들의 나열에 그치지 않는다. 빈틈이 메꾸어짐에 따라서 이미지들은 일련의 순서에 의해 결합되며, 바로 이 순열이 독자의 상상력 속에서 텍스트의 의미를 살아나게 하는 것이다.[26]

①은 "눈보다도 먼저/ 겨울에 비가 오고 있었다"란 이미지로 제시된다. 독자는 이를 처용이 말하는 그의 세계에서의 진술로 받아들인다. 이 진술에서 독자는 '겨울'이란 계절에 '눈보다 먼저 비가 오고 있다'는 정보와 이에 대한 화자의 태도를 접하게 된다. 겨울에 내리는 비에 대한 화자의 태도는 긍정적이지 않다는 것을 전상으로 기억하는 것이다. 겨울에 와야 되는 것은 눈인데 현재 그보다 먼저 내리는 것은 비이고, 이에 대한 화자의 태도는 부정적이다. 이 부정성은 비에 의한 겨울의 잃어버림, 즉 상실로서의 의미로 유추되게 된다. 상실의 유추는 처용설화에 나오는 처용의 아내에 대한 상실[27]과 상관이 깊다. 이와 동일한 선상에서 이 시를 읽게 되는 것이다.

---

26) 볼프강 이저, 앞의 글, 244쪽.

27) 김춘수 시에는 '처용'이 많이 등장한다. 이는 그의 거세 콤플렉스에 대한 하나의 상징이다. 거세 콤플렉스와 무의미시는 내적으로 긴밀한 상관관계에 있는 것으로 보인다. 하지만 이 글은 독자반응이론의 입장에서 무의미시를 살피고자 하는 것이므로, 그에 대한 논의는 고를 달리하도록 한다.

②에서 "바다가 가라앉고"는 ①에서 만들어진 상실의 의미를 지속시키고 강화한다. 현실에서 "바다가 가라앉고"란 사실은 실재할 수 없는 것이다. 그러나 화자가 설화의 세계 속에 존재하는 처용이기 때문에 이러한 실현의 불가능성은 독자에게 아무런 장애가 되지 않는다. 설화이기 때문에 현실의 구속에서부터 벗어나 실재하는 일들이 가능한 것으로 받아들이게 된다.

따라서 ①과 ②의 이미지는 차단되지 않고 소통의 가능성이 열린다. 그것은 모두 설화의 공간에 동시에 존재하는 각기 다른 사실들인 것이다. 인과관계가 성립하지 않는 전혀 다른 사실이라 하더라도 설화란 공통 속성에 의하여 동일한 의미망에 존재하게 되는 것이다. "바다는 가라앉고/ 바닷가 있던 자리에/ 軍艦이 한 척 닻을 내리고 있었다"에서 독자는 ①에서의 의미화된 상실로서의 이미지로 읽게 된다. 그리고 그 상실은 "바다가 가라앉고"라는 거대한 폭과 깊이를 지닌 것이 된다. ②에서 "바다가 있던 자리에/ 軍艦이 한 척 닻을 내리고 있었다"는 바다가 상실된 장면을 보여주는 처절한 울림으로 인지하게 된다.

③과 ④, ⑤는 '물새'와 관련된 이미지이다. 이 역시 죽어 있는 것으로, 죽어서도 우는 것으로 진술된다. 죽어서 "한결 어른이 된 소리로 우는 물새"는 죽은 물새의 상실감을 더욱 고조시키는 소리로 작용한다.

⑥, ⑦, ⑧은 앞 장면에 대한 반복 형태의 이미지 제시이다.[28] 이 진술에서 바다가 가라앉고 바다가 없는 해안선을 한 사나이가 이리로 오는 모습과 그가 한 쪽 손에 죽은 바다를 들고 있는 것들은 모두 다음과 같이 상실의 의미로 독자의 내면에서 응집되어진다.

---

28) 이 시는 한 편의 그림을 보는 것같이 회화성이 두드러진다. 김춘수는 이 텍스트에서 '印象派의 寫生과 새잔느풍의 추상과 액션 페인팅을 한꺼번에 보여 주고 싶었다.' 고 밝히고 있다. 김춘수, 「意味에서 無意味까지」, 앞의 책, 387쪽.

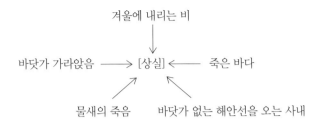

위와 같은 이미지의 응집은 설화 공간에서 화석화되어 존재하던 이미지들이 독자에게서 살아나 현재성을 갖게 된다. 그리하여 상실이란 공통 의미를 획득한다.

'상실'은 극히 일반적인 현상이며 보편적인 정감을 불러일으키는 현상일 뿐이다. 그러나 독자는 이 텍스트에서 제시되는 낯선 이미지들로 하여 새로운 상실의 모습을 경험하게 된다. 그것은 현실에 존재하지 않은 이미지들로 만들어짐으로써 신선하고 선명하게 다가온다. 독자는 일상에서 경험하지 못하는 세계 속에서 상실의 모습을 본다. 그것이 미적 충격을 주는 것임은 물론이다. 미적 충격은 실재하지 않는 세계를 신화의 세계로 구축해 나가도록 만든다.

2) 액체성의 신화적 세계로의 수용

신화로서 의미를 만들어가는 구체화를 통하여 독자가 궁극적으로 이 시를 수용하게 되는 의미가 무엇인가에 대한 논의는 이 시가 독자에게 갖는 아름다움의 힘에 대한 설명을 가능하게 할 것이다.

독자가 이 시에서 읽는 것은 액체성[29]으로서의 신화의 세계이다. 액체성의 세계는 모든 것이 분리되지 않은 채 융합된 혼연의 세계이다.

29) 여기서 액체성이란 용어는 텍스트에 등장하는 세계의 성격을 보여주는 개념이다.

독자는 이 액체성의 세계에서 현재의 구속에서 자유로워짐을 경험하고, 자신을 신화 속으로 유입시키게 된다. 「처용단장」(제1부)에 대한 독서는 바로 분리되지 않은 액체로서의 부드러움의 세계에 대한 의식적 경험이다. 굳은 현실에서 벗어나 그 너머의 아늑한 세계로 이입되는 것이다.

三月에도 눈이 오고 있었다.
눈은
라일락의 새순을 적시고
피어나는 山茶花를 적시고 있었다.
미처 벗지 못한 겨울 털옷 속의
일찍 눈을 뜨는 바다,
그날 밤 잠들기 전에
물개의 수컷이 우는 소리를 나는 들었다.
三月에 오는 눈은 송이가 크고
깊은 수렁에서처럼
피어나는 山茶花의
보얀 목덜미를 적시고 있었다.

— 「 I 의 II」 전문

이 시에서 이미지로 제시되는 사물들은 모두 액체의 속성을 지니고 있다. '바다'와 '눈', '수렁' 등의 사물에 의해 액체성은 직접적으로 드러난다. 또한 "라일락의 새순을 적시고", "山茶花를 적시고 있었다", "보얀 목덜미를 적시고 있었다."에서 '적시다'란 서술어에 의해 눈의 액체성은 선명해진다. '눈은 → 적시고 (있었다)'의 반복에 의해 눈은 고체 상태에서 액체로 변화하고 있다. 액체로 변하면서 눈은 '라일락 새순, 피어나는 山茶花'를 적시는 것이 가능해진다. '적시다'는 것은 사물과 존재의 유입이며 상호투입이다. '눈'은 '라일락'과 '山茶花 새순'에

젖음으로써 이들 내부로 들어가고 있다. '젖다'에서 두 사물의 경계는 허물어져 존재하지 않는다. 부드러운 융합의 세계, 그 흐름으로 가득해 진다.

이러한 액체성의 세계는 현실에서는 존재할 수 없는 세계이다. 현실은 사물과 존재가 고립되고 구별되는 세계이다. 그 구속에서 벗어나는 액체성의 세계는 처용의 세계, 곧 신화의 세계에서 가능한 것이다. 이 시에서 만들어지는 세계의 모습은 삼월에 눈이 오는 신화의 세계이다. 라일락의 새순과 피어나는 산다화란 사물들은 눈에 의하여 젖고 있다. 바다는 외투 속에서 눈을 뜨고 물개의 수컷이 운다.

액체의 세계는 부드럽고 따스하며 고요한 세계이다. 이는 현실을 벗어나 신화 안에 존재하는 유토피아의 세계이다. 이러한 모습은 이 시에의 색체 이미지를 통하여도 확인할 수 있다. 이 시에서는 연두와 노랑 등의 중간 색조를 지닌 따스한 색채를 지닌 이미지들로 진행되어 나간다. '삼월 → 라일락 새순 → 山茶花의 보얀 목덜미'로의 연결이 그것이다. 이로써 아늑하고 따스한 신화의 세계를 보여준다.

신화의 세계는 통합의 세계이다. 대상들은 분리되지 않은 채 하나의 세계 안에 함께 있다. 그 안에서 대상들은 갈등하지 않고 고요하게 공존하고 있다.

> (가) 내 손바닥에 고인 바다
> 　　그때의 어리디 어린 바다는 밤이었다.
> 　　새끼 무수리가 처음의 깃을 치고 있었다.
> 　　봄이 가고 여름이 오는 동안
> 　　바다는 많이 자라서
> 　　허리까지 가슴까지 내 살을 적시고
> 　　내 살에 테 굵은 얼룩을 지우곤 하였다.
>
> 　　　　　　　　　　　　　　　　―「I의 Ⅷ」부분

(나) 壁이 걸어오고 있었다.

　　늙은 홰나무가 걸어오고 있었다.

　　한밤에 눈을 뜨고 보면

　　濠洲 宣敎師네 집

　　回廊의 壁에 걸린 靑銅時計가

　　겨울도 다 갔는데

　　검고 긴 망토를 입고 걸어오고 있었다.

—「Ⅰ의 Ⅲ」부분

　위 시들에서 인간/자연, 생물/무생물의 구분과 경계는 존재하지 않는다. 세계 안에 둥글게, 존재란 하나의 이름으로 있게 된다. 거대한 물활의 애니미즘(animism) 세계가 만들어지는 것이다. 그 세계는 갈등이 아닌 화합의 세계이다. (가)에서 거대한 바다는 '내 손바닥'에 고여 있다. 바다와 인간의 구분이나 거리는 존재하지 않고, 함께 존재할 뿐이다. '나-(어리다-자라다)-바다'의 관계로 동일선상에 서 있다.

　이러한 점은 (나)에서도 동일하게 나타난다. 벽은 주체인 나에 의해 인식되고 파악되는 객체가 아니라, 스스로 '걸어오는' 주체자로 존재한다.[30]

　따라서 액체성의 세계는 현실의 불화와 차가움을 벗어나는 이상화된 세계이며 원초적인 세계이다. 액체성으로의 유동적인 세계는 독자의 고착적인 의식을 풀어놓고 보다 자유롭고 원형적인 세계를 독서를 통하여 경험하도록 한다.[31] '열림'으로서의 독서[32]가 이루어지는 것이다. 현실

---

30) 이러한 점은 마치 추상화처럼 고정된 의식을 뒤집어 의식의 자유로움을 느끼게 한다.

31) 당돌한 이미지의 병치가 환기하는 비목적성이나 비일상적인 요소는 독자에게 주는 화자와의 초연한 거리감과 더불어 무변화 상태의 습관적인 일상의 체험으로부터 벗어나게 하는 효과를 갖는다. 김현자, 앞의 책, 225쪽.

32) '독서는 '열림'으로 이루어진다.' 모리스 블랑쇼, 『문학의 공간』, 박혜영 역, 책세상, 1998, 268쪽.

무의미시와 독자 반응의 역동성 · 김영미

에서 놓여나는 이 해방감은 독자가 이 시를 읽어나가면서 느끼는 미적 경험과 상통한다. 가장 잘 닫혀진 것만이 열리며, 가장 불투명한 것이 투명해지기 때문이다. 이는 자유롭고 행복한 경험이다. 김춘수 시를 읽는 기쁨은 바로 이것이 그 경험을 가능하도록 하고 있기 때문이다.[33] 그것은 신화라는 유토피아[34]에 대한 체현이다.

4. 풀어놓음과 채움의 긴장

이상에서 김춘수의 「처용단장」(제1부)을 중심으로 무의미시가 독자에게 어떻게 읽혀질 수 있는가를 수용 미학의 입장에서 살펴보았다. 독서 행위를 통하여 독자에게서 의미가 어떻게 형성되어지는가를 설명하려한 W. 이저의 이론은, 독서에서 쉽게 의미가 형성되지 않는 시이면서도 김춘수 시가 독자에게 주는 아름다움이 무엇인가를 밝혀준다.

이저에 의하면 작가에 의하여 생산되어진 텍스트는 독자가 이를 읽고 구체화함으로써 비로소 작품으로 존재하게 된다. 텍스트는 그 내부에 독자를 유도해 나가는 구조를 갖추게 되어 있어 독자가 의미를 파악해 나가도록 조절한다. 독자는 이에 의하여 독서과정에서 의미 형성을 제한받으며, 상상력에 의해 텍스트 사이의 빈틈을 메꾸어 의미를 생성해 낸다.

「처용단장」(제1부)의 경우, 시의 구조는 독자가 텍스트를 읽고 의미를 만드는 데 좌절하도록 되어 있다. 이 좌절로서의 구조는 시적 언술에 있어서의 중첩 서술과 병치이다. 중첩 서술에 의하여 시에 제시된

---

33) 위의 책, 208~303쪽 참조.
34) 신화로의 경사는 김춘수 시가 지닌 한계이기도 하다. 현실로부터의 이탈을 위한 자기합리화의 기제일 수 있기 때문이다. 자신의 시에 대한 적극적 방어 기제로 무의미시가 존재한다란 지적에서 김춘수는 자유로울 수 없다.

이미지들은 통일적인 의미를 이루는 시간성을 상실한 채 공간적으로 존재한다. 또한 병치에 의해 이들 이미지들은 인접적인 의미의 상관관계 없이 동일한 자격으로 존재하도록 만든다. 이러한 방식으로 연속되는 이미지들을 읽어나가면서 독자는 일상적인 시 읽기의 방법으로 시에서 통일된 의미를 형성하는 데 좌절하게 된다. 의미 형성의 좌절은 독자에게 일상의 시와 다른 방식으로 재독하기를 강력히 요구하는 힘으로 작용한다.

독자는 재독하면서 끊임없이 이 시에서 의미를 만들어 나가려고 노력하게 된다. 이때 제목인 「처용단장」은 이 시에서 독자가 의미를 만드는 단서를 제공하여 열려진 시의 의미를 제한한다. 그것은 독자로 하여금 '처용'을 이 시의 화자로 인식하게 하고, 이 시를 처용의 발화로 읽도록 하는 것이다. 화자가 처용으로 인식되어진 경우, 독자는 이 시에서의 내용을 현실에서의 일이 아닌 처용이 존재하는 설화에서의 일들로 받아들인다. 신화 속에서 시에 이미지로 드러나는 모든 존재들은 현실의 인과관계의 법칙에서 그 나름의 모습으로 존재할 수 있다. 따라서 시의 모든 이미지들을 읽어나가면서 독자에게서 이들 이미지는 처용이 갖는 '상실'로서의 이미지로 응집하게 된다. 또한 이들 이미지가 보여주는 것은 액체성의 유동적인 신화의 세계임을 발견하고 독서를 통하여 이를 체험하게 된다.

이 시를 읽는다는 것은 액체성의 신화로 유입되는 것을 의미한다. 그 안에서 독자는 현실의 고립된 세계에서 벗어나 모든 존재가 소통되는 자유로움을 경험한다. 이 액체성의 신화적 세계를 통한 의식의 해방은 김춘수 시가 독자에게 주는 독특한 아름다움이 될 수 있다. 결국 김춘수의 무의미시는 역설이게도 독자에게서 강력한 유의미시가 되고 있는 것이다. 의미를 버림으로써 독자 개입의 가능성을 극대화하고 있는 것이다. 의미를 생산해 내는 주체로서의 기쁨, 그 창조의 가능성이 그의 시

를 읽는 행복일 것이다. 김춘수 시에서 이 행복한 경험은 독자를 쉽게 놓아주지 않는 마력이다.

■ 참고문헌

김춘수, 『김춘수 전집 1 시』, 문장, 1986.

_____, 『김춘수 전집 2 시론』, 문장, 1986.

김준오, 『시론』, 문장, 1982.

_____, 『도시시와 해체시』, 문학과비평사, 1992.

_____, 『한국현대장르비평론』, 문학과지성사, 1990.

김춘섭 외, 『문학 이론의 경계와 지평』, 한국문화사, 2004.

김　현, 「신화적 인물의 시적 변용」, 『문학과 지성』, 1970. 12.

김현자, 『한국시의 감각과 미적 거리』, 문학과지성사, 1997.

_____, 『한국현대시 읽기』, 민음사, 1992.

박찬기 외, 『수용미학』, 고려원, 1992.

차봉희 편저, 『독자반응비평』, 고려원, 1993.

_____ 편저, 『수용미학』, 문학과지성사, 1995.

김두한, 「무의미시 고찰」, 경북대 석사논문, 1983.

손자희, 「김춘수 시 연구-이미지를 중심으로」, 중앙대 석사논문, 1983.

이경철, 「김춘수시의 변모 양상-초기시에서 무의미까지」, 동국대 석사논문, 1987.

이은정, 「김춘수와 김수영 시학의 대비적 연구」, 이화여대 박사논문, 1992.

황동규, 「감상의 제어와 방임」, 『창작과 비평』, 1977. 가을호.

H. R. Jauss, *Literaturgeschichte als Provokation*, 장영태 역 『도전으로서의 문학사』, 문학과지성사, 1993.

Maurice Blanchot, *L'espace littéraire*, 박혜영 역, 『문학의 공간』, 책세상, 1998.

W. Iser, *Der Akt des Lesens*, 이유선 역, 『독서행위』, 신원문화사, 1993.

웃음의 시학

― 김춘수 시집 『거울 속의 천사』의 기호놀이를 중심으로

엄 정 희

1. 서론

현대 시문학사의 독보적인 자리에 오른 김춘수(1922~2004)가 타계하기 전까지 총 17권의 시집을 남겼다. 김춘수는 '무의미시'를 제창하면서 학계의 쟁점을 주도했다. 드로잉을 못하는 폴록의 물감뿌리기가 미술사를 바꾸었듯이 폴록의 액션 페인팅(action painting)을 시에 접목한 김춘수의 '무의미시'[1]는 시의 역사를 전환하였다. '무의미시'는 60년대 이후 많은 비평과 연구사적 학적 보고를 축적[2]하고 있으며, 오세영과

---

[1] 한 행이나 두 행이 어울려 이미지로 응고되려는 순간, 소리(리듬)로 그것을 처단하는 수도 있다. 소리가 또 이미지로 응고하려는 순간, 하나의 장면으로 처단하기도 한다. 내가 본 허무의 빛깔이 내가 만드는 무의미의 시이다. 그 행위 자체는 액션 페인팅에서도 볼 수가 있다. 폴록(pollock)의 그림에서처럼 가로세로 얽힌 궤적들이 보여주는 생생한 단면―현재, 즉 영원이 시에도 있어주기를 바란다. 허무는 영원이라는 것의 빛깔이다. '무의미시'는 허무의 아들이다. 시인이 성실하다면 그는 그 앞에 펼쳐진 허무를 저버리지 못한다. 김춘수, 『김춘수 시론전집 1』, 현대문학사, 2004, 524~539쪽 참고.

[2] 논문의 지면 관계상 연구사는 생략한다.

최라영3)은 '무의미시'를 들뢰즈의 의미논리로 분석하며 명칭에 대한 의문을 제기한다.

무의미시는 김춘수 시인이 겪은 아내와의 사별(1999) 이후에 변화한다. 사별 이전의 무의미시가 의미를 구축하다 의미를 흩트리는 수법으로 시를 구성하였다면, 사별 이후 발표한 첫 시집 『거울 속의 천사』4)에서는 삶과 죽음의 이분법을 와해하는 웃음이 기표의 효과5)를 극대화시키는 기법으로 침묵의 미학6)을 실현하고 있다. 삶과 죽음, 그 사이에 장치되는 웃음이 김춘수 시인과 오십여 년을 함께 한 피안의 아내를 차안으로 귀속시킨다. 김춘수는 시집의 후기에서 "이 시집에 실린 여든아홉 편의 시들 모두에 아내의 입김이 스며 있다. 나는 그것을 여실히 느낀다. 느낌은 진실이다."라고 말한다. 이 시집에서는 팔십 세 노시인이 인디언의 주술사가 된 듯하다. 시인이 죽음을 만나 울림의 흔적을 시로 표출하고 있다. 둥둥 울리는 북소리의 울림과 울림, 그 사이를 감도는 정적, 그 속에서 시혼은 춤사위를 펼치는 듯하다. 리듬이 되는 기호는 '거울', '쉼표', '천사'이다.

시집 『거울 속의 천사』에서 거울은 예술7)의 공간이다. 거울은 '빛의 아

---

3) 오세영, 「김춘수의 무의미시」, 『한국현대문학연구』 제15집, 한국현대문학회, 2004: 최라영, 「김춘수의 무의미시 연구」, 서울대 박사논문, 2004.

4) 김춘수, 『김춘수 시전집』, 현대문학사, 2008. 본고에서 인용한 모든 시 작품의 표기는 이 책을 따른다.

5) 텍스트는 각각이 일종의 시각적 불확실성의 시초이고, 선에서 깨달음이라 일컫는 의미의 상실과도 비슷하다. 텍스트와 이미지는 서로 엇갈리게 하면서 몸, 얼굴, 글쓰기라는 기표를 확실하게 순환시키고 교환하며 그 안에서 기호의 퇴각을 드러낸다. 상징체계의 개념을 즐기게 해줄 따름이다. 롤랑 바르트, 『기호의 제국』, 김주환·한은경 옮김, 산책자, 2008, 9~11쪽 참고.

6) 김수영은 "모든 시의 미학은 무의미의—크나큰 침묵의—미학으로 통하는 것이다."라고 말한다. 김수영, 『金洙暎 全集 2 散文』, 民音社, 1992, 245쪽 참고.

7) 본 논문에서 예술의 개념은 유희하는 인간을 근간으로 한다. 요한 호이징하, 『호모 루덴스』, 김윤수 옮김, 까치, 2008.

날로지' 가 기호의 이미지를 교환하는 곳이다. 거울 속 천사의 이미지가 천사와 인간의 사이를 오갈 뿐, 실체의 의미를 획득하지 못한다. 거울의 응시는 의미 전복을 꾀하는 웃음을 실현한다. 쉼표는 기존 의미와 새로운 의미의 중간을 표현하는 기호이다. 시적 화자가 아내와 사별하기 이전의 쉼표가 '차연'8) 같은 역할을 하였다면, 사별 이후에는 언어철학9)을 실천한다. 사별 이전의 쉼표가 의미를 유보하는 데 활용되었다면, 사별 이후의 쉼표는 웃음을 통하여 기호의 근원적 한계를 꼬집는다. 시적 화자가 아내와 사별하기 이전의 시에 표현된 '천사'는 시적 화자의 어린 시절 유치원 벽에서 보았던 날개 달린 아기천사이고, 라스콜니코프를 구원하는 소녀이고, 릴케 시의 천사이다. 그러나 시적 화자의 부인 사별 이후의 천사는 죽은 아내이면서 동시에 시적 화자가 된다. 천사는 거울 속에서 시적 화자를 보고 있으며, 지상의 명일동에서 시를 쓰는 시인이 된다.

김춘수 시인이 아내와의 사별 이후에 발표한 두 번째 시집 『쉰한 편의 비가』10)는 기호학을 중심으로 그 기호작용의 지향의식11)과 의미 전복의 미학12)으로 논하고 있으나, '무의미시'의 새로운 기점을 마련한 사별 이후의 첫 번째 시집 『거울 속의 천사』13)에 대한 연구는 전무하다.

---

8) 데리다가 말하는 흔적은 양자 택일의 논리를 넘어서 있다. 흔적은 차이를 생산하는 순수운동이다. 순수한 흔적이 차연이다. 차연은 능동태도 수동태도 아니고 하나의 '중간태'이다. 김영효, 『데리다의 해체철학』, 민음사, 1993, 212~214쪽 참고.

9) "언어(사유)는 비길 데 없이 독특한 어떤 것이다." — 이는 문법적 착각들에 의해서 초래된 하나의 미신이다. 비트겐슈타인, 『철학적 탐구』, 이영철 옮김, 책세상, 2006, 96~97쪽 참고.

10) 김춘수, 『쉰한 편의 悲歌』, 현대문학사, 2002.

11) 김석환, 「김춘수 시집 『쉰한 편의 悲歌』의 기호학적 연구」, 『한국문예비평연구』 제23집, 한국문예비평학회, 2007.

12) 졸고, 「의미 전복의 미학, 언어유희 — 김춘수 시에 나타난 웃음을 중심으로」, 『한국문예비평연구』 제28집, 한국문예비평학회, 2009.

13) 김춘수, 『거울 속의 천사』, 민음사, 2001.

따라서 본고는 시집 『거울 속의 천사』를 중심으로 미하일 바흐친과 줄리아 크레스테바의 웃음론[14)]을 원용하여 예술창조의 기폭제가 되는 웃음의 미학적 효과를 기호놀이로 고찰하고자 한다.

2. 거울공간의 변용

김춘수의 시에서 '거울'은 김춘수 시인이 아내와 사별한 이후에 등장하는 공간이다. '거울 속'은 시적 화자를 응시하는 천사의 눈이 있고, 삶과 죽음의 경계가 없는 세계이다. 이 장에서는 거울 밖의 세계가 거울 속으로 이동하는 거울공간의 변용을 추적한다. 거울 속은 자연의 순리가 역행되거나, 시간의 순리가 혼돈될 수 있는 환상의 공간이다. 거울 속의 '나'는 어둠이 되어 어둠 속 햇볕의 모란꽃을 만난다. 시적 화자는 거울이 거울 밖을 그대로 비추는 곳인데, 거울 속에서는 강풍이 불어도 거울이 뿌리가 뽑히지 않으므로 이상하다고 말한다. 시적 화자가 거울을 보던 시선에서 거울이 시적 화자를 보는 시선으로 바뀐다. 시적 화자는 '그것이 천사의 눈일까,' 누군가에게 물음을 던진다. '쉼표'는 기호

---

14) 라블레의 웃음은 부정하면서 동시에 긍정하는 웃음이다. (중략) 지식에 대한 끝모르는 열광과 조심스러운 아이러니는 여기에서 서로서로 자리를 바꾼다. 이러한 웃음의 격조 자체는 이 두 가지의 모순되는 원리가 형식상으로도 동시에 공존할 수 있다는 것을 보여주고 있다. (중략) 웃음의 기본적인 원천은 〈삶 그 자체의 움직임〉, 즉 생성, 교체, 존재의 유쾌한 상대성이다. 미하일 바흐찐, 『프랑수아 라블레의 작품과 중세 및 르네상스의 민중문화』, 이덕형·최건영 옮김, 아카넷, 2004, 223쪽 참고; 웃음은 의미의 틀을 전복하는 다중적이고 모순적인 상황을 표현한다. 또 웃음은 의미의 단정을 유보하기 위해 반합리적인 불확정성을 끊임없이 생성시키기 위해서 구축된다. 웃음은 의미의 경계를 철폐하며 모호한 무엇을 형성하는 동시에 무너뜨리는 반복을 끊임없이 실현한다. 웃음은 기존 의미와 새로운 의미의 중간지점에서 유출되기 때문에 예술 창조의 기폭제가 된다. 줄리아 크리스테바, 『시적 언어의 혁명』, 김인환 옮김, 동문선, 2000, 256~260쪽 참고.

가 의미로 향하던 추동력을 차단시키며 불확정성[15])을 도출시키는 웃음
을 생성한다. 다음의 시에서 거울공간의 변이를 보기로 한다.

거울 속에도 바람이 분다.
강풍이다.
나무가 뽑히고 지붕이 날아가고
방축이 무너진다.
거울 속 깊이
바람은 드세게 몰아붙인다.
거울은 왜 뿌리가 뽑히지 않는가,
거울은 왜 말짱한가,
거울은 모든 것을 그대로 다 비춘다 하면서도
거울은 이쪽을 빤히 보고 있다.
셰스토프가 말한[16])
그것이 천사의 눈일까,

— 「거울」 전문

1

새벽 다섯 시에 잠을 깬다.
거울 속에 내가 있다.
거울이 나를 보게 한다.
거울 속의 나도 새벽 다섯 시다.
희부옇다.
희부연 나를 보니 생각난다. 언젠가
한밤에 잠 깼을 때

---

15) 지각은 이원론적인 사고를 억누르는 것인데 논리로부터 벗어날 경우에만 깨우침으
로 도약할 수 있다. 더글러스 호프스태터, 『괴델, 에셔, 바흐』상, 박여성 옮김, 까
치, 2000, 325~329쪽 참고.
16) 셰스토프가 천사는 온몸이 눈으로 돼 있다고 했다.

웃음의 시학 · 엄경희

나는 없고
거울 속엔 어둠만 있었다.
기억하라,
나는 그때 어둠이었다.
어둠 속은 햇볕이 쨍쨍
만타(萬朶)의 모란꽃이다.

2

너무 일찍 잠 깨지 말아야지,
너무 늦게도 깨지 말아야지,
가끔 나는 거울 보고 묻는다.
몇 시쯤이 좋을까,
자네 사정이 어떤가,

　　　　　　　　　　　　　　　　　　　　　　　—「또 거울」 전문

　「거울」에서 시의 공간이 거울 속이 아니고 거울 밖이면 지극히 평범한 글이 된다. 시의 공간을 거울 속으로 상정하자 새로운 세계가 열리고, 시선의 이동이 이를 뒷받침한다. 거울공간과 시선 이동이 시적 장치이다. 시적 화자는 거울 속에서 바람이 불고 방축이 무너지는데 거울의 뿌리가 뽑히지 않는 이유를 누군가에게 묻는다. 시적 화자가 거울을 보던 데카르트식 시선에서 거울이 '이쪽을 빤히 보고' 있으므로 라캉[17]식

17) "나는 생각한다. 고로 존재한다."의 데카르트식 통합 주체를 "나는 내가 생각하지 않는 곳에 존재한다."고 라캉이 바꾼다. 문화사는 전복의 힘 없이는 이어질 수 없다. 주체는 대상에 대한 집착에서 벗어나게 되고, 어쩔 수 없이 주체 스스로 오인의 구조를 지니고 있음을 깨닫게 하는 '타자의식'을 갖는다. 자크 라캉, 『욕망 이론』, 권택영 · 민승기 외, 문예출판사, 1999, 19~21쪽 참고: 나 자신의 삶은 시간적으로 타자들의 존재를 포함하는 것이다. 인간의 존재 가치는 타자에게만 고유한 것이다. 미하일 바흐친, 『말의 미학』, 김희숙 · 박종소 옮김, 길, 2006, 153~154쪽 참고.

의 시선으로 바뀐 것이다. 라캉의 '타자의식'은 내가 바라보고 있는 대
상의 허구를 깨닫고, 전복의 문화사를 창조하는 주체의 깨달음을 촉구
한다. 시적 화자를 응시하는 거울은 셰스토프가 말한 온몸이 눈이라는
천사의 눈인지 아니면 거울인지 알 수 없게 혼돈으로 나아간다. 분명하
게 알 수 없는 것을 전제한 질문이 쉼표와 결합되면서 웃음이 된다.

「또 거울」의 시 1에서 시적 화자는 새벽에 잠을 깬 거울을 보고 있다.
내가 거울을 보다가 '거울이 나를 보게 한다.' 거울 속에 시적 화자는
없고 어둠만 있다. 시적 화자가 어둠이 되어 어둠 속으로 들어가 어둠
속에서 햇볕이 쨍쨍한 곳의 수많은 모란꽃을 만난다. 시적 화자의 변화
과정을 순서로 표시하면 나→거울 속 나→어둠→어둠 속 햇볕→모란꽃
들이다. 어둠 속에는 또 한 겹의 세계가 있다. 시적 화자가 어둠으로 변
하여만 볼 수 있는 어둠 속의 햇볕이다. 시적 화자가 어둠으로 변할 수
있는 고통의 시간을 견디어야 어둠 속 햇볕의 꽃을 만난다. 어둠을 견디
며 어둠이 되어 어둠 속의 꽃을 만나는 기나긴 여정은 고통을 수반한다.

시 2에서 시적 화자는 어둠의 시간을 만나지 않기로 다짐한다. 왜냐하
면 어둠의 통로를 지나는 시간을 피하기 위해서이다. 시적 화자는 어둠
이 없는 거울의 시간이 언제냐고 거울에게 물어보며 장난을 한다. 거울
밖의 시간은 사람 마음대로 할 수 없지만 거울 속 시간은 거울 마음대로
시간을 정하라는 것이다. 시적 화자가 거울 속 어둠이 되어 어둠 속 햇
볕을 만나는 변화로 말미암아 꽃을 보다가, 갑자기 생경하게 거울에게
시간을 묻는 물음으로 반전의 유희[18]를 한다. 시적 화자의 장난으로 거

---

18) 내가 보는 거울과 시선이 뒤바뀌어 거울이 '나'를 본다. 또, 거울에게 '자네' 시간
은 어떠냐고 말을 거는 거울 속의 '나'가 있다. 전자는 응시의 문제를 다루지만, 후
자의 변형된 거울은 시적 화자의 장난에 의해서 신이 주관하는 시간까지 마음대로
할 수 있다. 거울이라는 발음은 같지만 전자와 후자는 전혀 다른 의미가 된다.
롤랑 바르트, 『텍스트의 즐거움』, 김희영 옮김, 동문선, 2002, 130~131쪽 참고.

웃음의 시학 • 임정희

울은 시간을 조정하는 신이 된다. 이와 같이 신이 된 거울은 거울의 이미지를 폭파하며, 거울·어둠·햇볕·꽃·시간의 틀 속에 있던 무엇을 차례대로 전복하며 웃음이 된다.

> 누가 말했듯이
> 뭐라 해도 거울은 거울이다.
> 거울 속에서도
> 배암은 발이 없다.
> 후비고 또 후벼봐도
> 갈수록 거울 속은 훤하기만 하다.
> 아무 데도 숨을 곳이 없다.
> 해가 지고 거울에도 밤이 온다.
> 어둠이 밤새
> 언뜻 보여줄는지도 모른다.
> 우리에게는 기다림이 있으니까
> 거울이여,
>
> ──「사족(蛇足)」 전문

1

> 3할은 알아듣게
> 아니 7할은 알아듣게 그렇게
> 말을 해가다가 어딘가
> 얼른 눈치 채지 못하게
> 살짝 묶어두게
> 살짝이란 말 알지
> 펠레가 하는 몸짓 있잖아
> 뒤꼭지에도 눈이 있는 듯
> 귀뚜라미 수염 같은
> 그리고
> 절대로 잊지 말 것

넌 지금 거울 앞에 있다는
인식
거울이 널 보고 있다는 그
인식

2

비둘기는
머리에서 꼬리까지 비둘기빛
비둘기빛은
산모롱이 산그늘
호텔 베란다에서 바라보는
아날로지
프랑스어 아날로지의 도톰한
너는 그 입술

—「시인」 전문

　「사족(蛇足)」의 시에서는 기호의 의미를 기다리던 시적 화자가 '거울'
을 거울로 명명하는 힘찬 어조에 안심한다. 시적 화자는 거울 속의 뱀을
관찰하며 뱀에 발이 없음을 확인한다. 거울 속이 훤하게 뱀이 발이 없음
을 밝히고 있다. 거울이라는 이름과 거울 속이 사실을 드러내는 역할을
통하여 시적 화자는 견고하게 다져진 의미의 버팀목을 마련한다. 그런
데 해가 지고 '거울에도' 밤이 오면, 거울이 훤하게 사실을 밝히는 역할
에서 '어둠이' '언뜻' 무언가를 보여줄지도 모르는 세계로 변한다. 훤하
게 사실을 드러내었던 거울이 어둠이 보여주는 어떤 세계를 간직한 거
울로 바뀌면서, 시적 화자는 기다릴 수 있는 기다림이 있다는 것에 안심
하고 있다.
　그러나 마지막 행 '거울이여,'의 쉼표가 거울에 대한 시적 화자의 탄
식을 담고 있다. 시적 화자의 기다림 속에는 기다림의 대상이 실현될 수

있는 가능성과 동시에 구현될 수 없음이 충돌하고 있다. 쉼표는 세계의 도식이 되는 비밀을 드러내며, 사람들은 '기다림' 때문에 살아가지만 고도는 끝내 오지 않았으므로 '기다림'은 사족과 같다고 말하는 듯하다. 그럼에도 불구하고 그렇게 단정하며 단순하게 끝낼 수 있는 기다림은 없다. 왜냐하면 우리는 삶이 유지되는 동안 누구나 기다림의 문을 열고 있으며, 그 기다림 때문에 '언뜻' 스치는 순간이 영원을 만드는 시간을 만나기 때문이다. 기다림이 없다면 사람들은 살아갈 이유를 찾지 못할 수도 있다. 기다림의 대상이 적확하지 않은 무엇이라는 것을 알면서도 기다리는 기다림의 모호성이 웃음이 된다.

「시인」의 1에서 시적 화자는 의미의 틀을 기대하는 독자의 기다림을 부추기는 기호놀이의 원칙은 전부를 밝히면 안 된다고 말한다. 독자가 기다리는 대상을 '얼른 눈치 채지 못하게' '살짝' '귀뚜라미 수염'처럼 보일 듯이 보이지 않게 해야 한다. 기호놀이는 기표의 효과만 부풀리는 웃음으로 기호의 의미되기를 차단하는 것이다. 이러한 기법을 고수하기 위해 시적 화자는 '거울 앞에' 있음과 '거울이' 시적 화자를 '보고 있다'는 인식을 잊어서는 안 된다. '거울'은 의미되기를 실행하려는 시적 화자를 방해하며 의미 지연을 요구하는 곳이다.

이어서 2에서는 '비둘기'는 '비둘기빛'이어야 되고, '비둘기빛'은 '산모롱이 산그늘' '호텔 베란다'에서 보는 '아날로지'이다. '산그늘'과 '호텔'은 산그늘의 자연성과 호텔의 인공성이 상충하는 동시에 상보하면서 애매성을 확장한다. 비둘기빛의 빛의 세계는 "시뮬라크르(simulacres), 곧 허상(虛像)의 세계이다.[19]" '광학의 효과'는 차이와 반복의 유희를 통해

---

19) 주체의 동일성은 실체의 동일성보다 오래 존속하지 않는다. 모든 동일성은 흉내낸 것에 불과하다. 그것은 차이와 반복이라는 보다 심층적인 유희에 의한 광학적 효과에 지나지 않는다. 질 들뢰즈, 『차이와 반복』, 김상환 옮김, 민음사, 2004, 18쪽 참고.

끊임없이 허상들의 자리바꿈을 지속시키므로 실체는 아무도 모른다. 그래서 비둘기빛은 아날로지의 도톰한 너의 입술로 자리를 바꾸지만, 유추된 입술이므로 실체는 아니다. 입술이라는 뚜렷한 현상이 빛의 아날로지이므로 빛과 입술 사이를 오가던 의미 작용이 웃음을 만든다. 이어서 삶과 죽음의 시간을 뒤섞는 쉼표에 대하여 다음의 장에서 보도록 한다.

3. 쉼표, 카니발적 시간

김춘수 시에서 쉼표는 의미가 되려는 힘을 억제하여 의미의 애매성을 확산하고 있으며, 기호의 이분법적 한계를 웃음의 역동성으로 뛰어넘는다. 또, 쉼표는 이승과 저승의 세계를 그대로 유지하면서도 서로 하나가 되는 카니발적 시간을 만든다. 의미되기를 흩트리던 쉼표가 웃음을 통하여 죽음을 삶으로 복원시킨다.

시적 화자는 아내가 입원한 병원 가까이 '이사' 하지만, 아내와 5일 후 사별한다. 봄이어야 하는데 여름이 왔기 때문이다. 시적 화자는 계절을 관장하는 신의 실수로 아내가 떠나게 되었다고 담담하게 진술한다. 이 장에서는 삶과 죽음을 공존시키는 바흐친의 카니발[20]적 시간을 탐구하기로 한다.

> 어제는 슬픔이 하나
> 한려수도 저 멀리 물살을 따라

---

20) 카니발은 창조적 파괴 정신에 생명력을 소생시키는 힘이다. 항상 최종적인 것이 아니라 생성 과정에 있는 것이며, 마치 신체가 요람과 무덤의 문지방에 서는 것과 같다. 카니발은 양가적 구조를 형성한다. 재현적인 동시에 반재현적인 카니발 구조는 반기독교적이고 반합리적이다. 김욱동, 『바흐친과 대화주의』, 나남, 1990, 257~267쪽 참고.

남태평양 쪽으로 가버렸다.
오늘은 또 슬픔이 하나
내 살 속을 파고든다.
내 살 속은 너무 어두워
내 눈은 슬픔을 보지 못한다.
내일은 부용꽃 피는
우리 어느 둑길에서 만나리
슬픔이여,

　　　　　　　　　　　—「슬픔이 하나」 전문

　위의 시에서 시적 화자는 내일 부용꽃 피는 '어느' 둑길에서 슬픔을
만날 것이라 믿는다. 시적 화자는 살 속으로 파고드는 슬픔이 어두워서
보지 못하지만 아내를 '슬픔'이라 명명한다. 시적 화자는 '한려수도'에
서 '남태평양'으로 '물살에 따라' 가는 슬픔을 유유하게 관조한다. 어제
는 슬픔이 하나 가고, 오늘은 또 다른 슬픔이 시적 화자의 살속으로 들어
오고, 내일은 부용꽃 피는 '어느 둑길'에서 시적 화자가 슬픔과 조우하
기를 기대한다. 시적 화자는 어제와 오늘과 내일을 분리하면서도 어제와
오늘과 내일을 '슬픔' 하나로 묶는 시간[21]에 있다. '만나리/ 슬픔이여,'
의 쉼표는 어제·오늘·내일의 시간적 존재인 시적 화자가 아내와의 만
남을 기다리지만, 만날 수 없음을 알면서도 소망하는 자신을 만나기 때
문에 슬픔이 되고 마는 슬픔의 연속성을 이어간다. 쉼표는 이승과 저승

---

21) 우리의 기억이 이전의 위치라 부르는 것 사이에서 우리 의식이 행하는 종합은 그 상
　들(images)이 서로서로에 스며들고 보충하며, 연속되게 한다. 지속이 동질적 장소의
　형태를 띠고 시간이 공간에 투사되는 것은 특히 운동을 매개로 해서이다. 시간은 과
　거와 현재와 미래의 구분을 할 수 없고, 지금 속에 현재와 과거와 미래가 함께 움직
　이는 것이다. 지속의 시간은 양으로부터 질의 상태로 되돌아온다. 흘러간 시간의 산
　술적 평가가 이루어지지 않는다. 앙리 베르크손, 『의식에 직접 주어진 것들에 관한
　시론』, 최화 옮김, 아카넷, 2002, 160~163쪽 참고.

의 틈을 극대화시키며 '슬픔'이 된 아내의 이름을 웃음으로 확대한다.

> 3월 31일[22])에 이사를 했다.
> 이상하다.
> 봄이 저만치 가고 있다.
> 멀리서 온 듯 가쁜 숨을 내쉬며
> 4월 5일[23])에는 여름이 왔다.
> 꼬리를 감추고
> (아무도 보지 못하게)
> 운남성 오지로 간다는 비오리,
> 운남성 오지에는
> 장준하의 발자국이 있다고
> 장준하의 발자국이 여럿
> 날 보고 있다고
> 그렇게
> 모래는 무너지면서 강을 우빈다고,
>
> ──「3월 31일에」 전문

> 마주 보고 앉으면
> 왠지 흐뭇하고 왠지 넉넉해지는
> 그런 식탁이다. 그
> 앞자리가 비고
> 나는 이제 멍하니 혼자 앉아 있다.
> 어느새 햇살이 아쉬운 계절이 되었다.
> 둑길을 가다가
> 가지빛으로 말라가는
> 키 큰 갈대를 저만치 바라본다.
> 그 언저리 햇살이 저 혼자

---

22) 아내가 입원한 병원 가까이 이사한 날.
23) 아내가 이승을 뜬 날.

햇살의 웅덩이를 만들고 있다.
귀가길은 언제나 별이 아스름했다.
집을 바로 거기 두고
그때 우리는 어딘가 먼 데로 하염없이
눈을 주고 있었다.
왜 그랬을까,

―「귀가길」 전문

「3월 31일에」는 메마르게 지나가는 시간의 흐름으로 아내의 죽음을 서술하고 있다. 시적 화자는 3월 31일에 이사한 사건과 4월 5일에 아내와 사별한 사건을 병렬식으로 연결한다. 시적 화자가 날짜의 간극을 통해 생이 갖는 시간의 유한성을 관조하고 있을 뿐이다. 아내가 입원한 병원 가까이에 이사를 하면서까지 시적 화자는 아내의 생을 이어보려고 애썼다. '3월 31일에' 봄이 중반에 있어야 할 시기인데 봄이 가고 있다. 좀 더 이곳에 있어야 했던 봄과 같이 아내는 이승에 있어야 했는데 이상하게 저승으로 떠났다. 4월 5일인데 오지 않아야 할 '여름'이 와 아내가 소멸한 것이다. 4월 5일, 봄으로 상징되는 아내가 한참 꽃을 피우며 살아갈 시간인데, 꽃 떨어진 여름이 와 버린 것이다. 계절의 변화는 인간의 소관이 아니다. 계절을 움직이는 신의 잘못으로 봄이어야 하는데 여름이 온 것이다. 때문에 5일 후에 일어날 죽음을 예상 못한 시적 화자의 예지 능력은 신의 잘못으로 뒤바뀐다. 시적 화자는 자신의 한계를 신의 실수로 전도시키며 신의 절대성을 희화화한다.

'아무도 보지 못하게' '비오리'가 된 아내가 '운남성 오지'로 떠난다. '아무도 보지 못하게'와 '운남성'이 충돌한다. 왜냐하면 '보지 못하'는 죽음이 천상의 어디로 떠나는 것이 아니라, 중국 국경의 경계선 '운남성 오지'로 떠나기 때문이다. 계절을 잘못 운영한 신의 실수로 죽은 아내가 중국 국경의 경계선에 위치하는 '운남성'으로 가고, '운남성 오지'에

'장준하의 발자국' 24)이 있다. '장준하의 발자국'이 시적 화자를 보고 있다. 시적 화자는 '장준하의 발자국'이 자신을 볼 수 없음에도 불구하고 '보고 있다고' 장난한다. 죽은 자와 산 자의 구분은 '발자국이 본다'는 유희에 의해서 사라진다.

이와 같이 '3월 31일'의 이사와 '4월 5일'에 일어난 죽음의 날짜가 부여하는 실제성이 죽은 아내가 '비오리'로 변하여 '운남성'으로 떠나는 환상과 결합한다. 정확한 날짜를 제시함으로써 비가시성의 죽음을 가시성의 세계로 유도하는 것이다. 아내의 죽음은 변신하여 지상으로 이동하는 유희의 대상이 된다. 죽은 아내가 비오리가 되어 운남성 오지로 가는 모습과 장준하의 발자국이 시적 화자를 보는 것이 '그렇게'에 의해서 하나로 묶인다. 모래들이 강을 우비고 있다. '강을 우빈다고,'의 쉼표는 위버멘쉬의 운명애(運命愛)25)를 나타낸다. 강을 우비는 모래가 죽은 장준하와 죽은 아내의 모습이고 죽어야 할 생명들의 미래이기 때문이다. 이와 같이 쉼표는 과거 · 현재 · 미래를 뒤섞어 이승에서 움직이는 죽음을 보여준다.

「귀가길」의 시적 화자는 식탁에서 아내를 마주 보고 앉으면 넉넉했던

---

24) 장준하는 박정희의 독재정권과 싸우다 의문의 죽음을 당한다. 김춘수의 시에는 독재권력에 맞서는 인물, 아나키스트 베라 피그넬, 사파 띠스따, 체 게바라 등이 나온다. 김춘수 시인은 스물두 살 일본유학 시절, 조선인 고학생의 고발로 감옥에 수감된다. 그는 감옥에서 육체의 고통이 정신력을 압도하는 육체적 우위성을 자명하게 경험한다. 이로 말미암아 김춘수는 금강산에서 요양을 한다. 불온자 낙인은 이후의 생활에 영향을 미친다.

25) 영원회귀는 알파에서 오메가로 이어지는 목적론적 세계관 속에 안주해온 인간을 허무주의로 내몬다. 최종 목적이 없는 영원한 순환이 끝내 인간에게 권태를 가져오기 때문이다. 그러나 이것이 세계의 진상이라면 인간은 이런 세계 속에서의 자신의 운명을 사랑해야 한다. 영원회귀가 야기하는 허무주의를 극복한 인간의 이름이 위버멘쉬이다. 니체, 『차라투스트라는 이렇게 말했다』, 정동호 옮김, 책세상, 2003, 550~551쪽 참고.

시간이 계속 이어질 줄 알았다. 하지만, 식탁의 앞자리가 비고 시적 화자는 '이제 멍하니 혼자 앉아 있다.'고 고백한다. 아내와 함께 했던 그 시절에 시적 화자와 아내는 집 아닌 먼 데를 응시했다. '우리'는 '집을 거기 두고' 다른 먼 곳을 하염없이 찾았다. 시적 화자는 아내의 빈자리를 응시하는 자신의 시선과 만나고, 이어서 자신을 반추하는 시선에 의해서 먼 곳을 향했던 과거 '우리'의 시선과 조우하고 있다.

바로 '거기'가 집인데 '어딘가 먼 데로 하염없이' 집을 찾아 떠나는 것이 인생인지도 모른다. '거기'가 집이라는 것을 깨닫기 위해서는 먼 곳을 돌아서 거기로 돌아가는 것이다. 시적 화자는 아내가 죽은 봄 이후의 여름을 견디고 가을 무렵에 이르러 집이 거기에 있음을 알게 된다. 집이 여기에 있지 않고 거기에 있기에 집은 쉽게 볼 수 없었다. 여기에 있는 집은 쉽게 볼 수 있지만 거기에 있는 집은 쉽게 보이지 않기 때문이다.

'왜 그랬을까,'의 쉼표는 시적 화자와 아내가 '바로 거기'를 모르고 '먼 데'를 응시했던, 그 시선의 이유를 찾지 못하는 질문으로 웃음을 만든다. '우리'가 잘 모르고 지냈던 과거 시간에 대한 시적 화자의 반추는 아내의 부재를 통해 아내와 마주보는 시선을 놓쳐버린 아쉬움을 드러낸다. 시적 화자가 가을 무렵 식탁에서 봄에 지상을 떠난 아내의 빈자리를 응시하며 아내를 회상하는 담담함이 처연하다. 그 처연함이 보편적인 인생의 도정이므로 모호하게 웃음이 된다. 다음 장에서 죽은 아내가 천사의 다양한 미학적 변신으로 가시화되는 것을 보도록 한다.

4. 천사의 미학적 변신

시집의 제목 '거울 속의 천사'에서 '천사'는 죽은 아내이면서 동시에 시인이다. 거울 속의 천사는 군불 속에서도 타지 않고, 명일동의 천사는 날개도 없다. 아내는 죽어서 천사가 되었고 시적 화자도 아내를 만나는

순간에 천사가 된다. 인간과 천사가 기호유희에 의해서 접촉한다. 인간이면서 동시에 천사가 될 수 있는 모순을 웃음으로 공존시킨다. 죽음을 교두보로 하는 기호놀이는 지상과 천상의 경계를 모호하게 만든다. 다음의 시는 시와 시의 제목을 유심히 보아야 한다.

1

고양이가 햇살을 깔고 눕듯이
취설(吹雪)이 지나가야
인동잎이 인동잎이 되듯이
천사란 말 대신 나에게는
여보란 말이 있었구나,
여보, 오늘부터
귀는 얼마나 홈이 파일까.

2

나는 언제 익사했나,
바다 한쪽이 가끔 사금파리처럼
뻔쩍한다.

—「두 개의 정물(靜物)」 전문

위의 시 1에서는 시적 화자가 '천사'라는 말 대신 '여보'가 있었다는 것을 깨닫고 있다. 시적 화자는 아내가 이승을 떠나자 비로소 천사가 '여보'였다는 것을 알게 된다. 무수히 불렀고 들었던 아내의 '여보' 음성은 시적 화자의 '귀'를 파고 있다. 아내는 형상이 없으므로 형태를 기준으로 한다면 아내는 무(無)이다. 무(無) 속에서 들리는 말은 본질을 복원하는 울림이 된다. 울림은 언어로 표현할 수 없는 마법사의 주문 같은 소리이다. 그 소리가 정물이므로 모순에 빠진다. 정물이 말하지 못하는

데 정물이 시적 화자에게 '여보'라고 말하기 때문이다.

2에서 '나는'이라는 주체가 나에게 스스로 묻는 방식으로 시의 서사성을 발생시킨다. '나는 언제 익사했나,'의 애매한 질문이 답을 요구하는 놀이로 바뀐다. 주체의 죽음의 유무를 묻는 물음은 '했나,'의 쉼표를 통해 더욱 더 모호해지다가, 죽음의 모호성이 바다가 사금파리처럼 번쩍하는 순간에 가시화된다. 잠시 번쩍하다 사라지는 순간적 주체는 생명의 가면을 쓰고 있는 죽음이다. '익사했나,'의 물음을 던지는 주체는 정물이다. '나는'과 정물이 상충한다. 정물의 '나는' 말을 할 수 없는 주체이다. 그는 정물이기 때문이다. 그런데 그 주체가 질문을 하고 있으니 아이러니 상황에 빠지며 웃음이 된다.

> 거울 속에 그가 있다.
> 빤히 나를 본다.
> 때로 그는 군불 아궁이에
> 발을 담근다. 발은 데지 않고
> 발이 군불처럼 피어난다.
> 오동통한 장단지,
> 날개를 접고 풀밭에 눕는다.
> 나는 떼놓고
> 지구와 함께 물도래와 함께
> 그는 곧 잠이 든다.
> 나는 아직 한 번도
> 그의 꿈을 엿보지 못하고
> 나는 아직 한 번도
> 누구라고 그를 불러보지 못했다.
>
> ─「천사」 전문

> 앵초꽃 핀 봄날 아침 홀연
> 어디론가 가버렸다.

비쭈기나무가 그늘을 치는

돌벤치 위

그가 놓고 간 두 쪽의 희디흰 날개를 본다.

가고 나서

더욱 가까이 다가온다.

길을 가면 저만치

그의 발자국 소리 들리고

들리고

날개도 없이 얼굴 지운, ㅓ1054

　　　　　　　　　　　　　—「명일동 천사의 시」 전문

　「천사」의 시 마지막 행 'ㅓ1054' 는 마력과 반향[26]을 일으킨다. "어 천
오십사"라고 해야 할까? 아니면 "어 천ー사", "어 천~오~사!" 라고 해
야 할까? 시를 읽는 독자는 ㅓ와 1054로 놀이를 하다가 보들레르의 웃
음[27]을 만난다. 천사의 개념을 흩트리는 웃음이 낯설음과 신비감에 싸
인 천사를 공격한다. 천사의 또 다른 변신을 방해하는 웃음이 천사의 천
상 세계를 무너트린다. 글자와 결합한 'ㅓ1054' 의 기표는 추측을 허용
하는 다소 모호한 어떤 것[28]으로의 이동을 재촉한다.

---

26) 김현은 김춘수를 언어파 시인으로 분류한다. 서정풍의 시인들은 "시는 항상 묘사해
　　야 한다"라는 리바뉼의 시학에 입각해서 언어를 다루고 있다면 언어파 시인들은
　　'마력과 반향' 에 역점을 두고, "시는 절대 묘사해서는 안 되고, 항상 곁에서 그리고
　　멀리서 대상에 교감하는 감정을 야기시킬 것을 암시해야 한다"라는 말라르메의 시
　　학에 입각해서 시를 쓰는 것이다. 언어파 시인이 노리는 것은 효과와 암시에 의한
　　작시이다. 이러한 점에서 김춘수의 시는 언어파적 발상의 모범을 보인다. 김현, 『상
　　상력과 인간/시인을 찾아서』, 문학과지성사, 2006, 55쪽 참고.
27) 이중적 아이러니를 담는 언어를 빈정거리면서 한 번도 웃지 않았지만, 웃음을 창조
　　했던 보들레르의 웃음은 모순을 드러내는 웃음이다. 줄리아 크레스테바, 앞의 책,
　　256~260쪽 참고.
28) 보들레르가 말하는 미에 대한 정의, 미는 격렬하고 슬픈 어떤 것. 마테이 칼리니스쿠,
　　『모더니티의 다섯 얼굴』, 이영옥 · 백한울 외 옮김, 시각과언어, 1998, 65~66쪽 참고.

천사는 거울 밖에 있지 않고, 거울 속에 있다. 그래서 시적 화자가 천사를 만질 수 없다. 거울 속의 천사가 시적 화자를 보고 있다. 천사는 장딴지가 오동통한 인간의 모습을 하고 있다. 천사는 날개를 접고 풀밭에 눕고, '나'를 멀리 놓고 '지구와 함께 물도래와 함께' 잠이 든다. 하지만, '나는' 그의 꿈을 엿보지 못하고 '나는' 그를 누구라고 부르지도 못한다. '꿈'을 보지 못하고 오로지 그의 모양만을 응시하는 '나는' 결국 한 번도 천사에게 깊이 침잠해서 들어갈 수 없다.

천사는 천사이면서 천사가 아니고, 부분적으로 인간의 형상은 하고 있지만 인간도 아니다. 천사는 천사와 인간의 사이를 오가며 천사의 이미지를 모호하게 부풀리는 이름이다. 기호놀이는 이분법적 의미 당착을 부추기는 방법으로 의미 상실을 추구하듯이, 천사의 이미지는 천사와 인간, 그 사이를 돌출시키는 웃음이 된다. 그러므로 이러한 천사는 시의 또 다른 이름이라 볼 수 있다. 또, 천사가 시적 화자를 빤히 보는 것을 인식하는 시적 화자는 이전의 의미 전복을 구축하기 위해서 기표의 자리를 뒤바꾸며 웃음을 창조한다.

「명일동 천사의 시」에서 시적 화자의 아내는 연보라색 앵초꽃과 비쭈기나무가 그늘을 치는 돌벤치 위에 하얀 날개를 두고 떠났다. 아내의 몸이 가고 대신 날개로 남았다. 이승의 아내가 '가고 나서 더욱 가까이' '발자국 소리'로 시적 화자에게 다가온다. 소리는 시적 화자를 일깨우고 흔들지만 얼굴이 없다. '날개도 없이 얼굴 지운,' 아내는 천사도 아니고 인간도 아니다. 시적 화자도 천사와 인간의 중간지점에 있다. 왜냐하면 이 시는 명일동에 사는 천사가 지은 시이기 때문이다. 명일동 지상의 동네이름과 천사의 부딪침은 지상과 천상을 연결한다. 지상의 동네는 천상의 천사가 사는 곳으로 전이된다. 이제 지상과 천상의 공간은 하나의 교집합이 된다.

'얼굴 지운,'의 쉼표는 천사에 대한 상상을 확대하면서 천사의 이미

지를 얼굴과 교환하는 놀이를 지속한다. 놀이는 세 가지 종류의 전환 장치를 이용한다. 첫째, 실재의 동네 이름 명일동이 천사의 추상성으로 전이된다. 둘째, 명일동과 천사가 부딪치는 동시에 상보하면서 명일동의 실재 지명과 형이상학적인 천사의 이미지를 중첩한다. 셋째, 다시 천사의 상상력을 확대할 뿐 모호하게 변한 천사의 의미는 웃음 속에 침몰한다. 기호로 나타내면, 명일동 실재 공간→천사가 사는 추상 공간→하늘과 지상의 문턱에서 모호하게 뒤엉키는 웃음이 된다.[29] '얼굴 지운,'의 마지막 행이 다시 제목 '명일동 천사의 시'로 순환한다. 지운 얼굴이 모호하다가 확실하게 드러나는 '명일동' 동네 명칭 때문에 천사는 지상의 사람이 된다. 하지만 '시'를 짓는 '천사'이기 때문에 다시 천사의 이미지는 모호하다. 이처럼 천사의 이미지는 기호놀이를 통해 천사도 인간도 되지 못한 혼미한 웃음이 되는 것이다.

5. 결론

김춘수의 시에서 기호의 의미는 무너지기 위해 구축되므로 허무를 내포하고 있었다. 기호놀이는 기표의 효과를 집약시킬 수 있는 웃음을 통해 기호의 의미를 무너뜨렸다. 기호놀이의 웃음은 기호의 이분법적 의미를 뛰어넘어 모순을 표현하는 도구로서 깨달음의 세계를 내포하고 있었다. 라블레의 웃음이 긍정이면서 동시에 부정을 나타내듯이 로고스의 원리를 훌쩍 뛰어넘을 수 있게 하는 사다리가 웃음이었다. 웃음을 관통

---

29) 1. 실제 코드:천사[천상과 지상 사이를 오가는 하늘의 사자]/ 2.용어 체계[명일동의 천사이다.]/ 3. 수사학적 체계:사람과 천사를 오가는 천사의 이미지가 생성하는 웃음:「사물과 단어 사이」의 '공시와 메타언어'에서 제1체계는 대상으로서의 언어, 제2체계는 메타언어이고, 제3체계는 순수 공시이거나 수사학적 체계이다. 롤랑 바르트, 『모드의 체계』, 이화여대 기호학연구소 옮김, 동문선, 1998, 52~64쪽 참고.

하는 것은 허무의 영원한 색채였다. 시집 『거울 속의 천사』에서 기호놀이는 기표의 효과를 극대화하는 기법으로 의미가 되려는 기호의 역동성을 침묵의 울림으로 순환시키고 있었다. 기호놀이에 의해서 생성되는 웃음이 죽음과 삶의 경계를 철폐하며 모호한 의미를 형성하는 동시에 무너트리는 반복을 지속하고 있었다.

『거울 속의 천사』에서 거울은 뱀의 다리 없음을 그대로 시적 화자에게 보여주며 실체를 증명하였다. 시적 화자는 거울의 또 다른 의미를 기대하게 되었다. 하지만, 거울은 '비둘기'는 '비둘기빛'이고, '비둘기빛'은 '아날로지'이고, '아날로지'의 '너는 그 입술'로 교체되는 세계였다. 빛이 만드는 허상들의 자리바꿈과 실체의 간극에서 돌출되는 웃음은 기표를 순환시키고 교환하며 기호의 의미 상실을 실현하고 있었다.

'슬픔이여,'의 쉼표는 '슬픔'이 된 죽은 자의 부재를 관조하는 산 자의 시선을 통해 죽은 자와 산 자를 접속시켰고, '어느 둑길'에서 아내를 만나고 싶은 시적 화자의 소망과 만날 수 없는 현실이 상충하는 동시에 상보하면서 슬픔을 극대화하였다. 시적 화자의 이사와 아내 죽음의 실제 사건을 나열한 후에 등장하는 '비오리,'의 쉼표는 비오리로 변신한 죽은 아내가 운남성으로 떠나는 환상을 실체 같은 이미지로 전화하였고, 장준하의 발자국이 시적 화자를 응시하는 유희도 자연스럽게 하였다. 이와 같이 산 자와 죽은 자가 만날 수 있는 것은 기표효과를 부풀리는 웃음의 추동력 때문에 가능했다. '왜 그랬을까,'의 쉼표는 과거에 대한 후회를 드러내고 있었다. 집을 '바로 거기 두고'의 '거기'는 의미의 다중성과 애매성을 담고 있었다. 집이 거기에 있지만 여기에 있었던 시적 화자와 화자의 아내는 거기를 모를 수밖에 없었다. 거기는 누구나 멀리 돌아와야만 거기에 있는 집을 알게 되는 인생의 마지막 시간을 가시화하는 곳이었다. 시적 화자가 아내와 지냈던 과거를 현재에 돌아보는 시간은 죽음과 삶이 끊임없이 공존하도록 변화시키는 카니발적 시간이었다.

마지막으로 천사의 미학적 변신은 하나님과 인간의 중개 역할을 하는 천사의 움직임과 같은 맥락에 있었다. 천사가 하늘과 지상의 공간을 오가듯 천사는 죽음과 삶을 오가며 죽음과 삶의 경계를 허물고 있었다. 아내의 육체 소멸이 죽음이라면 천사는 아내의 살을 복원시키는 동시에 시적 화자가 되었다. 천사는 산 자와 죽은 자의 문턱을 없애고 있었다. 거울 속 천사의 응시는 인간과 천사, 어느 하나를 선택할 수 없는 천사이미지의 아이러니를 표현하는 것이었다. 천사는 아무도 모르게 의미를 살짝 흩트릴 수 있도록 하는 기호놀이의 대상이었다. 그래서 하늘의 사자 천사가 명일동의 천사로 변하였고, 시를 짓는 천사의 이미지로 전이되었지만, 그 과정을 웃음으로 순환시키고 있을 뿐, 하나의 의미가 되려는 기호의 충동은 차단되고 있었다.

요약하면, 거울은 시의 공간이었고, 거울 속 천사는 시어가 구축하는 동시에 파괴하는 허상들을 통하여 깨우침의 세계를 열었다. 이어서 쉼표는 기호의 본원적인 역동성으로 웃음 창조를 도모하였고, 천사의 변신은 죽음과 삶을 끝없이 교차하며 순환시킬 수 있는 경로를 만들었다.

지금까지 시집 『거울 속의 천사』를 중심으로 기호놀이에 의해서 생성되는 웃음을 거울공간의 변용과 쉼표, 카니발적 시간 및 천사의 미학적 변신으로 살펴보았다. 시학에서 웃음의 미학성에 대하여 조명한 본 논문은 김춘수 시 연구의 새로운 길을 열 것이다.

■ 참고문헌

1. 기본자료

김춘수, 『거울 속의 천사』, 민음사, 2001.
_____, 『쉰한 편의 悲歌』, 현대문학사, 2002.

_____, 『김춘수 시전집』, 현대문학사, 2008.

_____, 『김춘수 시론전집 1』, 현대문학사, 2004.

_____, 『김춘수 시론전집 2』, 현대문학사, 2004.

2. 단행본 및 논문

김 현, 『상상력과 인간/시인을 찾아서』, 문학과지성사, 1991.

김욱동, 『바흐친과 대화주의』, 나남, 1990.

김수영, 『金洙暎 全集 2 散文』, 民音社, 1992.

김석환, 「김춘수 시집 『쉰한 편의 비가(悲歌)』의 기호학적 연구」, 『한국문예비평연구』 제
        23집, 한국현대문예비평학회, 2007.

니체, 『차라투스트라는 이렇게 말했다』, 정동호 옮김, 책세상, 2003.

더글러스 호프스태더, 『괴델, 에셔, 바흐』 상, 박여성 옮김, 까치, 2000.

롤랑 바르트, 『모드의 체계』, 이화여대 기호학연구소 옮김, 동문선, 1998.

_____, 『텍스트의 즐거움』, 김희영 옮김, 동문선, 2002.

_____, 『기호의 제국』, 김주환 · 한은경 옮김, 산책자, 2008.

미하일 바흐찐, 『프랑수아 라블레의 작품과 중세 및 르네상스 민중문화』, 이덕형 · 최건형
        옮김, 아카넷, 2004.

_____, 『말의 미학』, 김희숙 · 박종소 옮김, 길, 2006.

마테이 칼리니스쿠, 『모더니티의 다섯 얼굴』, 이영옥 · 백한울 외 옮김, 시각과언어, 1998.

비트겐슈타인, 『철학적 탐구』, 이영철 옮김, 책세상, 2006.

앙리 베르크손, 『의식에 직접 주어진 것들에 관한 시론』, 최화 옮김, 아카넷, 2002.

요한 호이징하, 『호모 루덴스』, 김윤수 옮김, 까치, 2008.

오세영, 「김춘수의 무의미시」, 『한국현대문학연구』 제15집, 한국현대문학회, 2004.

엄정희, 「의미 전복의 미학, 언어유희－김춘수 시에 나타난 웃음을 중심으로」, 『한국문예
        비평연구』 제28집, 한국현대문예비평학회, 2009.

질 들뢰즈, 『차이와 반복』, 김상환 옮김, 민음사, 2004.

줄리아 크레스테바, 『시적 언어의 혁명』, 김인환 옮김, 동문선, 2000.

자크 라캉, 『욕망 이론』, 권택영 · 민승기 외 옮김, 문예출판사, 1999.

최라영, 「김춘수의 무의미시 연구」, 서울대 박사논문, 2004.

김춘수 자전소설 『꽃과 여우』 연구

손 진 은

1. 서론

이 글은 김춘수 자전소설 『꽃과 여우』에 대한 분석을 통해 김춘수 시의 미적 지향과 형상화 방식을 탐구하기 위해 쓰여졌다. 시인은 이미 「處容」이라는 제목으로 소설을 발표한 바 있다.[1] 이 소설의 내용은 약간의 변용을 거쳐 『꽃과 여우』에 수용된다.[2] 이 소설은 말하자면 장편

---

1) 김춘수, 「처용」, 『현대문학』, 1963.6. 이 소설은 『김춘수 전집 3 수필』(문장사, 1983, 409~431쪽)에도 실려 있다. 양명학에 의하면 김춘수의 소설은 이 외에도 「유다의 유서」(『현대공론』, 1955.2.)가 있다고 하나, 시인은 이 작품에 대해서는 거의 언급하지 않는다. 양명학, 「리듬이 빚어낸 구심적 이미지」, 권기호 외 편, 『김춘수 시 연구』, 문장사, 1989, 516쪽.

2) 김춘수, 『꽃과 여우』, 민음사, 1997, 29~63쪽. 「處容」과 이 소설의 유년 시절 부분은 인물에서 우선 유치원의 원장 선생님이 「處容」에서는 부인으로, 『꽃과 여우』에서는 남편으로 나오고, 침모 할머니 역시 후자에서 삽입된다. 스토리에서는 결정적으로 나를 괴롭힌 '녀석'의 죽음이 전자에는 나오다가 후자에는 나오지 않는다. 전체적으로는 전자가 소설 형식을 많이 띠고 있다면, 후자는 자전적인 요소가 더 강하다. 시인의 성장과정과 삶과 역사, 그리고 문학에 대한 생각이 때로는 순차적으로 때로는

소설로 시도했다가 '약 百枚'로 발표된 작품인 「처용」 이후 약 34년의
시간적인 간격을 두고 그동안 지속되어온 시인의 생각이 더 확대된 시
야와 함께 입체적으로 드러난 소설이라고 볼 수 있다. 아울러 이 소설은
시인이 이전에 발표한 수필과 시 등과 교직되어 짜여진다. 이는 시인이
이 소설의 머리말에서 "이 책은 일종의 자서전이다. 그러면서 일종의 소
설이다. 과거의 시 수필 등의 텍스트를 무수히 연결시키면서 하나의 조
직으로 짜냈다. 어떻게 보면 일종의 수기가 돼 있을지도 모른다."3)라고
밝히고 있는 데서도 드러난다. 장르 혼합, 혹은 착종 현상은 시인이 시
작업에서 기존에 자신이 쓴 여러 편의 시를 일부씩 따와서 한 편의 시로
만드는 일련의 패러디 작업과도 연결이 되는 것으로, 시인은 이를 구조
주의와 신화주의의 입장에서 설명하고 있다. 즉 '역사는 유일회적인 반
면 사람의 운명이란 하나로 패턴화되어 있으며, 상황이나 이미지를 달
리해 그 패턴이 되풀이되는 것'이라는 입장을 피력하고 있다.4) 시인이
과거의 시와 수필 등의 텍스트를 연결시키면서 이 소설을 썼다는 것은,
편편의 시들로 보자면 난해하기로 정평이 나 있는 시의 이해에 도움을
받을 수 있을 뿐 아니라, 또 좀처럼 드러나기 어려운 그의 작시 과정의
틈새를 엿보게 하는 일이 된다. 나아가 그의 시 작업의 전 과정에서 보
자면 시인의 시 세계의 변화과정을 전체적으로 조감할 수 있게 하고, 그
것을 관류하는 시 정신의 실체까지도 드러내 보일 수 있다는 점에서 의
미가 있다.

주제별로 서술되고 있는 것이다. 따라서 이 소설은 장르적인 의미에서보다 시인이
지향하는 정신의 궤적을 살피는 자료로서 활용하는 것이 보다 더 유익할 것으로 판
단된다.
3) 김춘수, 『꽃과 여우』, 민음사, 1997, 14쪽. 이하 이 책의 인용은 쪽수만 표기하기로 한다.
4) 김춘수-홍영철·이은정 대담, 「유년의 바다를 건너 실존의 소용돌이와 역사를 체험
한 '處容'」, 『문학정신』, 1992.3, 39쪽.

실제로 이 소설은 김춘수 시인의 개인사와 함께 사회와 인생에 관한 끈질긴 사유와 그것이 시로 승화되고 변용되는 과정을 아주 섬세하고도 진지하게 다루고 있어 중요한 문학적 자산이 되는 것으로 판단된다.

　따라서 본고에서는 이 소설 읽기를 통하여 김춘수 시의 변화과정을 추체험하고, 이를 통하여 관념의 추구, '무의미'의 천착, '의미와 무의미의 지양'으로 요약되는 그의 시의 변화 과정 속에 나타나는 미적 지향과 형상화 방식을 찾아보고자 한다.

2. 구성과 주요 특징

　먼저 소설의 형식적인 면을 검토해 보자. 이 소설은 전체적으로 「꽃의 장」과 「여우의 장」 두 부분으로 나뉘어져 있으며, 전자가 5부[5]까지, 후자가 11부까지로 총 2장 16부로 구성되어 있다.

　구체적으로 보면 「꽃의 장」은 1부(21~24쪽)가 서너 살 때 이야기, 2부(25~40쪽)가 유치원 시절, 3부(41~63쪽)는 보통학교 때의 이야기를 다루고 있는 데 반하여, 4부(64~145쪽)는 경성제일고등보통학교와 니혼대학 예술과 시절의 일들뿐만 아니라 그때 형성된 감각, 미, 릴케와 러시아 작가·베르쟈예프·공자·노자 등의 문학과 사상의 영향, 영화, 아나키즘, 양심 등의 포괄적인 문제를 다루면서 이 소설의 핵심 부분을 이룬다. 5부는 「이삭줍기」라는 제목이 말해주듯 주로 어린 시절의 생활 속에서 경험한 재미있는 에피소드로 구성된 일화들을 다룬 것이다.

　「여우의 장」은 1부(165~170쪽)가 노동과 유희에 관한 그의 생각을 다루며, 2부(171~174쪽)가 예수의 십자가 사건을 통해 정신의 고통에 앞서는 육체의 고통을, 3부(175~184쪽)는 대상이 될 수 없는 '말'에 대한

_____

5) 편의상 번호로 붙여져 있는 것을 '부'라 칭하기로 한다.

생각을, 4부(185~202쪽)는 세다가야 감방 체험을 통한 이념이 개인에게 가하는 폭력을, 5부(203~208쪽)는 광복을 위해 목숨을 걸고 싸운 지사들이 무참히 희생된 것을 통해 역사라는 것의 실체를, 6부(209~217쪽)는 청마(靑馬)에 대한 인상과 그에 대한 반발에서 출발한 그의 시(기교로서의 시)에 대한 이야기를, 7부(218~222쪽)는 사상의 희생물이 된 친구의 이야기를, 8부(223~233쪽)는 6 · 25 피난 시절의 이야기를 통해 이성, 이념, 이데올로기, 역사에 대한 환멸을, 9부(234~239쪽)는 해인대 교수가 되는 과정의 자신과, 3 · 15, 4 · 19 과정을 겪으면서 느낀 역사에 대한 시각을, 10부(240~243쪽)는 선친의 죽음을 통한 죽음에 대한 인식을, 11부(244~249쪽)는 말을 욕망의 방편으로 쓰는 연(軟)씨라는 인물을 통해 주역 배우를 잃은 채 대역들만 천방지축하는 꼴의 세상을 그리고 있다.

「꽃의 장」은 1부에서 3부까지가 순차적인 시간진행을 보이다가, 4부에 이르러서는 시간이 교차되는 양상을 보이며, 5부에서는 일화를 다루고 있다. 또 1, 2, 3부가 주로 유년에 대한 감각에 치중하고 있다면, 4부는 세계관의 형성과정을 그린다.

「여우의 장」에서도 4~9부는 순차적인 진행을 보이고, 나머지는 그렇지 않다. 또 「여우의 장」은 전체적으로 역사 허무주의자 혹은 역사 부정주의자로서의 인식과 '역사=이데올로기=폭력'에 대한 반발로 쓰여진 그의 '무의미' 시를 구성하는 인자들인 언어, 유희에 대한 담론들, 그리고 존재하지 않는 구원과 현실의 괴리로 인한 인간존재의 비극성과 고통에 대한 성찰이 주를 이룬다.[6]

이 같은 분석을 통해서 우리는 이 소설이 소설 일반이 가지고 있는 일

---

6) 여기에 대한 자세한 설명은 졸고, 「역사의 무게와 개인의 실존」, 『현대시』, 1997.3, 202~214쪽.

관성이나 외부적 사건을 위주로 엮어지는 이야기를 들려주려는 의도는 거의 없다는 것을 알 수 있다. 그는 전혀 다르게 보이는 문체와 구성방식으로 자신의 관점으로 소설을 만들고 있는 것이다. 실제로 이 소설에서 그가 줄거리를 억제하는 방법 중 가장 즐겨 쓰고 있는 것은 하나의 사건 혹은 관념이 줄거리를 형성하고 있을 무렵, 또 하나의 줄거리로 그것을 잘라버리는 것이다. 아울러 어떤 특정한 시절의 이야기를 다루고 있다고 하더라도 하나의 일관된 스토리를 가지는 것이 아니라 갑자기 대상들이 현재의 관점에서 조명되고 재구되거나, 줄거리의 토막들이 이미지처럼 제시된다.

또 서술방식도 감각 혹은 이미지라는 틀로 여러 각도에서 비추며 내부를 벗겨내다가, 논리와 관념이라는 이성적 체계에 따라 설명하다가, 짧은 소설로 자신의 생각을 드러내는 등의 여러 형식을 시도하고 있다. 말하자면 그의 문체와 서술방식은 혼종을 이루고 있으며, 전체적으로 일관된 형식을 가지고 있지는 않다.

이것은 무엇을 말하는 것인가. 일견 소설에 대한 무지를 드러내고 있는 이 형식적 특징은 실상 작가의 의도된 기획에 의하여 주도면밀하게 짜여진 것으로 볼 수 있다. 외연적 차이에도 불구하고 각 장에 나타나는 전혀 다른 형식을 가지고 있는 것처럼 보이는 내용들이 유기적으로 연결되어 김춘수의 시와 사상을 이루는 형성인자로 작용하고 있다. 김춘수는 이런 의도와 장치를 이 소설에 깔고 있는 것이다.

말하자면 이 소설에서 '역사'의 의미를 우리는 김춘수가 시에서 창조하고 있는 '처용(處容)'이라는 인물과 겹쳐서 읽어야 하며, 이는 대상이 없는 시, 즉 언어에서 의미를 배제하고 언어의 배합 또는 충돌에서 빚어지는 음색이나 의미의 그림자 같은 방임과 자유를 추구하는 '무의미시'와도 연결시켜서 읽어야 한다. 아울러 이 무의미시에의 지향이 결국 '완전'에 대한 추구로 이어지는 것을 볼 수 있어야 한다.

한편 이러한 소설의 세부적 구성요소들은 『꽃과 여우』라는 제목이 담고 있는 인식에 수렴된다.

『꽃과 여우』라는 제목을 암시하거나 지시하는 문장은 거의 눈에 띄지 않는다. 먼저 '꽃'이라는 말은 두 군데서 언급된다. 첫째는 심리현상으로서의 사물을 이야기하기 위해서 나타난다.[7] 이는 그의 무의미시학의 핵심적 요소로 작용하는 말의 기능, 즉 언어가 실체를 지시할 수 없다는 인식과 관련된다. 시인에 의하면 하늘이 높다는 말은 거짓이다. 그것은 단지 허허로운 공간이요 무일 따름이다. 하늘은 환상이요 심리 현상에 지나지 않는다. 바다가 푸르다는 말도 거짓이다. 육지와 가까운 곳은 연둣빛이고 멀리 나갈수록 쪽빛이 됐다가 수평선 가까이가 되면 거무스름한 자줏빛을 내는 현상은 광선의 조화일 뿐이다. 그러나 하늘은 사실로는 없지만 있다. 바다 또한 넓디넓은 수면으로 우리 앞에 존재한다. 있다는 것은 때로 이처럼 환상적일 수가 있다. 따라서 비 갠 저녁의 서쪽 하늘에 피어나는 놀을 단지 물리현상이라고만 말할 수는 없으며 그것은 하나의 심리 현상으로 둔갑한 것이다. 식물학자가 들여다보는 꽃은 시인 말라르메가 말한 것처럼 '꽃!'이라고 우리가 부르면 우리 눈앞에 피어나는 그런 꽃이 아니다. 꽃은 하나의 말이다. 시니피앙이 만들어내는 환상이다. 또 하나는 작품「꽃」의 창작배경을 해명하는 문맥에서 이 순간 이후면 사라지게 될, 지워지기 전의 선명한 빛깔[8]로 표상된다. 여기서도 있는 것은 빛깔이요 냄새뿐이다.[9]

결국 '꽃'에 대한 인식은 '말'에 대한 인식으로 수렴되는데, 이 '말'은「여우의 장」3부에서와 같이 '말은 벗겨도 벗겨도 허울뿐인 그런 허울'

7) 144~145쪽.
8) 233쪽.

9) 김춘수, 『김춘수 전집 3 수필』, 문장사, 1983, 70쪽.

로 드러난다.[10]

'여우'에 대한 언급은 책의 마지막 부(11부)에 단편적으로 나타난다. 이는 시인의 콩트 제목에서 따온 것으로 "주역 배우를 잃은 채 대역들만이 천방지축 까불랑거리는 꼴",[11] 즉 현실 역사에 작가의 태도를 나타내고 있는데, 기실 역사에 대한 환멸의 태도는 '말'에 대한 인식과는 동전의 양면을 이루는 것으로 이 소설 전체에 내밀하게 작용하고 있는 것이다.

이를 통해서도 우리는 이 책이 역사, 혹은 관습이 부여한 가짜 이름의 압도적인 무게 속에서도 끊임없이 자신의 시와 존재 이유를 찾아나가는 시인의 삶과 미의식, 문학관을 해명하고 있음을 알 수 있다.

3. 역사에 대한 환멸과 유년, 완전에의 지향

앞의 논지대로 이 소설은 김춘수 시를 구성하고 있는 인자들이 각 '장'과 '부'의 내용들에 내밀하게 스며있다. 이제 이의 분석을 통해서 그의 시의 형성과 발전과정, 그리고 일관되게 드러나는 시 정신을 살펴볼 시점에 이르렀다.

1) 유년으로의 회귀와 「처용단장」 연작

김춘수는 서너 살 적의 바다 이야기를 맨 앞에서 하고 있다. 그는 유년을 감각적 눈뜸의 시기라 하고 있거니와 감각에 대한 인상은 너무나

---

10) 178쪽.
11) 249쪽.

강렬한 것이어서 "나중에 나는 비행기가 하늘을 나는 것을 보고 그것을 갈매기로 착각하게 됐다."[12]고 할 정도이다. '바다'는 「통영 바다, 내 마음의 바다」라는 에세이[13] 제목에서도 나타나 있듯이 유년기의 표상으로서 나타난다. 그러나 김춘수의 유년은 단순히 어린 시절의 평화로웠던 기억에 대한 재구로서의 성격을 가지지 않는다. 이 유년 체험은 '역사'에 대한 대응방식으로 드러난다. 역사에 대한 환멸은 이 소설의 「여우의 장」 4부에 드러나는 일본군국주의 압력이 직접적인 계기가 된다. 김춘수는 그 역사의 폭력을 "한 개의 죽도와 한 가닥의 동아줄과 같은 하잘 것 없는 물건으로 나를 원숭이 다루듯" 하고 있다[14]고 말한다. 절대적이며 진짜 자신의 얼굴인 것처럼 보이지만 실은 상대적이며 이데올로기라는 탈을 쓰고 나타난다는 것이 시인의 역사에 대한 인식이다. 그것은 "사실이라는 미명하에 편파적으로 거짓말하고" 있다.[15] 이 폭력을 심리적으로 극복하는 길에서 만난 인물이 '처용(處容)'이다. 김춘수에게 처용은 첫 단계로 윤리적 존재로 제시된다. 그러나 고통을 가무로 달래는 인욕주의적 해학으로서의 처용의 행위에는 구제되지 못할 자기기만 및 현실도피와 윤리의 쓰디쓴 패배주의가 내포되어 있다. 그것은 결국 그 속에 자신과의 처절한 싸움을 숨기고 있는 현상이요, 이해와 타협, 관용의 정신으로 삶을 살겠다는 태도를 드러내고 있는 것[16]이다. 이 단계에서 벗어나 김춘수가 발견한 것이 '유년'이고 '바다'이며, 유년의

12) 22쪽.
13) 김춘수, 「통영 바다, 내 마음의 바다」, 이남호 편, 『김춘수 문학앨범』, 웅진출판, 1995, 123~147쪽.
14) 김춘수, 「처용, 그 끝없는 시적 변용」, 『김춘수 전집 2 시론』, 문장사, 1984, 572쪽.
15) 김춘수-홍영철·이은정 대담, 「유년의 바다를 건너 실존의 소용돌이와 역사를 체험한 '處容'」, 『문학정신』, 1992.3, 33쪽.
16) 김현, 「김춘수와 시적 변용」, 권기호 외, 『김춘수 시 연구』, 흐름사, 1989, 148쪽.

모습으로 표상된 것이 '처용'이다. 말하자면 처용은 윤리적 존재에서 유년으로 변용된 것이다.

> 처용은 어느새 나와 화해하고 있었다. 그런 처용에게는 윤리적 논리도 심리의 음영조차도 없었다. 그는 다만 훤한 빛이었다.[17]

유년은 정신적 고뇌를 체험하기 이전의 존재이다. 동해용왕의 아들로서의 바다 밑의 처용 역시 신비적 존재, 고통을 겪기 이전의 순수한 자아이다. 이 소설에서 김춘수의 유년은 바로 고난을 겪기 전의 '처용'의 모습으로 형상화된다. 바다 이미지는 유년을 상징하는 개인적 심상이며 갖가지 유년의 모습들을 빛처럼 의식의 표면으로 이끌어내는 그의 어두운 내면세계 자체[18]이다. 역사적 수난 체험과 삶의 치욕에서 생긴 불화적 인식이 유년으로 회귀하게 하는데, 이상적 자아상으로 현상되는 유년의 시절도 아름답기만 한 시간으로 나타나지 않는다. 그 때 '나'를 둘러싸고 있는 존재들은 나에게 폭력을 행사하고 있는 '역신'과 같은 존재이다. 2부의 바짓가랑이를 기워오라고 한 처녀선생,[19] 3부의 "다짜고짜 남의 입에다 밤 한 톨을 쑤셔넣는" 일본아이,[20] 눈뭉치에 돌멩이를 넣어 나에게 던진 이름 모를 아이,[21] 계집애와의 이상한 소문을 퍼뜨리고, 뱀 껍질을 벗기며, 늘 돈을 내라고 협박을 가해오는 '녀석',[22] 심지어 방과 후에 남으라고 해서 나에게 이상한 소문에 대해 다정한 태도로

---

17) 김춘수, 「처용, 그 끝없는 시적 변용」, 『김춘수 전집 2 시론』, 문장사, 1984, 575쪽.
18) 김준오, 「處容詩學」, 권기호 외, 『김춘수 시 연구』, 흐름사, 1989, 276쪽.
19) 29쪽.
20) 41쪽.
21) 44쪽.
22) 45~46, 48~49쪽.

채근하는 선생님,[23] 새 운동화며 새 바지양복을 착용하라고 하시는 조모[24]조차도 나에게 폭력의 실체로 다가오는 것이다.[25] 그럼에도 김춘수에게 이 유년은 자신의 내부를 탐색하여 발견한 도피처이며 순결의 시간을 누릴 수 있는 원초적 시공간으로 작용한다. 초역사적이고 신비적인 존재인 처용을, 유년, 바다와 함께 육화시키고 있다는 것은 구체적이고 역사적인 삶의 의미를 시에서 배제한다는 뜻이며, 바다 · 순결 · 탱자나무 · 죽도화 · 하얀 새 · 게 · 나비 · 물고기 등의 '순결'과 '평화'의 이미지를 보여주는 이 오브제들은 김춘수의 무의식 속에 잠재되어 있는 본능적 욕망의 단편들이 변형된 모습으로 나타난 것[26]이다. 유년의 시간을 되풀이하고 처용이라는 신화적 시간을 현재로 끌어온 시간관은 순환원리의 세계관을 바탕으로 하는데[27] 정신적 고뇌를 겪기 이전의 처용처럼 사물에 대해 기성의 관념 없이 순수하게 바라보는 '무의미 - 허무'의 태도는 존재에 대한 질문에서 유발된다. 이 때 무의미시가 탄생한다.

　당연히 이 때 말들은 「여우의 장」 3부에 나오는 대상이 될 수 없는 말들에 대한 것[28]이며, 아울러 '유희'는 1부에 나오는 유희의 개념이다. 이미저리가 논리의 연결이 아니라 돌연하게 결합 · 병치됨으로써 관념이 배제되는 대신 신비와 리얼리티가 살아난다. 유희는 대상이 없는 유

---

23) 50~52쪽.

24) 48쪽.

25) 양명학도 이런 폭력의 실체를 지적하고 있는데, 양명학의 이런 논의는 본고에 많은 도움이 되나, 그는 이 때의 '처용'이 순수한 존재인 동해용의 아들인 위치에서 헌강왕에 의해 사로잡혀 온 이후로 보고 있어 유년의 '나'와의 동일시는 무리라고 본다. 양명학, 「리듬이 빚어낸 구심적 이미지」, 권기호 외, 『김춘수 시 연구』, 흐름사, 1989, 519쪽.

26) 장윤익, 「비현실의 현실과 무한의 변증법」, 『시문학』, 1977.4. 여기서는 권기호 외, 『김춘수 시 연구』, 흐름사, 1989, 205쪽.

27) 이은정, 「김춘수와 김수영 시학의 대비적 연구」, 이화여대 박사논문, 1993, 137쪽.

28) 위의 논문, 178쪽.

일한 인간적 행위[29]이다. 개성이 포착한 자연의 인상은 잭슨 폴록의 액션 페인팅과 같은, 가로 세로 얽힌 궤적들이 보여주는 생생한 단면으로서의 현재, 즉 '영원'이 태어나게 한다. 의식의 미분화된 상태를 다룬 「처용단장」1·2부의 시들이 여기에 해당한다. 이들 시는 통일된 전망으로서의 이미지가 없다. 허무가 있을 뿐이다. 이 때 '허무'는 김춘수에 의하면 자기가 말하고 싶은 대상을 잃게 된다는 것이다. 한 행이나 두세 개 행이 어울려 하나의 이미지를 만들어가려는 기세를 보이면 그것을 사정없이 처단하고 다른 활로를 제시한다. 미완성의 이미지들이 서로 이미지가 되려고 하는 피비린내 나는 싸움을 벌인다. 이 소설에 나오는 유년의 이미지들은 그렇게 선명한 빛깔로 「처용단장」1·2부의 시들에 차용된다.

그러나 바다 및 처용으로 표상되는 유년의 이상화된 자아는 오래 머물 수 없다. 우리는 여기서 김춘수의 '무의미시'의 변모의 단서를 확인할 수 있을 것이다.

㉮ 처용은 신라왕에 사로잡혀 그의 신하가 되어 벼슬을 하고 아내를 얻게 되었다. 그에게 현실이 나타나고 육체가 나타나고 그 아픔이 지각되었다. 처용은 또 한번 탈바꿈을 해야 하지만, 그 탈바꿈은 가장 위험한 탈바꿈이다. 유년의 얼굴을 완전히 지워버릴 수 없기 때문이다. 그러나 그것은 아직은 과정에 있고, 무엇으로 어떻게 지양되는지를 아직은 알 수 없는 그런 기나긴 과정에 있다.[30]

㉯ 관념·의미·역사·감상 등의 내가 지금 그들로부터 등을 돌리고 있는 말들이 어느 땐가 나에게 복수할 날이 있겠지만, 그 때까지 나는 나의 자아

---

29) 김춘수, 「대상·무의미·자유」, 이남호 편, 『김춘수 문학앨범』, 웅진출판, 1995, 201쪽.
30) 김춘수, 「處容, 그 끝없는 시적 변용」, 『김춘수 전집 2 시론』, 문장사, 1984, 575쪽.

를 관철해 가고 싶다.……. 그러나 나는 불안하다. 내 생리 조건의 약점을 또한 알고 있기 때문이다. 벌써 나의 이 생리 조건이 나의 의도와 내가 본 진실을 감당 못하고 그 긴장을 풀어달라고 비명을 지르고 있다.[31]

김춘수의 '처용'은 유년의 바다를 건너 역사적 현실을 체험하고 거기에서의 희생을 경험하면서 또 한번 변신을 시도한다. ㉮에서 나타나는 유년의 '처용'의 지양은 「처용단장」 3·4부의 시들로 나아가는데, 시인은 현실세계가 소설보다 기이하게 드러날 정도로 압박해 올 때는 단어를 해체하여 음절로 분해하거나, 언어의 원시형태로 환원하기도 한다.[32] 현실의 음영이 그렇게 배어 있는 것이다. 삶과 일상, 역사로부터 온전히 자유롭고 싶어 하는 자아는 ㉯에서처럼 불안을 느낀다. 자신의 생리적 조건 때문이다. 이 때 추구하는 것이 '완전에의 지향'이다.

2) 완전에의 지향과 근작시편

완전을 꿈꾸고 영원을 꿈꾸고, 불완전과 역사를 무시해 버린다. 아주 아프게 무시해 버린다. 그걸 견딜 수 있을까? 나는 시를 쓰면서 나에게 물어본다.[33]

이중섭, 예수, 도스토예프스키 소설의 인물들에 대한 추구는 바로 이러한 지향에서 나타난 것이다. 이 소설에서 도스토예프스키, 고골, 고리키, 체홉, 뚜르게네프 등의 문학과 셰스토프, 베르자예프 등의 사상, 특

---

31) 김춘수, 「처용, 기타에 대하여」, 『김춘수 전집 2 시론』, 문장사, 1984, 462쪽.
32) 이는 「처용단장」 3~39 같은 시 "ㄱ ㅉ l ㅅ ㅏ ㄹ ㄲ ㅗ ㅂ ㅏ ㅂ ㅗ ㅑ / l 바보야," 같은 구절에서 잘 드러난다.
33) 김춘수, 「도피의 결백성」, 『김춘수 전집 2 시론』, 문장사, 1984, 355쪽.

히 도스토예프스키의 소설『죄와 벌』, 『악령』, 『카라마조프가의 형제들』
이 하나의 계시로 다가오며, 얼마나 왜소한 삶을 살았는가를 절감하게
하는 이유가 여기에 있다. 뚜르게네프의 소설『아버지와 아들』에 나오
는 바자로프라는 인물을 알게 되자 '나는 왜 여기서 이러고 있는가?' 하
는 감정이 새삼 고개를 빳빳이 들고, 그것이 그에게는 인생의 근본 문제
가 된다.[34] 그 감정은 사회성을 전연 띠지 않고 있는 개인의 문제, 즉 개
인의 존재이유에 관한 것이다. 그에게는 관념보다는 실존이 더 절박하
다. 사회는 타성화된 관념(객체)[35]이 되는 것이다.

아울러 이념 때문에 목숨을 바치고도 끄덕하지 않는 베라 피그넬,[36]
크로포트킨과 같은 인물에게서 자연스럽게 행복해질 수 있는 사람이 끝
내 자기 의지로 그것을 거역해 갈 수 있다는 것을 증명한 생애를 본다.
이는 메시아를 기다리는 이스라엘인들의 마음과 겹쳐서 읽힌다. 이들에
게서는 '어떤 일이 있더라도 희망은 버려서는 안 된다, 절망하는 것이
죄'라는 의식으로 다가온다.

양심에 대한 관심도 같은 맥락이다. 그는 지식인의 양심을 믿지 않는
다. 예수는 한마디도 양심이라는 말을 쓰지 않고도 쓰디쓴 잔을 받았다.
그래서 손바닥에 박히는 아픔은 인류의 것이 되지 않았는가. 샤갈은 평
생을 유랑민으로 살아왔지만 고향의 소 외양간에서 본 송아지의 눈망울
에 담긴 산과 들 그리고 사람과 밤의 촛불과 하늘의 낮달, 이승의 밝음
과 따뜻함이 그를 변화시켰다.

공자의 '지천명(知天命)'을 어떤 일이 있더라도 나는 내 길을 가는 게
하늘의 뜻이라는, 볼드만 투로 말하면 절망하지 말라는 것[37]으로 받아

34) 106쪽.
35) 109쪽.
36) 122쪽.
37) 142쪽.

들인다. 이는 하나의 인식인 동시에 실천의지의 문제이다. 역사에 허무를 느끼면서도 역사를 늘 안에 안고 살아야 하는 존재의 슬픔이 배태되는 것이다.

여기서 우리는 처용의 연장선상에서 김춘수가 지향하며 닮고 싶어하는 일련의 인물들을 발견할 수 있다. 비극적인 삶 속에서도 자발적인 가치의 선택과 그 가치를 지향해 나가는 가운데 내적인 고난의 대가를 지불하는 인물들이다.

> 예수 때문에 못은 시화가 되었다. 육체의 아픔은 마음의 아픔보다 압도적으로 더 크다. 예수의 손바닥에 박힌 못이 주는 아픔은 육체의 아픔이다. 그것을 생각하면 몸서리가 쳐진다.[38]

> 나는 초보의 고문에도 견뎌내지 못했다. 아픔이란 것은 우선 육체적인 것이지만 어떤 심리 상태가 부채질을 한다. 그렇게 되면 사람의 육체적 조건은 한계를 드러낸다. 손을 번쩍 들고 만다.[39]

완전에 대한 지향도 실상은 고통에 대한 김춘수의 무력감에서 기인한다. 예수의 십자가에 박힌 인간적 고통을 더 큰 것으로 본 것은 한 인간이 거부할 수도 있는 육체적인 고통을 정신적인 고귀함을 위해서 견디어 낸 데 대한 감동에서 연유한다. 거부할 수도 있는 고통을 기꺼이 선택하여 감당해냈다면, 그리하여 죽음까지도 감당할 수 있다면 그것은 정신적인 힘의 극한, 즉 절대인 것이다.[40] 그는 인간의 육체적 고통을 견뎌낸 이후에 태어난 고귀한 정신의 가치에 비중을 둔다.

---

38) 174쪽.

39) 189쪽.

40) 최라영, 「산홋빛 애벌레의 날아오르기」, 2002 대한매일신문 신춘문예당선작, 『대한매일신문』, 2002.1.8.

시집 『들림, 도스토예프스키』에 나오는 인물들의 '고통 넘어서기'는 바로 김춘수 자신이 이 소설에서 제기한 비극성을 띤, 뛰어난 그들의 심리를 내적으로 체험해 보는 것에 있다. 아울러 시와 인생의 유토피아적 세계를 추구하는 의식과 그 과정으로서의 여정의 메타포로서 '의자'와 '계단'(시집 『의자와 계단』)이 나타난다. 실제로 의자 메타포는 이 소설의 중요한 부분이다.

> 의자는 사람이 가 앉는 것으로만 알고 있었다. 그러나 그것만은 아니라는 것을 알게 됐다. 의자는 다리를 땅 속에 묻고 몸을 움츠리는 수가 있다. 그럴 때 의자는 의자에서 풀려나 아주 다른 것이 돼버린다. 바위, 나무, 하늘이 그렇듯이 의자도 때로 걷잡을 수가 없다. 사람들이 왜 그것을 의자라고 하는지 막막해진다. 내가 가 앉는 것을 절대 거절하고 이상한 얼굴을 하는 나를 무시하기까지 한다. 그럴 때 그의 얼굴은 심각하고 냉랭하다.[41]

시인은 이를 형이상학적 체험세계로 들어서게 된 경험[42]이라고 말하는데, 이는 의자라는 실용적 도구성, 즉 효용으로 대상을 파악하지 않으려는 시인의 의도를 드러낸다. 수단이 되는, 제 구실의 한계에 갇힌 사물이 아니라 순수한 상태의 사물로 대상을 보려는 의지는 앞서 「꽃」에서 나타났듯 언어가 실체를 지시할 수 없고, 실체 또한 언어에 갇힌 것이 아니라는 인식에 근거해 있다. 그러나 이 본질에 대한 추구는 여기서 멈추지 않는다. '내가 왜 여기서 이러고 있는가' 하는 자신의 존재에 대한 성찰과 함께 본질에 대한 천착은 시집 『의자와 계단』에서는 무한 혹은 근원에 대한 추구로 깊어진다. 의자는 도구가 아니고, 아울러 무엇을 표상하는 기호가 아니다. 안식 그것이다. 그것은 이 세상에는 없다.[43]

---

41) 47쪽.
42) 13쪽.
43) 김춘수, 「책머리에」, 『의자와 계단』, 문학세계사, 1999.

앉을 수 있을 것 같으면서도 나를 물리치며 나에게서 잡히지 않는 의자는 죽음을 넘어선 세계, 혹은 진정한 안식의 추구 등의 의미항과 관련지을 수 있다. 이러한 세계는 이 시집의 「의자를 위한 바리에떼」[44]에서 잘 드러나고 있다. 시인은 결국 현상적인 의자와는 달리 의자가 없는 세상에서 살고 있는 것이다.

그러나 피안에 대한 시인의 인식은 양면성이다. 그것은 2002년에 나온 시집 『쉰한 편의 비가』 뒤에 시인이 붙인 글에서 "존재하지 않는 구원과 현실의 괴리로 인한 인간존재의 비극성이 비가 연작시를 낳게 했다"고 하는 데서도 드러난다.

우리는 여기서 이 소설에서 제기했던 역사에 대한 환멸이 구심력으로 작용하여 의식이 미분화된 감각의 상태인 유년에 대한 탐구로 향하게 했고, 이는 또한 원심력적인 요소로 작용하면서 고통과 죽음에 도전하는 인간에 대한 동경과 함께, 절대와 무한에 대한 추구로 이어지고 있음을 알 수 있었다.

따라서 이 소설이 다루고 있는 '유년', '역사', '말', '유희', '고통', '완전' 등의 주제들은 다로 떨어져 있는 것이 아니라 내밀하게 연결되면서 시인이 일생 동안 추구해온 시적 인식과 맞물려 있는 것이다.

4. 맺음말

우리는 지금까지 김춘수의 자전소설 『꽃과 여우』의 내용과 그의 시의 관계를 대비하고 김춘수 시 세계의 변모과정을 살피면서 그의 역사에 대한 허무와 부정이 '유년으로의 탐색'과 '완전에의 지향'이라는 두 가지 방향을 가지고 있음을 살펴보았다.

44) 위의 시집, 63~73쪽.

유년으로의 탐색은 '처용(處容)'이라는 인물과의 동일시를 통하여 '현실'과 '역사'가 소거된, 윤리와 심리적 음영이 없는 흰한 빛의 세계를 지향하면서 결국 무의미시를 낳았고, 이 무의미시는 현실과의 대립에서 고통스런 삶의 비극적 여정에 닿아 있는 인물들의 천착으로 기울게 하는 동인이 되었음을 확인할 수 있었다. 예수, 도스토예프스키 소설의 주인공들에게서 나타나는 이 '고통 넘어서기', 그리고 '의자'에 나타나는 절대와 무한의 추구는 결국 시인 자신의 완전에의 지향 의지가 다다른 목표점이라고 할 수 있다.

즉 역사 허무주의자, 나아가 역사 부정주의자로서 시인이 추구한 두 방향은 유년의 탐색을 통한 '무의미시'의 세계와, 비극성을 띤 뛰어난 인물들의 '절대적인 것의 추구'였으며, 이는 외형적으로는 '무의미시'와 '무의미와 의미 양쪽을 지양한 시'로 드러나지만, 대상을 파고 들어가는 태도와 의식의 깊이에서는 내밀한 연속성을 가지고 있음을 확인하였다.

■ 참고문헌

1. 기본자료

김춘수, 『꽃과 여우』, 민음사, 1997.

_____, 『김춘수 전집 1 시』, 문장사, 1983.

_____, 『김춘수 전집 2 시론』, 문장사(중판), 1984.

_____, 『김춘수 전집 3 수필』, 문장사, 1983.

_____, 『우리는 모두 무엇이 되고 싶다』, 문학세계사, 1993.

_____, 『들림, 도스토예프스키』, 민음사, 1997.

_____, 『의자와 계단』, 문학세계사, 1999.

2. 논문 및 저서

권기호 외, 『김춘수 시 연구』, 흐름사, 1989.

김준오, 「처용시학」, 권기호 외, 『김춘수 시 연구』, 흐름사, 1989.

김춘수—홍영철·이은정 대담, 「유년의 바다를 건너 실존의 소용돌이와 역사를 체험한 '處容'」, 『문학정신』, 1992.3.

손진은, 「역사의 무게와 개인의 실존」, 『현대시』, 1997.3.

양명학, 「리듬이 빚어낸 구심적 이미지」, 권기호 외, 『김춘수 시 연구』, 흐름사, 1989.

오형엽, 「김춘수와 김수영 시론의 비교 연구」, 『한국문학이론과 비평』 제16집, 한국문학이론과 비평학회, 2002.

이은정, 「김춘수와 김수영 시학의 대비적 연구」, 이화여대 박사논문, 1993.

_____, 「의미와 무의미, 그 불화와 화해의 시학」, 『시안』, 2002. 가을.

_____, 「무거운 명상들과의 '말놀이'」, 『현대시학』, 2002.11.

장윤익, 「비현실의 현실과 무산의 변증법」, 『시문학』, 1977.4.

최라영, 「산홋빛 애벌레의 날아오르기」, 2002 대한매일신문 신춘문예당선작, 『대한매일신문』, 2002.1.8.

부재의 존재론, 그 역설의 시학

― 김춘수의 무의미시 그 이후

이 은 정

1. 문제 제기 : 무의미시의 한계, 그 이후

김춘수의 시는 때로 자신의 시론에 종속된 것처럼 보인다. 자신의 확고한 시론을 갖고 있는 시인들이 대개 그러하듯 김춘수의 경우도 시와 시론이 상호보완적이며 상호추동적이다. 그의 시는 일상적 삶의 정서에 기반을 두기보다는 시에 관한 확고한 자의식 및 과학적 실험에 버금가는 정밀한 과정을 거쳐 완성된다. 그만큼 그의 시론과 시는 시인 자신이 지향하는 시의 존재의의를 선명하게 하기도 하지만 때로는 시의 본질에 관한 자신의 입장을 강조하는 전제와 증명의 관계처럼 보이기도 한다.

그 자신의 시론이나 자전적 소설과 더불어 읽을 때 김춘수의 시는 마치 동일한 곡을 다른 악기로 연주하는 변주곡처럼 읽힌다. 시보다 시론이 승할 때에는 그의 시가 자신의 세계 안에서 공회전하는 것처럼 보이기도 한다. 김춘수의 시가 독보적인 의의를 지닌 것에 동의하면서도 그의 시론이 간혹 자신의 시에 관한 잉여적인 설명이나 자기 주장에 대한 설명처럼 읽히는 것은 이 때문이다.

그러나 이같은 몇몇 의문점에도 불구하고 김춘수의 시가 한국시사의 한 영역을 열어젖히며 가파른 논란 속에서도 중요한 위상을 차지하고 있음은 분명하다. 60여 년의 시력(詩歷) 동안 이십여 권에 이르는 시집과 문제적인 시론을 전개했으며 이에 대한 후속 연구 또한 방대하게 집적되어 왔다. 그의 시에 관한 시비적 혹은 양가적 논의들1) 또한 그의 시 세계를 여러 각도에서 조명하면서 논쟁을 불러일으켜 왔다.

다양한 시각이 공존하면서 한 시인에 관한 연구와 논의가 완성되어가듯 김춘수의 시에 관한 연구와 평가 역시 비슷한 노정을 겪어왔다. 그의 시를 한국시의 중요한 하나의 축으로 평가하는 한편, 자신의 시에서 삶이나 현실과 연관된 의미들을 끊임없이 의도적으로 거세해온 점은 비판적이거나 부정적 시각으로 논의되어 왔다. 시를 어떤 식으로든 삶의 문제로 인식하는 연구자들은 김춘수의 '놀이'적 혹은 유희적 시 세계를 흔연히 받아들이기보다 문학과 삶이 괴리되어 소통불가능한 '귀족주의적'이고 비현실적인 문학이라고 평가해왔다.

물론 한 시인에 관한 논의에는 찬사와 비판이 공존하기 마련이다. 독자 자신의 문학관과 일치하는 시인을 수용하거나 비판할 수도 있고, 설령 시를 향한 태도가 달라도 일정 시사적 의의를 부여할 수도 있다. 한국시의 위상에서 김춘수의 시는, 시인 자신의 표현을 빌면 '언지(言志)'의 시와 '언롱(言弄)'의 시 가운데, 언롱의 시이길 적극적으로 자처한 시

---

1) 오세영, 「무의미시의 정체」, 『20세기 한국시인론』, 월인, 2005 ; 장석주, 「언롱의 파탄과 한계」, 『시경』 2004년 상반기 ; 「도피와 유희」, 『시경』 2005년 상반기 ; 김동환·「김춘수 시론의 논리와 그 정체성」, 한계전 편, 『한국현대시론사연구』, 문학과지성사, 1999. 등이 최근 대표적인 논쟁적 논의들이다. 오세영은 김춘수의 시가 서구의 무의미시와는 무관하게 개인적인 관념에서 실험된 시이며 초현실주의의 변종이라고 비판했으며, 장석주는 김춘수의 시가 갖는 시사적 의미에도 불구하고 그의 시는 현실과 동떨어진 상상적 유희이자 시대와의 소통이 불가능한 공허한 가공의 낙원이라고 정리했으며, 김동환은 무의미시론은 시와 현실을 분리하는 작업일 뿐이라고 지적했다.

이며, 이는 시인 자신의 주장일 뿐 아니라 그의 시에 대한 세간의 평가이기도 하다. 순수시라는 표현에 버금가게 '언롱'이라는 말의 함의도 위태로운 것이지만 한국시에서 언롱의 시이기를 자처한 예도 드물었거니와 김춘수처럼 '언롱(言弄)의 시'라는 평가를 일종의 상찬으로 받아들인 예는 흔치 않았기 때문에 특히 무의미 이후의 시에 대한 평가는 양분되어 가속화되어 왔다.

김춘수 시에 관한 논의가 이 같은 양상으로 진행되어 온 것은 그가 시인이라면 으레 맞닥뜨리게 되는 문제들에 대해 함구하거나 회피하지 않고 늘 명명백백하게 답해왔기 때문이기도 하다. 그의 설명과 주장은 성실하기도 하고 집요하기도 한데, 그것은 예민하고 곤혹스러운 문제들에 대한 직선적인 답변이기도 하지만 또 그것은 불가피하게 시란 무엇인가와 같은 본질적인 문제들과 정면으로 만났다.

김춘수의 시 세계를 관통하는 첫 번째 문제는 언어라는 시적 질료에 관한 고민이었다. 시인이 언어를 떠나 시를 쓸 수 없는 것은 자명한 사실이지만 김춘수는 이 언어라는 수단 혹은 질료에 대해 끊임없이 의심하고 회의했다. 언어는 최선의 수단이지만 언어가 지니게 마련인 상투적인 자장(磁場)과 고정된 의도 때문에 필연적으로 언어를 거듭 갱신하지 않을 수 없다는 인식이다. 불가항력적으로 시는 언어로 씌어질 수밖에 없지만 과연 언어로 시를 쓴다는 것이 가능한 일인가에 대해 그는 끊임없이 주저했다. 시인이 언어와 고투를 벌이는 것이 비록 자신의 그림자와 싸우는 일과 흡사하다고 할지라도 그는 가장 치열하게 오랫동안 언어 자체에 대해 회의한 시인이다.

우선 그는 기표와 기의를 동전의 앞뒷면처럼 생각한 것이 아니라 기표와 기의 사이의 간극을 일종의 함정이나 블랙홀로 인식하여 시적 언어의 사용에 대한 판단을 중지 혹은 보류했다. 초기에는 기표와 기의의 틈 사이로 자신이 간절하게 지향하는 의미가 빠져나갈 것을 근심했고,

중기 이후의 시에서는 그 틈과 간격을 최대한 벌려 아예 무관한 것으로 만들어 오히려 의미와 관념을 지워버렸다. 이것이 바로 무의미시로 진입하게 되는 첫 단계인데 시인은 언어를 통해 자신이 표현하고 싶은 것을 그야말로 순수하게 드러내는 것이 불가능하다고 인식하고, 언어를 통해 무엇을 전달하려는 의도 즉 '의미'를 드러내는 이것이 과연 시의 본질인가를 다시 묻는 근본적인 질문으로 나아갔다.

둘째, 시란 무엇인가, 시란 무엇을 할 수 있는가, 시는 무엇을 해야 하는가에 대한 시인의 문제인식이다. 김춘수는 이에 관해 자신이 주장한 내용 안에 자승자박된 점도 없지 않다. 그럼에도 시인은 곤혹스러운 이 자문자답 속에서 시인이라는 존재를 비역사적인 심미적 주체로 인식했고 이를 일관되게 주장하고 정당화했다. 시는 삶을 반영하는 산물이 아니라 일상적 삶의 연속성에서 떠난 '유희'라는 것, 따라서 어떤 의도와 관념을 전달하려고 하는 순간 그것은 시가 아니며 또한 그때 그것은 굳이 시가 아니어도 된다는 장르적 인식이다. 시란 이 모두를 떠나 있는 '놀이'이며 이는 의도된 의미를 지우고 무의미를 지향해가는 세계라는 확신이다.

시는 명백한 삶의 의미들을 언어로 옮기는 것이 아니라 다른 차원에서 역설적으로 삶을 인식하게 하는 것이라는 김춘수의 주장은 의미의 종속을 벗어난 무의미시의 실현으로 완성된다. 그리고 이는 문제적인 시적 인식으로 이해되어 시의 본질과 시의 존재의의에 관한 논란을 촉발시켰다. 이 지점에서 시의 본질, 시인이라는 주체, 시의 존재의의에 대해 숱한 논란들이 만나게 되는데, 시와 삶, 시와 시인을 실상 구분해 인식해오지 않은 각성 위에서 새삼 한국시사에 등장한 모더니스트의 시적 인식이라는 평가와, 문학을 삶의 차원과 유리시키는 몰역사적 시인이라는 평가이다.

주목되는 것은 그 이후의 단계다. 시작 후기에 이르러 시인은 30여 년을 몰두해 완성한 무의미시에 대해 자신의 몇몇 패인(敗因)을 자인하고

한계를 밝힌 바 있다.[2] 그리고 다른 노정을 거쳐 다음 단계의 시로 나아갔다. 이 글은 바로 이 지점 이후의 행보에 주목한다. 무의미시의 한계를 스스로 밝힌 이후 그의 시는 어떻게 전개되었는가, 무의미의 시에서 의미의 시로 선회한 시적 인식은 무엇이며 이 시기 그의 시적 주제는 무엇이었는가를 밝혀나갈 것이다.

김춘수 시에 관한 풍부하고 다각적인 논의에도 불구하고 막상 이 시기의 작품에 대한 연구는 그다지 진척되지 못했다. 존재론적 시 세계의 초기 시에 대한 밀도 있는 논의들과 더불어 무의미시와 시론이 지닌 강력한 파장 속에 전개된 중기 시에 관한 연구가 활황을 이루었던 것에 비해, 후기 작품에 대해서는 논의가 미진한 상황이다. 2004년 시인이 작고한 직후 연구가 반짝 일어서는 듯했으나 이 역시 전반적인 시 세계를 재조명하는 것에 집중되었을 뿐 후기 작품에 관한 논의와 평가는 미뤄지고 있다.

물론 한 시인의 시 세계가 변화하는 과정을 모두 살펴야 하는 것이 당위적이고 필수적인 작업도 아니며, 시기별로 나누어 시인의 변모과정을 밝히는 작업이 때로는 도식적일 수도 있다. 그럼에도 불구하고 김춘수의 후기 작품을 살피는 작업은 긴요하다. 그의 전반적인 시 세계를 조망하는 논의일 뿐 아니라, 그가 촉발시킨 무의미시라는 혁신적인 시적 인식이 어떻게 전개되고 마무리되었는지 그 궤적을 밝히는 일은 시사에서 정리해 두어야 할 지점이기 때문이다. 또한 그의 무의미시에 대한 옹호와 비판의 논의들이 지닌 의의와 한계 또한 가름할 수 있을 것이다.

---

2) "관념 공포증 환자처럼 되어 관념을 떨쳐버리기 위해서 무의미시를 30년이나 고집해왔지만 결국은 이처럼 허사였다. 관념은 역사와 함께 그것을 외면하면 반드시 복수한다는 정의가 어딘가에 서 있는 듯이 나에게는 느껴진다." "나의 시는 완전한 무의미시가 되지 못한다. 의미의 여운, 알레고리성이 깔려 있다" 김춘수, 「장편 연작시 「처용단장」 시말서」, 『처용단장』, 미학사, 1992, 144쪽.

부재의 존재론, 그 역설의 시학 • 이은정

김춘수의 무의미시가 의미의 시로 선회하는 인식을 밝히고, 이 시기의 시에 드러나는 부재의 존재론 즉 존재와 부재에 관한 역설의 시학이라는 시적 주제를 분석한 후, 이 시기 메타시로 표현된 그의 시적 자의식을 분석해본다. 텍스트는 『의자와 계단』(문학세계사, 1999), 『거울 속의 천사』(민음사, 2001), 『쉰한 편의 비가』(현대문학사, 2002), 『달개비꽃』(현대문학사, 2004)이다.

2. '무의미'에서 '의미'로 선회한 시적 인식

김춘수의 무의미시는 '무의미'라는 말에 결박되어서는 오히려 전반적으로 파악하기가 어렵다. 무의미시에 대한 기존 연구가 때로 동어반복적 주장으로 전개되거나 시인에 대한 옹호나 비판으로 피력되는 것은 이 때문이다. 시작 과정에서 시인이 시적 언술행위의 주체(=시인)와 시적 언술내용의 주체(=시적 화자)로 분열되는 것과 유사하게, 문학연구자 또한 텍스트 안에서 분열되거나 괴리되는 경험을 하게 된다. 즉 연구자(비평적 독자)로서의 시각과 일반 독자(대중 독자)로서의 시선이 일치하는 것이 가장 이상적이지만 그 사이에 갈등과 균열이 존재하는 것이 사실이다. 연구자와 일반 독자의 시각에서 각기 작품을 평가하고 의의를 부여하는 심리적 거리가 다를 수 있기 때문인데, 이것은 곧잘 시에 대한 가치관의 차이로 직결되기도 한다. 특히 무의미시는 시와 삶, 문학과 현실, 예술과 역사 사이에서 독자로 하여금 자기 스스로 끊임없이 부딪히게 하는 대표적인 텍스트라고 할 수 있다.

시작 초기에 김춘수는 기표와 기의는 자율적 관계라는 소쉬르적 견해를 수용한다. '꽃'이라는 시어를 써도 그것은 자연물로서의 꽃이나 생물학적 꽃을 지칭하는 것이 아니라 미지의 어떤 존재를 명명하기 위해 부르는 자의적이고 상징적인 기호로서의 '꽃'이다. 내가 너의 이름을

부르자 네가 나에게 와서 '꽃'이 된 것처럼 나도 다른 누군가의 명명과 호명에 의해 '꽃'이 되고 싶다는 열망, 따라서 시 「꽃」은 너와 나의 연애시를 넘어서 명명(命名)을 둘러싼 존재론적 텍스트가 된다. 무명(無明)의 어둠에서 명명(命名)의 밝음으로 나오게 하는 '이름 부르기'야말로 의미 없는 "몸짓"을 의미 있는 "눈짓"으로 존재하게 하는 언어행위이며, 이것이 바로 존재를 현현하게 하는 명명과 호명이고 또한 시작(詩作)행위라는 선언이다. 김춘수의 존재론은 일찍이 여기서부터 시작되었다. 불안하고 안타까웠던 존재의 '몸짓'들은 시를 통해 존재의 의미를 부여받고, 존재의 흔적들은 이름(=명명행위)을 통해 비로소 명백히 존재하게 된다. 따라서 이 시기 김춘수의 시는 '의미'에 대한 시적 고뇌이며 상대주의적 존재론이라고 할 수 있다.

이후 이러한 시적 태도는 더욱 집요하게 전개된다. 하지만 무명과 미명 속에 부유하는 존재들에 이름을 붙여 의미 없음을 의미 있음이 되도록 해야 하는 언어는 다른 딜레마에 빠진다. 존재하되 부재하는 바로 그 어떤 것을 명백하게 존재로 현현하게 해야 하는 언어는 한계를 절감할 수밖에 없었던 것이다. 이 한계 끝에서 시인은 기표와 기의의 자율적인 연관성을 해체해 아예 기표와 기의를 무관한 것으로 만들어 버리는 언어를 실험한다. 기표와 기의란 합일이 불가능하며 오히려 계속 미끄러지는 관계일 뿐 의미는 생래적으로 거듭 차연될 수밖에 없기 때문이다.

따라서 시인은 명명행위를 통해 존재 의미를 드러내는 것이 아니라 오히려 기의를 삭제해버리고 실존의 울림만 가득한 기표와 소리와 리듬, 즉 시니피에를 거세한 시니피앙의 세계로만 가득 채운다. 그는 의미를 거세한 이 언어들, 다시 말해 무의미의 언어들만이 불안하고 안타까운 존재를 드러내는 최상의 언어이며 시의 최고경지라고 인식한다. 시인의 표현에 의하면 이 무의미의 언어가 바로 언어가 의미의 구속을 떠난 절대순수의 세계이며 언어가 이를 수 있는 진경이다. 이것이 무의미

시가 추구한 요체이자 김춘수 시의 절정기에 드러난 절대주의적 존재론이라고 할 수 있다.

이 시들에서 시적 주체는 가장 예리하게 분열된다. 초기 시에 비해 본격적인 무의미시의 단계에서 시적 언술행위의 주체와 언술내용의 주체는 극단적으로 분열된다.[3] 언어로 가닿을 수 없는 것에 언어로 가닿아야만 하는 모순을 감당하기 위해 시인은 주문 같은 언어, 착란적인 구문 속에서 관념과 의미로부터 해방된 언어들과 '놀이'를 한다. 무의미시는 시적 주체가 분열되지 않고는 불가능한 세계이며, 여기서 시인과 시적 화자는 당연히 해체되어야 했다. 현실적 삶 속에서 시를 쓰는 시인이 시라는 텍스트 안에 내재하는 시적 주체와 분리되고 해체되어야 한다는 것은 그가 기본적으로 전제한 시적 인식이었다.

시의 언어가 의미와 관념으로부터 해방된다는 것은 시가 일상과 현실의 궤도에서 벗어난다는 것을 의미한다. 즉 김춘수 시인이 무의미시로 처음 진입하게 된 동기에는 당대 자신의 역사적이고 개인사적인 체험이 강렬하게 개입했으나, 무의미시가 본격적으로 절정 단계에 이르렀을 때에는 어떤 관념이나 이데올로기와는 무관한 일종의 실존의 엑스터시만 존재했다. 이렇게 역사와 관념과 현실과 이데올로기를 탈각시켜버린 그의 시는 절대적 예술론과 미적 자율성의 시학으로 완성되었다.

---

3) 텍스트의 주체를 시적 언술행위의 주체(=시인)와 시적 언술내용의 주체(=시적 화자)로 나눈다면 특히 무의미시에서 시인과 시적 화자는 두 개의 주체로 뚜렷이 이분된다. 이는 김춘수가 산문을 쓰는 자신과 시를 쓰는 자신은 전혀 다른 개별적인 주체라고 주장하는 것을 상기하게 한다. 기의와 기표의 관계처럼 언술내용은 언술행위와 관계되는데, 무의미시에서 기의와 기표가 전연 무관해지는 것처럼 언술내용과 언술행위는 전연 무관해진다. 김승희는 김춘수의 무의미시를 읽는 독법으로 이 분열된 주체들 사이에 존재하는 무의식의 욕망을 읽고 있다. 김승희, 「김춘수 시 새로 읽기」, 『시학과 언어학』 8호, 시학과 언어학회, 2004 ; Antony Easthope, 『시와 담론』, 박인기 역, 지식산업사, 1994, 71~82쪽.

김춘수의 무의미시

422

하지만 모든 절정이 이미 내리막을 안고 있듯 김춘수의 무의미시 역시 절정에 이를 즈음 치명적인 한계를 노출했다. 언어는 기표와 기의의 결합으로 이루어진 것인데 어떻게 언제까지 시에서 기표와 기의가, 소리와 관념이, 시니피앙과 시니피에가 분리되어 독자적으로 존재할 수 있을까 스스로 회의를 드러내게 된 것이다. 더욱이 무의미시는 그 기저에 시와 삶, 언어와 현실을 분리하려는 반현실주의적 가치관을 내포하고 있는데 이 절대순수의 무의미 언어들이 시인의 의도와는 달리 자주 산문적 의미로 환원되는 텍스트로 이해되어 그 존재의의를 위협받게 된 것이다. 장편 연작시 「처용단장」에는 무의미시의 긴장이 최고조에 이른 역작의 흔적과 그 절정의 순간 이후 맞닥뜨린 난제들이 그대로 새겨져 있다. 그리고 결국 시인은 『처용단장』 후기(後記)에서 무의미시의 한계로서 치열한 시적 실험 끝에 다다른 유아독존적이며 절대경지인 언어와 맞닥뜨린 당혹감을 인정한다. 이는 일종의 텍스터시(textacy)⁴⁾의 희열을 겪은 후 봉착한 귀결점이라고도 할 수 있다.

김춘수는 언어가 지닌 의미의 함정을 다스리는 것만큼이나 의미를 버린 언어의 자유와 방임을 다스리는 일이 위험한 것이라는 인식과 만난다. 그리고 무의미시의 마지막 노정에 이르러서는 지금껏 그토록 벗어나려고 애썼던 '의미'들, 즉 역사적 악의 의미와 비극적 인간의 삶을 다시 읽고 만다. 시집 『들림, 도스토예프스키』는 시인이 이 혼돈을 겪는 와중에 씌어진 시들이다. 그가 도스토예프스키의 인물들에게 "들려" 있던 이유가 그들이 인간의 갈등을 가장 절실하고 적나라하게 드러내고 있기 때

---

4) 'textacy'라는 용어는 Graham Allen의 *Intertextuality*(Routledge, London & NY, 2000)을 인용한 김승희의 논문에서 재인용한 것이다. 'textacy'란 'signifiant들의 유희'를 말하며 주로 주체가 무너지는 과격한 텍스트에서 보여지는데 성적이고 텍스트적인 상황 속에 주체가 상실되는 감각이라고 설명하고 있다. 김춘수의 무의미시에서 이르렀던 희열의 정점 혹은 극점을 설명할 수 있는 용어라 할 수 있다.

문이듯, 이후 의미의 세계로 선회하는 방향감각을 드러내게 된다.

이 노정에서 시인은 일관되게 추구해온 존재 추구의 주제에 다시 집중한다. 존재를 탐구하기 위해 언어의 집중적 실험을 거쳤던 초기 시, 언어와 가파른 사투를 벌인 무의미시의 중기 시를 지나, 후기 시에 이르러서는 현존의 부재를 통해 존재를 절실히 증명하는 역설의 언어를 전개한다. 반이성과 탈질서의 어법인 무의미시로 대응하던 시인은 통과제의를 거치듯 의미의 세계, 현실의 언어로 선회하게 된 것이다. 시인은 이 지점을 "좀더 자세를 가누기로 했다" "좀더 읽기 쉬워졌다"라는 말로 설명하고 있다. 가혹할 정도로 언어를 몰아붙였던 김춘수의 시는 이 단계에서 의미의 그림자를 지니고 의미의 맥락 혹은 가독성 있는 시적 주제를 드러내게 된다. 시적 언술행위의 주체와 언술내용의 주체가 암묵적으로 근접한 텍스트를 이루기도 하면서 '좀더 읽기 �워'진 시가 된 것은 분명해 보인다. 물론 이 과정에는 무의미시가 어느 지점부터 공회전하며 기표와 기의를 분리하는 시도가 무력하게 느껴진 것도 있고, 소리만 남은 언어들이 한순간 또 다른 관념을 형성하며 관념을 만들어가는 자가당착적인 모순을 바라봐야 했던 경험도 있고, 실제로 아내가 세상을 떠난 개인사도 함축되어 있다.

후기 시집들에 이르러 존재에 대한 시인의 관심은 초심과 맞닿아 있다. 그에게 있어 시란 여전히 그리고 여일하게 존재에 대한 관심이었다고 할 수 있다. 이제 그는 존재하되 아직 명명되지 않은 것, 부재하지만 분명 존재하는 것, 현존의 부재를 통해 오히려 존재를 강력하게 증명하는 것들을 역설적인 언어로 표현한다. 시란 본디 역설의 언어인 것, 있는 것이 없는 것이고 없는 것이 있는 것이라는 존재론, 그리고 부재가 오히려 존재의 흔적 즉 존재감을 강하게 드러낸다는 존재론을 위해 그는 역설적인 언어와 말놀이의 시학을 시도한다.

존재탐구에 대한 사유는 시간과 공간에 대한 인식과 연관되게 마련이

다. 존재란 '지금' '여기'에 '있다'는 인식과 긴밀하게 맞닿아 있기 때문이다. 존재했으되 지금은 없는 과거라는 시간, 있겠으되 아직은 오지 않아 없는 미래라는 시간, 그리고 여기가 아닌 저기의 공간, 곧 여기가 될 거기의 공간, 존재란 결국 시간과 공간의 좌표 안에 있는 구체적이면서도 추상적인 어떤 것이다. 김춘수는 의미의 시로 선회하면서 부재와 존재의 역설성, 부재가 증명하는 존재의 절실함을 지향한다. 시란 눈으로는 볼 수 없는 것들의 가치와 진실을 믿는 것, 그래서 시인은 부재하되 존재하는 것, 분명 존재하지만 규정할 수 없는 것들을 향해 다시 언어와 의미의 자장 안으로 들어서게 된다.

3. 부재의 존재론, 역설의 시학

김춘수의 존재론적 탐구는 첫 시집부터 일관되어온 주제이다. 좀 더 풀어서 말하면 '존재한다'는 인식에 대한 관심이다. 그의 시에 지속적으로 변주되어 온 이 주제는 후기 시집들에 이르러서는 부재의 존재론, 존재와 실존의 고투로 드러난다.

무엇보다 시인은 존재한다는 것이 얼마나 모호하고 불안한 것인가에 대해 골몰한다. 그의 언어는 존재와 부재 사이에 있는 것, 존재하되 잡을 수도 볼 수도 없는 것, 있지만 없는 것, 없지만 있는 것들의 역설 사이에서 서성인다. 가령, 물들었다가 사라지는 노을, 어둠속에 잠겨 보이지 않는 손과 그 감촉, 밝은 대낮에 떠 있는 달, 불현듯 사라져버린 계절, 나뭇가지를 흔들고 간 바람, 새가 날아간 뒤 혼자 흔들리는 나뭇가지, 숨어있는 존재를 찾아야 하는 술래잡기, 소리와 빛이 고여 있던 한 찰나, 여운을 남기고 스러진 메아리, 다가와 머물렀다 밀려나간 바닷물의 흔적, 비바람에 실려 간 어떤 자취, 선명하게 남아 있는 잇자국, 대기 중에 스며 있는 화인(火印) 같은 흔적, 흐릿하게 남아 있는 여흔들을 찾

아내려는 언어들이다.

보이지 않아 보이지 않는다고,
그러나 그러나
보이지 않아 보고 싶다고
제일 만만한 사람의 귀에다 대고
살짝 한 번 말해 주렴 낮은 소리로
보이지 않아 보고 싶다고
그 毛髮,

—「살짝 한 번」 일부

너는 이제 투명체다.
너무 흰해서 보이지 않는다.
눈이 멀어진다.
너는 벌써
억만 년 저쪽에 가 있다.
무슨 수로
무슨 날개를 달고 나는
너를 따라 잡을 수 있을까.
언제 우리는 다시 만나게 될까.
주먹만한 침묵 하나가
날마다 날마다 고막을 때린다.

—「제37번 비가」 일부

오늘 아침은 햇서리가 내리고
풋감 하나가 툭하고 떨어진다. 어디서
때까치가 와서 물고 간다.
그런 흔적이 역력하다.
그 위에 갈매빛 하늘이 엷게 놓인다.
아무일도 없었다는 듯이
혹은 무슨 일이 있었다는 듯이.

—「장의자가 있는 풍경」 일부

그가 그려준 산은

짙은 옻빛이다.

그런 산은 이 세상 어디에도 없는데

볼 때마다 지그시 내 어깨를 누른다.

없는 것의 무게다.

— 「엽편이제」 일부

지금은 어디 있지,

옛날은 어디 있지,

옛날은 다 꾸겨진 휴지조각일까,

아침에 눈뜨면

어디선가 귓전에 다가오는

그것은

소리내지 않는 큼직한 쇠방울 같은 것,

지긋이 어깨 누르는,

— 「비가를 위한 말놀이 9」 일부

시인은 이 세계의 미만(彌滿)한 공기 속에 삶과 죽음, 있음과 없음, 기억과 실존, 유(有)와 비유(非有)의 의미들이 넘나드는 것을 바라본다. "너"는 훤하도록 투명해 오히려 눈으로는 볼 수도 없고 억만 년 저쪽에 가 있어 따라잡을 수도 없지만, 네가 존재했었다는 기억과 네가 지금 부재한다는 침묵은 "고막을 때리는" 몸의 감각으로 실감된다. "없는 것"과 "있는 것"이 혼돈처럼 뒤엉키고, 단단한 "풋감"이 떨어졌던 흔적이 "역력"한데도 결국 "아무일도 없었다는 듯" "무슨 일이 있었다는 듯" 존재했던 모든 것들은 흔적으로만 남는다.

지나간 시간들은 "꾸겨진 휴지조각"이 되어버리고 "지금"과 "옛날"은 흘러가는 시간 속에 스며 결국 사라져가지만, 보이지 않는 것은 바람만이 아니고 사람들이 들여다봐주지 않아도 길섶의 꽃은 피어나며 밝은 낮에도 낮달은 늘 떠 있다. 시인은 이것이 바로 세상의 모든 것들이 존

427

재하는 이치임을 읽어내고 이 모든 "없는 것의 무게"를 어깨가 지그시 짓눌리듯 실감하면서 "보이지 않아 보이지 않는다고" "그러나 그러나 보이지 않아 보고 싶다"고 반복한다.

시간이란 "옛날"과 "지금"이라는 이름으로 흘러가버리는 추상이다. 절실한 자취로 새겨졌던 시간들도 끝내는 허공으로 지워져버릴 무위의 추상이다. 시간은 눈으로는 볼 수도 만질 수도 없지만 만물을 통해 자신을 드러내는 무소불위의 존재다. 보이지 않는 것들을 묘파하기 위해 시인은 시간의 위력을 묘사하고,[5] 존재란 결국 시간 속에 존재했으나 끝내는 시간 속으로 사라져가는 비극이라고 인식한다. 그래서 그것은 제 존재의 아름다움을 모르고 사라져간 노을과 그림자와 메아리로 비유된다. 시적 순간은 부재의 밀도가 오히려 존재를 압도하는 즉 부재로 인해 존재를 간절히 실감하게 되는 역설의 역학이 된다. 김춘수에게 시는 그저 저대로 오롯이 존재하다가 시간 속으로 사라져가는 존재들에 대한 비가인 셈이다.

시인은 존재와 부재의 역학을 새가 앉았다 날아간 뒤 존재의 여흔처럼 혼자 흔들리는 나뭇가지로 자주 비유한다. 여기 있었으되 지금은 없으니 부재인가, 지금은 없지만 분명 있었으니 존재인가, 존재와 부재 사이는 공간인가 시간인가, 있음과 없음이 공존하는 이 찰나들은 이곳과 저곳, 지금과 옛날, 이승과 저승, 존재와 부재, 순간과 영원의 시공간 사이에 머물러 있는 만상에 대한 인식으로 확대된다.[6] 시인은 물론 이 찰나들마저 결국은 적요한 시공 속으로 적멸해갈 것까지 의식하고 있다.

---

5) "시간은 그렇게 분해됐다 환원됐다 한다/ 자꾸 새어나간다. 무엇인가 서운한 것들이"(「제42번 비가」 일부), "장미는 시간을 보지 않으려고 눈을 감고 있다"(「장미, 순수한 모순」 일부) 등.

6) 이은정, 「무거운 명상들과의 말놀이」, 『현대시학』, 2002년 11월호.

이 세상 어디서나
꽃은 피고 꽃은 진다. 그리고
간혹 쇠파이프 하나가 소리를 낸다. (…)
그리고 또 그 다음
마른 나무에 새 한 마리 앉았다 간다.
너무 서운하다.

—「제2번 비가」 일부

네가 가버린 자리
사람들은 흔적이라고 한다
자국이라고도 얼룩이라고도 한다.
그렇다면
새가 앉았다 간 자리
바람이 왜 저렇게 흔들리는가,
네 가버린 자리
너는 너를 새로 태어나게 한다

—「제24번 비가」 일부

그런데 시인은 이 찰나의 시공들을 감히 "너무 서운하다"고 표현한다. '감히'라고 덧붙여 말하는 까닭은 "너무 서운하다"라는 표현이 김춘수 시인에게는 오랫동안 없었던 어휘이기 때문이다. 시에서 의미나 감정의 흔적을 남기는 것을 적극 거부하던 시인이 이제 체온처럼 온기처럼 의미를 갖는 언어를 드러낸다.

김춘수의 후기 시는 존재의 실존이 멸각되려는 찰나에 집중한다. "없는 것이 없는 것이 아니라" "하늘은 없지만 하늘은 있다" "오지 않는 것이 오는 것이다" 등의 선문답 같은 역설은 존재와 부재의 이치를 표현하기 위한 어법들이다. 존재의 애연(哀然)한 순간들을 향해 시인은 "서운하다"는 속내를 드러내고 만다. 그리고 그는 이 시적 순간을 "그 빛깔이 너무도 선명하다. 그러나 그 빛깔은 곧 지워질는지도 모른다. 그런 생각이

들자 순간 사상이 떠오르고 시의 허두 한 마디가 나왔다"라고 부연한다.

　존재에 대한 불안과 슬픔은 실존을 향한 명징하고 구체적인 감각을 욕망하는 것으로 드러난다. 김춘수의 후기 시에 '몸'이 자주 등장하고 육체적인 은유와 촉각이 두드러지는 것은 이 때문이다. 인간의 몸과 감각은 존재의 대상을 체감하게 하는 가장 절실한 매개이다. 그의 시에는 "살"뿐 아니라 "毛髮" "어깨" "고막" "손" "사랑니(지치)" "맨발" "염통" "가르마" "사타구니" "샅" "밑구멍" "볼기짝" "불알" "쓸개" "간" "궁둥이" "티눈(계안창)" 등이 실존적 감각의 대상으로 자주 등장한다. 존재를 언어와 명명으로 붙잡으려 사투했던 시인은 이제 몸의 감각을 통해 부재를 극복하는 실존을 체감하기를 욕망한다.

> 내 살이 네 살에 닿고 싶어 한다
> 나는 시방 그런 수렁에 빠져 있다.
> 수렁은 밑도 없고 끝도 없다.
> 가도 가도 나는 네가 그립기만 하다.
> 나는 네가 얼마만큼 그리운가,
> 이를테면 내 살이 네 살을 비집고 들어가
> 네 살을 비비고 문지르고 후벼파고 싶은
> 꼭 한 번 그러고 싶을
> 그만큼.
>
> 　　　　　　　　　　　—「제28번 비가」 전문

　네가 있었다는 것을, 우리가 함께 존재했었다는 것을, 어떻게 증명할 수 있을까. 존재한다는 것은 기억 속에서인가 감각 속에서인가. 이 시는 존재의 추상성과 부재의 모호성을 실존의 구체성으로 체감하려는 갈망을 드러낸다. 이 지독한 살 만짐의 욕망은 "얼마만큼 그리운가"라는 기억과 감정의 상상이 아니라 "살"이라는 부드러운 육체성을 "비비고 문지르고 후벼파고 싶은" 실존적이고 동물적인 욕망으로 묘사된다. 실존

이란 사물의 본질이 아니라 존재하는 그 자체, 즉 존재를 자각적으로 혹은 감각적으로 묻는 것이기 때문이다. 존재의 추상적인 본질만이 아니라 현실적 실존을 확인하고 싶은 바람은 "네 살에 닿고 싶"어 하는 "밑도 없고 끝도 없는 수렁" 같은 간절함으로 너의 부재 속에 너의 존재를 육화한다.

시인이 무의미시에서 소리에 매달렸던 이유가 청각이 시각보다 구체적이고 명징한 감각이기 때문이었다. 소리는 의미 없이도 순수하게 존재를 증명하기 때문이었다. 후기 시에서 시인은 존재의 극명함을 드러내고 눈으로 볼 수 없어도 분명하게 존재하는 것들의 흔적을 드러내기 위해 존재들의 "오련한"[7] 자취를 만지고 더듬적거리고 긁고 비비고 문지르고 후벼파려 한다. 대상에 의미를 부여하기 위해 빛깔과 향기에 가장 알맞는 이름을 탐구하고, 그 기의의 함정에 절망하여 아예 의미를 지우려 무의미에 매진했던 시인은 이제, 존재가 부재로 명멸해가는 그 찰나의 의미를 표현하기 위해 실존의 감각과 언어가 가진 의미의 차원으로 선회한다. 그리고 존재의 위의(威儀)를 넘어서는 부재의 밀도를 체감하면서 부재와 존재의 음영을 응시하던 시인은 삶과 죽음을 묻는 시로 나아간다. 삶과 죽음이야말로 부재와 존재를 가장 절실하게 인식하게 하는 지점일 것이다.

삶의 차원, 의미의 시로 들어선 김춘수의 몇몇 시들은 '시시하고 미미하게 존재'하는 것들을 심상하게 표현하고 있기에 자칫 스쳐 지나가버릴 풍경처럼 보이기도 한다. 그러나 존재를 부재로 지워버리는 죽음을 말할 때, 부재의 존재론이라는 주제를 삶과 죽음의 인식으로 얘기할 때,

---

7) "오련하다"는 이 시기의 시에 중요하게 자주 등장하는 표현이다. 시인이 포착하려는 존재의 속성, 즉 희미하고 엷고 불분명한 부재와 존재 사이의 흔적을 드러내는 표현이다.

그의 시들은 다시 유장해진다. 이후 이어지는 시집 『거울 속의 천사』는 시인이 아내를 잃고 쓴 시집이고, 『쉰한 편의 비가』는 시인이 평생 흠모한 시인 릴케가 만년에 대단원처럼 쓴 웅혼한 연작시 『두이노의 비가』를 염두에 두고 쓴 연작시집이며, 『달개비꽃』은 시인의 유고시집이다.

조금 전까지 거기 있었는데
어디로 갔나,
밥상은 차려놓고 어디로 갔나,
넙치지지미 맵싸한 냄새가
코를 맵싸하게 하는데
어디로 갔나,
이 사람이 갑자기 왜 말이 없나,
내 목소리는 메아리가 되어
되돌아온다.
내 목소리만 내 귀에 들린다.
이 사람이 어디 가서 잠시 누웠나,
옆구리 담괴가 다시 도졌나, 아니 아니
이번에는 그게 아닌가 보다.
한 뼘 두 뼘 어둠을 적시며 비가 온다.
혹시나 하고 나는 밖을 기웃거린다.
나는 풀이 죽는다.
빗발은 한 치 앞을 못 보게 한다.
왠지 느닷없이 그렇게 퍼붓는다.
지금은 어쩔 수가 없다고,

—「강우」 전문

죽음은 가장 완강한 침묵이며 가장 깊고 어두운 부재이다. 침묵이 언어보다 강할 때가 있는 것처럼 부재 또한 더욱 강력하게 존재를 증명하기도 한다. 죽음 앞에서 화자는 어떤 의미도 부여하기 어려운 상실의 심연을 겪지만, "조금 전까지 거기 있었는데 어디로 갔나" "혹시나 하고

밖을 기웃거린다"의 서성댐은 그저 "지금은 어쩔 수가 없다"는 부재 앞에서 무력할 뿐이다. 부재라는 동공으로 인해 비로소 증명되는 존재의 자취가 얼마나 어둡고 깊은 "메아리"인지, "살"을 맞대고 살아가는 것이 얼마나 애타도록 귀한 일인지 비로소 실감하는 순간이다. "지금 꼭 사랑하고 싶은데 사랑하고 싶은데 너는 내 곁에 없다"(「제22번 비가」 일부)는 것, 그의 살에 닿아 비비고 문지를 수 없다는 것이 너의 부재로 인한 가장 모진 완력이자 네 존재를 실감하게 하는 가장 육화된 상실이다.

부재와 존재를 배우는 것은 시소(seesaw)놀이라고도 한다. '보인다(see)'와 '보였다(saw)'의 반복, 지금은 안 보여도 없는 것이 아니라고 믿고 있는 부재와 존재의 놀이, 김춘수는 이 이치를 시에서 자주 '술래잡기'로 묘사한다. 지금 눈앞에 없지만 분명 어딘가 있다고 믿고 찾아내는 것이 술래의 몫이자 놀이의 약속이다. 숨은 자를 찾지 못하면 술래가 지는 것이지만, 숨은 자를 아예 찾지 않기로 술래가 돌아서버리면 오히려 숨어있는 자가 지게 되는 곤혹스러운 형국이다. 시인은 이를 "술래야, 그때 벌써 너는 나를 두고 말도 없이 너 혼자 먼저 가버렸다"(「바위」 일부)라고 존재찾기의 놀이가 무화되어버리는 순간을 표현하면서 '거기-있음(etre-la)' 속에 서로 찾고 찾아지는 놀이를 부재와 존재의 역설로 비유한다.

김춘수 시인에게 있어 삶은 때로 이 놀이의 약속을 깬 술래와 같은 것으로 등장한다. 삶이 나를 찾아내주어야 내 존재가 증명되고 삶이라는 놀이의 약속 또한 지켜지는데, 마치 술래가 나를 찾지 않고 그냥 돌아가버리듯 삶이 내 존재를 찾아내주지 않고 아예 지워버렸던 기억을 갖고 있는 것이다. 그는 시인을 언어의 술래, 즉 만물의 부재와 존재 사이에 명멸하는 흔적들을 언어로 찾아내는 존재라고 이해한다. 숨어 있는 것을 찾아내 부재의 자취를 존재의 의미로 현현하게 하는 언어의 술래, 지금 눈앞에 실재하지 않아도 존재하는 모든 것들을 향해 언어라는 약속

을 놓지 않는 존재가 시인이다. 모호하고 불안하지만 분명 존재하고 있는 것들, 소멸할지라도 역력히 존재하는 것들, 이 존재와 부재 사이에서 명멸하는 순간은 '기척' '흔적' '화인' '자취' '자국'의 찰나들이지만 거기에 영원한 존재성이 담겨 있다는 것이 이 시들의 역설의 시학이다.

4. 의미의 회귀, 메타시의 자의식

김춘수는 자신의 시를 거듭 인용하고 패러디하면서 자신의 시 세계 안에서 순환하는[8] 특징을 갖는다. 시인은 이를 스스로 접붙이기의 시학이라고 불렀는데 이같은 자기반영적 메타성은 시인의 세계관을 드러내는 일종의 양식적 특성이다. 후기 시집들에 드러나는 메타시의 양상은 여기서 더 나아간다. 이 시기의 메타시들은 자신의 시 세계를 해석하고 부연하면서 자기 자신의 시적 노정을 구체적으로 드러낸다.

> 나의 시를 고급장식품이라고 누가 말했다고 한다. 잘한 말이다. 오스카 와일드는 장식품을 「어떠한 의미에 의하여도 손상되지 않는다」고 말했는데, 그렇다. 의롱에 앉은 백동나비는 술어가 없다. 하늘에 뜬 해와 달이 그렇듯 나의 시는 「어떠한 의미에 의하여도 손상되지 않는다.」 섭씨 39도에도 나의 시는 옷깃을 여민다.
>
> ─ 「바꿈노래─나의 시」 전문

---

8) 김춘수는 자신의 시를 반복하여 인용하고 패러디하는 이같은 자기반영적 특성을 '접붙이기의 시학'이라고 이름붙였다. "내 과거를 현재에 재생코자 한 방법이다. 동시에 그것은 역사주의의 유일회적 세계관을 배척하는 신화적 윤회적 세계관의 기교적 실천이다.「처용단장」에서 시도한 이 시들은 내 정서적 과거가 서로 포개지면서 되풀이되는 생의 나선형적 반복을 보여준다. 이 상태가 바로 현재의 내 실존의 허울, 즉 존재론적 세계다. 시의 입장에서 본다면 시에 대한 자의식이 될 수도 있다. 과거의 콘텍스트끼리 접붙이기를 하는 것이다." 김춘수, 「접붙이기」, 이승훈 편, 『한국현대대표시론』, 태학사, 2006, 118~126쪽.

내가 달라졌다고?

무엇이 어떻게 달라졌나,

나에게는 나를 지탱케 하는 뭐라고 할까

라이트 모티브, 그런 것이 있다 이를테면

사상과 역사를 믿지 않는다

길을 가다가 살짝

가래침을 뱉는다. 누가 볼까 봐

예쁜 꽃을 살짝 꺾는다

내 시 「꽃」은 그렇게 씌어졌다(중략)

그럭저럭 내 시에는 아무것도 다 없어지고

말의 날갯짓만 남게 됐다.

왠지 시원하고 왠지 서운하다.

— 「말의 날갯짓」 일부

시인은 "누가" 자신의 시를 두고 "고급장식품"이라고 말했다고 표현하지만 사실 그렇게 말한 것은 시인 자신이다. 김춘수는 산문과 시론에서도 "예술은 이리하여 그 질에 있어 언제나 귀족적이다"[9]라고 일관되게 개진한다. 그는 자신의 시를 향한 비난 섞인 평가를 염두에 두고 있지만 또한 "어떤 의미에 의해서도 손상되지 않는다"는 가치 때문에 부정적인 함의가 섞인 이 '고급장식품'과 '귀족주의적' 시라는 평가를 긍정적으로 받아들인다. 시인은 실용성과는 전연 무관한 "백동나비" 장식이나 하늘의 "해와 달"처럼 그 자체만으로 의미를 지니는 것이 시의 존재의의라고 확신한다. 이 변하지 않는 인식의 꼿꼿함은 "섭씨 39도"의 혹서에도 "옷깃을 여미"는 도저한 시적 자세로 묘사된다.

그러면서 시인은 "내가 달라졌다고? 무엇이 어떻게 달라졌나"라고 되묻는다. 동시에 시인은 "달라졌다고?"라며 자기 입장을 전제하는 표현

---

9) 김춘수, 『왜 나는 시인인가』, 현대문학사, 2005, 326쪽.

을 제시해 자신의 시가 달라졌음을 자인하면서 설명을 부연한다. "사상과 역사를 믿지 않는다"에 대한 시인의 개인사는 초기부터 여러 차례 반복되어온 상호텍스트적 설명인데, 자신의 시를 "살짝" 가래침을 뱉거나 "살짝" 예쁜 꽃을 꺾는 일에 비유한 것은 시를 일종의 유희적 모반으로 인식하고 있음을 강조한다.

그가 자신의 시에 "말의 날갯짓"만 남았다고 말하는 것은 탄식이나 자조라기보다 자신의 예술론을 주장하는 희열의 묘사에 가깝다. 김춘수는 시를 '춤'[10]에 비유한다. '보행'이 지닌 유용성이 없는 그 무용(無用)함 때문에 영원히 아름다울 수 있고, "백동나비" 장식처럼 비실용적인 격(格) 때문에 예술이라는 것이다. 유용하기 때문에 무거울 수밖에 없는 보행과 사상과 역사와는 달리, 김춘수의 시는 무용하기 때문에 운신이 가벼운 "말의 날갯짓", 춤과 시와 예술이 되는 시다. 이즈음의 시에서 그는 메타시를 통해 자신의 시적 자의식을 설명하고 또한 무용지용의 미학과 예술론을 전개한다.

> 3할은 알아듣게
> 아니 7할은 알아듣게 그렇게
> 말을 해가다가 어딘가
> 얼른 눈치 채지 못하게
> 살짝 묶어두게
>
> —「시인」일부

---

10) '춤'은 '보행'의 유용성에 대조되는 무용성을 은유적으로 표현한 것으로서, 김춘수 시인이 추구하고 지향하는 '무용지용의 시학'을 상징하는 표현이며 '고급장식품' '귀족주의적'와 동궤의 것이다.
Heinz Schlaffer는 이를 『시와 인식』에서 이렇게 설명한다. "시가 일상적이고 학문적인 산문의 실용성에 비해 처지면 처질수록 그 아름다움은 더욱 선명하게 드러난다. 이것이 바로 과잉이 산출하는 아름다움이다. 산문으로 점철된 문명에서 시는 실용적인 글을 요구하지 않는 신호의 기능이다. 실용적으로 무가치화하는 것이 미적 가치를 얻는 조건이다." Heinz Schlaffer, 『시와 인식』, 변학수 역, 문학과지성사, 1992, 78~79쪽.

홀쩍 뛰어넘게
모르는 척
시치미를 딱 떼게.
힌여름 대낮의 산그늘처럼
품을 줄이게
시는 침묵으로 가는 울림이요
그 자국이니까

—「품을 줄이게」 일부

이 시들 역시 김춘수의 시론을 드러내는 메타시들이다. 예전의 무의미시가 "3할은 알아듣게" 말하는 시였다면 이제 그의 시는 "7할은 알아듣게" 말하는 시다. 깎아지른 듯 절제해온 시적 절제와 통어가 다소 누그러지고 편벽할 정도로 극단적이었던 언어의 실험에서 한발 물러섰으되 언어의 견인력과 긴장은 놓지 않아야 한다고 거듭 부연한다. 시의 언어는 "홀쩍 뛰어넘"어야 하고 "얼른 눈치 채지 못하게" 묶어두어야 하며 끝내 다 풀어놓지 않아야 한다는 일종의 시론이다. 그런 점에서 "시치미를 딱 떼게"와 "품을 줄이게" 역시 시인의 시창작론인데 시치미떼기와 품 줄이기는 그가 주장하는 시쓰기의 기본전제다. 시인은 홀쩍 뛰어넘고 시치미 떼고 품을 줄이면서 "침묵"에 가까워져야 "울림"과 "자국"을 지닌 시를 쓸 수 있다고 말한다. 말하지 않음으로써 더 많이 말하는 것, 언어를 풀어내려놓지 말고 어딘가 묶어두어야 한다는 것, 침묵으로 더 많은 것을 말할 수 있다는 것, 이는 메타시와 자기시의 패러디로 개진되는 김춘수의 시론이다.

더욱이 시집 『달개비꽃』의 42쪽과 43쪽은 제목도 시도 없는 그야말로 침묵의 백지다. 다만 맨 끝 부분에 주석11)이 씌어 있을 뿐이다. 주석 속

---

11) "말라르메는 백지의 공포라고 했다. 백지 한 장에 완벽한 세계를 그려 넣어야 한다는 그 강박감을 말하는 것이리라, 나의 백지는 말라르메와 다르다. 언어로부터의 해방, 의

부재의 존재론, 그 역설의 시학 · 이은정

의 말라르메는 완벽한 세계를 그려야 한다는 강박감 때문에 백지에서 공포를 느꼈는데, 김춘수는 백지에서 언어와 의식으로부터 해방된 자유와 그 해방이 주는 불안을 느낀다. 그에게 백지는 절대자유의 경지를 의미하는 침묵이자 해방이었으며, 불안은 완벽한 시를 향한 강박 때문이 아니라 부재의 존재를 찾기 위해 술래가 갖는 긴장과 떨림 같은 것이었다. 절대자유를 동경하면서 시를 쓰기 시작했지만 절대자유에 도달하기 위해서는 오히려 시를 쓰지 말았어야 했다는 역설에 저항하면서 시인은 비로소 이 백지 앞에서 "숨막히는 자유"를 느낀다. 후기 시에 전면 등장하는 이 메타시들은 모두 그의 유사(類似)시론이라고 할 수 있다.

그는 메타시에서 무엇보다 '말놀이'의 시들을 자주 시도한다. 그에게 '말놀이'란 가장 신성한 시작행위이다. 이 시들에서 시인은 의미를 의도하면서도 의미에 함몰되지 않고 언어와 '논다'. 가령, "슬픔은 슬픔이란 말에 씌워/ 숨차다/ 슬픔은 언제 마음 놓고/ 슬픔이 되나"(「먼 들메나무」 일부), "울고 있다/ 밖으로는 나가지 못하고/ 운다는 말의 울타리 안에서 울고 있다"(「홍방울새」 일부), "지금 나는 별이란 말을 새삼 잇새로 굴리고 있다. 참 오랜만이다"(「별」 일부), "왜 만해는 님이라고 했던가, 님이 소리내며 귓전을 울렸기 때문이다"(「만해문학관」 일부), "끝이란 그러나 말이 만든 말의 하나다/ 끝이 있어야 말이 된다/ 말은 제 안주머니에 무엇을 숨기려고 하기에"(「an event」 일부) 같은 예들이다. 이들은 모두 "―라는 말"이라는 메타적 구문을 갖고 있다. 가령 "슬픔이란 말" "운다는 말" "별이란 말" "끝이라는 말"이라는 표현은 메타적으로 그 어휘 자체를 다시 인식하게 한다. 그는 메타적 묘사들을 통해 어휘의 의미를 단순히 그 뜻에 함몰되지 않게 하면서 소리의 반향과 더불어 언어들과 노는 시인의 말놀이를 전개한다.

식으로부터의 해방이다. 해방(백지)이 주는 불안을 독자도 나와 함께 느낄 수 있을까"

'언롱' '고급장식품' '귀족주의' '말놀이' '날갯짓' '춤' 등 김춘수의 시 세계를 둘러싸고 있는 평가적 표현들은 그의 메타시를 통해 다시 해석되고 부연된다. 그리고 이 메타적 시들은 부재를 통해 존재를 역설(逆說)했던 후기의 시적 주제만큼이나 그의 시에 대한 의미 부여와 해석을 통해 시의 존재의의와 예술론을 역설(力說)하고 있다.

5. 맺음말 : '놀이'의 궤적

김춘수의 시에 접근하는 일은 종종 난감하다. 산문적 해석이나 명쾌한 분석이 수월치 않고 무의미시를 의미의 맥락으로 붙잡아 읽는 일은 불필요해 보인다. 자연의 정경을 스케치하듯 묘사한 단형의 시들조차 함축하고 있는 시적 인식과 사유가 깊어 해석에 난항을 거듭하게 된다. 그의 도저하고 확고한 시 세계에 대해서는 객관적인 분석과 더불어 늘 어떤 식으로든 평가적인 시각이 개입되어왔다. 무엇보다도 '왜 시를 쓰는가'와 '왜 시를 읽는가'라는 질문을 상정할 때, 김춘수의 무의미시는 전자의 질문에는 충족히 답할 수 있으나 후자의 질문에 답하기 어렵게 만드는 점이 있다.

김춘수의 후기 시집들은 그의 시를 새롭게 읽는 독법을 시사한다. '존재한다'는 것의 의미를 일관되게 탐구해온 시인은 눈에 보이는 것보다 보이지 않는 것이, 지금 여기 없어도 결코 없는 것이 아닌 것이 지닌 의미들을 추구하는 역설적 존재론에 천착한다. 모호하고 불안하지만 분명 존재하는 것들, 소멸할지라도 역력히 존재하는 것들을 향해 시는 쓰여져야 한다는 부재의 존재론이자 역설의 시학이다. 또한 후기 시집들에 드러나는 메타시들도 의미의 지향점을 구체적으로 드러낸다. 이전의 메타시가 양식적 실험이었던 비해 이 메타시들은 김춘수의 시적 자의식과 절대적 예술론을 선명하게 해석하고 부연하는 일종의 유사시론이라고 할 수 있다.

시란 무엇인가라는 질문에 그는 '화술'이며 '레토릭'이라고 답한 바 있다.[12] 이 역시 숭고한 언지의 세계를 구축하기보다 보이지 않는 존재의 자취를 좇는 '춤'의 언어를 추구해온 언롱의 시 세계를 약술한 표현이다. '언롱' '고급장식품' '귀족주의' '말놀이' '날갯짓' '춤', 그리고 '신기루' '유희' '인공낙원' '화술' '레토릭' 등의 평가적 명명 속에서 김춘수의 시는 꿋꿋하게 또 때로는 위태롭게 존재해왔다. 그는 역사적 니힐리즘 위에서 절대적 예술론의 시 세계를 추구해왔다. 그는 자신의 시적 인식을 이렇게 요약한다. "문화는 놀이의 상태를 동경한다. 놀이는 무상의 행위다. 공리성에서 벗어나 해방되고 싶은 충동, 여기에 시가 있다." 그의 주장은 때로 이율배반적인 모순을 품고 있기도 하지만, 절대적 예술론과 미적 자율성은 일정 매혹적이며 시적 인식의 진폭을 확장하게 한 의의를 지닌다. 그의 후기의 시적 노정 역시 시와 삶, 문학과 현실, 예술과 역사 사이에서 여전히 길항하되 조금은 더 유연해진 그 '놀이'의 궤적이라고 할 수 있을 것이다.

■ 참고문헌

1. 자료

김춘수, 「처용단장」, 미학사, 1991.
_____, 『의자와 계단』, 문학세계사, 1999.
_____, 『거울 속의 천사』, 민음사, 2001.

12) "시는 화술이다. 더 얕잡아 말하면 레토릭이다. 나의 수사는 요즘 많이 달라지고 있다. 비의적인 요소를 줄이고 풀어쓰기로 했다" 김춘수, 『쉰한 편의 비가』, 현대문학사, 2002, 74쪽.

_____, 『쉰한 편의 비가』, 현대문학사, 2002.

_____, 『달개비꽃』, 현대문학사, 2004.

_____, 『김춘수 시전집』, 현대문학사, 2004.

_____, 『김춘수 시론전집』 1, 2, 현대문학사, 2004.

_____, 『왜 나는 시인인가』, 현대문학사, 2005.

_____, 「접붙이기」, 이승훈 편 『한국현대대표시론』, 태학사, 2006.

2. 단행본 및 논문

김동환, 「김춘수 시론의 논리와 그 정체성」, 한계전 편, 『한국현대시론사연구』, 문학과지
　　　성사, 1999.

김승희, 「김춘수 시 새로 읽기」, 『시학과 언어학』 8호, 시학과 언어학회, 2004.

송기한, 「근대에 대한 사유의 여행」, 『한국현대시와 근대성 비판』 제이엔씨, 2009.

오세영, 「무의미시의 정체」, 『20세기 한국시이론』, 월인, 2005.

윤지영, 「김춘수 : 무의미시 재고」, 『시학과 언어학』 8호, 시학과 언어학회, 2004.

이은정, 「무거운 명상들과의 말놀이」, 『현대시학』 2002년 11월호.

_____, 「존재의 슬픔, 부재의 힘 – 김춘수의 『달개비꽃』」, 『현대시학』 2005년 2월호.

장석주, 「언롱의 한계와 파탄」, 『시경』 2004년 상반기.

_____, 「도피와 유희」, 『시경』 2005년 상반기.

최동호, 「시와 시론의 문학적 사회적 가치」, 『한국시학연구』 22호, 한국시학회, 2008.

Antony Easthope, 『시와 담론(Poetry as discourse)』, 박인기 역, 지식산업사, 1994.

Heinz Schlaffer, 『시와 인식(Poesie und Wissen)』, 변학수 역, 문학과지성사, 1992.

1922년 (1세)
■ 11월 25일, 경남 통영에서 김영팔과 허명하의 3남 1녀 중 장남으로 출생.

1935년 (14세)
■ 통영공립보통학교 졸업, 경성공립제일고등보통학교(경기공립중학교로 교명 변경) 입학.

1939년 (18세)
■ 11월, 경기공립중학교 자퇴, 일본 동경으로 감.

1940년 (19세)
■ 4월, 동경의 니혼대학 예술학원 창작과 입학.

1942년 (21세)
■ 12월, 일본 니혼대학 퇴학.

1944년 (23세)
■ 부인 명숙경(明淑瓊)과 결혼.

1945년 (24세)
■ 유치환, 윤이상, 김상옥, 전혁림, 정윤주 등과 통영문화협회 결성.

1946년 (25세)
■ 9월, 『해방 1주년 기념 사화집』에 시 「애가(哀歌)」 발표.
■ 통영중학교 교사로 부임, 1948년까지 근무.
■ 조향, 김수돈과 동인사화집 『노만파(魯漫派)』 발간.

1948세 (27세)
■ 8월, 첫 시집 『구름과 장미』(행문사) 출간.

1949년 (28세)
■ 마산중학교로 전근, 1951년까지 재직.

1950년 (29세)
■ 3월, 제2시집 『늪』(문예사) 출간.

1951년 (30세)
■ 7월, 제3시집 『기(旗)』(문예사) 출간.

1952년 (31세)
■ 구상, 설창수 등과 『시와시론』 창간. 시 「꽃」과 첫 산문 「시 스타일론」 발표.

1953년 (32세)
■ 4월, 제4시집 『인인(燐人)』(문예사) 출간.

1956년 (35세)
■ 5월, 유치환, 김현승, 송욱, 고석규 등과 『시연구』 발행.

1958년 (37세)
■ 10월, 첫 시론집 『한국현대시형태론』(해동문화사) 출간.
■ 12월, 제2회 한국시인협회상 수상.

1959년 (38세)
■ 6월, 제5시집 『꽃의 소묘』(백자사) 출간.
■ 11월, 제6시집 『부다페스트에서의 소녀의 죽음』(춘조사) 출간.
■ 12월, 제7회 자유아세아문학상 수상.

1960년 (39세)
■ 해인대학(현 경남대학교 전신) 조교수 부임.

1961년 (40세)
■ 4월, 경북대학교 국어국문학과 전임강사.
■ 6월, 시론집 『시론(시작법을 겸한)』(문호당) 출간.

1964년 (43세)

■ 경북대학교 국어국문학과 교수 부임, 1978년까지 재직.

1969년 (48세)

■ 11월, 제 7시집 『타령조(打令調)·기타(其他)』(문화출판사) 출간.

1972년 (51세)

■ 시론집 『시론』(송원문화사) 출간.

1974년 (53세)

■ 9월, 시선집 『처용』(민음사) 출간.

1976년 (55세)

■ 5월, 산문집 『빛속의 그늘』(예문관) 출간.

■ 8월, 시론집 『의미와 무의미』(문학과지성사) 출간.

■ 11월, 시선집 『김춘수 시선』(정음사) 출간.

1977년 (56세)

■ 4월, 시선집 『꽃의 소묘』(삼중당) 출간.

■ 10월, 제8시집 『남천(南天)』(근역서재) 출간.

1979년 (58세)

■ 4월, 시론집 『시의 표정』(문학과지성사) 출간.

■ 4월, 산문집 『오지 않는 저녁』(근역서재) 출간.

■ 9월, 영남대학교 부임, 1981년 4월까지 재직.

1980년 (59세)

■ 1월, 산문집 『시인이 되어 나귀를 타고』(문장사) 출간.

■ 11월, 제9시집 『비에 젖은 달』(근역서재) 출간.

1981년 (60세)

■ 4월, 국회의원 피선.

■ 8월, 대한민국예술원 회원.

1982년 (61세)

■ 2월, 경북대학교에서 명예 문학박사학위 수여.

■ 4월, 시선집 『처용이후』(민음사) 출간.

■ 8월, 『김춘수 전집』 전 3권 (문장사) 출간.

1985년 (64세)

■ 12월, 산문집 『하느님의 아들, 사람의 아들』(현대문학사) 출간.

1986년 (65세)

■ 7월, 『김춘수 시전집』(서문당) 출간.

■ 한국시인협회 회장, 1988년까지 재임.

1988년 (67세)

■ 4월, 제10시집 『라틴점묘(點描) · 기타(其他)』(탑출판사) 출간.

1992년 (71세)

■ 3월, 시선집 『돌의 볼에 볼을 대고』(탑출판사) 출간.

1990년 (69세)

■ 1월, 시선집 『샤갈의 마을에 내리는 눈』(신원문화사) 출간.

1991년 (70세)

■ 3월, 시론집 『시의 위상』(둥지) 출간.

■ 10월, 제11시집 『처용단장(處容斷章)』(미학사) 출간.

1993년 (72세)

■ 4월, 제12시집 『서서 잠자는 숲』(민음사) 출간.

■ 7월, 산문집 『예술가의 삶』(혜화당) 출간.

■ 11월, 산문집 『여자라고 하는 이름의 바다』(제일미디어) 출간.

1994년 (73세)

■ 11월, 『김춘수 시전집』(민음사) 출간.

1995년 (74세)

■ 2월, 산문집 『사마천을 기다리며』(월간 에세이) 출간.

1996년 (75세)
- 2월, 제13시집 『호(壺)』(한밭미디어) 출간.

1997년 (76세)
- 1월, 제14시집 『들림, 도스토예프스키』(민음사) 출간.
- 1월, 장편소설 『꽃과 여우』(민음사) 출간.
- 11월, 제5회 대산문학상 수상.

1998년 (77세)
- 9월, 제12회 인촌상 수상.

1999년 (78세)
- 2월, 제15시집 『의자와 계단』(문학세계사) 출간.
- 4월 5일, 부인과 사별.

2001년 (80세)
- 4월, 제16시집 『거울 속의 천사』(민음사) 출간.

2002년 (81세)
- 4월, 시론집 『김춘수 사색사화집』(현대문학사) 출간.
- 10월, 제17시집 『쉰한 편의 비가』(현대문학사) 출간.

2004년 (83세)
- 2월, 『김춘수 시전집』, 『김춘수 시전집 Ⅰ, Ⅱ』(현대문학사) 출간.
- 11월 29일 영면.
- 12월, 제18시집(유고시집) 『달개비꽃』(현대문학사) 출간.

김춘수 문학 출간 자료

시집

제1시집 『구름과 장미』(행문사, 1948)

제2시집 『늪』(문예사, 1950)

제3시집 『기(旗)』(문예사, 1951)

제4시집 『인인(燐人)』(문예사, 1953)

제5시집 『꽃의 소묘』(백자사, 1959)

제6시집 『부다페스트에서의 소녀의 죽음』(춘조사, 1959)

제7시집 『타령조(打令調) · 기타(其他)』(문화출판사, 1969)

제8시집 『남천(南天)』(근역서재, 1977)

제9시집 『비에 젖은 달』(근역서재, 1980)

제10시집 『라틴점묘(點描) · 기타(其他)』(탑출판사, 1988)

제11시집 『처용단장(處容斷章)』(미학사, 1991)

제12시집 『서서 잠자는 숲』(민음사, 1993)

제13시집 『호(壺)』(한밭미디어, 1996)

제14시집 『들림, 도스토예프스키』(민음사, 1997)

제15시집 『의자와 계단』(문학세계사, 1999)

제16시집 『거울 속의 천사』(민음사, 2001)

제17시집 『쉰한 편의 비가(悲歌)』(현대문학사, 2001)

제18시집 『달개비꽃』(현대문학사, 2004)

주요 시선집

『처용』(민음사, 1974)

『김춘수 시선』(정음사, 1976)

『꽃의 소묘』(삼중당, 1977)

『처용이후』(민음사, 1982)

『샤갈의 마을에 내리는 눈』(신원문화사, 1990)

『돌의 볼에 볼을 대고』(탑출판사, 1992)

시론집

『한국현대시형태론』(해동문화사, 1958)

『시론(시작법을 겸한)』(문호당, 1961)

『시론』(송원문화사, 1972)

『의미와 무의미』(문학과지성사, 1976)

『시의 표정』(문학과지성사, 1979)

『시의 위상』(둥지, 1991)

『김춘수 사색사화집』(현대문학사, 2002)

소설

『꽃과 여우』(민음사, 1997)

산문집

『빛속의 그늘』(예문관, 1976)

『오지 않는 저녁』(근역서재, 1979)

『하느님의 아들, 사람의 아들』(현대문학사, 1985)

『예술가의 삶』(혜화당, 1993)

『여자라고 하는 이름의 바다』(제일미디어, 1993)

『사마천을 기다리며』(월간 에세이, 1995)

『왜 나는 시인인가』(남진우 엮음, 현대문학사, 2005)

전집

『김춘수 전집』전 3권(시, 시론, 수필) (문장사, 1982)

『김춘수 시전집』(서문당, 1986)

『김춘수 시전집』(민음사, 1994)

『김춘수 시전집』, 『김춘수 시론전집Ⅰ, Ⅱ』(현대문학사, 2004)

■ 발표지 목록

제1부 무의미시, 새로운 프리즘으로 읽기

김승희 | 김춘수 시 새로 읽기 - 『시학과 언어학』 제8호, 시학과 언어학회, 2004.

진수미 | 액션 페인팅의 문학적 전화(轉化)와 탈이미지의 시 - 『시와 회화의 현대적 만남』, 이른아침, 2011.

허혜정 | '처용'이라는 화두와 '벽사(辟邪)'의 언어 - 『현대문학의 연구』 제42호, 한 국문학연구학회, 2010.

최라영 | 처용연작 연구 - 『한국현대문학연구』 제35집, 한국현대문학회, 2011.

나희덕 | 김춘수의 무의미시와 환상 - 『문학교육학』 제30호, 한국문학교육학회, 2009.

제2부 무의미시, 그 신화와 反신화

권혁웅 | 무의미시는 무의미한 시가 아니다 - 『문예중앙』 2005년 여름호.

장석주 | 언롱의 한계와 파탄 - 『시경』 2004년 상반기.

이창민 | 무의미시의 두 차원 - 『시안』 2005년 봄호.

조강석 | 김춘수의 시의 언어의식 전개과정 연구 - 『한국시학연구』 제31호, 한국시 학회, 2011.

이상호 | 김춘수의 무의미시에 함축된 진의 연구 - 『비평문학』 제42호, 한국비평문 학회, 2011.

제3부 무의미시, 너머의 언어로 읽기

김유중 | 김춘수의 실존과 양심 - 『한국시학연구』 제30호, 한국시학회, 2011.

노지영 | 무의미의 주제화 형식과 독자의 의사소통 - 『현대문학의 연구』 제32호, 한 국문학연구학회, 2007.

김영미 | 무의미시와 독자 반응의 역동성 - 『국제어문』 제32권, 국제어문학회, 2004.

엄정희 | 웃음의 시학 - 『한국문예창작』 제17호, 한국문예창작학회, 2009.

손진은 | 김춘수 자전소설 『꽃과 여우』 연구 - 『어문논총』 제37호, 경북어문학회, 2002.

이은정 | 부재의 존재론, 그 역설의 시학 - 『한국문예창작』 제18호, 한국문예창작학 회, 2010.

ㄱ

김춘수의 무의미시

김춘수의 무의미시

김춘수의 무의미시

■ 편저자 약력

박덕규

경희대학교 국어국문학과(학사, 석사)를 졸업하고, 단국대학교 대학원 문예창작학과에서 박사학위를 받았다. 시집 『아름다운 사냥』, 소설집 『날아라 거북이!』, 장편소설 『밥과 사랑』, 『사명대사 일본탐정기』, 평론집 『문학과 탐색의 정신』, 『문학공간과 글로컬리즘』 등이 있다. 현재 단국대학교 문예창작학과 교수로 재직 중이다.

이은정

이화여자대학교 국어국문학과를 졸업하고, 같은 대학교 대학원에서 석사 및 박사학위를 받았다. 저서로 『현대시학의 두 구도-김춘수와 김수영』, 『김수영 혹은 시적 양심』, 공저로는 『공감-시로 읽는 삶의 풍경』, 『한국여성시학』, 『명작 속에 숨어 있는 논술』, 『명작의 풍경』 등이 있다. 현재 한신대학교 교양학부 교수로 재직 중이다.

■ 필자 약력

김승희

서강대학교 영문학과를 졸업하고, 같은 대학교 대학원 국어국문학과에서 석사 및 박사학위를 받았다. 저서로 『이상시 연구』, 『현대시 텍스트 읽기』, 『코라 기호학과 한국시』, 편저로 『제13의 아해도 위독하오-이상평전과 시전집』, 시집 『달걀 속의 생』, 『어떻게 밖으로 나갈까』, 『냄비는 둥둥』 등이 있다. 현재 서강대학교 국어국문학과 교수로 재직 중이다.

진수미

영화를 공부하고 싶었으나, '딴따라'가 되려 한다는 부모님의 한숨 섞인 우려 속에 한국문학을 전공으로 삼게 되었다. 한국시가 현대성을 획득해 나가는 현장에 관심을 가지면서, 창작 활동을 겸하게 되었다. 2003년 서울시립대학교에서 「김춘수 무의미시의 시작 방법 연구」로 박사학위를 받았다. 2006년부터 서울시립대학교 객원교수로 재직 중이다.

허혜정

동국대학교 국어국문학과를 졸업하고, 같은 대학교 대학원에서 석사 및 박사학위를 받았다. 저서로 『처용가와 현대의 문화산업』, 『혁신과 근원의 자리』, 『현대시론』, 『시를 써야 시가 되느니라』, 『에로틱 아우라』, 『적들을 위한 서정시』, 『멀티미디어 시대의 시창작』 등이 있다. 현재 한국사이버대학교 방송문예창작학과 교수로 재직 중이다.

최라영

부산대학교 사범대학 국어교육과를 졸업하고, 서울대학교 대학원 국어국문학과에서 석사 및 박사학위를 받았다. 저서로 『김춘수 무의미시 연구』, 『현대시 동인의 시 세계』, 『한국현대시인론』 등이 있다. 현재 서울여자대학교에 출강 중이다.

나희덕

연세대학교 국어국문학과를 졸업하고, 같은 대학교 대학원에서 석사 및 박사학위를 받았다. 저서로 시집 『뿌리에게』, 『그 말이 잎을 물들였다』, 『그곳이 멀지 않다』, 『어두워진다는 것』, 『사라진 손바닥』, 『야생사과』, 산문집 『반 통의 물』, 시론집 『보랏빛은 어디에서 오는가』 등이 있다. 현재 조선대학교 문예창작학과 교수로 재직 중이다.

권혁웅

고려대학교 국어국문학과를 졸업하고, 같은 대학교 대학원에서 석사 및 박사학위를 받았다. 저서로 시집 『황금나무 아래서』, 『마징가 계보학』, 『그 얼굴에 입술을 대다』, 『소문들』, 비평집 『미래파』, 연구서 『몬스터 멜랑콜리아』 등이 있다. 현재 한양여자대학교 문예창작과 교수로 재직 중이다.

장석주

1975년 『월간문학』 신인상 시, 1979년 『조선일보』 신춘문예 시, 같은 해 『동아일보』 신춘문예 문학평론 당선으로 등단했다. 저서로 시집 『붕붕거리는 추억의 한때』, 『크고 헐렁헐렁한 바지』, 『애인』, 『붉디붉은 호랑이』, 『눈에 씻긴 눈썹』, 『절벽 시집』 등과 수십 권의 이론서, 산문집이 있다.

이창민

고려대학교 국어국문학과를 졸업하고, 같은 대학교 대학원에서 석사 및 박사학위를 받았다. 저서로 『양식과 심상』, 『전통과 맥락』, 『전언의 향방』, 『현대시와 판타지』, 『시와 미와 삶』 등이 있다. 현재 고려대학교 세종캠퍼스 국어국문학과 교수로 재직 중이다.

조강석

연세대학교 영어영문학과를 졸업하고, 같은 대학교 대학원 국어국문학과에서 석사 및 박사학위를 받았다. 저서로 『아포리아의 별자리들』, 『경험주의자의 시계』, 『비화해적 가상의 두 양태』 등이 있다. 현재 인하대학교 한국학연구소 HK교수로 재직 중이다.

이상호

한양대학교 국어국문학과(학사, 석사)를 졸업하고, 동국대학교 대학원 박사학위를 받았다. 저서로 『자아추구의 시학』, 『디지털문화시대를 이끄는 시적 상상력』, 『우리 현대시의 현실인식 탐구』, 시집 『금환식』, 『시간의 자궁 속』, 『그리운 아버지』, 『웅덩이를 파다』, 『휘발성』 등이 있다. 현재 한양대학교 에리카캠퍼스 한국언어문학과 교수로 재직 중이다.

김유중

서울대학교 국어교육과를 졸업하고, 같은 대학교 대학원에서 국어국문학과 석사 및 박사학위를 받았다. 저서로 『한국 모더니즘 문학의 세계관과 역사의식』, 『김기림』, 『김수영과 하이데거』 등이 있다. 현재 서울대학교 국어국문학과 교수로 재직 중이다.

노지영

덕성여자대학교 국어국문학과를 졸업하고, 서강대학교 대학원 국어국문학과에서 박사학위를 받았다. 저서로 『서정주 연구』(공저), 『한국전후문제시집연구』(공저), 『영구혁명의 문학들』(공저) 등이 있다. 현재 방송통신대학교, 청주교육대학교, 동양미래대학 등에 출강 중이다.

김영미

공주사범대학교 국어교육과를 졸업하고, 이화여자대학교 대학원 국어국문학과에서 석사 및 박사학위를 받았다. 저서로 『한국 현대시의 어조 연구』, 『안서시의 텍스트 연구』 등이 있다. 현재 공주대학교 국어교육과 교수로 재직 중이다.

엄정희

한국방송통신대학교 국어국문학과 및 서울예술대학교 문예창작학과를 졸업하고, 단국대학교 대학원에서 박사학위를 받았다. 저서로 『오규원 시와 달콤한 형이상학』 등이 있다. 현재 방송통신대학교 국어국문학과에 출강 중이다.

손진은

경북대학교 국어국문학과를 졸업하고, 같은 대학교 대학원에서 석사 및 박사학위를 받았다. 저서로 시집 『눈먼 새를 다른 세상으로 풀어놓다』, 『고요 이야기』 등, 학술서로 『시창작 교육론』 등이 있다. 현재 경주대학교 한국어교원학과 교수로 재직 중이다.

* 원고 게재 순. 일부 내용은 필자의 뜻에 따랐음.

쟁점으로 읽는 한국문학 1

김춘수의 무의미시

인쇄 2012년 6월 20일 | 발행 2012년 6월 25일

편저자 · 박덕규 · 이은정
펴낸이 · 한봉숙
펴낸곳 · 푸른사상사
주간 · 맹문재 | 편집 · 지순이 | 마케팅 · 박강태

등록   제2-2876호
주소   서울시 중구 초동 42번지 아시아미디어타워 502호
대표전화   02) 2268-8706(7) | 팩시밀리   02) 2268-8708
이메일   prun21c@yahoo.co.kr / prun21c@hanmail.net
홈페이지   www.prun21c.com

ⓒ 박덕규 · 이은정, 2012

ISBN 978-89-5640-927-6 93810
 값 28,000원